文化诗学理论与实践丛书

北京师范大学文艺学研究中心、
文学院211工程三期重点学科建设项目
主编：童庆炳、赵勇

文化诗学理论与实践丛书

方维规 著

20世纪德国文学思想论稿

北京大学出版社
PEKING UNIVERSITY PRESS

北京市社会科学理论著作出版基金资助

图书在版编目（CIP）数据

20世纪德国文学思想论稿/方维规著. —北京：北京大学出版社，2014.5

（文化诗学理论与实践丛书）

ISBN 978-7-301-24292-6

Ⅰ.①2⋯ Ⅱ.①方⋯ Ⅲ.①文学思想史–研究–德国–20世纪 Ⅳ.①I516.095

中国版本图书馆 CIP 数据核字（2014）第 113369 号

书　　　　名：	20世纪德国文学思想论稿
著作责任者：	方维规　著
责 任 编 辑：	张文礼
标 准 书 号：	ISBN 978-7-301-24292-6/I・2711
出 版 发 行：	北京大学出版社
地　　　　址：	北京市海淀区成府路205号　100871
网　　　　址：	http://www.pup.cn　新浪官方微博：@北京大学出版社
电 子 信 箱：	pkuwsz@126.com
电　　　　话：	邮购部 62752015　发行部 62750672　编辑部 62767315
	出版部 62754962
印 　刷 　者：	北京汇林印务有限公司
经 　销 　者：	新华书店
	650毫米×980毫米　16开本　26.25印张　416千字
	2014年5月第1版　2014年5月第1次印刷
定　　　　价：	59.00元

未经许可，不得以任何方式复制或抄袭本书之部分或全部内容。

版权所有，侵权必究

举报电话：010-62752024　　电子信箱：fd@pup.pku.edu.cn

目 录

前 言 ··· 1

第一编 德国"文学社会学"思想

第一章 20世纪上半叶德国关于"文学社会学"的早期思考 ········ 3
  一 许京的文学趣味社会学及其影响："究竟是谁
     能够体现时代？" ··································· 4
    （一）"后美学时期"的趣味观 ······················ 4
    （二）"其实根本不存在时代精神" ················· 6
    （三）文学趣味社会学的影响 ······················· 12
  二 知识社会学影响下的"文学社会学"思考：
     概念突破及新认识 ·································· 14
    （一）默克尔及其"社会文学方法" ················ 15
    （二）科恩－布拉姆施泰特：社会阶层与
         文学种类的对应 ································· 17
    （三）菲托：文学作品和文学生活社会学 ·········· 20
    （四）罗特哈克尔："历史存在"与艺术风格的变迁 ··· 23
    （五）洛文塔尔：对每种文学都能做"社会学阐释" ··· 27

第二章 卢卡契："整体性"思想与艺术哲学 ·················· 32
  一 形式的"塑造性"和"社会性" ······················ 34
  二 对社会学研究方向的非议 ··························· 38
  三 整体性"反映论" ···································· 43

四　历史哲学与现实主义 …………………………………… 48
　　五　艺术哲学与文学社会学的分野 …………………………… 53
第三章　"中间道路"的艺术史观：豪泽尔的艺术社会学思想 …… 58
　　一　"中间道路"：一个新马克思主义者的艺术史观 ………… 60
　　二　艺术与社会的互动及"艺术的悖论" …………………… 66
　　三　教育阶层和文化层次决定艺术样式 ……………………… 70
　　四　整体性艺术与艺术真实性 ………………………………… 75
第四章　西尔伯曼、阿多诺与文学社会学 ………………………… 81
　　一　西尔伯曼：抛开"什么是文学"的迂腐命题！ ………… 82
　　二　西尔伯曼—阿多诺之争 …………………………………… 85
　　三　西尔伯曼与阿多诺的主要分歧 …………………………… 89
　　　　（一）文学社会学是不是独立学科 ……………………… 89
　　　　（二）关于文学社会学的研究对象和重点问题 ………… 91
　　　　（三）关于文学社会学的哲学维度和社会功能 ………… 94
　　四　阿多诺论"艺术的社会性偏离" ………………………… 96
　　五　阿多诺论"自律的艺术"：艺术即否定 ……………… 102
　　六　两派之争与难产的文学社会学定义 …………………… 108
　　七　文学和社会学的"跨学科"研究 ……………………… 112
　　　　（一）文学理论中的社会因素与社会学
　　　　　　　视野中的社会因素 …………………………… 113
　　　　（二）文学研究视野中的文学与文学社会学
　　　　　　　视野中的文学研究 …………………………… 115
第五章　本雅明的政治美学与艺术思想 ………………………… 119
　　一　马克思主义的犹太博士 ………………………………… 120
　　　　（一）最后的文人之经典的忧郁 ……………………… 120
　　　　（二）后退着飞向未来 ………………………………… 125
　　二　《作为生产者的作家》——参与性政治美学 ………… 129
　　　　（一）政治倾向与文学品质 …………………………… 129
　　　　（二）以"艺术的政治化"对抗"政治的审美化" … 134
　　　　（三）艺术即生产方式：超越"内容—形式"
　　　　　　　范畴的"技术"概念 ………………………… 138

三 从"光晕"到"可技术复制":诉诸大众 ·········· 141
　　(一)"光晕"概念考释,或光晕体验与艺术命运 ······ 141
　　(二)"本真性"光晕艺术的消失与技术
　　　　复制艺术的崛起 ································· 147
　　(三)技术复制与大众文化,或"技术主义"
　　　　艺术观的两难之境 ····························· 151

第二编　德国"接受理论"合考

第六章　联邦德国"接受美学"通览 ·········· 159
一　接受美学 ·· 161
二　伽达默尔:效应史意识,视野融合,开放的艺术作品 ······ 165
　　(一)"效应史"与审美"共时性" ················· 165
　　(二)黑格尔和康德之间,或"开放的艺术作品" ······ 169
　　(三)"视野融合"和"理解的循环" ················· 173
三　姚斯:以读者为中心的文学史研究 ················· 177
　　(一)作为文学解释学的接受美学:
　　　　从伽达默尔到姚斯 ····························· 177
　　(二)"期待视野":今昔审美经验的融合 ············ 181
　　(三)接受史:新文学史编撰的三个维度 ············ 187
　　(四)"审美经验"的交流功能 ······················ 191
　　(五)"范式转换"中的矛盾 ························ 197
四　穆卡洛夫斯基和英伽登的学说 ······················ 200
　　(一)穆卡洛夫斯基:审美客体和审美价值的演化 ······ 200
　　(二)英伽登:从现象学到效应美学 ················· 205
五　伊瑟尔的效应美学 ································· 209
　　(一)效应美学:文本和阅读的互动效应 ············ 209
　　(二)意义生成:存储、策略、实现 ················· 214
　　(三)"隐在读者"与概念杂用的模糊性 ············ 217
六　结语,兼论"读者反应批评" ························ 221

第七章 民主德国的"接受理论":"文学作为社会幻想的试验场" ……………………………… 227
一 "交往美学"的缘起及中心思想 ……………………… 230
二 文学生产的首要性:没有生产便没有接受 …………… 235
三 文学作品的"接受导向" ……………………………… 239
四 作者,收件人,读者 …………………………………… 243
五 "行动读者"的意义:读者也参与作品创作? ………… 248
六 对康士坦茨学派的质疑:"不确定性"和"期待视野" ……………………………………………… 255
七 用之不竭的布莱希特:接受者对艺术生产的干预 …… 259

第三编 著名作家美学思想新探

第八章 "艺术是思想光照下的生活"
——论托马斯·曼的美学思想 …………………… 265
一 托马斯·曼:"不问政治"却难逃政治的唯美主义者 …… 267
二 "效应"与"清白",或托马斯·曼文学创作的审美和哲学基础 ……………………………………… 274
三 文学、人性及人类奥秘 ………………………………… 283
四 反讽:一种反思和回应现代性的交往形式 …………… 289
五 "艺术如谜":严肃的游戏及"理智小说" …………… 296
六 "走向真正的人":没有疾病和死亡,世上很难会有诗作 ………………………………………… 302

第九章 "科学时代的戏剧"
——论布莱希特的美学思想 ……………………… 310
一 布莱希特戏剧:不完善的新事物? …………………… 311
二 科学时代的戏剧与马克思主义 ………………………… 315
三 旨在哲学认识的审美方法:叙事剧和陌生化 ………… 320
四 叙事剧的演员和观众,或戏剧的功能转换 …………… 327
五 尼采和梅兰芳的启迪 …………………………………… 333
六 "空想"与"介入" …………………………………… 337

第十章　不愿捉迷藏的人
　　——论伯尔的美学思想 ·················· 342
　一　一个好人及其充满激情的美学 ·················· 343
　二　伯尔美学思想的时代背景 ·················· 346
　三　狄更斯的眼睛，或"人道美学" ·················· 350
　四　语言与道德：作为社会批评的语言批评 ·················· 355
　五　形式与内容：形式有其内在真实性 ·················· 361
　六　现实与想象："我需要的现实不多" ·················· 363

第十一章　奥斯威辛后的写作
　　——论格拉斯的美学思想 ·················· 368
　一　一个备受争议的德国招牌作家 ·················· 369
　二　文学，政治，反抗："妥协则毁坏文学" ·················· 374
　三　"公民""同时代人"和叙事结构中的"第四时间" ······ 379
　四　"真实"概念的拓展与童话 ·················· 384
　五　西西弗斯情结，或明知绝望而不绝望的人 ·················· 389
　六　《剥洋葱》与文学自述的困境 ·················· 395

人名索引 ·················· 399

前　言

自从在上海外国语学院附中学习德语起，笔者就同德语结下了不解之缘。大学和研究生学业，也一直是德语专业，自然以德国语言文学为主；不少课程由外教承担，这在彼时还不多见。回头想来，当时学的东西还都比较粗浅。之后在德国学习和工作20年，前5年攻读比较文学博士学位时，较多涉猎文学理论及德国文学；工作后的教学和科研，则与这个专业越走越远。学术论著基本上都用德语写成，中文写作只是偶尔为之。归国以后，教书以西方文论和中西比较诗学为主。没想到转了一圈，又走回老路，其中有些偶然因素。中国人喜欢说"随缘"，听来比较亲切；而德国的一句谚语就略显刻薄了："吃谁的面包，唱谁的歌。"尽管文学理论不是我的主要兴趣所在，文章还是要写的。我对自己的要求是：既然做了，就尽量做好。

本书涉及的不少题材，其实中国学界都有人写过。偶尔翻阅一些有关20世纪德国思想和文学理论的文章，学到许多东西；但是平心而论，有些著述读了以后总觉得缺些什么。缺什么呢？我想，首先是语言，也就是对德语原文的把握；其次是深度，这里涉及研究者的学术视野，以及研究功底。有些著作显得粗糙，存在诸多语焉不详之处。最为糟糕的是另有些"论著"，变编著为论著，变译介为专论，对一些外国学者的独到见解缺乏必要注释而为我所用。

本书在很大程度上是一部文集，文章都是近年撰写的，若干篇什已经单独发表。不是都有人写过了吗？的确，拙文依然能够发表，且刊行于一些不错的刊物，委实有点出乎意料。这让我想起自己曾经说过的一个观点：当一切已成往事、已被写进我们的接受史后，有些理论（或曰其关键环节）似乎从来没被真正弄懂吃透。另一方面，本书也不完全是已刊文章的汇编。我的论文一般都写得比较长，常会因为杂志版面的限制而无法全文发表，有时甚至不得不删去一半。结集成书，得以拾掇那些舍不得扔掉的东西，虽有敝帚自珍之嫌，但也确为读书心得。当然，不敢妄言自己有多高明，弄不懂的问题还是不少。编书时又对一些内容做了适当补充和修改。另外，书中还有一些中国学界不甚了解的内容，例如许京的文学趣味社会学，或者文学社会学中的西尔伯曼—阿多诺之争。

书名虽为《20世纪德国文学思想论稿》，但并非应有尽有，或许也很难做到。大部分章节亦涉及20世纪德国美学思想；然而，德国20世纪同19世纪一样，美学思想颇为丰富，要在一本书中具体而微、展示全貌，谈何容易。像编写教材那样面面俱到，固然有其用处，但我害怕蜻蜓点水。在"20世纪"这个大的框架之下，有些本当论述的美学思想，因为笔者精力有限，暂付阙如。好在书中的一些论题颇具代表性，比如德国的文学社会学理论或接受美学。再如卢卡契研究和本雅明研究，其重要性毋庸赘言。在"著名作家美学思想新探"部分，三位诺贝尔文学奖获得者而外，布莱希特的成就自然毫不逊色。这里需要说明的是，本书一并论述了卢卡契和豪泽尔这两位匈牙利理论家的思想，原因在于他们基本上用德语写作，其理论的产生和发展与德国思想紧密关联，亦被德国学界视为德国学者。

一般来说，不是为功利而著书立说的人，总想有点建树。这是笔者希望而又不敢希望的奢望。我知道自己学力有限，更知创见之难。本书的一个追求是，多介绍一些中国学人以往研究中还未涉及的东西，或者将有些问题说清楚。是否能够如愿，还有待在行读者的评鉴。对于有些思想的把握和表述尚有舛误或不妥之处，敬祈读者赐教。

方维规

第一编 德国『文学社会学』思想

第一章　20世纪上半叶德国关于"文学社会学"的早期思考

作为一种文学分析模式，文学社会学尤其关注文学的生产和接受、文本的品格以及文学门类发展的社会和文化条件。尽管对于文学之社会规定性的认识由来已久，可以追溯到18世纪的相关思考①，但是作为一个明确的研究方向，其历史还不是很久远。将社会史和社会学方法引入文学艺术研究的最早尝试，发生在1910、1920年代。这与那个时期社会科学的勃兴密切相关。早期以社会学观察视角涉猎文学艺术者，尤其见之于齐美尔对文化和艺术的探讨，马克斯·韦伯的音乐社会学研究，以及卢卡契的早期著作。

在文学研究领域，1910年代也已有人从社会学亦即社会文学角度考察文学和文学史问题。广泛的文化和社会关怀，是当时这个研究方向之各种不同探讨的共同特征。例如，它体现于许京的文学趣味和受众研究，希尔施的文学社会史视角，洛文塔尔的文学意识史探讨，克赖因贝格的马克思主义唯物主义考察方法。许京的文学趣味社会学无疑产生了重大影响，曼海姆的知识社会学则是不少学者思考问题的重要理据。默克尔在1920年代初期就提出文学研究之社会考察方法的可能性。不过，精神史范式当时依然占有统治地位，这在很大程度上限制了"文学社会学"不同理论思考的影响。它在文学研究领域的真正突破和确立，还要等到20世纪下半叶，尤其是1960、1970年代学科领域内的社会批判和理论转向之时。

---

① 关于文学社会学思想的萌芽期，以及"文学社会学"的滥觞（19世纪），参见方维规主编《文学社会学新编·导论》，北京：北京师范大学出版社，2011年，第7—13页。

一　许京的文学趣味社会学及其影响：
"究竟是谁能够体现时代？"

进入 20 世纪之后，超验的、自上而下的思辨美学似乎逐渐让位于自下而上的美学，比如从社会学的视角考察审美问题。"文学社会学"不但吸引了许多文学理论家和文学史家，也成为社会学领域的一个常见论题。德国学者许京第一个提出了"文学趣味社会学"概念和研究方向。他认为不存在统一的时代精神和单一的审美趣味；每个社会都存在各种艺术样式和风格取向，体现不同社会群体和阶层的时代精神，每个时代有着一系列时代精神。许京的独到见解，得到 20 世纪不少西方著名学者的认同和借鉴。本节主要讨论许京"文学趣味社会学"的基本理论及其影响。

（一）"后美学时期"的趣味观

西方的"趣味"概念（意、西：gusto，法：goût，英：taste，德：Geschmack）自 17 世纪下半叶开始在意、西、法、英语中流行，德语则在稍后从邻国翻译了这个术语。"趣味"表示一种分辨性的审美价值判断能力，先于理论思考，来源于审美体验，是一种直接的感受形式和极为感性的概念。西方学者一般认为，审美能力意义上的"趣味"出现在文艺复兴时期的意大利，西班牙人格拉西安第一个使"趣味"成为批评术语，17 世纪的法兰西沙龙文化则是注重"得体"和"风雅"趣味的社会温床。英国早期经验主义者沙夫兹博里、哈奇生等人均探讨过审美趣味问题。之后，趣味的哲学意义日渐突出，越来越得到哲学家的关注，如伯克的《关于崇高与美的根源的哲学探讨》（1756）和休谟的《论品味的标准》（1757）。尤其是康德的《判断力批判》（1793）的第一部分《审美判断力批判》，对趣味理论做出了划时代的贡献。直到 20 世纪的克罗齐，关于"趣味"的讨论和争论似乎从未停止过。

如果说历代美学家对趣味的不同理解和阐释属于"美学时期"的思考亦即自上而下的思辨美学，"后美学时期"或曰社会学时期则不再那么萦注传统"趣味"了。普列汉诺夫的第一封《没有地址的信》

发表于1899年，标题便是《论艺术——社会学的研究》。他的论文《从社会学观点论十八世纪法国戏剧文学和法国绘画》（1905），以及梅林的论文《论艺术趣味的历史条件》①，都在历史环境和时代土壤中寻找精神需求和各种趣味的根源，其历史和社会维度是显而易见的，甚至颇具"社会学"特色。需要指出的是，社会学语境中的趣味或艺术趣味，都是较为宽泛的概念；除了人们一般所理解的审美观和鉴赏力意义上的"趣味"和"爱好"外，它常常具有文化"需求""期待""追求"等含义。如果说读者是文学作品的消费者，与其他消费者一样受着趣味的驱使和摆布②，那么，在文化生活（文学生产与接受）的不同场域中，不同的文学则是为了满足不同的文化和文学需求。这必然关涉读者的社会层次和阶层，涉及"满足谁的需求"这一问题。因此，作家的语言习惯、作品体裁、形式和风格在很大程度上受到读者的阅读习惯和阅读期待的影响，作品的成功与否也在很大程度上取决于此。

经验实证的文学社会学在20世纪50年代、60年代确立之后，其研究重点主要是受众和传播研究。文学的交流功能及其特色是文学社会学研究的重要环节。当初，不少文学社会学学者认为，以往的文学理论几乎只关注作家和作品，忽视了文学作为交流手段的特殊功用以及文学消费。一个作家通常采用的是他的说话对象能够理解的表达方法；接受者的理解能力是作家传达思想时必须顾及的因素。

什么是美？什么是品味？今天的趣味同昨天的或许不一样？趣味的变化是否导致艺术手段的变化？对于这些问题，其实一百年前早已有人做过思考。20世纪上半叶德国最著名的英美文学史家和莎士比亚专家许京于1913年发表论文《文学史与趣味史：试论一个新的问题》，首次提出了"文学趣味社会学"概念，将文学趣味和风格同社会土壤的变迁联系起来，试图以审美趣味问题进入"文学社会学"这一新的

---

① 该文约写作于1900年前后，载梅林《文学史论集》，海斯特整理、编辑，柏林，1848年，第73—79页。（Franz Mehring, "Über die historischen Bedingungen des Kunstgeschmacks", in: Beiträge zur Literaturgeschichte, bearb. u. hrsg. von Walter Heist, Berlin 1948.）译文见方维规主编《文学社会学新编》，第305—312页，方维规译。

② 参见埃斯卡皮：《文学社会学》，符锦勇译，上海：上海译文出版社，1988年，第139—140页。

研究领域。他在文学研究中的文化史和社会学视角,尤其是其专著《文学趣味社会学》(1923)使他获得国际声誉。另外,他的专著《清教主义中的家庭——论十六、十七、十八世纪英国文学与家庭》(1929)被后来的实证主义文学社会学家视为研究典范。

许京对文学趣味社会学的论述,不仅具有开创意义,而且是整个文学社会学发展史中的重要文献,给后人提供了不少方法论启示。时至今日,他的观点还时常在一些西方文论中被人引用。本节介绍的就是在中国学术界几乎无人知晓的许京的文学趣味社会学观点,并从许京的基本理论及其影响这两个方面来讨论问题,以阐释这一理论的独到见解以及相关思考。

(二)"其实根本不存在时代精神"

大约从19世纪中期开始,也就是实证主义和马克思主义登上历史舞台之后,"文学社会学"方向的思考才直接或间接地体现于文学理论探索。19世纪在社会学或实证主义标签下出现的东西,首先具有鲜明的唯科学主义色彩,以及追求自然科学之精确性的基本态度。丹纳和左拉把实证主义亦即自然主义文学理论发展到了极致。嗣后,意大利的桑克蒂斯、德国的舍雷尔和法国的朗松都继承和发展了丹纳等人的实证思想。但是进入20世纪之后,实证主义认识论名声不佳。尤其是克罗齐"艺术即直觉即表现"的学说,以及唯心主义文学观中强烈的反实证主义思想,往往喜欢把丹纳、左拉、朗松等人当作攻击的靶子。另一方面,实证方法并没有因为诸多谴责而寿终正寝。这一切便构成许京进行文学趣味社会学思考的文学理论和文学史论语境。

许京在《文学史与趣味史》一文中勾勒了不少超出思想史和文学史的重要问题,开启了注重社会学方向的文学趣味研究,成为克服文学研究在很长时期内独尊实证主义的重要人物。他指出,以往对文学作品的源流和思想已经做了足够的探讨,现在应该转移研究的重点,将目光转向探讨文学的审美趣味。他从价值判断的角度设问:某些作品在特定时代受到广泛追捧的基础究竟是什么?鉴于一些作品曾经有过的影响与当今对这些作品的评价之间经常存在天壤之别,许京认为审美趣味在文学史中具有重要意义,它在很大程度上受到文学之外的社会基本条件的影响:"趣味受到时代、文化和社会的制约。"① 如果说文学史是一个民族和社会的文化史的一部分,如果要借助文学来把握历史上曾经有过的精神内涵,那么仅仅需要回答的问题是:"民众中不同的人在某个时期阅读什么东西?为何阅读这些东西?这才应当是文学史的主要问题。"②

许京试图以这篇副标题为"试论一个新的问题"的讨论,一方面对文学进行文化社会学的探讨,一方面展示历史趣味的各种因素对作品审美形态的影响。同时,他想通过考察"趣味的转变"来揭示艺术生产过程,在不同的社会发展中发现趣味的变更。他把探索文学趣味的形成视为文学史家的任务,希望以此认识文学的本质。在许京看来,人们一开始就需要对欧洲近代以来(尤其是进入市民社会之后)某个时期的不同知识阶层做出区分,它们属于不同的社会群体,各有不同的趣味。他认为新的文学史研究的对象,不仅应当区分平民百姓与知识阶层的审美趣味,更重要的是检视文化主导阶层。这里的基本问题是,"某个时期占主导地位的知识阶层的趣味是什么?"③ 要回答这个问题,就需要从社会学的特殊视角出发,探讨整个社会的文学生产和消费结构,尤其是考察主导阶层的文学生活状况。另外还要研究老年和青年男女受众、首都文学、地方文学、宗教信仰以及文学的一般传播状况,并在此基础上进行系统的历史分析,以获取相关阶层影响和制约文学接受与传播的心理结构。许京认为,对文化生活主导阶层的研究,更能获得相关认识。他在注重文学消费的考察中,将注意力集中于引领社会潮流的阶层。人们也可以从另一个角度来理解许京的这一考察重点:在现代文学中,"赶时髦"是一种重要现象,而主导阶层的审美标准很快会被人模仿。④ 在许京看来,是"社会精英"的意志和资助使艺术和科学生活得到发展。他不太重视社会底层的文学接

---

① 许京:《文学史与趣味史:试论一个新的问题》,载《日耳曼—罗曼语言文学月刊》5(1913),第 562 页。(Levin Ludwig Schücking, "Literaturgeschichte und Geschmacksgeschichte. Ein Versuch zu einer neuen Problemstellung", in: *Germanisch-Romanische Monatsschrift*, Jg. 5〔1913〕, S. 561-577.)

② 许京:《文学史与趣味史:试论一个新的问题》,第 564 页。

③ 许京:《文学史与趣味史:试论一个新的问题》,第 565 页。

④ 参见韦勒克、沃伦:《文学理论》,刘象愚等译,南京:江苏教育出版社,2005年,第 109 页。

受,也毫不关注底层的大众文化,这使他的论述带上了浓重的"贵族气"。

许京认为,心理结构的形成与各阶层和群体的生活及思想环境有关。于是,他的新的文学史研究方法便脱颖而出:"艺术世界始终与社会的、政治的、宗教的、科学的观念世界紧密相联;揭示这种联系是文学史的重要任务之一。"① 另外,许京认为文学生产以及审美趣味不仅依赖于不同的受众,也受到文学传播机构的影响。据此,作为对受众社会学(观众、读者的审美趣味)的补充,人们亦当对出版商、图书市场、剧院、图书馆、文学社团以及文学批评等传播结构进行社会学研究(文学的传播和影响研究),这些研究一开始就同"作家社会学"("为谁而写"等问题)和"作品社会学"(作品的趣味所在)发生内在联系。总之,作者、作品和受众之间有着内在联系,"文学社会学"的研究对象是特定社会环境中的文学生产和接受的整个作用关系。许京是这种研究模式的首创者之一。许京之后一再被人提及的三个主要研究领域,成了经验主义文学社会学所说的"文学的特殊社会学"②的研究范围:文学家、中介者、接受者——生产、传播、消费。作家行为和读者行为组成一个整体,是互相交流、打上特殊文化烙印之行为程式的两个部分,并形成作为文化现象的文学所依托的社会基本关系。文学社会学所研究的作家、中介和读者,都很切实地与文学发生关系,但是研究的着眼点是在外部,不涉及作品的内部审美结构。

如果我们在文学社会学和接受理论的语境中进行考察,那么,许京针对人们在1910年前后新的阅读兴趣所做的思考就不那么令人吃惊了。这决不是低估他的创新意识,而是为了更清晰地认识他所倡导的研究方法的意义,即从接受视角出发,挖掘文学的历史和社会性质。他用冷静的思考规避了时兴的布道思维,也就是艺术家—接受者之间的那种说教关系。许京也从"体验"出发建构文学,但是他既顾及艺术家,又考虑接受者。他同样进行文本分析,可是他用"趣味承担者"(Geschmacksträger)的模式,开辟出一条通向作品内容和风格特色的路径。他批评说,那种对雪莱所提倡的理想读者(内行阅读)的

---

① 许京:《文学史与趣味史:试论一个新的问题》,第568页。
② 参见菲根:《文学之特殊社会学的探讨范围》(1964),载方维规主编《文学社会学新编》,第211—215页,方维规译。

推崇,严重贬低了现代作家所拥有的大量读者,盲目地培养所谓专门读者。他对当时的文学批评家远离当代文学的态度表示反感。①

十年之后,许京发表专著《文学趣味社会学》(1923)②,进一步从文化史和社会学角度对他1913年论文中的基本观点做了系统论述,主张分析"历史上的文学之社会温床及其意义"③。许京指出,不少人感到文学趣味的变迁始终是一个谜;解谜的方法则是在真正的历史社会变迁中检视趣味的变迁。他批评一些关于时代精神变更的简单化说法,即视艺术为时代的最精确表述。在他看来,这种观点所提出的基本问题是先验的,无法解答隐藏在时代精神背后的具体问题。文学理论一开始就应该提出的问题是:"哪一个社会群体"代表时代精神?谁只要把目光对准"全体人民",马上便会发现,他们各自的世界观、价值取向和生活原则大相径庭。全体人民只存在于具体的群体,它们产生于社会的划分,而社会层次又会带来不同的社会理想。由此引发的问题是:他们中"究竟是谁能够体现时代"?那些谈论时代精神的人,眼前自有一个特定的群体,也就是他们认为主导时代精神的知识阶层。由此,许京得出了他的第一个、也是最重要的结论:"其实根本不存在时代精神,而是存在一系列时代精神。"④ 他认为这是传统文学史研究几乎没有涉猎的问题。"我们总是能够明确区分不同群体之不同的生活和社会理想。主流艺术同哪个群体关系最近,取决于不同的状况。唯有居住在云霄的人,才会想出各种十足的理想因素。"⑤

在许京看来,文学趣味、文学需求和文学兴趣的社会学,不再从

---

① 将近半个世纪之后,埃斯卡皮在其《文学社会学》(1958)中表现出同样的态度。他诉病学校里讲授的文学作品与社会上流行的文学作品之间的距离,讥刺学校不遗余力地培养所谓内行读者的理论水平和判断能力。在他看来,把大量时间浪费在研究一些普通人永远不会看两遍的、索然无味的作品上,当被看作荒唐可笑之事。参见埃斯卡皮:《文学社会学》,第139页。

② 《文学趣味社会学》于1923年出第一版,1931年出第二版增补本,1961年出第三版修订本。该书于1928年译成俄语,1943年译成斯洛伐克语,1944年译成英语,1950年译成西班牙语。许京的这部著作在出版以后的几年影响较大,1960年代又被重新发现。但是总的说来,它的影响是有限的。

③ 许京:《文学趣味社会学》,慕尼黑:Rösl & Cie,1923年,第18页。(Levin Ludwig Schücking, *Die Soziologie der literarischen Geschmacksbildung*, München: Rösl & Cie, 1923.)

④ 许京:《文学趣味社会学》,第15、17页。

⑤ 许京:《文学趣味社会学》,第17页。

如下观点出发,即以为"作品无意识地来自民族心灵的深处"。文学趣味社会学更多地受到一种新思想的驱使,即不同的社会力量对文学的产生、传播和接受起着很大作用,以至不能再把"哪一个社会群体与全体人民画上等号,把他们的感受看作'民族心灵'的感受"。① 许京认为那些宣扬"必然精神现象"的艺术史家和文学史家不明真相,他们不愿看清审美趣味和审美层次的差异性。其实,所谓时代精神只是"特定群体的思维形式",却一直被看作全体人民的趣味。②

同样,许京认为必须对文学形式做社会学考察,形式对于群体意识的意义非同小可。文学形式"真正成了区分社会属性的手段",它的排他性很可能体现特定的社会理想、社会意识和社会形象,指向特定群体的利益和兴趣,因为文学形式本来就与不同人的鉴赏趣味难舍难分。③ 文学趣味社会学应当查考不同社会团体和阶层对特定文学产品的不同接受状况,尤其应当关注趣味承担者的类型。作为文学消费者的不同趣味承担者,他们可能会相互竞争,鼓吹特定的趣味和理念,这里既呈现出社会的裂缝,也维持和加深社会性的、思想上的分歧。鉴于"不同的社会氛围[……]孕育不同的社会观念"④,趣味更迭背后能够见出社会观念的变迁:

> 一般情况下,不是出现一种异样的新趣味,而是他者成了一种新趣味的承担者。在趣味剧变时期,这些他者可被直接理解为一个新的社会阶层。文学史的每一页都在告诉我们这一点。唯独社会结构的稳定才能保证趣味的某种稳定性。⑤

许京的这一观点,是对传统文学史编撰之基本思想的挑战:趣味承担者能够在社会学意义上决定文学新方向的得势,抑或文学旧方向的衰退。换句话说,群体的代表者身上带有新兴的趣味或者逝去的趣

---

① 参见许京:《文学趣味社会学》,第113—114页。许京关于"时代精神""文学趣味""全体人民"等问题的思考,虽然没有挑明,实际上却与当时日耳曼语言文学研究中兴起的文学观念针锋相对,后者宣扬文学的人种思想和特色。
② 参见许京:《文学趣味社会学》,第113—116页。
③ 参见许京:《文学趣味社会学》,第121—122页。
④ 许京:《文学趣味社会学》,第15页。
⑤ 许京:《文学趣味社会学》,第124页。

味的特色。他们将自己的趣味赋予文学,相应群体的生活观和生活经验作用于他们对文学的要求;趣味承担者反映出产生文学新方向的环境。什么条件造成历史上起决定作用的那些"时代趣味"? 谁代表一个时代的典型趣味? 许京认为回答这些问题具有核心意义。由个体或群体所决定和体现的"主导"趣味,其典型特征是可以描述的,探讨的重点应当集中于"趣味承担者类型",对这个概念的界定能够解释文学的变迁。许京并不排除文体更迭以及作家和读者审美趣味变迁的历史原因;他认为回答这些问题之前,先要研究文学形式与内容之关系的社会因素,以及社会学与文学之间的中间环节。另一方面,他承认近世社会的发展和生活的民主化令社会结构变得复杂而多样化,从而使文学趣味变得日益复杂。正是问题的复杂性能够反驳那种"神秘"观点:艺术具有不受社会影响的"终极价值"。①

许京指出,直到他那个时代,文学史(甚至整个艺术史)基本上只关心艺术品和艺术家,受众审美趣味的发展几乎没有得到重视。他则认为,作家依赖于受众的趣味,而趣味属于社会现象,其缘由是能够厘清的。② 对于新的趣味和新的文学方向,不能只在作品和作家的生平中进行考察,而要记载社会的趣味所在:

> 我们必须了解,哪些报纸和刊物转向新的方向,政治和宗教信仰是否发挥了作用,首都和地方、东西南北都有些什么差别,笑话报章都说些什么。应该调查书籍的销售情况,查考那些受到攻击或者时兴的书籍的发行量,分析书籍宣传和推荐的内容。另外还必须弄清图书馆的取向,知识阶层的读书会所起的作用,文学赢得了哪些新的读者圈子,哪些圈子受到排挤。最后还得收集有关读者社团的影响和与文学相关的社会消遣的报道。③

---

① 参见沙尔夫施韦特:《文学社会学基本问题——学科史纵览》,斯图加特:W. Kohlhammer,1977 年,第 49—56 页。(Jürgen Scharfschwerdt, *Grundprobleme der Literatursoziologie. Ein wissenschaftsgeschichtlicher Überblick*, Stuttgart/Berlin/Köln/Mainz: W. Kohlhammer, 1977.)

② 后来,韦勒克在论述作家声望的时候也谈到了同样的问题:鉴于"趣味的变迁"总的说来具有社会性,人们便可在社会学的基础上更为确定地把握作家声望问题。(韦勒克、沃伦:《文学理论》,第 108 页。)

③ 许京:《文学趣味社会学》,第 53—54 页。

（三）文学趣味社会学的影响

曼海姆在20世纪20年代所发展的知识社会学理论，直接而深刻地影响了当时和后来对艺术社会学亦即文学社会学的各种思考，这个研究方向的代表人物基本上都借鉴了许京的文学观。正是在文学社会学思想日渐明晰之时，他们对许京的文学趣味社会学思想的接受和认同，最能让我们看到文学趣味社会学的价值及其影响力，并领略各种与之相关的思考。许京在他那个时代对于相关思考的直接影响，本章第二节"知识社会学影响下的'文学社会学'思考"还将详尽讨论，第三章论述豪泽尔的艺术社会学思想时也有所涉及，因此暂且不论。

如果说实证主义在19世纪中期的突破是"文学社会学"方向的思考和实践逐渐明朗的直接原因之一，那么，出现在20世纪中期的旗帜鲜明的文学社会学实证思潮，则被不少人视为一个学科的诞生，其标志性著作是法国学者埃斯卡皮的《文学社会学》（1958）和德国学者菲根的《文学社会学的主要方向及其方法》（1964）。埃斯卡皮在其《文学社会学》中接过了许京论及的不少命题，并对之做了进一步考察；应当说，他的不少立论早就见之于许京的论述，一些中心思想同许京的观点大同小异。① 若说埃斯卡皮关于"读者社会学"的论述是对许京所倡导的文学趣味社会学的继承和发展，若说他把许京的群体模式运用于整个社会及其文学生活，那么，这就意味着对文学本身及其审美结构和准则的阐释和定位，必须把文学纳入一个更广阔的空间，顾及文化、社会、政治和经济的整体状况，即重视"那些限制着文学现象的社会结构和制约着文学现象的技术手段所作的研究。这些社会结构和技术手段是：政治体制，文化制度，阶级，社会阶层和类别，职业，业余活动组织，文盲多寡程度，作家、书商和出版者的经济和法律地位，语言问题，图书史，等等"②。

许京的文学观不但对20世纪上半叶的相关研究产生了重大影响，也在很大程度上已经涉及20世纪60年代末在西德兴起的康士坦茨学

---

① 埃斯卡皮对此没有直接标明，只是在该书关于文学社会学的"历史沿革"篇中一笔带过许京的研究方向。

② 埃斯卡皮：《文学社会学》，第28页。

派接受美学中提出的不少问题，比如考察并重新界定读者的角色，研究读者在文学活动中的地位与作用问题，把读者的审美趣味和过程纳入文学研究。又如读者对文学的"期待视野"（Erwartungshorizont），或曰文学作品是为读者阅读和读者期待而创作的。这种把读者看作影响作家创作、促进文学发展的决定性因素的观点，已经在不少方面见于许京对"作者—作品—读者"之互动关系的论述之中。另外，不管是在美国学者倡导的"读者反应批评"（Reader-response criticism）中，还是在接受理论的另一个重要流派、东德学者所从事的文学交往和功能理论研究亦即"交往美学"（Kommunikationsästhetik）中，① 许京提出的命题随处可见，尽管不是谁都了解文学趣味社会学这一与接受研究有关的早期探索。

在布迪厄的社会学研究巨著《区隔：趣味判断的社会批判》（1979）中，"趣味"毫不含糊地获得了区隔阶级或阶层的功能，成为社会阶层或阶级的划分标志，他试图以此来拓宽"阶级"理论。阶级观念不再只同经济地位紧密相连，也可在文化领域亦即统治阶级（阶层）的"正当趣味"、被统治阶级（劳动者）的"通俗趣味"、资产阶级（小资产阶级）的"平庸趣味"的区分中得到确认。布迪厄的趣味理论既依托于问卷调查等社会学实证方法，也融汇了前人的相关思考，比如美国社会学家凡勃伦和德国社会学家齐美尔对趣味之社会作用的探讨。而我们在思考他对作为阶级或阶层区隔的趣味以及各种文化消费之审美趣味的论说时，自然会联想到许京等人早就提出的文学趣味社会学观点。例如，布迪厄认为各种趣味具有阶级或阶层标志的功能，趣味符合不同阶级或阶层的文化需要，现代消费社会里的不同消费者的社会等级对应于不同的艺术门类和等级；与经济资本和文化资本有关的"正当趣味""通俗趣味"和"平庸趣味"，也是各种社会成员进行自我定位和区分他者的工具；他同样也把任何社会的"正当"趣味视为统治者的趣味，同时看到了时尚的模仿和流变。布迪厄独特的社会学视野，也使西方美学界在新的语境中重新关注趣味理论。

---

① 参见本书第二编："德国'接受理论'合考"。

二 知识社会学影响下的"文学社会学"思考：概念突破及新认识

受到马克斯·韦伯的引导，曼海姆努力修正自己在卢卡契那里学到的、倚重于经济决定论的马克思主义文化观之教条说教，他在1920年代全面发展的知识社会学理论，部分借助于舍勒的知识社会学。他对诸多问题的理论探讨，也拓展了韦伯的宗教社会学。曼海姆理论以及许京同样具有知识社会学内涵的文学趣味说，极大地影响了当时和后来对艺术和文学社会学问题的各种思考，如罗特哈克尔、科恩-布拉姆施泰特、洛文塔尔、豪泽尔等人的一系列论述。① 曼海姆将知识社会学视为"一种关于社会或者生存决定实际思维过程的理论"，也就是"生存对知识的决定"。② 他试图以此对传统的、注重内部研究的精神史和人文科学方向进行重大修正，即"试图获得对于社会存在与思想之间的关系的系统把握"，从事以社会学视角确定取向的人文科学。③ 曼海姆的理论倡导，同样也促使文学理论审视自己以往的研究。当时带有保守主义倾向的大部分文学理论家，没有认同属于曼海姆系谱的研究模式，以及与之相关的许京的文学观。纳粹1933年上台之后，曼海姆、科恩-布拉姆施泰特、菲托、洛文塔尔、豪泽尔都离开了德国，这一研究方向没能在德国得到继续发展。豪泽尔发表于1951年的《艺术和文学的社会史》多少继承了这一传统（详见第三章）。

---

① 德国之外，那个时期英美同知识社会学相关的文学社会学重要专论有：[英] 戴希斯:《文学与社会》（David Daiches, *Literature and Society*, London: Victor Gollancz, 1938）；[美] 英格利斯:《客观考察文学与社会的关系》（Ruth A. Inglis, "Das Verhältnis von Literatur und Gesellschaft in objektiver Betrachtung," in: *American Sociological Review* III [1938], pp. 526-533）；[美] 维特:《文学的社会学研究》（W. Witte, "The sociological Approach to Literature," in: *The Modern Language Review* 36 [1941], pp. 86-94）；[美] 克恩:《文学研究中的知识社会学》（Alexander C. Kern, "The Sociology of Knowledge in the Study of Literature," in: *Sewanee Review* L/1942, S. 505-514）；[美] 邓肯:《社会中的语言与文学》（Hugh Dalziel Duncan, *Language and Literature in Society*, Chicago: University of Chicago Press, 1953）。

② 曼海姆：《意识形态与乌托邦》，艾彦译，北京：华夏出版社，2001年，第322页。

③ 参见曼海姆：《意识形态与乌托邦》，第370、373页。

（一）默克尔及其"社会文学方法"

就概念史而言，我们很难断定明确的"文学社会学"之说究竟始于何时。在德国，一些相关研究出现在 1920 年代。默克尔在其论著《德国文学史研究的新任务》（1921）中探讨的文学史研究领域、方法及其新任务，试图呈现区别于美学视角的研究方向。他在该书前言中指出，他所关注的是新的研究方法，人们可称之为"社会文学方法"（sozialliterarische Methode）。运用这种注重文化环境、时代气息，特别是文学生活整体的观察方法，不仅能够弥补其他研究方向和方法的不足，而且可有更多作为。默克尔要用"社会性"对传统方法做出补充，主要针对那些独尊审美、剔除社会的文学研究。此种方法尤其适合"我们时代对社会性的推崇以及对大众问题的重视"：

> 我们不应只是堆砌史料和确认历史或文学史的个别事实，而要认识我们这个新理想主义的、四处求索精神和心灵的时代，探寻物质世界背后的东西，审察隐秘的精神关联，并用更高的总体目光来发现全部心理现象，以及所有文化发展已经呈现的决定性转向。一切历史，当然也包括一切文学史，归根结底都属于历史哲学。①

其实，这里所说的新理想主义历史哲学，许京早在 1913 年（《文学史与趣味史》）就已视之为文学史研究的有效方法和思想基础。默克尔方法的出发点是，以往所有文学理论都以个体为指归，至少偏重于个体，着眼于单个文学家及其作品。纵使历史主义的考察方法，亦多半从单个事例出发，或从一些事例上升到时代整体。默克尔的新方法则认为：

> 时代的一般历史是第一性的，是审视和解释第二性的个体现象的基点。以往大多数研究的兴趣所在，主要是个别作品和人物，这是其观察的起点，也常常是终点。与此相反，新方法的重点是社会文学，是一个时代的普遍精神形态与文学形态。②

---

① 默克尔：《德国文学史研究的新任务》，第 V—VI 页。（Paul Merker, *Neue Aufgaben der deutschen Literaturgeschichte*, Leipzig u. Berlin: B. G. Teubner, 1921.）

② 默克尔：《德国文学史研究的新任务》，第 49 页。

按照这个观点，一个时代的普遍精神形态和文学形态，呈现时代的整体精神；一个时代的精神和文学之表现形式，是时代精神特性的真实体现。"社会文学方法"便试图探究一个时代的文学和精神的整体文化，以研究文学现象的精神土壤亦即社会依赖性为己任。据此，文学和精神的时代景象，不应是综合文学史中各种单独现象的杂烩，它首先要在一个较高的层面上辨析和认识问题，并应视之为作品分析的先导。查考"文学生活"的历史，应当联系"普遍精神"的历史。这种文学生活史起点更高，与丹纳那种属于自然科学和物质主义时代的环境理论毫不相干。社会文学方法所认同的，是一种依托于精神和思想的环境概念。当今超然于个体的时代现象，越来越依从普遍"世界观"，并决定个体（包括作家）的生活。①

默克尔因此提出了社会文学方法的五个主要研究面向：一、探讨"时代风格"，其中包括分析文学生活的深层结构，以钩稽占主导地位的文学样式的生成原因，剖解它们同特定时代的精神和文化总体形态的关系。二、考证不同趣味之间的关系，从文学接受的层面来探究文学生活的发展，重视文学生产和消费之间的调适。此时的一个中心问题是：哪个阶层对一部作品或一种文学倾向的接受最为显著。三、关注诗学"理论"，以展示单个文学现象对于理论的依赖关系。四、查考外国文学的影响，旨在发掘更大范围内的文学生活关系。五、展示文学、艺术、科学以及其他文化生活中的一般时代环境，即决定一个时代之总体思潮的"世界观"。世界观体现于各种哲学体系，并或多或少地再现于千变万化的文化表述。默克尔认为，对资产阶级或马克思主义环境理论的批判，并不完全排除反映论理念，精微的文学作品确实能够体现人的感受和思想。换言之，文学无法摆脱世界观的影响，"它是一般时代潮流的特殊再现形式"，往往是"占主导地位的世界观的真实镜像"。②

社会文学方法力图通过对时代风格、趣味关系、世界观等方面的把握，揭示文学的社会规定性，第一次较为全面地勾勒出一个时代"文学生活"的不同侧面。默克尔在某种意义上继承了许京的文学趣

---

① 默克尔：《德国文学史研究的新任务》，第50—51页。
② 默克尔：《德国文学史研究的新任务》，第58页。

味说，但却完全忽略了许京的出发点，即对社会知识的重视。另外，他所注重并设法用"直觉"把握的某个时代的"灵魂"，一开始就排除了一个时代同时具有不同"灵魂"的可能性，因而很难确认哪个"灵魂"才是一个时代的真正"灵魂"。

1925 年，默克尔在《个性与社会性文学史研究》一文中，更为明确地倡导新的"社会文学研究"，以适应新的时代精神，但不只局限于精神现象。在他看来，19 世纪以重视个性的文学史见长；而在 20 世纪的所谓"世界观潮流"中，新的世界感受则对个性研究充满疑忌。这种"世界观转向"也将视线从特殊、个别和个体转向一般、整体和超个体现象，对社会整体的兴趣与日俱增。他指出，尽管我们充分认识到个体在文化事件中的重要作用，但是今日来看，个体不再是历史生活中的终极因素。新理想主义和新浪漫主义时代在充分肯定个体行为的同时，更加推重高于一切的历史发展所具有的决定性作用。① 默克尔的注重精神和世界观的社会文学方法，最终将其研究领域分为问题史、素材史和风格史②，并走向一种包罗广泛的、与审美研究并行的文化研究。

（二）科恩－布拉姆施泰特：社会阶层与文学种类的对应

就科学史而言，20 世纪上半叶的"文学社会学"观念，主要体现于马克斯·韦伯的宗教社会学论著和曼海姆的知识社会学研究（尤其是后者的理论影响深远），以及二者同仁的相关论述。科恩－布拉姆施泰特于 1931 年发表了纲领性论文《文学社会学诸问题》，综述了文学社会学亦即艺术社会学的各种思考和中心问题。③ 该文是这个研究领

---

① 参见默克尔：《个性与社会性文学史研究》，第 23 页。（Paul Merker, "Individualistische und soziologische Literaturgeschichtsforschung", in: *Zeitschrift für deutsche Bildung* 1, Jg. 1925, H. 1.）

② 参见默克尔：《个性与社会性文学史研究》，第 27 页。

③ 在西方学者的论述中，"文学社会学"和"艺术社会学"两个概念时常并用，一般论述同样的问题。"文学"和"艺术"如影随形，这是一种常见现象。不过从学理上说，"艺术社会学"涉及的范围当然更广，或曰文学从属于艺术。作为人类活动的"艺术"，只是一种抽象的表达，文化生活中只有具体的艺术。不管各种艺术有多少不同之处，"艺术"概念指的不是单个事例，而是对各种艺术现象的抽象概括，美学能够从这个概念出发进行哲学思考。这也是本书中有时出现"艺术社会学"概念的原因所在，或者干脆用"艺术社会学"阐释问题。而在一个更大的论述语境中，也会出现"文化社会学"概念。

域截至彼时最为全面且言简意赅的论述。①

科恩－布拉姆施泰特认为，作为研究社会的学科，社会学离不开社会批判精神；只有当社会秩序不再被看作理所当然的，而是令人置疑的时候，人们才能用锐利的目光来观察特定社会的结构、发展和目标。人在社会中的处境是具体的，这必然导致他对自我生存条件的认识，并从社会的角度认识自我。这样的认识必然会延伸到对于法律、艺术、科学、宗教等所谓"客观精神"之形态的观察。②

> 因此，除了法律社会学、知识社会学、宗教社会学之外，还有一门揭示艺术与社会之关系的艺术社会学，而文学社会学正是它的主要分支之一。③

就文学社会学一般研究方法的取向而言，人们应当（依照曼海姆的知识社会学观点）从一个基本设想出发，即"对文学作品的阐释，说到底仅有两种不同的主要方式，也就是内涵阐释与功能阐释"④。内涵观察方法视作品为艺术领域内的精神形式，并试图解读它的特殊构造（素材、结构、内容）。功能观察则将视线对准作品所依托的个体和群体的存在，对准作品的"存在功能"。曼海姆的功绩在于，他第一个在原则上指出了阐释精神形态的两种可能性，而且不能绝对地强调其中的一种，二者的关系是互补的。

> 这种文学社会学方法检视作家和作品同社会过程的联系，尽可能放弃任何评判。从事创作的诗人和作家，处于完全特定的社会状况之中，且与不同的阶级有远近之分。阅读、接受或者拒绝

---

① 科恩－布拉姆施泰特在"文学社会学"领域的另一重要著述，是其"献给曼海姆"的专著《德国贵族与中产阶级：1830 年至 1900 年德国文学中的社会类型》（Ernest K. Bramsted [Ernest Kohn-Bramstedt], *Aristocracy and the Middle-Classes in Germany: Social Types in German Literature 1830 -1900*, London: P. S. King, 1937）。

② 参见科恩－布拉姆施泰特：《文学社会学诸问题》，第 719 页。(Ernest Kohn-Bramstedt, "Probleme der Literatursoziologie", in: *Neue Jahrbücher für Wissenschaft und Jugendbildung*, 7. Jg. (1931), S. (719-731) 719.)

③ 科恩－布拉姆施泰特：《文学社会学诸问题》，第 719 页。

④ 科恩－布拉姆施泰特：《文学社会学诸问题》，第 720 页。

作品的读者,其世界观和趣味的差异同样是由社会特性决定的。作为连接文学生产者与消费者之桥梁的中间机构(资助者、出版社、剧院主管、评论者),其情形也是如此。文学社会学是以社会为背景,把握文学生产与接受的整个作用关系。①

科恩-布拉姆施泰特之后的文学社会学方向的研究,首先要面对的是两个基本问题;而许京的"文学趣味社会学"对问题的阐释,为此提供了决定性的基本材料:问题之一是从历史的角度考察创作者和接受者、生产者和消费者的特定社会条件;第二个是对应和相互作用问题,也就是社会群体与文学类型之间的相互关联。科恩-布拉姆施泰特赞同许京的观点,即在论述一个时代的时候,不能再从单一的时代精神出发;一般而言,每个社会都存在各种各样的、代表不同社会群体和阶层的时代精神,呈现各具特色的表现方法。② 诚然,单凭不同群体特定的世界观和理想,永远无法解读伟大作品的全部含义;即便如此,倘若忽略特殊的社会决定性,一个时代的文学生产与接受肯定无法得到准确把握。对社会前提的具体认识,必然会使人探讨社会群体同特定文学形式的对应关系。欧洲中世纪之后,至少存在一个基本事实,即"上层社会"与"中下层社会"的读物是不一样的,这不仅关涉读物的内容,也关乎各种读物截然不同的形式。

科恩-布拉姆施泰特也接受了许京的"趣味承担者"概念,认为这个概念有助于对各种趣味进行特色归类。不同的趣味承担者一般都会鼓吹"他们的"典型艺术形式,他们在某种艺术形式中看到自己特有的生活经验和社会理想,并成为某种艺术形式的拥护者。科恩-布拉姆施泰特从历史的角度阐述了趣味承担者的更替:

> 僧侣、骑士、学者以及诚实的工匠和善感的美人,这些趣味承担者早在几百年的进程中被他人取代。今天的趣味承担者主要是职员和小市民、识字的无产者、大城市的记者以及其他一些人,他们的意趣同时并存。另有所谓正在成长的一类人(例如儿童是

---

① 科恩-布拉姆施泰特:《文学社会学诸问题》,第721页。
② 参见科恩-布拉姆施泰特:《文学社会学诸问题》,第723页。

童话的趣味承担者，男孩是探险小说的趣味承担者），以及世界观的区别所形成的趣味承担者（例如天主教文学与基督教文学的读者之分）。①

科恩-布拉姆施泰特认为，应该在这种区分的基础上，勾勒出"上层、中层、下层社会的文学趣味史"，充分顾及"社会阶层与文学种类的对应"这一可能性。其方法论上的追求，则是一种"文学社会学的阶层分析"。这样一种阶层分析，同历史上那种经典的悲剧和喜剧观念相近，即悲剧是等级社会中较高的社会阶层所热衷的形式，而喜剧则是被边缘化的市民阶层喜闻乐见的。这是"上层宫廷社会及其准则所做出的划分"。② 科恩-布拉姆施泰特在论述中排除了艺术品的内部阐释，即对内容与形式的考察；他认为，文学社会学追求的是尽可能抑制乃至打消观察者的价值视角，但却完全认可审美分析的存在，不否认价值判断是人类存在的基本范畴。科恩-布拉姆施泰特在这里的一个错觉是，至少根据曼海姆的观点，文学社会学观察方法绝不是打消价值关联，而正是为揭示价值以及价值与社会历史的深层关系做出贡献。在曼海姆看来，人类存在的历史发展决定了历史阐释的必要性。③

科恩-布拉姆施泰特在其论述中尤其强调了梅林的观点，即文学社会学研究决不只是简单地揭示历史上的作家同社会的联系。④ 正是梅林这位文学理论研究领域中的历史唯物主义代表人物，更为突出地展示了如何用新的目光检视和阐释文学历史遗产。

（三）菲托：文学作品和文学生活社会学

菲托在《文学社会学纲领》（1934）一文中指出：

---

① 科恩-布拉姆施泰特：《文学社会学诸问题》，第727页。
② 参见科恩-布拉姆施泰特：《文学社会学诸问题》，第728页。
③ 参见沙尔夫施韦特：《文学社会学基本问题——学科史纵览》，第87页。（Jürgen Scharfschwerdt, *Grundprobleme der Literatursoziologie. Ein wissenschaftsgeschichtlicher Überblick*, Stuttgart/Berlin/Köln/Mainz: W. Kohlhammer, 1977.）
④ 关于梅林的"文学社会学"观点，参见方维规主编《文学社会学新编》，2011年，第305—315、329—332页。

> 艺术只能在社会场域中生存,它不存在于社会共同体是完全不可想象的,对于这点我们是毋庸置疑的。如同人的所有创造一样,艺术作品唯有在社会中才是可能的、实在的。艺术品为人而成,人的作品为人而在。艺术家的描绘和塑造,本来就体现出表达之意志,那是抑制不住的意志。内心的东西得到吐露,为的是让他人能够看到和知道。①

在此,菲托不是把艺术仅仅认定为服务于社会的、表达需求的单一手段,他在赋予艺术其他功用时,其论述是有所辨析的。他的出发点与居约的观点相通:② 首先,艺术品的社会性早已体现于它的起源;其次,艺术品就如人的所有其他创造活动一般,它的作用使其属于社会生活;第三,社会结构的变化也对艺术的存在形式产生影响。在菲托看来,社会学取向的文学理论之妥当排序,首先应该是"文学作品社会学",其次以"文学生活社会学"作为重要补充。

一、文学作品社会学。根据菲托的观点,一部文学作品的社会性质最简单明了地体现于作品的"素材":

> 市民时代上升时期的新戏剧形式亦即市民悲剧,它之所以为市民的,在于以往只是作为滑稽的或卑贱的配角出现在宫廷舞台上的第三阶层的人,成为严肃剧作中的主角;剧情也因此不得不放在市民生活场景中。同样的现象也大量出现在19世纪描写市民社会生活的长篇小说中,特别是在那些市民社会之自由主义统治形式获得较早发展的国家,如英国和法国。这种状况在德国不怎么显明,但也同样存在。③

必须归入作品素材范畴的还有"问题",这也醒豁地体现于19世纪的现实主义小说:市民社会的精神,尤其是其特殊社会状况如何催

---

① 菲托:《文学社会学纲领》,第36—37页。(Karl Viëtor, "Programm einer Literatursoziologie", in: Volk im Werden, hrsg. von E. Krieck, 2. Jg. 〔1934〕H. 1, S. 35-44.)

② 关于居约的"文学社会学"观点,参见方维规主编《文学社会学新编》,第62—68、90—93页。

③ 菲托:《文学社会学纲领》,第36—37页。

生出特定文学作品？作家又是如何为特定社会而创作的？这里的根本问题是，作家对素材和问题的选择，如何受到所描绘的社会的影响？每种艺术方向都有自己的选材取向和准则，而且所有时代都存在"社会共识"，它作用于文学创作的素材取舍，以获得读者的认可。于是，接受者是作家筛选素材时必然考虑的因素。

作品"内涵"也无法孤立于社会之外。相反，作家所展示的特殊事物和异常经历，往往带着共性色彩。歌德的少年维特便是一个很典型的例子：这个富有创造性个性特征的人物，同当时的社会生活有着深厚的渊源；作品里的天才理念，在很大程度上呈现出那个时代和社会的特征。

菲托还指出，"形式"关乎文学作品的社会性，即便诠释形式的社会性是最为困难的。然而，一种伟大的艺术风格与特定社会生活的联系，它与显著的生活情调的关联是不可否认的。并且，社会的变迁也作用于艺术风格的变化。另外，人们还应当检视文学门类与特定社会状况的直接联系。菲托以欧洲文学史中文学类别的变化讨论了这个问题：

> 真正的史诗显然属于贵族英雄的早期文化。中世纪晚期宫廷史诗的散文化转变，巴洛克宫廷文化中的长篇社会教育小说的兴起，市民时代以熟识的通信体或书信独白形式出现的、贵族隐瞒私情的史诗不曾涉足的自白小说，欧洲自由主义时代涌现的大量现实主义小说，福楼拜之后以叙述和描写的冷静和客观为标志的理想风格的产生及其意义……这些都可成为具备社会学素养者的理论研究任务。①

二、文学生活社会学。菲托认为，如果文学作品社会学的一系列相互关联的研究任务首先要由文学理论家来完成，那么，文学生活社会学的研究任务则应当由社会学家和文学理论家共同来承担。在此，"艺术家社会学"和"受众社会学"组成两个主要分支。前者的任务

---

① 菲托：《文学社会学纲领》，第40—41页。

或许可以探讨逍遥艺人、作家、诗人的类型或者天才概念。① 艺术家社会学着力于考察作家和诗人的社会作用和地位,以及新趋势的代表人物,另外还要剖析文学社团的组成和性质。至于受众社会学,菲托重提许京的观点,即不存在笼统的时代精神,每个社会同时存在不同的趣味阶层和群体。受众社会学探讨的对象,还有文学批评和审查,尤其是许京早就视为其立论之出发点的关键问题:"文化精英是如何形成的?他们如何看待自己和爱好艺术的群体?他们在整个艺术生活中发挥怎样的作用?"(这里还涉及精英文学、通俗文学、色情文学、消遣文学、"面向所有人的文学"及"倾向性文学"之间的差别和联系。)最后还需要回答的一整套问题是:"文学如何具体而实际地改变社会群体的人生态度、生活风格、道德风俗和审美趣味,或者在怎样的程度上造就新的群体现实?"这里提出的问题也是:"文学在何种程度上具备发挥社会作用的力量?""文学对于社会生活的具体贡献是什么?"②

(四)罗特哈克尔:"历史存在"与艺术风格的变迁

狄尔泰的学生罗特哈克尔在《人文科学的逻辑与体系》(1926)中指出,"人类自己创造出来的人文科学",自然看到"宪法、经济、艺术和宗教[……]的发展与整个人类历史紧密相联"。③ 人文科学的出发点应该是,人的所有表述都在某种意义上打上说话者世界观的烙印;并且,世界观的内涵总是同具体的历史—社会事实有关,总是以其为依托。④ 1930 年,罗特哈克尔在一个题为"哲学与不同学科对艺术社会学的贡献"的讲演中,起始便阐述"人类的不同生活风格、文化风格和艺术风格",并认为这一事实向艺术社会学提出了一个任务,

---

① 当然,菲托在文中提醒人们永远不能忘记保罗·恩斯特(Paul Ernst)所说的"不管在哪个社会,真正的诗人是孤独的"。
② 菲托:《文学社会学纲领》,第 41—44 页。
③ 罗特哈克尔:《人文科学的逻辑与体系》,第 12 页。(Rothacker, Erich, *Logik und Systematik der Geisteswissenschaften* (= Handbuch der Philosophie, hrsg. von A. Baeumler und M. Schröter), München u. Berlin: R. Oldenbourg, 1926.)
④ 参见罗特哈克尔:《人文科学的逻辑与体系》,第 140 页。

即寻找"社会因素在这些风格的产生和变迁中起了多大作用"。① 以往和新近的文学理论研究,已经积累了丰富的材料,正在等待社会学视野的加工。他认为风格的变化绝不缘于所谓"内在规律",而"常常是以往沉默的阶层,终于能彰显其世界观,以抗衡迄今处于支配地位的世界观",各种"社会运动"参与了风格的变迁。② 他赞同曼海姆的观点,即文化层面的上层建筑的结构比相对统一的、简单的经济基础的结构复杂得多,因为:

> 精神状态和各种风格不是决定论的生硬产物,而是人根据自己的精神活动的可能性,对其所理解的这样或那样的境况的创造性回应。③

罗特哈克尔全盘接过了曼海姆的理论,将马克思的"不是人们的意识决定人们的存在,相反,是人们的社会存在决定人们的意识"(《〈政治经济学批判〉序言》)视为"整个文化社会学问题的关键"④。不过,他所接受的是被曼海姆修正过的马克思主义"决定因素",即完全用"历史存在"取代"社会存在"概念,尤其是取代"经济存在"。他认为这一扩展令"历史存在"概念成为一切人文科学的公理。曼海姆关于所有思想层面的"存在决定性"(Seinsverbundenheit)这个"成功的公式",早已见之于狄尔泰关于施莱尔马赫的论述,"他从躲入丰富的内心生活和塑造理想世界图像的中产阶级的境况出发,阐释我们的古典文学和哲学所呈现的世界景象之独特的结构"⑤。罗特哈克尔进一步指出,无数研究已经证明许京的考察,我们必须放弃统一的"时代精神"这个靠不住的概念。另外,一个时代的各种潮流与各个阶层不同的特殊结构有关:

---

① 罗特哈克尔:《哲学与不同学科对艺术社会学的贡献》,载《第七届德国社会学大会论文集》,图宾根:Mohr,1931年,第132页。(Erich Rothacker, "Der Beitrag der Philosophie und der Einzelwissenschaften zur Kunstsoziologie", in: *Verhandlungen des Siebenten Deutschen Soziologentages*, Tübingen: Mohr, 1931, S. 132-156.)
② 罗特哈克尔:《哲学与不同学科对艺术社会学的贡献》,第132页。
③ 罗特哈克尔:《哲学与不同学科对艺术社会学的贡献》,第133页。
④ 罗特哈克尔:《哲学与不同学科对艺术社会学的贡献》,第135—136页。
⑤ 罗特哈克尔:《哲学与不同学科对艺术社会学的贡献》,第137页。

一个时代具有或能够具有一种或者多种或明或暗的生活风格和精神风格，它们带着地域、人的年龄及其所属阶层的特色。各种风格比邻共存。风格的危机很少属于内在危机，更多的是由社会发展过程所决定的，即某种体现阶层旨趣的新风格得到了关注。①

罗特哈克尔认为，用"历史存在"替代和扩展马克思的社会存在概念，足以见出社会因素不仅直接介入风格的发展，而且可以经由复杂的社会层次，看到艺术风格同社会和经济基础的联系，例如一个群体的生活风格抑或生活风格的一个方面，如何成为某种特定艺术风格得以生成的历史条件。当然，表明特定社会状况的生活风格，又受到社会和经济的各种因素的制约：

我们把风格的世界观内涵归因于具备这种风格的人的世界观，并力图揭示它同人的社会状况的联系。②

在罗特哈克尔看来，发掘社会因素，不能简单地理解为"显示严密的因果关系之各个环节，以推演艺术创造的必然走向"③。他赞同曼海姆提出的超越时代的、或者至少是部分超越时代的一般"思想种子"（Ideenkeime）；在文化差距不是太大的前提下，不同的社会群体和思潮、不同的时代都能够认同这些"思想种子"。谁都能够涉猎这些思想，并对之做出不同的诠释；可是，对这些思想种子的具体阐述，完全受到不同的人对相关社会形态和时代形态之体认的制约。罗特哈克尔试图将风格及其发展的"种子"，同历史现实与生活现实中的风格和表现形态及其历史和社会功用区分开来。他认为，对于产生新风格的生活共同体或社会群体，总会有不同的诠解，而诠解则依赖于个体或群体特有的社会经验："人在他的全部行为中解释他在世界上的情境。"④

---

① 罗特哈克尔：《哲学与不同学科对艺术社会学的贡献》，第143页。
② 罗特哈克尔：《哲学与不同学科对艺术社会学的贡献》，第146页。
③ 罗特哈克尔：《哲学与不同学科对艺术社会学的贡献》，第154页。
④ 罗特哈克尔：《哲学与不同学科对艺术社会学的贡献》，第155页。

罗特哈克尔在其关于文化社会学的论文《人论》（1933）中，运用了"相互作用"（Wechselwirkung）概念，旨在表明"意识形态之上层建筑与社会基础的关系"①的基本结构。他结合韦伯、舍勒、曼海姆的宗教社会学和知识社会学，以许京的"文学趣味社会学"为例，探讨了"相互作用"这个复杂的概念。他认为许京将趣味所有者的文学风格及其变迁同"社会土壤"的变迁联系起来，明确提出了社会学命题：

> 独有在文学对于阶层的不同层次的依附关系中，艺术的含义才能历史地呈现出来；文学的各种类型和形式，乃至特定的题材、思想、人物形象和素材，都同相关阶层连在一起。②

不是纯粹的、自主的思想发展和文学类型发展的内在规律，只有"风格对于活生生的人的趣味的依赖关系"，方能对风格变迁做出"文学社会学的"阐释。③ 与曼海姆相同，罗特哈克尔也反对用经济决定论的方法阐释文化社会学问题。他认为，揭示精神和文化生活的复杂性，单用经济范畴是远远不够的。若不考察"社会生活风格、信念和世界观之间的独特关系"，即"一个群体的气质、信念、道德习俗、生活感受、世界图景"这些基本生活形态，单从经济的角度观察问题，那么这种方法永远是片面的。④ 尽管社会生活风格等状况只能在一个社会的特定经济框架内才得以展现，但是一个特定社会群体或阶层的成员对这个经济框架的理解却不是统一的，而是更多地受到信念、世界观和气质的影响，形成对物质生活前提之或多或少不相同的理解。罗特哈克尔认为，马克思主义亦即唯物主义的社会学方法，完全越过信念等显而易见的中间环节，简单地把风格视为利益使然，并设法在

---

① 罗特哈克尔：《人论——文化社会学最新论著综述》，载《德国文学研究与思想史季刊》，1933年，卷一，第146页。[Erich Rothacker, "Zur Lehre vom Menschen. Ein Sammelreferat über Neuerscheinungen zur Kultursoziologie", in: *Deutsche Vierteljahresschrift für Literaturwissenschaft und Geistesgeschichte*, 11. Jg. (1933) H. 1, 145-163.]
② 罗特哈克尔：《人论——文化社会学最新论著综述》，第151—152页。
③ 参见罗特哈克尔：《人论——文化社会学最新论著综述》，第152—153页。
④ 参见罗特哈克尔：《人论——文化社会学最新论著综述》，第161页。

因果关系中寻求答案。这显然是不可取的。①

（五）洛文塔尔：对每种文学都能做"社会学阐释"

同科恩－布拉姆施泰特相仿，洛文塔尔在其论文《论文学的社会状况》（1932）中论及梅林对于文学社会学研究的重要意义，认为梅林第一个极为坚决地从社会维度从事文学研究，并强调了对传统文学史研究的范围进行历史开拓的必要性。这里首先需要指出的是，洛文塔尔是从一个社会学家的立场考察文学现象的，他视文学作品的历史为社会现象，把文学史研究看作历史和社会研究。他反对新近的资产阶级文学理论研究，越来越孤立地、简单地观察文学史的研究对象，也就是把作家和作品同历史的复杂关系割裂开来。洛文塔尔指出：

> "作品""形象""内容"这些成问题的表述，说到底都是一些形而上的推演，脱离了文学和文学家之多变的、丰富多彩的实际状况。如果"古典主义""浪漫主义"之类的概念不只是历史的划分，而被赋予形而上的光环，那么，文学与历史事实之间的极端异化便达到了顶点。②

洛文塔尔认为，封闭的理论研究一开始就无法把文学作品的历史认作社会现象，不可能把文学史研究视为历史和社会研究。若说从事文学史研究遂意味着历史地阐释文学，那就需要采用一种发展了的历史和社会理论，着重研究"特定社会结构的哪些方面体现于相关文学作品，相关文学作品在社会中发挥什么作用"。洛文塔尔的理论前提是，人文科学中的任何一种以为精神现象全然独立于社会的观点，是

---

① 参见罗特哈克尔：《人论——文化社会学最新论著综述》，第161页。
② 洛文塔尔：《论文学的社会状况》，第87页。（Leo Löwenthal, "Zur gesellschaftlichen Lage der Literatur", in: *Zeitschrift für Sozialforschung*, Jg. 1〔1932〕H. 6, S. 85-102.）克罗齐说："古典主义坚定地倾向于再现，而浪漫主义则倾向于情感。"但是，他在"直觉即表现，表现即艺术"的意义上指出："绝大部分作品是不能称为浪漫的，也不能称为古典的或再现的，因为它们既是古典的，又是浪漫的，既是情感，又是再现，都是已经完全变成鲜明的再现的活泼的情感。"（克罗齐：《直觉与表现》，载莱德尔编《现代美学文论选》，孙越生等译，北京：文化艺术出版社，1988年，第161—162页。）

对人类生活社会化之实际认识的"强暴"。① 在他看来，从高乃依到易卜生，作家所创造的文学人物，甚至作家本人，他们对社会秩序的看法及其表达，都无法超越既存现实的规定。然而，洛文塔尔在论述经济的优先地位时，他的观点则与趣味社会学或知识社会学的观点相对立："一种真正的诠释性的文学史研究，应当是唯物主义的。也就是说，它必须辨析体现于文学的经济基本结构，以及唯物主义的艺术作品在以经济为依托的社会中所起的作用。"②

为了避免他人的责难，说他单从经济角度直接演绎出整个社会结构，或简单地从经济结构推演文化和心理形态的基本特色，洛文塔尔对自己的观点做了修正。他认为，关键在于展示人的最基本生活状况的所有表述形态，其中包括文学创作。鉴于人的（作家的）思想的复杂性，将来的理论研究应该是很大程度上的思想研究，或同思想研究接轨。后来，洛文塔尔在《文学与社会》（1948）③ 一文中，把文学社会学看作文化社会学的一个部分，并在这个范围内将他所要求的思想研究同知识社会学的论题紧密地连在一起：文学社会学家的任务是，将虚构的文学形象与它们得以产生的特定历史状况联系起来，并通过这种方法使文学解释学成为知识社会学的一部分。从某种意义上说，文学社会学家应当把不同作家在作品主题和修辞手法上的相同之处从个人层面提高到社会层面。否则，文学研究者或因极端强调艺术手段或历史因素而无法得出有意义的结论，或因片面强调宏大事件或个人材料而不能兼顾一般和个别。④

《文学与社会》开篇就指出当代文学批评所面临的变化：对文学做社会学的解释，不排除任何具有一定读写能力的人从历史、审美以及社会学的视角来评说文学作品；另一方面，文学批评日益受到大众文学、畅销书、通俗杂志、连环画等通俗文化的困扰，却仍然拒绝它们进入自己的研究视野。这是亟需克服的现象。⑤ 洛文塔尔从四个方

---

① 参见洛文塔尔：《论文学的社会状况》，第91—93页。
② 洛文塔尔：《论文学的社会状况》，第94页。
③ 该文后来被收入洛文塔尔的《文学，通俗文化，社会》一书（该书第五章）。(Leo Lowenthal, *Literature, Popular Culture, and Society*, NJ: Prentice-Hall, 1961.)
④ 参见洛文塔尔：《文学与社会》，载张英进、于沛编《现当代西方文艺社会学探索》，福州：海峡文艺出版社，1987年，第70—71页。
⑤ 参见洛文塔尔：《文学与社会》，第67页。

面概述了文学社会学的任务,或曰研究范围:

一是文学与社会制度的关系:将文学纳入能动的社会机制以及这个机制中的不同层面,以见出文学形态和功能的变迁;根据不同的社会情境,重新探讨文学形式的变化。这也意味着文学研究的新任务。在古代,尤其在图腾和宗教社会,文学是同膜拜和宗教仪式相谐调的;而在后来的整个市民社会,文学则明显区别于其他文化活动,并能承担不同的使命,完成不同的思想和政治任务,并且出现了严肃文学与通俗文学的划分。

二是作家在社会中的位置:就主观方面而言,作家有着种种自我意识,并按照自己的审美目的来加工各种各样的素材。从客观方面来说,必须分析作家声望和经济收入的根源,查考艺术市场以及所有与艺术作品之传播和奖励有关的因素,探究作家所处的不同时期之社会、经济和文化状况。

三是作为文学素材的社会和社会问题:一个对文学感兴趣并有能力考察纯文学的社会学家,不应当只满足于从纯社会学的角度检视文学,他还需要探讨一个艰难而重要的问题,即那些远离国家和社会状况的文学主题和题材所具有的社会关联。这里需要弄清的问题是,私秘生活如何渗透着社会因素,因为这种生活终究存在于社会。文学作品对个人困扰的描写,往往暗含着公共论题;社会学家的职责就是揭示个体生活的社会意义,以此探究社会变化的中心问题。

四是决定作家成功的社会因素:这里首先应当根究社会状况对作者和读者的影响程度,比如战争时期或和平时期、经济繁荣时期或萧条时期的文学发展,其中包括文学题材、形式以及出版和流传等各方面的问题。其次要研究社会机制和机构的各种宣传或操控措施、审查制度或艺术评论对于作品成功与否的影响。第三点是技术发展亦即艺术作品的生产方式所带来的社会效应,对艺术家的成功和经济收入的影响。①

洛文塔尔在《文学,通俗文化,社会》(1961)一书的"导言"中指出,在考察过去的文学作品时,"我们若把目光局限在可见的事实和自己所处的社会,那就无法确定什么是重要的、什么是不重要的,什

---

① 参见洛文塔尔:《文学与社会》,第67—75页。

么是本质、什么无关紧要"①。这里涉及社会学的核心问题,即个人与社会的关联。在社会学研究中,既要分析社会结构,以看清人与人的联结方式;又要了解个人经验和具体细节,以洞悉这些联结方式是如何产生的。说到底,对每种文学都能做"社会学阐释",即从知识社会学的角度考察问题。作家接近不同群体之生活现实的程度和方式,取决于社会所能给予的观察空间。② 尤其重要的是,研究者不能把历史上的文学形象与现代人的心理和认识做类比,并以此推及当时的整个社会:

> 包法利夫人、安娜·卡列尼娜、《浮士德》中的格蕾欣,这些女性是不能通过类比来阐释的:今人根本无法体验她们遇到的问题,因为形成冲突的环境已经不存在了。只有借助产生她们的那些时期的社会材料对她们进行社会分析,才能理解这些文学作品的意义和功用。③

虽然文学永远无法再现全部现实,而只是表现"来自现实的希望、心愿、梦想和幻想",但是,这些思想形态源于对不同实际生活的具体经历和感受,其表现形式也是全然不同的。④ 因此,人们需要考察"政治和社会发展的趋势与高雅艺术之内容和风格的关系,及其与大众艺术之内容和风格的关系"⑤。

早在1927年,洛文塔尔就在柏林和法兰克福写过戏剧评论和美学文章。尽管他的早期文章主要论述易卜生和迈耶尔那样的作家,但他也对高雅文化的大众接受感兴趣,如战前德国的陀思妥耶夫斯基接受。⑥ 洛文塔尔常将文学分为艺术和作为商品的通俗文化进行探讨。

---

① 洛文塔尔:《文学,通俗文化,社会》,第 xiii 页。(Leo Lowenthal, *Literature, Popular Culture, and Society*, NJ: Prentice-Hall, 1961.)
② 洛文塔尔:《文学与社会:大众文化中的书籍》,第15页。(Leo Löwenthal, *Literatur und Gesellschaft. Das Buch in der Massenkultur*, Neuwied u. Berlin: Luchterhand, 1964.)
③ 洛文塔尔:《文学与社会》,载张英进、于沛编《现当代西方文艺社会学探索》,第70页。译文略有改动。
④ 洛文塔尔:《文学与社会:大众文化中的书籍》,第18页。
⑤ 洛文塔尔:《文学与社会:大众文化中的书籍》,第29页。
⑥ 参见杰伊:《法兰克福学派史(1923—1950)》,单世联译,广州:广东人民出版社,1996年,第244页。

他的通俗文化观发现了民众，也看到了通俗文化演变过程的丰富性，并始终试图把通俗文化研究置于文学社会学的研究框架之中。在他看来，通俗文化作为现代生活的重要内容，是大众社会心理的显示器；创造性文学则具备比现实更高的历史真实，是研究人与社会关系的重要材料。无论二者表面看来如何泾渭分明，却都涌动着社会历史的潜流。

基于这种思考，洛文塔尔极为重视"真正的艺术"和"通俗文化"之间的关系，并由此提出一系列值得关注的问题："我们在此处理的确实是两个对立物吗？""一边是艺术—洞察—精英，另一边是通俗文化—娱乐—广大受众，这些等式能否成立？""艺术是否以及在什么条件下会成为通俗文化？""艺术与通俗文化之间的分歧是否会越来越大？""是谁决定了特定社会中娱乐和艺术的种类？""在艺术和通俗文化中，什么是'好的'？什么是'坏的'？"① 无论如何，从创造性艺术到大众化文学，洛文塔尔在其文学社会学思考中，从未放弃探索文学在历史关系中的位置。②

---

① 洛文塔尔：《文学，通俗文化，社会》，第 xix—xx 页。
② 杰伊认为："洛文塔尔在这样做时，置身在一条狭窄的路上，一边是像梅林这样正统的马克思主义者，另一边是由新批评代表的理想主义。他认为，尽管批评不应把艺术还原为一种简单僵化的社会趋势，但可以正当地把它视为社会的间接反映，而把艺术作品看作孤立的、超社会的现象仅仅是诗学的理解而非批判的分析。另一方面，尽管艺术家受到其社会经济环境中物质境况的限制，历史的分析却必须由狄尔泰对艺术家目的的理解来丰富。"［杰伊：《法兰克福学派史（1923—1950）》，第 158 页。］

第二章　卢卡契："整体性"思想与艺术哲学

本书论述20世纪德国的文学思想，有必要对本章探讨匈牙利哲学家、文学理论家和批评家卢卡契的艺术哲学先做一个简要说明：在德国"文学社会学"思想的框架内阐释卢卡契的美学思想，不仅在于他的大部分论著用德语写成、先在德国发表，更由于论述20世纪上半叶德国关于"文学社会学"的早期思考，无法绕过他的学说。他的著述直接或间接地反映出彼时德国学界对于相关问题的思考。青年卢卡契在柏林和海德堡攻读德国古典哲学和现代西方哲学，受到齐美尔和狄尔泰思想颇多启迪；他是布洛赫的同学和朋友，二者均出入于韦伯的学术沙龙和格奥尔格的朋友聚会。他的两部早期代表作《心灵与形式》和《小说理论》，前者受到艺术社会学的引导，后者受到韦伯类型学方法的影响。当然，人们应当对卢卡契的早期美学思想（约至1918年）与1930年前后转向马克思主义的美学思想做出必要区分。

1961年，卢卡契（1885—1971）关于"文学社会学"的论述第一次被辑录成《文学社会学论文集》出版，编者路茨在"论文集"导论中说：

> 卢卡契本人运用"文学社会学"这个概念的时候，几乎一直带着批判的口吻。他把自己关于文学史研究的论文看作文学的历史哲学，即马克思列宁主义美学。①

---

① 路茨：卢卡契《文学社会学论文集·导论》，第11页。（Georg Lukács, *Schriften zur Literatursoziologie*, ausgewählt und eingeleitet von Peter Ludz, Berlin/Neuwied: Luchterhand, 1961.）

编选这部论文集的目的,是为了把卢卡契丰富的文学论述纳入"马克思主义文学社会学,以便在马克思主义历史哲学的诠释框架内,分析文学同社会经济和社会政治之间的功能性关系"①。的确,文学与社会的关系是卢卡契美学的核心问题,这就必然使他的美学思想呈现出宽广的文学社会学视域,这是所有真正的文学社会学理论研究都无法绕过的。编者的一个最基本的出发点是,"卢卡契式的文学社会学或多或少是一种采用历史—经验方法的文学之社会学"②。这里的"或多或少"中的"或少"究竟指什么呢?

中年卢卡契在他的生平回顾《我的走向马克思之路》中强调指出,他在学生时代所阅读的马克思著作对他所产生的影响,主要限于经济学,尤其是社会学;他当时还没有涉及唯物主义哲学,只是把马克思视为经济学家和社会学家。他在1906年至1907年成为齐美尔的朋友,1912年左右与马克斯·韦伯交往频繁。他写道:

> 齐美尔的《货币哲学》和马克斯·韦伯的基督教论著是我走向"文学社会学"的榜样。在这些著作中,虽然还能窥见一些被稀释和淡化了的马克思思想的元素,但是几乎认不出来了。我一方面以齐美尔为榜样,尽一切可能把"社会学"同那种极为抽象的经济基础区分开来,另一方面看到了"社会学的"分析只是真正科学地研究美学的一个先期阶段。③

卢卡契的文学理论与文学社会学的关系究竟是什么?这是值得研究的问题。一方面,他的早期著述已经质疑和批判"文学社会学"命题,甚至否认这一研究方向的合法性。另一方面,他早期关注的、颇为独到的"形式的历史哲学问题",在形式中见出文学存在的缘由,在艺术塑造中而不是在内容关联中看到作品的社会因素。文学借助形

---

① 路茨:卢卡契《文学社会学论文集·导论》,第12页。
② 路茨:卢卡契《文学社会学论文集·导论》,第29页。
③ 卢卡契:《我的走向马克思之路》,《思想和政治论集》,第325页。(Georg Lukács, *Schriften zur Ideologie und Politik*, ausgewählt und eingeleitet von Peter Ludz, Berlin/Neuwied: Luchterhand, 1967.) 另参见《卢卡奇自传》,杜章智等编译,北京:社会科学文献出版社,1986年,第211页:"席美尔金钱哲学、韦伯关于宗教伦理的著作,是我早年的榜样。"

式来反映现实这一立论,并以此考察文学与环境和现实的联系,当然也就直接关乎文学与社会之间的关系这一命题。后来,阿多诺的文学社会学观点,与卢卡契的早期思想有着相通之处。

"庸俗社会学"常被看作马克思主义理论教条化和庸俗化的观念体系。卢卡契转向马克思主义之后,作为新马克思主义的重量级人物,他拒绝将"庸俗社会学"视为马克思主义的变种或内在危险,而直接视之为晚近资产阶级社会科学中的一个主导方向,同时也是假马克思主义理论家之资产阶级思维方式的残余。他几乎否定了彼时"文学社会学"方向的各种尝试,反对一切以群体和阶层为出发点的文学研究,批评从事单独社会事实和历史现象的社会学探讨。在他看来,这些方法看似具体,其实极为抽象,只见表面而缺乏总体关照,无论如何也把握不住整体社会。卢卡契的立足点是其著名的整体性思想亦即历史哲学视角,黑格尔式的整体观对他的影响深刻而长久,他始终没有脱离其早期"小说理论"提出的历史哲学问题以及为此而设置的总体背景。

卢卡契的艺术哲学所主张的社会整体性观念,实为经验实证的文学社会学的对立模式;并且,他曾明确指出自己的美学思想和文学概念中的"艺术"和"文学"不属于社会学范畴。然而,他对历史哲学上的"正确性"和把握现实整体("总现实")的要求,他关于社会关系整体性之"反映论"的文学塑造理论,都是研究马克思主义"文学社会学"时必须讨论的学说。他的理论可以称得上"恢宏",但是其先验论色彩也是显而易见的。在谈论文学与社会的时候,套用公式和武断是他的最大缺陷。他所说的艺术"真实",常常是看不见摸不着的东西,并带有很大的任意性。他那种从一般到个别、从个别到一般的"总而言之"的思维方式,使他在方法论上的设想和许诺很难兑现。

一 形式的"塑造性"和"社会性"

尽管卢卡契只把社会学方向的研究看作文学研究的先期准备,然而在其早期著作《现代戏剧发展史》(1909)的序论中,他已经对文学社会学的命题作了全方位的、彻底的批判,这种基本倾向在他以后的论著中几乎没有根本上的改变。卢卡契看似只是反对经济主义的、庸俗的"文学社会学",因为"它把一个时代的经济关系视为社会关系之最深刻的终极根由,并以此揭示艺术现象的直接原因"。其实,青年卢卡契对社会学方向之文学批评的批判已经走得很远,他断言:"文学社会学几乎是不存在的。""社会学之艺术研究的最大错误",在于其研究意图本身,即要在艺术作品中寻找可以成为社会学研究对象的内容,也就是那些与文学之外的事实直接相关的部分。对此,卢卡契的直截了当的回答是:"文学中真正社会性的东西是形式。"① 只有形式才是连接作者和读者的纽带,能够把作者的体验传递给读者。文学艺术品中不存在"不成形的东西"②。换言之,卢卡契认为形式是内容的审美形态,"文学、艺术和哲学都公开地、直接地追求形式"③。只有形式才能使作品最终确立。

他的"形式"概念源于新康德主义,是指心灵或生活的外化表现方式。在青年卢卡契看来,所谓社会因素,并不是作品与作家或环境在某些内容上的联系,而是特定的塑造:

> 当然,在实际情况中会有很多困难,因为正是形式,它从来不是接受者自觉的体验,甚至连形式的创造者也没意识到这一点。接受者确实相信,是内容对他产生了影响;他没有意识到,让他有可能发觉内容的恰恰是形式:快慢,节奏,强调,省略,色调的明和暗,等等。所有这些都是形式或者形式的一部分,都是通向形式的途径,形式是作品中看不见的中心。④

---

① 卢卡契:《现代戏剧发展史·导言》(1909),《文学社会学论文集》,第71页。卢卡契后来也批判了第二国际中的不少人"简单机械地、庸俗地、非辩证地和直接地从常常是被简单化了的经济事实当中去引申出思想现象和文学作品来"(卢卡契:《作为文艺理论家和文艺批评家的弗利德里希·恩格斯》(1935),《卢卡契文学论文集》(一),北京:中国社会科学出版社,1981年,第25页)。

② 卢卡契:《现代戏剧发展史·导言》(1909),《文学社会学论文集》,第72页。后来的俄国形式主义者艾亨鲍姆的观点与卢卡契在此提出的观点有异曲同工之处:素材的特性来自它的运用,材料存在于形式之中。(艾亨鲍姆:《形式方法的理论》,1925年。)

③ 卢卡契:《心灵与形式·论说文的本质和形式》(1910),《卢卡契早期文选》,张亮、吴勇立译,南京:南京大学出版社,2004年,第129页。

④ 卢卡契:《现代戏剧发展史·导言》(1909),《文学社会学论文集》,第72页。

由八篇论文结集而成的《心灵与形式》(1910)明显打上了新康德主义和新浪漫主义烙印,张扬心灵和形式的完整性。文学首先是借助形式来反映现实的,涉及的是怎样的形式才能恰当地反映现实;合适的形式最能反映客观现实。卢卡契继承和发展了席勒关于形式与素材水乳交融、黑格尔关于形式与内容相互生成的观点。他在把内容和形式视为一个有机整体的同时,赞同将艺术形式和内容的结合过程理解为一种高度抽象的过程,形式是提炼和凝聚内容的最高方式。① 虽然文学的形式远比生活的形式抽象,但是生活世界与诗的心灵相遇之后便"融合为一个再也不能分离的新的统一体"②。当然,卢卡契的"形式"概念,可以直接追溯到柏拉图那里,即形式是再现生命的最高法官。"希腊人感觉每一样可用的形式对他们都是一个现实,是一个活生生的事物而不是一种抽象。"③

当然,卢卡契没有忽视现实生活的规定性:"不管是在这里和在那里,形式只有通过抽象才能被感知到,不管是在这里还是在那里,形式的现实都不比由它所体现的力量更强大些。"换句话说,"创造形式"怎么也离不开生活现实;并且,作家或批评家"也几乎没有一种能撼动生活本身的力量"。④ 卢卡契"把知性、观念看作是被感受到的体验、直接的现实"⑤,"生活世界在这里保持不变,形式只是接受并塑造了这些世界,[……]。于是,这些形式就能在产生思想的时候扮演苏格拉底的角色,但却永远不能凭借自己的力量运用魔力将事物幻化成尚未存在于其中的生活,因为这完全超乎它们的能力"⑥。卢卡契的上述观点告诉我们,而且也是这里需要着重说明的是,他在早期的

---

① 参见巴尔:《乔治·卢卡契的思想》,《关于卢卡契哲学、美学思想论文选译》,张伯霖等编译,北京:中国社会科学出版社,1985年,第85页。
② 参见卢卡契:《心灵与形式·论说文的本质和形式》(1910),《卢卡契早期文选》,第129页。
③ 卢卡契:《心灵与形式·论说文的本质和形式》(1910),《卢卡契早期文选》,第138—139页。
④ 参见卢卡契:《心灵与形式·论说文的本质和形式》(1910),《卢卡契早期文选》,第130页。
⑤ 参见卢卡契:《心灵与形式·论说文的本质和形式》(1910),《卢卡契早期文选》,第127页。
⑥ 卢卡契:《小说理论·形式的历史哲学问题》(1916),《卢卡契早期文选》,张亮、吴勇立译,南京大学出版社,2004年,第23页。

《心灵与形式》或《小说理论》中推重形式，看似与他后来主张反映论亦即强调内容（自然、世界）第一性的观点相抵牾，其实并不存在原则性矛盾，只是在内容上从"心灵"到"社会事实"的转变（尽管这是一个非同一般的转变）。所谓"心灵"，就是对"生活本身"的感受，也就是他后来在《审美特性》中一再强调的社会存在即日常生活，它是审美反映的出发点。他的看重形式是强调文学之所以为文学的缘由。尽管他没有在"文学社会学"理论上用功，而是在历史哲学的层面上讨论文学与世界的关系，但这一视野必然关联文学与社会的关系。

另一方面，哪些社会阶层及其范围可被纳入艺术接受者的范畴进行考察？卢卡契在这个问题上基本承认经济因素具有决定性意义；并且，阶层的实际状况（即它们的情感、价值观和意识形态）与特定的文学社会学议题有关。尽管如此，对诸如文学类型等形式问题具有决定性作用的，并不是经济状况抑或具体的社会关联。① 于是，他认为可以严格区分文学的两个向度：一为文学形式的基本要素所确定的内部发展走向，而且这些形式要素从来不是由内容决定的，或者受到内容的束缚。一为外部情况对文学发展的制约性；如果外部制约业已成为事实，则不再同作品的形式和类型发生任何瓜葛。从这个意义上说，卢卡契反对在文学研究中借用经济范畴，即所有那些借助经验主义的、社会学的具体命题来研究具体的"形式"问题。虽然经济的、社会的存在作为基本事实在起作用，但是文学形式发展的真正起因却在他处："经济关系本身仅仅起着次要的、作为基本事实的作用，对形式产生直接影响的原因完全是其他性质的。"② 换言之，形式被看作唯一的、真正的创作原委，也就是他在《论现代戏剧的社会学》（1914）③ 中所做的原则性归纳："就戏剧形式而言，一切社会学的东西只为审美价值的兑现提供了可能性，但是不决定审美价值本身。"④

青年卢卡契对艺术形式的见解堪称精湛，西方马克思主义文学批评

---

① 参见卢卡契：《现代戏剧发展史·导言》，《文学社会学论文集》，第74页。
② 卢卡契：《现代戏剧发展史·导言》，《文学社会学论文集》第74页。
③ 这篇论文是卢卡契根据《现代戏剧发展史》1911年修订本的序章改写而成的，1914年以《论现代戏剧的社会学》为标题发表于德国图宾根《社会科学与社会政治文库》(*Archiv für Sozialwissenschaft und Sozialpolitik*) 第38期（1914），第303—321、326—335、662—674页。（另载卢卡契《文学社会学论文集》，第261—295页。）
④ 卢卡契：《论现代戏剧的社会学》（1914），《文学社会学论文集》，第262页。

中关于形式问题的耀眼之处,不少来自他的启迪。可惜在后来的发展中,当布莱希特、布洛赫、本雅明、阿多诺、萨特等人赋予形式以革命性内涵的时候,卢卡契似乎过多地沉浸于他的(对许多人来说是不现实的)"伟大的现实主义"理念,他的晚年名著《审美特性》(1963)也没能完全给他摘掉教条主义的帽子。其实,卢卡契在转向"伟大的现实主义"之后,也时不时发表一些关于艺术"形式"的观点,例如他在《艺术与客观真理》(1954)中指出:"每件艺术作品必须表现一个被限定的、自足的、完整的语境,它有自己直观的、不言而喻的情节和结构。""每件意味深长的艺术作品都'创造自己的世界'。"①

二 对社会学研究方向的非议

卢卡契在《倾向性或党性?》(1932)中批评梅林试图从经济基础出发阐释意识形态的表现形式,认为他所说的"内容"完全是片面的,彻底忽视了辩证法,搞的是"环境论"的那一套东西。他没有认识到,一切文学只有在社会整体的层面上才能得到把握,而不能从单个的个别现象去进行经验主义的考察。② 根据同样的逻辑,卢卡契在《作家与批评家》(1939)这篇论文中,批评所有以群体和阶层为出发点的文学研究,即把文学与"社会的总体发展"割裂开来的做法。他认为这类研究说到底只能采用"极为抽象和非历史的范畴"(例如"环境""阶级"等范畴)讨论问题,而这些范畴是怎么也无法把握整体社会的。③ 另外,他把资产阶级的社会研究视为形式社会学④,批评

---

① 卢卡契:《艺术与客观真理》,转引自塞尔登编《文学批评理论——从柏拉图到现在》,刘象愚等译,北京:北京大学出版社,2000年,第57、58页。
② 参见卢卡契:《倾向性或党性?》(1932),《文学社会学论文集》,第113—114页。
③ 参见卢卡契:《作家与批评家》(1939),《文学社会学论文集》,第210页。
④ 形式社会学是形成于19世纪末的社会学重要派别,主要代表人物是德国社会学家滕尼斯(Ferdinand Tönnies)、齐美尔(Georg Simmel)和维泽(Leopold von Wiese)。他们主张社会学对社会现象的研究可以忽略内容,集中研究社会关系的形式。滕尼斯从"社区"和"社会"这两个概念入手,分析这两种社会结构的一般形式,树立了社会形式(理想类型)研究的范例。齐美尔主张社会学应该脱离社会关系的具体内容,专门研究社会关系的形式或人类交往的形式。维泽则提出了关系社会学,认为社会学是研究人与人之间关系的科学,人的交往构成社会关系与社会结构。形式社会学对后来人际关系和群体之间关系的研究产生了重要影响。

那种"远离生活、脱离现实的抽象形式",指出形式社会学经常卖弄一些"夸夸其谈的、空洞的套语"。① 应该说,卢卡契的批评是不无道理的。把抽象形式生搬硬套地应用于文学研究,很容易出现他所刻画的那种文学社会学:

> 大多数"社会学的"文学研究的特征是,它们对社会的认识只停留在一个很低的水平上。因此,它们的那些套路反而比在一般社会学中更加抽象;需要阐释的文学现象同样被用抽象的形式呈现出来,与那些非社会学的文学考察所显示的孤立的美学探讨没有两样。②

卢卡契在此几乎全盘否定了20世纪发展至他那个时代的"文学社会学"方向的不同探讨,其理论基础就是他那著名的整体性思想:缺乏总体关照,具体表象看似很具体,其实最抽象,因为(按照黑格尔的观点)它忽视了表面背后的联系与统一,而直接的、缺乏相互联系的孤立现象无法见出根本意义。很明显,卢卡契忽略了、或曰根本不愿看到形式社会学或"文学社会学"为经验研究提供理论准备的可能性,尽管他自己曾经相信"社会学的"分析可能为审美研究做准备。他指责形式社会学用抽象的形式范畴呈现抽象的偶然特色,不能用统观整体的社会理论将分散的现象联结起来。然而,他对马克思主义辩证唯物主义的解读,即把握现实整体("总现实")的要求,使他陷入另一个抽象公式的陷阱,一开始就用社会整体性观念亦即纯粹的历史哲学视角,把社会经验的所有单独视角排除在外,以至于不可能对特定社会事实的各种单独历史现象进行社会学探讨,说到底也排除了各种实证研究。

卢卡契认为"辩证法否认世界上存在任何纯粹单方面的因果关系"③,经济基础和上层建筑之间也不存在简单的因果关系。其原因有二,这也是卢卡契文学理论和美学纲领的思想基础:其一,他从黑格

---

① 参见卢卡契:《作家与批评家》(1939),《文学社会学论文集》,第206页。
② 卢卡契:《作家与批评家》(1939),《文学社会学论文集》,第206页。
③ 卢卡契:《马克思、恩格斯美学论文集引言》(1945),《卢卡契文学论文集》(一),北京:中国社会科学出版社,1981年,第276页。

尔的辩证法入手，强调马克思主义是主客体统一的方法，而且在很大程度上标举主体或意识形态在历史中的作用，历史是主客体在实践活动中相互作用的历史。他认为马克思主义注重"主观的创造力，主观的活动在历史发展中能起非常大的作用"。人类通过劳动从动物变成人而创造了自己，"这样的历史发展观贯串了整个马克思的社会哲学，也贯串在美学中"。并且，马克思主义"看到了艺术创作主观的创造性劳动的最大价值"。① 卢卡契也是在这个意义上标举世界观的能动性："没有世界观，就没有作品可言。"② 其二，近现代伟大的文学和艺术，都把注意力集中在资本主义生产方式上，对准资本主义社会中的人的异化亦即物化形式。③ 它们在根本上体现了"人道主义原则"，"热衷于维护人的人性完整"④，也就是体现于古希腊艺术、后来的古典主义文学以及市民社会现实主义文学中的最崇高的人性理想。换言之，卢卡契的整体性思想与文艺复兴以来的人道主义思想一脉相承，把人的完整性视为艺术创作的本质，文学直接肯定人的自身价值，以典型形象表现社会历史过程的整体性："审美体验是以个体和个人命运的形式来说明人类。"⑤

说到底，卢卡契关于人类生活的整体性与艺术表现的辩证理论，仅把直接经历的现象世界视为纯粹的形象素材，完全失去了自身的理论、本质和历史哲学的整体性价值。他所宣扬的现实主义文学，是从整体的各个方面去把握生活，是表现部分与整体、现象与本质的辩证关系。他甚至宣称：

---

① 卢卡契：《马克思、恩格斯美学论文集引言》，《卢卡契文学论文集》（一），第276—277、293页。

② 卢卡契：《叙述与描写——为讨论自然主义和形式主义而作》（1936），《卢卡契文学论文集》（一），第72页。(原文标题：Erzählen oder Beschreiben?，直译当为《叙述还是描写?》。)

③ 卢卡契在《历史与阶级意识》中所阐发的"物化"命题，与马克思的"异化"概念异曲同工；其时，马克思的《1844年经济学哲学手稿》尚未被发现。卢卡契是在苏联期间（1930—1931）第一次读到马克思的这部1932年面世的《手稿》。

④ 参见卢卡契：《马克思、恩格斯美学论文集引言》（1945），《卢卡契文学论文集》（一），第281—282页。

⑤ 卢卡契：《审美特性》，徐恒醇译，北京：中国社会科学出版社，1985年，第248页。

被赋予艺术生动性的现象并非一定从日常生活中汲取，甚至也并非一定从现实生活中汲取。这就是说，即使文学创作中最大胆的幻想的游戏，即使对现象所作的最离奇的虚幻的描写，也完全和马克思主义的现实主义观不相矛盾。①

马克思主义的现实主义就是体现"历史必然性"、体现整体性的文学，因而他才说"现实主义不是一种风格，而是一切真正伟大的文学的共同基础"②。卢卡契不遗余力地推崇现实主义，对所有其他文学可能性视如敝屣；并且，他对现代主义的批评，已经蕴含于《小说理论》。他是一个执着的追求者；然而，偏执和教条往往难分，他的教条主义特色是不可否认的。尽管如此，他的一个观点是锐利的："现实主义的胜利，这个马克思主义的提法意味着和那种把文学作品的价值机械地从作家的政治观点和所谓的阶级心理中推导出来的庸俗文艺观完全决裂。"③ 他还认为，依托于实证和经验的文学社会学，不管其研究方法以什么姿态出现，只能是"庸俗马克思主义"方法或者"庸俗社会学"方法，因为它总是以文学和社会现实的公式化的对立为出发点。然而，不能与历史过程分开的艺术作品，展示的则永远是发展方向：来自何处，去向何方。④ 对这种似乎万能、却又不很现实的现实主义方法，伊格尔顿写道："现实主义作品知道真理，但是用一种变戏法的狡猾行为假装不知道：作品首先必须是关于现实本质的抽象，然后用假设的直接性把它再创造出来，把这种本质隐藏起来。因此，现实主义作品是一种错视画，一种具有深度的表面，是一种对任何地方都起调节作用却又看不见的调节规律。"⑤

一般批判者总是习惯于把"庸俗社会学"视为马克思主义理论教

---

① 卢卡契：《马克思、恩格斯美学论文集引言》（1945），《卢卡契文学论文集》（一），第291页。
② 卢卡契：《普希金在世界文学中的地位》（1947），《卢卡契文学论文集》（二），北京：中国社会科学出版社，1981年，第495页。
③ 卢卡契：《马克思、恩格斯美学论文集引言》（1945），《卢卡契文学论文集》（一），第299页。
④ 参见卢卡契：《马克思、恩格斯美学论文集引言》（1945），《卢卡契文学论文集》（一），第301—302页。
⑤ 伊格尔顿：《审美意识形态》，王杰等译，桂林：广西师范大学出版社，2006年，第330页。

条化和庸俗化的观念体系，简单地解释马克思主义关于意识形态的阶级制约性，认为意识形态现象直接取决于物质现象和经济基础。卢卡契则不然，他不是把"庸俗社会学"看作马克思主义本身的一个变种来鞭笞，反对把"庸俗社会学"当作存在于马克思主义的一种内在危险，而是力图揭示一些所谓的马克思主义理论家的论述，本来就是资产阶级思维方式的余孽，"是庸俗社会学中对于社会的概念的资产阶级的抽象性，这在术语上是跟晚近资产阶级思想的主观主义和相对主义紧密地联结在一起的"①。

> 我们的文学舆论多半习惯于狭隘地理解庸俗社会学这个概念，这是一种淡化和歪曲马克思主义的企图。然而，庸俗社会学其实是资产阶级颓废时期的社会科学中的一个主导方向。［……］时常有人断定庸俗社会学与审美形式主义之间的亲缘关系，这并不是那些歪曲马克思主义的人的专长。恰恰相反，它产生于堕落时期的资产阶级文学研究，然后才渗入工人运动。把抽象的、机械社会学的泛泛而论与对文学作品的极端主观的审美观察直接而无机地杂糅在一起，这已经淋漓尽致地体现于这类社会学的"宗师"那里，体现在丹纳、居约或尼采那里。②

卢卡契把矛头对准"资产阶级"社会学和文学社会学的时候，在向那些"由于社会学的方法而无意识地成为资本主义的卫道士"③ 发难的时候，他是在两面开攻，锋芒直逼经验主义方向和形式主义方向。他一方面认为社会学的经验主义与文学的自然主义之间存在着紧密联系，另一方面确信社会学的形式主义同美学的形式主义血脉相通。这时，他的讥弹对象既是社会学研究方向、又是美学研究方向，视其"观察和描写的方法，是随着使文学科学化、把文学变成一门应用的自

---

① 卢卡契：《论艺术形象的智慧风貌》（1938），《卢卡契文学论文集》（一），第208页。
② 卢卡契：《作家与批评家》（1939），《文学社会学论文集》，第206—307页。
③ 卢卡契：《论艺术形象的智慧风貌》（1938），《卢卡契文学论文集》（一），第192页。（引文对译文有改动，原译为："由于社会学的方法而成为资本主义的无意识的卫道主义者。"）

然科学、变成一门社会学的观点一同产生的"。另外，卢卡契认为自然主义倾向之"文学修养的低下水平"，与经验主义社会学的理论贫困没有两样：把主题同故事情节混为一谈，即用属于主题的东西代替故事情节，用细致的描写代替无聊的主题，这正是自然主义的主要遗产。①

卢卡契对形式社会学只顾形式不管内容以及"空洞套语"的非难，应该说是一种立意颇高的批判。然而，这也必然遭到反对者对教条化的马克思主义文学观的反唇相讥，以及对马列文论中至关重要的"理论联系实际"观点的怀疑，认为马列文论中的那些"崇高的"、"高层次的"、固定的理念，以及脱离实际的口号，更给人抽象之感："这样的理论联系实际，不是经验主义，而是机会主义。"② 确实，在谈论文学与社会的时候，套用公式和武断是卢卡契的最大缺陷。在他那里，一切文学研究都以历史哲学的"正确性"为准。③ 他在运用马克思主义阐释批判现实主义小说的时候，确信只有"马克思主义者能够看到历史之真正的主要因素、发展的主要方向、历史曲线的真正走向，马克思主义者知道它们的公式"④。

三 整体性"反映论"

卢卡契在第一次世界大战期间转向马克思主义，首先体现于他的政治立场（他于1918年加入匈牙利共产党）；其文学理论却主要依托于古典美学。他的前马克思主义时期（具有黑格尔主义倾向）的《小

---

① 参见卢卡契：《叙述与描写——为讨论自然主义和形式主义而作》（1936），《卢卡契文学论文集》（一），第70、80页。

② 菲根：《文学社会学的主要方向及其方法——文学社会学理论研究》，波恩：Bouvier，（1964）1974年，第74页。(Hans Norbert Fügen, *Die Hauptrichtungen der Literatursoziologie und ihre Methoden. Ein Beitrag zur literatursoziologischen Theorie*, 6. Auflage, Bonn: Bouvier, 〔1964〕1974.）

③ 参见德尔纳、福格特：《文学社会学：文学，社会，政治文化》，第22页。(Andreas Dörner/Ludgera Vogt, *Literatursoziologie. Literatur, Gesellschaft, politische Kultur*, Opladen: Westdeutscher Verlag, 1994.）

④ 卢卡契：《巴尔扎克与法国现实主义·前言》（1951），《文学社会学论文集》，第243页。

说理论》①中隐约可见、但却没能深入探讨的一个根本问题，后来也没有成为他的中心议题：纯粹而崇高的希腊艺术之经典性的衰微，才使各种文学类型获得新的历史功能，并且见之于不同的时代。这也是卢卡契整个文学理论的基本信条和出发点。

自温克尔曼提出和赞美古希腊艺术的审美原则（"高贵的单纯，静穆的伟大"）之后，歌德、席勒以及不少后来人崇尚古希腊艺术所体现的精神。卢卡契对古希腊文化的景仰与这一德国传统一脉相承。他把古希腊文化看作"完整的文化"，并用这个范畴取代了黑格尔的"绝对精神"。"严格地说起来，只有荷马的作品才是史诗"，"千百年来没有人能与荷马比肩，甚至都还不曾有人接近过他"。"史诗的世界"亦即古希腊文化的"完整对于我们来说简直不可思议"。他在这个上下文里，以及其他许多地方所说的 Totalität，是指原本的、没有破裂的生活之"整体性"（或曰"完整性"），一种"封存在它自身内部的"完整性：只有在生活与形式同质的地方，只有在形式不是一种强制的地方，只有在美就是可见世界的地方，存在之完整性才是可能的。因此，"希腊精神和我们的精神本质上是不同的"。在那里，生活和本质是同一的概念，"创造只是对可见的永恒本质的描摹"。它体现于古希腊的史诗、悲剧和哲学，然而悲剧和哲学的先后出现，早已显示出史诗中那种原本的生活整体性的逐渐式微。后来的艺术，只是"按照我们的标准而创造出来的世界的幻想中的实在，因此独立了：它不再是一个摹本，因为所有的范本都已消失了"。② 现代以来，"尽管悲剧发生了变化，然而其本质却在我们的时代依旧得到了拯救，而史诗则必须退场，让位给一种崭新的形式，即小说"③。"小说是一个被上帝遗弃的世界的史诗。"④ 古希腊的"那种自然统一已被永久地破坏了"；

---

① 《小说理论》草稿创作于1914年夏，定稿于1914/1915年之冬，1916年发表在德语杂志《美学与普通艺术学》（Zeitschrift für Ästhetik und Allgemeine Kunstwissenschaft）上，1920年出版单行本。此书与本雅明的《德国悲剧的起源》被并列视为现代文学批评的典范之作。

② 见卢卡契：《小说理论·完整的文化》（1916），《卢卡契早期文选》，张亮、吴勇立译，南京大学出版社，2004年，第3—14页。

③ 卢卡契：《小说理论·形式的历史哲学问题》，《卢卡契早期文选》，第16页。

④ 卢卡契：《小说理论·小说的历史哲学制约性及其重要意义》，《卢卡契早期文选》，第61页。

"这种统一分解之后，就不会再有自发的存在总体性了"。这种历史发展"将世界的面貌永久地撕扯出一道道裂纹"，"在此情况下，它们把世界结构的碎片化本质带进了形式的世界"。① 我们看到的只是支离破碎的社会，毫无诗意。这就是从史诗到悲剧再到小说的文类更迭之原因，并决定了不同历史发展阶段的"形式"之不同特征。或者说，从史诗、悲剧直到现代小说，均为不同时代之精神的不同外化形式。此乃该书试图创立一种类型学的宗旨，也是卢卡契阐释其"小说理论"的出发点和中心法则。②

卢卡契说："据我所知，《小说理论》是'精神科学'中第一部将黑格尔哲学的发现成果具体地运用到美学问题中的著作。"③ 这部著作的丰富蕴涵及其启示性，正在于其思辨框架得以让作者提出问题，而不是提出解决问题的方法。④ 其实，后来的"卢卡契从来没有脱离古典美学的魔力"⑤，也就是没有摆脱黑格尔式的整体观对他的深刻影响。他为自己的"小说理论"所设置的背景已经很清楚地告诉我们，他所关注的是"形式的历史哲学问题"。⑥ 了解了这一点，我们便能理解，"卢卡契的兴趣，不是在'经验的历史整体'中寻找'形式得以

---

① 卢卡契：《小说理论·完整的文化》（1916），《卢卡契早期文选》，第 12、14 页。——卢卡契以后在批判表现主义的时候，亦强调了表现主义的"碎片化"现象，认为它对世界的感觉不是从事物内部和真实世界进行构思，而是追求怪异新奇的艺术技巧，以起到标新立异的作用，"这种作用正是产生于这样一个事实：它能够迅速地把事实上完全不同的、零碎的、从联系中撕下的现实碎块令人惊奇地拼凑在一起。［……］其最终效果不过是极度的单调无聊而已"。（卢卡契：《问题在于现实主义》〔1938〕，载《表现主义论争》，张黎编选，上海：华东师范大学出版社，1992 年，第 166 页。［另译《现实主义辩》］

② 深受卢卡契《小说理论》影响的本雅明说："小说家就是这样的。他是真正孤独、沉默的人。史诗的人只是休息。在史诗中，人们劳动一天之后便休息了；他们聆听、做梦、收集。小说家把自己排除在人群和他们的活动之外。小说的诞生地是离群索居的个人［……］。写一部小说就是把人的存在表现出来的不协调推到极端。"（本雅明：《小说的危机》，转引自秦露：《文学形式与历史救赎——论本雅明〈德国哀悼剧起源〉》，北京：华夏出版社，2005 年，第 105 页。）

③ 卢卡契：《小说理论·序言》，《卢卡契早期文选》，第 VI—VII 页。

④ 参见詹姆逊：《马克思主义与形式——20 世纪文学辩证理论》，李自修译，南昌：百花洲文艺出版社，1995 年，第 151 页。

⑤ 德梅茨：《马克思、恩格斯与诗人——德国文学史的一个章节》，第 210 页。（Peter Demetz, *Marx, Engels und die Dichter. Ein Kapitel deutscher Literaturgeschichte*, Frankfurt u. Berlin: Ullstein, 1969.）

⑥ 参见卢卡契：《小说理论·形式的历史哲学问题》（1916），《卢卡契早期文选》，第 14—32 页。

生成的经验的、社会学的条件'"①。他在《历史与阶级意识》（1923）中明确提出的整体性思想，多少已经体现于他的早期论著；换言之，以整体性为主要范畴的《历史与阶级意识》所体现的"马克思主义"倾向，其实是唯心主义的，是卢卡契早期观点的继续，因为整体性观念的设置是先验的，在逻辑上先于事实。② 后来，卢卡契运用马克思主义理论进行具体的文学研究时，依然没有放弃整体性思想，中年和晚年卢卡契与青年卢卡契在思想上的联系，远比表面看上去紧密得多。③ 换句话说，我们不能脱离卢卡契的哲学思想（尤其是《历史与阶级意识》时期的整体性观念）来理解他的美学思想，这种整体性思想一直延伸到他成为马克思主义文学理论家之后的著作之中。④ 他在

---

① 路茨：卢卡契《文学社会学论文集·导论》，第54页。

② 伊格尔顿甚至认为："在讨论商品形式的变形问题时，卢卡契在每个方面都带上了唯心主义的色彩。"（伊格尔顿：《审美意识形态》，第328页）

③ 晚年卢卡契一再批判自己的"充满错误"的前史，包括他的早期整体性思想。这给学术研究带来了不少迷惑。他在《历史与阶级意识》1967年新版序言中自我批评说："列宁在这个问题上真正恢复了马克思的方法，我的努力却导致了一种——黑格尔主义的——歪曲，因为我将总体论在方法论上的核心地位与经济的优先性对立起来。"（卢卡奇：《历史与阶级意识》，杜章智等译，北京：商务印书馆，2004年，第15页。）卢卡契的自我批评或许出自内心亦即真正的反省，但是我们也不能忘记他在苏联以及1944年返回匈牙利之后，紧张的学术气氛和严厉的政治批判给他带来的巨大压力。作家或批评家放弃或者批判自己早先的艺术主张，这是原来苏东等社会主义阵营内的常见现象，其根源不一定在观点本身，常常来自环境的压力。同样，他从《小说理论》或《历史与阶级意识》时代的思想到流亡苏联后倒向"社会主义现实主义"，一般被视为他的文学思想的一次断裂。其原因可能是多样的。一方面，没有对"伟大的现实主义"之乌托邦的坚定信仰，是很难成就他成为马克思主义者之后的丰富著述的。另一方面，也不能排除他作为一个流亡者面对斯大林主义而不得不"入乡随俗"的可能性。后来，随着1955年之后苏东解冻时期的到来，卢卡契又一次调整了他的美学思想，虽然还是从马克思主义观点出发，却在很大程度上又回到了他青年时代的新康德主义的理论目标。《审美特性》（1963）一书便不再仅以马克思主义为圭臬，他以这部巨著了却了青年时代（海德堡求学期间）就想写作一部体系性的美学著作的宿愿。卢卡契是矛盾的，詹姆逊的观点也许只说出了问题的一个方面：卢卡契的多次转变亦即自我"背叛"和"修正"是他对作品及其结构、它们同社会的关系以及认识论价值的不断探索。（参见詹姆逊：《马克思主义与形式——20世纪文学辩证理论》，第139页。）

④ 参见邱晓林：《论卢卡契的文艺意识形态观》，《四川大学学报》（哲学社会科学版），2005年第3期，第72—75页。——海尔曼认为，卢卡契在《历史与阶级意识》中，已经把整体性范畴作为马克思主义的中心范畴来研究。（参见海尔曼：《乔治·卢卡契》，《关于卢卡契哲学美学思想论文选译》，张伯霖等编译，北京：中国社会科学出版社，1985年，第26页。）

《作为文艺理论家和文艺批评家的弗利德里希·恩格斯》中开宗明义："早在《德意志意识形态》这部著作中，马克思和恩格斯就明确指出，个别的意识形态领域，包括艺术和文学，不是独立发展的，它们是物质生产力和阶级斗争发展的结果和表现形式。'统一的历史科学'（einheitliche Wissenschaft der Geschichte）的确立，对于马克思和恩格斯来说，有它必然的结果——他们始终在这个庞大而统一的、系统的历史联系中处理文学问题。"[1] 卢卡契后来在关于文学与社会的讨论中坚决反对报道文学和蒙太奇方法的原因亦出于此，因为它们只看到表面而把握不住整体。[2]

纵观卢卡契美学思想中的"整体性"概念（汉译"整体性""总体性""完整性"等，均出自一个概念：Totalität/totality），我们可以看到两个层面。其一，没有破裂的生活之完整性（存在的完整性），充满了对史诗后时代生活与意义、物质与精神之分裂的批判。其二，他的现实主义反映论中所要求的社会刻画之客观整体性（文学作品的整体性），意味着对碎片化的资本主义社会之本来面貌的总体性把握，将单个的社会现象置于整体性的视野中，置于事物的来龙去脉中，例如他所赞扬的巴尔扎克和托尔斯泰的文学叙事对事物和社会整体的认识，即内涵的总体性（他认为只有批判现实主义才是反映现代社会的恰当形式）。不但从我们今天的立场来看，即便就卢卡契生活的年代而言，他的整体性反映论实在不合时宜，其难以企及的创作方法，仿佛只是19世纪特有的神话。西方艺术发展至19世纪末20世纪初，传统艺术遭到现代艺术的重大挑战。整体性反映论的宏大抱负和创作原则，似乎无法把玩涵咏20世纪的技术进步和物质文化，日益复杂的社会和个人心理，以及不断加剧的人的异化。纵使巴尔扎克那样的迁想妙得，亦难上演20世纪的"人间喜剧"。

虽然卢卡契认为古希腊文化久已无可挽回地消失了，巴尔扎克或托尔斯泰也不可能真正找回荷马史诗中的生活与意义的统一，但是他仍然不愿放弃"按照我们的标准而创造出来的世界"。《小说理论》所

---

[1] 卢卡契：《作为文艺理论家和文艺批评家的弗利德里希·恩格斯》（1935），《卢卡契文学论文集》（一），第1页。

[2] 参见《表现主义论争》（张黎编选，上海：华东师范大学出版社，1992年）中卢卡契的相关论述。

体现的那种确立史诗性叙事的意志,在他后期的现实主义理论中依然完整无损。① 若说歌德和席勒对古希腊的向往不是怀古思旧,而是面向未来,"带有马克思主义印记的浪漫基础"② 的卢卡契则同样如此。他以"整体性"为其"反映论"的标准和理想,寄希望于体现历史总体性的、伟大的现实主义文学的社会功能,以克服人类的物化,把人提高到人的高度,重归生活与意义、生活与本质的统一。

四　历史哲学与现实主义

卢卡契在1945年为苏联马克思主义美学家里夫希茨编选的匈牙利文版《马克思、恩格斯美学论文集》"引言"中,对他自己的美学和文学概念中的"艺术"和"文学"不属于社会学范畴的问题,做了极为精练的理论阐述。他认为"辩证方法的本质正好在于绝对和相对形成一个不可分割的统一体",这个统一体"从不脱离统一的历史过程"。③ 下面这段文字几乎是卢卡契论述文学与社会之关系的一个总纲:

> 马克思主义观点不承认在资产阶级世界中时行的、把各个科学学科截然分开并使之彼此对立的做法。科学和各个科学学科以及艺术都不存在它们独立的、内在的、完全由它们自己内部辩证法产生的历史。[……]文学的存在和本质、产生和影响因而也只有放在整个体系的总的历史关系中才能得到理解和解释。文学的起源和发展是社会的总的历史过程的一个部分。④

他又在《艺术与客观真理》(1954)中写道:

> [真正的现实主义]提供一幅现实的画像,在那里现象与本

---

① 参见詹姆逊:《马克思主义与形式——20世纪文学辩证理论》,第173页。
② 伊格尔顿:《审美意识形态》,第330页。
③ 卢卡契:《马克思、恩格斯美学论文集引言》(1945),《卢卡契文学论文集》(一),第274页。
④ 卢卡契:《马克思、恩格斯美学论文集引言》(1945),《卢卡契文学论文集》(一),第274—275页。

质、个别与规律、直接性与概念的对立消除了，以致两者在艺术作品的直接印象中融合成一个自发的统一体，对接受者来说是一个不可分割的整体。①

这种马克思主义文学研究，一方面以洞察社会"本质"为前提，另一方面需要一个标准来衡量一部文学作品，是否通过把握本质来反映现实。而对社会本质的确认，则视其是否符合历史规律所规定的发展路向。正是这种历史哲学掌控着人们对文学的现实内涵的评判：

> 几乎一切伟大的作家的目标就是对现实进行文学的复制。忠于现实，热烈追求着把现实全面和真实地重现——这对一切伟大作家来说是衡量其创作伟大程度的真正标准（莎士比亚、歌德、巴尔扎克、托尔斯泰）。②

这里所说的现实主义概念的基础，是对本质与现象的区分，单纯的"现象"复制无法兑现现实主义的承诺。"马克思主义美学将现实主义提到了艺术的中心地位，同时也以此来最尖锐地反对任何一种自然主义，反对任何满足于将直接感觉到的外在世界的表面作照相式的再现的倾向。"③卢卡契认为现实主义与自然主义不同，它能把握一个社会的深层结构、揭示其"本质"，而左拉则是自然主义的典型代表。这也给马克思主义美学中极为重要的"典型说"提供了强力养料：

> 按照马克思恩格斯的看法，典型不是古典悲剧中的抽象化的类型，也不是席勒式的理想化概念化的人物，更不是左拉式和仿

---

① 卢卡契：《艺术与客观真理》，《马克思主义文艺理论研究》第 2 卷，北京：文化艺术出版社，1984 年，第 429 页。

② 卢卡契：《马克思、恩格斯美学论文集引言》(1945)，《卢卡契文学论文集》(一)，第 287 页。

③ 卢卡契：《马克思、恩格斯美学论文集引言》(1945)，《卢卡契文学论文集》(一)，第 288 页。

左拉式的文学和文艺理论炮制出来的"平均数"。可以这样来说明典型的性质：一切真正的文学用来反映生活的那运动着的统一体，它的一切突出的特征都在典型中凝聚成一个矛盾的统一体，这些矛盾——一个时代最重要的社会的、道德的和灵魂的矛盾——在典型里交织成一个活生生的统一体。[……]典型的描写和富有典型的艺术把具体性和规律性、持久的人性和特定的历史条件、个性和社会的普遍性都结合了起来。①

在卢卡契看来，高雅文学所追求的不是最忠实地反映表面世界（那只能属于自然主义，描写的是支离破碎的表面现象），而是"从直接体验到的表面深挖下去"，"去塑造那生动的辩证过程，在这个过程中本质转化为现象并在现象中显示着自己"。也就是"从现象中去寻求本质，从与本质的有机关系中去把握现象"（这才是真正的现实主义，表现的是现象与本质的联系）。② 另外，"马克思主义美学仅仅希望不要抽象地描写作家所认识到的本质，而是沸腾的生活现象所呈现的本质。本质正是有机地蕴藏在这些现象之中，并从个体生命中体现出来"③。这就是卢卡契文学创作论中的典型观。路茨认为，这种典型就是一种"马克斯·韦伯所说的理想类型"④。倘若确实如此，或者说卢卡契的"典型"（Typus）至少类似韦伯的"理想类型"（Idealtypus），或曰与之有关，那么，就有必要分清二者的异同，弄清文学理想类型与科学理想类型之间的关系。卢卡契关于现实主义和典型说的言论，终究属于宽泛的理论且不够缜密，以致人们最后还是无法获得一个真正的标准，用以评判一部文学作品究竟达到什么程度才能算作现实主义作品。试以如下观点为例：

> 马克思主义美学认为，如果没有把运动着的本质力量呈现出

---

① 卢卡契：《马克思、恩格斯美学论文集引言》（1945），《卢卡契文学论文集》（一），第290—291页。
② 参见卢卡契：《马克思、恩格斯美学论文集引言》（1945），《卢卡契文学论文集》（一），第288—290、293页。
③ 卢卡契：《马克思、恩格斯美学论文集引言》（1945），《卢卡契文学论文集》（一），第291页（译文有改动）。
④ 路茨：卢卡契《文学社会学论文集·导论》，第59页。

来,即使用最详细的自然主义细节描写的世界也不一定具有现实主义的性格。但是马克思主义美学认为霍夫曼和巴尔扎克的中篇幻想小说代表着现实主义文学的顶点。这是理所当然的,因为在这些小说里恰恰借助了虚幻的描写手法反映了本质的因素。马克思的现实主义观是被赋予艺术生动性的本质的现实主义。这是辩证的反映论在美学领域的应用。并非偶然,正是典型这个概念把马克思主义美学的特征表现得非常清楚。典型,它一方面是本质和现象辩证关系在艺术上的解决,这种解决办法在其他领域中是没有的,另一方面又同时回到那社会的、历史的过程;它指出最好的现实主义艺术就是这过程忠实的反映。①

且不说这类给人无所不知之感的文字中存在故弄玄虚之处,卢卡契所说的艺术"真实"常常是看不见摸不着的东西,并带有很大的任意性。无论如何,在西方文学理论中,卢卡契的典型观早就被视为陈旧过时的东西,而且是不必当真的。② 卢卡契对马克思和恩格斯所赞赏的巴尔扎克的现实主义情有独钟,可是巴尔扎克的问题在于,他对市民社会人物形象和生活世界之公认的细致描摹,其前提是他对市民社会持保留态度和对贵族阶层的同情。巴尔扎克固然是伟大的,然而文学史中不乏其他经典:在小说文学中,那些资本主义的最敏锐、最精微的观察者,把资本主义的产生和强盛描绘成一部失落的历史;他们关注的是资本主义带来的破坏和扫荡,涉及整个市民社会中的人格,而不只是无产阶级。另外,在卢卡契的伟大现实主义作家的画廊中还有托尔斯泰;从人类进步的角度来说,托尔斯泰从来不把工业社会的惊人成就看作历史的进步。

卢卡契源于其历史哲学的片面观点,导致他对文学品质之明确的价值判断,例如对福楼拜的贬低,视其为龚古尔兄弟和莫泊桑的同路人,称他们是"法国现实主义之主观主义转向的肇始",好在他们

---

① 卢卡契:《马克思、恩格斯美学论文集引言》(1945),《卢卡契文学论文集》(一),第292页。

② 参见詹姆逊:《马克思主义与形式——20世纪文学辩证理论》,第162页。

"多少还有传统的现实主义渊源"。① 卢卡契相信，他对回答下面的问题有一个明确的标准："巴尔扎克或福楼拜，谁是19世纪最经典的作家？"标准来自历史哲学，依托于对市民社会之历史发展的诠释，因为"历史考察的任务是做出抉择，其一是《情感教育》第一次成功地以昏暗的天际表现终极的、灾难性的命运；其二是一个隧道，虽然很长，可是却能给出一条出路。"② 由此，问题已经有了答案：

> 从这个视角出发可以清楚地看到，19世纪初期法国的伟大现实主义的真正继承者，不是福楼拜，更不是左拉，而是该世纪下半叶的俄国文学（以及部分斯堪的纳维亚文学）。③

卢卡契用"叙述或描写"的二分法来表达对他来说至关重要的区别：与文学中的现实主义把握社会现象的本质不同，自然主义只是停留在现象的表层。青年卢卡契所看到的小说任务，是"试图以赋形的方式揭示并建构隐藏着的生活总体性"④，这个任务只有"叙述"的现实主义才能完成，而所谓的精准"描写"所失却的正是总体性，最后迷失在表面的丛林中：

> 观察和描写的方法，是随着使文学科学化、把文学变成一门应用的自然科学、变成一门社会学的观点一同产生的。但是，通过观察来把握、通过描写来表现的种种社会因素，是如此贫弱，如此稀薄而又图式化，它们很快、很容易就变成了它们的极端对立面，变成了彻底的主观主义。接着，帝国主义时期的种种自然

---

① 卢卡契：《变坏事为好事》（1932），《文学社会学论文集》，第150页。（Georg Lukács, "Aus der Not eine Tugend", in: *Schriften zur Literatursoziologie*, ausgewählt und eingeleitet von Peter Ludz, Berlin/Neuwied: Luchterhand, 1961.）

② 卢卡契：《〈巴尔扎克与法国现实主义〉序言》（1951），《文学社会学论文集》，第241—242页。（Georg Lukács, "Vorwort zu *Balzac und der französische Realismus*", in: *Schriften zur Literatursoziologie*, ausgewählt und eingeleitet von Peter Ludz, Berlin/Neuwied: Luchterhand, 1961.）

③ 卢卡契：《〈巴尔扎克与法国现实主义〉序言》（1951），《文学社会学论文集》，第243页。

④ 卢卡契：《小说理论·史诗和小说》（1916），《卢卡契早期文选》，第36页。（译文略有改动）

主义和形式主义流派,便从自然主义的奠基人那里接受了这份遗产。①

正确的世界观才是伟大文学的前提:

> 没有世界观,就决不可能正确地叙述,决不可能创作任何正确的、层次匀称的、变化多端的、完善的叙事作品。而观察、描写正是作家头脑中由于缺乏多彩多姿的生活情况而采用的代用品。②

假如卢卡契的这种说法基本上能够成立的话,那么,我们必须对之做出很大限定。他在《叙述与描写》以及其他不少论著中将现实主义牢牢地与巴尔扎克捆绑在一起,表明他不能直面新的文学发展。而20世纪上半叶的不少文学艺术动态,正是对颓废的、日益非理性化的市民意识形态的反应。另外,一味坚持巴尔扎克式的现实主义,也就不可能用卢卡契本人早期所宣扬的形式概念("文学中的真正社会性的东西是形式")宽松地对待文学。

五 艺术哲学与文学社会学的分野

鉴于卢卡契对古典美学的不可动摇的信念和重视现实主义艺术反映的整体性,路茨就卢卡契同文学社会学的关系提出了这样的问题:"历史唯物主义框架内的美学,确实倾向于根究特定历史状况中的文学和社会之有凭有据的('特殊的')制约吗?""或者说,一种马克思主义的文学社会学,能否在它宽广的历史场域的阐释框架内,获得有关文学和社会之历史—社会关系的、具有普遍意义的认识?"③ 另外,鉴于卢卡契从来没有对他的"人文主义""进步""民主"等基本概念做过"确切的、具体的社会历史"界定,或由于哲学家卢卡契的纯思辨

---

① 卢卡契:《叙述与描写——为讨论自然主义和形式主义而作》(1936),《卢卡契文学论文集》(一),第70页。
② 卢卡契:《叙述与描写——为讨论自然主义和形式主义而作》,第73页。
③ 路茨:卢卡契《文学社会学论文集·导论》,第61页。

色彩,以及他的文学观中的"社会"并非五六十年代学院派文学社会学中的学科化范畴,路茨把卢卡契的文学观视为艺术哲学:"他的历史唯物主义的马克思主义美学在实际运用的时候,只能属于艺术的辩证历史哲学,而不是文学研究的马克思主义理论或社会学。"①

诚然,卢卡契曾在1914年发表论文《论现代戏剧的社会学》,然而,按照他本人后来的说法,这篇论文以及《小说理论》产生之时,他的思想还处于"反动"时期和受到"唯心主义神秘性"侵害的时期。② 尽管如此,不少人认为《小说理论》是卢卡契最完美的一部著作,托马斯·曼、布洛赫、克罗齐、本雅明、戈德曼、阿多诺等人,都说这本书给他们留下了经久的印象。③ 由于《历史与阶级意识》和"布鲁姆纲领"遭到正统马克思主义者的严厉批判④,卢卡契逐渐转向文学史研究,他的美学思想在1930年前后开始转向马克思主义。他在

---

① 路茨:卢卡契《文学社会学论文集·导论》,第68页。
② 参见卢卡契:《问题在于现实主义》(1938),载《表现主义论争》,第172页:"一九一四年冬至一九一五年,[……]我的《小说理论》(不管从哪方面说来都是一部反动的著作)充满着唯心主义的神秘性,对历史发展的所有分析都是错误的。"
③ 参见巴尔:《乔治·卢卡契的思想》,《关于卢卡契哲学美学思想论文选译》,第68页。
④ 《历史与阶级意识》由8篇文章组成:《什么是正统马克思主义?》和《历史唯物主义的功能变化》(1919);《阶级意识》和《合法性与非法性》(1920);《作为马克思主义者的罗莎·卢森堡》(1921);《物化和无产阶级意识》《对罗莎·卢森堡〈论俄国革命〉的批评意见》和《关于组织问题的方法论》(1922)。《历史与阶级意识》与维特根斯坦的《逻辑哲学论》和海德格尔的《存在与时间》并列,共享20世纪哲学桂冠。该书于1923年首次出版,在国际理论界引起很大反响和激烈争议,或许是20世纪马克思主义发展史上影响最大、争议最大的作品。正统的马克思主义理论家对卢卡契进行了多次批判,将这部著作视为对马克思主义的修正,消除了唯物主义和唯心主义、思维与存在之间的对立,是陈旧的黑格尔主义加上拉斯克(Emil Lask)、柏格森(Henri Bergson)、韦伯、李凯尔特(Heinrich Rickert)、马克思和列宁等思想家之理论的大杂烩。而更多西方学者则对它评价极高,视之为20世纪马克思主义的最高成就,它被西方马克思主义者奉为圭臬。后来,卢卡契本人却一再检讨此书中的错误,认为它背离了马克思主义的基本原则,"充满了唯心主义,缺乏反映论的观点,否认自然辩证法,因而是反动的"(卢卡契:《问题在于现实主义》,载《表现主义论争》,第172页)。当今学界一般认为《历史与阶级意识》是"西方马克思主义"这一纷繁思潮的奠基作,标志着西马思潮的开始。这部著作在1920年代深深地影响了一代左派知识界人士,如德国的本雅明、布洛赫、阿多诺、马尔库塞,以及法国的莫里斯·梅洛-庞蒂和戈德曼。——卢卡契在1928年至1929年间撰写并散发"布鲁姆纲领",这是卢卡契以布鲁姆(Blum)的笔名,为进行地下工作的匈牙利共产党撰写的宣传无产阶级"民主专政"的纲领。在受到共产国际的公开批评后,卢卡契于1929年做了自我批评。

1930年至1931年旅居莫斯科,亲自参加了历史上第一次马克思、恩格斯文论的系统编选和注释工作。1933年纳粹上台之后,卢卡契遭到驱逐。他开始流亡苏联,一到莫斯科就在国际作家大会上做了题为《我的走向马克思之路》的发言。且不看这一自传是否确实像有些人所认为的那样,是卢卡契对自我历史的违心而卑躬屈膝的清算①;1930年与1933年的两次苏联行,其生活经历和历史背景是不容忽视的事实:第一次侨居苏联时的马恩文论编选工作,使他有可能统观马克思和恩格斯有关文学艺术的论述,并在注疏的同时反思自己的美学思想。他第二次到达苏联,正赶上"社会主义现实主义"概念在苏联确立之时。尽管他对"社会主义现实主义"的理解与苏联官方的解释不尽相同,他却成为这个艺术方向的支持者和参与者,并"不断作出模棱两可的辩护"②。这种倾向在他以后的美学思想中留下了明显的痕迹,其现实主义理论亦被视为"社会主义现实主义"的一部分。没有这些经历,他后来的美学之路很可能是另外一种走向。生活使他置身于苏联对文学艺术中的庸俗社会学的批判,直接参加了"社会主义现实主义"的建设,投入了"表现主义论战",即关于现实主义问题的争论③,且成为一方观点的主要代表。

> 只有把揭示个别作家或风格的所谓社会等值当作自己唯一任务的庸俗社会学,才认为阐明了社会发展史,就回答了和解决了每个问题。[……]马克思主义完全不是这样看问题的。
> 再怎样精致的心理学,再怎样装扮成科学模样的社会学,都不能在这个混沌体[世界]中创造出一个真正的叙事性的关联来。④

---

① 参见杜章智编译:《卢卡奇自传》,北京:社会科学文献出版社,1986年,第210—215页。
② 伊格尔顿:《审美意识形态》,第328页。
③ 1937年9月起,流亡在莫斯科的德国人主办的文学月刊《言论》(*Das Wort*)上展开了激烈的"表现主义论战",卢卡契以《问题在于现实主义》(载《言论》1938年第6期)介入论战。此时,该杂志上的论战已经接近尾声,卢卡契的文章立刻使论争的焦点转向现实主义理论问题。
④ 卢卡契:《叙述与描写——为讨论自然主义和形式主义而作》(1936),《卢卡契文学论文集》(一),第49、63页。

卢卡契1933年之后的许多文学史著述，即对18世纪至20世纪的德、英、法、俄作家的分析，首先是在黑格尔美学的基础上发展起来的。他通过考察市民社会的经典文学，展示莱辛、歌德、巴尔扎克、司汤达、狄更斯、托马斯·曼、托尔斯泰、果戈理等大作家的作品，是如何反映他们所处时代中的社会矛盾。他认为，正是对于时代风貌的现实主义表现手法，使他们的作品成为伟大的艺术。他提出了关于社会关系整体性之"反映论"的文学塑造理论，视之为辩证法文学思想的核心、马克思主义美学的基本原理。在卢卡契看来，市民社会批判现实主义的小说创作方法才是（社会主义的）文学艺术的楷模，它既不同于苏联官方所宣传的工人文学，也不同于"先锋派"的文学，如乔伊斯、多斯·帕索斯等作家的现代小说。尽管他认为"人道主义在苏联由于社会主义的胜利而加强"，赞扬"最著名的俄国作家们都感到有深入描绘新生活的必要"①，但是他所追求的伟大的现实主义与斯大林时期的僵化而简单粗暴的社会主义现实主义之间毕竟存在差别，故此，他的美学观点遭到了严厉批判。以他1930年代的一些论文结集而成的《十九世纪的文学理论与马克思主义》（1937）和《论现实主义的历史》（1939）为导火线，苏联理论界对他进行了大规模清剿：一方面呵责他轻视社会主义现实主义，另一方面诟病他对新的艺术形式视若无睹。② 本来，作为苏联科学院院士、哲学所研究员的卢卡契，在流亡苏联的十年中专注于文学研究，在很大程度上是为了避免遭到斯大林主义的清洗。换言之："对卢卡契而言，美学是作为解决他所描述的困境的一种策略性反应而出现的。"③ 可是，他后来却经常成为苏联和东欧社会主义阵营信手拈来的批判对象，成为国际修正主义的代表人物。中国学术界在20世纪五六十年代步苏东理论界后尘，也曾组织过卢卡契批判；1965年译稿已经基本集齐、1980年代才得以出版的两卷本《卢卡契文学论文集》，原先是作为批判材料而编译的。④ 这就是卢卡契的"宿命"：从新康德主义经黑格尔主义转向马

---

① 卢卡契：《叙述与描写——为讨论自然主义和形式主义而作》，第77、83页。
② 参见罗森堡编：《乔治·卢卡契生平年表》，《卢卡契文学论文集》（二），第590—591页。
③ 伊格尔顿：《审美意识形态》，第328页。
④ 参见《卢卡契文学论文集》（一）"前言"，第6—7页。

克思主义,被许多人视为"马克思之后最伟大的马克思主义者"① 或"创造性的马克思主义者"②,却被"正统"马克思主义者视为修正主义者。从某种意义上说,"发展"与"修正"只是一步之遥。

---

① 参见桑塔格:《乔治·卢卡奇的文学批评》,《反对阐释》,程巍译,上海:上海译文出版社,2003年,第94页:"我不认为(如许多人那样)卢卡奇所表述的马克思主义是马克思主义在当今最有趣或最可信的形式,他也不是(如他一直被称呼的那样)'马克思之后最伟大的马克思主义者'。"
② 弗兰尼茨基:《马克思主义史》,转引自燕宏远:《国外对卢卡契的几种评价》,《关于卢卡契哲学美学思想论文选译》,张伯霖等编译,第149页。

第三章 "中间道路"的艺术史观：
豪泽尔的艺术社会学思想

与第二章论述卢卡契的美学思想相仿，本章的探讨对象也是一个匈牙利人，而且考察的理由也有其相似之处：论述匈牙利艺术史家及艺术社会学家豪泽尔（1892—1978）的艺术社会学思想，一方面在于他基本上是一个德语作家，两部代表作《艺术和文学的社会史》和《艺术社会学》亦用德语写成，德国学界常把他看作匈牙利和德国艺术史家及艺术社会学家。① 另一方面，撰写于1940—1950年的《艺术和文学的社会史》，无疑是他最著名的著作，而此作成书的最初动因，缘于曼海姆的一个邀请。正是曼海姆的知识社会学，成为豪泽尔考察艺术生产和接受的重要理论依托。当然，他的文学艺术社会史研究所取得的可观成果，也与20世纪上半叶德国人文社会科学的迅速发展密切相关。

豪泽尔是最早将社会学命题整合进艺术史考察的学者之一，在国际学界产生了重要影响。起初，他对教条的马克思主义艺术史观的批判目光，主要缘于他对曼海姆理论的深入探讨，并借助曼氏知识社会学及其意识形态批判来考察艺术的生产和接受；同样，他在方法上坚持走"中间道路"，也直接来自曼海姆的影响。文学艺术的社会史是其兴趣所在，他关注艺术与社会的关系。在他看来，艺术不可能脱离社会，但艺术具有相对自主性，有其自律和自足的一面，而所谓"为艺术而艺术"是不存在的，因为生活本身是不可分割的。在冷战时期的东西方之争中，豪泽尔试图疏通并中和艺术的社会规定性立场与形式主义阐释方法。他的"折中主义"取得了可喜的成就，但也遭到左

---

① 因为豪泽尔曾长期在英国生活和任教，有时亦被英国学界称作匈裔英国学者。

派、右派、自由派的诸多责难。

豪泽尔艺术社会学思想的理论基点是，社会与艺术的联系不是单向的因果关系，而是互动关系；它们相互依赖、相互作用，一方的变化会带来另一方的变化，以及各自的进一步变化。因此，二者可以互为主体和客体，艺术可以作为社会的产物，社会也可以作为艺术的产物。辩证法是豪氏艺术史观的指导思想，"艺术的悖论"则是他刻画艺术或描述艺术本质的中心概念，他认为不谈矛盾便无法谈论艺术的本质。形式与内容、模仿与想象等一系列看似不可相融的对立因素的融合才是艺术的基本特性，它们本来就是不可分的，并在真正的艺术中融为一体。"艺术的悖论"也是豪泽尔考察艺术创造过程和艺术现象时最常用的阐释模式。

豪泽尔的思想和方法在很大程度上与那个时代的德国人文社会科学血脉相连，他接过了许京的观点，即统一的时代精神是不存在的，一个时代有着各种不同的时代精神，所谓"时代精神"只不过是某个群体的思维形式和趣味取向，不能代表所有人的趣味。社会上存在着各种艺术样式以及接受不同艺术样式的群体。豪泽尔认为教育阶层亦即文化层次决定艺术样式，倡导以教育阶层区分艺术形式和风格，并认为这一分析模式可用于整个艺术史研究。他从欧洲艺术史的发展出发，根据教育阶层划分艺术，认为文艺复兴或启蒙运动以来约有三类与教育状况密切相关的艺术形式，即"精英艺术""民间艺术"和"通俗艺术"。豪泽尔的这种分类无疑有其独到之处，但是一概而论的范畴必然会带来顾此失彼的简单化倾向。

豪泽尔追求在整体性思想的指导下认识艺术及其复杂活动，以及体现时代特征的艺术生活中的多种交流过程。在他眼里，除了生活之无所不包的整体特性之外，唯有艺术才富有整体性可言，人类活动中的其他任何表现形式都无法体现生活整体性。他强调艺术的知识传播和认识功能，克服科学的局限和科学无法看到或未曾看到的问题；艺术在科学偏离真理的地方显示威力，它所描写的现实和事物可能是不科学的，而其艺术表现却可以是真实的。豪泽尔的现实主义观介于卢卡契和阿多诺这两个新马克思主义对立人物的美学思想之间，"中间道路"是他矢志不渝的原则；他对卢卡契和阿多诺思想的接受是有选择的，并带着批判的目光。

一 "中间道路":一个新马克思主义者的艺术史观

豪泽尔是在东西方都产生了重大影响的匈牙利艺术史家及艺术社会学家。1916年,他的朋友曼海姆介绍他加入以卢卡契为知识领袖的匈牙利"星期日俱乐部"。1940年,曼海姆请他为一部艺术社会学文选作序。他没能写成"序言",却用十年时间(1940—1950)完成了德语巨著《艺术和文学的社会史》(1951)①。他是率先且极为坚定地将社会学命题整合进艺术史考察的学者之一。正是这一鸿篇巨制,奠定了他在该研究领域卓尔不群的地位。该著后来被翻译成二十多种语言,足以见出其影响潜力,使他成为20世纪下半叶最有影响的艺术社会学家之一。《艺术社会学》(1974)是他最后一部力作,亦用德语写成,可谓其一生艺术史研究的理论总结。② 他的不少学术命题和观点,迄今仍在显示其不凡的生命力。

《艺术和文学的社会史》曾受到曼海姆知识社会学的不少启发,同时也借鉴了马克思主义文学理论。作者跨学科地探讨了造型艺术、文学、音乐、戏剧和电影等领域的相关问题。他推崇历史唯物主义,但是拒绝教条的马克思主义艺术社会学所预设的前提;他既不认可反映论和经济决定论,也不以为艺术家的个性无足轻重。他要考察的是社会与艺术、基础与上层的相互作用,并认为艺术不会游离于社会条件之外,却有着相当程度的自律性。辩证法被豪泽尔奉为圭臬,也是其《艺术社会学》的核心思想,这无疑与他选择的"中间道路"有关,也缘于他的渊博学识。辩证法在一定程度上增加了豪氏思想的理解难度,以至不谙此道者常会觉得无法真正弄清他的立场和态度。③

---

① Arnold Hauser, *Sozialgeschichte der Kunst und Literatur*, München: C. H. Beck, 1951.
② 豪泽尔的研究路径可被归为两个方向:《艺术和文学的社会史》及《矫饰派:文艺复兴的危机及现代艺术的起源》(1964)以艺术史为依托,研究艺术的具体历史状况。《艺术史的哲学》(1958)则主要探讨理论和方法,阐释其艺术史的基本哲学和理论立场;与此相仿的是《艺术社会学》,通过系统章节以及历史事例来呈现其自成一体的艺术社会学理论。
③ 甚至连《艺术社会学》一书的中文本译编者居延安亦说,有时很难说清豪泽尔究竟是马克思主义者还是反马克思主义者,他的思想到底属于"正统"马克思主义还是新马克思主义(豪泽尔:《艺术社会学》"译编者前言",居延安译编,上海:学林出版社,1987年,第6页)。

第三章 "中间道路"的艺术史观：豪泽尔的艺术社会学思想

豪氏撰写《艺术和文学的社会史》，是因为他认为对艺术的社会学阐释时机已到。其社会史视角既涉及艺术的生产，亦与艺术的传播有关。自 1950 年代起，他的著述在西方（尤其在西德）文学艺术研究界的影响是显而易见的。然而，他的理论却是"不合时宜"的。当时西方艺术研究中的主流是作品内涵研究，或曰内部研究，旨在文学艺术研究的去政治化，追逐审美享乐主义。豪泽尔明显与这种趋势保持距离，将艺术与社会的关系或曰社会史放在中心位置。他无疑也重视艺术形式，可是作为艺术社会学家，他更推崇社会史视角。

豪氏《艺术社会学》在西方文学理论界的反响，或曰最具说服力之处，或许是他对马克思主义艺术社会学基本前提的批判，尤其对马列文论中的辩证法颇多异词。诚然，马克思主义艺术社会学或艺术史的相关论述极为有限且充满矛盾，无法让人从中归纳出令人信服的体系。纵观《艺术社会学》的基本思想，不难发现作者的理论基点：经济基础与文化和艺术的联系，不是单向的、机械的因果关系，不像太阳能够令冰雪融化而自身并未因此而发生任何变化。他将目光转向艺术产生和传播的社会史维度，却不放弃艺术形式与心理分析视角。他对艺术的广博而精微的认识，使他看到艺术自律和自足的一面，同时又视之为社会现象，体现时代规定的艺术状况中的多种交流过程。他依托于曼海姆的知识社会学，视艺术为特定环境的"社会文献"，同时试图从意识形态批判的角度加以解释。

豪泽尔批判了弗洛伊德所谓"艺术脱离现实"的观点，即艺术创造是实际生活中无法得到的东西的补偿；艺术家无法融入社会，因反社会欲望而疏离社会。豪氏认为，浪漫主义以来的"为艺术而艺术"思潮，并非弗洛伊德所说的普遍生物法则，而是一种生活危机，是特定时代历史环境的产物。[①] 它恰恰证明了艺术与生活密

[①] 法国浪漫派在 1830 年前后倡导的"为艺术而艺术"（l'art pour l'art），起初是一个反功利主义艺术观的战斗口号，以对抗当时社会上盛行的资产阶级庸俗气息。它是艺术自律原则的极端化表现，以摆脱文学艺术的道德规训意图，或者社会日常生活指南的功能。对于当时的一部分艺术家来说，"他们的目标和他们所属的社会的目标之间存在着无法解决的矛盾。艺术家一定是十分憎恶他们的社会，而且一定是认为他们的社会没有改变的希望"（普列汉诺夫：《艺术与社会生活》）。可见，这一思潮在很大程度上彰显出它与社会的关系。

切相关。① 豪泽尔的这一观点，暗合于阿多诺在评说现代伟大艺术时所说的"反世界"（Anti-Welt）倾向，其本质和社会职能就是抵抗社会，成为世界的对立面。② 以豪泽尔之见，对于艺术社会学来说，"为艺术而艺术"是最棘手却具有决定性意义的问题。如何回答这个问题，直接关乎艺术社会学的科学性；否则，文学艺术的社会性便无从说起。他对这个问题的回答自然很明确：视艺术本身为目的，这是不存在的。作家不可能完全脱离特定的社会环境；即便写作时没有任何目标的作品，也会发挥其潜在的社会作用。福楼拜把自己看作为艺术而艺术的代表，但是他的作品基本上都呈现出某种生活哲学。艺术的形式和内容本来就是不可分的，它们在真正的艺术作品中融为一体。③ 豪泽尔这里所说的意思，又与阿多诺的一个重要命题相仿：诗的非社会性正是它的社会性所在。④

受到知识社会学的意识形态批判以及整体性思想的驱使，豪泽尔竭力对他那个时代的社会矛盾采取中立态度，他走的是受曼海姆影响的"中间道路"。在其晚年撰写的文章《卢卡契"第三道路"的各种变体》中，他相信给自己指引方向的知识社会学之"有力的中间道路"（dynamische Mitte）模式，可以在卢卡契关于艺术中强势的"第三道路"（tertium datur）之说中得到确认，亦可为他避免片面性的中间道路提供理论依据。该文所表达的中心思想是，第三道路强调主观选择的可能性；如果两种选择发生冲突和矛盾，第三道路即为出路。非此即彼的情况在文学艺术中并不多见，在历史中也不一直如此，人们常见的是妥协。⑤ 由此，他把历史发展视为不间断的、克服社会矛

---

① 参见豪泽尔：《艺术社会学》，慕尼黑：C. H. Beck，1974 年，第 16 页。（Arnold Hauser, *Soziologie der Kunst*, München: C. H. Beck, 1974.）中国迄今只出版了该著的居延安译编本（上海：学林出版社，1987 年），篇幅比原著小得多，实为摘译、简编。

② 参见阿多诺：《艺术社会学论纲》，方维规译，载方维规主编《文学社会学新编》，北京师范大学出版社，2011 年，第 122—127 页。

③ 参见豪泽尔：《艺术社会学》，第 335—353 页。

④ 参见阿多诺：《关于诗与社会的讲演》，方维规译，载方维规主编《文学社会学新编》，第 256—262 页。

⑤ 参见豪泽尔：《卢卡契"第三道路"的各种变体》，《与卢卡契的对话》，慕尼黑：C. H. Beck，1978 年，第 87—90 页。（Arnold Hauser, "Variationen über das tertium datur bei Georg Lukács", in: *Im Gespräch mit Georg Lukács*, München: C. H. Beck, 1978）；豪泽尔：《艺术社会学》，第 436—438 页。

盾的利益调和。该文也明晰地展示出积极介入的马克思主义者卢卡契与在政治上谋求中立的豪泽尔对于辩证法的不同理解以及政治态度。①无论如何，豪泽尔认为："选择'金色的中间道路'是智慧之最古老的教导。"②

豪泽尔的中间道路或许会令人生疑，可是这一中间道路使其艺术社会学理论以及艺术史研究中的知识社会学视野取得了可观的成果。无论是《艺术和文学的社会史》还是《艺术社会学》，一直受到学界的高度重视。作者试图在冷战时期的东西方之争中斡旋，即疏通艺术的形式主义阐释方法（西方）与社会规定性立场（东方）。这也常使他这个另辟蹊径者左右逢敌。

豪泽尔在西方一般被视为马克思主义艺术史家，因而受到自由主义艺术史家以及后来那些倡导经验实证的艺术社会学家的严厉批判。③《艺术和文学的社会史》英文版《艺术社会史》也于1951年发表④，引起很大学术反响，评价却相去甚远。不少争论的焦点是艺术研究的方法问题。贡布里希对豪氏著作的批判最为激烈。在他看来，"豪泽尔所呈现的，与其说是艺术或艺术家的社会史，毋宁说是西方世界的社会史；他以为艺术家不断变化的表现倾向和模式能够反映西方社会"⑤。换言之，贡布里希认为豪泽尔只在艺术和艺术家那里看到西方社会状况，并未真正研究艺术和艺术家本身。以艺术文化史著称的贡布里希认为，艺术和艺术家才是艺术史研究的主要关注点。不足为奇，

---

① 参见勒布斯：《论阿诺德·豪泽尔的艺术纲领》，载《魏玛文献》第36卷第6册（1990），第226页。（Klaus-Jürgen Lebus, "Zum Kunstkonzept Arnold Hausers", in: *Weimarer Beiträge*, Berlin 36〔1990〕6, S. 210-228.）

② 豪泽尔：《卢卡契"第三道路"的各种变体》，《与卢卡契的对话》，第90页。

③ 参见奥维兹：《艺术社会史形成中的批判话语：英美学界对阿诺德·豪泽尔的回应》，载《牛津艺术杂志》1985年第2期，第52—57页。（Michael R. Orwicz, "Critical Discourse in the Formation of a Social History of Art: Anglo-American Response to Arnold Hauser," in: *Oxford Art Journal*, 1985〔8: 2〕, pp. 52-57.）

④ Arnold Hauser, *The Social History of Art*, tr. in collaboration with the author by Stanley Godman, New York: Knopf, 1951.

⑤ 贡布里希：《"艺术社会史"》，《木马沉思录及其他论文》，伦敦：菲顿，1963年，第86页。（E. H. Gombrich, "The Social History of Art," *Meditations on a hobby Horse and Other Essay*, London: Phaidon, 1963, p. 86.）

他不认可所谓艺术社会史。① 当时持此观点者,并非贡布里希一人,美国的自由主义批评家大抵如此。② 而在德国,经验主义社会学的代表人物、科隆学派的西尔伯曼,则一再嘲笑"以社会学姿态效仿豪泽尔方法"的学者,贬斥豪氏著述是"社会史、哲学、心理学、美学和马克思主义意识形态之漫无边际的杂烩"。③

当时西方学界不少人把豪泽尔的研究方向看作庸俗社会学或马克思主义意识形态之作,拒绝他的唯物主义方向,以此发泄对马克思主义的不满。尽管如此,他得到了法兰克福学派的认可。阿多诺和霍克海默把他的艺术社会史研究誉为艺术之社会分析的可靠佐证,且为成功的总体阐述。④ 左派学者的反响却很不一致⑤,有人同右派学者一样视其为苏联式的"正统"马克思主义者("正统"马克思主义者这一称呼,在西方早已成为轻蔑和谩骂之语),有人则视其为反苏联的马克思主义者。⑥ 显然,毁誉不一的评价背后,既隐藏着论者对艺术社

---

① 贡布里希认为文化不同于社会。在文化名义下,艺术史研究是要通过对独一无二的艺术作品的纯粹经验考察,探究作品之间的因果联系以及作家的创作和文化经验。而豪泽尔在社会的名义下所从事的辩证唯物主义考察,只会因其理论逻辑的荒谬而扭曲具体的经验事实。

② 参见奥维兹:《艺术社会史形成中的批判话语:英美学界对阿诺德·豪泽尔的回应》。

③ 参见《艺术社会学的理论探讨》,载西尔伯曼编《艺术与社会》第9卷,斯图加特:Enke,第2—4页。("Theoretische Ansätze der Kunstsoziologie", in: *Kunst und Gesellschaft*, Bd. 9, hrsg. von Alphons Silbermann, Stuttgart: Enke, 1976.) 1966年,西尔伯曼亦把当时日益走红的社会学方向的文学研究视为"文学哲学、文学社会学和文学批评的杂烩":"它们试图探讨社会框架内的这种或那种文学现象,这种或那种文学思潮。一个训练有素的艺术社会学家马上就会发现,这些努力从尝试到成果,最终由于不熟练的社会学思维而落空。"——西尔伯曼:《文学哲学,社会学的文学美学还是文学社会学》(1966),巴尔克编《文学社会学》第1卷:《概念与方法》,斯图加特、柏林、科隆、美因茨:W. Kohlhammer, 1974年,第148、150页。(Alphons Silbermann, "Literaturphilosophie, soziologische Literaturästhetik oder Literatursoziologie", in: *Literatursoziologie*, Bd. 1: *Begriff und Methodik*, hrsg. von Joachim Bark, Stuttgart, Berlin, Köln, Mainz: W. Kohlhammer, 1974, 148-157.)

④ 参见勒布斯:《论阿诺德·豪泽尔的艺术纲领》,第211页。

⑤ 参见华莱士:《艺术,自律,他律:阿诺德·豪泽尔艺术社会史的挑战》,载《命题十一》1996年第44期,第28页。(David Wallace, "Art, Autonomy, and Heteronomy: The Provocation of Arnold Hauser's *The Social History of Art*," in: *Thesis Eleven*, 1996 [44], p. 28.)

⑥ 参见奥维兹:《艺术社会史形成中的批判话语:英美学界对阿诺德·豪泽尔的回应》,第57—59页。

第三章 "中间道路"的艺术史观：豪泽尔的艺术社会学思想　65

学的不同看法，也在很大程度上见出分析实际艺术活动的困难，以及豪泽尔方法的内在矛盾。有人把豪泽尔方法看作"很难准确界定的艺术社会学设想"，乃"市民社会寻找意义和赋予意义的伟大尝试"①；有人严厉批判豪泽尔的著述为反马克思主义之作，不啻为彻头彻尾的理论败笔；② 另有人则视豪泽尔的著述为"市民社会的社会学之最进步、最接近马克思主义的版本"③。《艺术社会学》出版次年，《时代周报》上一篇书评的标题是《与马克思主义沾边》："人们可以做折中主义者，但是没有必要奢谈折中主义。"④ 豪泽尔本人认为自己是一个马克思主义者。不过，被他视为"正统"的马克思主义，一再遭到他的严厉质问。其原因是：他的广博的历史学识，无法与一些马克思主义命题完全合拍，而一种适合于其研究对象的恰切理论，既不见之于现有的马克思主义，也不见之于他本人。

"豪泽尔无疑是跨学科研究之最有名的学者之一"⑤，亦很重视实证研究。《艺术社会学》第四部分"从作者到受众之路"，系统探讨了艺术创作者、消费者、中介者、艺术批评、中介体制、艺术市场等一系列经验实证的艺术社会学喜于涉足的考察对象，是利用马克思主义改造已有经验主义研究的一种尝试。⑥ 另一方面，简单地把他看作马

---

① 沙尔夫施韦特：《阿诺德·豪泽尔》，载西尔伯曼编《艺术社会学经典》，慕尼黑：Beck，1979 年，第 202 页。（Jürgen Scharfschwerdt:"Arnold Hauser", in: *Klassiker der Kunstsoziologie*, hrsg. von Alphons Silbermann, München: Beck, 1979, S. 200-222.）

② 参见巴尔雷：《知识社会学作为文化史？论阿诺德·豪泽尔的〈艺术和文学的社会史〉》，载《意义与形式》1972 年第 3 期，第 632—644 页。（László Barlay:"Wissenssoziologie als Kulturgeschichte? Zu Arnold Hausers *Sozialgeschichte der Kunst und Literatur*", in: *Sinn und Form*, 3/1972, S. 632-644.）

③ 法卡斯编：《苏维埃政权与文化：匈牙利 1919》，布达佩斯：Corvina，1979 年，第 290 页。(*Räterepublik und Kultur. Ungarn 1919*, hrsg. von József Farkas, Budapest: Corvina, 1979.)

④ Carl Dahlhaus,"Am Rande des Marxismus", in: DIE ZEIT, 26/1975（20.06.1975）.

⑤ 迈：《艺术，艺术研究，社会学：论阿诺德·豪泽尔〈艺术社会学〉中的理论和方法论探讨》，载《艺术作品》1976 年第 1 期，第 4—5 页。（Ekkehard Mai,"Kunst, Kunstwissenschaft und Soziologie. Zur Theorie und Methodendiskussion in Arnold Hausers *Soziologie der Kunst*", in: *Das Kunstwerk*, 1/1976, S. 3-10.）豪泽尔曾长期在意大利、德国、英国、奥地利等国从事研究和教学工作，其研究工作穿越于各种理论和学科，如艺术史、心理学、艺术理论、美学、社会史、艺术社会学、艺术心理学等。

⑥ 参见豪泽尔：《艺术社会学》，第 459—580 页。

克思主义者,肯定无法完全把握其艺术社会学的总体特征。① 后文还将论及他这个走中间道路的人,在某种程度上还介于卢卡契和阿多诺之间。无论如何,豪泽尔刚去世一年,就被西尔伯曼(不是别人!)列入其主编的"艺术社会学经典"行列。② 在这之前,已有学者将他的艺术社会学誉为一个学派。③

二 艺术与社会的互动及"艺术的悖论"

若说传统艺术史纂主要通过钩稽艺术的起源来认识艺术本质,那么,艺术社会学之雄心勃勃的规划,则是通过揭示艺术的社会功能来认识艺术的意义。豪泽尔以曼海姆的知识社会学为依托,涉猎哲学以及其他许多学科的相关思考。他的艺术社会学理论的基点是曼海姆的观点和术语,即社会学(1)必须查考精神现象的特定地点和思想内涵,(2)顾及各种单独观点及其(3)关联和汇总,这是(4)选择中间道路、避免片面性的前提。④ 按照豪泽尔的观点,社会学已经逐渐成为科学思想的中心,因此,他所理解的艺术社会学是一门整合性的"中心学科",其认识基础是人的社会性:个人与社会是不可分割的,个人只能存在于社会之中。艺术家也同其他社会成员一样,是社会的人。不管他如何感到优越,或者如何与他人不同,但却说着同样的语言:"对"他人说,"为"他人说。⑤ 豪泽尔遵循的也是曼海姆的要求,即坚决摆脱纯粹的风格史研究,并在考证素材史和主题史的同时,转

---

① 连西尔伯曼也说马克思主义和经验主义并不是完全对立的,也认为马克思主义同样重视经验事实。(参见西尔伯曼:《文学社会学引论》,魏育青、于汛译,合肥:安徽文艺出版社,1988年,第57页。)

② 参见沙尔夫施韦特:《阿诺德·豪泽尔》,载西尔伯曼编《艺术社会学经典》,慕尼黑:Beck,1979年,第200—222页。(Jürgen Scharfschwerdt: "Arnold Hauser", in: *Klassiker der Kunstsoziologie*, hrsg. von Alphons Silbermann, München: Beck, 1979, S. 200-222.)

③ 参见赫拉斯:《在阿诺德·豪泽尔作坊》,载《新匈牙利季刊》第16卷第58册(1975),第94页。(Zoltán Halász, "In Arnold Hauser's Workshop," in: *The New Hungarian Quarterly*, 16 (1975) 58, pp. 90-96.)

④ 参见曼海姆:《意识形态与空想》,波恩:Cohen,1929年,第1—18页。(Karl Mannheim, *Ideologie und Utopie*, Bonn: Cohen, 1929.)

⑤ 参见豪泽尔:《艺术社会学》,第16—17页。

第三章 "中间道路"的艺术史观：豪泽尔的艺术社会学思想

向一般思想史、政治史和经济史。①

针对宣扬艺术绝对自律的观点，豪泽尔在《艺术史的哲学》"导论"中指出："维护精神不与物质的任何接触，[……]多半只是一种保全特权地位的方式。"② 这显然是在回应那些怀疑艺术之社会史研究的言论。他努力克服狄尔泰精神史的片面性，同时试图避免机械唯物主义理论之简单的直接推演。他的唯物主义概念是很明确的："所有历史发展在很大程度上依赖于经济和社会状况。[……]体现经济状况、社会处境、政治权力以及阶级、群体或其他利益团体之思想影响的意识形态，才是文化形态及其导向的基础。"③ 豪泽尔不仅要摆脱"片面的经济主义"，也拒绝马克思主义的"历史决定论"，尤其是对未来发展的预言；他不相信所谓社会经济发展的客观规律。④ 假如不接受经济决定论，而认为艺术与社会的关系是辩证的，那么，考察的视线一开始就应该对准社会经验与文学事实所依托的社会条件和基础，以确认艺术的整个社会意识。他强调意识的积极作用、艺术现象的相对自主性，特别是意识形态这一上层建筑的相对自主性。⑤

豪泽尔认为，艺术与社会的关系犹如身躯与灵魂，不可分割却无同样的意义和共同目的。因此，他强调社会与文化、艺术的"相互作用"，并在《艺术社会学》第二部分"艺术与社会的互动"这一核心篇章中论述了"艺术作为社会的产物"和"社会作为艺术的产物"。⑥在他看来，人类历史上只有无艺术的社会，没有无社会的艺术，而且艺术家总是受到社会的影响，甚至在他试图影响社会的时候依然如此。对艺术创造产生影响的因素大致可分为两类，一类是自然的、静止或相对静止的因素，另一类是文化的、社会的、可变的因素。这两类因素对于艺术活动有着同等重要性：若过分强调自然和静止因素，文化结构便会被看作难以捉摸的自然过程；若过于看重意识的作用，那就

---

① 参见勒布斯：《论阿诺德·豪泽尔的艺术纲领》，第213—214页。
② 豪泽尔：《艺术史的哲学》，慕尼黑：C. H. Beck, 1958 年，第2页。(Arnold Hauser, *Philosophie der Kunstgeschichte*, München: C. H. Beck, 1958.)
③ 豪泽尔：《与卢卡契的对话》，第43页。
④ 参见豪泽尔：《艺术社会学》，第201页。
⑤ 参见勒布斯：《论阿诺德·豪泽尔的艺术纲领》，注24。
⑥ 参见豪泽尔：《艺术社会学》，第95—354页。

很可能创造出不伦不类的作品。① 另一方面，豪泽尔又强调历史进入较高阶段之后，社会一开始就留下了艺术发展的痕迹，艺术也一开始就体现出社会特性；并且，艺术会介入生活，并对社会产生反作用。艺术对社会的影响，可以是积极的，也可以是消极的；可以是建设性的，也可以是破坏性的；艺术可以赞美社会，也可以批判社会。于是，社会和艺术相互依赖、相互作用，而且一方的任何变化都与另一方的变化相互关联，并促使各自的进一步变化。他因此提出艺术与社会的关系可以互为主体和客体。② 豪泽尔批判了丹纳的"环境论"，认为丹纳之说是机械的，没能分清自然和文化的关系、静止和能动的因素。他赞同齐美尔的看法，即社会生活中的事物与事物相互关联，不具有太阳融化冰雪那样的单向因果关系，尽管物理世界确实存在不少一方决定另一方并产生特定效果的现象。③

豪氏学术研究的一个箴言是："若不谈对立现象，几乎毫无艺术可言。"④ 以他之见，社会为艺术创造提供了机会，但却不能构成可靠的因果关系；在可能的历史条件下，并非一切都是可能的，艺术现象与社会现象之间会有巧合。人们无法预知特定环境中可能发生些什么，同样的社会和历史环境可以催生不同的艺术作品。⑤ 他喜于相对视角，这不仅在于相去甚远的思想立场确实存在，亦由于艺术之极为具体的多义性，以及比比皆是的社会矛盾。在理论探讨中，他时常采用二元论模式，从相对视角捕捉矛盾。这似乎也是他的著述引发截然不同的接受的原因。例如，他虽然承认艺术与历史动机紧密相联，是历史发展的产物，留下时代的痕迹；同时他又一再强调个人的成就都是独一无二的，言之凿凿地论述艺术的新奇性、独特性和不可重复性。倘若人们忽略它的独特性，就会遮掩它的审美特性。就艺术的历史真实性而言，唯有艺术品及其创造者的愿望才是"真实"的，其他一切东西

---

① 参见豪泽尔：《艺术社会学》，第 101—103 页。
② 参见豪泽尔：《艺术社会学》，第 330—334 页。
③ 参见豪泽尔：《艺术社会学》，第 95—100 页。
④ 豪泽尔：《艺术社会学》，第 418 页。
⑤ 参见豪泽尔：《艺术社会学》，第 21—22 页。

至多只是"社会学和心理学的抽象,不存在审美价值"①。这一断言最终使得艺术的社会意义及作用显得无足轻重,而这却是艺术社会学中的根本问题。豪氏艺术社会学论说中常会出现的龃龉之处是,当他罗列事实材料并揭示社会条件与艺术的风格倾向、主题或内容之间的关系时,他是在描述性社会学的框架之内运作,而且采用社会学中较为可靠的机制(机构)和社会作用等范畴;而当他进行理论拓展、试图将社会或历史因素与审美理论、认识论和本体论结合起来的时候,他便容易迷失在不用事实说话的抽象之中。

豪泽尔用以界定艺术或描述艺术本质的中心概念是"艺术的悖论"(Paradoxien der Kunst)。他对这个概念曾有两种说法。起初,这是他界定"矫饰派"(英:mannerism;法:maniérisme;德:Manierismus)的一个关键概念,意为"不可调和之矛盾的统一",艺术形象之"不可避免的双重含义与永久的内在分裂"。② 后来在《艺术社会学》中,整个"审美辩证法"(《艺术社会学》第三部分中的一个章节)都在显示这一悖论,比如形式与内容、模仿与想象、真实与理想、特殊与典型、意识与下意识、自发与习俗等对立因素的融合。按照豪泽尔之见,这些事实是矛盾的,然而不是相互排斥的,而是相辅相成、相互促进。③"艺术的悖论"最终被他用来形容整个艺术创造过程,也是他所擅长的阐释模式,他从中看到了"不可相融因素的相融性是艺术的基本特性"④。

---

① 豪泽尔:《艺术社会学》,第 57 页。韦勒克和沃伦也在其《文学理论》(1949)中讨论了这个问题。该书在总结了以前和当时代表性的文学艺术概念,包括俄国、捷克和波兰的形式主义、法国的文本诠释、英美的新批评、德国的文学内涵研究等各种观点之后,针对曼海姆(包括舍勒)对文学社会学立论的知识社会学阐释,否定了审美价值是由社会决定或社会参与决定的可能性:"我们应该承认,社会环境似乎决定了人们认识某些审美评价的可能性,但并不决定审美价值本身。"这样,审美价值的社会对应性便被断然否认了,因为"作为体现种种价值的系统,一件艺术品有它独特的生命"。"我们有些文学名著与社会的关系很小,甚至没有关系;就文学理论而言,社会性的文学只是文学中的一种,而且并不是主要的一种。除非有人认定文学基本上是对生活的如实'模仿',特别是对社会生活的如实'模仿'。"(韦勒克、沃伦:《文学理论》,第 36、115、121 页。)

② 参见豪泽尔:《矫饰派:文艺复兴的危机及现代艺术的起源》,慕尼黑:C. H. Beck, 1964 年,第 436—438 页。(Arnold Hauser, *Der Manierismus. Die Krise der Renaissance und der Ursprung der modernen Kunst*, München: C. H. Beck, 1964.)

③ 参见豪泽尔:《艺术社会学》,第 417—444 页。

④ 豪泽尔:《艺术社会学》,第 421 页。

豪泽尔所追求的首先是为自己的理论拓展空间，充分看到矛盾各方在变化着的整体关系中所扮演的角色及其建构功能。"要理解形式与内容之特有的相互关系，以及二者之不可分，且无法真正辨认的悖论，以及实在的内容因素之首要性，而形式因素也不可或缺，此时，认清辩证过程才是基本公式。"① 这种二元论的提出，恐怕缘于豪泽尔担心决定论只研究社会"内容"，从而忽略艺术作品之偶然的、心理的、形式的、技巧的方面，如"正统"马克思主义艺术理论中常见的那样。

三 教育阶层和文化层次决定艺术样式

豪泽尔特别看重艺术的知识和教育基础。《艺术社会学》第五部分的标题是"根据教育阶层划分艺术"，作者认为这样可以弥补艺术价值之纯社会学分析的不足。需要说明的是，此处"教育基础""教育阶层"等概念中的"教育"（Bildung），不仅涵盖学校教育和学历等内容，亦有"教养""修身""养成"等含义，与文化层次有关。② 在豪泽尔看来，当经济状况和社会利益已经不足以说明全部问题时，教育因素亦即根据教育阶层对艺术进行分类便越来越重要了，其意义甚至超过阶级属性。另外，阶级属性和阶级意识绝对不能等而视之，艺术家的阶级属性、阶级意识和社会地位并不简单、直接地决定其作品的风格特征和审美品质。③ 以这种分类来剖解特定时代的艺术状况，无疑具有非同一般的意义。

豪氏"教育阶层"（Bildungsschicht）概念与曼海姆的"智力阶层"（geistige Schicht）概念基本吻合。同样，豪氏所说的"由不同观

---

① 豪泽尔：《艺术社会学》，第341—342页。
② Bildung 似乎是德语特有的一个概念，很难译入其他语言。汉语通常译之为"教育"，亦有"教养""修养"等译法。其实，真正匹配汉语"教育"概念的是另一个德语概念，即 Erziehung。"Bildung/教育"涵盖"Erziehung/教育"，但比后者的含义宽泛得多。在 Bildung 概念中，教育、教养、修养、修身、陶冶、涵养等含义兼而有之，与"养成"较为接近。这个概念除了学校或家庭的"Erziehung/教育"外，更多是指人的整体素养，亦即为了涵养而修养，或曰自我教育和养成。一个有 Bildung 的人（gebildeter Mensch），是有涵养的人。
③ 参见豪泽尔：《艺术社会学》，第581页。

念成分组成的教育阶层的思想"①，也同曼海姆所发展的"相对自由漂浮的知识者"相通连；或如豪泽尔指出的那样，"相对自由漂浮的知识者"这个备受推崇的说法，源于马克斯·韦伯的弟弟、社会学家和经济学家阿尔弗雷德·韦伯。② 这里需要强调说明的是，豪泽尔对知识者特点的理解，当然也是韦伯亦即曼海姆所说的"社会意义上的自由漂浮"③：

> 知识者，尤其是艺术家，他们在各种阶级间的游移，其障碍比社会上大多数其他成员要少得多。诚然，艺术家不是"无阶级的"，也不是过着超越阶级、漠视阶级的生活，但是他能够，而且多半也愿意修正和质问自己的阶级属性，去同那些和他所出身的阶级或他曾认同的阶级迥然不同的阶级为伍。教育阶层概念是一个界线模糊、进出自由的开放性范畴，更符合艺术家对理想社会形态的想象。④

---

① 豪泽尔：《艺术社会学》，第581页。
② 参见豪泽尔：《艺术社会学》，第582页。
③ 中国学界似乎向来视"自由漂浮"和"非依附性"为曼海姆定义知识者的两大特点。不知此说源于何时、出自何处。以笔者对曼氏论说的理解，二者说的实际上是一回事，只是一大特点而已。英语世界谈论曼氏"自由漂浮"说的时候，一般采用广为人知的译词"free floating intellectuals（intelligentsia）"，德语原文为"freischwebende Intelligenz"；所谓"非依附性"，一般只在诠释性的论述之中。为了更好地理解曼氏"定义"，须作如下说明。首先，如上文所说，"自由漂浮"概念并非曼海姆所创，而是他借用了阿尔弗雷德·韦伯的"旧说"。其次，不管是英语的"free floating intellectuals"，还是汉译"自由漂浮"，都会给人含糊之感。其实，韦伯亦即曼海姆所用的概念是"sozial freischwebende Intelligenz"（英语："socially free floating intellectuals"），明确指出"社会意义上的自由漂浮"。第三，"自由漂浮"和"非依附性"还会给人武断或不切实际之感，而曼海姆明确说的是"相对自由漂浮"（relativ freischwebende Intelligenz；英语："relatively free floating intellectuals"）。在人类社会生活中，绝对"自由漂浮"是不可能的。为了证实上述论点，现将曼海姆谈论知识者的一段（或许是最有名的）文字试译如下："［知识者］只是一个相对超越于阶级的、不太固定的阶层［……］。那种不很明确的、相对超越于阶级的阶层，就是（采用阿尔弗雷德·韦伯的术语）社会意义上自由漂浮的知识者。"（曼海姆：《意识形态与空想》，第135页）另外，曼海姆著名的"相对不受生存制约的、自由漂浮的知识者"之说（同上书，第123页："relativ seinsungebundene, freischwebende Intelligenz"），讲的并不是"非依附性"（此译过于宽泛）和"自由漂浮"（此译不够完整）两大特点，而是一大特点的"强调"说法。
④ 豪泽尔：《艺术社会学》，第582页。

豪泽尔指出，接受教育的动机与追求物质利益有关，而它本身须有物质基础，并与较少阶层的经济实力和社会特权密切相关。然而，物质基础与艺术创造没有必然联系，对艺术的接受也是如此。社会上有多少艺术，就有多少接受和欣赏这些艺术的阶层。正因为此，豪泽尔认为可以（就整个社会而言）从许京首先提出的观点出发：①

  艺术社会学应该放弃"民族精神""时代精神"或艺术史的内在"风格"取向。我们必须看到，每个社会存在着各种艺术样式以及接受不同艺术样式的阶层。②

以豪泽尔之见，文艺复兴或启蒙运动以来，大致存在三类与教育阶层相适应的艺术形式：（1）"精英艺术"。它有两大特点：一是对艺术内在规律的自觉意识，无论在继承传统还是艺术创新方面总能展示其应有的品质；二是对社会和人生的高度责任感，这与智力和道德密切相关。因此，文化精英们总是以为，惟独精英艺术才是真正的艺术。③（2）"民间艺术"，例如民歌民乐、饰品、祭祀用品等。民间艺术的创造者不以创造者自居，也从不要求承认他们的权益。他们既是创作者又是接受者。许多世代沿袭、口口相传的民间艺术具有集体创作的特性。④（3）"通俗艺术"，例如连环画、民间话本、流行歌曲等。这些艺术在20世纪借助娱乐工业的现代传媒技术而发展为大众艺术（畅销书、唱片、电影、广播、电视等）。它是满足教育和文化程度不高的城市居民之需求的艺术或伪艺术，消费者完全处于被动的位置；通俗艺术往往会使艺术庸俗化。⑤ 这三种审美基本层次，与有产阶层、乡村居民和城市居民这三类主要社会阶层有着直接联系。人们根据不同阶层区分艺术样式，或曰社会阶层决定艺术样式。豪泽尔认为，这

---

  ① 关于许京的文学趣味社会学倡导，参见方维规主编《文学社会学新编》，第302—305、326—329页。
  ② 豪泽尔：《艺术社会学》，第583页。韦勒克也有同样的说法："每一个社会的层次都反映在相应的社会趣味的层次之中。"（韦勒克、沃伦：《文学理论》，刘象愚等译，南京：江苏教育出版社，2005年，第109页。）
  ③ 参见豪泽尔：《艺术社会学》，第591—597页。
  ④ 参见豪泽尔：《艺术社会学》，第598—616页。
  ⑤ 参见豪泽尔：《艺术社会学》，第617—635页。

种涉及艺术创作和接受的区分原则,可扩展至整个艺术史领域。显然,这种艺术分类法有其独特之处,但是一概而论的范畴很难给爵士音乐、电影、波普艺术等艺术样式定位。①

豪泽尔按照教育阶层划分三类艺术,采用了社会学范畴,但它也同历史密切相关,因为这些艺术是在历史发展进程中相继出现的;并且,三类艺术不是一成不变的,它们是历史的产物,并在历史中变迁,通俗艺术可能曾经是精英艺术。无论哪种艺术的受众都不是完全同质的。对文化精英、城市大众、田野庶民进行社会区分的教育程度和阶级状况,并不排除一个阶层里存在辩证的对立,同一阶层的成员可以受过不同的教育,受过同样教育的人亦能属于不同的阶层。17、18世纪以降,精英艺术、民间艺术、通俗艺术之间的距离越来越大;而19世纪中期以来,尤其是20世纪的娱乐工业,使通俗艺术压倒了其他艺术。原因有二:一是原来对艺术不感兴趣的人加入了艺术消费者的行列;二是部分精英的衰退与消费者艺术趣味的下降。②

豪泽尔是率先将大众文化纳入艺术史研究的学者之一。③ 早在1950年代,他以教育阶层和文化截面考察艺术史的视角,已经涉及当今颇受重视的艺术在日常生活中的接受问题。此时,他的美学思想便陷入传统(精英)艺术观与其他艺术观的矛盾。作为一个现实主义者,他接受通俗艺术,而这种艺术在他这个艺术行家眼里却是低劣的。可是,他又不得不赋予其"艺术"标签,他知道通俗艺术在20世纪具有代表性意义,至少在数量上如此。换言之,他在社会层面区别对待各种艺术,或多或少抛弃了以往区分"高级"和"低级"艺术的模式。另一方面他又指出,谁知道真正的艺术如何给人带来心灵震撼,

---

① 以传统方法做出区分的三类艺术以及"大众艺术"("大众文化")而外,豪泽尔还专门探讨了"波普艺术"(Pop Art)这一新的种类。他认为波普艺术是独立于精英艺术、民间艺术和通俗艺术的新型艺术,实为三者的混杂形式。与其说它是一种艺术形式,毋宁把它看作一种生活方式,是我们这个时代的产物。前三类艺术的生产者和消费者各有相对统一的文化特征,波普艺术生产者和消费者的文化背景和教育程度则另有特征。就艺术需求和价值标准而言,他们的位置介于精英艺术拥护者与通俗艺术追随者之间(或者精英艺术与民间艺术之间);它所体现的文化需求,说到底是对精英文化的不满。(参见豪泽尔:《艺术社会学》,第684—698页。)

② 参见豪泽尔:《艺术社会学》,第581—590页。

③ 豪泽尔对大众艺术、大众文化和大众传媒的系统论述,详见豪泽尔:《艺术社会学》,第636—683页。

就不会被通俗艺术的廉价效果所欺骗;精英艺术永远高于"幼稚的民间艺术和平庸的大众消遣艺术"。说到底,他认为"只有一种艺术",即高雅艺术:"高雅的、成熟的、严肃的艺术,描绘的是明晰的现实画面,严肃地思考生活问题,并竭力探索生存的意义。"①

显而易见,精英意识浓厚的豪泽尔对相关概念的理解趋于简单。对他来说,民间艺术无外乎"玩耍和装饰",通俗艺术只是"散心和消遣",而精英艺术既不表现简单的人和幼稚的常识,也不追逐流行的趣味。② 豪泽尔的观点,即彻底排除民间艺术和通俗艺术的认识功能,独尊高雅艺术,显然落后于他所崇拜的曼海姆的认识水平,偏离了知识社会学的重要立场。曼氏的基本立论是:对于生活问题的各种视角,本来就是不同的、独立的,只是认识的一部分,无法表述现实存在的全部内涵。豪泽尔的教育视角虽然在很大程度上与知识社会学的命题相吻合,可是又在阐释中变形,例如他所谈论的"半受教育和教育失败的大众"③,似乎来自超越时代的抽象天地,惟独"社会和教育精英"才有能力涉猎生活的全部意义,并以人类的生存条件为议题,引导人们"改变生活"。④

以教育阶层划分艺术的研究方案,如豪泽尔自己所看到和指出的那样,存在两个难点。一是阶级属性与教育水平之间存在矛盾,不能简单画等号;二是受众,尤其是爵士乐、电影、广播、电视和现代通俗艺术的受众,其社会和教育状况是很不一样的。艺术作品产生于不同的精神世界,被不同的受众所接受,对之做出准确区分是很困难的。不仅如此,所谓高雅或低俗、严肃或媚俗,也不总是泾渭分明的。艺术作品有着不同的品质,有时很难断定艺术家想要与哪个社会群体说话。不过,豪泽尔自己也看到了问题的另一面,即明晰呈现现实画面与生活问题的高雅文学艺术,也能像通俗艺术那样娱人耳目;高雅艺术作品也多少包含粗俗艺术的成分,最崇高的艺术品也常常可以当作最平庸的消遣方法⑤:

---

① 豪泽尔:《艺术社会学》,第 588 页。
② 参见豪泽尔:《艺术社会学》,第 588 页。
③ 豪泽尔:《艺术社会学》,第 591 页。
④ 豪泽尔:《艺术社会学》,第 593 页。
⑤ 参见豪泽尔:《艺术社会学》,第 589—590 页。

具有悖论意味的是，为生存的意义而进行的最艰辛的求索，以及最无情的自我批判，同最轻浮的娱乐和最得意的装模作样并存于艺术之中。①

无论是简单的还是严肃的"消遣"，都与具体的社会经验有所联系，与生活经历和生活方式之典型的日常事实发生关系，与群体、阶层、阶级各自不同的生活风格相关联。以往艺术社会学的尴尬之处，并不在于它要坚持一种要求过高的精英概念，而首先是它不能以一种与经验相符合的适当方法，在理论上把握现代多元社会中参与艺术生产和接受的社会成员的分层问题和结构。②

四　整体性艺术与艺术真实性

在豪泽尔的艺术理念中，"整体性"概念具有中心地位。他的整体性思想明显受到卢卡契的启发③，但却有其独到之处，而且不是在同样的层面上论述问题。他认为，除了"生活整体性"亦即人的全部存在和感觉（如意向、志趣、追求）之外，唯有艺术富有整体性特色。艺术作品中可以见出完整的东西和自足的天地；而在社会关系的其他任何形式中，生活都会失去其完整性及其各种表现形式。作品是完整的，它的组成部分却不是缺一不可的。这种整体性是不断追求宏观整体性的科学永远无法企及的。④尽管如此，艺术、科学甚或日常实践有其共性，即挖掘我们所处的世界的本质，并学会驾驭生活。换

---

① 豪泽尔：《艺术社会学》，第589页。
② 参见沙尔夫施韦特：《文学社会学基本问题——学科史纵览》，第94—95页。
③ 纵观卢卡契美学思想中的"整体性"概念（汉译"整体性""总体性""完整性"等，均出自一个概念：Totalität/totality），我们可以看到两个层面。其一，没有破裂的生活之完整性（存在的完整性），充满了对史诗后时代生活与意义、物质与精神之分裂的批判。其二，他的现实主义反映论中所要求的社会刻画之客观整体性（文学作品的整体性），意味着对碎片化的资本主义社会之本来面貌的总体性把握，将单个的社会现象置于整体性的视野中，置于事物的来龙去脉中，例如他所赞扬的巴尔扎克和托尔斯泰的文学叙事对事物和社会整体的认识，即内涵的总体性。参见方维规：《卢卡契、戈德曼与文学社会学》，载《文化与诗学》第七辑（2009），第30页。
④ 关于豪泽尔的"生活整体性"和"艺术整体性"思想，参见豪泽尔：《艺术社会学》，第3—18页。

言之，艺术和科学都是为了解决生活提出的实际问题。"艺术作品是经验的积淀，如同其他所有文化活动一样，艺术总有自己的实际目的。"① 在这个层面上，豪泽尔强调了艺术的认识功能：

> 艺术是一种知识源泉，这不仅在于它直接延续科学事业，充实科学上的发现，例如心理学中的发现，而且还在于它能显示科学的局限和失灵之处，并表明通过艺术途径才能获得其他一些知识。产生于艺术的认识，可以丰富我们的知识，尽管它没有多少抽象和学术特色。马克思说他的法国现代史知识更多地来自巴尔扎克的作品，而不是当时的历史书籍，这是一个明证。②

然而，艺术只有同科学一样富有模仿特色，如科学一样富有现实性，才能具备此等认识功能：

> 艺术的切入点，是它偏离纯科学真理的地方。艺术不以科学始，也不以科学终。可是它孕育于对生活之困顿的认识，与科学走在同一条漫长的路上，阐释和引导着人类的生存。[……]把艺术和科学最紧密地联系在一起的是，二者（所有精神产品中只有它们二者）属于模仿，以及再现事实。而其他门类则或多或少是有意或者有计划地改换各种现象，服从于异在的形式、秩序原则和价值尺度。③

因此，豪泽尔才会说"艺术同科学一样，是极为现实主义的"。并且，"自然科学的世界图景不比艺术中的世界图景更忠实于事实，艺术总的来说同科学一样贴近事实"。④ 诚然，"艺术领域不存在科学中的那种贴近事实的近似值"，艺术作品刻画特性，不是按照真实或不真实、正确或不正确的原则。科学认识的进展由积累而成，艺术则"展示生活的理想画面，开拓更有意义的、更容易理解的、还没实现的世

---

① 豪泽尔：《艺术社会学》，第5页。
② 豪泽尔：《艺术社会学》，第5页。
③ 豪泽尔：《艺术社会学》，第6页。
④ 豪泽尔：《艺术社会学》，第7页。

界,以使人们能够过上符合人的本质、天性和能力的生活"。艺术作品的高明之处,不在于被描写的事物是否符合科学认识:"被描写的现实可能是不科学、不客观的,而它在艺术上的表现完全可以是真实的、令人信服的,它的意义比无可指责的科学阐释更重要。"①

这些观点的背后无疑隐藏着一个很大的危险,即艺术"真实"最终变成看不见摸不着的东西,并带有很大的任意性。我们不必在此讨论康德美学和黑格尔美学之间的区别,我们需要看到的一个中心问题是,能否把艺术和科学归入同一个存在领域,是否不用形而上的思考就能理解艺术的认识功能。② 在现实主义问题上,豪泽尔不像卢卡契那样严格区分现实主义和自然主义,他认为这么做不会得出什么有意义的结论:

> 正统的马克思主义艺术批评过于强调现实主义与自然主义的区别。其实,二者至多只在程度上有所不同。人们一般以为,自然主义只是一种低等的、唯科学主义的,也就是艺术上不够完美的现实主义。但在艺术史上,现实主义和自然主义的界线是很模糊的,区分二者是没有意义的。③

豪泽尔当然也很重视现实主义。以他之见,资本主义的发展也带来了文学上的变化:

> 1848年之前,艺术上的大多数重要创作属于行动主义的方向,之后的创作则属于清静无为的方向。司汤达的幻灭还具有攻击性,是向外的、无政府主义的;而福楼拜的消沉则是被动的、

---

① 豪泽尔:《艺术社会学》,第242—243、347—348页。在这里,他的观点近似海德格尔或伽达默尔的观点,即艺术真理胜于科学思维,超越了概念的范畴,因而不能用科学方法来衡量。以伽达默尔为例,他显然更看重"艺术真理"或"审美真理",至少认为艺术中的真理并不亚于科学真理。参见伽达默尔:《诠释学I:真理与方法》,洪汉鼎译,北京:商务印书馆,2007年,第137—138页。

② 参见库茨米茨、莫策提茨:《作为社会学的文学:论文学现实与社会现实的关系》,第51页。(Helmut Kuzmics/Gerald Mozetiz, *Literatur als Soziologie. Zum Verhältnis von literarischer und gesellschaftlicher Wirklichkeit*, Konstanz: UVK Verlagsgesellschaft, 2003.)

③ 豪泽尔:《艺术社会学》,第10页。

自私的、虚无主义的。①

在他看来，创作上属于 1848 年欧洲革命后的福楼拜②，其写作风格与此前的现实主义有着显著区别。他的矜持并不意味着返回到前浪漫主义时期的文学精神，而更多的是一种傲慢，一种目中无人的态度。福楼拜的名字就是一个纲领："放弃所有立论、所有倾向、所有道德，放弃所有直接干预以及对现实的直接阐释。"即便如此，豪泽尔认为福楼拜对浪漫派的理解，使他成为那个世纪最伟大的揭露者之一，他的作品同司汤达、巴尔扎克、狄更斯、托尔斯泰、陀斯妥耶夫斯基的作品一起成为"19 世纪的伟大文学创作"，以他们的"社会小说"再现了那个时代。③

在《艺术社会学》第六部分"艺术的终结？"中④，豪泽尔详尽反驳了源于黑格尔并在后来一再出现的对于艺术的终结或沉沦的担忧，同时看到 20 世纪市民社会的艺术所呈现出的危机症状。他认为危机的根源来自资本主义的发展进程，并体现于现代派和先锋派（他常将二者相提并论）的艺术之中。他称波德莱尔以降的现代派特征是"彻底的背道而驰和反传统主义"，先锋派的强烈诉求则是"冲破生活与艺术之间的藩篱"。⑤ 他认为未来主义、达达主义、表现主义、立体主义和超现实主义作为先锋派的早期现象，都带着浓重的反印象派和反自然主义特色，以反审美主义的姿态崭露头角，告别一切现实幻想，多半崇尚蒙太奇原则。

豪泽尔反对卢卡契对先锋派的责难，赞同布洛赫为先锋派思潮的辩护，拒绝把先锋派看作形式主义和颓废艺术。⑥ 他在先锋派对艺术的诟病中窥见可取的政治动机："表现主义、达达主义以及一些超现实主义具有政治上的进步性以及根子上的社会主义品质。"并且，艺术家

---

① 豪泽尔：《艺术社会学》，第 769 页。
② 1848 年欧洲革命是一场资产阶级民主和民族革命，是平民和自由战士对抗贵族和君主独裁的武装斗争，主要发生在法兰西、德意志、奥地利、意大利、匈牙利等国。
③ 参见豪泽尔：《艺术社会学》，第 779—780、813、830、837 页。
④ 参见豪泽尔：《艺术社会学》，第 699—808 页。
⑤ 参见豪泽尔：《艺术社会学》，第 719、725 页。
⑥ 参见豪泽尔：《艺术社会学》，第 736、744 页。

"多半与无产者为伍"①。当然，他更赞赏纪德、普鲁斯特、穆齐尔、乔伊斯、萨特、加缪等作家的现代传统谱系，认为这些作家的艺术造诣和极具个性的意义探索是毋庸置疑的，可以非常恰当地用比格尔之"严整的现代"（hermetische Moderne）来形容。他们的作品所呈现的艺术完整性，体现于"现实镜像的扭曲、幻想或虚幻之特性"，而作品展示的"感性经验基本上与现实相吻合"。②

豪泽尔曾说，与卢卡契和阿多诺为伍，他有一种安全感，并在二人那里学到许多东西。③ 这一说法乍看让人费解。尽管卢卡契和阿多诺的思考都扎根于历史哲学，并注重文学艺术的准则性问题，但在西方马克思主义美学阵营中，卢、阿二者当被视为对立面。④ 诚然，阿多诺不反对青年卢卡契的《心灵与形式》或《小说理论》，但他拒绝后者在《问题在于现实主义》（1938）中的"现实主义辩"及其相关思想⑤，并在《勒索到的和解》（1958）一文中严厉批判卢卡契《驳斥对现实主义的曲解》⑥。如此看来，豪泽尔视二者为同道，显然是有所取舍的认同。豪泽尔学说与他们的理论观点有着诸多共同点，这主要缘于他的"中间道路"。他显然试图中和卢卡契和阿多诺的美学理论，这不仅体现于他的现实主义观，也见之于他如何评价被卢卡契奉为圭臬的古典艺术遗产，或被阿多诺激赏不已的现代艺术以及"开放的"艺术作品。"中间道路"也意味着保持距离：豪泽尔确信"卢卡契的淡定并不比阿多诺的忧虑更少意识形态拘囿"⑦，这就既同马克思主义之认识事物的信心和历史乐观主义，又同与之相反的理论（例如

---

① 豪泽尔：《艺术社会学》，第 624 页。
② 豪泽尔：《艺术社会学》，第 738 页。
③ 参见豪泽尔：《与卢卡契的对话》，第 81 页。
④ 参见比格尔：《先锋派理论》第五章第 1 节 "阿多诺与卢卡奇的争论"，高建平译，北京：商务印书馆，2005 年，第 162—172 页。
⑤ 转向马克思主义之后的卢卡契在流亡苏联时所写的《问题在于现实主义》（又译《现实主义辩》），较为典型地体现出那个时代马克思主义者对文学与社会的看法，即社会主义现实主义。
⑥ 卢卡契：《驳斥对现实主义的曲解》，汉堡：克拉森，1958 年。（Georg Lukács, *Wider den mißverstandenen Realismus*, Hamburg: Claassen, 1958.）该论文集先以意大利语发表（1957），后被译成各种语言：塞尔维亚 - 克罗地亚语（1959）、法语（1960）、斯洛文尼亚语（1961）、英语（1963）、西班牙语（1963）、葡萄牙语（1964）、匈牙利语（1985）。
⑦ 豪泽尔：《艺术社会学》，第 784 页。

极度夸大"异化")拉开了距离。于是,豪泽尔的理论之路卒底于成:以关注艺术生产和接受的知识社会学为基础,阐释艺术与社会的互动,笃信艺术的悖论,坚持走第三道路的方法论原则,均体现于他对整体性认识以及揭示充满矛盾的艺术活动之追求。

第四章　西尔伯曼、阿多诺与文学社会学

20世纪60年代，当文学社会学在西方方兴未艾之时，德国经验主义社会学的代表人物、科隆学派的西尔伯曼（1909—2000）与法兰克福学派批判理论的代表人物阿多诺（1903—1969）之间展开了激烈论争。在这之前，西尔伯曼与阿多诺各自发表过音乐社会学专论，他们不仅在音乐社会学上的观点格格不入，而且在1960年代著名的"实证主义论战"①中针锋相对。

第二次世界大战之后，阿多诺等著名思想家继承战前德国"文学社会学"研究之理论思辨的传统，开辟了理论批判的文学社会学新局面。西尔伯曼对风行于欧洲大陆的反对大众文化和文化工业的精英思潮十分反感，怀疑理论的实际效果。他的社会学立场明确地把文学社会学看作社会学的一个分支，或曰特殊社会学，视文学艺术为社会事

---

① "实证主义之争"是20世纪60年代主要发生在德语区（西德、奥地利）关于社会学学科的方法和价值的理论之争。争论的一方是波普尔（Karl Popper）和阿尔贝特（Hans Albert）为代表的批判理性主义，另一方是阿多诺和哈贝马斯为代表的法兰克福学派批判理论。"实证主义之争"是阿多诺的说法，他用实证主义概念形容对方的观点。波普尔则拒绝"实证主义"之称，他用"批判主义"称谓自己的立场。分歧开始于"德国社会学协会"图宾根工作会议（1961年10月19—21日）开幕式上波普尔和阿多诺的讲演，讲演主题是"社会科学的逻辑"。"批判主义"一方主张社会科学借鉴自然科学的方法，通过系统观察揭示"社会法则"，并以此探索一种科学方法。法兰克福学派在争论中的观点也被称为"建构主义"（Konstruktivismus），竭力寻找一种独特的考察问题的途径，不是从单个法则中提炼理论，而是寻求单独现象或特殊现象之间的通融。剖析工具理性或技术理性的危害，批判"科学思维"或实证主义方法，一直是西方马克思主义的理论特色。尤其是霍克海默、阿多诺、马尔库塞等人，他们认为科学的发展并没有证明实证主义或实用主义的知识理论是正确的。相反，科学发展和经济成就越来越远离人性，带来新的异化。参见阿多诺等人：《德国社会学中的实证主义之争》，新维德、柏林：Luchterhand，1969年（*Der Positivismusstreit in der deutschen Soziologie*, Theodor W. Adorno et al., Neuwied/Berlin: Luchterhand, 1969）。

实、社会活动、社会过程。他认为艺术作品就是商品；艺术家、艺术品、接受者之间的关系，就是商品生产和消费之间的关系。因此，他注重的是研究三者之间的社会行为、依赖关系和相互作用，并用社会学的方法来从事文学研究。

经验主义与批判理论的激烈对抗，注定了西尔伯曼与阿多诺之水火不容。阿多诺所阐释的文学与社会的关系，也完全体现出法兰克福学派的批判理论。他的历史哲学立场以现当代的人和社会的全盘异化为认识基点；他所秉持的超越现实的批判理论，把艺术看作对堕落的市民社会的彻底否定。他从现代艺术的"社会性"和"自律性"之双重特性出发，认为评价艺术作品的社会性，就要辩证地看其"社会性偏离"与自律的程度。文学社会学涉及艺术与社会的整体关系，并在整体框架中探讨优秀的文学艺术及表现形式，考察社会结构在作品中的体现。而所谓艺术的社会效果，只是整体关系中的一个环节而已。他极力反对经验实证的文学社会学所注重的社会影响研究和接受研究，反对轻作品、重效果的文学艺术研究，并视之为纯粹为市场服务的商业化方向。

阿多诺对所谓独立的文学社会学嗤之以鼻，西尔伯曼则不遗余力地争取使整个学界对文学社会学取得一致认识，进而形成一个完善的学科体系。具有典型意义的"西—阿之争"，不仅折射出彼时德国乃至整个西方文学社会学研究中的两个重要派别的立场分野，同时也对那个时代文学社会学的理论发展具有举足轻重的意义。其他思路的探讨，亦不可能对这两个方向置若罔闻。另外，"西—阿之争"至今还困扰着文学社会学的定义和学科归属。莫非文学社会学不可能只有一种？何为文学社会学？

一 西尔伯曼：抛开"什么是文学"的迂腐命题！

西尔伯曼是德国较早系统运用经验主义社会学研究方法和传播研究方法的学者，也是德国经验主义艺术社会学的代表人物之一。他的社会学研究起始于音乐社会学，1955年发表《音乐社会学导论》，他因此而被许多人视为音乐社会学之父；该著中的一些观点后来见于他的《文学社会学引论》(1981)。

一些西方学者认为,埃斯卡皮之后,尤其是菲根将文学社会学视为一门"特殊社会学"亦即"专门社会学"之后,学科意义上的"文学社会学"才真正确立。① 西尔伯曼的文学社会学思想在很大程度上借鉴了埃斯卡皮和菲根的观点。埃斯卡皮曾听从西尔伯曼的建议,于1961年将他的代表作《文学社会学》(1958)编译成篇幅较大的德语增补本。该书德文版把文学社会学看作"文学研究的辅助学科",这当然是西尔伯曼不愿看到的。不过,他也不得不承认文学社会学一直在扮演文学研究的配角,发挥着辅助作用。或许更多受到菲根的启示,西尔伯曼的文学社会学学科意识更为清晰,坚持文学社会学是一门有着特殊地位的独立学科。

西尔伯曼在他的艺术社会学中尤其突出大众传播和互动理论视角,重视文学的效果问题以及文学作品的生产和接受:

> 根据实证主义思维方法,经验主义艺术社会学的出发点是:论述艺术和艺术家,就是论述体现社会活动、涉及双边关系(提供者和接受者的关系)的社会过程。换言之,这一过程需要生产群体和消费群体,艺术社会活动中的群体接触、群体矛盾、群体活力使之联系在一起。这不是基于只知因果关系的简陋思维,而是指向人际关系、互动行为和相辅而行的事实。这种关系一方面将生产群体和消费群体连接起来,另一方面将这两种群体与社会语境以及整个社会体制连接起来。②

西尔伯曼认为,"文学的"研究与"社会的"研究,其认识论兴趣都是对于"人"的极大关注,本来没有严重冲突:无论是普通社会学还是专门社会学,它们涉及的都是人的问题;而人的问题也是文学研究的主要目的。表现在研究主题上,二者也是相同的:艺术家、艺

---

① 埃斯卡皮(Robert Escarpit,1918—2000),20世纪法国最重要的文学社会学家,代表作《文学社会学》(1958)使他获得世界声誉,成为该研究方向的标志性人物。菲根(Hans Norbert Fügen,1925—2005),德国社会学家,经验主义文学社会学的代表人物之一,代表作《文学社会学的主要方向及其方法——文学社会学理论研究》(1964)。

② 西尔伯曼:《经验主义艺术社会学》,斯图加特:Enke,1973年,第15页。(Alphons Silbermann, *Empirische Kunstsoziologie. Eine Einführung mit kommentierter Bibliographie*, Stuttgart: Enke, 1973.)

术品和接受者。① 问题在于如何去研究。经验主义文学社会学的兴趣所在和主要研究对象是"人",说的是社会学家探索个体、群体和机构之间(人与人之间)的相互联系和影响。

> 倘要认识文学社会学的思想方式、步骤及其方法,就必须强调指出,单看艺术作品永远也发现不了某一社会状况和艺术状况。撇开文学周围的一切事物,对社会赖以生长的诸多发展过程一无所知,单从文学中是永远也无法认识社会中的个人或人类的。②

在此,西尔伯曼的社会学家身份及其把文学社会学看作专门社会学或特殊社会学的主张一目了然。虽然他并没有给出文学社会学的明确定义,但是对文学社会学的地位、任务及其研究范围的设定,基本上呈现出了他所理解的经验主义文学社会学。其基本出发点是:"我们面对的艺术乃是一种社会过程,这一过程显示为一种社会活动。"③ 这里所说的社会活动和现象,与其他社会活动和现象并无本质区别。

西尔伯曼指出,"只有艺术家与听众、读者或观察者之间的关系产生之后",在"艺术品向外伸展"之时,艺术社会学才有真正把握艺术的机会。艺术社会学必须抛开"什么是文学"的迂腐命题,告别作品的艺术内涵,与"用以分析艺术材料是什么和为什么的普遍哲学准则"保持距离。唯其如此,人们才能把艺术体验看作关键点,将艺术理解为"社会自发性行为的重要中介"。"准确地说,艺术社会学是关于文化作用圈的社会学,并因此而鲜明地区别于社会艺术史、艺术社会史和社会美学。"④

经验主义艺术社会学把探讨艺术的"历史—社会决定性"视为"陈旧的评价癖",认为其太容易受到"先验思维方式"的摆布。⑤ 虽然"文化现象及其内涵、评价和作用存在于社会,或曰见之于不同阶

---

① 参见西尔伯曼:《文学社会学引论》,第42页。
② 西尔伯曼:《文学社会学引论》,第40页。
③ 西尔伯曼:《文学社会学引论》,第59页。
④ 西尔伯曼:《艺术》,载柯尼西编《社会学》(1958),法兰克福: S. Fischer, 1967年,第171—174页。(Alphons Silbermann, "Kunst", in: Soziologie, hrsg. von René König, Frankfurt: S. Fischer,〔1958〕1967, 164-174.)
⑤ 西尔伯曼:《经验主义艺术社会学》,第2、4页。

层、阶级和群体的结构层面",但是经验主义艺术社会学决然反对"美学议题和社会议题的杂糅"。① 西尔伯曼提倡的艺术社会学,完全区别于阿多诺所发展的历史哲学美学。而阿多诺的理论纲领所针对的,正是实证主义和经验主义的艺术社会学或文学社会学,这在 1966 年和 1967 年发生在西尔伯曼和阿多诺之间的论争中一览无遗。

二 西尔伯曼—阿多诺之争

发展至 20 世纪 60 年代的西方文学研究,无论是评述性的还是历史方法的、综合性的还是语言学的研究方法,都在沿着自己的传统向着既定的方向走着。也就在那个时期,社会学方向的文学研究崭露头角,并越来越多地赢得人们的青睐。这类论述的"潮水越来越大",这是西尔伯曼当时的印象:"它们试图探讨社会框架内的这种或那种文学现象,这种或那种文学思潮。一个训练有素的艺术社会学家马上就会发现,这些努力从尝试到成果,最终由于不熟练的社会学思维而落空。"② 这可被视为西尔伯曼 1966 年发表论战文章《文学哲学、社会学的文学美学还是文学社会学》的缘由。

西尔伯曼在该文中严厉批驳了西方马克思主义文学理论,尤其数落了本雅明、阿多诺、卢卡契和戈德曼的文学观。他提出质疑:考察波德莱尔或巴尔扎克的作品,难道可以从一个作家的全部作品这一大蛋糕中切出一块进行社会学分析?他在这里明确批驳了本雅明和阿多诺的做法,即本雅明《论波德莱尔的几个主题》和阿多诺《关于一个虚构小品的讲演》。西尔伯曼认为阿多诺有权发表他的观点,但是人们

---

① 西尔伯曼:《作为大众传播工具的文学的作用》,载西尔伯曼、柯尼西编《科隆社会学与社会心理学杂志》第 17 期特刊,第 28、31 页。(Alphons Silbermann, "Von den Wirkungen der Literatur als Massenkommunikationsmittel", in: *Künstler und Gesellschaft*, hrsg. von Silbermann u. René König, Köln 1975 [*Kölner Zeitschrift für Soziologie und Sozialpsychologie*, Sonderheft. 17], S. 17-44.)

② 西尔伯曼:《文学哲学、社会学的文学美学还是文学社会学》,载巴尔克编《文学社会学》第 1 卷:《概念与方法》,斯图加特: W. Kohlhammer, 1974 年,第 148 页。(Alphons Silbermann, "Literaturphilosophie, soziologische Literaturästhetik oder Literatursoziologie", in: *Literatursoziologie, Bd. 1: Begriff und Methodik*, hrsg. von Joachim Bark, Stuttgart, Berlin, Köln, Mainz: W. Kohlhammer, 1974, S. 148-157;原载: *Kölner Zeitschrift für Soziologie und Sozialpsychologie*, 18〔1966〕,139-148。)

需要分清,此时说话的阿多诺不是社会学家,而是文学批评家。这样,人们才会明白,阿多诺这个思想家并不老是遵守行规;也只有这样,阿多诺的效仿者和追随者才不至于总是把阿氏话语当作社会学的金科玉律来援引。①

西尔伯曼认为自己的批评所采取的基本立场,"不是针对文学哲学的认识,它有权评价和梳理我们时代或以往时代的运作机制",而是反对"社会学装扮的文学哲学或文学批评"。那些文学批评家离开了他们所熟悉的"用教条主义的砖瓦砌成的讲坛",多半吸收一些并非以社会学方法获得的微乎其微的社会信息,便开始"采用社会学的提示(很难称之为论据)"揭示文学作品的社会意义。他们其实还没弄清文学作品的社会关联,如作者、出版者、批评家和接受者之间的关系。人们要明白,只有社会学的实证方法,才能把握这些文学生活参与者的社会行为。在西尔伯曼看来,那些文学批评家所说的"社会"概念,充其量只是时髦用语,并不具有真正的社会学意义。尽管这些人在文学研究中注意到了社会因素,但却丝毫没有方法可言,只见一些空洞的评论,例如"冯塔纳的小说反思了社会状况"之类的说辞。②显而易见,西尔伯曼的用意在于区分文学作品的社会意义与社会学意义。这里关涉观察问题的两种视角:所谓"社会视角",是考察文学作品如何描写社会问题,或让人关注社会问题。而"社会学视角"则要在一个特定的框架内探讨如下问题:

> 作品为何而构思?它如何得到社会的认可?它为什么趋附这种或那种形式?它同其他文化现象之间的关系是什么?③

对于社会学家来说,所有这些问题都体现于文学生活和社会活动。经验主义文学社会学所关注的首要问题,是个人、群体和机构之间的

---

① 参见西尔伯曼:《文学哲学、社会学的文学美学还是文学社会学》,载巴尔克编《文学社会学》第1卷《概念与方法》,第148—149页。

② 参见西尔伯曼:《文学哲学、社会学的文学美学还是文学社会学》,载巴尔克编《文学社会学》第1卷《概念与方法》,第149页。

③ 西尔伯曼:《文学哲学、社会学的文学美学还是文学社会学》,载巴尔克编《文学社会学》第1卷《概念与方法》,第150页。

相互作用和相互依赖,以及文学生活和活动的整个过程。这是西尔伯曼进行各种分析研究的坐标。① 他认为自己对研究界限的区分,是为了克服"文学哲学、文学社会学和文学批评的杂烩"② 所带来的尴尬处境。在他眼里,文学理论家总是把人与现实生活密切相关的活动过程复杂化,弄得令人费解,而且喜于那些荒诞无稽的细枝末节,这时他们才会感到舒服;而经验主义社会学家却要看到明确的事实,或者明确地证明事实,而不是凭空臆造。③

西尔伯曼认可卢卡契的美学属于历史哲学方向,且为一种特定美学方向的代表。这种艺术哲学和美哲学探讨艺术在人类生存中的意义以及美的本质。然而,它同文学社会学毫不相干。西尔伯曼认为他所生活的时代"依然存在一种以社会学自诩的文学分析;其实,它至多只能被看作社会学方向的文学美学,却被称作文学社会学,我们以为这是很自负的。这么说很不好听,我们却可以特别用来针对戈德曼的新作《小说社会学》[1964]"④。在西尔伯曼看来,戈德曼只是"一个稀释了的卢卡契","了无新意"。他干脆否认了戈德曼的发生结构主义文学社会学,并尖刻地说,戈德曼的学说至多只能用来说明什么不是文学社会学。⑤ 西尔伯曼的这一偏激的批评在当时是很有代表性的,即批评那些把什么都称作文学社会学的人。他根据自己的评判标准指出,许京关于18世纪英国清教徒家庭的研究⑥,洛文塔尔对大众

---

① 参见西尔伯曼:《文学社会学引论》,第69页。
② 西尔伯曼:《文学哲学、社会学的文学美学还是文学社会学》,载巴尔克编《文学社会学》第1卷:《概念与方法》,第150页。
③ 参见西尔伯曼:《文学社会学引论》,第42—43页。
④ 西尔伯曼:《文学哲学、社会学的文学美学还是文学社会学》,载巴尔克编《文学社会学》第1卷:《概念与方法》,第151页。
⑤ 参见西尔伯曼:《文学哲学、社会学的文学美学还是文学社会学》,载巴尔克编《文学社会学》第1卷:《概念与方法》,第152—154页。
⑥ 见许京:《清教主义中的家庭——论十六、十七、十八世纪英国文学与家庭》,莱比锡、柏林:Teubner,1929年。(Levin Ludwig Schücking, *Die Familie im Puritanismus. Studien über Familie und Literatur in England im 16. , 17. und 18. Jahrhundert*, Leipzig, Berlin: Teubner, 1929.)该书第二版(修订本)更名为《文学社会学视野中的清教徒家庭》(*Die puritanische Familie in literatursoziologischer Sicht*, Bern, München: Francke, 1964.)

文学和文化的考察①，埃斯卡皮对图书生产新形式的探讨②，都显示出什么才是"真正的文学社会学"。这些研究不是从（预先设定的）一般社会概念出发，而是着眼于特定的"社会"和特定的文学生产和接受现实。③

《文学哲学、社会学的文学美学还是文学社会学》一文的倾向性是很明显的。西尔伯曼认为马克思主义方向的文学理论早已过时，因而反对戈德曼这个"法国卢卡契"。另一方面，他称道与戈德曼生活在同一时期、同一国度的埃斯卡皮的实证主义文学社会学，赞扬它"不用借助文学批评、文学哲学或社会学的文学美学，一切都严格地把握在文学社会学的方法和认识范围之内，从名称、概念到实证方法都配得上真正的文学社会学"④。西尔伯曼认为，阿多诺明显受到"实证主义之争"的影响，在《音乐社会学导论》（1962）中说"经验主义得不到它自以为能够得到的东西"⑤。他认为阿多诺对经验主义社会学研究方法的不满和批判，源于一种认识形态，即把他们对社会现实的直觉把握，上升到综合性的一般概念，然后再从一般概念出发，观察和归纳个别现象。这不能算作文学社会学，至多只能属于"社会学的文学美学"，它将作品的审美结构同社会现实联系起来。然而，此种方法对特定社会的认识和界定，完全受到"纯粹的先验论思想方法"的左右。⑥

西尔伯曼火药味十足的文章，其实是对文学社会学整体发展状况亦即他称之为"冒牌"文学社会学的一次清算，主要针对西方马克思

---

① 见洛文塔尔：《文学，通俗文化，社会》，恩格尔伍德－克利夫斯：Prentice-Hall，1961 年。（Leo Löwenthal, *Literature, Popular Culture, and Society*, Englewood Cliffs, N. J.: Prentice-Hall, 1961.）

② 见埃斯卡皮：《图书革命》（Robert Escarpit, *La révolution du livre*, Paris: Unesco, 1965）。

③ 参见西尔伯曼：《文学哲学、社会学的文学美学还是文学社会学》，载巴尔克编《文学社会学》第 1 卷《概念与方法》，第 154—156 页。

④ 西尔伯曼：《文学哲学、社会学的文学美学还是文学社会学》，载巴尔克编《文学社会学》第 1 卷《概念与方法》，第 156 页。

⑤ 阿多诺，转引自西尔伯曼：《文学哲学、社会学的文学美学还是文学社会学》，载巴尔克编《文学社会学》第 1 卷《概念与方法》，第 151 页。

⑥ 参见西尔伯曼：《文学哲学、社会学的文学美学还是文学社会学》，载巴尔克编《文学社会学》第 1 卷《概念与方法》，第 153 页。

主义，也旁及当代其他相关研究。该文虽然（如前所示）并非只是攻击阿多诺的观点，可是，鉴于科隆学派与法兰克福学派以及西尔伯曼与阿多诺之间本来就有的龃龉，尤其是贯穿整个1960年代的"实证主义之争"，西尔伯曼的文章成为他和阿多诺在文学社会学问题上正面交锋的直接导火线。阿多诺于1967年以《艺术社会学论纲》一文回敬西尔伯曼的挑战，以及后者在那个时期对他的一系列原则性责难。如果把卢卡契对经验主义—实证主义文学社会学的批判放在一边，那么，西尔伯曼—阿多诺之争则对20世纪60年代的相关讨论具有举足轻重的意义，而那正是文学社会学在西方蓬勃发展之时。

三 西尔伯曼与阿多诺的主要分歧

西尔伯曼与阿多诺在文学社会学问题上的分歧几乎是全方位的。究其要端，主要体现于他们在文学社会学是不是独立学科这一问题上的分歧，在文学社会学的研究对象和重点问题上的分歧，以及对文学社会学在哲学维度和社会功能问题上的分歧。

（一）文学社会学是不是独立学科

菲根认为，文学社会学"感兴趣的不是作为审美对象的文学作品"①。西尔伯曼所见相同，并且更为旗帜鲜明："文学社会学与艺术审美思维毫不相干。"② 他也同菲根一样，强调文学社会学是一门独立的学科或研究方向：与文学有关，却在文学之外。换言之，文学社会学是社会学的独特方向，它与社会学的关系是专门社会学与普通社会学的关系。③ 在他看来，"过问理论、形式、风格、格律或韵脚结构，回答'什么是文学'的问题（如果对这一问题必须做出有效回答的

---

① 菲根：《文学社会学的主要方向及其方法——文学社会学理论研究》，波恩：Bouvier，（1964）1974年，第14页。（Hans Norbert Fügen, *Die Hauptrichtungen der Literatursoziologie und ihre Methoden. Ein Beitrag zur literatursoziologischen Theorie*, 6. Aufl. Bonn: Bouvier, 1974.）

② 西尔伯曼：《艺术社会学述评》，载《科隆社会学与社会心理学杂志》第19期（1967），第791页。（Alphons Silbermann, "Sammelrezension Kunstsoziologie", in: *Kölner Zeitschrift für Soziologie und Sozialpsychologie*, 19〔1967〕, S. 791.）

③ 参见西尔伯曼：《文学社会学引论》，第35—36页。

话),这些都不是文学社会学的任务。文学社会学家决不能根据某种思想概念,任意对文学作品做出某种穿凿附会的解释,或从文学作品中找出一些事实和文献都证实不了的东西"①。这一观点完全是他《音乐社会学的目的》(1962)中的一段文字的翻版。②

西尔伯曼批判阿多诺等人,并剥夺其文学研究的"文学社会学"资格,已经见之于他的论战性文章的标题,也就是他所做的明确划分:"文学哲学""社会学的文学美学"或"文学社会学"。他把阿多诺的美学思想划入前面两个范畴。应该说,阿多诺本人不会完全拒绝这种说法,而他必须回应的是,用其扎根于历史哲学的艺术哲学批驳西尔伯曼鼓吹的经验主义文学社会学。尽管他的不少美学著述的标题中写有"社会"或"社会学"字样,但是,作为哲学家的阿多诺之纯思辨色彩,以及他的文学观中的"社会学"并非彼时学院派文学社会学中的学科化范畴,他根本不愿谈论独立的文学社会学。

阿多诺认为,艺术社会学根据自己的理论考察市民社会的伟大艺术和文学时,必须统观社会整体,把人和社会的全盘异化看作认识的基点,并在这个总体框架内探讨优秀的文学艺术及其表现形式。在把优秀作品同社会异化联系在一起时,社会学方向的文学研究应当在原则上排除群体、阶层或阶级的视角,否则会与典型的文学概念发生冲突。艺术社会学在这里所碰到的社会理论,虽然允许对艺术产品做出灵活的诠释,但是它从一开始就离不开自己深信不疑的社会一般结构和基本观点。每个社会都有自己的特色和矛盾,文学艺术有责任描绘和揭示社会特点,这是不言自明的事情。关键是认识市民社会在整体上早就异化而且无耻之尤,文学艺术才能够和必须关涉这

---

① 西尔伯曼:《文学社会学引论》,第38—39页。
② 参见金经言的文章《克奈夫的音乐社会学对象观》所援引的西尔伯曼《音乐社会学的目的》中的一段文字,载《音乐研究》1989年第2期,第99页:音乐社会学家"要绝对地远离艺术作品的技巧问题。他的研究工作当然不涉及乐理、配器和声学、节奏结构和旋律结构等,他的研究课题当然也不包括回答'什么是音乐'的问题(假如对这样的问题会有适当的回答),他当然也根本不会根据主观想象对某部音乐作品作穿凿附会的解释,或者从某部音乐作品中猜出某些无法用事实和资料加以证实的东西"。(Alphons Silbermann, "Die Ziele der Musiksoziologie", in: *Kölner Zeitschrift für Soziologie und Sozialpsychologie*, 14〔1962〕: 322-335.)

种全盘异化。①

只有在自律的、完美的作品中,才能看到审美意义上的社会真实。这是一种简明扼要的真实,即市民社会个人主义的真实面目和资本主义社会的寂寥面目。真正的先锋派作品亦即按照自律原则所创造的艺术作品,以它们富有个性的结构,应对市民社会的个人主义。这些作品义无反顾地追求个性不同的形式规律,以此吻合个人主义的社会根基。当然,各自不同的形式规律想要达到一定的高度,首先需要与形式上的一般结构合拍,并在很大程度上与之契合,也就是合乎"内在的一致性"。② 现当代的伟大作品,正是通过这种途径表明自己的立场,而且直逼社会"整体"的"全部",并永远站在它的对立面。

(二) 关于文学社会学的研究对象和重点问题

西尔伯曼在不少论著中一再强调,一个在方法学上靠得住的艺术社会学的基本立场是,社会学家不可能"把艺术当作幻象进行社会学分析"。艺术纯粹呈现艺术家内心世界的时候,没有丝毫社会实用价值。换言之,"只有当艺术客观化,只有在它表述具体事物时,它才具备社会学的实际价值"。也只有这时才会产生主体间性的社会互动,这才是艺术社会学的研究对象。据此,探讨不同艺术标准之间的关联,甚或将它们同某种社会经验联系起来,都不是艺术社会学的研究任务。"对艺术作品本身及其结构的论说,都是艺术社会学之外的东西。"③ 文学社会学的"主要任务是认识人,认识人们生产和消费文学的过程是怎样的,并怎样以此同其他人相联系"④。"艺术作品的创造是为行为而行为,也就是力图在其他人那里唤起类似的或同样的情绪。"两个人之间的社会性互动,"唯有在他们萌生同样的体验时才会发生"。于是,唯独"艺术体验"才能产生可以成为艺术社会学研究对象的"文化作用圈",以及"不同艺术形式的作用关系、作用手段、作用程度、

---

① 参见阿多诺:《关于诗与社会的讲演》,方维规译,载方维规主编《文学社会学新编》,第258—259页。
② 参见阿多诺:《勒索到的和解》,《文学札记》第2卷,法兰克福:Suhrkamp,1961年,第175页。(Theodor W. Adorno, "Erpreßte Versöhnung", in: Adorno, *Noten zur Literatur II*, Frankfurt: Suhrkamp, 1961, S. 152-187.)
③ 西尔伯曼:《艺术》,载柯尼西编《社会学》(1958),1967年,第165、166页。
④ 西尔伯曼:《文学社会学引论》,第41页。

作用性质和作用走向"。①

西尔伯曼认为，不像在文学研究中那样，社会学视角关注的不是艺术家、艺术品、接受者本身，而是它们"之间"的联系和过程，亦即"文学经历"和"传播媒介"的具体表现形式。文学是一种社会现象，文学社会学的根据（同时也是研究对象），只能是迪尔凯姆之后被社会学家推崇的"社会事实"（fait social），这是西尔伯曼的中心观点。由此出发，经验主义文学社会学研究范围中的作者、作品、读者这三个要素，在西尔伯曼那里主要体现为探讨作家与社会的关系，考察作品的社会效果，揭示阅读文化的结构。西尔伯曼的口号是："让文学的社会活动出来说话。"②

在1960年代的实证主义文学社会学之争，乃至整个实证主义论战中，阿多诺旗帜鲜明地反对西尔伯曼、菲根和波普尔的观点，力主超越现实的批判性理论。阿多诺在《艺术社会学论纲》中，开宗明义表明他同经验主义文学社会学之中立艺术观的歧见："从词义上说，艺术社会学涉及艺术和社会之关系的所有方面。将它局限于某一个方面是无法想象的，比如局限于艺术的社会效果，而效果只是全部关系中的一个环节。"③ 换言之，文学社会学研究决不能只是单方面地注重艺术作品的社会作用。这是经验主义文学社会学特别喜用的方法，也就是用量化的方法探讨作品的接受。在阿多诺看来，这种局限只会危害客观认识，因为传播、社会制约乃至社会结构的运作形式不一而足，作品的社会作用与不同的运作形式密切相关。艺术社会学关乎对作品本身的分析，在社会整体视野中研究作品的影响，并辨析不同接受者的主观反应形态。阿多诺认为，唯有把这些错综复杂的因素紧密地结合在一起进行考察，才能达到艺术社会学研究的目的：

> 理想的艺术社会学应该是三者的有机结合：实体分析（即作品分析），结构性效应和特殊效应之运作机制的分析，可查证的主

---

① 西尔伯曼：《艺术》，载柯尼西编《社会学》（1958），1967年，第170页。
② 西尔伯曼：《文学社会学引论》，第61页。
③ 阿多诺：《艺术社会学论纲》，方维规译，载方维规主编《文学社会学新编》，北京：北京师范大学出版社，2011年，第122页。(Theodor W. Adorno, "Thesen zur Kunstsoziologie", in: *Kölner Zeitschrift für Soziologie und Sozialpsychologie*, 19〔1967〕, S. 87-93.)

观因素的分析。三者应当做到相互阐释。①

按照阿多诺之见，作为社会精神劳动的产品，艺术历来被视为社会现象。艺术与社会的关系，主要体现于艺术的存在本身，体现于精神生活的具体化，艺术能够为思想提供选择。于是，艺术作品借助其自在的审美能量，脱离直接的、真实的生活语境，自我封闭地抵御自己的社会规定性，不依赖艺术创造的物质前提，成为纯粹精神的、高雅的东西。"艺术作品的超验性根源于把事物从它的经验性语境中分离出来并根据自由的想象重新赋形的力量。"② 用阿多诺的话说，艺术作品在"摧毁现实要素的同时又利用它们，从而将其塑造成别的东西"③。换言之，艺术创作"成为一种分解和重构的双重过程。［……］艺术是对现实之遮蔽性的真正领悟"④。因此，它自然与现存的社会关系背道而驰。与此相适，对艺术作品之社会性的评价，则要辩证地（似乎矛盾地）看其"不合群性"（Asozialität）亦即"社会性偏离"的程度，看其自律的程度。

正因为标举艺术的自律性，阿多诺在艺术社会学的研究重点问题上，做出了不同于西尔伯曼的选择："我们在确定艺术和社会之关系时，应当重视的不是艺术的接受领域，而是更为基本的生产领域。要想对艺术做出社会学的解释，就必须说明艺术的生产，而不是其影响。"⑤ 也就是说，阿多诺最感兴趣的，不是艺术在社会中的状况及其影响，而是认识社会如何沉淀于艺术作品。⑥ 他更多关注的是艺术生产者，而不是艺术消费者。诚然，他同西尔伯曼在一个问题上所见略同，即传播研究极为重要。但他强调传播或接受问题是很复杂的现象：一部交响乐通过收音机传到千家万户，众人所理解的是否仍是同一部

---

① 阿多诺：《艺术社会学论纲》，方维规译，载方维规主编《文学社会学新编》，第124页。
② 伊格尔顿：《审美意识形态》，第357页。
③ 阿多诺：《美学理论》，第436页。
④ 阿多诺：《美学理论》，第441页。
⑤ 阿多诺：《美学理论》，第390—391页。
⑥ 参见阿多诺：《艺术社会学论纲》，方维规译，载方维规主编《文学社会学新编》，第125页。

交响乐、产生同样的感受？答案是很明确的。① 阿多诺强调指出，"要想对诗和任何一种艺术做社会层面的阐释，就不能一下子直奔作品的所谓社会方位或者社会兴趣所在、甚至作家状况。它应当更多地探究社会全局如何作为一个充满矛盾的整体呈现于艺术作品之中，这才是艺术作品得以确立并走向超越的关键"②。至于作品是否紧贴社会抑或超然于社会，或集二者于一体，则需要进行缜密的"内部研究"。此时，对外部社会的基本认识只是作品研究的前提；就文本论文本，才是狭义的方法学需要遵守的要义。若在作品分析中巧遇一个具体的、确切的社会知识，只有在这个时候，社会知识才可以自然而然地运用于作品分析，才会获得它应有的意义。当然，即便这时也不能忘记，伟大的艺术作品从来不局限于特定的社会状况，这一论证基础是不可动摇的。

（三）关于文学社会学的哲学维度和社会功能

西尔伯曼拒绝所有将文学社会学或艺术社会学同审美视角和艺术价值连在一起的做法。"与不管来自何处的审美价值理论相反，经验主义艺术社会学与论述艺术准则和价值无缘。考察艺术的社会关联，并不是为了阐释艺术本身的性质和精髓。"③ 当然，西尔伯曼认为文学社会学同社会学一样，不会对价值观问题视而不见，因为价值观在社会行为中发挥很大的作用。文学社会学在理论上与价值观问题保持一定的距离之后，反而可以探讨那些主观的价值意识。可是，哲学和绝对价值不是社会学的命题，社会学也不会对此做出回答。

西尔伯曼倡导的是实验的、统计的、跨学科的考察方法，以"发展一些为预测服务的规则，使人有可能说出这种或那种状况出现之后，也许还会出现哪些状况"。但是他也指出，要探讨经验主义文学社会学的所有问题，就需要一整套基本理论，可惜这一理论基础"至今还未出现。实证主义—经验主义文学社会学的情形如此，马克思主义—新

---

① 参见阿多诺：《艺术社会学论纲》，方维规译，载方维规主编《文学社会学新编》，第 127 页。
② 阿多诺：《关于诗与社会的讲演》，方维规译，载方维规主编《文学社会学新编》，第 257 页。
③ 西尔伯曼：《文学社会学引论》，第 58 页。

马克思主义文学社会学同样如此"①。我们在《文学社会学引论》中可以看到，西尔伯曼认为经验主义文学社会学以客观、准确、审慎和归纳四个要素为准则，它们既是操作须知，也是理论基础。② 他承认哲学对文学研究起过指导作用，对于社会研究亦不例外，但那是学科发展不成熟时期的情形，或曰社会学、心理学等学科还未确立。可是，随着社会和科学的发展，论艺术唯独美学的时代早就一去不复返了：

> 在现代，或者说在实证主义时代，美学成了一门独立学科，美学的先验绝对论开始让位于经验归纳的相对论。与此同时，毫无成效的内省行当门庭冷落，人们开始采用这种或那种方法来准确地分析文学现象。继所谓"自上而下的"美学亦即对文学和美的本质进行思辨的美学之后，出现了可称为"由下而上的"美学，即心理学和社会学的美学。③

阿多诺对审美意图及其功能的评价一开始就很明确：一种是"操纵顾客"的意图，一种是在艺术中寻求"精神实体"的意图。精神实体本身具有社会含量，体现艺术与社会的最深层的关系，融化于作品之中："艺术参与到精神之中，而精神反过来凝结于艺术作品之中，这便有助于确定社会中的变化，尽管是以隐蔽的、无形的方式进行的。"④ 这种最深层的关系同文学与社会的表面关系之间的联系，单凭所谓价值中立的、远离哲学的、缺乏历史哲学思维的社会学是无法把握的。社会学源于哲学，依然需要来自哲学的思辨方法。在此，阿多

---

① 西尔伯曼：《经验主义艺术社会学》，第 20、22、122 页。当然，西尔伯曼的立场建立在已有的经验主义文学社会学理论资源的基础上，同时也是在与阿多诺及其法兰克福学派的论争中发展起来的。鉴于阿多诺等人不断诟病经验主义文学社会学在作品接受研究中特别喜用的量化方法，西尔伯曼在《文学社会学引论》（1981）中做出了新的反思，指出了传统统计方法的弊端，即市场调查不能揭示阅读的个体特性和社会特性之间的差别。"其实并不存在读者们，只有读者。"因此，用经验主义方法也无法完全把握读者的个性特征，从而无法对作品的社会效果做出具有代表性的分析。西尔伯曼的设想是，在闲暇时间的图书消费中考察社会的阅读文化。（参见《文学社会学引论》，第 88—89 页。）
② 参见西尔伯曼：《文学社会学引论》，第 58 页。
③ 西尔伯曼：《文学社会学引论》，第 45—46 页。（译文略有改动。）
④ 阿多诺：《美学理论》，第 413 页。

诺明确批判了西尔伯曼等人提出的将哲学维度驱逐出社会学的主张。①阿多诺认为,人们要理解一部文学作品,必须超越作品,达到哲学的高度,即文化哲学和理性批判的高度。

"对作品效果的研究无法说明艺术的社会特性。而在实证主义的庇护下,这种方法甚至篡夺了制定艺术标准的权力。"② 阿多诺尖锐地指出,如果艺术社会学忽略曲高和寡的艺术,只从事量化的接受研究,或如西尔伯曼所说,艺术社会学唯一需要注重的是"艺术体验"的研究,那么,"艺术社会学只能变成为经销商服务的专长,经销商所计算的是如何迎合顾客,如何不会失去机会"。此种模式在很大程度上只适用于研究追求影响力、哗众取宠的大众传媒,但却不会到处灵验。③

艺术社会学的任务之一是发挥社会批判作用,阿多诺在这个问题上与西尔伯曼没有分歧。然而,他认为排除了作品的内容及其品质,社会批判只能是空谈。"价值中立与社会批判功用是不可调和的。"④一个能够胜任的艺术社会学,必须从文化批判的立场和基本信条出发。对阿多诺来说,除了哲学思考之外,唯独艺术才能冲破非人的统治和异化的社会,他甚至认为艺术的重要性高于哲学。沙尔夫施韦特的判断应该是能够成立的:在阿多诺看来,只有艺术才"将体现异化、描述异化、回答异化集于一体"⑤。

四 阿多诺论"艺术的社会性偏离"

阿多诺从来没有系统地整理过他的文学社会学观点。如同他对美学理论的"零散"看法(《美学理论》,1970)一样,他的文学社会学思想也散落在各处,并已见之于他同霍克海默合著的《启蒙辩证法》

---

① 参见阿多诺:《艺术社会学论纲》,方维规译,载方维规主编《文学社会学新编》,第125—126页。
② 阿多诺:《美学理论》,第391页。
③ 参见阿多诺:《艺术社会学论纲》,方维规译,载方维规主编《文学社会学新编》,第124页。
④ 阿多诺:《艺术社会学论纲》,方维规译,载方维规主编《文学社会学新编》,第125页。
⑤ 沙尔夫施韦特:《文学社会学基本问题——学科史纵览》,斯图加特:W. Kohlhammer,1977年,第157页。(Jürgen Scharfschwerdt, Grundprobleme der Literatursoziologie. Ein wissenschaftsgeschichtlicher Überblick, Stuttgart/Berlin/Köln/Mainz: W. Kohlhammer, 1977.)

(1947)之中。① 尽管他的艺术观多少带有"零敲碎打"和"即兴"色彩，但是如前所述，"艺术"在他眼里非同小可，甚至高于哲学。

阿多诺美学的论述对象，首先是西方市民社会。18世纪以降，艺术才完全挣脱了履行宗教功能和社会功能的枷锁②，并得以号称自律。这一地位使得艺术能与社会对立，却从来不否认其社会来源。然而，艺术的社会属性主要不是指艺术源于社会、产自社会，而是说它与社会对立。这便是艺术的"社会性"和"自律性"之双重特性，也是阿多诺艺术观中的一端。另一端则是他对操纵顾客的文化工业的批判。

大众传媒和文化工业的最新技术给统治者带来的强权，也不能从根本上解决资本主义社会的矛盾。阿多诺自从同霍克海默合著《启蒙辩证法》时第一次思考这类问题起，他的浓重的文化悲观主义倾向，可以让人看到他如何标举和美化晚近市民社会的艺术理论。③ 他没有像本雅明或布莱希特那样看到新的审美创作方法所蕴涵的解放思想的可能性，而是沮丧地把文化工业对人的彻底控制看作市民社会无法克服的危机。"个人主体的沉沦"（Untergang des Individuums）是阿多诺最重要的命题之一；在他看来，个体或个性似乎只能在艺术作品中得到幸免。作为创造性劳动的艺术，以其自律性成为自由思想的最后一个避难所。

阿多诺发展了一种关于"不合群的艺术"的社会学，也就是探讨"艺术的不合群"（Das Asoziale der Kunst）特征，或曰"艺术的社会性偏离"。鉴于盛行的商品拜物教和偶像崇拜所带来的痛苦，鉴于社会的日益堕落，艺术越是远离社会问题，其政治说服力就越大。在阿多诺看来，艺术作品由于同现实生活发生"审美分歧"（ästhetische Differenz）而先天具有"正确的意识"，并且，它越同社会保持审美距离就

---

① 中国学界将霍、阿合著的 Dialektik der Aufklärung（英：Dialectic of Enlightenment）译为"启蒙辩证法"，应该说是一个很难理解的书名。译为"辩证看启蒙"或"启蒙的辩证"似乎更为接近原义：既看到启蒙带来的文明，又看到启蒙引起的残暴。

② 艺术在18世纪之前及整个中世纪的存在价值，主要体现于宣导宗教观念，或为王公贵族服务，见于王室、宫廷和贵族阶层的日常生活和社交活动。

③ 沃林认为，如果没有本雅明的《历史哲学论纲》以及其他相关著述的铺垫，《启蒙辩证法》中对进步的批判、将历史理解为堕落的历史，以及启蒙和神化的相互交织这一中心论题，完全是不可想象的。（参见沃林：《瓦尔特·本雅明：救赎美学》，吴勇立、张亮译，南京：江苏人民出版社，2008年，第12—13页。）

越显得正确。① 在内行的眼里,卡夫卡、乔伊斯、贝克特的伟大作品并不是卢卡契所批判的那样,恰恰相反:"他们独白中的响亮的声音,告诉世界究竟发生了什么,比直接描绘世界更具震撼力。"②

现代主义迫使艺术表现为缄默。伊格尔顿对此的理解是,对政治完全保持沉默的著作是最深刻的政治著作。③ 这一社会学的重要问题,内在于艺术与社会事实若即若离的矛盾状况,也就是文学的社会特性与它的形式所表现出的反社会性之间的本质矛盾。艺术的这种双重性(社会性和自律性),也使"不合群艺术"的社会学成为一种对抗的、主张艺术自律的社会学。对此,阿多诺在《美学理论》(1970)中做了精到的阐释,现大段节录如下:

> 艺术作品的真实性在于它们是对摆在其面前的、来自外界的问题所做的回答。所以,只有在与外界张力发生关联时,艺术中的张力才有意义。艺术经验的基本层次与艺术想要回避的客观世界有着甚为密切的关系。现实中尚未解决的对抗性,经常伪装成内在的艺术形式问题重现在艺术之中。正是这一点,而非故意充满客观契机或社会内容的东西,界定着艺术与社会的关系。由于艺术总是一种社会现实(因为它是社会的精神劳动产品),于是这种现实特性在艺术日益资产阶级化的情形下被强化了。资产阶级艺术直接专注于作为人工生产的艺术和经验性社会之间的关系。《堂·吉诃德》为其发端。然而,艺术之所以是社会的,不仅仅是因为它的生产方式体现了其生产过程中各种力量和关系的辩证法,也不仅仅因为它的素材内容取自社会;确切地说,艺术的社会性主要因为它站在社会的对立面。但是,这种具有对立性的艺术只有在它成为自律性的东西时才会出现。通过凝结成一个自为的实体,而不是服从现存的社会规范并由此显示其"社会效用",艺术凭藉其存在本身对社会展开批判。纯粹的和内部精妙的艺术是对人遭到贬低的一种无言的批判,[……]艺术的这种社会性偏离是对特定社会的特定的否定。

---

① 参见阿多诺:《勒索到的和解》,《文学札记》第2卷,第164页。
② 阿多诺:《勒索到的和解》,《文学札记》第2卷,第173页。
③ 参见伊格尔顿:《审美意识形态》,第355页。

形式的作用就像一块磁铁，它通过赋予各种现实生活因素以一定秩序，从而使它们同超越审美的存在间离开来。然而，正是通过这种间离，它们超越审美的本质方可为艺术所占有。［……］艺术的社会性并不在于其政治态度，而在于它与社会相对立时所蕴含的固有的原动力。它的历史地位排斥经验现实，虽然艺术作品作为事物是那一现实的组成部分。如果说艺术真有什么社会功能的话，那就是不具有功能的功能。［……］必须从两个方面来考虑艺术的社会本质：一方面是艺术的自为存在，另一方面是艺术与社会的联系。艺术的这一双重本质显现于所有艺术现象中；这些现象是变化的和自相矛盾的。①

这在方法学上则意味着，阐释的

> 方法必须（用哲学话语来说）是内在的。不应从外部把社会的各种概念硬套在作品上，而应在对作品本身的查考中钩深致远。歌德在《箴言与反思》中说，你不能理解的东西，便也无法拥有。这句话不仅适用于人与艺术作品的审美关系，同样适用于审美理论：不存在于作品及其结构中的东西，无权用来确定作品内容和构思的社会内涵。②

这样，阿多诺在艺术作品既存的社会关联（生产方式和素材的社会来源）基础上，颠覆了教条的马克思主义理论关于经济基础与上层建筑、社会存在与个人的艺术创造之间的主次和决定关系。换言之，即便是最马克思主义的论述，其核心内容也不是简单的上层建筑与经济基础的关系。

阿多诺的文学观，尤其体现于他的诗论。他赞赏现代诗的悟性：诗与真实生活保持距离，超然无执，恰恰来自对虚假丑陋之生活的度量。作为抗议，诗呈现着别样的世界的梦。诗的精神对拜物主义所表现出的强烈厌恶感，是对近代亦即工业革命以来商品对人的统治和人

---

① 阿多诺：《美学理论》，第 9、386、388 页。
② 阿多诺：《关于诗与社会的讲演》，方维规译，载方维规主编《文学社会学新编》，第 257 页。

类之物化的一种反抗形式。① 当然，诗人反抗压抑的社会，并不囿于个人的遭遇。个体身上所表现出来的，正是客观世界。诗人远离社会，走向自我，表现的是孤独的世道。故此，"只有能在诗中领略人类孤独之音的人，才算是懂诗的人"②。不合群的艺术此时恰好体现出其社会维度："自我与社会的关系在诗的主题中流露得越少，越能自然而然地以其自身成为这种关系的结晶。"因为："诗的非社会性正是它的社会性所在。""诗的形态也总是社会矛盾性的主观表达。"阿多诺毫不担心别人也许会指责他说，他赋予并不带有社会性的诗以社会属性。这里还有另外一个理由，即他坚信"语言最内在地把诗与社会联系在一起。诗不顺着社会说话，不做任何报道，而是个体通过精准的语词，躲到语言的领地，任其自由流转——正是在这个时候，诗的社会性得到了真正的保证"。③

阿多诺的诗概念显豁地带着浪漫主义色彩："诗中发出声音的我，是集体和物体的对立面；诗取决于此，表达亦如此。诗中的我同所描述的自然，并非突然融为一体。我似乎已经失去了自然，因而试图通过灵性回归、沉入自我来重塑自然。"④ 我们或许可以用马尔库塞的一种认识来理解阿多诺的这段文字，并以此说明艺术的社会性偏离的缘由，说明个人主义社会中的诗语言本身就是孤独的⑤：诗人也希望他的诗能够被人理解，这是他作诗的原因；如果他能用日常语言写诗的话，他或许早就这么做了。他的诗之所以令人费解，是因为日常语言中的符号、比喻和形象已经不能表达他的思想，常人所用的语言早已崩溃和失效。换一个角度来说：话语已经成了彻头彻尾的操纵社会成员的方式，人们为了生存而不得不以特定的形式同上司、政治家或邻居说话；电视、收音机、报纸杂志和与人交谈，都是"鹦鹉学舌"的地方。⑥

---

① 参见阿多诺：《关于诗与社会的讲演》，方维规译，载方维规主编《文学社会学新编》，第258页。
② 阿多诺：《关于诗与社会的讲演》，第257页。
③ 阿多诺：《关于诗与社会的讲演》，第260页。
④ 阿多诺：《关于诗与社会的讲演》，第258页。
⑤ 阿多诺：《关于诗与社会的讲演》，第257页。
⑥ 参见马尔库塞：《单向度的人——发达工业社会意识形态研究》，刘继译，上海：上海译文出版社，1989年，第173页。

对阿多诺来说，萨特或布莱希特鼓吹的"介入"文学和艺术只能是胡闹；那些艺术要么有其政治缺陷，要么有着明显的艺术缺陷，并最终在政治或艺术追求上适得其反。从某种意义上说，"介入"或"参与"属于"第二种物化"。① 在他眼里，真正能够介入的，并非基于政治理念的介入艺术，而是自律艺术，是借由潜移默化来改变人之精神的艺术。阿多诺的艺术理论直白地表明，将市民社会艺术作品的"精神"同直接的社会参与连在一起，这是一种幻想，因为市民社会艺术作品的社会性质内在于作品之中：

> 艺术并不意味着强调各种抉择，它无外乎以自己的形态，与一直把枪口对着人的胸脯的世界进程作对。②

阿多诺认为，艺术以及所有同它有关的事物是否属于社会现象这个问题，本身就是一个社会学问题。艺术中没有任何具有直接社会性的东西，尤其是艺术自律性的高度发展，使得艺术与社会的直接对应关系更不可能出现。另外，艺术的社会影响也是极为间接的。据此，对艺术能否介入政治这个问题表示怀疑是正当的。即便介入了，也是表面的，而且这会损坏艺术品质，乃至艺术本身，及其来之不易的自律地位。艺术作品能否介入社会，对社会的影响程度如何，并不取决于艺术本身，而是有赖于历史环境。艺术属于精神生活，并将精神生活凝结于作品之中，留在人们的记忆之中，在潜移默化中影响社会③：

> 古往今来，人们对艺术作品的反应一直是极其间接的；这些反应与一件作品的特定性并无直接关系，而是由整个社会来决定的。④

---

① 参见阿多诺：《介入》，《文学札记》第 3 卷，第 115 页。(Theodor W. Adorno, "Engagement", in: Adorno, *Noten zur Literatur III*, Frankfurt: Suhrkamp, 1965, S. 109-155.)
② 阿多诺：《介入》，《文学札记》第 3 卷，第 114 页。
③ 参见阿多诺：《美学理论》，第 386—387、413—414 页。
④ 阿多诺：《美学理论》，第 391 页。

艺术社会学中独尊社会性和社会功用的观点认为，作品不关注社会现实，便是对社会性的亵渎。阿多诺（如前所述）的回答是，艺术对社会采取的不介入立场、它对社会的偏离是对特定社会的特定否定。他也是在这个意义上指出："如果说艺术真有什么社会功能的话，那就是不具有功能的功能。"① 把低劣的社会存在及其不幸的经验悬置起来，以此表达改变世界的欲望。阿多诺向充满个性的艺术作品的"撤退"，使他成为市民社会中创造理想的坚定捍卫者，这来自他对第三帝国亦即奥斯维辛之后的艺术的深刻思考，来自他对当代时尚之荒谬性的认识，来自他的政治责任感。正是许多不同凡响的思索，"使阿多诺与巴赫金、本雅明齐名，成为马克思主义所产生的最富创造力的三个原创性理论家之一"②。

五　阿多诺论"自律的艺术"：艺术即否定

所谓艺术自律，指的是"艺术日益独立于社会的特性"。"从艺术发展之初一直延续到现代集权国家，始终存在着大量对艺术的直接社会控制。"唯独在现代市民社会，艺术获得了前所未有的独立性。③ 换言之，站在社会对立面的艺术观与艺术的"社会性偏离"，是近现代社会的产物。马尔库塞在解释阿多诺的"艺术自律"时说："艺术自律以一种极端的形式，即以不和解、疏远化的形式，证明着艺术自身的存在。"④

早在《社会学散论》（1956）的"艺术社会学和音乐社会学"一章中，阿多诺已经严格地将伟大的艺术作品同大众艺术亦即大众艺术产品区分开来，并认为大众艺术"当下还在继续取代自律的艺术作品"⑤。在后来的《美学理论》中，他也一再叹息"文化产业吞噬了

---

① 阿多诺：《美学理论》，第388页。
② 伊格尔顿：《审美意识形态》，第369页。
③ 参见阿多诺：《美学理论》，第385页。
④ 马尔库塞：《审美之维》，第211页。
⑤ 阿多诺：《艺术社会学和音乐社会学》，载阿多诺、霍克海默：《社会学散论》，法兰克福：Europäische Verlagsanstalt, 1956年，第95页。(Theodor W. Adorno, "Kunst- und Musiksoziologie", in: Theodor W. Adorno und Max Horkheimer, *Soziologische Exkurse. Nach Vorträgen und Diskussionen*, Institut für Sozialforschung: Frankfurter Beiträge zur Soziologie, Bd. 4, Frankfurt: Europäische Verlagsanstalt, 1956, S. 93-105.)

所有艺术作品,包括那些优秀产品,因此,艺术家在社会上无人问津似乎也在情理之中"①。在阿多诺眼里,高雅艺术与大众艺术截然相反,只依托于独立的、不直接受到社会制约的法则:"自律的艺术作品遵循的是其内在规律,是其恰当而谐调的组合;效果只是顺便想到的东西。"②

因此,他强烈反对将文学社会学的视角局限于社会影响研究和接受研究。这类实证研究主要关注那些具有广泛社会影响的艺术作品,舍弃一些与社会格格不入的伟大作品:"至少就影响的大小而言,一些艺术极品的社会作用并不那么突出;根据西尔伯曼的说法,这些作品应当被排除在考察之外。然而,这会使艺术社会学走向贫困:上乘之作会被过滤无存。"③ 阿多诺的基本出发点是,现代的伟大艺术总是与社会相抵牾的,现代艺术的本质及其社会职能正在于其与世界的对立,体现于"反世界"(Anti-Welt)的倾向。19世纪中期以来,自律艺术恰恰是把同传统的、僵化的思想形态的对立、对社会接受的抗议看作其社会作用,这几乎成了一种常规。④

在阿多诺看来,艺术就其本质而言,是对市民社会的内在的、精神上的否定。这种"批判理论"也是法兰克福学派文学观之最典型的特征。⑤ 诚如"批判理论"的倡导者霍克海默所说:"批判理论的每个组成部分都以对现存秩序的批判为前提,都以沿着由理论本身规定的路线与现存秩序作斗争为前提。"⑥ 这让我们看到,批判理论可以追溯

---

① 阿多诺:《美学理论》,第416页。
② 阿多诺:《艺术社会学论纲》,方维规译,载方维规主编《文学社会学新编》,第124页。
③ 阿多诺:《艺术社会学论纲》,第124页。
④ 参见阿多诺:《艺术社会学论纲》,第124页。
⑤ "批判理论"又称"社会批判理论",是法兰克福学派第一代成员所追寻的理念。"批判理论"概念原来是霍克海默用以区别"传统理论"的一个专门术语,他在《传统理论与批判理论》(1937)中系统地阐释了批判理论的目的、方向、研究范围和方法。霍克海默等人所说的传统理论,是指以实证主义和实用主义为其哲学基础的方法,带有自然科学的色彩。批判理论则标举批判理性,与资本主义进入新的历史阶段之后的愈演愈烈的工具理性相抗衡。批判理论的主要代表认为,人类业已进入一种新的野蛮状态,只有批判理论才能承担拯救人类的重任。他们曾经视批判理论为马克思主义的代名词,"批判"是马克思著作的主线。鼓吹批判理论,一方面为了与实证主义等社会研究和哲学方法划清界线,一方面为了抵制"教条的马克思主义"和"苏联的马克思主义"。
⑥ 霍克海默:《批判理论》,李小兵等译,重庆:重庆出版社,1989年,第216页。

到马克思的批判概念,即"要对现存的一切进行无情的批判"①。马克思的学说无疑是批判理论的基础,马克思的政治经济学批判也是法兰克福学派批判理论的得心应手的工具。

阿多诺认为,只是拘囿于艺术家的出身、他的政治倾向和社会观点,间或分析一下作品素材的内容等,这样的艺术社会学是简陋的。这么做必然忽略艺术作品,尤其是上乘之作的精髓,漠视艺术品之所以为艺术品的缘由,对作品构造以及素材与形式之间的张力置之不理。尤为突出的是艺术社会学中着力于社会事实的研究视角,对普鲁斯特或乔伊斯那样的现代派作家的作品视若无睹,因为他们的艺术委实没有获得社会的广泛接受。"艺术作品,至少是那些不屈从于宣传的艺术作品,之所以缺乏社会影响,其中一个决定性原因在于它们不得不放弃运用那些迎合大多数公众口味的交流手段。"② 因此,高雅的艺术作品就如霍克海默所说的毕加索的绘画一样,"它不提供娱乐,无论怎样也不被人'欣赏'"③。或者说:"艺术不可能凭藉适应现存需要的方式来取得巨大的预期影响,因为这会剥夺艺术应当给予人类的东西。"④ 伟大艺术作品的本质在于凭借艺术构思而且唯独以此为依托,昭示其化解现实生活矛盾的意图。从根本上说,艺术作品一开始就以超越社会上形形色色的意识形态为指归:

> 艺术作品的伟大之处,正在于表现那些被意识形态所掩盖的东西。它们的成功总是(不管是有意还是无意)来自对虚假意识的超越。⑤

阿多诺对艺术作品之审美价值的评价,已经清晰地体现于他本人的哲学语言和写作风格:

---

① 马克思:《致阿尔诺德·卢格》(1843年9月),《马克思恩格斯全集》第47卷,北京:人民出版社,2004年,第64页。
② 阿多诺:《美学理论》,第415页。
③ 霍克海默:《批判理论》,第265页。
④ 阿多诺:《美学理论》,第415—416页。
⑤ 阿多诺:《关于诗与社会的讲演》,方维规译,载方维规主编《文学社会学新编》,第258页。

他的文本中的每一个句子都因此而被迫超负荷；每一个短句都成为辩证法的奇迹和杰作，在思想即将消失在它自身矛盾中的那一瞬间把它固定下来。像本雅明一样，这种风格是一种星座化的风格，每一个句子都是水晶般的谜语，无法对其加以进一步的演绎，在这种高度凝练的格言隽语中，每一部分都是自律的，但与其他部分又存在着复杂的联系。①

关于艺术品质的问题，首先是审美形式同审美意图是否匹配的问题，是艺术表现是否得当的问题。人们甚至可以假设，在整个文化领域，主客体的对立被转化为内容与形式两个层面。假如我们无法判断过去某个特定时期的具体生活，至少可以在文化杰作中判断形式与内容的匹配程度，即二者是否谐调，审美意图是否得到恰当的表述。一部艺术作品的内容，最终要根据它的形式来判断；作品的形式是最可靠的钥匙，可以打开反映社会语境并由该社会语境所决定的内容之门。②

艺术即否定，阿多诺以为这是不刊之论；它同现实中市民社会的堕落难解难分。对现实的否定，甚至需要沉默，因为语言本身作为既定符号束缚着人的思想和表达，以致造成"话在说你"而非"你在说话"（福柯语）这种反客为主的状况时，交流便因为语言而受到阻碍。阿多诺赞赏贝克特将语言打得破碎且荒诞不堪；或如马拉美那样，他把语言"化为乌有"。阿多诺的这种思考，类似于本雅明的"晶体折射"（prismatisch）思维：以"残缺不全"对付规范和系统，以致最终引起人们注目的，不是一般陈述，而是零碎的片言只语。这一切都源于资本主义社会人际交流的困难。非系统化、碎片化、陌生

---

① 伊格尔顿：《审美意识形态》，第347页。显然，伊格尔顿看到了阿多诺文本的高妙之处。若是顾及英语同德语的差异，尤其是德国思辨文化语境中的阿多诺之独特句法和文笔与英语喜于简明浅近之间的无法回避的冲突，那便不得不承认，英文世界对阿多诺的理解，是以丧失阿氏深邃的思辨和瑰丽文笔为代价的。其根本原因是，如《棱镜》英译者韦伯所言，阿氏文章对于英文世界来说，本来就是"不可译"或"不可理解"的。参见韦伯译《棱镜》"导言"：《译不可译之文》（Samuel M. Weber, "Introduction: Translating the Untranslatable", in: Theodor W. Adorno, *Prisms*, translated by Samuel Weber and Shierry Weber, Cambridge: The MIT Press, 1981, pp. 9-15）。

② 参见詹姆逊：《马克思主义与形式——20世纪文学辩证理论》，李自修译，南昌：百花洲文艺出版社，1995年，第30、43—44页。

化,也都是阿多诺哲学思维和写作的特色。① 他坚信,只有与现实世界不相容的东西才是真实的,唯独在艺术领域还能找到真理,尤其是千篇一律的大众社会无法呈现的真理:

> 审美行为本身,始终是人在不断加剧的社会化过程中的补偿行为,因为人在社会化过程中不能实现自己的意志。②
>
> 艺术作品之所以具有生命,正是因为它们以自然和人类不能言说的方式在言说。③

或许正因为如此,"不和解、疏远化"的形式使得自律的艺术成为"空谷足音"。诚如约翰逊所说,虽然阿多诺所理解的艺术作品被赋予一种颠覆力量,但是它与日常思维的隔阂使之缺乏切实的启蒙作用。"所以,现代主义艺术作品只具有形式上的颠覆性质。真正的作品却远离大众的需求,这使其失去了任何实际的影响。"④ 这也是艺术自律所付出的社会代价。然而在阿多诺看来,在当今社会,只有自律的艺术,或曰"正是致力于人的解放的艺术,最适合于挣脱受到消费意识摆布的、千人一面的状态"⑤。对于阿多诺浓重的精英色彩,伊格尔顿做过这样一个犀利的对比:阿多诺的美学思想具有较高的理论层次,而哈贝马斯的理论则降低到法西斯低层次的交往理论的水平。阿多诺宁可因为艰涩、不被人理解而受抑制,也不愿被闷死。⑥

阿多诺关于文学与社会问题上的观点,不仅充分体现了法兰克福学派的批判理论,而且也彰显出其神学背景和救赎美学的特色。他们对现实世界怀有浓重的悲观主义,此中最著名的、已经带上传奇色彩

---

① 参见詹姆逊:《马克思主义与形式——20世纪文学辩证理论》,第39—42页。
② 阿多诺:《艺术社会学和音乐社会学》,载阿多诺、霍克海默:《社会学散论》,第96页。
③ 阿多诺:《美学理论》,第7页。
④ 约翰逊:《马克思主义美学》,载王鲁湘等编译《西方学者眼中的西方现代美学》,北京大学出版社,1987年,第262页。
⑤ 阿多诺:《艺术社会学和音乐社会学》,载阿多诺、霍克海默:《社会学散论》,第97页。
⑥ 参见伊格尔顿:《审美意识形态》,第367页。

的观点,是阿多诺的格言:"谬误的人生中不存在正确的生活。"① 悲观主义也使法兰克福学派把希望寄托于艺术;似乎只有这样,人类才能赎救自己。阿多诺在《伦理初阶》一书中写道:

> 面对绝望,哲学唯一还能做的事情,或许是尽可能从救赎的层面来观察一切事物。旨在救赎的认识,才会给世界带来光明;其他任何东西都是白费力气的重构,委实微不足道。必须呈现这样一些视角:世界依然在不断异化,裸露着裂痕和疮痍,就像它终将尽显贫瘠和破损之相而躺在弥赛亚之光下那样。不是强行为之,而是完全从对事物的感受中获得这些视角,思想唯独看重这点。②

他的好友本雅明,更是强调语言的救世性:

> 米开朗琪罗曾站在西斯廷教堂的脚手架上,仰着头在天花板上作画。如今,这样的脚手架再一次竖起:病中的普鲁斯特躺在床上,一只手举在空中,写满无数纸张,在上面刻画着他所看到的世界缩影。③

---

① 阿多诺:《伦理初阶——破碎生活中的思考》(1950,中国学界的主流译法是《最低限度的道德》,似乎不妥),法兰克福:Suhrkamp,2008,第 59 页。(Theodor W. Adorno, *Minima Moralia. Reflexionen aus dem beschädigten Leben*, Gesammelte Schriften, Bd. 4, Frankfurt: Suhrkamp, 2008.)《伦理初阶》是批判理论的组成部分,讨论"正确生活"的学说,这也是古希腊和希伯来文化的中心论题。阿多诺声称,因为我们生活在不人道的社会,所以正常的、正直的生活已经不再可能。他在该书导言中指出:"生活不再生活。"作者主要用格言和警句阐释这个问题。他设问:"一个人怎样才能在任何情况下都能正确地生活?"残忍的回答是:"谬误的人生中不存在正确的生活。"(Es gibt kein richtiges Leben im falschen.)德语的这句精彩名言的英译是 There is no correct life in a false one;另有 There is no right life in a false life;或:Wrong life cannot be lived rightly;或:There is no good life in a bad society。以上英语译文可以帮助我们理解阿多诺想说的意思。

② 阿多诺:《伦理初阶——破碎生活中的思考》,第 283 页。

③ 本雅明:《普鲁斯特肖像》(1929),转引自珀蒂德芒热:《20 世纪的哲学与哲学家》,刘成富等译,南京:江苏教育出版社,2007 年,第 53 页。

六　两派之争与难产的文学社会学定义

1981年，西尔伯曼的《文学社会学引论》发表之时，阿多诺已经去世十年有余，可是他对阿多诺的看法没有任何改变。谁了解他们两人有时甚至带有人身攻击色彩的嫌隙，尤其是他们"针尖对麦芒"式的学术分歧，谁就会在西尔伯曼《引论》的一段文字中窥见昔日的论敌：

> 不少自称是社会学的、源于阐释方法和社会哲学的研究，与其说是表达社会学思想，还不如说是表达了社会学愿望，以主观意愿代替事实存在，要不就自诩是文学现象兴衰的预言家。严肃的文学社会学是不能同意这类研究的。①
> 而这种给人印象深刻、故弄玄虚地作牵强解释和无据理解的做法，正是那些自以为无所不知的文学阐释者们所惯用的把戏之一。他们之所以这样做，是因为他们素来骄狂自恃，恣意从文学中推论人，[……]②

然而，什么才称得上"严肃的文学社会学"呢？埃斯卡皮在其1970年编著的那部很有影响的文集《文学性与社会性》中指出："一直到现在，没有任何学说能够证明一条或许是行得通的道路。""这也就是说，目前在这些方法中不可能只有一种文学社会学。"③ 他在说这些话的时候，已经是大名鼎鼎的"文学社会学家"。文学社会学在20世纪70年代之后的发展状况，似乎依然在证明埃斯卡皮的说法。是否存在两种或者更多的"文学社会学"，还是这个概念的选择本身就会带来麻烦？西尔伯曼在《文学社会学引论》第二章论述文学社会学在文学研究和社会学中的地位时，开头便说：

---

① 西尔伯曼：《文学社会学引论》，第40页。
② 西尔伯曼：《文学社会学引论》，第39页。
③ 埃斯卡皮：《文学性与社会性》，于沛译，载张英进、于沛编《现当代西方文艺社会学探索》，福州：海峡文艺出版社，1987年，第114、115页。

文章、讲课或教学计划中只要提及文学社会学及其方法，提及社会历史对文学的影响，提及文学生活的要素，提及作家或读者的作用和其联系的重要性，提及小说的社会真实性或小说的效果史，一些对这些命题感兴趣的人就会提出这样一个问题，这里讨论的究竟是社会学问题还是文学问题？①

显然，西尔伯曼试图在这个问题上给出明确的答案。他在该书中批评埃斯卡皮等人回避了对文学社会学概念做出正面解释；可是轮到他自己的时候，似乎也出现了直接定义的困惑：

> 这或许是因为"文学"和"社会学"这两个概念时离时合飘游不定，从未能在定义上统一起来。文学社会学自然也受到这些因素的影响，因此，它一度从属于艺术社会学，一度从属于文化社会学，一度又从属于文学理论、文学学或知识社会学、阅读社会学或文明建设社会学，并在其中加以讨论。②

于是，西尔伯曼从文学辞典、社会学辞典、文学社会学导论等著述中摘抄了9位学者的有代表性的文学社会学观点，最后发现难以找到明确答案，学者们既不可能也不愿意确切界定"文学社会学"。西尔伯曼在诸多阐释中只是看到了文学社会学覆盖面之广，及其在文学研究和社会学领域突出的"双重地位"。换言之，文学研究和社会学都不能将文学社会学这一"混合体"纳入自己的管辖范围。西尔伯曼的"双重地位"之说，或许缘于前文提及的埃斯卡皮编著的文集，汉语把该书书名及编者带有导论性质的同名文章译为《文学性与社会性》③。这一可能引起误解的汉译，原文是 Le littéraire et le social④，其实是说文学社会学的诸多要素既是"文学的"也是"社会的"。对坚

---

① 西尔伯曼：《文学社会学引论》，第35页。
② 西尔伯曼：《文学社会学引论》，第31页。
③ 埃斯卡皮：《文学性与社会性》，于沛译，载张英进、于沛编《现当代西方文艺社会学探索》，第81—115页。
④ *Le littéraire et le social. Eléments pour une sociologie de la littérature*, ed. Robert Escarpit, Paris：Flammarion, 1970.

持文学社会学是社会学之独特方向的西尔伯曼来说，比较文学家埃斯卡皮的这种"既是—也是"的观点是无法接受的。

中国学界有人把西方的"文学社会学"主要流派分为四派：马克思主义文学社会学、理论评判的文学社会学、发生结构主义文学社会学、实证主义—经验主义文学社会学。① 且不说西尔伯曼认为戈德曼的发生结构主义文学社会学"至多只能用来说明什么不是文学社会学"是否有理，他称戈德曼为"法国卢卡契"是有一定根据的。戈德曼本人起初把自己的文学理论视为"文学的辩证社会学"，他亦称之为"马克思主义的"文学社会学，后来换名"发生结构主义文学社会学"，似有赶时髦之嫌。无论如何，将他的文学观归入西方马克思主义是没有问题的。另一方面，鉴于文学与社会的关系是卢卡契美学的核心问题，人们在论述西方文学社会学的时候，似乎无法绕过卢卡契这个重量级人物。然而，卢卡契本人却对文学之社会学研究方向颇多非议，并明确表示自己的美学和文学概念中的"艺术"和"文学"不属于社会学范畴，而应归入文学艺术的历史哲学。② 这一定位其实也适用于一大批马克思主义或新马克思主义文学理论家，他们的理论属于艺术哲学。

不仅从西尔伯曼开列的 9 位学者的观点中，而且纵观文学社会学的发展历史和现状，我们可以发现一个纲领和方法的缤纷世界。它们不仅在理论基础，而且在研究方法以及各自的学术术语上大相径庭，甚至"水火不相容"。如果我们一定要区分西方文学社会学的主要流派，或许可以沿用西尔伯曼叹息各派缺乏完整理论时所说的两大派：实证主义—经验主义文学社会学与马克思主义—新马克思主义"文学社会学"。如此看来，"西—阿之争"具有典型意义，它确实是两条路线斗争的一个截面，并对后来这两个方向的研究产生了深远的影响。即便是艺术史大家豪泽尔的名作《艺术社会学》（1974），似乎也试图在二者之间寻求平衡。当然，这里说的是主要流派，并不等于对其他诸家视而不见。

---

① 参见张英进、于沛编《现当代西方文艺社会学探索》"代序"："国外文艺社会学研究述评"，第 5—16 页。

② 关于卢卡契和戈德曼与文学社会学的关系，参见方维规：《卢卡契、戈德曼与文学社会学》，《文化与诗学》第七辑（2009 年），第 16—54 页。

文学社会学在定义和方法问题上的困厄，不仅来自两派之争以及其他不同看法。我们还可以看到，即便在两派各自阵营之内，对问题的看法也常常相去甚远。一方面，新老马克思主义对文学与社会的关系各有不同的阐释；而都属于新马克思主义的卢卡契和阿多诺，观点也是南辕北辙：沙尔夫施韦特认为，在艺术社会学或文学社会学思考中，卢卡契和阿多诺对经验主义的激烈批判态度是一致的，在某种意义上甚至到了扭曲的程度。① 然而，二者依托于历史哲学的美学思想之间的差异也是显而易见的，其龃龉程度甚至不亚于阿多诺同西尔伯曼的分歧。另一方面，或许是经验主义文学社会学直接输入了社会学血液的缘故，它也同社会学理论各种流派之间的纷争一样无法统一。因此，文学社会学徘徊在那扇标示着"共识"字样的大门前面，及至今天，依然如此。

什么是文学社会学？要回答这个问题，首先需要回答"什么是文学？"这个问题。各种文学社会学或者所谓的"文学社会学"论述，其实也是在不同程度上阐释文学的本质，涉及文学本体观。上文所说的两派之争，其根本区别在于评价研究对象时的立场。观察事物时的不同立场，不仅带来评价原则和取材原则的区别，更在于由此出现的方法学上的差别。以不同的方法考察"文学"，其范畴至少有所变动。就文学理论的研究对象而言，不是所有历史上的重要作品都能经受审美评价的考验，也不是所有具有很高审美价值的作品都在历史上起过重要作用。有些文学现象和作品，根本未曾受到文学批评的重视，抑或是后来才被发现，进而成为文学史的宝贵材料。而理论研究对于历史上的文学现象和作品的考察，完全与评价的取舍原则密切相关，以至我们有可能将有些作品看作历史上具有审美价值的重要作品。

在此，我们一开始就能够见出文学理论研究与文学社会学的界线。界线的一边是把"文学"当作语言艺术品的文学理论；研究者的兴趣所在，是认识文学创作所展现的世界，也就是认识作家对"有别于现实世界的第二种世界的想象所产生的影响"②。换言之，文学理论若是

---

① 参见沙尔夫施韦特：《文学社会学基本问题——学科史纵览》，第139页。
② 狄尔泰：《体验与文学：莱辛，歌德，诺瓦利斯，荷尔德林》，哥廷根：Vandenhoeck & Ruprecht，1921年，第117页。（Wilhelm Dilthey, *Das Erlebnis und die Dichtung. Lessing, Goethe, Novalis, Hölderlin*, 12. Aufl. Göttingen: Vandenhoeck & Ruprecht, 1921.）

关注社会因素，只是为了更好地认识作品的产生历史和环境，更好地理解作品，不多也不少。界线的另一边是"文学社会学，它的考察对象是人际行为；普遍意义上的文学与特殊意义上的作品，只在它们表现人际行为或以人际行为为旨趣的时候，才显示出它们对于文学社会学的意义"①。

菲根从美学之外的立场出发提出了一个问题，即如何在（经验主义）文学社会学领域内理解"文学"。他认为，不假思索地轻信以往的文学社会学所理解的文学，则意味着放弃任何系统的理论思考和基础建设。文学社会学必须在理论上有一个扎实的文学概念，它不能单凭主观想象，接受那些约定俗成的文学定式。那都是些模糊不清、游移不定的观念。另一方面，文学的社会学不能亦步亦趋地效仿那些把美学范畴作为基本出发点的文学研究。文学社会学界定文学的基础，不是美学品质，而是社会范畴。对菲根来说，要达到这个目的，首先要区分普遍意义上的文学与文学社会学之特殊意义上的文学。②

各种文学理论对"文学"概念的阐释从来都是不同的。并且，自从有了文学研究以后，它的立足点就是双向的：其一，用概念（概括性地）理解文学文本；其二，用概念（概括性地）理解社会。它们常常只是侧重点不同而已。文学研究中既有强调"现实主义"倾向的考察（如具有马克思主义倾向、心理学或心理分析倾向、艺术文化学倾向的考察），也有注重文本内在规律以及结构主义或解构主义的研究。虽然百家争鸣，但是我们还是能够看到发展的大体脉络：从注重文本的艺术阐释和高雅美学，到研究视野向社会学、心理学等学科的扩展，再到重新转向文本性而不顾其他任何关联，以及在"社会系统论"中弃置作品分析的倾向。

七　文学和社会学的"跨学科"研究

鉴于学界对文学社会学之地位、任务及其研究范围还不能达成共识，我们或许可以暂且回到埃斯卡皮关于文学社会学既是"文学的"

---

① 菲根：《文学社会学的主要方向及其方法——文学社会学理论研究》，第22页。
② 参见菲根：《文学社会学的主要方向及其方法——文学社会学理论研究》，第14—15页。

也是"社会的"说法,并把文学社会学看作文学和社会学的"跨学科"研究。文学社会学不同研究形态的形成,根源于审视文学与社会之间关系的不同角度,同时也是不同"文学"观念与不同"社会"观念的对接与型构。就社会学而言,它是把文学视为人类和社会活动的一种形式来研究的,把文学看作一种特殊社会现象,从社会学看文学;对文学理论来说,它是在文学研究中注重文学的社会性,或者从文学看社会。在此,我们要特别弄清文学理论研究与文学社会学的关系,既要廓清文学理论中的社会因素与社会学视野中的社会因素,也要厘定文学研究视野中的文学与文学社会学视野中的文学研究。

(一) 文学理论中的社会因素与社会学视野中的社会因素

在当今的文学理论中,除了结构主义、解构主义等流派抨击社会科学的现实主义幼稚性,并把认识现实视为可笑的行为之外,对于社会状况之于文学的重要意义,久已不存在任何原则性怀疑。人与群体和社会的关联,是文学作品的重要源泉之一。这个语境里的"文学社会学",主要强调理解文学作品时必须观照社会和历史事实。这里的"文学社会学"概念,从考察对象到方法,都是认识文学和作品的一个视角。它探讨文学与社会的历史联系对文学创作所起的作用,并通过特定事实和现象,认识文学和作家特色的"社会—文学"因果关系。

鲁迅在仙台医学专科学校学习时,决定从医学转向文学,便是一个耳熟能详的事例:他在课间观看有关日俄战争的幻灯片,看到一个充当俄军侦探、将被杀头的中国人,围观的中国人竟无动于衷。这是鲁迅弃医从文的直接原因。当文学史依托其收集的社会事实,并注重因果决定性的时候,它所采用的是一种"社会—文学"研究方法,并着力于实证考察。这里讲的其实是"文学与社会"(如韦勒克、沃伦《文学理论》中的一个章节)、"文学与现实"等问题,不是严格意义上的"文学""社会学",它属于哲学思考和美学范畴。

"社会—文学"方法与文学社会学方法的首要区别是,前者萦注个体事实,后者见重典型现象。"社会—文学"方法所要认识的是文学作品所体现的个别性及其个别社会因素的决定性。① 这类社会因素常常是具体的、单独的，诸如"这个"爱情经历（鲁迅：《伤逝》），"这个"人的命运（丁玲：《莎菲女士日记》），"这个"家庭背景（曹禺：《北京人》），"这个"历史时期的国家特色（巴金：《激流》三部曲），"这次"战争（夏衍：《法西斯细菌》），等等。尽管作品中的许多因素都来自社会，但是运用于文学的时候，它们没有社会学方法中的典型意义。

"社会—文学"方法与文学社会学方法的第二个重要区别是二者对社会因素与文学之因果关系的不同看法。唯有认定因果的必然性，确认个别社会因素与某种文学特色之间的关系，才是有意义和令人信服的。"社会—文学"方法因此而接近自然科学的因果观，以为它所发掘出的社会原因必然产生相应结果。然而，在涉猎单个现象和作家时，马克斯·韦伯所说的具体行为和具体事例的非理性现象，应该是存在的。假如文学社会学试图得出的结论不只囿于个体，而要尽量具有普遍意义，那它要么采用自然科学的因果规律观，要么放弃社会现象决定文学的观点。鉴于社会学不宜采用自然科学的规律概念，文学社会学只能将自己的研究限定于确认典型的发展过程和行为方式。文学社会学不赞成实证主义的因果观；它认为社会现象与文学之间不存在严格的因果关系，社会现象只是多种可能的文学行为之前提。②

以上对"社会—文学"方法与文学社会学方法的区分，只是为了在理论层面上突出它们的差别。而在实际研究中，文学史往往并不依靠这样一种"社会—文学"方法，而是更为注重文学的艺术性和思想性，对社会现实的观照常常只是陪衬。不少研究几乎毫不关注社会现实，一些文学史撰述有时会在开头对历史、政治和社会状况做一般介绍，或在文中的一些地方做必要的背景简介，而且不一定是社会状况的阐释。"社会—文学"方法将时代特征或一种风格认作典型现象时，似乎最接近于社会学方法，然而它恰恰在这时与社会学方法相反，将典型绝对化，视为不可动摇的根本现象。

---

① 参见菲根：《文学社会学的主要方向及其方法——文学社会学理论研究》，第27页。

② 参见菲根：《文学社会学的主要方向及其方法——文学社会学理论研究》，第28—29页。

（二）文学研究视野中的文学与文学社会学视野中的文学研究

如前所述，研究方法取决于对文学的基本认识：是把文学当作社会现象来考察，还是从作品特色探讨文学？二者要求的是两种迥然不同的立场，前者在理论上与文学保持一定的距离，后者则尽量贴近文学。当我们阐明二者考察文学的途径时，社会学视角的文学社会学与文学研究亦即文学批评在方法上的原则性区别就显而易见了。

如果文学理论家、文学史家或批评家力图从历史的"时代特色"出发分析文学作品，只意味着他在阐释中承认作品产生时代的社会状况和价值观念。他对文学的基本态度并没有改变，他认为文学是实实在在的东西。"无论如何，文学理论确信文学是实在的，这个存在不是其他东西可以替代的，或者降格为其他东西。"① 韦勒克和沃伦也说：

> 人认为文学有价值必须以文学本身是什么为标准，人要评价文学必须根据文学的文学价值高低做标准。〔……〕它能做什么它就是什么；它是什么，它就应能做什么。我们在判断某一东西具有价值时，必须是以它是什么和能做什么为依据。②

因此，韦勒克颇为极端地认为"犹如艺术和人性是一元的一样，文学是一元的：运用这个概念来研究文学才有前途"③。同样的看法也见之于凯塞尔的《语言的艺术作品》（1948），他认为每一件艺术作品本身就是一个统一的整体。于是，作品只能从其本身来理解。它是完全可以独立的，完全可以脱离它的创造者，因此是自足的。文学中除了写着的东西没有别的。④ 这类观点是所有文学阐释学的前提，牵涉文学的本质和意义，也为作品内涵研究或曰文学的内部研究提供了依

---

① 韦尔利：《总体文学研究》，伯尔尼：Franke，1951 年，第 40 页。（Max Wehrli, *Allgemeine Literaturwissenschaft*, Bern: Francke, 1951.）
② 韦勒克、沃伦：《文学理论》，第284 页。
③ 韦勒克：《比较文学概念》，第 5 页。（René Wellek, "The concept of comparative literature," in: *Yearbook of Comparative and General Literature*. 〔2〕1953, pp. 1-5.）
④ 参见凯塞尔：《语言的艺术作品——文学研究导论》，伯尔尼：Francke，1948 年。（Wolfgang Kayser, *Das sprachliche Kunstwerk. Eine Einführung in die Literaturwissenschaft*, Bern: Francke, 1948.）

据。马克思主义文学理论自然与这些思考有所不同,然而,我们在反映论意义上的现实主义思想中,也时常能看到对于文学作品的一种特殊认识,至少卢卡契曾经说过:

> 关于艺术品的作用,我们的看法是矛盾的:我们将艺术品看作我们所表现的实际生活,承认它为事实,并纳入我们的思维,尽管我们一直很清楚地知道,它不是事实,而只是反映事实的特殊形式。①

文学社会学在埃斯卡皮尤其是菲根之后成为一门学科。在这之前,文学理论研究(如以上各种论述所示)已经从文学的本质出发,试图阐释文学之所以为文学的问题。与之相反,社会学视角的文学社会学则主要从外部考察文学,但并不否认文学的本质。西尔伯曼的一个主导思想便是关于艺术本质的观点:"艺术当为个人主体的感受或情绪的塑造,这个观点是首要的",而非群体、阶层、阶级的社会经历和经验世界的刻画。②曼海姆《精神产物的思想分析和社会学分析》一文,虽然更多地观照理论体系而不是针对文学,但是我们可以借助他关于"分析类型"的论述来阐明我们这个语境里的社会学立场:

> 这里的社会学外部观察不是为了离开"精神"场域,只有离开内部阐释的做法,才能看到各种精神现象的存在前提。这是理论本身无法看到的,然而却是理论得以成立的(尽管不是内在的)前提。③

一般而论,文学理论早就不再怀疑文学社会学或"社会—文学"视野。④ 然而,这个视野及其成果的作用和意义却受到很大制约,因

---

① 卢卡契:《艺术与客观真理》,《现实主义问题》,第 19 页。(Georg Lukács, "Kunst und objektive Wahrheit", in: *Probleme des Realismus*, Berlin: Aufbau, 1955.)
② 参见西尔伯曼:《艺术》,载柯尼西编《社会学》(1958),1967 年,第 170 页。
③ 曼海姆:《精神产物的思想分析和社会学分析》,第 432 页。(Karl Mannheim, "Ideologische und soziologische Interpretation der geistigen Gebilde", in: *Jahrbuch für Soziologie*, Bd. 2, 1926.)
④ 参见韦勒克、沃伦:《文学理论》第九章:"文学和社会",第 100—121 页。

为它们基本上顺从文学研究的思维模式，比如把题材和内容、形式和塑造、作家的特色、作品的影响和成就等，都算作文学社会学研究的可能范围。正因为将文学社会学纳入文学理论的轨道，并认为它有助于理解文学作品，人们才会认为文学诠释中的文学社会学方法只是一个视角而已。另一方面，人们可以从社会学的角度分析文学作品，这也是一个不争的事实。纵然如此，"在社会的层面上理解文学作品"与"用社会学方法阐释文学作品"，二者的界线虽然不是时时处处都很明确，但有着本质区别。克恩将曼海姆的知识社会学分类（《意识形态与乌托邦》）运用于阐释文学作品的内容时，看到了这个区别：

> 目的不是制造一个文学的社会学，而是运用业已造就的社会学技术分析文学。①

如果那些间接的、体现于文学的社会事实所涉猎的不是个体经历，而是社会现实的典型"写照"，例如恢宏的社会小说，那么，社会史无疑能够从中得益，如阿伦特对普鲁斯特的《追忆似水年华》所进行的社会史分析。② 对社会事实感兴趣的文学理论家的目的是，在作品中发掘社会事实，并对之进行归类和考察，为的是让读者能够更好地理解作品。他的着眼点是文学与社会的关系，或曰社会与文学的关系。要做到这一点，首先是作品必须具备足够的社会内涵，研究者必须对社会基本关系具有足够的认识。这种以社会学观点为前提的研究视角对文学理论的认识价值是毋庸置疑的。值得怀疑的是过高估价这个视角，视之为衡量作品审美价值的最终尺度。

文学艺术的原动力，主要不是来自社会决定性；虽然，文学艺术的作用却受到社会的制约和影响。作品是否顺应社会和文化准则及其时尚和趣味，都会影响其作用程度。如何才能把社会与文学或历史与审美这两种异质范畴结合起来呢？如何才能以此发展一种认识论基础和研究方案呢？这是迄今不少理论家和实践者孜孜以求的。尽管有人

---

① 克恩：《文学研究中的知识社会学》，第 514 页。（Alexander C. Kern, "The Sociology of Knowledge in the Study of Literature," in: *Sewanee Review* L/1942, S. 505-514.）

② 阿伦特：《极权主义的起源》，第 135—151 页。（Hannah Arendt, *Elemente und Ursprünge totaler Herrschaft*, Frankfurt: Europ. Verlagsanstalt, 1955.）

一再努力使整个学界对文学社会学取得一致认识，进而形成一个完善的学科体系，可是成效甚微。将文学之维与社会之维有机地结合在一起，既是文学社会学的强项，又是其最大难题。"文学社会学"这个术语（英：sociology of literature，法：sociologie de la littérature，德：Literatursoziologie）曾引起不少争议，学界也常会出现划分研究领地的现象，而且至今如此。

我们或许不得不对同一个"文学社会学"概念做出区分：一方面，"文学社会学"是社会学的一个分支，建立在经验和实证的基础上。另一方面，"文学社会学"是文学研究考察文学的一个视角，即"社会—文学"视野。后者说的是方法或重点，因此无所谓独立的学科。文学研究中的"文学社会学"与学科之"学"无关，而是方法学的"学"。① Sociology of literature 在西方语言中常常表示文学研究中的"社会—文学"或"文学—社会"视野，表示这一方向的研究。

---

① 为了更好地理解这一点，我们不妨借用一下福柯的 l'archéologie du savoir，中国大陆学界译之为"知识考古学"，其实译成"知识考古"即可。尽管在英汉、法汉、德汉辞典中，archaeology、archéologie、Archäologie 译为"考古学"，而且它也确实是一门学科，但是在特定组合中，西方语言中的 archaeology 概念常常表示查考和钩稽。

第五章　本雅明的政治美学与艺术思想

生前居无定所、饱尝现代性之痛苦和忧郁的"局外人"本雅明，是20世纪最伟大、最渊博的文学评论家之一。他是文学和哲学研究的一个重要的、经久不衰的探讨对象。这个"最后的文人"的原创性思想，还在展示着不同寻常的魅力。本章以《作为生产者的作家》和《可技术复制时代的艺术作品》这两部西方马克思主义艺术生产论的开山之作为中心，讨论本雅明关于"后光晕时代"的艺术哲学。

《作为生产者的作家》可被视为本雅明政治美学的代表作。他在该文中发展的"倾向"概念，涉及"艺术与真理"这一艺术哲学中的重要问题；他认为文学的政治倾向与作品品质紧密相连。抗拒"政治的审美化"曾是本雅明的写作目的之一；他提出以"艺术的政治化"与之对抗。他认为技术是艺术生产力的一部分，其"技术"概念超越了"内容"与"形式"的二元对立，主张三者的融合。该文充分体现出本雅明对"介入文学"（littérature engagée）的深入研究。

《可技术复制时代的艺术作品》则是本雅明艺术思想的总结。"光晕"（Aura）是他美学思想中的重要概念，该文探讨了光晕艺术的生成特点和存在形式。他关注"光晕"在新的艺术样式亦即现代复制艺术中的消逝，并从中寻找大众艺术的理据。从光晕艺术到复制艺术的巨变，使得传统艺术的"光晕""本真性"和"膜拜价值"无影无踪。在光晕艺术与技术复制艺术的二分法中，他赞扬科学对艺术的胜利，认为艺术的平民化和大众化是艺术领域内的一场革命，改变了大众与艺术的关系。然而，所谓光晕的寿终正寝和传统艺术之死，也使本雅明的技术复制美学充满"革命"与"艺术"的矛盾，以及他对艺术现代性的矛盾态度。

一　马克思主义的犹太博士

（一）最后的文人之经典的忧郁

伊格尔顿《审美意识形态》中的"本雅明"章节，冠名"马克思主义的犹太博士"①，这同我们常见的本雅明的两张照片很相配：厚重镜片后的那双沉郁的眼睛。人们所熟悉的本雅明思想肖像是：马克思主义的，犹太神秘主义的，博学而富有原创性的。或如詹姆逊所说：

> 从本雅明文章的字里行间流露出来的那种忧郁——个人的消沉、职业的挫折、局外人的沮丧、面临政治和历史梦魇的苦恼等——便在过去之中搜索，想找到一个适当的客体，某种象征或意象，如同在宗教冥想里一样，[……]②

本雅明在二次大战之后的复兴和走红，无疑是阿多诺的功劳。他整理出版了本雅明的著作和书信，掀起第一次本雅明浪潮和轰动效应。本雅明有过做"德国最伟大的批评家"的志向，但是其世界声誉是他始料不及的，是身后的事；迟到的本雅明接受变成了真正的本雅明热。可是，不厌其烦地对本雅明进行评论的阿多诺给世人展现的，首先是"阿多诺式"的本雅明，他也是阿多诺思想和灵感的主要来源之一。阿多诺认为本雅明的马克思主义转向，只是外表上的、一时的迷失，且主要来自布莱希特的"灾难性"影响。③ 本雅明的好友、犹太哲学

---

① 伊格尔顿：《审美意识形态》，王杰等译，桂林：广西师范大学出版社，2006年，第321页。
② 詹姆逊：《马克思主义与形式——20世纪文学辩证理论》，李自修译，南昌：百花洲文艺出版社，1995年，第48页。
③ 参见阿多诺：《瓦尔特·本雅明导论》，《阿多诺文集》第1卷，法兰克福：Suhrkamp，第XXI页。(Theodor W. Adorno, "Einleitung zu Walter Benjamin", in: Theodor W. Adorno, *Gesammelte Schriften* 20, hrsg. von Rolf Tiedeman et al., Frankfurt: Suhrkamp, 1997.)

家朔勒姆则用"唯物主义的伪装""唯物主义的感叹"① 来评说本雅明的变化。的确,阿多诺和朔勒姆竭力突出的是转向马克思主义之前的本雅明。这也拉开了如何阐释本雅明的序幕,他究竟是批评家还是哲学家,或者其他什么身份,学者们为此争论不休。

本雅明还是一个收藏家(尤其是收藏儿童书籍);他的收藏所带有的"秘笈"色彩是很明显的:不只是为了阅读,也为了徜徉其中。他不仅深谙收藏,也懂得如何继承。阿伦特称他为"深海采珠人"②,而他本人却喜欢自称"拾荒者"。现当代德国文学理论的最重要的思想启示者,是他这个失败的日耳曼语言文学家。他的博士论文《德国浪漫派的艺术批评概念》(1920),当时没有多少人知道。他斯文内向,几乎毫无生活能力,很长时间不知选择何种职业,也从来没有真正的职业。为走学术之路,他在教授资格论文《德国悲剧的起源》(1928)即将写成时,一度矢口否认自己是"文人"(homme de lettres),以区别于将成的学者。后来证明那是白费心思,教授资格论文被法兰克福大学否决,否决者中有霍克海默。不无讽刺的是,这部后来成为20世纪文学批评的经典之作被拒绝的理由是,论文如同一片泥淖,令人不知所云。其实,他的论文并非由于内容而被否决,而是他那非传统的生活和写作风格,与当时德国的学院规范格格不入。③ 后来还证明,本雅明以做文人为生,并不是一件坏事,阿伦特等人追认他为"最后的文人之一"(one of the last hommes de lettres):"他学识渊博,却并非学者;他研究和阐释文本,但不是语文学家;深深吸引他的,并不是宗教,而是神学及其阐释模式,但他不是神学家,对《圣经》并无特别兴趣;他是天生的作家,可是他的最大抱负,是能够写作一部完全由引文组成的作品;他是第一个把普鲁斯特和圣-琼·佩斯的作品译成德语的人,在这之前还翻译过波德莱尔的《巴黎

---

① 朔勒姆:《瓦尔特·本雅明》,阿多诺编《论瓦尔特·本雅明》,法兰克福:Suhrkamp,1968年,第150页。(Gershom Scholem, "Walter Benjamin", in, über Walter Benjamin, hrsg. von Theodor W. Adorno, Frankfurt: Suhrkamp, 1968.)

② 参见阿伦特:《深海采珠人》,载《论瓦尔特·本雅明:现代性、寓言和语言的种子》,郭军、曹雷雨编,长春:吉林人民出版社,2004年,第186—199页。

③ 本雅明的思维和表达方式从来不循规蹈矩,常常是文风晦涩、行文诡异,以致不少德国人也觉得他的作品不易理解。这或许也是中译本雅明著述的不少文字不得要领,甚或不着边际的缘故之一。还有些译文中的句子,对原义至多只能猜猜而已。

风景组图》,然而他不是翻译家。"① 他那传统科学行业的局外人角色,体现在他笔耕的形式和方法之中。他立志要使评论重新变成一种体裁,他的写作也使他成为"他那个时代最重要的批评家"②,或曰"20世纪最伟大、最渊博的文学评论家之一"③。他本人对自己一生的总结却是:局部小赢,全盘大败。④

阿多诺回忆说,本雅明喜于"背离哲学的陈腐命题,称哲学行话[……]是老鸹的客套"⑤。于是,文学与哲学的密切联系,以及一些重要的理论思考,在本雅明那里则藏身于散文、书评、随笔和杂记之中。他的著作具有反体系和碎片化的性质。不仅他的全部著作是一堆碎片,而且碎片本身也是碎片化的。⑥ 或者反过来说:本雅明以卡夫卡式的细腻和敏感专注于细节,通过微观观察见出物事的普遍社会联系,展现他的宏观理论视界。⑦ 此乃"开放式的"哲学思考。其特色不是系统性,而是论战性,切中要害的论点,对问题意识的启发,以及机智的表述。他的文字简洁而形象,这也是他至今常被人援引的原因之一。他对既存社会状况的批判以及流弊的揭露,旨在改变读者的意识,进而起到改变社会的作用。他的语句时常带有尼采格言和启示录的色彩,然而不是在说教。本雅明也喜欢自己不擅长的、布莱希

---

① 阿伦特:《导言:瓦尔特·本雅明,1892—1940》,本雅明《启迪》,1968年,第56页。(Hannah Arendt, "Introduction. Walter Benjamin: 1892-1940", in: Walter Benjamin, *Illuminations*, trans. Harry Zohn, New York: Schocken Books, 1968.)

② 阿伦特:《导言:瓦尔特·本雅明,1892—1940》,本雅明《启迪》,1968年,第14页。

③ 杰姆逊(詹姆逊):《德国批评的传统》,《比较文学讲演录》,西安:陕西师范大学出版社,1987年,第63页。

④ 1932年7月26日,本雅明在一封致朔勒姆的信中说,他的不少或者一些作品所取得的成就是琐碎的,与之相对应的是整体的失败。本雅明谈论的是自己的作品,却在感叹他的人生。(参见朔勒姆:《瓦尔特·本雅明和他的天使》,载《论瓦尔特·本雅明:现代性、寓言和语言的种子》,第260页。)

⑤ 阿多诺:《瓦尔特·本雅明的性格》,载《新评论》第61卷(1950),第574页。

⑥ 参见阿多诺:《本雅明〈文集〉导言》,载《论瓦尔特·本雅明:现代性、寓言和语言的种子》,第115页;沃林:《瓦尔特·本雅明:救赎美学》,吴勇立、张亮译,南京:江苏人民出版社,2008年,第3页。

⑦ 本雅明给自己确定的使命是:"凝视于最隐秘之处,即存在之残骸,以此捕捉历史的真实面目。"本雅明:《致朔勒姆》(1935年8月9日),《书信集》第1卷,朔勒姆、阿多诺编,法兰克福:Suhrkamp,1966年,第201页。(Walter Benjamin, *Briefe*, 2 Bde, hrsg. von Gershom Scholem u. Theodor W. Adorno, Frankfurt: Suhrkamp, 1966.)

特的那种"率直的思维"①,或者陌生化效果,让读者参与认识的演进,启发观众一同进行思考。本雅明喜于隐喻,甚至在需要论证的地方也采用比喻。他对波德莱尔的描述,完全适用于他本人:"寓言是波德莱尔的天才,忧郁是他天才的营养源泉。"② 他永远那么忧郁的目光,似乎也受到波德莱尔的感染,是那个时代最真实的隐喻。他也注定要像波德莱尔一般,承受同现代性与生俱来的痛苦。安德森在廷帕纳罗的著作中发现了"经典的忧郁",而且,它也贯穿于从葛兰西到阿多诺的所有西方马克思主义之中。伊格尔顿认为,这种"经典的忧郁"之最凄凉者,莫过于本雅明的常常是痛苦不堪的沉思。③

本雅明前期艺术思想与批评的主要标志,是世俗化的神学观察方法,尤其是以犹太神秘主义解读《圣经》的方法,根据《创世记》探讨语言。语言对本雅明来说极为重要。在他看来,上帝借助语言并在语言中造就万类,万事万物因而也以各自的方式传达上帝的真理,语言并非人类独有。人类从失乐园开始,语言即保留着亚当式的命名特权。语言是同上帝交流,而不是用于人类自身的交流;它不是工具,而是表达的客体本身。而今,语言富有救世性,具有批判和拯救的潜能。起初,本雅明只是试图从《圣经》的"启示"和"弥赛亚主义"中获得纯粹属于个人的"解脱"。然而,他当时已经小有名气,其原因首先在于他同占主导地位的文学研究的抗衡。后来,他把当代主流文学研究的贫乏和困境归咎于资本主义社会的普遍危机。④ 本雅明从文明的"没落与救赎"思想转向马克思主义之后,依然保留了他的思维和表述形式。他的思想解放意识,还带着希伯来神秘哲学的痕迹,

---

① "率直的思维"(das plumpe Denken),类似德国哲学讨论中所说的"板斧式思维"(Philosophieren mit dem Holzhammer),也就是"单刀直入""开门见山"之义。
② 本雅明:《巴黎,十九世纪的都城》,《发达资本主义时代的抒情诗人》,张旭东、魏文生译,北京:三联书店,第189页。
③ 参见伊格尔顿:《瓦尔特·本雅明:或走向革命批评》,郭国良、陆汉臻译,南京:译林出版社,2005年,第190页。
④ "就某一学科各发展阶段的横断面来看,有必要把所获得的结果不仅仅看作是这一学科历史独立发展的一个环节,而首先应当看作是某一阶段整个文化状况的一个组成部分。如果要说文学史正处在危机之中,那么这一危机只是一个更为普遍的现象的一部分。文学史不仅是一门学科,而就其发展而言,它本身也是总的历史的一部分。"参见本雅明:《文学史与文学学》(1931),《经验与贫乏》,王炳钧、杨劲译,天津:百花文艺出版社,2006年,第244页。

从而无法完全避免思维中的唯心主义色彩。然而,将"解脱"的思想纳入共产主义实现人类幸福的追求,这时的"解脱"便获得了社会意义,并成为一个革命概念。这也是有人称他的思想为"革命神学"的原因。① 他以惊人的方式将马克思主义的一些思想元素同犹太弥赛亚主义观念糅合在一起。詹姆逊称本雅明哲学为"马克思主义阐释学的变体"②。哈贝马斯则认为,本雅明把启蒙思想和神秘主义结合起来是不成功的,他的神学家眼光无法使他用弥赛亚的经验理论服务于历史唯物主义,那只能是"对马克思意识形态批判的奇特的改编"③。

  令本雅明感到不安的"所有生灵的罪恶连环",最终显示出其社会规定性是阶级社会的畸形产物;压抑着他的"原罪",是极端的劳动分工、经济状况所引起的人的物化和异化;吸引他的个体的"解脱",在他的意识中转变为革命的必要性。④

  1924 年,本雅明在他的拉脱维亚情人拉西斯、布莱希特、科尔施以及卢卡契的《历史与阶级意识》的影响下,开始接触马克思主义,并告别无政府主义。30 年代初,他与布莱希特过从甚密。他曾经考虑加入共产党,但是同马尔库塞一样,最后还是没有走出这一步:一方面在于德国政治生活中法西斯主义倾向日趋嚣张,另一方面是德国共产党中不断增长的斯大林主义的教条色彩,以及本雅明本人对正统马克思主义所采取的"异教徒"态度。他清楚地看到,入党会给他的写作带来麻烦:"一个节节胜利的政党,似乎丝毫不会改变它对我所写的东西的看法,可是它却有可能让我写作他样的东西。"⑤ 本雅明的状况

---

  ① 参见扎尔青格:《本雅明:革命神学家》,载《南瓜子》,4/1969,第 629—647 页。(Helmut Salzinger, "Walter Benjamin – Theologe der Revolution", in: *Kürbiskern*, 4/1969: 629-647.)
  ② 詹姆逊:《马克思主义与形式——20 世纪文学辩证理论》,第 48 页。
  ③ 哈贝马斯:《瓦尔特·本雅明:提高觉悟抑或拯救性批判》,载《论瓦尔特·本雅明:现代性、寓言和语言的种子》,第 426 页。
  ④ 菲舍尔:《市民世界察看鬼神的人》,阿多诺编《论瓦尔特·本雅明》,法兰克福:Suhrkamp, 1968 年,第 117 页。(Ernst Fischer, "Ein Geisterseher in der Bürgerwelt", in, *Über Walter Benjamin*, hrsg. von Theodor W. Adorno, Frankfurt: Suhrkamp, 1968.)
  ⑤ 本雅明:《书信集》第 1 卷,朔勒姆、阿多诺编,法兰克福:Suhrkamp, 1966 年,第 355 页。

在当时的知识界人士中具有典型意义,他们虽然腹诽自己出身的阶级,努力从个人反思转向集体抗争,但却不能完全与大众为伍。然而,本雅明虽然尚未彻底克服他的悒郁情怀,可是他认为,唯有共产主义事业才能达到社会的自由,也能使他本人摆脱早先的个人主义的哲学思考。"所有决定性的出击都来自左手"①——本雅明试图用他的这句格言,给自己创作上的困境带来些微(历史)乐观主义色彩。可是,这终究没能抵挡住他对个人生活以及历史和政治状况的日益增长的绝望。阿伦特劝他出走美国,可他久久拿不到签证。巴黎沦陷之后,为了躲过纳粹的迫害,他于1940年在法国和西班牙边境小镇波港服用吗啡自杀。

(二)后退着飞向未来

本雅明留给后人的那些关于普鲁斯特、卡夫卡或布莱希特等大作家的精微的论文,成为人们重新发现现代经典的向导之一。尤其是被他看作马克思主义立场的、对艺术的作用和传播之历史变迁的思考,给文学艺术研究展示出新的问题和视野。《作为生产者的作家》(1934),《可技术复制时代的艺术作品》(1935年第一稿,1936年第二稿),或者《讲故事的人》(1936),这些产生于1935年前后的论文的命题,至今对文学史研究具有非同小可的启示价值。若说本雅明身前是一个很难归类的局外人,然后如失踪者一样死亡,那么,他身后的接受史则使他成为文学和哲学研究的一个重要的、经久不衰的人物,其创造性启迪至今尚未枯竭。②赞扬者和反对者都在瓜分他的遗产。可是,"如果谁想从本雅明的哲学中寻找结果,必然会感到失望,他的哲学只能满足那些对之长时间思考、最终从中发现内在意义的人"③。

所有法兰克福学派批判理论的代表人物,都在1968年的学生造反运动中产生了不小的影响。然而,没有谁像本雅明那样,在给学生的

---

① 本雅明:《单行道》,王才勇译,南京:江苏人民出版社,2006年,第12页。
② 1961年,德国顶尖出版社 Suhrkamp 出版的"本雅明文集",冠名《启迪》。1960年代末,当"本雅明热"跨过大西洋在北美登陆的时候,阿伦特主编的本雅明文选的英文版书名也是《启迪》。(Walter Benjamin, *Illuminations*, ed. Hannah Arendt, trans. Harry Zohn, New York: Schocken Books, 1968.)
③ 阿多诺:《本雅明〈文集〉导言》,载《论瓦尔特·本雅明:现代性、寓言和语言的种子》,第125页。

革命之梦以极大振奋的同时，也给他们带来迷茫。他以《可技术复制时代的艺术作品》，仿佛告别了唯心主义艺术观。如同留给后代的遗嘱，仿照《摩西五经》样式写成的《关于历史概念》（又译《历史哲学论纲》，1940），宛如给人展示了一种革命模式：不再是万能的生产力、理性、进步等概念，也不像以往的马克思主义那样专门论述工业社会。因此，就《关于历史概念》的性质，有人提出了"历史唯物主义还是政治弥赛亚主义？"的问题。他的历史哲学论纲的先设立论是：在关于无阶级社会的概念中，马克思把弥赛亚时代世俗化了；而且，无阶级社会本来就应该是那种样子。① 面对灾难而守望革命乌托邦，永远处在祛魅和附魅、绝望和希望之间（本雅明："只是因为有了那些不抱希望的人，希望才赋予了我们。"②），这是本雅明不同寻常的魅力所在。他死去很久以后，《作为生产者的作家》于1966年首次发表，这篇论文似乎把1960年代名声不佳的知识者挪入新的视野。另外，本雅明的理论活力和创造力同生命的死亡对话，自杀给他自视为"废墟"的著述抹上光晕，这也使他区别于他的那些在希特勒上台之后成功逃往美国的朋友和同事。

本雅明反对视历史为平淡的直线延伸，反对僵化的"进步理念"，反对"后胜于今"的美好幻想。他认为进步不是自然而然的发展进程，不是空洞时空中的前进步伐，而是对历史连续体的爆破。③ 他一再强调历史的终结；或者，未来的希望存在于现今对历史的拯救之中。这种"向后看"的历史观，最为准确地体现于他所收藏并长期伴随他的克利的油画《新天使》：牢牢地注视着令人沮丧的过去，后退着飞

---

① 参见本雅明：《关于历史概念》，转引自蒂德曼：《历史唯物主义还是政治弥赛亚主义？——阐释〈关于历史概念〉的论点》，载《论瓦尔特·本雅明：现代性、寓言和语言的种子》，第360页。

② 马尔库塞：《单向度的人——发达工业社会意识形态研究》，第231页。

③ 本雅明说："历史主义表现的是过去的永恒画面；历史唯物主义表现的则是对历史的每一次经历，而唯独存在的只有这种经验。[……] 在这一经验中，所有在历史主义的'以前曾有一次'中被束缚着的巨大力量都得到了解放。对每一个现在而言，历史都是初始的——开启这一历史经验，是历史唯物主义的任务。历史唯物主义所要求的是一种打破历史连续性的现在的意识。"（本雅明：《爱德华·福克斯，收藏家和历史学家》〔1937〕，《经验与贫乏》，第297页。）

向未来。① 本雅明购得此画不久,曾打算以《新天使》给他筹备中的艺术批评刊物命名。对"胜利者"迄今的历史观的否定,就是把历史视为对现今的挑战,现今是一个新的起点。马尔库塞对本雅明要求打破历史延续性的解释是:记忆必须转换成历史行动,否则绝不是实在的武器。② 本雅明正是在这个层面上张扬他的"现时"(Jetztzeit)概念,"一种浓缩的时间概念,以发展的目光着眼当今的时间概念。"③ 或如阿伦特所说:

> 因为过去已被变成传统,所以具有权威性;因为权威性以历史的面貌出现,所以变成了传统。本雅明知道发生在他有生之年的传统的断裂和权威的丧失是无法修复的,他的结论是,他必须找到新的方法来处理过去。就这点来说,他成了一个大师。④

一向对本雅明的历史观颇感兴趣的哈贝马斯说:

> 本雅明独到的历史观念对于拯救的愿望给予了解释:统治历史的是这样一种神秘的因果律:"在过去的先人和我们之间有一个秘密的协议。""正如我们前面的每一代人,我们也被赋予一种微

---

① 本雅明本人对这幅画的描述是:"克利一幅名为《新天使》的画,表现一个仿佛要从某种他正凝神审视的东西转身离去的天使。他展开翅膀,张着嘴,目光凝视。历史天使就可以描绘成这个样子。他回头看看过去,在我们看来是一连串事件的地方,他看到的只是一整场灾难。这场灾难不断把新的废墟堆到旧的废墟上,然后把这一切抛在他的脚下。天使本想留下来,唤醒死者,把碎片弥合起来。但一阵大风从天堂吹来;大风猛烈地吹到他的翅膀上,他再也无法把它们合拢回来。大风势不可挡,推送他飞向他背朝着的未来,而他所面对着的那堵断壁残垣則拔地而起,挺立参天。这大风是我们称之为进步的力量。"(本雅明:《历史哲学论纲》,《本雅明文选》,陈永国、马海良编,北京:中国社会科学出版社,1999年,第408页。)另参见朔勒姆:《瓦尔特·本雅明和他的天使》,载《论瓦尔特·本雅明:现代性、寓言和语言的种子》,第227—263页。

② 参见马尔库塞:《爱欲与文明——对弗洛伊德思想的哲学探讨》,黄勇、薛民译,上海:上海译文出版社,2008年,第154页。

③ 霍尔茨:《晶体折射式的思维》,阿多诺编:《论瓦尔特·本雅明》,法兰克福:Suhrkamp,1968年,第103页。(Hans Heinz Holz, "Prismatisches Denken", in, *Über Walter Benjamin*, hrsg. von Theodor W. Adorno, Frankfurt: Suhrkamp, 1968.)

④ 阿伦特:《深海采珠人》,载《论瓦尔特·本雅明:现代性、寓言和语言的种子》,第186页。

弱的弥赛亚力量，一种属于过去的力量"。(《历史哲学论纲》) 这种权力只有通过对亟待救赎的过去采取不断更新的、批判的历史视角才能得以被救赎。①

不能把历史看做死去的东西，历史学科（包括文学史研究）不能是"博物馆式"的。② 本雅明批评文学史编撰中的肤泛之论，只呈现幻觉而非具体事实。市民阶层中的那些受过良好教育的人的文学接受，常常脱离实际历史状况去考察文学产品的社会功用，他们重视的是"创造性"、"感受"、"体会"、"想象"、"时代超越性"、"艺术享受"等。与此相反，唯物主义的文学研究着力于现时关系。如同马克思和恩格斯在具体历史状况下书写农民战争和巴黎公社一样，文学研究的任务，不能把历史写成统治者的历史，而要如他的著名观点所说："逆向梳理历史"③，以使人们有可能摆脱异化，通过自己的认识，实现历史观的辩证跳跃。突出"现时"观念，即尽可能"不要在作品的时代语境中描述作品，而是通过产生作品的时代，体现认识它的时代（即我们这个时代）"④。他甚至很极端地说："批评家与以往各个艺术时代的阐释者没有任何关系。"⑤

不少人视本雅明为一个毋庸置疑的马克思主义批评家。其实，他的思想轨迹至少显示出三个相互关联却又前后歧出的阶段，马克思主义只是在第二阶段（1925—1935）占主导地位。早期本雅明是一个非常独特的犹太教神秘思想家，他的末世论、灾变论、救赎论等，都与犹太教的弥赛亚主义密切相关，他推崇的是高雅艺术及其与神学的深刻关联。他在艺术思想上对犹太教中"传达天意的伟大拯救者"弥赛

---

① 哈贝马斯：《瓦尔特·本雅明：提高觉悟抑或拯救性批判》，载《论瓦尔特·本雅明：现代性、寓言和语言的种子》，第410页。
② 参见本雅明：《文学史与文学学》(1931)，《经验与贫乏》，第249页。
③ 参见本雅明：《历史哲学论纲》，《本雅明文选》，第407页："任何一部记录文明的史册无不同时又是一部记录残暴的史册，正如同这样的史册不可能免除残暴一样，文化财富从一个主人手里转到另外一个主人手里的方式同样沾染着残暴的气息。因此，历史唯物主义者尽可能对它避而远之，在他看来，他的任务就是要逆向梳理历史。"
④ 参见本雅明：《文学史与文学学》(1931)，《经验与贫乏》，第251页。——笔者此处译文与原译有些微出入，原译为："不是要把文学作品与他们的时代联系起来看，而是要与它们的产生，即它们被认识的时代——也就是我们的时代——联系起来看。"
⑤ 本雅明：《单行道》，第54页。

亚的"祛魅"（韦伯：Entzauberung），具有艺术救世的乌托邦色彩。他似乎要以自己的方式回答卢卡契在《小说理论》中提出的问题，重建"史诗的世界"和"史诗性智慧"以赎回"光晕"，并张扬自主的艺术和形式的法则。转向马克思主义之后，他主张以艺术的社会介入取代为艺术而艺术的审美自律，宣扬参与性政治美学或文化政治；以作家的倾向性和"技术"影响接受者，引导他们的革命行动。第三阶段，也就是他生命的最后几年，在经历了苏联式的"艺术的政治化"与纳粹德国的"政治的艺术化"之后，他似乎不再能够执著于政治美学，但也无法完全返回救赎理想，只能在大众和神学之间徘徊，并倾向于重建艺术的审美自律性和神学基础。他的思想发展，仿佛暗合于黑格尔的精神发展三阶段（正题、反题、合题）。

下面，我们以《作为生产者的作家》和《可技术复制时代的艺术作品》这两部西方马克思主义艺术生产论的开山之作为中心①，讨论本雅明关于"后光晕时代"的艺术哲学。前者可被视为本雅明政治美学的代表作②，后者则是他的艺术思想的总结，有人认为它"很可能是马克思主义通俗文化批评发展进程中最重要的一篇文章"③。

二 《作为生产者的作家》——参与性政治美学

（一）政治倾向与文学品质

晚期本雅明的艺术理论，极为接近他的挚友布莱希特对文学产品

---

① "艺术生产"的思想可以追溯到马克思的《1844年经济学哲学手稿》，他把宗教、法、道德、艺术等意识形态视为生产的一些特殊方式，并且受生产的普遍规律的支配。（参见马克思：《1844年经济学哲学手稿》，《马克思恩格斯全集》第三卷，北京：人民出版社，2002年，第298页。）1859年，马克思第一次使用了"艺术生产"概念："当艺术生产一旦作为艺术生产出现，它们就再不能以那种在世界史上划时代的、古典的形式创造出来；因此，在艺术本身的领域内，某些有重大意义的艺术形式只有在艺术发展的不发达的阶段上才是可能的。"（马克思：《〈政治经济学批判〉导言》，《马克思恩格斯选集》第2卷，北京：人民出版社，1995年，第113页。）

② 《作为生产者的作家》虽为名作，但是西方本雅明研究对之常常忽略不谈，或者一笔带过；中国学界对该著的论述也不多见。其原因或许都得追溯到阿多诺那里，即重视转向马克思主义之前的本雅明。

③ 苏珊·威利斯：《日常生活入门》，转引自〔英〕约翰·斯道雷：《文化理论与通俗文化导论》，杨竹山等译，南京：南京大学出版社，2001年，第156页。

的思考，尤其是布氏的合作者、音乐家艾斯勒关于创作素材取决于生产关系的理论。实现了"马克思主义转向"之后的本雅明认为，艺术创作如同物质生产，艺术家如同生产者，艺术品就是商品，整个文化活动领域就是一个市场。① 艺术生产者就像产业工人一般，将他的劳动力出卖给资本家，后者在文化产业中占有生产资料，决定出版集团、影视公司、大众媒体的生产条件。艺术生产不仅依赖于生产关系，而且艺术生产的"技术"② 本身也是社会生产力，是艺术生产力的代表，一定的创作技术能够体现艺术的发展水平。这就是本雅明1934年在巴黎的一个讲演、三十多年后遐迩闻名的力作的主要思想：《作为生产者的作家》（下称《作家》）。③

这篇论文是对20世纪20年代及30年代初期德国知识界激进左派思想的抨击④，例如唯意志论和新现实派。早在1931年，本雅明就在他的著名文章《左派的伤感》中，尖刻地评论了左派知识界的惨状：

> 凯斯特纳、梅林、图霍尔斯基这类极左政论家，不过是无产阶级对腐朽市民阶层的效仿罢了。其职能是：从政治上看，组织小集团而非政党；从文学上看，展示时尚而非流派；从经济上看，

---

① 本雅明在《波德莱尔笔下的第二帝国的巴黎》中，很形象地描述了作家的生产者角色。他说波德莱尔"经常把这种人，首先是他自己，比作娼妓。[十四行诗]'为钱而干的缪斯'（La Muse Vénale）说出了这一点"。"他们像游手好闲之徒一样逛进市场，似乎只为四处瞧瞧，实际上却是想找一个买主。"(本雅明：《波德莱尔笔下的第二帝国的巴黎》，《发达资本主义时代的抒情诗人》，张旭东、魏文生译，北京：三联书店，第51页。)——关于书籍与妓女的相同之处，本雅明早在《单行道》（1928）中就做了机智而诙谐的描述，参见本雅明：《单行道》，第56—58页。

② 本雅明著作的中文译本，对作者尤为重视的"Technik"概念，或译"技术"，或译"技巧"。译"技巧"者，显然是为了配合中文语境中的"艺术创作"。鉴于本雅明主要是在"创作即生产"的新的语境里，即生产者、生产力、生产关系的关联中采用"Technik"，"技术"译法较为适宜。这里所说的"技术"，既指生产过程中的物质技术，也指艺术创作的技巧、手法。另外，德语中的"Technik"与"艺术创作"连用并不鲜见。本雅明所要强调的是"生产者"的"技术"。

③ 《作为生产者的作家》的副标题是"1934年4月27日在巴黎法西斯主义研究所的讲演"。该文于1966年第一次发表在本雅明《论布莱希特》的文集中。(Walter Benjamin, "Der Autor als Produzent. Ansprache im Institut zum Studium des Faschismus in Paris am 27. April 1934", in: Walter Benjamin, Versuche über Brecht, hrsg. von Rolf Tiedemann, Frankfurt: Suhrkamp, 1966, S. 95-116.)

④ 不少学者视本雅明为"激进"左派人物，似乎缺乏有力的证据。

造就代理人而非生产者。十五年来,这些左派知识者一直都是时髦精神物品的代理人,从唯意志论到表现主义,再到新现实派。其政治意义在于,他们只要出现在市民阶层那里,便将革命思考转换成消遣和娱乐的消费品。①

在《作家》中,本雅明把唯意志论理论家希勒看作形左实右的典型代表,因为这些人只是在观念上、而非在生产中是革命的。这些人区分创作者的倾向与技术,并且忽视后者。他们在一次大战期间及以后所宣扬的唯意志论,强调变革的意志,从而被有些人视为宗教社会主义或社会主义宗教。本雅明以唯意志论为例,批判社会主义团体里的那些左派激进分子,纯粹注重内容和宣传,尤其是社会主义现实主义的游戏规则(此时正值社会主义现实主义在苏联确立之时)。本雅明的这次讲演的组织者是法国共产党,受共产国际的控制。因此他很清楚,作这样的讲演如履薄冰。② 不只是斯大林的文化政策,还有列宁、波丹诺夫、卢那察尔斯基,尽管他们各自对无产阶级文化的想象相去甚远,但是都对创作和展现无产阶级内容情有独钟。二三十年代的德国激进左派阵营,同样追逐文学的革命内容而鄙弃形式。这个时期的本雅明,注重艺术的技术和组织功用,无疑只代表了少数人的观点。确实,面对超现实主义以及普鲁斯特、卡尔·克劳斯、卡夫卡、布莱希特与苏俄电影,尤其是与布莱希特在艺术观点上的交流,使他不可能把这些人的前卫艺术看作堕落的艺术。他当时特别关注达达主义、超现实主义、摄影技术、苏俄电影以及布莱希特的叙事剧。他对现代主义的评价,同卢卡契的思想大相径庭。"卢卡契反对人工制品商业化,本雅明则以一种汪洋恣肆的辩证法,从商品形式本身中召唤出

---

① 本雅明:《左派的伤感》,《本雅明文集》卷三,法兰克福:Suhrkamp,1999 年,第 280 页。(Walter Benjamin, "Linke Melancholie", in: *Gesammelte Schriften*, hrsg. von Rolf Tiedemann und Hermann Schweppenhäuser, III, Frankfurt: Suhrkamp 1999.)

② 有一种猜测是,这个"讲演"当时并没有兑现,原因不明。——参见《本雅明文集》卷二(3),法兰克福:Suhrkamp,1999 年,第 1460—1462 页,编者注释(Walter Benjamin, *Gesammelte Schriften*, hrsg. von Rolf Tiedemann und Hermann Schweppenhäuser, 7 Bde., Frankfurt: Suhrkamp 1999.);富尔德:《瓦尔特·本雅明传记》,赖因贝克:Rowohlt,1990 年,第 235 页(Werner Fuld, *Walter Benjamin. Eine Biographie*, Reinbek bei Hamburg: Rowohlt, 1990)。

一种革命的美学"①。

以希勒等人的观点做铺垫，本雅明可以张扬布莱希特与布氏在苏联最亲密和最重要的朋友特列季亚科夫的艺术实践，以突出组织和改变生产器材的正面事例。本雅明展现了他对作家的另一种想象；或者说，他所阐扬的文化和艺术设想，布莱希特和特列季亚科夫已经或还在尝试。本雅明在其他著述中，曾经分析过作家与社会的联系，以及作品形式与内容的关系。在《作家》中，他宣称文学的政治倾向与作品品质有着不可分割的关系；艺术中的说教问题，可以通过艺术作品的形式而不是内容得到解决。一部作品只有具备上等品质以及正确倾向的时候，它才是先进的：

> 人们可以解释说：一部具有正确倾向的作品无需别的品质。人们也可以声称：一部具有正确倾向的作品，必然具备所有其他品质。这第二种说法是很有意思的，更应该说它是对的。[……]作品只有在文学性上无可争辩，它的政治倾向才是靠得住的。这就是说，作品在政治上的正确倾向包含文学倾向。马上补充一点：作品的所有正确政治倾向，都或明或暗地带着文学倾向；作品的品质源于文学倾向，而不是别的东西。因此，一部作品的正确的政治倾向包括其文学品质，因为它包括作品的文学倾向。②

对本雅明如此绕口令似地阐释艺术与政治的关系，他的朋友马尔库塞在《审美之维》（1978）中持保留态度。在后者看来，艺术作品唯有作为自律的作品，才能同政治发生关系。审美特性与政治倾向固

---

① 伊格尔顿：《审美意识形态》，第 332 页。
② 本雅明：《作为生产者的作家》（1934），《本雅明文集》卷二（2），法兰克福：Suhrkamp, 1999 年，第 684—685 页。（Walter Benjamin, "Der Autor als Produzent", in: *Gesammelte Schriften*, hrsg. von Rolf Tiedemann und Hermann Schweppenhäuser, II/2, Frankfurt: Suhrkamp 1999. ）
——说明：中国的不少本雅明著作的译本原文，出自所谓的《本雅明全集》；在本雅明研究中，不少引文亦出自所谓的《本雅明全集》。可惜"本雅明全集"还没有问世。这种状况还出现于其他不少汉译德语著作。误会主要来自对德语 "Gesammelte Schriften" 的理解：它基本上属于"文集"、"选集"；德语"全集"为 Gesamtausgabe, Gesamtwerk 或 Sämtliche Werke。柏林艺术科学院与雷姆茨马基金会（Reemtsma-Stiftung）于 2005 年宣布，用十年时间编撰注释本《本雅明全集》。柏林艺术科学院是本雅明档案（遗物）所有者。

然有着内在关联,可是它们的联结不是直线的。马尔库塞显然更赞同研究波德莱尔的本雅明,而不是研究布莱希特的本雅明。他认为波德莱尔和兰波的诗,较之布莱希特的说教式的剧作,更具颠覆能量。① 本雅明本人对爱伦·坡、波德莱尔、普鲁斯特和瓦莱里的研究也证明,这些人的作品都表现出一种危机意识,"也就是表现了一种在腐败和毁灭中的快慰,在罪孽中的美丽,在自私和颓废中的赞颂。这种意识正是资产阶级对本阶级的秘密反抗。[……] 这种力量破坏着规范的交往和行为天地,这种力量在根本上是反社会的,它对社会秩序进行秘密反抗"②。也是在这个意义上,马尔库塞批判了本雅明的最"布莱希特式"的著述《作为生产者的作家》,说它在艺术领域将艺术性和政治性等量齐观:"作品只有在文学性上无可争辩,它的政治倾向才是靠得住的。"对马尔库塞来说,这样的结论一方面明确地反驳了庸俗的马克思主义美学,另一方面却无法掩盖这一表述本身所带来的困惑。把文学性质同政治性质并列是很牵强的;政治倾向与艺术品质是不能一视同仁的。③ 马尔库塞宁愿从另一个角度来观察问题:"每一个真正的艺术作品,遂都是革命的,即它颠覆着知觉和知性方式,控诉着既存的社会现实,展现着自由解放的图景。"④

本雅明在《作家》中发展的"倾向"概念,关乎艺术哲学中的一个重要命题,即"艺术与真理"的问题。他所理解的"倾向",是作家对其生活时代的政治和社会现实的态度;而且在现代社会,艺术一定是有倾向的。或者说:"不能选择立场就应该保持沉默。"⑤ 早在1930年的一篇论述布莱希特的文章中,本雅明开头便说:如果有人声称自己不带任何党派色彩,超然而客观地谈论在世的诗人,这总是一种虚伪,不仅是个人行为的虚伪,更是一种科学上的虚伪。⑥ 在写作《作家》的那个时期,态度更是至关重要。不管作家赞成还是反对法西斯主义,态度已经剥夺了他的自主性,他必须做出赞成或反对的抉

---

① 参见马尔库塞:《审美之维》,李小兵译,桂林:广西师范大学出版社,2001年,第192页。
② 马尔库塞:《审美之维》,第204—205页。
③ 参见马尔库塞:《审美之维》,第225页。
④ 马尔库塞:《审美之维》,第191页。
⑤ 本雅明:《单行道》,第54页。
⑥ 参见本雅明:《贝尔托尔特·布莱希特》,《经验与贫乏》,第234页。

择。本雅明在他的讲演中这样说：

> 谁都认为当前的社会形势，迫使作家作出为谁服务的抉择。资产阶级的消遣文学作家不承认抉择。可是人们可以向他证实，无论承认与否，他还是在为特定的阶级利益服务。进步作家承认抉择，他在站到无产阶级一边的时候，便在阶级斗争的意义上做出了抉择。这样，他的自主性就不复存在了。他的写作活动所依据的是无产阶级在阶级斗争中的利益。于是，人们习惯说他带有一种倾向。①

（二）以"艺术的政治化"对抗"政治的审美化"

由于资本经常出现短期和长期利益的矛盾，文学生产者就可能使艺术发挥阶级斗争的功能。单个的资本家唯利是图，只看中纯粹的交换价值（他生产商品不是为了让人享用，而是为了将其拿到市场上去交换）；可是，资本总体却在追逐长期的意识形态上的利益。文学产品成为商品流通的对象这一事实，只是部分地影响它的内容，而它的形式变化却同社会的变迁密切相关。本雅明认为，只要作品的生产手段、形式、器材没有表明作者改变了的对无产阶级的态度，其政治倾向只能是反动的。鉴于法西斯主义的威胁，本雅明探讨了文学以"政治倾向"还是"文学品质"抵抗法西斯主义大众艺术的问题。在他看来，更多地在于合适的"文学技术"，布莱希特为此提供了典型事例。本雅明很幸运，他在论述文学与政治的关系时，面前摆着艺术实例：布莱希特的叙事剧也许"是曾经产生过直接革命政治影响的唯一的现代艺术革新"②。布莱希特提出了"改变用途"这一说法，他也是第一个向知识者提出了意义深远的要求：不提供没有改造过的生产器材。③从本雅明给阿多诺的一封信中可以看到，他将《作家》与他的另一篇论文《叙事剧》相提并论：

---

① 本雅明：《作为生产者的作家》，《本雅明文集》卷二（2），第684页。
② 詹姆逊：《马克思主义与形式——20世纪文学辩证理论》，第68页。
③ 参见本雅明：《作为生产者的作家》，《本雅明文集》卷二（2），第693页。

如果您现在在这儿的话，我相信我在前面提到的报告，会给我们带来许多争论的话题。报告题目是《作为生产者的作家》，我将在这里的"法西斯主义研究所"讲演，听众很少，而且不很在行。这个报告的论题，同我在《叙事剧》那篇文章中对舞台的分析相对应。①

信中所说的"许多争论的话题"，自然不是空穴来风。他很了解布莱希特与阿多诺以及法兰克福学派早已交恶，前者强调斗争哲学（政治介入，改造世界），后者重视否定哲学（远离政治，退守美学）。布莱希特不把学院派或浪漫型知识者放在眼里，阿多诺则称布莱希特为庸俗马克思主义者。而"布莱希特的作品对本雅明发挥了一种范本式的作用"②。因此，后来的阿多诺与本雅明之争（阿本之争），背后其实是阿布之争。③ 本雅明在 1934 年 5 月 21 日给布莱希特的一封信中，也谈到《作家》这篇文章："我曾以《作为生产者的作家》为题，设法在内容和篇幅上写一篇与我的旧作《叙事剧》相当的文章。"④

在《作家》中，本雅明不仅借助唯意志论的事例，而且还用新现实派的例子，明晰地展示出资产阶级的艺术生产和出版机构，依靠艺术家和知识者，或者凌驾于无产阶级之上，或者与无产阶级毫不相干，收编甚至用其特有的方式和惊人的数量宣传"革命题材"。本雅明以新现实派的摄影术为例，阐发这个问题：起初，摄影术从达达主义中汲取了不少革命性内涵，将蒙太奇技术运用于摄影。这种新的技术给艺术家提供了不少新的可能性，例如"使书的封面成为政治工具"。摄影变得越来越精巧，越来越时髦，其结果是："他们不可能不美化廉租房和垃圾堆。更不用说，他们面对大坝或电缆厂，只能说出'世界

---

① 《阿多诺、本雅明通信集，1928—1940》，（1934 年 4 月 28 日），法兰克福：Suhrkamp, 1995 年，第 68—69 页。（Theodor W. Adorno/Walter Benjamin, *Briefwechsel* 1928—1940, hrsg. von Henri Lonitz, Frankfurt: Suhrkamp, 1995.）

② 沃林：《瓦尔特·本雅明：救赎美学》，第 163 页。

③ 参见沃林：《瓦尔特·本雅明：救赎美学》，第 171—219 页；赵勇：《整合与颠覆：大众文化的辩证法——法兰克福学派的大众文化理论》，北京：北京大学出版社，2005 年，第 166—168 页。

④ 本雅明：《书信集》卷二，朔勒姆、阿多诺编，法兰克福：Suhrkamp, 1966 年，第 609 页。（Walter Benjamin, *Briefe*, 2 Bde, hrsg. von Gershom Scholem u. Theodor W. Adorno, Frankfurt: Suhrkamp, 1966.）

是美丽的'这样的话语。"① 新现实派甚至把痛苦变为消费品:

> 我说的是一种时髦的摄影方法,变苦难为消费品。我在谈论作为文学运动的新现实派时,必须进一步指出,它把抗争苦难变成消费品。其实在许多情况下,它的政治意义是不厌其烦地将市民社会对革命的反响,转化为消遣和娱乐的对象,[……]。迫不得已才选择的政治斗争,变成静心养性的怡情,生产资料变成消费品,这便是这种文学的特色。②

本雅明甚至断言,对政治形势的艺术化,导致相当一部分所谓的左派文学除了一再能从政治局势中捕捉新的娱乐大众的效果外,再没别的社会作用。诚然,即便是战斗的艺术,它在阶级社会里也无法避免这样的审美化过程。可是,人们必须同这种倾向作斗争。这便是本雅明后来明确提倡的用"艺术的政治化"对抗(政治文学的)"政治的审美化"。的确,面对德国法西斯主义时期被全民赞赏的艺术品和"冲动的团体化"(马克斯·韦伯),抗拒"政治的审美化"是本雅明1930年代所有写作的主旨之一。他在《可技术复制时代的艺术作品》中提出的艺术实践的标准,便以艺术的实际作用和使用价值为依据。他在论述法西斯主义利用可技术复制的艺术时说:"人类的自身异化已经如此严重,以至于人类将自己的毁灭作为最高级的审美享受来经历。这便是法西斯主义所鼓吹的政治审美化。共产主义对此所作的回答是艺术政治化。"③《可技术复制时代的艺术作品》的这一著名结语,并不像激进左派时常解释的那样,提倡用政治代替艺术,而是本雅明的政治美学,是用话语和技术的审美变化参与人性的重塑。④

> 摄影以时兴的手法,把那些从前不属于大众消费的内容(春天,名流,异国他乡)呈现于大众。如果说这是经济在起作用的

---

① 本雅明:《作为生产者的作家》,《本雅明文集》卷二(2),第693页。
② 本雅明:《作为生产者的作家》,《本雅明文集》卷二(2),第695页。
③ 本雅明:《可技术复制时代的艺术作品》,《经验与贫乏》,王炳钧、杨劲译,天津:百花文艺出版社,2006年,第292页。
④ 参见伊格尔顿:《审美意识形态》,第343—344页。

话，那么，摄影的政治作用之一，就是从内部（换句话说：用时兴方法）更新现存世界。①

其实，"艺术的政治化"这一概念并不是本雅明的发明，同他原先的艺术论和历史观也没有谱系上的联系。然而，他接受了这个观念，等于默认了他早先的理论，例如震惊、寓言、启迪、救赎等，缺乏同社会实践的直接联系。本雅明一再用布莱希特的叙事剧实践来阐释艺术的政治化，大众化的艺术为本雅明所期待的艺术政治化准备了条件。传统的政治剧，"只是使无产阶级大众能够获得戏剧原先为资产阶级而设置的地位"，叙事剧则面向那些"没有原因不思考"的人，亦即大众。② 对布莱希特的叙事剧或艺术的政治化来说，本雅明认为马克思当初传播社会主义的成功手段依然有效：

> 倘若人们当时只是想让工人团体热衷于更好的体制，那么，社会主义永远不可能走向世界。马克思懂得如何使工人团体对一种体制感兴趣，他们在这个体制中的生活会更好；而且，马克思向他们展示，这是一个合理的体制。这才使社会主义运动获得了巨大的威力和权威性。艺术同样如此。任何时期，甚至在一个具有乌托邦色彩的时期，人们也无法赢得大众对高雅艺术的兴趣，而只能让他们关心那些贴近自己的艺术。困难恰恰在于如何塑造艺术，可以让人问心无愧地宣称，这才是高雅艺术。③

这里所强调的是，知识者能否找到与大众对话的真正形式是至关重要的。重要的不只是内容；没有恰切的表述，内容无法得到呈现。重要的是找到上乘的艺术形式，为的是不被资本主义或法西斯主义招

---

① 本雅明：《作为生产者的作家》，《本雅明文集》卷二（2），第693页。
② 参见本雅明：《何为叙事剧?》，《本雅明文集》卷二（2），法兰克福：Suhrkamp，1999年，第519、522页。（Walter Benjamin, "Was ist das epische Theater？", in: *Gesammelte Schriften*, hrsg. von Rolf Tiedemann und Hermann Schweppenhäuser, II/2, Frankfurt: Suhrkamp 1999. ）
③ 本雅明：《巴黎拱廊街》，《本雅明文集》卷五（1），法兰克福：Suhrkamp，1999年，第499页。（Walter Benjamin, "Das Passagen-Werk", in: *Gesammelte Schriften*, hrsg. von Rolf Tiedemann und Hermann Schweppenhäuser, V/1, Frankfurt: Suhrkamp 1999. ）

安，同时能够适应大众的认识能力和认知需求，从而使大众认同知识者的愿望，即把大众从异化中解放出来。本雅明认为，新媒体是知识者及其艺术同大众及其认知需求走到一起的可能场所，并为知识者与大众关系的新格局创造条件。"目前，恐怕只有电影能够胜任这项工作，不管怎么说，它最适合做这项工作。"①

（三）艺术即生产方式：超越"内容—形式"范畴的"技术"概念

本雅明强调指出，创作技术的进步是作家政治进步的基础。作家亦即生产者应当在他们的创作中对生产关系做出反应，使生产器材能为社会参与作出贡献。这能提高参与者的文化和社会资本；并且，参加的消费者越多，越能把读者和观众变为参与者，也就是变被动的接受者为主动的生产者，将艺术的权利从专业人士那里解放出来，成为大众的一般权利。② 本雅明在对艺术消费的考察中，憧憬的是生产者与接受者的融合，同时也是不同文学形式的融会。他以苏俄发展为例："这里可以见出一种辩证景象：资产阶级新闻创作的衰落，成就了重建苏俄新闻的范式。[……] 在那里，读者随时准备成为写作者，也就是描述者或者起草者。身为懂行的人，他有成为作家的可能，工作本身获得了发言权。[……] 我希望已经以此说明，阐释作为生产者的作家，就必须关涉新闻业。因为通过新闻业，至少是苏联的新闻业，人们可以看到我所说的那种巨大的融合过程，并没有忽略文学类别之间、作家与诗人之间、学者与哗众取宠者之间的传统区别，而是修正了作者与读者的划分。"③ 本雅明认为，苏俄报纸、杂志和电影的生产，显示出其重视生产者与接受者的融合，正是这个特色彰显出媒体的民主化。④

---

① 本雅明：《巴黎拱廊街》，《本雅明文集》卷五（1），法兰克福：Suhrkamp，1999年，第500页。
② 参见本雅明：《作为生产者的作家》，《本雅明文集》卷二（2），第696页。
③ 本雅明：《作为生产者的作家》，《本雅明文集》卷二（2），第688页。
④ 本雅明在《可技术复制时代的艺术作品》中同样指出："[……]这样，作者与读者之间的区别就变得模糊不清了；这一区别成了功能性的，视具体情况而定。读者随时都可能成为写作者。作为行家[……]，他就有可能成为作者。在苏联，可以将劳动诉诸笔端，用文字来表现它，成了从事劳动所必需的技能之一。从事文学的基础不再是专业化的培训，而是综合技术的培训，这样，文学就成了公共财富。"（本雅明：《可技术复制时代的艺术作品》，《经验与贫乏》，第278页。）

视自己为作家和生产者的本雅明,竭力倡导政治干预,《作家》体现出他对"介入文学"的最深入的研究。① 他认为,退却和气馁,离群索居,远离大众,不是文学生产者应有的态度。行动的艺术家,应当能够通过他的活动改变现状。本雅明以特列季亚科夫为例,指出"作家的使命不是报道,而是斗争。不是充当观众的角色,而是积极参与"②。可是,人们必须认识到,知识者同无产者的亲近,永远是间接的。知识者与有产者有一种"天然"的联系,或者说,由于教育和社会的特权,有产者更易接近知识者。即便是无产阶级化,也不能使知识者成为无产者。本雅明推崇社会参与艺术的批判理念,例如阿拉贡的思想:"革命的知识者首先是作为他出身的那个阶级的叛逆者出现的。"③ 叛逆行为就是,他不应该是生产器材的提供者,而应是改变器材效用的工程师,使生产器材适用于无产阶级革命的目的。④ 本雅明认为,文学生产者必须认识到他的创作依靠生产资料,作家在生产资料社会化过程中的物质利益是他创作的依托。他也同产业工人一样,必须掌握这些生产资料并影响其运用。成功的作家和不成功的作家之间的区别,如同熟练工和非熟练工之间的区别。

  昭示民主化特色的还有本雅明的"技术"概念,这也是《作家》中的一个重要范畴。他在该文中发展了一种理论,即文学之革命作用的决定性因素在于技术的进步,以改变艺术形式的功用,从而改变精神生产资料的所有形式。⑤ 他认为,艺术的历史也同社会历史一样,是由艺术生产力和艺术生产关系决定的。当艺术生产力发生变化时,艺术生产关系也会随之发生变化。随着现代技术和生产力的发展,艺术生产业已进入技术复制的时代,技术是艺术生产力的一部分。如果艺术作品采用最先进的艺术技术,那么它就是进步的;如果它采用的是过时的艺术方法,那么其政治倾向和艺术质量都是停滞和退步的。本雅明所说的技术概念,是体现"人和技术"不同关系的两种技术。

---

① 参见沃林:《瓦尔特·本雅明:救赎美学》,第159页。
② 本雅明:《作为生产者的作家》,《本雅明文集》卷二(2),第686页。
③ 本雅明:《作为生产者的作家》,《本雅明文集》卷二(2),第701页。
④ 参见本雅明:《作为生产者的作家》,《本雅明文集》卷二(2),第701页。
⑤ 参见本雅明:《日记》,《本雅明文集》卷二(3),法兰克福:Suhrkamp,1999年,第1462页。(Walter Benjamin, "Tagebuchaufzeichnung", in: *Gesammelte Schriften*, hrsg. von Rolf Tiedemann und Hermann Schweppenhäuser, II/3, Frankfurt: Suhrkamp 1999.)

第一种技术表现为它对人的制约,第二种则注重人和技术的互动和谐调。本雅明以电影为例,说明一部作品应该如何借助技术来展现它的实际社会功用。面对摄影机对人类的奴役,它在法西斯主义中的暴虐,以及如何为资本利益服务,人类只有适应了新的生产力,真正开发了第二种技术类型,才能摆脱摄影机的钳制。对复制产品与本真作品的区分,使本雅明有可能用"技术"概念超越艺术审美中的内容—形式范畴。对作品技术的考察,可以更好地确定作品的社会内涵,及其技术与社会的关系:

> 我所说的技术概念是这样一种概念,它使文学产品能为直接的社会分析、即唯物主义的分析所用。技术概念同时也是一个辩证的切入点,可以克服内容和形式之毫无裨益的对立。此外,技术概念还能引导人们,正确确定作品的倾向性和品质之间的关系。①

本雅明的观点超越了内容—形式的二元对立,在意识形态制约与艺术表现形式之外,增添了"艺术即生产方式"的崭新视角,使三者成为复杂的统一体,将狭隘自闭的文学研究拓展为宏大的西方马克思主义文化批判。本雅明认为技术中可以见出作品的实际社会功用,即作品对政治实践的指导和组织作用。他提出的一个要求,当视为方法学上的一个中心问题,即人们不该问"一部文学作品对时代生产关系的态度如何",而应问"它在生产关系中的位置"。这个命题直接与作品的创作技术有关,即关涉"一部作品在时代的创作生产关系中的作用"。换言之,作家及其作品对时代生产关系的态度,并不是问题的关键所在。更重要的是作家在生产过程中的位置,即作品在文学生产关系中的作用,也就是作品所体现的创作技术,这是本雅明讲演中的一个中心问题。一部作品是否或如何恰当地置于生产关系之中,则视其是否能够在解放思想的意义上成功地运用技术。这里也能清晰地表明作品的"文学技术是进步的还是倒退的"。② 本雅明如此强调技术在整

---

① 本雅明:《作为生产者的作家》,《本雅明文集》卷二 (2),第686页。
② 参见本雅明:《作为生产者的作家》,《本雅明文集》卷二 (2),第686页。

个艺术生产的决定性作用，以至于布莱希特、阿多诺这两个在艺术观上相去甚远的人都对此提出了异议，认为本雅明过于重视新的生产手段，尤其是对电影这一新艺术样式投注了很大的热情，而将生产关系置于次要的位置。

三 从"光晕"到"可技术复制"：诉诸大众

《可技术复制时代的艺术作品》（下称《艺术作品》）或许是本雅明最著名、最具颠覆性的论文。作者论述了前市民社会、市民社会的艺术发展和功能，以及工业化大众社会的复制艺术；或用他自己的话说，他的思考是"将十九世纪的艺术史植入我们对当今艺术状况的体验所获得的认识"①。该论文从艺术史自身的发展探讨新的艺术样式亦即可技术复制的艺术②，并在这个艺术特征中寻找大众艺术的根据。

（一）"光晕"概念考释，或光晕体验与艺术命运

"光晕"（Aura）是本雅明美学思想的中心概念之一，见之于《评陀思妥耶夫斯基的〈白痴〉》（1921）和《摄影小史》（1931）；《可技术复制时代的艺术作品》（1934/35，1936）则在一个开阔的视野中，较为集中地论述了这一概念；它后来还散见于《发达资本主义时代的抒情诗人》等文中。本雅明将"光晕"提升到艺术命运的高度，他所关注的一个重要现象，便是"光晕"在现代复制艺术中的消逝。这个在本雅明艺术理论中占有重要地位的概念，是一个炫目的概念，因此需要必要的解读，且首先弄清这个概念本身的双关性（本义和转义），

---

① 本雅明：《致朔勒姆》（1935年10月23日），《书信集》卷一，朔勒姆、阿多诺编，法兰克福：Suhrkamp，1966年，第695页。（Walter Benjamin, *Briefe*, 2 Bde, hrsg. von Gershom Scholem u. Theodor W. Adorno, Frankfurt: Suhrkamp, 1966.）

② 中文中几乎约定俗成的本雅明的"机械复制"概念，或许源于英语用 mechanical reproduction 对本雅明的 technische Reproduzierbarkeit 的误译，英语本应用 technical 或 technological 与德语相对应。不管从原文还是从译文看，"技术复制"才是准确的；而"机械复制"在论述本雅明观点的时候显得极为狭窄，而且很不合适。本雅明讲的主要是新时代的"技术"，如绘画复制技术、电影复制技术、音乐复制技术等。

这会有助于我们理解"光晕"这个中文译词。①

本雅明在《评陀思妥耶夫斯基的〈白痴〉》一文中赞美了原生性俄罗斯精神的光晕,认为人类生命的底蕴和激情都能从中找到肯綮。陀思妥耶夫斯基伟大艺术的卓越之处,正在于它精湛地表现了俄罗斯民族性中的那种自然的生命冲动,亦即纯粹的人性。② 在《摄影小史》里,本雅明分析了卡夫卡六岁时的一张照片,从中看到早期摄影中的人物还没有抛弃神的观念,光晕还笼罩着世界,充满着神秘的气息,相片中的男孩就是如此看世界的。③

在1930年3月写成的《毒品尝试记录》中,本雅明第一次较为详细地解释了"光晕"概念:

> 首先,所有事物都能显现真正的光晕;它并不像人们所臆想的那样,只与特定事物相关。其次,光晕处在变化之中;说到底,

---

① 德语 Aura,是指(教堂)圣像画中环绕在圣人头部的一抹"光晕",这是 Aura 的本义,与"神圣"之物相对应;本雅明用"光晕"形容艺术品的神秘韵味和受人膜拜的特性,这是 Aura 在本雅明那里的转义。Aura 中译极为混乱,译法有韵味、光晕、灵气、灵氛、灵韵、灵光、辉光、气息、气韵、神韵、神晕、氛围、魔法等(参见赵勇:《整合与颠覆:大众文化的辩证法——法兰克福学派的大众文化理论》,第190页)。中国学界时常把这个概念的多种翻译及其困惑,归咎于本雅明对"光晕"概念定义不多且不明,从而产生概念本身的复杂性和模糊性;一些学者甚至误以为这是本雅明发明的概念。这里需要说明的是:一、作为一个概念,Aura 不是本雅明的创造,这是德语(宗教)文献中的常见词汇,教堂圣像中的常见"光晕"(早在中世纪或文艺复兴时期,玛利亚、耶稣或者"圣者"的一些画像,头部笼罩在光晕〔光环〕之中);另外,"光晕"也是文学艺术理论中的一个术语(如在格奥尔格〔Stefan George〕那里),它既不复杂也不模糊。并且,本雅明的"光晕消失说",也部分源于格奥尔格圈子中的舒勒(Alfred Schuler)(参见沃林:《瓦尔特·本雅明:救赎美学》"修订版导言",第13页)。二、本雅明对这个概念定义不多,原因在于定义本来就在这个很多人都知道的概念之中。三、本雅明之转义层面上的 Aura 及其"祛魅"意义上的阐释,都与其本义亦即内涵和外延("本真性"、"膜拜价值"和"距离感"等)存在内在联系。四、以"光晕"汉译 Aura,似乎最为贴切:它是具体的,又是抽象的。试举一句译文为例:"波德莱尔的诗在第二帝国的天空闪耀,像一颗没有氛围的星星。"——本雅明的这句常被援引的句子中的"氛围",委实很难理解。这个从尼采那儿借来的意象,当为"没有光晕的星星"。(张玉能从另一个视角令人信服地阐释了用"光晕"汉译 Aura 的理由,参见张玉能:《关于本雅明的"Aura"一词中译的思索》,《外国文学研究》2007年第5期,第151—159页)。

② 参见本雅明:《评陀思妥耶夫斯基的〈白痴〉》,《经验与贫乏》,第138页。

③ 参见本雅明:《摄影小史》,王才勇译,南京:江苏人民出版社,2006年,第19页。

物事的每一个变动都可能引起光晕的变化。第三，真正的光晕，决不会像庸俗的神秘书籍所呈现和描绘的那样，清爽地散射出神灵的魔幻之光。真正的光晕的特征，更多地见之于笼罩物体的映衬意象。①

引文的最后一句话，精当地对应了早于本雅明运用"光晕"概念的沃尔夫斯凯尔对此概念的解释：每一种物质形态都散发着光晕，"它冲破了自己，又包围了自己"②。只是由于德汉语言的隔阂，译文无法原汁原味地体现原文。用于文学艺术，此处"物体"，乃艺术作品；"映衬意象"则是艺术作品透出的光晕，是一种神性境界或"象外之象"。或者，从某种意义上说，光晕也是本雅明所迷恋的"启示"。这里的"光晕"概念，指的不是古今虔诚画家所作的圣像中的光晕，亦非装神弄鬼者的光晕戏法。文中含有贬义的"清爽"和"神灵"表明，本雅明不是泛泛地诋毁神秘主义，不是贬低中世纪德意志神秘主义思辨神学家埃克哈特（1260—1327），西班牙加尔默罗教团的克鲁斯（1542—1591，又译圣胡安，天主教界译为圣十字若望），或者阿拉伯世界的苏菲神秘主义。他们都不是玩弄"魔幻之光"的人。本雅明攻击的是过去和现在呼神唤鬼的庸俗文学作家，以其平庸之作，将光晕贩卖给平庸之人。这些廉价作品不是本雅明"光晕"概念的兴趣所在，他注重的是其他一些值得重视的光晕形式。有人认为，本雅明在品尝毒品时的那种令人难忘的精神恍惚状态中所涉及的"光晕"主题，巧妙细致、天衣无缝地同他关于光晕现象的理论思考连在一起。③

在《艺术作品》中，他给出了"光晕"的另一个定义，指出光晕在时间和空间上的两个感知维度：

---

① 本雅明：《毒品尝试记录》，《本雅明文集》卷六（1），法兰克福：Suhrkamp，1999 年，第 588 页。（Walter Benjamin, "Protokolle zu Drogenversuchen", in: *Gesammelte Schriften*, hrsg. von Rolf Tiedemann und Hermann Schweppenhäuser, VI/1, Frankfurt: Suhrkamp 1999.）

② 转引自赵勇：《整合与颠覆：大众文化的辩证法——法兰克福学派的大众文化理论》，第 190 页。

③ 参见施韦彭霍伊泽：《世俗启迪的基本原理》，载《论瓦尔特·本雅明：现代性、寓言和语言的种子》，第 141 页。

光晕是一种源于时间和空间的独特烟霭：它可以离得很近，却是一定距离之外的无与伦比的意境。在一个夏日的下午，休憩者望着天边的山峦，或者一根在休憩者身上洒下绿荫的树枝——这便是在呼吸这些山和这根树枝的光晕。①

与前一段语录相同，这段引文中可以见出，光晕是一种普遍体验，可以显现于"所有事物"；山峦和树枝显示出，光晕不只局限于艺术作品。同时，视光晕为独特的"烟霭"（原文 Gespinst：透明的轻纱），无疑与 Aura 的希腊词源有关，或曰希腊语 αὔρα 的德文转写形式，意为"云气"或"薄雾"。早期本雅明是克拉格斯的狂热追随者，曾经研究过这位具有犹太教神秘主义特色的修辞学家。克拉格斯将 Aura 描述为一种包裹物，一抹光照，艺术作品中环绕耶稣或玛利亚圣像头部的光晕，或者一种力场。② 本雅明在这里对光晕现象的一般描写，也更多地着力于客观对象和外界事物。然而，对光晕的体验也在于主体的精神状态和感受能力，或曰主体和客体、观察者和被观察者之间的一种引力（力场）。"呼吸"使人走出被动的休憩状态，光晕的体验永远离不开人物主体，离不开"感应"。③ 就感知层面而言，光晕正是本雅明所擅长的讽喻性知觉的反面，观察对象的神秘整体性变得可见了。带着光晕的客体，可以是一种乌托邦的确立，或者一种乌托邦的存在，哪怕在极短暂的瞬息之内。④ 同时，本雅明在此描绘的静谧的氛围，清楚地显示出他后来还要详说的现象，即对光晕艺术品的接受，不能在前呼后拥、七嘴八舌的场合，而需要凝神专注、心驰神往。"光晕"来自本真的艺术与个人的体验。本雅明对光晕"可以离得很近，却是一定距离之外的无与伦比的意境"注释如下：

---

① 参见本雅明：《可技术复制时代的艺术作品》，《经验与贫乏》，第 265 页。译文有较大改动。

② 参见《克拉格斯全集》，波恩：Bouvier, 1974 年。(Ludwig Klages, *Sämtliche Werke*, hrsg. von Ernst Frauchiger, Bonn: Bouvier, 1974.)

③ 参见施特塞尔：《光晕：被忘却的人性——论瓦尔特·本雅明的语言和经验》，慕尼黑、维也纳：Hanser, 1983 年，第 48 页。(Marleen Stoessel, *Aura. Das vergessene Menschliche. Zur Sprache und Erfahrung bei Walter Benjamin*, München/Wien: Hanser, 1983.)

④ 参见詹姆逊：《马克思主义与形式——20 世纪文学辩证理论》，第 64 页。

把光晕定义为"可以离得很近,却是一定距离之外的无与伦比的意境",无非是用时空感知范畴来表述艺术作品的膜拜价值。远是近的对立面,本质上的远是不可接近的。事实上,不可接近性是膜拜画的主要特性。[……]人们可以在物质层面上靠近它,但并不能消除距离。远是它与生俱来的品质。①

据此,"远"不是空间距离,而是神性的象征,是对一种无法克服之距离的体验。显然,这里说的是对远的感受亦即距离感,是心理上的距离,是认识到观察对象的不可企及,其实际远近是次要的。②也就是说,我们没有必要区分"远方之物"和"近处之物"③。这里的"远",也是本雅明在"论波德莱尔的几个主题"时所说的"光晕这种现象的膜拜特质"④;或者,它是人们面对感知对象油然而生的联想。⑤ 在《艺术作品》中,本雅明对"光晕"的界定是从自然美引申而出的,以此暗示自然美学是艺术美学的基础。⑥ 一件艺术品的光晕在哪里呢?在艺术品的独一无二性中,在艺术品的历史性情境中,在欣赏者眼前所出现的过去与现在的时差中。对本雅明来说,艺术起源于仪式(起初是巫术礼仪,后来是宗教礼仪),艺术作品根植于神性

---

① 参见本雅明:《可技术复制时代的艺术作品》,《经验与贫乏》,第265页,注①。——译文略有改动。

② 参见雷基:《光晕与自律:论本雅明和阿多诺的艺术主观性》,维尔茨堡:Königshausen & Neumann, 1988年,第16页。(Birgit Recki, *Aura und Autonomie: Zur Subjektivität der Kunst bei Walter Benjamin und Theodor W. Adorno*, Würzburg: Königshausen & Neumann, 1988.)

③ 张玉能(《关于本雅明的"Aura"一词中译的思索》,第155—156页)将本雅明"光晕"定义中的一句句子译为"一个远方(之物)的唯一的显现,它可能又是那么近",并从中得出"远方之物"和"近处之物"之分,以及"传统艺术作品是具有'光晕'的远方之物和近处之物的统一体"的结论。这一解读似有过度阐释之嫌。在德语原文中,"它可能又是那么近"虽然并非可有可无,但是完全是一句附带的、强调语气的句子(让步句),以突出空间距离的次要性,以及"它可以离得很近"或者"人们可以在物质层面上靠近它"的可能性。

④ 参见本雅明:《论波德莱尔的几个主题》,《发达资本主义时代的抒情诗人》,张旭东、魏文生译,北京:三联书店,第161—162页。

⑤ 参见本雅明:《论波德莱尔的几个主题》,《发达资本主义时代的抒情诗人》,第159、161页。

⑥ 参见罗伯杰:《光晕以及自然的生态美学》,载《论瓦尔特·本雅明:现代性、寓言和语言的种子》,第149页。

并因此而发出"光晕":

> 即便最完美的复制品也不具备艺术作品的此地此刻（Hier und Jetzt）——它独一无二的诞生地。恰恰是它的独一无二的生存，而不是任何其它方面，体现着历史，而艺术的存在又受着历史的制约。①

这便是光晕艺术的生成特点和存在形式。艺术作品（原作）的"此地此刻即它的本真性（Echtheit）"②，就是特定艺术家在特定时期、特定环境、特定语境中创造的特定作品。它一旦脱离了自己的那个不能重复、无法挽回的历史时刻，其"原初"的真实也就变样了。当然，这种历史性情境或"本真性"，同时也指作品问世之后流传下来的所有东西，包括它在时间上的传承，以及历史见证性。③ 本雅明所说的"过去的作品并没有完结"，它还包括"超越产生时期而得以流传的过程"，包括不同时期的人对作品的接受④（这已经涉及后来的接受美学关于读者消费和欣赏的重要方面）。另外，每一件如本雅明所说的本真的、富有光晕的艺术品，都有自己的秘密。"一部真正的艺术作品，只有当它不可避免地表现为秘密时，才可能被把握。[……]美的神性存在基础就在于秘密。"⑤ 本雅明在这里所说的"可能被把握"，完全是辩证的，宛如有些美女所具有的迷人的魅力：伴着她的是秘密，一种难以捉摸、无法形容的东西。她可以离得很近，却是一定距离之外的无与伦比的意境。伊格尔顿用艾略特《烧毁了的诺顿》中的玫瑰，解释本雅明所说的富有光晕之物体的那种神态。⑥ 在本雅明那里，迄今的伟大艺术，都具备这种神秘的"光晕性"（auratisch：有光晕的），并以其魅力令人销魂。这才是"真正的光晕的特征"。

本雅明用光晕艺术泛指整个传统艺术，它在审美功能上提供某种

---

① 本雅明：《可技术复制时代的艺术作品》，《经验与贫乏》，第262页。
② 本雅明：《可技术复制时代的艺术作品》，《经验与贫乏》，第262页。
③ 参见本雅明：《可技术复制时代的艺术作品》，《经验与贫乏》，第263页。
④ 参见本雅明：《爱德华·福克斯，收藏家和历史学家》（1937），《经验与贫乏》，第306页。
⑤ 本雅明：《评歌德的〈亲合力〉》，《经验与贫乏》，第226页。
⑥ 参见伊格尔顿：《瓦尔特·本雅明：或走向革命批评》，第48页。

膜拜价值,这也是传统艺术的基础。就这一点而言,实际上"黑格尔在其《美学讲座》中已经宣布了光晕的消失"①,并宣称"我们不再屈膝膜拜了"②。对本雅明来说,艺术接受就是一种光晕体验,感受那若即若离、无与伦比的灵韵。光晕可以体现在传统文学讲故事的艺术之中(《讲故事的人》),或见之于戏剧舞台上的生动表演及独特的氛围里。光晕的感知或对光晕的反应方式,是人类生活中常见的。它可以是思维过程中入神的眼神,也可以是纯彻的一瞥。诚如诺瓦利斯所说,可否感知的问题是一个注意力的问题。对此,"回视"现象是一个最好的说明:我觉得有人正在看我,我会把目光转向看我的人;或者,感到被我看着的人,同样会看我。感知我所看对象的光晕,就是激发其回眸的能力。③ 在此,光晕的生成和体验,发生在主客体(新出现的)"神秘的"、"心有灵犀的"关系之中,体现于特殊(特定)的经验。

(二)"本真性"光晕艺术的消失与技术复制艺术的崛起

本雅明在《讲故事的人》《论波德莱尔的几个主题》和《艺术作品》中,向我们展示了起源于礼仪的艺术的三个历史发展阶段:先是传统的乡村社会以及前资本主义时期的讲故事形式;然后是发达资本主义时代的现代抒情诗的困厄,最后是19世纪照相摄影的出现和20世纪的技术发展,使电影成为占统治地位的传播方式,另有发展很快的新闻。小说、新闻、电影等新的艺术形式,都是近现代社会发展的产物。本雅明在《讲故事的人》中,沿袭卢卡契"小说是一个被上帝遗弃的世界的史诗"(《小说理论》)的命题,认为史诗派生出三种文体:故事、小说和新闻,以对应不同生产方式的更迭。

---

① 哈贝马斯:《瓦尔特·本雅明:提高觉悟抑或拯救性批判》,载《论瓦尔特·本雅明:现代性、寓言和语言的种子》,第415页。
② 黑格尔:《美学》第一卷,朱光潜译,北京:商务印书馆,1996年,第131—132页:"在起初阶段,艺术还保留一些神秘因素,还有一种隐秘的预感和一种怅惘,[……]。但是到了完满的内容完满地表现于艺术形象了,朝更远方瞭望的心灵就摆脱这种客体性相,而转回到它的内心生活。这样一个时期就是我们的现在。[……]艺术的形式已不复是心灵的最高需求了。我们尽管觉得希腊神像还很优美,天父、基督和玛利亚在艺术里也表现得很庄严完善,但是这都是徒然的,我们不再屈膝膜拜了。"
③ 参见本雅明,《论波德莱尔的几个主题》,《发达资本主义时代的抒情诗人》,第161页。

复制艺术理论的灵感来源多种多样，如先锋派的实践、蒙太奇、超现实主义、叙事剧，还有普鲁斯特式的记忆或波德莱尔的象征。诚然，"艺术作品原则上从来就是可复制的。凡是人所做的事情，总可以被模仿"①。但是：

> 一九○○年前后，技术复制所达到的水准，不仅使它把流传下来的所有艺术作品都成了复制对象，使艺术作品的影响经受最深刻的变革，而且它还在艺术的创作方式中占据了一席之地。②

这里所说的"最深刻的变革"，关乎本雅明对艺术史发展的总体评价：从中世纪的宗教艺术到文艺复兴之世俗艺术的巨变，无疑具有划时代的意义，但是比不上由光晕艺术到复制艺术的巨变。"复制艺术"正是本雅明最具创见的概念。也正是"技术复制"概念的引入，"本真性"和"光晕"这两个相互关联的概念才是必要的。世界进入了技术复制时代，"技术复制"与"光晕"相对，成为当代艺术的特色。技术复制艺术的崛起，触及作品之本真性这一最敏感的核心，并使一直决定传统艺术整个命运的光晕逐渐衰微，神秘而完满的艺术体验失落了。当然，本雅明也看到了一个例外，即早期人像摄影，捕捉了人的瞬间表情，哀婉而美妙，最后一次透出神秘的光晕。③确实，在艺术作品的可技术复制时代中，枯萎的正是艺术作品的光晕。

> 一般说来，复制技术使被复制品脱离了传统范围。由于复制技术可重复生产复制品，这样，被复制品的独一无二的诞生，便被大量出现所取代。同时，由于复制技术便于接受者在各自的环境中欣赏复制产品，这样，他便赋予了被复制品以现实性。这两种过程深深地动摇了流传下来的艺术作品。④

---

① 本雅明：《可技术复制时代的艺术作品》，《经验与贫乏》，第260页。
② 本雅明：《可技术复制时代的艺术作品》，《经验与贫乏》，第262页。
③ 参见本雅明：《可技术复制时代的艺术作品》，《经验与贫乏》，第270页；本雅明：《摄影小史》，第19页。
④ 本雅明：《可技术复制时代的艺术作品》，《经验与贫乏》，第264页。

艺术作品的可技术复制性有史以来第一次将艺术作品从依附于礼仪的生存中解放出来了。复制艺术品越来越着眼于具有可复制性的艺术品。比如，用一张底片可以洗出很多照片；探究其中哪张是本真的，已没有任何意义。①

在本雅明看来，随着历史长河中人类群体的整个生活方式的改变，人的感知方式也在变化。正是技术复制带来的大众艺术，导致受众感知形式的变化；对大众来说，艺术作品就是消费品。因此，如果将现代感知形式的变化理解为光晕的衰竭，我们便可揭示光晕衰竭的社会条件。② 本雅明从这里导引出光晕消散的社会条件，与现代生活中大众作用的不断增长有关：其一，大众总是希望尽量贴近事物；其二，大众倾向于通过复制品克服独一无二性。"这就是这种感知的标志，它那'视万物皆同'的意识已如此强烈，以致它借助复制从独一无二的事物中获取同类事物。"③

随着光晕艺术向技术复制艺术的转变，传统艺术的膜拜价值日渐泯没。技术复制大大增强了作品的可展览性，不断显示出其展示价值。本雅明说："对艺术作品的接受各有侧重，其中有两种极端：一种只看重艺术作品的膜拜价值（Kultwert），另一种则只看重它的展览价值（Ausstellungswert）。［……］从艺术接受的第一种方式向第二种的过渡，其实决定着艺术接受的历史进程。"④ 本雅明把"膜拜价值"向"展示价值"的转换历史分为三个阶段：从最早的艺术品的礼仪起源，到文艺复兴之后对美的追逐，再到19世纪照相摄影的出现。另外，在对古典艺术和现代艺术的接受方式上，可分为"凝神专注式接受"和"消遣性接受"："在艺术作品前，定心宁神者沉入了作品中；他走进了作品，就像传说中端详自己的杰作的中国画家一般。与此相反，心神涣散的大众让艺术作品沉入自身中。"⑤ 这样，在技术复制的艺术中，传统艺术的那种"光晕""本真性"和"膜拜价值"荡然无存。同时，艺术的消费方式也发生了变化，传统中占主导地位的对艺术品

---

① 本雅明：《可技术复制时代的艺术作品》，《经验与贫乏》，第268页。
② 参见本雅明：《可技术复制时代的艺术作品》，《经验与贫乏》，第265页。
③ 本雅明：《可技术复制时代的艺术作品》，《经验与贫乏》，第266页。
④ 本雅明：《可技术复制时代的艺术作品》，《经验与贫乏》，第268页。
⑤ 本雅明：《可技术复制时代的艺术作品》，《经验与贫乏》，第288页。

的凝神专注式接受,越来越被消遣性接受所取代:"艺术就是要提供消遣。"①

早在《可技术复制时代的艺术作品》第二稿(1936年)发表的当年,阿多诺就在给本雅明的一封信中质疑本雅明的"光晕消失说",认为光晕正是当代艺术、例如本雅明引为例证的电影的基本组成部分。② 阿多诺在《论音乐的拜物特性与听觉的退化》(1938)一文中论述现代娱乐文化时,虽然没有采用"光晕"概念,但是也旁及本雅明所说的音乐的光晕消失问题。本雅明试图在术语上以"膜拜价值"和"展览价值"同政治经济学中的"使用价值"和"交换价值"相对应,阿多诺则干脆称当代音乐为商品,因而自然而然地具有拜物教性质。另外,阿多诺一再强调艺术的两极分化:自律的伟大艺术之审美场域与市场法则决定一切的文化产业。现代性的奥秘,卡夫卡和勋伯格的作品,并没有失去光晕而成为大众艺术。正是这些大众可望不可及的作品顶住了市场的压力,拒绝了同化。他在后来的《美学理论》(1970)中,重提"光晕"思想,并批评本雅明在方法上的错误。他认为,本雅明为了突出对立而提出的光晕艺术与技术复制艺术的二分法,忽视了二者本身的辩证性。艺术作品的本真性亦即光晕,并不基于物质层面上的、与复制品不同的独一无二,而在于审美上的独一无二的性质,并以此确立伟大作品的品质。阿多诺否认光晕的消散;看似消失的东西,其实是一个辩证整体的组成部分。他认为伟大的艺术并未消亡,光晕正是审美自律的首要特征。本雅明和阿多诺都认识到了技术文化的优势所带来的矛盾,然而前者看到的是艺术作品之主体性的失却,后者却认为,正是随着人的失落,主体性完全可能体现于艺术作品。显然,阿多诺是在用辩证法思想反驳本雅明的观点。他在艺术与社会的关系问题上,不断借助源于黑格尔的"扬弃"(Aufhebung)思想,并以为这是至关重要的。

本雅明时常推许他的好友布莱希特的艺术实践,可是后者往往认为本雅明的艺术理念行迹可疑。本雅明的《论波德莱尔的几个主题》

---

① 本雅明:《可技术复制时代的艺术作品》,《经验与贫乏》,第289页。
② 参见阿多诺:《与本雅明的通信》,载《新左派评论》,No. 81,第79页。(Theodor W. Adorno, "Correspondence with Benjamin," trans. Harry Zohn, *New Left Review*, No. 81 (Sept./Oct. 1973), pp. 46-80.)

的初稿，主要是在 1938 年夏天写成的，当时他在流亡于丹麦斯文堡的布莱希特那里做客。布莱希特赞赏本雅明的精微，但是对他从波德莱尔作品中推演出的思路不以为然。布莱希特在他的《工作日志》（1939 年 1 月 26 日）中写道，本雅明论述波德莱尔的文章"值得一看"。但是，布莱希特也提出了不少针锋相对的观点。那段常被引用的关于"光晕"的文字，颇带嘲讽的口吻：

> 很特别，一种古怪的念头让本雅明写出这样的东西。他的出发点是那被他称作"光晕"的东西，与梦幻有关（白日梦）。他说：如果你觉得有人在看你，甚至在背后看你，你也会把目光转向那个看你的人！被看的对象会回视，这一期待产生光晕。本雅明觉得这种现象在近期消散了，一同消散的还有膜拜现象。这是他在分析电影的时候发现的，也就是艺术作品的可复制性，使光晕消失了。何其神秘！却摆出反神秘的姿态。以这种形式来接受唯物主义历史观，真是够恐怖的！①

看来，并不是谁都把本雅明的"光晕"概念视为了不得的发现。

（三）技术复制与大众文化，或"技术主义"艺术观的两难之境

早期本雅明所注重的自主的艺术，以及他后来关注的光晕艺术，都与宗教或神话密切相关。在本雅明看来，进入可技术复制时代以后，这些观念不再具有任何存在的理由，只能是幻觉而已。"由于艺术在可技术复制时代脱离了膜拜根基，它的自主性表象便永远消失。而由此出现的艺术功能的变化，十九世纪的人都没有看出。就连经历了电影发展的二十世纪也长期没有注意到这一点。"② 因此，本雅明给出了问题的答案："当衡量艺术产品的本真标准失效时，艺术的整个社会功能也就发生了根本性的变化。艺术的根基不再是礼仪，而是另一种实践：

---

① 布莱希特：《工作日志》第 1 卷（1938—1942），柏林/魏玛：Aufbau，第 11 页。(Bertolt Brecht, *Arbeitsjournal*, hrsg. von Werner Hecht, Berlin/Weimar: Aufbau, 1977.)
② 本雅明：《可技术复制时代的艺术作品》，《经验与贫乏》，第 271 页。

政治。"① 或者说：神圣的传统艺术之富有光晕的基础，不得不让位于政治。大批量的技术复制艺术很容易走近大众，"大众化"正是可技术复制时代的一大特色。革命力量与法西斯都不会错过新的政治手段②，充分利用其"展示价值"为自己的政治利益服务。

  本雅明竭力赞扬电影艺术的诞生，称之为艺术平民化、大众化的一个标志，是艺术领域内的一场革命。"革新过程与当今的群众运动紧密相关。其最强有力的代理人是电影。电影如果没有破坏性的、净化的一面——即铲除文化遗产中的传统价值，就不可想象它的社会意义。"③ 本雅明在对光晕艺术与电影技术的比较分析中，剖析古典艺术与现代艺术的区别，阐释技术复制导致大众文化的产生，这就是他的技术复制美学。一方面，技术复制比手工复制更不依赖于原作，例如在照相术中，技术复制可以突出原作的不同侧面，甚至捕捉肉眼看不见的东西。另一方面，传统艺术品多半与大众隔绝，享受艺术是少数权贵和富人的特权，技术复制则为原作创造了便于大众欣赏的可能性，艺术作品可以大规模行市，打破了艺术与大众的隔膜，成为人人可以欣赏的东西。就富有"光晕"的艺术作品而言，圣像放在教堂中，而不是在每个家庭、社会的每个角落；赞美诗也只是在仪式中吟唱。现在："主教坛离开它的原本的位置，艺术爱好者在摄影室观赏它；在大厅或露天演唱的合唱作品，可以在房间里放着听。"④ "艺术作品的可技术复制性改变着大众与艺术的关系。这一关系从最落后状态——例如面对毕加索的作品，一跃而为最进步状态——例如面对卓别林的电影。在这里，进步状态的标志是，观赏和经历的乐趣与专业评判者的态度直接而紧密地结合在一起了。这种结合是一个重要的社会标志。"⑤ 换言之，毕加索的画只能为少数人所鉴赏，这是不可取的落后

---

① 本雅明：《可技术复制时代的艺术作品》，《经验与贫乏》，第268页。
② 尼卡总结本雅明对法西斯之蛊惑人心的政治艺术化的观点时写道："法西斯主义代表了'灵韵'[光晕]的巫术—宗教力量的一种恶性膨胀，后者超越了传统的领域——个别艺术品，而进入政治极权主义的舞台。简言之，法西斯主义是一种堕落艺术和一种堕落政治的拼凑。"（理查德·尼卡：《论瓦尔特·本雅明》，载刘北成编著《本雅明思想肖像》，上海人民出版社，1998年，第322页）
③ 本雅明：《可技术复制时代的艺术作品》，《经验与贫乏》，第264页。
④ 本雅明：《可技术复制时代的艺术作品》，《经验与贫乏》，第263页。
⑤ 本雅明：《可技术复制时代的艺术作品》，《经验与贫乏》，第281页。

情形；而电影则为大众所拥有，是进步的标志。同时，艺术的大众参与和消费，影响或规定了艺术的新的生产方式："大众是温床，当今对待艺术作品的所有惯常态度都在此重新滋长。"① 因此：

> 对复制技术的研究所开启的是接受的重要意义，这一点几乎没有任何一种其它研究方法可以做到；它使得在一定程度上纠正作品所经受的物化过程成为可能。对大众艺术的观察导致了对天才概念的纠正；它证明：在观察对艺术作品的产生起一定作用的灵感时，不可忽略唯独能够使它产生影响的结构。②

本雅明对现代工业文明的态度暧昧不明，"这种文明使他感到沮丧，同时又吸引着他"③。因此，他对艺术现代性的态度也是矛盾的：他一方面赞美技术复制（特别是先锋派艺术）给文学艺术带来的巨变，认为这是大势所趋，人们处在一个"艺术裂变的时代"；另一方面，他又不无尚古怀旧的倾向，哀叹传统艺术之光晕的消散及传统价值观的式微，这不仅体现在《艺术作品》的论述中，尤其见之于稍后的《讲故事的人》。这里所体现的，其实是存在于本雅明思想中的"革命"与"艺术"的矛盾。"本雅明虽然一度对大众文化持肯定态度，但他骨子里更钟情的应该还是传统艺术。因为大众文化只会让他震惊，只有传统艺术才能让他感受到那种神秘的美。"④ 但是，他命途多舛的人生及其"解脱"的愿望，尤其是他的左派立场，令他以有名的"资产阶级的丰碑在坍塌之前就是一片废墟了"⑤，结束《巴黎，十九世纪的都城》。后期本雅明，其革命倾向似乎占了上风。

总的说来，他从摄影和电影的发展中断言"技术复制"时代到来时，他是在欢呼科学对艺术的胜利，认为技术复制更符合现代人的要

---

① 本雅明：《可技术复制时代的艺术作品》，《经验与贫乏》，第288页。
② 本雅明：《爱德华·福克斯，收藏家和历史学家》（1937），《经验与贫乏》，第309页。
③ 詹姆逊：《马克思主义与形式——20世纪文学辩证理论》，第67页。
④ 赵勇：《整合与颠覆：大众文化的辩证法——法兰克福学派的大众文化理论》，第160页。
⑤ 本雅明：《巴黎，十九世纪的都城》，《发达资本主义时代的抒情诗人》，第195页。

求。由此产生的艺术之大众消费,并不像阿多诺所评判的那样,认为其负面意义是内在的。只是在为资本的利益而运用技术设备之后,它才产生与大众敌对的效应。本雅明的艺术批评更多地偏向于科学主义,即从技术理性的层面揭示艺术演变的必然性,并以此提出了一个时代性问题。本雅明的特殊视角,首先在于他希望看到,传统艺术的光晕所带来的个体的凝视接受,最终将被一种集体接受所取代。他当然也认识到,富有光晕的传统艺术如何使接受者沉醉,并可能失去理性思考和批判能力。但是他坚信,如果由文学艺术引发的大众需求,通过大众的参与和实践而得到满足,艺术生产将转化为物质力量。本雅明论述可技术复制时代之大众文化的思想精髓,成为法兰克福学派后来持续关注的主题,即便他的同仁在一些问题上与他观点相左。

霍克海默、阿多诺、马尔库塞等人,把可技术复制的艺术提升到资本主义文化产业的层面进行批判,在造就复制艺术的时代逻辑中,揭示文化工业本来就是一种普遍复制的文化。霍克海默和阿多诺在《启蒙辩证法》中写道:"所有文化工业都包含着重复的因素。文化工业独具特色的创新,不过是不断改进的大规模生产方式而已,这并不是制度以外的事情。这充分说明,所有消费者的兴趣都是以技术而不是以内容为导向的,这些内容始终都在无休无止地重复着,[……]"① 他们将艺术复制与启蒙的堕落、人性的衰退联系在一起,从而把艺术批判上升到社会批判的层面。之后,阿多诺在不同的上下文中,将文化工业视为根本上就是负面的东西。他所重视的是自律的艺术作品,以及他那种精英式的作品接受形式;在大众艺术中,他看到的只是能够巩固占统治地位的意识形态的基础:极权主义与大众文化沉瀣一气。换言之:"阿多诺已经具有了一种文化批判的视角,从而使他没有像本雅明那样对大众文化的解放力量过早地充满希望,而是保持一种恰当的怀疑态度。"②

本雅明在历史哲学的层面上考察不同艺术的发展阶段,他的强调社会参与的政治美学,甚至在他的"技术主义"艺术观中,其艺术批

---

① 霍克海默、阿多诺:《启蒙辩证法》,渠敬东、曹卫东译,上海:上海人民出版社,2003年,第152页。
② 哈贝马斯:《交往行为理论》,曹卫东译,上海:上海人民出版社,2004年,第354页。

评理论业已具备社会学意义①，只是不如霍克海默、阿多诺或马尔库塞那么突出价值理性而已。如果我们顾及本雅明（不仅）在《作为生产者的作家》中大肆鼓吹的政治美学和作家的倾向性，同时考察他所恋恋不舍的光晕艺术，我们会对一个关键问题做出思考：本雅明究竟倾向于艺术的真理维度（艺术真理）还是审美维度（艺术之美）？如果我们把他的艺术思想同阿多诺注重艺术自律与审美维度相比，晚期本雅明向真理维度的倾斜是显而易见的。这也是阿多诺对本雅明的艺术哲学思想，特别是其马克思主义时期的理论颇多数落的缘由。本雅明对传统艺术之死、光晕的寿终正寝以及自律艺术不合时宜的结论，直接触动阿多诺最敏感的神经，并引起后者言辞激烈的批判。② 对阿多诺来说，本雅明的思维方法既过于通俗，又过于玄奥。③

---

① 哈贝马斯便一再在历史哲学和社会理论的层面上考察本雅明的艺术思想。
② 关于阿多诺与本雅明的思想分歧和争论，或曰"阿本之争"，参见赵勇：《整合与颠覆：大众文化的辩证法——法兰克福学派的大众文化理论》，第160—181页。
③ 参见伊格尔顿：《审美意识形态》，第338页。

第二编 德国『接受理论』合考

第六章 联邦德国"接受美学"通览

20世纪中期以来,接受美学是世界上文学方法论研究中被讨论最多、影响最大的理论之一。它赋予读者以中心地位,认为读者的阅读行为才能使文学文本获得具体意义,并在很大程度上决定着作品的历史生命。接受美学强调文学作品的对话性亦即开放性接受过程,作品的意义是文本和读者相互作用的结果。文本只有在被阅读时才会被唤醒生命,而唤回的生命并不是原来的生命。文学阐释是一种理解或领会的艺术,积极的理解过程是创造意义的审美体验。对一部过去作品的理解就是今昔对话,以达到今昔审美经验的融合。以姚斯和伊瑟尔为代表的康士坦茨学派接受美学的重大突破和理论创新是显而易见的。

姚斯试图凭借以读者为中心的文学史研究,向作品内涵分析的"自律美学"与马克思主义的"生产美学"提出挑战;换言之,他的文学解释学所追求的"范式转换",是要以接受美学和效应美学取代传统的生产美学和表现美学。他的文学史编撰方案,强调文本和读者"对话的创造性",不是突出"伟大作品"以及作家、影响、潮流,而是注重读者的"创造性接受","读者经验"被看作文学史和整个文学研究的出发点。他强调历史和美学的融会,认为所有文本及其阐释都受到时代视野的影响,因此需要探讨文学作品本身的历史视野与不同时代读者之不断变化的视野之间的关系,考察不同时期的"接受"所规定和解释的文学。姚斯理论的核心概念是预设的、先在的"期待视野",它见之于作品的生产和接受;作者对读者的期待被融入作品,读者对文学的期待是接受的前提。期待视野体现出文学及其趣味的价值判断,接受者的期待视野会在接受过程中同作品的期待视野相遇。发现和重构期待视野,能够拓宽认识范围,把握今昔对一部作品的理解状况。

与姚斯关注"期待视野""集体期待"等历史解释学不同,伊瑟尔更多地探讨了文本和阅读的互动效应。他认为作品本身并非意义承载者,意义是"经验的产物",是读者行为在建构意义。因此,他的研究重点是读者所体验的文本结构及其效应潜能,或曰文本的潜在含义与读者如何建构含义;审美效应所生成的含义被看作文学研究的真正对象。关键不是文学意味着什么,而是它引发什么效应。与其说伊瑟尔发展的理论属于接受美学,毋宁视其为效应美学。他的"阅读现象学"中的两个中心概念是"不定因素"和"空白点",即作品中的特定事物、场景或人物的具体特性或某些特性,往往不可能完全体现在文本的句子之中。这是虚构文本的特点,是作为审美对象的文学所提供的想象天地,也是读者阐释文本亦即创造性活动的空间所在。通过读者的想象来填补空白("具体化"),是文本与读者之间最重要的转换环节。而"可转换性"来自文本的"召唤结构"亦即"隐在读者",也就是把读者考虑在内的文本结构以及预设在文本中的读者角色和阅读特性。这种暗示模式带着接受导向和效应信号,以使读者在阅读活动中兑现文本结构中的潜在意义。

姚斯的接受史模式与伊瑟尔的效应研究,从前人的相关理论中得益匪浅。姚斯所发展的接受史纲领,深受伽达默尔对"效应史意识"的探讨。按照伽达默尔的观点,理解本身就是效应,研究"理解"实为"效应史"考察。他的审美"共时性"或"同时性"概念,他的"视野融合"之说,即个人视野(读者视野)与历史视野(文本视野)的融合,都在姚斯理论中留下了明显印记。他对"开放的艺术作品"的阐释,也已经预示出康士坦茨学派接受美学的基本思想,即文学文本之含义变化的可阐释性和可具体化。另外,穆卡洛夫斯基和英伽登的理论对接受美学的影响也是很明确的。穆卡洛夫斯基所探讨的"审美客体"和"审美价值"的演化,以及作品价值同社会、同接受者的审美反应的密切关系,在姚斯理论中昭然若揭。尽管文学作品的"不定点"和"空白点"是在伊瑟尔之后才真正成为文学研究的专门术语,但是它们已经见之于英伽登的现象学文学理论,此外还有英伽登所阐释的"具体化"与读者审美体验的联系。

不管是姚斯和伊瑟尔,还是穆卡洛夫斯基、英伽登和伽达默尔,他们的理论常能见出康德美学或黑格尔美学的影响,即崇尚文学的表达形式(文本的多义性)与信守真理概念(文本的明确意义)之间的对立。在大多数情况下,他们的立场穿梭于康德和黑格尔这两极之间。而理论中出现的一些矛盾,也常是二者之间的矛盾,即注重文学表达与注重文学内容之间的矛盾。从某种意义上说,接受美学所倡导的范式转换具有颠覆性意义,然而它的不少见解很难在实际操作中兑现。只注重读者经验的方法,往往会过于简化审美客体。

一 接受美学

接受美学(Rezeptionsästhetik)的出发点源于一种认识,即以往占主导地位的表现美学和生产美学无法回答如下问题:"如何理解文学作品的历史延续这一文学史的关联性问题。"① 布拉格结构主义者主要在文学体系内考察文学文本的历史,马克思主义文学理论家则在反映论的层面上强调艺术的特色;二者对于文学史的特殊性及其相对独立性的问题都没能给出令人满意的答案。于是,接受美学试图同时揭示文学史的审美之维和历史之维及其相互作用,以重塑往昔的文学想象与当今读者的审美经验之间的关联。接受美学的出发点或原则性立场是,读者(接受者)不是被动的,而是主动的,他在文本含义生成时扮演主动角色,并对作品的历史生命具有决定性影响。一部作品的接受史和效应史,不能建立在后来建构的所谓"文学事实"的基础上,它应依托于这部作品的读者经验。

1960年代末期,联邦德国(西德)的文学研究开始越来越执着地转向作者—文本—读者之交往结构中的读者,这有多种原因。其中最显著者,就是对"作品内涵研究"(Werkimmanente Forschung)缺乏历史维度的阐释实践的不满。这种研究模式号称自己具有绝对客观性,可是各种不相上下的阐释模式所呈现出的矛盾无法协调。那些"阐释艺术"(Kunst der Interpretation)的大师受到时代局限的主观性也是显

---

① 姚斯:《文学史对文学研究提出的挑战》,载姚斯《作为挑战的文学史》,法兰克福:Suhrkamp,1970年,第169页。(Hans Robert Jauß, "Literaturgeschichte als Provokation der Literaturwissenschaft", in: H. R. Jauß, *Literaturgeschichte als Provokation*, Frankfurt: Suhrkamp, 1970.)

而易见的，这里是指施泰格和凯塞尔的理论。① 另外，不少人依然拘泥于古典主义的"逼真"理念，诟病现代主义艺术的"否定姿态"，从而丧失了文学之绘声绘色的品质。接受美学，尤其是康士坦茨学派所发展的接受美学，一方面是对布拉格结构主义的某些特定倾向的批判继承，另一方面是对凯塞尔所宣扬的作品内涵研究以及马克思主义和批判理论的"生产美学"的回应。

文学文本的解读会经历各种历史变迁，不同读者在不同情况下对同样的文本会有不同的阅读和理解，对这个问题的思索越来越被看作一种挑战。1967年，魏因里希以一篇极为精到的文章提出了其读者文学史纲要，文章的标题旗帜鲜明：《倡导读者文学史》②。同年，姚斯以其在康士坦茨大学的教授就职演说《文学史对文学研究提出的挑战》③闻名遐迩。伊瑟尔也于1967年到该大学任教。他在一系列分析英语小说操纵读者的叙述策略的文章中，开启了自己的效应美学（Wirkungsästhetik），并同样在其教授就职演说《文本的召唤结构》（1970）中全面地勾勒了他的思考。伊瑟尔的效应美学中心思想，几乎都包含在这个讲演之中。嗣后，他又在许多论文中阐释了自己的理论，并在其代表作《阅读行为》（1976）中系统地探讨了效应美学问题。除了二者的著名观点外，还有福尔曼、普莱森丹茨、施特利德、施蒂

---

① 凯塞尔：《语言的艺术作品——文学研究导论》，伯尔尼：Francke，1948年（Wolfgang Kayser, *Das sprachliche Kunstwerk. Eine Einführung in die Literaturwissenschaft*, Bern: Francke, 1948）；施泰格：《阐释的艺术》，苏黎世：Artemis，1955年（Emil Staiger, *Die Kunst der Interpretation*, Zürich: Artemis, 1955）。

② 魏因里希：《倡导读者文学史》，载《水星》杂志，第21期（1967年），第1026—1038页。（Harald Weinrich, "Für eine Literaturgeschichte des Lesers", in: *Merkur* 21 [1967], S. 1026-1038.）1971年，魏因里希后来又发表《为读者的文学——文学研究论文集》（Harald Weinrich, *Literatur für Leser. Essays und Aufsätze zur Literaturwissenschaft*, Stuttgart: Kohlhammer, 1971.）

③ 姚斯名文"Literaturgeschichte als Provokation der Literaturwissenschaft"的中文翻译五花八门，恍如文字游戏（例如：文学史作为文学学科的挑战，文学史作为文学科学的挑战，文学史作为文学理论的挑战，文学史作为向文学理论的挑战，文学史对文学理论的挑战，作为向文科学科挑战的文学史，作为向文学理论挑战的文学史等），其中不乏误译。在德语中，姚斯文章标题中的Literaturwissenschaft（文学研究）是一个大概念，包括Literaturgeschichte（文学史）、Literaturtheorie（文学理论）、Literaturkritik（文学批评）、Literaturinterpretation（文学阐释）和Editionsphilologie（版本学）。姚斯所说的文学史提出的挑战，是对此前很长一个时期重文本、轻历史之"文学研究"的挑战。

尔勒和瓦宁等学者的相关著述,而姚斯的接受史模式和伊瑟尔的效应美学纲领最为引人注目。当然,这些人不都全在康士坦茨大学任教,而是这一研究方向的志同道合者。接受美学是德国给予世界的最著名的文学研究创新之一,也是20世纪中期以来文学方法论研究中被讨论最多、影响最大的理论之一,有学者视之为"学术共同体生产的销路最好的产品"[1]。

与传统的生产美学不同,接受美学不是通过揭示作品的生成条件或作者意图来呈现文本含义。作者意图之所以失去其重要性,是因为作者在其作品被阅读时已不在场,因而不再能够决定文本的实际意义。作品同作者的分离,使文本成为"开放的作品"[2],因不同的状况而获得新的含义,不再能简单地用作者意图来归纳。按照接受美学的看法,文学文本始终需要读者才能被激活。从根本上说,阅读行为才能兑现文本含义。唯其如此,文学文本不是本体的,而要在其接受事实中才可被描述。作品在不同的阅读过程中获得意义,因而允许多种阐释,具有多种含义,而不是只有一种"真确"的含义。接受美学力图以此告别所谓文学作品之唯一正确阐释的说法。也就是说,不同接受语境总能赋予不变的文本以可变的意境。告别作者并强调文本的阐释必要性,作者不再是研究的中心,意义或关联不再被看作文本的特色,它们只存在于接受者的创造性接受之中。接受美学以此赋予长期未受重视的读者以中心地位,"阅读行为"才是关键所在。

康士坦茨学派的理论家认为,他们不但发现了真实的读者或具有建构意义的读者,也看到了(如前所说)作品内涵美学或马克思主义美学的缺陷,即喜于把多义的文学文本与诸多含义或阐释中的一种画等号,并将之同"审美对象"(穆卡洛夫斯基)相混淆。姚斯和伊瑟尔拒绝这种审美和语义上的化约,批判凯塞尔的"正确阐释"说,抨击马克思主义者的黑格尔主义为了寻觅文本之原本的、真正的意义而做出的辩证唯物主义转向,后者竭力搜寻艺术作品的社会生产条件和历史意义("为什么"和"是什么")。姚斯和伊瑟尔则探究多义的作

---

[1] 霍拉勃:《接受理论》,周宁、金元浦译,沈阳:辽宁人民出版社,1987年,第281页。

[2] 参见艾柯:《开放的作品》,米兰:Bompiani,1962年。(Umberto Eco, *Opera aperta*, Milano: Bompiani, 1962.)

品在历史接受过程中发展起来的效应潜能。与传统的生产美学相比，接受美学强调文学作品的对话性，其考察方法建立在解释学逻辑和解释学方法之间的问答基础上，以呈现从作品到接受者、效应和接受的转换过程。在姚斯和伊瑟尔看来，接受过程直接与接受者的教养、期待、理解、性情和趣味有关。阐释或领会属于创造意义的"审美体验"，不可能只是主观印象的必然结果。除了社会文化规定性之外，阐释或领会也是受文本的特定品质和结构操控的感受过程。① 接受美学的各种尝试以及它所引起的反响可以见出，不管是赞成还是反对这一研究模式，我们常能见到康德美学或黑格尔美学的影响，也就是崇尚文学的表达形式与信守真理概念之间的对立；前者确信文本的多义性，后者坚守文本之原本的、明确的意义。有人坚守一端，有人从一端走向另一端，也有人介于二者之间；而一些理论中出现的矛盾，也常是康德主义和黑格尔主义之间的矛盾。

接受美学并非一种自足的研究范式，它依赖于同其他学科和学派的合作。这当然不能视为接受美学的缺陷，跨学科研究确实能够带来独特的成果。为了对往昔的文本模式进行"客观"补充，语言语用学、符号学、文本理论和解释学都看到了理解型接受和描述性分析的关系，接受的交往功能逐渐引起人们的关注。这体现在雅格布森的"接受者"（addressee）概念之中，亦见之于艾柯所说的符码的内涵和外延，以及伽达默尔解释学对文本的"前理解"（Vorverständnis）与创造性行为的辩证关系的论述②，或施密特的文本理论将语言产品及其接受看作特定情境中的交流游戏③。接受研究在20世纪60年代末期来势汹涌，并在后来的二三十年中如日中天。康士坦茨学派接受美学的丰富多彩的渊源，可以追溯到俄国形式主义和布拉格结构主义（穆卡洛夫斯基的"审美客体"），英伽登的现象学文学理论，伽达默尔解释学中关于理解的历史性如何上升为解释学原

---

① 参见姚斯：《文学史对文学研究提出的挑战》，第175页。
② 参见伽达默尔：《诠释学I：真理与方法》，洪汉鼎译，北京：商务印书馆，2007年，第364—367页。
③ 参见施密特：《文本理论——语言交流的语言学问题》，慕尼黑：Fink，1973年。(Siegfried J. Schmidt, *Texttheorie. Probleme einer Linguistik der sprachlichen Kommunikation*, München: Fink, 1973.)

则的论述、或理解的主观规定性命题。

二 伽达默尔：效应史意识，视野融合，开放的艺术作品

（一）"效应史"与审美"共时性"

姚斯的"接受美学"所倡导的文学文本阐释方法，建立在伽达默尔解释学的基础上，这是学界大多数人的共识。但也有人认为，伽达默尔对接受理论所产生的影响，"颇有反讽之意"，因为影响源自"误解"。而误解的一个重要原因是，伽达默尔的解释学更属于哲学范畴。① 这种观点显然不足为凭。文学或文学研究与哲学的关系，是一个无须多加论证的问题。就伽达默尔而言，从最初对哲学发生兴趣开始，关注艺术体验与哲学的联系是他一生思想的中心问题。② 所谓"反讽之意"，更是言过其实。我们或许可以参照伊格尔顿的结论，它虽有夸张之嫌，但也不乏卓见，或曰恰切的问题意识："与伽达默尔的主要研究著作《真理与方法》（1960）一起，我们就是处在那些从未停止过折磨现代文学理论的种种问题之中。一个文学文本的意义是什么？作者的意图与这一意义究竟在多大程度上相关？我们能够希望理解那些在文化上和历史上对我们都很陌生的作品吗？'客观的'理解是否可能？还是一切理解都与我们自己的历史处境相关？我们将会看到，在这些问题中，有待解决的远远不止一个'文学解释'。"③

的确，乍看有些不可思议，恪守哲学之真理概念并坚信艺术作品之真理蕴涵的伽达默尔，居然成为反对审美意识概念化的接受理论的"担保人"。伽达默尔在《真理与方法》"第3版后记"（1972）中对艺术作品"不变性"的论述，或许会让研究姚斯理论的人感到惊讶：伽达默尔认为，就本源而言，作品都同某种已经过去的生活相关。关联性就在作品之中，作品本身就是关联。与艺术活动顺应社会的变化相

---

① 参见霍拉勃：《接受理论》，第325页。
② 参见约翰逊：《伽达默尔》，何卫平译，北京：中华书局，2003年，第22页。
③ 伊格尔顿：《二十世纪西方文学理论》，伍晓明译，北京：北京大学出版社，2007年，第64—65页。

比，解释学所建构的艺术作品，其自身的统一性是不变的，作品的既存内涵是"恒久不变"的。戈德曼的理论可以让人看到，马克思主义文学观也笃信这种不变性。① 如戈德曼那样有着黑格尔主义倾向的马克思主义者之所以信守这种不变性，是因为他们坚信文学文本记录了特定历史阶段的意识形式；写下的意识形式，本身不会发生含义的变迁。

接受美学的代表人物当然不会赞同伽达默尔对文本不变性的辩词。接受美学解释学所捍卫的，正是作品的多义性和含义变迁，反对黑格尔主义和马克思主义的明确性亦即单义性，反对用概念去化约文学作品的真实状况。姚斯认为文本的不变性只是表面现象，历史地理解和阐释文本是无法回避的。正是在文本与历史的关联中可以见出，姚斯借鉴伽达默尔的学说不是生拉硬拽。这里存在如何理解伽达默尔"不变性"观点的问题。换言之，只看到他的"不变性"观点而忽略其对艺术接受的洞见，显然是片面的。比如，伽达默尔对"效应史"的研究及其审美"共时性"学说，都为接受美学提供了丰富的理论资源。姚斯的论文《文学研究中的范式转换》（1969）开篇便说："方法不是从天上掉下来的，而是从历史中生发的。"② 一种新的理论总会造就自己的先驱。如果我们不往前追溯到亚里士多德或康德的话，伽达默尔便是德国接受美学的先驱之一。

与戈德曼式的马克思主义者不同，伽达默尔从不相信文学文本的结构与实际社会和群体的思想结构是 homolog（同源的、同质的、相似的）。与黑格尔主义者相反，伽达默尔在不否认原始文本不变性的同时，力图从诠释学角度来考察文本的多义性及其含义变化："我根本没有否认，艺术品在它的时代和世界中的表达方式［……］也规定了它的意义，亦即规定了它如何向我们说话的方式。这就是效果历史意识的要点，即把作品和效果作为意义的统一体进行考虑。我所描述的视域融合就是这种统一的实现形式，它使得解释者在理解作品时不把他

---

① 参见伽达默尔：《真理与方法·第3版后记》（1972），《诠释学 II：真理与方法》，洪汉鼎译，北京：商务印书馆，2007年，第580页。

② 姚斯：《文学研究中的范式转换》，载《语言学通讯》第3辑，1969年，第44页。（Hans Robert Jauß, "Paradigmawechsel in der Literaturwissenschaft", in: *Linguistische Berichte* H. 3. 1969, 44-56.）

自己的意义一起带入就不能说出作品的本来意义。"① 在伽达默尔看来，理解按其本性乃是一种"效应史"（Wirkungsgeschichte）："每当一部作品或一个传承物应当从传说和历史之间的朦胧地带摆脱出来而让其真正意义得以清楚而明晰地呈现时，我们总是需要这样一种效果历史的探究。"② 伽达默尔尤为关注的"效应史意识"（wirkungsgeschichtliches Bewußtsein），不是探究一部作品产生效应的历史，而是指作品本身产生效应，理解被证明为效应。③ 我们所有的历史理解都受到效应史意识的规定，它是理解和解释时的主导意识，我们时刻都可能从源自过去并传承给我们的东西中理解自己。④ 领会一部作品，

  并不是对流传下来的文本的纯粹摹仿或者单纯重复，而是理解的一种新创造。如果我们正确地强调一切意义的自我关联性（Ichbezogenheit），那么就诠释学现象来说，它就意味着如下意思，即传承物的所有意义都在同理解着的自我的关系中——而不是通过重构当初那个自我的意见——发现那种它得以被理解的具体性。⑤

我们暂且撇开文本含义与读者或阐释者所看到的含义之间的关系这一重要问题不谈，这里的一个显而易见的、看似龃龉的现象是，伽达默尔一方面同戈德曼一样恪守文本的不变性；后者确实不遗余力地重构历史文本的本真含义。另一方面，伽达默尔又同姚斯一样拒绝承认历史文本的本真含义，因为"我们不能把文本所具有的意义等同于一种一成不变的固定的观点"⑥，"历史视域不可能只为自己设定"⑦。他把含义变迁看作原先视域和目前视域的融合：

---

① 伽达默尔：《真理与方法·第3版后记》（1972），《诠释学 II：真理与方法》，第577页。
② 伽达默尔：《诠释学 I：真理与方法》，第408页。
③ 伽达默尔：《诠释学 I：真理与方法》，第463页。
④ 参见伽达默尔：《历史的连续性和存在的瞬间》（1965），《诠释学 II：真理与方法》，第170页。
⑤ 伽达默尔：《诠释学 I：真理与方法》，第637—638页。
⑥ 伽达默尔：《诠释学 I：真理与方法》，第524页。
⑦ 伽达默尔：《真理与方法·第3版后记》（1972），《诠释学 II：真理与方法》，第577—578页。

虽说古典悲剧是为某种固定场景而写作并在某种社会时代演出，但它并不像戏剧道具那样只是被规定为某种一次性的运用，或者在此期间停留在库房里等着新的运用。古典悲剧能够重复上演并经常作为文本被阅读，这当然并不是出自历史的兴趣，而是因为它一直在说话。①

除了"效应史意识"之外，最能给姚斯的理论提供理据的，或许是伽达默尔提出的审美"共时性"(Simultaneität)或"同时性"(Gleichzeitigkeit)概念。审美意识的共时性特征，是指艺术的一个基本时间结构：它能够连接过去和现在，即过去不只是历史，也是当下在场。"复现"(Wiederholung)和"同时性"则是这一时间结构的主要特点。伽达默尔的出发点是，艺术作品就是游戏，即艺术需要表现并依赖于表现。② 一方面，尽管艺术作品在其表现过程中会发生变异，但它仍然是其自身，表现具有复现同一东西的性质；另一方面，复现并不是把某样东西按其原本的意义表现出来，所有复现其实都是原本的。伽达默尔以节日庆典为例来说明这一"最神奇的时间结构"：每次节日庆典活动都是一种重复，至少定期节日如此，比如圣诞节。每次庆祝的并不是一个新的节日，也不是对早先的一个节日的回顾。由此，节日的时间结构和时间经验并不只是复现，它具有同时性，是一种独特的现在。一次次进行的是同一个节日庆典，却总是同时存在异样的东西。③ 艺术的时间结构也是如此：作品还是同一件作品，但它对接受者来说总是当下在场④，它对每个时代都具有同时性：

---

① 伽达默尔：《真理与方法·第3版后记》(1972)，《诠释学 II：真理与方法》，第578页。

② 参见伽达默尔：《美的现实性——作为游戏、象征和节日的艺术》(1974)，《美学与诗学 I：艺术是陈说》(《伽达默尔选集》之八)，图宾根：Mohr Siebeck，2001年，第94—142页。(Hans-Georg Gadamer, "Die Aktualität des Schönen: Kunst als Spiel, Symbol und Fest", in: *Gesammelte Werke 8. Ästhetik und Poetik I. Kunst als Aussage*, Tübingen: Mohr Siebeck, 2001.)

③ 参见伽达默尔：《诠释学 I：真理与方法》，第172—174页。

④ 强调作品的当下存在，莫过于贝克尔(Oskar Becker)的那种偏激的、有关审美体验之绝对瞬间性的观点：它现在是这部作品，它现在已不再是这部作品。(参见伽达默尔：《诠释学 I：真理与方法》，第135页。)

以文字形式传承下来的一切东西对于一切时代都是同时代的。在文字传承物中具有一种独特的过去和现在并存的形式，因为现代的意识对于一切文学传承物都有一种自由对待的可能性。①

所谓文学其实都与一切时代有一种特有的同时性。所谓理解文学首先不是指推知过去的生活，而是指当代对所讲述的内容的参与。［……］因此，以文字形式固定下来的东西就在所有人眼前提升到一种意义域之中，而每一个能阅读它的人都同时参与到这个意义域之中。②

在重新唤起文本意义的过程中，解释者自己的思想总是已经参与了进去。就此而言，解释者自己的视域具有决定性作用。③

（二）黑格尔和康德之间，或"开放的艺术作品"

要回答伽达默尔为何一方面坚信文本的不变性，另一方面又强调艺术接受的共时性亦即复现的独特性这个问题，就必须弄清他介于康德和黑格尔之间的解释学立场。这一立场或许可以粗略地勾勒如下：伽达默尔虽然立足于黑格尔主义的传统，信守真理概念以及由此生发的审美真理概念，但他同康德一样声称，艺术作品不能用概念来归纳。他在这里既偏离了黑格尔又偏离了康德，而是借鉴了他的老师海德格尔的理论和浪漫派的观点，认为艺术真理胜于科学思维，超越了概念的范畴，因而不能用科学方法来衡量。他反诘说："在艺术中难道不应有认识吗？在艺术经验中难道不存在某种确实是与科学的真理要求不同、同样确实也不从属于科学的真理要求的真理要求吗？"④ 伽达默尔不但坚信艺术中存在真理，拒绝唯科学论用真理把艺术拒之门外的做法，而且显然更看中"艺术真理"或"审美真理"，至少认为艺术中的真理并不亚于科学真理。

伽达默尔对黑格尔和康德的批判接受以及他的真理概念表明，他对文学艺术的看法其实完全不同于戈德曼的观点，这见于他在《真理

---

① 伽达默尔：《诠释学Ⅰ：真理与方法》，第 526 页。
② 伽达默尔：《诠释学Ⅰ：真理与方法》，第 528—529 页。
③ 伽达默尔：《诠释学Ⅰ：真理与方法》，第 524 页。
④ 伽达默尔：《诠释学Ⅰ：真理与方法》，第 137—138 页。

与方法》中对康德和黑格尔的批判性评论。与"按照科学的认识概念和自然科学的实在概念来衡量认识的真理"① 的康德不同，伽达默尔把艺术经验也理解为真理经验。为了反驳康德的不可知论，他援引黑格尔《美学讲演录》中的论说并写道："在那里，一切艺术经验所包含的真理内容都以一种出色的方式被承认，并同时被一种历史意识去传导。美学由此就成为一种在艺术之镜里反映出来的世界观的历史，即真理的历史。"② 不过，伽达默尔在这一赞赏性评论之后，亦对黑格尔关于哲学知识和概念真理终究高于艺术真理经验的观点提出了批评。伽达默尔认为，艺术真理概念是无法从逻辑或科学概念中导引而出的。"只要概念真理由此成了万能的，并且在自身中扬弃了所有经验，黑格尔哲学就同时否认其在艺术经验中所认可的真理之路。"③ 另一方面，康德固然做得不错，划分美的范畴同概念性认识的界线，并以此来规定美和艺术的现象，但他忽视了审美的认识功能："这与保留概念性认识的真理概念相关吗？难道我们不可以承认艺术作品有真理吗？"④ 换一种反问："难道我们必须否认审美'体验'概念有与感知相适应的东西吗，也就是说，我们必须否认审美体验也陈述了真实的东西，因而与认识有关联吗？"⑤ 在伽达默尔眼里，真理体验对艺术来说也是至关根本的，只是它在性质上不同于哲学和科学中的真理体验。

伽达默尔与康德保持距离，因其判断力观点排除了艺术的认识功能和艺术作品的真理蕴含。然而，他在反对用概念化约文学艺术时，又在向康德靠近。要理解这种靠拢康德的做法，则需要联系黑格尔思想体系在19世纪下半叶遭遇危机时的青年黑格尔派的立场。伽达默尔本人正是在这一语境中谈论当初"回到康德去"的口号的，亦即19世纪中叶对黑格尔学派之教条的公式主义的反感和拒绝。⑥

当然，我们不能把"回到康德去"同伽达默尔的立场相提并论，他更多地是穿梭于黑格尔和康德之间，坚信艺术是真理的源泉，却又

---

① 伽达默尔：《诠释学Ⅰ：真理与方法》，第138页。
② 伽达默尔：《诠释学Ⅰ：真理与方法》，第138页。
③ 伽达默尔：《诠释学Ⅰ：真理与方法》，第139页。
④ 伽达默尔：《诠释学Ⅰ：真理与方法》，第63页。
⑤ 伽达默尔：《诠释学Ⅰ：真理与方法》，第128页。
⑥ 参见伽达默尔：《诠释学Ⅰ：真理与方法》，第87页。

是多义的、可以阐释的。伽达默尔审美理论的康德主义色彩只是在于，它在坚守艺术作品之真理蕴含的普遍有效性的同时，抓住艺术作品的多义性不放。他在《美学与解释学》（1964）一文中写道："康德在论述趣味判断时言之有理，趣味判断应当具有普遍有效性，尽管不能通过论证来强迫人们承认这一点。这也见之于对艺术作品的所有阐释，既表现在从事再生产的艺术家或读者的阐释之中，也体现于学术上的阐释。"接着这一话题，他探讨了"始终对新观点开放的艺术作品"。①

> 我们称之为艺术品的作品在其产生之时，难道不是一个膜拜空间或社会空间中有意义的生活功能的载体，并只在那个空间具有其完整的确定含义吗？我现在觉得，问题也可以反过来提。一件产生于过去或陌生的生活世界的艺术品，它在进入我们这个受特定历史影响的生活世界之后，难道不是成了纯粹的审美和历史享受的客体，并不再说出它原来能够说的东西吗？②

在"开放的艺术作品"这个问题上，伽达默尔不仅认同和发展了穆卡洛夫斯基和伏迪卡的审美理论，而且预示出康士坦茨接受美学的基本思想，即文学文本的含义变化在于其可阐释性和可具体化。接受美学代表人物的立足点，在很大程度上同伽达默尔所说的文本的"含义过剩"（Sinnüberschuß）有关，后者对此的解释是："含义过剩使其不可穷尽，这是它了不起的地方，胜过任何概念转换。"③ 出于各种审美康德主义所共有的对艺术表述的推重，伽达默尔在其晚期著述中怀疑文学的可译性便是不足为奇的了，他甚至直截了当地宣称"诗的不可译性"④。

---

① 伽达默尔：《美学与解释学》（1964），《美学与诗学Ⅰ：艺术是陈说》（《伽达默尔选集》之八），图宾根：Mohr Siebeck，2001 年，第 2 页。（Hans-Georg Gadamer, "Ästhetik und Hermeneutik", in: *Gesammelte Werke 8. Ästhetik und Poetik I. Kunst als Aussage*, Tübingen: Mohr Siebeck, 2001.）
② 伽达默尔：《美学与解释学》，第 2 页。
③ 伽达默尔：《美学与解释学》，第 7 页。
④ 伽达默尔：《语词的艺术》（1981），《美学与诗学Ⅰ：艺术是陈说》（《伽达默尔选集》之八），图宾根：Mohr Siebeck，2001 年，第 252 页。（Hans-Georg Gadamer, "Die Kunst des Wortes", in: *Gesammelte Werke 8. Ästhetik und Poetik I. Kunst als Aussage*, Tübingen: Mohr Siebeck, 2001.）

与这种在语言层面上论证审美自律形成互补的是《真理与方法》中的现象学探讨。伽达默尔试图阐明艺术作品如何创造自己的现实、自身的世界,因此,模仿、假象、虚构、幻觉、巫术、梦幻等概念,都无法恰当地描述艺术创作。艺术是不能从它与现实的关联去理解的,它只能被看作自足的现象:"现在对审美经验的现象学还原却表明,审美经验根本不是从这种关联出发去思考的,而是审美经验在其所经验的东西里看到了真正真理。"① 显然,不仅是布拉格结构主义,还有胡塞尔的现象学,都给伽达默尔提供了充实经典自律理论的论据。

伽达默尔认为审美真理是多义的,并因此而超出了原来的历史视野:"艺术作品的现实性和表现力,不只局限于其原本历史视野。"②诚然,对当初的创作者和接受者来说,其历史视野基本上是同时的、同步的。然而,艺术体验则更多地属于另一种情形:艺术作品有其自身的现实,它的历史起源只是很有限地保存着;尤其是今人所看到的作品中的真实性,决不会同原作者的想法相吻合。③ "对于伽达默尔来说,一部文学作品的意义从未被其作者的意图所穷尽;当一部文学作品从一个文化和历史语境传到另一文化历史语境时,人们可能会从作品中抽出新的意义,而这些意义也许从未被其作者或其同时代的读者预见到。"④

伽达默尔的观点,旨在表明审美真理的历史规定性,它是一个周而复始的问答过程:一方面,我们要把文学文本理解为对作品产生时期的特定问题的回答;另一方面,作品能对我们"说"些什么,也取决于我们对它提出的问题。伽达默尔的出发点来自科林伍德的一个命题,即我们只能理解被我们视为问题之答案的东西:"理解一个问题,就是对这问题提出问题。理解一个观点,就是把它理解为对某个问题的答案。"⑤ 换言之,"发现新问题,使新回答成为可能,这些就是研究者的任务"⑥。因此,伽达默尔一再强调"问题"在解释学中的优先

---

① 伽达默尔:《诠释学 I:真理与方法》,第 119 页。
② 伽达默尔:《美学与解释学》,第 1 页。
③ 参见伽达默尔:《美学与解释学》,第 1 页。
④ 伊格尔顿:《二十世纪西方文学理论》,第 69 页。
⑤ 伽达默尔:《诠释学 I:真理与方法》,第 509 页。
⑥ 伽达默尔:《什么是真理?》(1957),《诠释学 II:真理与方法》,第 62 页。

性。① 用于对文学艺术的理解，首先要发现传承下来的作品呈现在解释者面前的问题，即作品所引发的问题，以及作品本身如何回答问题。对一部过去作品的理解，就是过去和现在的对话。

问题意识亦即发现和重构问题是关键所在，且不能停留于原本历史视野。② 这就涉及解读者自己的视野。也就是说，被重建的、从陌生的生活世界"唤回的生命，并不是原来的生命"③。在此，伽达默尔完全继承了海德格尔的"先在结构"（Vorstruktur，或译"前结构"）概念。针对世人竭力宣扬克服 Vorurteil（"成见""前见""前判断"），海德格尔在其《存在与时间》中宣称，正是 Vorurteil 才使理解成为可能，它本身就是历史现实，先在判断是理解的先在条件。当然，真正的理解之首要的、经常的、最终的任务是，"不让向来就有的前有（Vorhabe）、前见（Vorsicht）和前把握（Vorgriff）以偶发奇想和流俗之见的方式出现，而是从事情本身出发处理这些前有、前见和前把握，从而确保论题的科学性"④。至关紧要的是，如何将重被解读的文本运用于自己所处的历史语境：历史地考察文本的现实性，并更新其真理内涵。这种视野融合能够调适"原先和目前的距离"⑤。正是"视野融合"（Horizontverschmelzung），后来成为接受美学的一个重要原则。

（三）"视野融合"和"理解的循环"

伽达默尔的解释学区分了三种互补过程：理解、阐释、应用。这里具有决定性意义的是，脱离接受者的立场便无法理解一部文学作品或一个历史事件：我无法说出文本在我的理解之外的意思；我只能说出我所理解的文本意义。这是狄尔泰早在《解释学的起源》（1900）中就已说过的："在外部赋予其含义的符号中见出内在的东西，我们称这

---

① 参见伽达默尔：《诠释学 I：真理与方法》，第 491—513 页。
② 参见伽达默尔：《诠释学 I：真理与方法》，第 501—502 页。
③ 参见伽达默尔：《诠释学 I：真理与方法》，第 234 页。
④ 海德格尔：《存在与时间》，转引自伽达默尔《诠释学 I：真理与方法》，第 363 页。
⑤ 伽达默尔：《真理与方法·第 3 版后记》（1972），《诠释学 II：真理与方法》，第 578 页。

个过程为理解。"① 这种理解是同个人的具体情况分不开的："理解有不同的程度。各种程度首先是由兴趣决定的。兴趣受到限制，理解亦当如此。"② 狄尔泰把理解的最高层次亦即"艺术上的理解"③ 称为阐释，并把它看作语言文学研究的主要活动。伽达默尔正是循着狄尔泰的思路，在《真理与方法》中将直观领悟与语言文学上的阐释联系在一起，探究"语言性和理解之间的根本联系"④，认为"这整个理解过程乃是一种语言过程"⑤。故此，阐释可被直接界定为语文学的行为和语言上的把握，语言形式则是其基本形式：

> 一切理解都是解释，而一切解释都是通过语言的媒介而进行的，这种语言媒介既要把对象表述出来，同时又是解释者自己的语言。⑥

对于伽达默尔所论述的理解与解释及其各种要素，亦有学者做过深入探讨。他们也看到"理解"和"解释"各尽其能、各有所见，但是不认同伽达默尔介于黑格尔和康德之间的立场，即一方面信守作品（文本）的本来意义，一方面确信作品（文本）的多义性，从而给解释提供了可能，并在新旧视域的融合中生发新的意义。赫施的代表作《解释的有效性》（1967）是对伽达默尔思想的挑战。他对语言符号决定的文本"含义"（meaning）和随历史变化的文本"意义"（significance）做出区分，强调作者所创造的"含义"具有超越历史的有效性；不可否定"意义"的历史性，但"意义"往往因人而异，离不开个人领会，不能看作客观有效的"解释"。⑦ 赫施以此反对伽达默尔解释学的"理解即解释"或"理解即效应"。施特劳斯亦将"理解他人

---

① 狄尔泰：《解释学的起源》，《狄尔泰选集》之五，哥廷根：Vandenhoeck & Ruprecht, 1961 年，第 318 页。（Wilhelm Dilthey, "Die Entstehung der Hermeneutik" (1900), in: *Gesammelte Schriften Bd. V*, Göttingen: Vandenhoeck & Ruprecht, 1961.）
② 狄尔泰：《解释学的起源》，第 319 页。
③ 狄尔泰：《解释学的起源》，第 319 页。
④ 伽达默尔：《诠释学 I：真理与方法》，第 545 页。
⑤ 伽达默尔：《诠释学 I：真理与方法》，第 518 页。
⑥ 伽达默尔：《诠释学 I：真理与方法》，第 525 页。
⑦ 参见赫施：《解释的有效性》，王才勇译，上海：上海三联书店，1991 年。

之言"分为"解释"（interpretation）和"阐明"（explanation）两种，前者"试图确定言说者之所言，以及言说者实际上如何理解其所言，无论对此是否明言"，后者则"试图确定其未被言说者所意识到的含义"。① 他认为，对于过去的文本，必须相信作者的意图比表面上更复杂。并且，每部作品都是独一无二的，要用只适合于它的方法来解读，不存在一种适合于阅读所有文本的解释方法。另外，时代的差异并不必然意味着遭遇和感受的差异，作者和读者的交往是在"同情"和"同感"的基础上进行的。② 显然，赫施和施特劳斯都强调作者意图和文本的重要性，而所谓视域融合或阅读效应在他们眼里都不具有确定性和有效性。

在伽达默尔看来，理解的实用意义便是应用，"理解总是包括一种运用因素"③。理解某一文本，总是意味着把这一文本运用于我们自己。④ 只有把文本产生时的历史视野同接受者的历史视野相融合，才有运用可言。然而，这里所说的应用，并不是马克思主义意义上的"理论联系实际"式的应用，而是个人视野（读者视野）与历史视野（文本视野）的融合。"艺术从不只是逝去了的东西，艺术能够通过它自身的现时意义（Sinnpräsenz）去克服时间的距离。"⑤ 换言之，"阅读的理解并不是重复某些以往的东西，而是参与了一种当前的意义"⑥。这样才能认识解释学思考自身的历史性。因为"视野"说到底"属于处境概念"⑦，所以视野融合并不是幼稚地、不假思索地把过去和现在连在一起，而是充分把握新与旧之间的张力。解释学的任务在于，不是以天真的调适去遮蔽这种张力，而是有意识地呈现张力。⑧ 只有认识二者之间的实质区别，才能钩深索隐，领略生疏的往昔，实

---

① 列奥·施特劳斯：《如何研读斯宾诺莎的〈神学—政治论〉》，张宪译，载刘小枫、陈少明主编《阅读的德性》，北京：华夏出版社，2006 年，第 28 页。
② 关于列奥·施特劳斯对解释学的批评，详见于他与伽达默尔的通信，参见刘小枫编《回归古典政治哲学——施特劳斯通信集》，朱雁冰、何鸿藻等译，北京：华夏出版社，2006 年。
③ 伽达默尔：《诠释学 I：真理与方法》，第 544 页。
④ 参见伽达默尔：《诠释学 I：真理与方法》，第 536—537 页。
⑤ 伽达默尔：《诠释学 I：真理与方法》，第 232 页。
⑥ 伽达默尔：《诠释学 I：真理与方法》，第 530 页。
⑦ 伽达默尔：《诠释学 I：真理与方法》，第 411 页。
⑧ 参见伽达默尔：《诠释学 I：真理与方法》，第 517 页。

现历史进程中的各种视野之间的沟通，在历史与现实、你与我的调适中获得理解。各种视野不是彼此无关的，新旧视野总是不断地结合在一起。"理解其实总是这样一些被误认为是独立存在的视域的融合过程。"① 换一种说法：关键是把握过去的特定历史状况中的陌生之处，即陌生的语言的陌生的过去，而不是主观地将之化约为当前的、熟悉的东西。接受者应当努力熟悉和体味陌生的东西，并以此拓宽自己的视野，挖掘自我意识的历史深度。

这就形成了"理解的循环"。对陌生事物的把握，意味着"意义期待会得到改变，而文本则会在另一种意义期待之下结合进一个意义统一体。理解的运动就这样不断地从整体到部分，又从部分到整体"②。在伽达默尔看来，部分和整体的循环是所有理解的基础。单个因素不应凭借个人的经验来品味，必须置于文本的整体语境来理解，而文本又必须联系文类，文类又必须放在历史的总体语境中来考察。"从根本上说，理解总是处于这样一种循环中的自我运动，这就是为什么从整体到部分和从部分到整体的不断循环往返是本质性的道理。而且这种循环经常不断地在扩大，因为整体的概念是相对的，对个别东西的理解常常需要把它安置在愈来愈大的关系之中。"③ 自尼采和胡塞尔起，"视野"④ 概念便带上了变更和扩展的含义⑤，伽达默尔也是在这个意义上借用了这一术语："视域其实就是我们活动于其中并且与我们一起活动的东西。视域对于活动的人来说总是变化的。"⑥

从以上论述可以见出，伽达默尔强调的是早已见之于早期浪漫派的理解的技巧（subtilitas intelligendi）、解释的技巧（subtilitas explicandi）和应用的技巧（subtilitas applicandi）⑦，即具体的、历史的、现实的理解、解释和应用，而且三者是"根本不可能分开的"⑧。现代解释

---

① 伽达默尔：《诠释学 I：真理与方法》，第 416 页。
② 伽达默尔：《论理解的循环》（1959），《诠释学 II：真理与方法》，第 67 页。
③ 伽达默尔：《诠释学 I：真理与方法》，第 263 页。
④ 在"接受美学"的译文和研究文章中，德语概念 Horizont 的中文译法有"视域""视阈""视野"等，即不同译法均指同一个德语概念，本文采用"视野"之译。
⑤ 参见伽达默尔：《诠释学 I：真理与方法》，第 411 页。
⑥ 伽达默尔：《诠释学 I：真理与方法》，第 414 页。
⑦ 参见伽达默尔：《诠释学 I：真理与方法》，第 417—418 页。
⑧ 伽达默尔：《古典诠释学和哲学诠释学》（1968），《诠释学 II：真理与方法》，第 130 页。

学的鼻祖施莱尔马赫关注的是"对艺术作品所属的'世界'的重建,对原本艺术家所'意指'的原来状况的重建"①。他的名言是"比作者理解他自己更好地理解作者"②。伽达默尔对此的解释是:"创造某个作品的艺术家并不是这个作品的理想解释者。艺术家作为解释者,并不比普遍的接受者有更大的权威性。"③ 然而,伽达默尔追求的是(如前所述)揭示过去和现在的意义之间的张力。他所继承的显然不是施莱尔马赫式的"重构",而是黑格尔式的"综合"。④ 他赞同黑格尔的说法,即"历史精神的本质并不在于对过去事物的恢复,而是在于与现时生命的思维性沟通"⑤。

三 姚斯:以读者为中心的文学史研究

(一)作为文学解释学的接受美学:从伽达默尔到姚斯

姚斯力图借助伽达默尔的解释学,把文学作品置于其历史语境和历史视野之中,考察作品本身的历史视野与历史进程中的读者之不断变化的视野之间的关系,目的是创建一种新的文学史。在他看来,鉴于文学史能够使我们把过去的意义视为当下审美体验的一部分来理解,它就应当成为文学研究的中心。伽达默尔认为,对艺术作品的理解总是离不开历史的中介,艺术作品从不只是逝去的东西,它能通过其现时意义克服时间的距离。⑥ 历史与美学就这样被联系在一起了。

在著名论战著述、接受美学的代表作《文学史对文学研究提出的挑战》(1967)中,姚斯十分自信地要凭借以读者为中心的文学史向作品内涵分析的"自律美学"(Autonomieästhetik)和马克思主义者的"生产美学"(Produktionsästhetik)提出挑战,他说:"要更新文学史,

---

① 伽达默尔:《诠释学I:真理与方法》,第265页。
② 伽达默尔:《诠释学I:真理与方法》,第233页。
③ 伽达默尔:《诠释学I:真理与方法》,第266页。
④ 参见伽达默尔:《诠释学I:真理与方法》,第230—237页:"作为诠释学任务的重构和综合。"
⑤ 伽达默尔:《诠释学I:真理与方法》,第237页。
⑥ 参见伽达默尔:《诠释学I:真理与方法》,第232页。

就要摈弃历史客观主义的成见,以接受美学和效应美学取代传统的生产美学和表现美学。"① "读者对文学作品的经验"② 应当成为文学史和整个文学研究的新基石。

《挑战》是姚斯在康士坦茨大学的教授就职演说,讲演稿的原标题是《研究文学史的意图是什么、为什么?》,强调文学史编撰是历史和美学的融会。两年之后,姚斯为了突出其研究设想的理论高度,提出了"文学研究中的范式转换",建议用接受美学这一范式来取代"经典范式""历史主义"的各种范式和文学的"内部研究"范式。③姚斯或许是第一个在文学研究中成功采纳美国科学史家、科学哲学家库恩思想的人,这里涉及的当然不是库恩的"范式"概念在社会科学中的运用可能性问题,④ 而是姚斯所倡导的读者视野的审美意义。库恩的科学革命概念在1960年代后期的德国学界风靡一时,尤其是年轻学者和大学生热衷于此,这为康士坦茨学派的标新立异提供了良好的土壤,并很快确立了接受美学的先锋地位。当然,姚斯主要借鉴的是伽达默尔的解释学方法。他说:

> 伽达默尔有关解释经验的理论、这种理论在人道主义主导概念史中的历史再现、他的从历史影响的角度来考察通向全部历史理解的途径的原理,以及对可加控制的"视野融合"过程的精细描述,都毋庸置疑地成为我的方法论的前提。如果没有这些前提,

---

① 姚斯:《文学史对文学研究提出的挑战》,第171页。
② 姚斯:《文学史对文学研究提出的挑战》,第171页。
③ 姚斯在《文学研究中的范式转换》(《语言学通讯》第3辑,1969年,第44—56页)一文中,诊断了文学研究的危机,再次强调了自己的"读者文学史"设想。在他看来,危机来自只重视作者、不关注读者的研究倾向;然而,读者在文学史中起着决定性的作用。姚斯尤其批判了当时还在盛行的作品内涵研究,诟病它孤立地考察作品,把非文学因素完全排除在外。因此,他提出文学研究的范式转换。他在该文中简要阐释了此前的三种范式:第一种范式是源于文艺复兴的人文主义,它后来被历史主义这第二种范式所取代,第三种范式是内部研究,即只从事作品内涵研究的美学。姚斯虽未明确提出"接受美学"就是新的范式,但他的论述结论是显而易见的。关于姚斯提出的"范式转换",亦可参见霍拉勃:《接受理论》,第275—297页。
④ 库恩最著名、最有影响的代表作《科学革命的结构》(1962)发表以后,他的"范式"概念很快便超出了其在科学理论中的价值和意义,在各种解释世界现象的模式中被广泛运用。

我的研究是不可想象的。①

姚斯将伽达默尔的解释学为己所用，提出了以读者为中心的文学史方案。然而，他的考察方法与伽达默尔的方法是有区别的，例如他对历史的更为明显的怀疑态度。伽达默尔的一个明确立场是，不管语文学家或历史学家具有多少批判精神，他们无法脱离自己身在其中的历史整体语境。这是他反驳哈贝马斯的意识形态批判时强调指出的：历史学家，甚至批判理论的历史学家，很难摆脱延续至今的传统（例如民族国家的传统）。不仅如此，他们其实是在不断介入已经形成和还在形成的传统。② 与伽达默尔所坚持的历史性不同，姚斯主张淡化历史环境的重要性，这当然与他不愿放弃形式主义的立场有关，以及他对文本结构的注重。在他看来，对一部作品的评价的变化，首先来自读者审美观的变化和对作品形式的认识或新认识。

姚斯不赞成伽达默尔倚重传统关联和经典名作而忽略读者这一积极的、创造性环节。从接受和交往的视角来说，他反对无视通俗文学的做法。与伽达默尔过于强调传统及其真理维度不同，姚斯在其理论发展的第一阶段亦即受到阿多诺影响的批判—否定阶段，接过了伽达默尔关于"有意义的交谈"③ 和"问答辩证法"④ 的观点，提出文本和读者之间的"对话的创造性"（dialogische Produktivität）和"开放的问答辩证法"（offene Dialektik von Frage und Antwort）。"运用"在姚斯那里也事关重大，但是姚斯方案的中心不是"伟大作品"的真理蕴含，而是读者的创造性角色亦即"创造性接受"：

我相信，我是可以用伽达默尔来反对伽达默尔的。这就是说：我遵循伽达默尔的应用原理，并把文学解释学理解为这样一种任

---

① 姚斯：《审美经验与文学解释学·作者序言》，顾建光等译，上海：上海译文出版社，第11页。

② 参见伽达默尔：《修辞学、诠释学和意识形态批判》（1967），《诠释学Ⅱ：真理与方法》，第287页。

③ 伽达默尔：《古典诠释学和哲学诠释学》（1968），《诠释学Ⅱ：真理与方法》，第139页。

④ 伽达默尔：《诠释学Ⅰ：真理与方法》，第511页；伽达默尔：《在现象学和辩证法之间——一种自我批判的尝试》（1985），《诠释学Ⅱ：真理与方法》，第6—7页。

务，即把文本与现时之间的冲突理解为一种过程，在这个过程中，作者、读者和新作者之间采取一问一答的对话形式以及原始答案、现时提问和新的答案的形式来解决时间距离问题，而且还以永不相同的方式使意义具体化，从而也使得意义更为丰富。①

姚斯在总体上批评伽达默尔解释学的保守主义，却认同其保守主义中的一个部分，即海德格尔式的对自然科学和社会科学的反感，亦即对"精神史"（Geistesgeschichte）的辩护。这种精神科学是"理解的艺术"②，它无需经验主义方法。《真理与方法》虽然对施莱尔马赫提出诸多批评，但是伽达默尔不得不承认施莱尔马赫的"创造性的贡献"③，并直截了当地说："诠释学是一门艺术，而不是机械的过程。"④ 作为对这一观点的补充，伽达默尔甚至在后来的一篇文章中否定诗学和哲学话语的新发展："哲学和艺术都毫无进步可言。"⑤

尽管姚斯在强调艺术和解释学哲学的关系时没像伽达默尔走得那么远，但他也继承了精神史传统，其代表人物始终拒绝接受社会科学和自然科学的方法和术语。只有在这个关联中，我们才能更好地理解他为何反对符号学、辩证唯物主义的文学研究和文学社会学。在他那里也能见出伽达默尔的那种既重视解释学经验又倚重方法论认识的做法。伽达默尔方法的二重性是与海德格尔的本体论和存在论的二分法同质的，后者的《存在与时间》正是在这个框架内把社会科学贬低为"存在科学"的。这种贬低便在姚斯那里导致接受美学同经验主义接受研究（例如接受社会学和接受心理学）的分离。

对于姚斯所发展的文学解释学，伽达默尔是持保留态度的。他说："姚斯所提出的接受美学用全新的角度指出了文学研究的一个整体向度，这是毫无疑问的。但接受美学是否正确地描绘了我在哲学诠释学中所看到的东西呢？"⑥ 这句话的言外之意是很明确的。一方面，伽达

---

① 姚斯：《审美经验与文学解释学·作者序言》，第12页。
② 伽达默尔：《诠释学I：真理与方法》，第261页。
③ 伽达默尔：《诠释学I：真理与方法》，第258页。
④ 伽达默尔：《诠释学I：真理与方法》，第264页。
⑤ 伽达默尔：《语词的艺术》（1981），第257页。
⑥ 伽达默尔：《在现象学和辩证法之间——一种自我批判的尝试》（1985），《诠释学II：真理与方法》，第16页。

默尔认为"没有一件艺术作品会永远用同样的方法感染我们,所以我们总是必须作出不同的回答。其他的感受性、注意力和开放性使某个固有的、统一的和同样的形式,亦即艺术陈述的统一性表现为一种永远不可穷尽的回答多样性"。另一方面,他认为姚斯的接受美学和德里达的解构主义对原本含义的否定是不可取的(二者在这一点上是相近的)。不仅如此:"利用这种永无止境的多样性来反对艺术作品不可动摇的同一性乃是一种谬见。"①

(二)"期待视野":今昔审美经验的融合

"期待视野"是姚斯理论中的核心概念,他称之为"对文学的期待、记忆和预设所组成的、生发意义的视野之总和"②。他借用曼海姆、波普尔和伽达默尔阐释过的"视野"(Horizont)和"期待视野"(Erwartungshorizont)概念,提出文学作品和阅读活动有着预设的、先在的期待视野,即读者在文学类型方面的常识,对传统文学形式和主题的了解,区别文学语言与日常语言的能力,对"虚构"或"真实"的认识等。这些因素以及个人经历,决定了读者的期待视野。同时,文学作品总是"在同其他艺术形式的比照中、在日常生活经验的背景下被接受和评价的"③,这就必然涉及理解过程中的"超主体视野"④,即作为阅读之先在条件的"集体期待"。所有文本及其阐释,都明显受到时代视野的影响。文学及其趣味,不仅折射出作者和接受者的期待视野,也为今昔阐释者之间的对话提供了可能性。人们必须区分作品产生时期与接受时期社会生活中的期待视野,以把握过去和今天对一部作品的理解情形。⑤

"视野"这一术语是德国哲学中很常见的概念。伽达默尔认为它是一个"处境概念",是"看视的区域":"这个区域囊括和包容了从某个立足点出发所能看到的一切。把这运用于思维着的意识,我们可

---

① 伽达默尔:《在现象学和辩证法之间——一种自我批判的尝试》,第 8 页。
② 姚斯:《文学史对文学研究提出的挑战》,第 197 页。
③ 姚斯:《文学史对文学研究提出的挑战》,第 203 页。
④ 姚斯:《文学史对文学研究提出的挑战》,第 176 页。
⑤ 参见姚斯:《文学史对文学研究提出的挑战》,第 183—185 页。

以讲到视域的狭窄、视域的可能扩展以及新视域的开辟等等。"① 较早运用"期待视野"（或译"期待视域"）这一复合词的是社会学家曼海姆。他在关于"思维结构"的早期论述中，曾经谈到"神奇的观念对我们的期待视野的调节"，幼稚的个体往往不会发现，"他只有在集体层面上考量其经历视野中的事物的重要性，才有可能把握这些事物"。② 其原因是：不同视角的特殊之处，不仅由于它们对总体现实中的局部现象的视点不一，还在于不同视角的认识兴趣和认识能力受到社会状况的制约。③ 无论如何，个人的思想和视野受到特定的社会集团意志亦即群体意愿的影响。④ 此外，视野"决定性地决定着我们的经验与观察的范围和强度"⑤。后来，曼海姆又在《变更时代的人与社会》这一论著中阐释了"期待视野"概念。⑥ 他不仅把"期待视野"或"经历视野"（Erlebnishorizont）同"集体意识"（Kollektivbewußtsein）概念联系在一起，他也时常视其为"世界观"（Weltanschauung）或"视域结构"（Aspektstruktur）的同义词。早在初创知识社会学之时，曼海姆就提出了"视域结构"概念，旨在揭示探悉事物的方式方法，因为"每个时代自有其全新的看法和特殊的观点，因此每个时代均以新的'视角'来看待'同一'事物"。并且，"在大多数情况下，同样的词或同样的概念，当处境不同的人使用它时，就指很不相同的东西"。"两个人即使以同样的方式采用同样的形式逻辑法则（如矛盾规律或演绎推理程式），也可能对同一事物作出极不相同的判断。"⑦ "视域结构"是指把握一种现象的形式，比如所用概念的含义以及这些概念同其他概念的语义差异，某些概念的缺失，视域的抽象程度，主导视域的思维模式等。不止于此，视域结构不仅决定思想的形态，而且直接

---

① 伽达默尔：《诠释学 I：真理与方法》，第 411 页。

② 曼海姆：《思维的结构》（1922—1925 手稿），克特勒等编辑，法兰克福：Suhrkamp, 1980 年，第 237 页。（Karl Mannheim, *Strukturen des Denkens* (unveröff. Man. 1922-1925), hrsg. von David Kettler, Volker Meja und Nico Stehr, Frankfurt: Suhrkamp, 1980.）

③ 参见曼海姆：《意识形态与乌托邦》，黎鸣等译校，北京：商务印书馆，2007 年，第 289 页。

④ 参见曼海姆：《意识形态与乌托邦》，第 273、279、290 页。

⑤ 参见曼海姆：《意识形态与乌托邦》，第 272 页。

⑥ 参见曼海姆：《变更时代的人与社会》，莱顿：Sijthoff，第 132—133 页。（Karl Mannheim, *Mensch und Gesellschaft im Zeitalter des Umbaus*, Leiden: Sijthoff, 1935.）

⑦ 曼海姆：《意识形态与乌托邦》，第 276、277、278 页。

关系到思想结构的实质。①

姚斯接过了曼海姆知识社会学中的"期待视野"以及与之相关的概念，用以倡导以读者为中心的文学史研究。霍拉勃认为姚斯的期待概念"定义模糊""难以把握"，各种相关复合词也同"视野"范畴一样"云遮雾罩"。② 这里的问题或许出在论者自己对姚斯概念的把握程度不够，或者确实像霍拉勃所说的那样，"姚斯似乎充分信赖读者的常识能够理解他的主要术语"③。科学哲学家和社会哲学家波普尔的《客观知识》（1972）中的相关文字，也许有助于我们进一步认识"期待视野"概念：

> 我通常称之为期待视野的东西，是我们在前科学发展或科学发展的每时每刻都拥有的；也就是说，不管它是无意识的或是有意识的，或者是已有语言描述的，它包括所有期待。这样一种期待视野同样存在于动物或婴儿，即便它远远不像在科学家那里一样被明确地意识到。在科学家那里，期待视野的很大一部分是由语言描述的理论或假设组成的。
>
> 当然，不同的期待就其内容而言是迥异的。但在所有情形中，期待视野有着关联网络的作用，或是一个框架，以使各种经历、行为、观察等能够获得意义。一切观察都有各种期待或假设在先，期待或假设生成期待视野，只有期待视野才会使观察具有意义，并成其为观察。[……]
>
> 从这个意义上说，科学完全是前科学营造各种期待视野的工作的延续。科学从不白手起家，它从来不能被看作无前提的，它时刻以期待视野为前提，即所谓昨天的期待视野。它建立在昨天的科学基础上（是昨日之探照灯投射的结果），而这又建立在前天的科学基础上，我们还能够以此类推。最早的科学建立在前科

---

① 参见曼海姆：《意识形态与乌托邦》，第277页。
② 参见霍拉勃：《接受理论》，第341页。
③ 霍拉勃：《接受理论》，第341页。

学时期的神话基础上，神话又建立在更早的期待基础上。①

波普尔的"期待视野"概念对姚斯的影响是显而易见的。② 在姚斯看来，期待视野构成作品生产和接受的框架，对它的重构可以拓宽认识范围：研究者可以提出问题，在文本中寻找答案，并从中得出结论，"读者曾经可能是怎样看待和理解某部作品的"③。文学研究者可以通过这种方法看到对一部作品最初的理解和当今的理解之间的差异。这种文本接受史分析可以让人看到，所谓超时代的、一成不变的文本含义，只不过是语文学中的柏拉图教条而已。④ 姚斯的一个出发点是，文学作品并不具有超时代的固定含义，接受美学因而不会就一部作品的接受史提出哪些方向是"正确的"、哪些是"错误的"问题。

姚斯认为，分析作品和接受之间的转换是以文学经验的期待视野为前提的，因为"文学的关联性首先要从当初和后来的读者、批评家、作家的文学期待视野中得出"⑤。在接受美学的框架中，作品的期待视野之所以非同小可，是因为它很可能从另一个层面揭示文本的艺术特色："对一部作品之期待视野的重构，能够根据该作品为了在预设的读者那里达到某种效应而采用的形式及其程度来确认其艺术特性。"⑥ 尽管姚斯不否认文学创作带来的认识价值，但他竭力与创作美学保持距离，认为它的真正功能是显示艺术作品在生产和消费之历史语境中的意义。仅仅阐释作品结构、技巧和形式的变化，还不足以呈现特定作品的历史作用。姚斯在提出接受美学设想之初，只是要求在文本中发现和重构期待视野。对"期待视野"概念以及研究范围的这种限定，曾遭到许多文学史家和文学批评家的质疑。为了祛除这方面的疑虑，姚斯在其后期著述中做了进一步划分，区分了文学上的期待视野与读

---

① 波普尔：《客观知识：一个进化论的研究》，汉堡：Hoffmann und Campe, 1974 年，第369—370 页。(Karl R. Popper, *Objektive Erkenntnis. Ein evolutionärer Entwurf*, Hamburg: Hoffmann u. Campe, 1974. Original: Karl R. Popper, *Objective Knowledge: An Evolutionary Approach*, Oxford: Clarendon Press, 1972.)
② 参见姚斯：《文学史对文学研究提出的挑战》，第201 页。
③ 姚斯：《文学史对文学研究提出的挑战》，第183 页。
④ 参见姚斯：《文学史对文学研究提出的挑战》，第183 页。
⑤ 姚斯：《文学史对文学研究提出的挑战》，第173 页。
⑥ 姚斯：《文学史对文学研究提出的挑战》，第177 页。

者生活世界中的期待视野,不排除对读者的接受前提和作品的接受过程进行实证研究。

按照姚斯的观点,"审美距离"(ästhetische Distanz)亦即实际期待视野与作品的表现形式之间的距离,可以显示作品审美价值的多寡。此时,必须区分作品产生时的社会期待视野和文学期待视野,后者是作者对读者的期待,并被融入作品之中。这两种期待之间的距离越远,作品的艺术特色就越明显。① 用审美距离这一范畴来分析读者的接受行为是很精当的:缺乏审美距离的读者常持享受的态度,他把作品当作"烹调艺术"亦即消遣艺术②;而较为明显的审美距离,则伴随着更多的主动性、参与性和批判性,是一种能够产生想象对象的创造活动。对新作品的接受,一般会在接受者中引发视野的变化。当然另有一些作品,它们在发表之初还没有特定的读者可言,而是完全背离了惯常的文学期待,它们的读者群体还有待形成。换言之:创意越多,离开读者的期待就越远;同理,失败的作品也会使期待落空。另一方面,读者对一部作品的接受,在很大程度上取决于作品与读者的实际反应之间的距离。而当新的期待视野逐渐成熟之后,读者会把迄今的成功作品看作陈旧的东西,变化了的审美标准便能显示出其能量。③

从某种程度上说,"期待视野"只是作为可被阐释的建构品而存在的,是为论证而建构的。换言之:姚斯所说的"期待视野"并不是肯定存在的,而是需要通过阐释来建构的。在诸多个案研究中,姚斯努力重构一些文学作品的期待视野,而他关于文本意义的阐释却无法令人信服。同伽达默尔一样,他认为在有作为的接受过程中,接受者的期待视野会同作品的期待视野碰撞,并在他者经验的影响下发生变化。在姚斯看来,尤其是中世纪文学对现当代读者的期待来说是一种挑战,这个看法自然言之成理:"我们必须在对差异感到惊奇的同时,寻找差异之可能的现实意义,探究其跨越历史的、超越原来交流语境的意义。或用伽达默尔的术语来说:视野的提炼必须是一种积极的理

---

① 参见姚斯:《文学史对文学研究提出的挑战》,第175—178页。
② 参见姚斯:《文学史对文学研究提出的挑战》,第178页。
③ 参见姚斯:《文学史对文学研究提出的挑战》,第180页。

解过程，以达到过去的和当前的审美经验的融合。"① 这里的一个没有回答的问题是，如何重构"过去的期待视野"亦即原初的读者视野？就古典文学而言，如何"重新发现作品的初始影响"②？难道单凭文献就能重构最早的读者期待，且完全不受现今期待的感染？如果从伽达默尔关于历史理解的观点出发，那对这个问题的回答应该是否定的。于是，重构"原初的"期待视野，只能被看作虚幻的设想。同样，如果从科塞雷克提出的"经验空间"和"期待视野"之间的辩证关系出发③，姚斯重构"原初的"期待视野的努力，常常不得不因为历史材料的缺乏而留下空白。

然而，姚斯的重构期待视野的尝试却走得更远：他不仅不遗余力地捕捉和体味原初读者的期待，而且一再追问那些期待是怎样在文本中留下痕迹的。"评判一部新作的批评家，根据对前一部作品的正面或反面评价标准来构思新作的作家，对一部作品进行历史定位和阐释的文学史家，他们在反思文学并再次动笔写作之前，首先是读者。"④ 这时，姚斯的一个常见思考是，作为读者的作者（或曰"身为作者的读者"），如何在其作品中不仅对前人的作品作出反应，同时也在反馈本时代的期待和准则。此时，阅读的作者的新作便进入姚斯的研究视野。在这方面最好的例子莫过于他对拉辛和歌德二者的《伊菲格涅亚》剧

---

① 姚斯：《中世纪文学的他性和现代性》，《论文集 1956—1976》，慕尼黑：Fink，1977 年，第 10 页。（Hans Robert Jauß, "Alterität und Modernität der mittelalterlichen Literatur", in: H. R. Jauß, *Gesammelte Aufsätze 1956-1976*, München: Fink, 1977.）

② 戈德齐希：姚斯《审美经验与文学解释学·英译本导言》，顾建光等译，上海：上海译文出版社，第 7 页。

③ 科塞雷克认为，"经验空间"（Erfahrungsraum）是积淀着往事的今天，"期待视野"（Erwartungshorizont）则指向未知，只可推测不可体验；换言之："经验空间"连接过去，"期待视野"面向将来。没有经验就没有期待，没有期待亦无经验可言，当代则是过去与未来的连接点。"经验空间"与"期待视野"的能动关系是延续历史意识的保证。参见科塞雷克：《"经验空间"和"期待视野"：两个历史范畴》（1975），载科塞雷克：《过去的未来：论历史时代的语义》，法兰克福：Suhrkamp，1979 年，第 349—375 页。（Reinhart Koselleck, "'Erfahrungsraum' und 'Erwartungshorizont' - Zwei historische Kategorien" 〔1975〕, in: ders., *Vergangene Zukunft. Zur Semantik geschichtlicher Zeiten*, Frankfurt: Suhrkamp, 1979.）

④ 姚斯：《文学史对文学研究提出的挑战》，第 169 页。

本的分析①，以及关于波德莱尔的《厌烦（Ⅱ）》的论文：前一篇论文探讨了文本意义在以往的接受中是否已经穷尽或被掩盖的问题；后一篇论文解读了阅读视野变迁中的诗歌文本。

（三）接受史：新文学史编撰的三个维度

承接伽达默尔的效应史探讨思路，姚斯发展了自己的接受史纲领。他的接受史方法常被视为对伽达默尔缺乏方法论意识的效应史的补充，力图通过历史考据来勾勒读者反应。他在《挑战》中写道："文学史说的是审美领域的接受和生产过程，文学文本通过接受的读者、思考的批评家和再创作的作家而被激活。"② 这种接受史"内在于作品，是一种渐进发展过程，即在接受的不同历史阶段见出作品的潜在意义。在同传流下来的作品碰撞的过程中实现今昔'视野的融合'，潜在意义便能在理解的判断中出现"③。换言之，新的文学史应当不再专注于作家、影响、潮流，而是倡导以读者为中心来考察文学史，考察不同时期的历史"接受"所规定和解释的文学。姚斯认为，他的接受美学方案旨在弥合文学与历史、审美认识与历史认识之间的裂隙，而这正是马克思主义方法和形式主义方法没能解决的问题。这两个学派所理解的"文学事实"，都只局限于生产美学和表现美学的封闭之境，从而忽略了审美特征和社会功能中的不可或缺之处，即文学的接受和效应。④

曼海姆的知识社会学强调了认识或"洞见"有其历史性亦即时代规定性，其中包括原来没看到、后来才认识到的问题："历史中和人的精神生活中的某些事件只是在某些历史时代才成为可见的；这些时代通过一系列集体经验和同时发展的世界观，向某些洞见敞开了道路。"⑤ 所谓历史规定和解释，并非只说语境和解释会有变化，而文学

---

① 参见姚斯：《拉辛的〈伊菲格涅亚〉和歌德的〈伊菲格涅亚〉：接受美学方法后记》，载《哲学新杂志》第 4 期（1973），第 1—46 页。（Hans Robert Jauß, "Racines und Goethes Iphigenie. Mit einem Nachwort über die Partialität der rezeptionsästhetischen Methode", in: *Neue Hefte für Philosophie* 4 (1973), S. 1-46.）
② 姚斯：《文学史对文学研究提出的挑战》，第 172 页。
③ 姚斯：《文学史对文学研究提出的挑战》，第 186 页。
④ 参见姚斯：《文学史对文学研究提出的挑战》，第 168 页。
⑤ 曼海姆：《意识形态与乌托邦》，第 173 页。

作品一成不变。文学作品和传统也在其被接受的历史视野中变迁。与来源于黑格尔的生产美学相反,姚斯早期理论的立足点是:文学不是模仿现实,它的多义性一再向读者提出新的问题,这能改变其期待视野。他同伽达默尔一样强调文学文本的可阐释性,文本不能被简单地化约为概念。姚斯的方案明显带着康德思想的元素:文本的多义性能够保证其在历史中的含义变化,即接受的非封闭性、多元性和多产性。换言之:接受分析之所以是有意义的,是因为多义的文本会导致不同的接受模式,不可能只有单一的解读。对姚斯来说,康德的审美判断力批判乃是绝妙的"接受美学"或"效应美学";这种美学不看重生产者的立场,而是推重自然风景的观赏者或艺术品鉴赏者的那种眼光。

姚斯认为,"一部文学作品不是为自己而存在的客体,给每个时代、每个读者展现同样的品貌"①。因此,分析一部作品的接受史,建立在确定新旧理解之歧异的阐释基础上,借助重构期待视野来展现文学塑造历史的能量。姚斯强调文学作品的"对话性"和"事件性"②。"艺术传承的前提是当代同过去的对话关系。惟其如此,今人考察过去的作品并以此提出问题,旧作便能提供答案并告诉我们一些东西。"③姚斯认为,应当在文学的历史延续中考察单个作品的接受史,把那些对我们具有重要意义的文学关联看作当代经验的前史,并以此诠解我们的当代认识。在此,他明确借鉴了本雅明的观点:"这里说的不要在作品的时代语境中描述作品,而是通过产生作品的时代,体现认识它的时代(即我们这个时代)。这样,文学才能成为历史的机体,而不是史学的素材库。呈现文学的历史机体才是文学史的任务。"④

所有艺术史亦即文学史的重构必然是局部的,姚斯的"历史"概念自然同"选择"密切相关。按照他的观点,接受美学方法能够在三个方面观照文学的历史性,即所谓接受史研究的三个维度:其一,考

---

① 姚斯:《文学史对文学研究提出的挑战》,第 171 页。
② 姚斯:《文学史对文学研究提出的挑战》,第 172 页。
③ 姚斯:《文学史对文学研究提出的挑战》,第 188 页。
④ 本雅明:《文学史与文学学》(1931),《经验与贫乏》,第 251 页。——笔者此处译文与原译有些微出入,原译为:"不是要把文学作品与他们的时代联系起来看,而是要与它们的产生,即它们被认识的时代——也就是我们的时代——联系起来看。这样,文学才能成为历史的机体。使文学成为历史的机体,而不是史学的素材库,乃是文学史的任务。"

察的路径是历时的,即把握作品接受的整个历史关联;其二,研究视野是共时的,即在同时代不同文学的关联中探讨相关问题;其三,呈现文学本身的发展同一般历史发展的关系。① 这三个视角也是接受美学分析方法的基础。

姚斯对文学形式之历史演变的把握途径,明显借鉴了克拉考尔和伽达默尔的观点:克拉考尔认为,艺术作品在任何历史时期都是"同时性"和"非同时性"的共存或交融(Koexistenz des Gleichzeitigen und des Ungleichzeitigen),也就是不同时中的同时和同时中的不同时。② 同时性一般与期待视野有关,而具有非同时性特点的作品则会是对期待视野的冲击。伽达默尔的审美"共时性"("同时性")理论,是指过去和现在的关联,即过去不只是历史,也是当下在场。姚斯运用的正是伽达默尔的方法,把"视野融合"看作文学史的特征。他指出:"文学的历史性正是体现于历时性和共时性的交汇处。"③

姚斯在设想新的文学史编撰时,借用"历时性"来考察审美范畴之间的联系以及形式的演变。此时,他赞同形式主义文学理论中的一个观点,即先锋艺术和创新既是审美准则又是历史标准,这样便能把艺术意义和历史意义结合起来。显然,这一设想带着浓厚的幻想色彩。不过,姚斯认为历时观察方法能够认清一部作品在文学整体中的位置,从而更明确地了解它在整个接受史中的意义。换句话说,接受史研究的目的是,"不仅在对一部文学作品的理解史中把握其含义和形式,还要将单个作品放入'文学行列',以认识它在文学经验整体关联中的历史位置和意义"④。同时,其他作家对这部作品的接受也能进入研究者的视野:作家对他人作品的接受("模仿、超越或拒绝"⑤)往往有着很大的主动性,并将其融入新的创作,解决他人作品留下的形式和内容上的问题,同时又可能提出新的问题。

若说历时方法能将不同时期的文学联系在一起,并探讨文学功能和形式的发展变化,那么,共时方法则有可能"将同时代各式各样的

---

① 参见姚斯:《文学史对文学研究提出的挑战》,第167页。
② 参见姚斯:《文学史对文学研究提出的挑战》,第196—197页。
③ 姚斯:《文学史对文学研究提出的挑战》,第196页。
④ 姚斯:《文学史对文学研究提出的挑战》,第189页。
⑤ 姚斯:《文学史对文学研究提出的挑战》,第173页。

作品结构分为同样的、相反的和隶属的,并以此发现一个历史时期文学中具有普遍意义的关联"①。每部作品都居于一系列作品和期待之中,每个期待都居于一系列期待和作品之中。因此,接受史的研究者必须将每部作品和每种读者反应与不同的期待视野联系起来,在审美经验中把握视野的变化。以姚斯之见,文学史家可以通过考察文学生活的横剖面,发现哪些作品在特定时期脱颖而出、尽人皆知,哪些作品湮没无声,并以此挖掘特定时期特定作品的艺术结构。对历时考察中的"此前"和"此后"分别进行共时考察和比较,可以确定文学形式和结构的变化,重构文学的结构变迁,以及各种文学风格的联系和更迭。

借助历时和共时分析把握文学的历史和功能之后,需要厘清文学史同一般历史的关系。"文学的历史性并非见之于审美和形式系统的递进,同语言的演变一样,文学演变不只是内在地取决于其固有的历时和共时关系,也取决于它同一般历史进程的关系。"② 姚斯显然是想避免一种质疑,即他的文学史方案仅局限于文学生活之内,因此,他试图在自己的模式中阐发文学生产同一般历史的联系。姚斯在其著名立论中,如此勾勒了接受美学的这一任务:"只有当读者的文学阅历进入其实际生活的期待视野,促成他对世界的理解,并作用于他的社会行为,文学的社会功能才能显示其真正能量。"③ 因此,接受美学也关注阅读经历对接受者的社会行为所产生的影响。他在《挑战》中写道:

> 一方面是在文学体系的历史变迁中理解文学演变,另一方面是在社会状况之复杂的发展过程中理解实际历史。难道没有可能把"文学"和"非文学"联系起来吗?这种联系注重文学与历史的关系,却不以牺牲文学的艺术性为代价,强使文学拘囿于反映功能或解读功能。④

姚斯在此又回到了文学与历史的关系问题,不仅涉及美学和历史的通连,而且关乎文学同"实际历史"的联系。这一观点本身似乎无

---

① 姚斯:《文学史对文学研究提出的挑战》,第 194 页。
② 姚斯:《文学史对文学研究提出的挑战》,第 167 页。
③ 姚斯:《文学史对文学研究提出的挑战》,第 199 页。
④ 姚斯:《文学史对文学研究提出的挑战》,第 167 页。

可非议,其诘问也理直气壮,可是姚斯的批评者却不愿相信他所描绘的图景;原因在于他所提议的文学史编撰的实际操作,比如历时和共时视角,或如从文学本身出发阐释接受过程的历史关联,基本上没有超出文学领域,也就是他所说的"文学解释学"。另外,他把"期待视野"主要限定于审美范畴,并诟病文学社会学只关注文学之外的东西,这种看法当然不符合文学社会学的自我认识。不过,姚斯强调重构"文学塑造历史的功能",在很大程度上影响和启发了接受美学之行为理论的续写。以期待视野为例,它不仅包含文学的标准和价值判断,还带有读者对文学的期待和希求。诚如曼海姆所说:"正是一个人的目的才给了他视野,尽管他的利益只能使他片面地、实际地解释整体现实的一部分,这是他本身陷于其中的部分,而且也是因为他的主要社会目的而倾向于这一部分的。"① 别样的文学作品之品质,它的内容和形式,有可能对改变通行的社会惯例做出贡献。姚斯在《文学史对文学研究提出的挑战》的结尾写道:

> 文学史不是简单地复述一遍文学作品所再现的一般历史过程,而要发现文学在其"演变"过程中的真正的社会构成功能,也就是同其他艺术和社会力量进行角逐的文学所具有的摆脱自然、宗教和社会束缚的解放功能;惟其如此,我们才能消除文学与历史、审美认识与历史认识之间的隔阂。②

(四)"审美经验"的交流功能

发表于1972年的《审美经验的简要辩白》③,标志着姚斯美学思想之重要转变的开始。尽管他依然关注美学与历史、读者与文本的关系,但是形式主义的影响已经不再那么突出,"期待视野"概念也不

---

① 曼海姆:《意识形态与乌托邦》,第173—174页。
② 姚斯:《文学史对文学研究提出的挑战》,第207页。
③ 姚斯:《审美经验的简要辩白》(《康士坦茨大学讲演》第54册),康士坦茨大学出版社,1972年。(Hans Robert Jauß, *Kleine Apologie der ästhetischen Erfahrung. Mit kunstgeschichtlichen Bemerkungen von Max Imdahl* (Konstanzer Universitätsreden Nr. 59), Konstanz: Universitätsverlag, 1972.)

是到处可见了。他看到了自己前期著作的缺陷,即论述审美经验时的片面性。这一认识当然离不开人们对《挑战》一文的批判,他对一些观点做了相对化处理或必要的修正。一味强调文学接受而轻视基本的审美体验,接受美学便会失去根基。他在《审美经验与文学解释学》"作者序言"中写道:

> 在对某一特定历史时期的"读者共同体"或者读者经验的分析中,如果要看到期待与经验是如何融合的,以及是否有新的重要因素出现,那么就必须对文本—读者关系的双方[……]进行区分、阐述和调解。这两个视域都是文学性的,一方面是由作品造成的,另一方面则是由特定社会中读者的日常生活世界造就的。由于这种视域产生于作品本身,所以建构文学期待视域的问题不是很大。但是,建构社会期待视域的问题就大了,[……]①

姚斯写作《审美经验与文学解释学》的直接动因之一,是1970年发表的阿多诺遗著《美学理论》②,也就是阿多诺的"否定性美学"。艺术即否定,阿多诺以为这是不刊之论;艺术就其本质而言,是对市民社会的内在的、精神上的否定:"通过凝结成一个自为的实体,而不是服从现存的社会规范并由此显示其'社会效用',艺术凭藉其存在本身对社会展开批判。纯粹的和内部精妙的艺术是对人遭到贬低的一种无言的批判,[……]艺术的这种社会性偏离是对特定社会的特定的否定。"③ 这就是阿多诺所看到的艺术之社会功能,艺术的社会对立性就是其社会性所在。他在《关于诗与社会的讲演》中说:"正是诗的非社会性成了它的社会性所在。""语言最内在地把诗与社会联系在一起。诗不顺着社会说话,不做任何报道,而是个体通过精准的语词,躲到语言的领地,任其自由流转——正是在这个时候,诗的社会性得到了真正的保证。"④ 阿多诺所赏识的艺术,拒绝感官上的接受性,反

---

① 姚斯:《审美经验与文学解释学·作者序言》,第6页。
② 参见姚斯:《审美经验与文学解释学·作者序言》,第11页。
③ 阿多诺:《美学理论》,王柯平译,成都:四川人民出版社,1998年,第386页。
④ 阿多诺:《关于诗与社会的讲演》,方维规译,载方维规主编《文学社会学新编》,北京:北京师范大学出版社,2011年,第259、260页。

对文化工业以其享受品使消费者成为大众文化心理调节的牺牲品。这样的艺术观自然会引起反感，特别是在推崇供求法则的市场经济中。姚斯的批评不是针对这一"法则"，而是阿多诺之否定性的"苦行主义"艺术概念。

姚斯在一篇发表于 1979 年、后来收入《审美经验与文学解释学》的文章中指出，阿多诺发展了一种关乎现代艺术的美学，而它对于其他艺术时代（比如中世纪的文学艺术）来说是用不上的："我们不可以把艺术史归结为否定性这个共同特性。"换言之："否定和肯定这一对范畴并不能使我们充分理解艺术在早期的、尚未独立自主的历史阶段中的社会功能。"① 就这一点而言，应当说姚斯言之有理。然而这种论证方法又是失当的，因为它忽略了特定的语境，即阿多诺着眼于现代主义的美学思想。这一美学从不试图成为一种在语言文学框架内包罗所有文学种类的文学研究。同卢卡契和戈德曼的马克思主义美学一样，或如本雅明、巴赫金、什克洛夫斯基的美学理论，阿多诺的美学思想针对特定的文学实践，以便用批判理论考察现行社会关系。姚斯则从未打算发展一种社会批判理论，因此，他的理论追求在根本上区别于阿多诺、本雅明、巴赫金、什克洛夫斯基、卢卡契和戈德曼的思考。

姚斯认为，阿多诺的精英主义必然忽略作者、作品和接受者之间的对话，否定当代艺术的交流功能。因此，他对阿多诺美学的批判，旨在"证明审美经验的合理性"，"尤其是审美经验的交流功能"②。姚斯指出，阿多诺的美学理论目空一切，不遗余力地宣扬曲高和寡的艺术，这种"苦行主义"有悖于人们千百年来对艺术基本功能的认识，即艺术多半源于"愉悦"（Genuß）的目的。显然，此时的姚斯已经告别了其早期的阿多诺式的批判—否定阶段，他与阿多诺的主要分歧是在审美经验及其功能的问题上："如果一种通过审美方式表达出来的新的启蒙运动将奋起抵抗文化工业的'反启蒙运动'的话，否定性美学就必须承认艺术的交往特征。这种美学必须摆脱要么是否定性要么是肯定性的那种抽象的'非此即彼'，并尽量把先锋派艺术破除规范的

---

① 姚斯：《阿多诺否定性美学批判》，《审美经验与文学解释学》，第 16、18 页。
② 姚斯：《阿多诺否定性美学批判》，《审美经验与文学解释学》，第 23 页。

形式转变为审美经验创造规范的成就。"①

姚斯为审美经验辩护的另一个矛头指向罗兰·巴特。他的《审美经验的简要辩白》出版后不久,巴特发表《文本的愉悦》(Le plaisir du texte, 1973)一书,把审美经验分为肯定性"愉悦"(plaisir)和否定性"享受"(jouissance)两种。姚斯认为,巴特只是简单地把审美愉悦视为同语言打交道的愉悦,只是不受外界干扰的词语天堂(多一个词,就多一次庆典),因此,他的理论只能为学者提供愉悦,没能从语言世界走向审美实践。他诟病巴特所强调的孤立的阅读,即否定读者与文本之间的任何对话,无视阅读的宏观交流结构。最后,留给读者的只能是充当被动接受的角色;读者的想象力和创造性活动从不被看作愉悦的源泉。② 姚斯认为,"艺术接受不是简单被动的消费,它有赖于赞同和拒绝的审美活动"③。

姚斯的波德莱尔研究中可以见出,他对视野变化的阐释重心,主要不在于读者或特定读者群的期待,而是(同他对歌德的伊菲格涅亚和维特的分析一样)更多地关注世界观的问题。波德莱尔的审美意识,其实是同浪漫主义之理想世界图景的决裂。因此,对波德莱尔诗歌的历史阐释,也是对浪漫主义期待视野之对立观点的重建:浪漫派的勿忘我、玫瑰、雏菊已经被"恶之花"所取代,自然与心灵的和谐被恶心和厌烦等现代意识所取代。④ 显而易见,"期待视野"和"世界图景"在姚斯那里是被当作同义词或几乎是同义词来使用的。他倾向于把多义的文学文本明确地拴在"期待视野"上,例如当时的市民社会对《恶之花》的普遍激愤和非难以及大多数读者对这部作品的拒绝,或先锋派对波德莱尔的创造性艺术的追捧,这些都与各自的期待视野息息相关。与之相关的还有,他把读者同作为读者的作者相提并论(这是一些人所反对的做法):他们摒弃一些世界图景,创造新的世界图景。

---

① 姚斯:《审美经验与文学解释学·作者序言》,第15页。
② 参见姚斯:《审美经验与文学解释学》,第33页。
③ 姚斯:《审美经验与文学解释学·作者序言》,第13页。
④ 参见姚斯:《阅读视野嬗变中的诗歌文本:以波德莱尔的诗〈厌烦(II)〉为例》,载姚斯、霍拉勃:《接受美学与接受理论》,周宁、金元浦译,沈阳:辽宁人民出版社,1987年,第215—218页。

"期待视野"（接受美学概念）向"世界图景"（生产美学概念）的转换，其实并不出人意料。伽达默尔已经把期待视野同真理意蕴紧密地结合在一起，姚斯时常援引的曼海姆知识社会学中的期待视野，也是从"世界观"概念生发而出的。姚斯从曼海姆和伽达默尔那里承袭的"期待视野"概念，与"世界观"颇为接近，在分析作者及其作品的"期待视野"，并用这一概念阐释作品的时候尤其如此。这里可以见出，姚斯从康德主义出发批判"近期走红的文学'结构主义'"①、黑格尔的逻各斯中心主义以及文学的模仿说，而他本人的批评实践至少部分地收回或淡化了自己的批评。他在评论文学作品时并不忽视概念，而是极为明确地表达了各种"思想"："启蒙过的人文主义"（aufgeklärter Humanismus），"自我感觉的内在性"（Innerlichkeit des Selbstgefühls），"反浪漫主义的世界景象"（antiromantisches Weltbild），等等。

　　姚斯的一些文学史个案研究，常同他的新文学史倡导相抵牾。在《歌德的〈浮士德〉和瓦莱里的〈浮士德〉》一文中，姚斯反对戈德曼对《浮士德》所做的具有黑格尔主义特色的概念化阐释，但是他对卢梭的《新爱洛绮丝》和歌德的《少年维特之烦恼》的评论却显示出，他自己并不排斥以黑格尔的方法对多义的文学文本做内容上的把握。他对文学含义的重视程度，既不见之于布拉格结构主义，也不见之于形式主义，主要来自他对文学功能的见解，即文学树立规范、传递规范。在《审美经验与文学解释学》中，姚斯试图通过考察叙事作品主人公的不同认同形态来阐发自己的设想，在文学的"打破规范和实现规范这两种完全不同的功能之间"② 寻求平衡，旨在把艺术的效果放在中心位置，而这种效果在社会意义上是传播性的、交流性的，且具有树立规范的功能。③ 姚斯归纳出读者对作品人物的各种认同模式：联想型认同，即借助作品人物体会自我和他者经验；对完美人物的钦慕型认同；对有缺陷的平常人物的体谅型、同情型认同；对受难或窘

---

① 姚斯：《文学史对文学研究提出的挑战》，第199页。
② 姚斯：《审美经验与文学解释学》，第189页。
③ 参见姚斯：《审美经验与文学解释学》，第189页。

迫人物的内心净化型、解脱型认同；站在反英雄一边的反讽型认同。①他在描述"钦慕型认同"时，借用了"舍勒关于榜样和领袖的著名理论"②。

显然，舍勒的理论是保守的，用在文学艺术上则适用于马尔库塞所说的那种"肯定性艺术"或曰"持肯定观点的艺术"；③因此，姚斯的观点在倾向上也只能是保守的。首先，在个体完全被意识形态和媒体操纵的"俗套"摆布的社会中，所谓"净化"（catharsis：卡塔西斯）和"钦慕型认同"，当为虚幻的假想。其次，这种理论虽然也强调审美感觉、"愉悦"（aisthesis：埃斯特惕克）亦即艺术接受是在陌生化和破除规范，但它更看重文学的交流、融合和肯定功能（"净化"），文学之可能的否定性也就变得可有可无了。

批判和否定维度的缺失，最明显地体现于姚斯的长文《"家的温馨"》。该文从社会规范的交流模式入手，评析了1857年（也就是《恶之花》发表的那年）的法国抒情诗，为了阐释抒情诗的功能，即"回答这样一个问题：是否能够和怎样才能在抒情的再现的成就中揭示出交流功能？"以及抒情诗的交流模式如何"传播、阐发社会规范"。④此时，雨果或波德莱尔之否定的、不妥协的特性完全被置于无关紧要的位置。姚斯虽然从意识形态批判的角度分析了当时的整个诗歌类型，但他在批判符号学家和马克思主义文论家时所捍卫的文本的多义性和阐释弹性却被抛在一边，完全倾注于抒情诗的社会性蕴含：许多诗作所描写的"家的温馨"这一互动表现形态，理想化地刻画了市民生活中的规范和价值，并勾勒出市民社会中的一种内在的幸福观。⑤如果一个社会学家如此论证的话，不少文学理论家一定会诟病其忽略了根本性的东西，即诗歌语言的表述形式及其多义性和不可译性。不过，姚斯本人明确指出："社会学会欢迎来自美学实践领域的帮助。"⑥从

---

① 参见姚斯：《审美经验的简要辩白》，第46页；姚斯：《审美经验与文学解释学》，第201—231页。
② 姚斯：《审美经验与文学解释学》，第206页。
③ 参见马尔库塞：《文化的肯定性质》，《审美之维》，李小兵译，桂林：广西师范大学出版社，2001年，第1—41页。
④ 姚斯：《审美经验与文学解释学》，第326页。
⑤ 参见姚斯：《审美经验与文学解释学》，第356页。
⑥ 姚斯：《审美经验与文学解释学》，第326页。

某种意义上说，姚斯在《审美经验与文学解释学》中的一些接受分析，时常与社会史阐释相去不远。

（五）"范式转换"中的矛盾

姚斯倡导文学研究中的范式转换，其出发点是康德的判断力批判。这一视角从接受者的立场来描述"美"，不同于此后的黑格尔美学和谢林美学。姚斯后来依然强调这一点，并指出亚里士多德和康德对接受者的兴趣，实为美学史上的例外："在哲学传统中富有意义的例外现象在古代是亚里士多德的诗学，在现代是康德的《判断力批判》。"[①] 然而在过去的几百年中，二者关于审美经验的论说都没能成为占据上风的综合性理论，加之康德美学从来就被指责为主观主义的，审美效果问题几乎一直被看作与艺术无关的问题。进入19世纪之后，"康德对审美经验的理论探讨就被更有影响的黑格尔美学埋没了"[②]。而黑格尔美学所根究的，不是多义的艺术作品的效果潜能，而是作品之明确的特定观念。

就总体而言，姚斯在其理论著述中，走的是穆卡洛夫斯基之路，即把文本的可阐释性同文本之外的客观存在区分开来。另一方面，他又时常将作品研究局限于内容的社会历史功能，比如他对歌德的《少年维特之烦恼》以及雨果和波德莱尔诗作的分析。这种康德主义和黑格尔主义的矛盾，缘于姚斯的考察方案本身：在他的康德主义倾向竭力抬高文学表达形式的同时，黑格尔主义倾向却在文学"期待视野"的重构中逐渐得势。对曼海姆知识社会学的接纳，更加强了黑格尔主义在姚斯方案中的地位，原因在于曼海姆的"期待视野""视域结构""世界观"是涉及社会群体的概念表述。"期待视野"这一以文学文本为基点的意识形式，说到底是一个新黑格尔主义概念。

康德主义与黑格尔主义之间的矛盾，即注重文学表达与注重文学内容之间的矛盾，与姚斯学说的两个发展阶段相对应：第一阶段是20世纪60年代末期亦即《挑战》时期，康德主义强调文学表达和"审美距离"、形式主义的陌生化效果以及艺术的否定性占据主导地位；在

[①] 姚斯：《审美经验与文学解释学·作者序言》，第1页。
[②] 姚斯：《审美经验与文学解释学·作者序言》，第2页。

第二阶段，也就是在《审美经验与文学解释学》的几篇核心论文中，姚斯时常强调文学的交流和"树立规范"的功能，具有知识社会学色彩的黑格尔主义越来越突出，注重作品的内容层面。

在康德式的、反黑格尔主义的语境中，姚斯批判了卢卡契和戈德曼只把文学限定在模仿和再现的层面上：经济因素被视为本质性的东西，文学生产因而被看作次要的东西，只是一种对应于经济活动的再生产。按照这一思维逻辑，接受研究只能是无关紧要的，因为这种文学只是让人再次体会一下已经知道的现实。姚斯认为，谁把文学艺术只看作"反映"（Widerspiegelung），谁就限制了接受者的认识，因为这种文学不过是外部世界之被动的"镜子"（Spiegel），只是社会生活的佐证。① 姚斯的指责是否切中事理，不是此处讨论的重点，更为重要的是另一个问题，即姚斯如何看待文本意义和文本功能。当然，姚斯也不是一概否认马克思主义文学观，他关注文学与历史的关系亦即文学的历史本质，了解马克思的历史思考，不完全拒绝马克思主义所坚持的文学之历史性，因此，他认为马克思主义文论家维尔纳·克劳斯、加洛蒂、科西克的一些观点并非教条的说教，尤其是他们关于文学接受和效果的论说。

姚斯在其重要文章《文学解释学的界线和确认》（1981）中承接了伽达默尔的思想，阐发了直观领悟与思考性阐释和实际运用的区别。他在勾勒"对诗歌文本的直观领悟以及思考性阐释"时指出："我努力把这一活动分为领悟和阐释这两种解释学行为，即把思考性阐释看作第二阅读阶段，以区别于审美感受之直观领悟的第一阅读阶段。"② 领悟何物？什么是思考性阐释的具体对象？这是姚斯无法回答的问题，因为他颠倒了先后关系，认为文本的结构主义分析依赖于接受过程，结构主义的文本描述应当并且能够建立在接受过程之解释学分析的基础上。③ 姚斯不否认结构主义的文学"进化"理论对文学史编撰的革

---

① 参见姚斯：《文学史对文学研究提出的挑战》，第159—161页。
② 姚斯：《文学解释学的界线和确认》，载福尔曼、姚斯、潘南贝格编《文本与解释学》，慕尼黑：Fink，1981年，第462页。（Hans Robert Jauß, "Zur Abgrenzung und Bestimmung einer literarischen Hermeneutik", in: M. Fuhrmann, H. R. Jauß, W. Pannenberg [Hrsg.], *Text und Hermeneutik* [*Poetik und Hermeneutik* Bd. 9], München: Fink, 1981.）
③ 参见姚斯：《阅读视野嬗变中的诗歌文本：以波德莱尔的诗〈厌烦（II）〉为例》，第177页。

新所做的贡献,但他主张用接受美学的方法来为结构主义的描述性文学理论拓展历史经验的维度,将当代考察者的历史立场纳入研究范畴。①

姚斯在评论波德莱尔的《厌烦（Ⅱ）》时,批评罗兰·巴特漫无边际的多元主义,这反而动摇了他自己所提倡的接受美学的根基:他认为文学作品的含义在历史过程中的具体化是有逻辑可循的,在各种阐释视野的变化中,完全可以区分随心所欲的阐释和普遍认可的阐释,独此一家的阐释和成为规范的阐释。② 联系如下观点,我们可以看到姚斯的无法克服的矛盾:"文学具有相当稳定的语法或句法关系:由传统的和尚未稳定的文学门类、表达形式、风格类型和修辞格组成的结构;与此相对的是变化不定的语义层面:文学主题、原型、象征和比喻。"③ 显然,如果按照姚斯的看法,文本意义因为"变化不定的语义"而更多地根植于接受过程,那么如何才能区分随心所欲的阐释和普遍认可的阐释呢？如果排除了普遍认可的客观结构,那么普遍认可什么呢？

姚斯似乎要从解释学的立场对一切做相对化处理,如同他在《歌德的〈浮士德〉和瓦莱里的〈浮士德〉》研究中谈论风行一时的结构主义文本理论和符号学文本理论时所说的那样:不管是结构主义还是符号学,它们都离不开各种关联,完全沉溺于形式问题是行不通的。④ 换言之,作为特定时代问题的产物,形式主义或符号学分析所依托的那些关联范畴,本身就无法摆脱历史和文化羁勒。的确,在苏联的符号学理论中,我们可以看到洛特曼如何将艺术文本与文化概念直接对接,他所采用的当然不是"期待视野"概念,而是语言的"文化符码"（cultural code）概念。洛特曼的视角相对中性,并不认为作品与读者的期待视野之间的距离越远,作品的创意就越多,艺术特色就越明显。他所看到的是相互关联的历史观和文化观,他观察到两种同等

---

① 参见姚斯:《文学史对文学研究提出的挑战》,第191页。
② 参见姚斯:《阅读视野嬗变中的诗歌文本:以波德莱尔的诗〈厌烦（Ⅱ）〉为例》,第185页。
③ 姚斯:《文学史对文学研究提出的挑战》,第197—198页。
④ 参见姚斯:《歌德的〈浮士德〉和瓦莱里的〈浮士德〉:论问题与回答的解释学》,载姚斯、霍拉勃:《接受美学与接受理论》,第143页。

价值的艺术符码,也就是"审美认同"(aesthetics of identity)和"审美抵牾"(aesthetics of opposition)的对立。

另外,艾柯和普利托那样的社会学方向的符号学代表人物,也从来没有否认科学的关联范畴所具有的文化、历史和意识形态特性,但这并没有妨碍符号学家们去钩稽文本中的语音、语义、句法、描述的结构,而这些结构是任何接受都无法视而不见的。例如雅各布森和列维-施特劳斯在其共同撰写的著名论文《波德莱尔的〈猫〉》中,看似乏味或多余地指出了一个事实,即这首十四行诗由三句句子组成。显然,这一对文本的语义产生影响的事实,19世纪下半叶的读者不会视若无睹,几个世纪以后的读者也不会置之度外。

四　穆卡洛夫斯基和英伽登的学说

创立一种学说,时常受到各种思潮或思想的影响。在康士坦茨学派的接受美学中,穆卡洛夫斯基和英伽登的理论所产生的影响是显而易见的。因此,在重点考察了姚斯的学说之后,着重探讨伊瑟尔的效应美学之前,有必要对穆、英二者的理论做一个扼要的评述。

(一) 穆卡洛夫斯基:审美客体和审美价值的演化

对姚斯和整个康士坦茨学派来说,布拉格结构主义学派的穆卡洛夫斯基的理论具有重要意义。在姚斯和伊瑟尔倡导接受美学的那个时期,以及日后很长一段时间里,德国学界谈论结构主义或接受美学,几乎言必称穆卡洛夫斯基。从1967年到1974年,他的重要著作几乎都被译成德语,成为当时的学术焦点和显学之一。从某种意义上说,他的理论是经由德国走向整个西方世界的。

与整个布拉格学派一样,穆卡洛夫斯基继承的是俄国形式主义传统。可是就在俄国形式主义中,迪尼亚诺夫和雅格布森在其合作撰写的《文学和语言的研究问题》(1928)[①]中,已经试图回答体系与进化、共时与历时的交错问题,从而使索绪尔结构主义的共时语言观察

[①] Jurij Tynjanov/Roman Jakobson, "Problemy izučenija literatury i jazyka", in: *Novyj LEF* (Moscow) 12, 1928, 35-37.

获得了向历史方向拓展的可能性。1929年，穆卡洛夫斯基和雅格布森共同撰写的著名"布拉格提纲"，不仅全面阐述了后人称之为"布拉格学派"的理论原则，而且对二者本身的理论发展也具有纲领性意义。他们共同的出发点是，文学文本当被理解为有意义的、自足的东西。他们的不同之处在于，雅格布森过于强调艺术表达形式的自律性，穆卡洛夫斯基则将自己对艺术自律的思考同历史因素和接受理论联系起来；他在1930年代尤其关注艺术语言的特性，并强调在功能上区分诗性语言运用与交往性语言运用。与卢卡契、戈德曼等黑格尔主义者不同，穆卡洛夫斯基从其功能主义立场出发，强调文学作品的开放性接受过程；并且，文学会在其接受过程中不断产生新的功能，甚至出现相互矛盾的功能。在文学史的框架内对单个文学作品的评价，首先必须观照它在历史演化过程中的"演化价值"（evolutive value）。艺术标准不是恒久不变的，不仅如此，不同的甚或相去甚远的标准同时并存的现象也是很常见的。

穆卡洛夫斯基在其学术生涯的第一个时期亦即形式主义时期（1923—1928），基本上皈依俄国形式主义；第二个时期（1929—1934）的主要特征是探讨一般审美问题，这也是其结构主义美学思想的准备期；在第三个时期（1934—1941），他主要从事功能性结构主义的美学思考，这是其学术生涯的巅峰期。他在形式主义和结构主义基础上发展起来的文学接受思想受到了广泛关注。除了俄国形式主义之外，他还深受德国美学家赫尔巴特的美学思想和胡塞尔现象学的影响。1934年，在什克洛夫斯基的《小说理论》（1925）的捷克语译本出版之际，穆氏在其书评中明确反对俄国形式主义只注重形式的做法。他的讲演《艺术是符号事实》（1934）是其1930年代最重要的论说之一，克服了只看内涵的形式主义原则，转向一般审美问题。该文从索绪尔的符号理论出发，将艺术作品这一物质性的创造物比作索绪尔所说的"能指"（signifiant），含义（即特定群体对作品的阐释和评价）则对应于"所指"（signifié）。"每一部艺术作品都是由三个部分组成的独立自足的符号：一、'物质性的作品'，它具有感性象征意义；二、'审美客体'（aesthetic object），它根植于集体意识，是'意义'的载体；三、与表现对象的关系，这种关系不是指向哪种特殊的、他样的存在，而是针对特定环境中的社会现象之整体语境。"①

　　1930年代中后期，穆卡洛夫斯基的美学思想发生了重大转变。在这一转变中，迪尼亚诺夫关于"文学演变"的思想显然对他影响巨大。迪氏认为，形式创新是文学史的决定因素，文学演变其实是文学系统的更替，文学史的延续则是一个文学主导群体取代另一个主导群体的过程。②对穆卡洛夫斯基以及嗣后的整个接受理论来说，迪尼亚诺夫的理论无疑具有重大认识意义，它涉及文学准则的变迁，以及因此而出现的不同时期评论"伟大"作品时的重点转移。然而，穆氏认为迪尼亚诺夫的认识还远远不够。他明确提出，文学的内部研究忽略了作品的复杂性以及文学与社会的关系，艺术作品乃复杂符号，这一"符号事实"在作品与接受者的关系中不断变化。为了抑制黑格尔的逻各斯中心主义，穆卡洛夫斯基在其论说中常将现代主义和康德主义联系在一起。他虽然不否认艺术作品同世界观有着"活的关系"，但他也强调这种关系不是艺术、更不是高雅艺术所具有的唯一功能。与某种世界观的关系只是文学文本的相关语境使然，可是还存在其他语境，并完全可能因为变化了的接受条件而呈现出别样的审美享受和对审美创新的不同解读。换言之，艺术作品不仅在认识论的层面上与世界观有联系，并且，可能正是某种世界观才使其得以产生；多义的艺术作品还会由于其他许多语境而生发出含义变化。

　　穆卡洛夫斯基的代表作《作为社会事实的审美功能、规范和价值》（1936）③的核心观点是，语言艺术作品是审美功能中的符号。他对本土经典作品以及当代诗人和小说家的创作实践的分析，考察了作

---

　　① 穆卡洛夫斯基：《艺术是符号事实》，《美学篇章》，法兰克福：Suhrkamp，1970年，第146页。(Jan Mukařovský,"Die Kunst als semiotisches Faktum", in: J. Mukařovský, *Kapitel aus der Ästhetik* [*Kapitoly z ceské poetiky*], Frankfurt: Suhrkamp, 1970. Original: J. Mukařovský, "Umění jako semiologicky fakt" [1934], Praha: Fr. Borovy, 1936.)

　　② 参见迪尼亚诺夫：《论文学演变》（1927），载施特里特编《俄国形式主义》，慕尼黑：Fink, 1971年，第432—460页。(Jurij Tynjanov. "Über die literarische Evolution", in: *Russischer Formalismus*, hrsg. v. Jurij Striedter, München: Fink, 1971.)

　　③ 穆卡洛夫斯基：《作为社会事实的审美功能、规范和价值》，《美学篇章》，法兰克福：Suhrkamp, 1970年，第7—113页。(Jan Mukařovský, "Ästhetische Funktion, Norm und ästhetischer Wert als soziale Fakten", in: J. Mukařovský, *Kapitel aus der Ästhetik* [*Kapitoly z ceské poetiky*], Frankfurt: Suhrkamp, 1970. Original: J. Mukařovský, *Estetická funkce, norma a hodnota jako sociální fakty*, Praha: Fr. Borovy, 1936.)

品在韵律、词汇、句法和主题上的组合机制及其在作品结构中相辅相成的关系，旨在挖掘作品的语义整体和特性等审美事实所依托的艺术构成原则。"作品的最后一页可能彻底改变前面所说的一切东西的意思。只要上下文没有完结，整个含义都还是不确定的。"① 也就是说，人们只有在完整的上下文中才能领略语义整体。穆卡洛夫斯基认为，艺术作品有其"语义能力"（semantic ability），能在新的关联中得到新解，生发新的"审美客体"。在他看来，审美价值具有活的能量，内在于文学文本的矛盾性和多义性之中。这里说的当然不是某种超时代的审美价值，而是文本在每种语言和文化语境中的不一样的潜在意义。人们可以将其分为"潜在"价值和"现实"价值：潜在价值是指作品的能量，它的多义性，以及它在不同历史语境中的阐释可能性；现实价值则对应于特定时代和社会中的现实审美观。应该说，穆氏观点是言之成理的，我们常能看到一部在历史中被看作"重要的""伟大的"作品，在后来的接受语境中并不被人推重。另外，一个陌生的文化语境可能导致对一部作品的新的评价，例如在德语国家，意大利作家莫拉维亚的小说被许多人看作半色情作品，而在意大利本土，他的作品是在萨特和加缪等存在主义文学的语境中被接受的。在不同时代、不同文化和不同群体中，价值判断可能是迥然不同的。

穆卡洛夫斯基所倡导的结构主义美学，体现了一种客观主义和唯物主义倾向，它从功能上把审美对象看作审美符号的结构系统，结构乃是各种相互关联的成分的内在组合，并以此形成一个整体。鉴于符号基本上只在各种具体的符号关联中才获得意义，他把"客观审美价值"（objective aesthetic value）设定为前提，即艺术作品本身是物质性的艺术构造，不再变化地存在着，具有外在的、不变的特征。然而，艺术作品也是非物质性的、在时空中变化的审美客体，它是在与集体和个体意识中的审美传统的碰撞中产生意义的。艺术作品的价值只能视情况而定，只有在接受行为亦即"具体的感受行为"中才能体现出来，社会中具体的行为主体才使作品成为具有结构、意义和价值的整体。因此，艺术作品是一种社会符号，对一部作品的评价依托于被激

---

① 穆卡洛夫斯基：《对话二论》，载穆卡洛夫斯基：《诗学篇章》，法兰克福：Suhrkamp，1967年，第116—117页。(Jan Mukařovský, "Zwei Studien über den Dialog", in: J. Mukařovský, *Kapitel aus der Poetik* 〔*Kapitoly z české poetiky*〕, Frankfurt: Suhrkamp, 1967.)

活的"审美客体",作品能够以其语言符号激活无数超出审美范畴的价值。在建构"审美客体"时,接受者有着举足轻重的作用。然而,这种审美具体化的个体行为,只有在接受主体联系那些根植于集体意识的审美价值观和规范的情况下才是可能的,因为作品的鉴赏者是社会的产物、集体的一员。通过这一途径,审美客体的"唯一性和不可重复性"便与社会共同体的集体审美经验接合到一起,社会现实与艺术作品是相互渗透的。文学属于社会现象,人们一方面可以对单个作品、一个作家的全部作品(Œuvre)或者各种艺术形式进行结构研究;另一方面,它们不能离开社会而独立存在。文学作品并非以物质形态固定下来的、一成不变的意义载体,而是以其结构给可能的意义生成提供活动空间。作品符号具有两种功能:一为作品的构成功能,一为作品同社会的交流功能。穆卡洛夫斯基的社会意识使其区别于俄国形式主义或英伽登的理论。

这些思考中可以见出两个特点:其一,审美功能的实现被置入历史关联语境,涉及文学现象的历史性或自我历史问题;其二,审美功能概念将作品拽出审美客体的静止状态,使变化的接受主体获得充分的活动空间,从而使社会实践对现实的特定把握也参与到作品接受中来,并让新的认识和含义进入作品,这是一个动态符号系统。在穆卡洛夫斯基看来,艺术作品只有在它不只是指向某一特定现实,而是指向一个时代之社会现象的整体,它才成其为独立的、自足的符号。所谓整体,基本上可被理解为建立在语言或规范基础上的集体意识,即所谓体系化的规范。由此可见,穆卡洛夫斯基的理论并非人们第一眼看到他对审美功能的定义时所理解的那样,它并不是纯粹审美性的。这一点完全就像他对什克洛夫斯基的形式主义的评论一样:以他之见,形式主义只是一个战斗口号而已,是什克洛夫斯基用来向传统批评理论挑战的;因此,形式主义的真正功绩根本不是形式主义的,因为严格意义上的形式主义是不存在的。①

对接受美学来说,至关紧要的不仅是"审美客体""演化价值"等概念,还有穆卡洛夫斯基对"actual aesthetic value"(实际的、现实的、事实的审美价值)的论述。这种价值只有在艺术作品与接受者的

---

① 参见霍拉勃:《接受理论》,第309页。

审美交流中才会显现出来，作品当被看作信息，以其结构导向来发挥作用，接受者则根据集体规范和价值观来实现作品的审美潜能。从这个意义上说，作品的价值是指其固有的文学性和审美性，同时又与社会密切相关，与接受者的审美反应密切相关。穆卡洛夫斯基把作品这一多义的"能指"或表述与意义或内容区分开来，并将意义的获得首先理解为接受者的事情，这种总体上的康德主义倾向在他的学生伏迪卡那里得到了进一步发展，后者尤其将"审美客体"概念作为其文学演变理论的根基。这一理论最终在姚斯的接受美学中一览无遗。

（二）英伽登：从现象学到效应美学

我们在考察姚斯的接受美学时可以看到，姚斯一方面从作品的可阐释性出发，另一方面又抓住特定期待视野和社会"内容"不放，因而无法真正协调文学文本的多义性和概念性。在他之前，胡塞尔的学生、波兰理论家英伽登则有所不同，他严格区分了作品结构和读者反应。英伽登的基本思想是，文学作品虽然可以得到概念上的把握和语言上的描述，但它终究是多义的、可阐释的，文学作品是可"具体化"的。这里需要说明的是，英伽登的"文学作品"概念是一个大概念，包括所有口头作品和书面作品，而他所用的"文学的艺术作品"概念，则指追求语言艺术、富有审美价值的文学作品，即高雅文学或纯文学作品。本节议题中的"文学作品"，主要涉及纯文学作品。

二次大战之前，英伽登主要用德语写作，其《文学的艺术作品》（1931）[①] 所主张的"内部研究"，不仅对"新批评"和韦勒克的文学理论产生了重大影响，也为德国的"作品内涵研究"提供了丰富的养料。他的另一部专著《对文学的艺术作品的认识》（1937）的德文版于1968年出版[②]，使人更清楚地看到英伽登关于阅读过程与文学作品之关系的见解，即他对文本与读者之间的关系的重视。英伽登理论的

[①] 英伽登：《文学的艺术作品——本体论、逻辑学和文学研究的交界领域考察》，哈勒：Max Niemeyer，1931年。（Roman Ingarden, *Das literarische Kunstwerk. Eine Untersuchung aus dem Grenzgebiet der Ontologie, Logik und Literaturwissenschaft*, Halle: Max Niemeyer, 1931.）

[②] 英伽登：《对文学的艺术作品的认识》，图宾根：Max Niemeyer，1968年。（Roman Ingarden, *Vom Erkennen des literarischen Kunstwerks*, Tübingen: Max Niemeyer, 1968.）

复兴和走红,对西德初见端倪的接受美学来说适逢时机。他的功绩之一,是把文学文本的"不定点"(Unbestimmtheitsstelle)与接受者联系在一起,这便直接提供了接受美学的论题。

在英伽登那里,文学作品是一个有机的"整体"和"程式构造"(schematisches Gebilde)。"程式构造"是其文学作品理论中的一个尤为重要的概念,它指任何一部作品的字句表达都是有限的,其呈现事物的方式只能是程式化的勾勒,表现事物的大致情形和框架,只有很少一部分具体特性得到详尽描述。"有限的词语和句子,不可能明确而彻底地把握作品所描写的各种客体之无限的确定意义。不少确定性的缺失总是必然的。"① "不定点"概念正是来自这一观察。"无法基于文本来明确断定某一页或某个地方所描述的客体特性,我称之为'不定点'。"② 并且,"不定点"或"空白点"不是例外,而是常态。因此,文学作品当被看作充满缺漏和多义的建构品。

文学作品中的不定因素,是相对于实际生活中明确的真实事物而言的,作品中的句子往往无法完全说出特定事物、场景或人物的具体特性或某些特性。比如"孩子踢球"这个句子,它不包括孩子的年龄、性别、肤色和发色等。假如这个句子所说的事情发生在瑞典,读者基本上可以断定孩子为金发碧眼,可是再详细的描述也无法完全排除文学作品留下的不定因素。又如歌德的《少年维特之烦恼》,读者知道主人公穿的蓝色燕尾服和黄色坎肩,要想知道他的确切面部长相则需要想象,文本只提供了一个轮廓。根据英伽登所皈依的现象学理论,认识活动不管怎样也不可能穷尽认识客体的所有属性和特点。因此,每一部文学作品或每一个被表现的客体,都有无数"不定点"和"空白点"。它们有待读者的想象来填补,需要在读者的审美体验中获得具体意义,英伽登把这种行为称作"具体化"(Konkretisation)。无论如何,"与读者的接触是必须的"。或者反过来说,"一部纯文学作品从各方面看都是程式构造,带着'缺漏'、不定点、程式化情景等部分",从而提供了各种可能性,让人从阅读的视角来理解文学,凭借

---

① 英伽登:《对文学的艺术作品的认识》,第50页。
② 英伽登:《对文学的艺术作品的认识》,第49页。

自己的经验和想象来填补空白、丰富审美客体。① 英伽登的"不定点"概念强调被描写对象的伸缩性或弹性,读者的任务是挖掘重要的不定点和空白点,并决定填补什么、不填补什么。换言之,读者要通过对那些重要的、确实需要填补的不定因素的"具体化"来重构文本。由此看来,"具体化"是阅读行为中极为重要的环节,尽管"具体化"并不总是有意识的行为。

英伽登在如何理解文学作品这个问题上的两个原则立场是:其一,他坚决拒绝心理主义,即反对从心理和生平分析来阐释作品。尽管作品的产生与作者的心理特性和根本经验密切相关,但是不能把它们同作品画等号。同样,读者的个性、经验和心理,当然不是作品本身。其二,英伽登试图把诗学和文学研究限定在文学本体论的范畴之内,即强调作品本体。尽管他认为文学作品是"意向之物"②,存在于作者和读者的意向活动之中,但是没有作品本体,意向只能是无源之水。本体论关乎作品本质或曰作品的总体思想及其可能的变化,诗学则涉及作品的可能性和实际形态。由此,他的"效应美学"也必然建立在本体论和现象学的基础上。③

作为"意向之物"的文学作品,充满了空白点和不定点,且无法完全根除,原因是其不计其数。它们出现在英伽登所区分的文学作品的所有存在形式亦即四个层次构成(基本结构)之中:一、"各种字音和以此为基础的语音组合的层次";二、"各种意义单元的层次";三、"各种程式化情景及其关联体的层次";四、"被表现的对象及其

---

① 参见英伽登:《文学的艺术作品——本体论、逻辑学和文学研究的交界领域考察》(1931),图宾根: Max Niemeyer, 1972 年,第 261—263、353—356 页。(Roman Ingarden, *Das literarische Kunstwerk. Eine Untersuchung aus dem Grenzgebiet der Ontologie, Logik und Literaturwissenschaft*, 4., unveränd. Aufl., Tübingen: Max Niemeyer, 1972.)

② 关于"意向之物"(intentionaler Gegenstand)或"纯意向之物"(rein intentionaler Gegenstand)之说,其概念史可以追溯到德国哲学家、心理学家布伦塔诺(Franz Brentano, 1838—1917)那里。英伽登主要在分析艺术品时,尤其在其《文学的艺术作品》中运用了这个概念,认为文学作品纯粹是一种意向性的存在方式,或曰意向性的表现。英伽登的这个概念明显借鉴了胡塞尔对"意向之物"的阐释。

③ 英伽登理论的一个不协调之处也是显而易见的:他的现象学经常涉及文学作品在具体化过程中的历史和文化嬗变,而其本体论则是静态的,似乎完全排除了作品创作的历史和社会语境,忽视了作品与创作主体的联系。

境遇的层次。"① 字音以及语音组合是作品结构中最基本的层次，是文学的"原始材料"，不但承载着意义，而且能够产生韵律和节奏等审美效果。意义单元由单词和句子组成，单词本身具有含义，并在特定句子中获得更确定的意义；或者说，特定句子中的各种单词相互作用，会产生词义的变化，因此，句子才是语言的基本构成，与意义直接相关。各种意义单元通过程式构造来建构被表现的对象。因为纯文学作品本来就是"意向之物"，所以意义单元、程式构造和再现客体都具有虚构性质，不同于实在客体。用纳博科夫的话来说："文学是发明，小说是虚构：Literature is invention. Fiction is fiction。"②

与穆卡洛夫斯基相同，英伽登认为文学作品具有双重特性：它一方面是多义的、可被具体化的程式；另一方面，具体化依赖于读者的审美体验，作品是审美的客体。因为不同读者有着不同的经历、想象及审美体验，"具体化形态"（Konkretion）必然是不同的，作品也会因人而异。不过，尽管特定作品允许不同的、合情合理的审美具体化，而且审美能给读者提供很大的想象空间，但这并不意味着读者可以"为所欲为"。换言之，作品的程式构造为阅读提供了想象的天地，同时也设定了允许的范围。"读者的功能在于，顺应作品的暗示和指点，根据作品的意图、而不是随意地兑现作品的见解。当然，读者也不是完全被作品牵着走。"③ 这里注重的是可重构的作品结构与读者想象之间的平衡。倘若读者过多地抛开作品的内在结构，他便践踏了作品、破坏了平衡。显而易见，英伽登既不是康德主义者也不是黑格尔主义者，他的很独特的立场介于康德和黑格尔这两极之间。

与作为程式的作品和作品的具体化相对应，英伽登区分了作品的艺术价值和审美价值，这是两种完全不同的价值，它们之间虽有内在关联，但是不能混淆。④ 对一部作品的评价，关键在于重构作品的"程式"，"程式特性"是可被重构的，确定性和不确定性、概念性和

---

① 英伽登：《文学的艺术作品》，第 26 页。
② 纳博科夫：《好读者，好作家》，《文学讲稿》，圣地亚哥：Harcourt Brace & Co.，1982 年，第 5 页。（Vladimir Nabokov, "Good Readers and Good Writers," in: V. Nabokov, Lectures on Literature, ed. by Fredson Bowers, San Diego: Harcourt Brace & Co., 1982.）
③ 英伽登：《文学的艺术作品》，第 51 页。
④ 参见英伽登：《艺术的和审美的价值》，朱立元译，载朱立元、李钧主编《二十世纪西方文论选》上卷，北京：高等教育出版社，2002 年，第 388—400 页。

非概念性之间的相互关系是可描述的，程式是具体化的前提。为了赋予某部作品以特定的艺术价值，不仅要准确把握这部作品固有的和现实的蕴含，还要看到它的各种可能的审美价值，以及各种典型的具体化可能性，从而可以从新的视角来鉴别这部作品的艺术性。由此看来，艺术价值蕴含于作品的程式、四个层次构成及其表现能量，对它的评价也是审美判断的起点。审美价值只是在作品成为审美对象并引发审美体验时才显现出来，它的具体化程度与是否充分挖掘四个作品层次中的意蕴密切相关，化约和淡化的方法都无法穷尽审美价值。因此，审美价值终究还是深藏于作品之中。英伽登所期待的是"理想的"、能够鉴识作品结构的读者，以真正实现艺术作品向审美对象的转化。然而，"理想读者"并不是切合实际的想象："文学想去深刻影响的读者是已经具备了那些'正确'能力和反应的读者，他精于运用某些批评技术并且承认某些文学惯例，但又恰恰是这种读者最不需要受到影响。"①

从本体论出发重构作品程式的设想以及"不定点"问题，也是伊瑟尔文学考察中的中心问题。不过，伊瑟尔给英伽登的思考带来了新的历史性转折：他所关注的不仅是文本的蕴含及其可重构性，以及能够驾驭文本的读者，他还重视不定因素（以及不定因素的增长）的历史维度。或者说，英伽登没有充分认识文学作品和读者总是处在特定环境之中，伊瑟尔则注重文本结构在具体接受语境中同读者行为结构的交流和互动。另外，他试图用符号学来弥补现象学文学研究的不足之处。

五 伊瑟尔的效应美学

（一）效应美学：文本和阅读的互动效应

英伽登理论的最重要的发展者是康士坦茨学派的另一个代表人物伊瑟尔。他的文学理论的基本范式和一些中心概念，是从英伽登那儿借鉴而来的，甚至直接接过了英伽登的术语。然而，他用交往理论和

---

① 伊格尔顿：《二十世纪西方文学理论》，第78页。

语言心理学发展了英伽登的文学现象学模式。康士坦茨学派发展史上的开创性事件，一为姚斯于 1967 年在康士坦茨大学的教授就职演说《文学史对文学研究提出的挑战》，提出了他的接受美学；一为伊瑟尔于 1970 年在该大学的教授就职演说《文本的召唤结构》，倡导效应美学。如果说姚斯主要是从文学史研究走向接受美学的，那么英美文学史家和理论家伊瑟尔则是从诠释新批评和叙事理论开始的。尽管他的教授就职演说的影响力没有姚斯的《挑战》那么强劲和持久，但是康士坦茨学派从此开始双翼齐飞。伊瑟尔于 1976 年发表《阅读行为——审美效应理论》，使接受美学的学术影响在德国达到顶点，接受美学几乎得到了所有语言文学专业的关注。

其实，"不定因素"（Unbestimmtheit）或"空白点"（Leerstelle）真正成为文学研究的专门术语，当从伊瑟尔的接受理论算起。他不把文学文本中的不定因素只定义为作品本身的特性，而是把它看作"效应前提"（Wirkungsbedingung）。文本究竟如何、在什么条件下才有意义？以伊瑟尔之见，作品本身并非意义的承载者，意义是文本和读者相互作用的结果，是"经验的产物"而非"被解释的客体"：

> 文学文本的意义只在阅读过程中才会生成；它们是文本与读者互动的产物，不是隐藏于文本、唯有阐释才能发觉的品质。①

与姚斯从历史解释学的角度关注"超主体视野"或"集体期待"不同，伊瑟尔则更多地探讨了个体阅读过程所涉及的文本结构和效应潜能，其理论阐释是为了给经验研究和历史研究提供材料。伊瑟尔把文本意义的建构视为显而易见的读者行为，文本为读者提供了活动空间，"空白点"便是活动空间所在。读者需要通过对各种不定因素进行具体化（Konkretisation）处理来填补空白，"这是文本与读者之间最重要的转换环节"②。不定因素给读者以"参与的可能"，提供"阐释

---

① 伊瑟尔：《文本的召唤结构：不定因素作为文学叙事作品的效应前提》，载《康士坦茨大学讲演》第 28 册，康士坦茨大学出版社，1970 年，第 7 页。(Wolfgang Iser, "Die Appellstruktur der Texte. Unbestimmtheit als Wirkungsbedingung literarischer Prosa", in: *Konstanzer Universitätsreden* 28, Konstanz: Universitätsverlag, 1970.)

② 伊瑟尔：《文本的召唤结构：不定因素作为文学叙事作品的效应前提》，第 33 页。

的空间"。① 此时，读者似乎既在解释作品也在与作品作战，竭力把多种含义融入易于驾驭的框架之内。② 不定因素会出现在那些汇聚"程式化情景（schematisierte Ansichten）"③ 的所有地方，比如行文中突然出现陌生的人物，或在一个新的情节开始的时候，便"需要探询已经知道的故事同新出现的、出乎意料的情景之间的关系"④。空白点又是场景和对话中没有点明的东西，即文本犹言未言之处，是一种形式的"感应空间"⑤。对空白点的这种狭义理解也是人们最常引用的。

在伊瑟尔的效应美学中，"不定因素"和"空白点"概念具有中心地位。不定因素首先是虚构文本的特点。它的存在原因在于文学文本一方面超然于已然现实（否则它会"淡而无味"），另一方面又关照现实（否则它会是"虚悬异想"）。⑥ 不定因素能够唤起读者的好奇心和主动性。读者当然也可以对不定因素置之不理，比如他只关注文本中"信而有征"的东西。

读者填补空白点并非随心所欲，而是依托于文本的"指令"，文本的"召唤结构"使"可转换性"⑦ 得到保证。艺术作品的可确定性来自对它的审美经验，而一种特定的基本结构会给这种经验提供导向，诚如姚斯所说的那样："艺术作品能够更新由于习惯而变得迟钝的对事物的感受"，塞尚绘画作品的色彩是"对观看者的提示，让人放弃观察事物的惯常目光，这是来自作品的导向，可是它需要"参与创作"的接受行为。⑧ 这种作品与体验的互补更鲜明地体现于伊瑟尔的文学理论。同时，他亦强调发生在读者意识中的具体化虽然受到文本结构的召唤，但是不可能完全受它控制。伊瑟尔由此而同简单的"刺激—反应"模式（stimulus-response model）划清界线，发展了一种互动模

---

① 参见伊瑟尔：《文本的召唤结构：不定因素作为文学叙事作品的效应前提》，第15、16页。
② 参见伊格尔顿：《二十世纪西方文学理论》，第79页。
③ 伊瑟尔：《文本的召唤结构：不定因素作为文学叙事作品的效应前提》，第14—16页。
④ 伊瑟尔：《文本的召唤结构：不定因素作为文学叙事作品的效应前提》，第18页。
⑤ 伊瑟尔：《文本的召唤结构：不定因素作为文学叙事作品的效应前提》，第11页。
⑥ 参见伊瑟尔：《文本的召唤结构：不定因素作为文学叙事作品的效应前提》，第12页。
⑦ 伊瑟尔：《文本的召唤结构：不定因素作为文学叙事作品的效应前提》，第13页。
⑧ 姚斯：《审美经验的简要辩白》，第14、35页。

式。为了阐明存在于文本、却不能完全定性的指令特性亦即"召唤结构",伊瑟尔引入了"隐在读者"之说。作为一种重要暗示模式的隐在读者,带着文本的效应信号。因此,伊瑟尔所发展的不是严格意义上的接受美学,而是效应美学。

伊瑟尔在《阅读行为》中指出,19世纪的批评家——如詹姆斯的小说《地毯上的图案》中虚构的批评家所说的那样——以为自己能够破解多义的文本中的秘密,这只能是似是而非。"含义不能化约为单一的话语意义,不能锁定在一个事物上。"① 换言之,情景和表述之间存在质的区别。② 伊瑟尔对19世纪阐释风格的论述,明确显示出其反黑格尔美学的立场。当时的阐释风格给人留下的印象是,"作品仿佛被降格为各种通行的价值观的反射。这一印象之所以能够成立,是因为那种阐释规范完全要从黑格尔的'理念的感性显现'来理解作品"③。尤其是现代文学作品,它们表达的不是"理念",因而不能用黑格尔的整体性概念所引申出的"关联性"来衡量。这类古典主义概念"必然会把现代艺术界定为颓废现象"④。

不但在其1972年的论著《隐在读者》中,也在《阅读行为》中,伊瑟尔对康德的审美不可知论所表现出的同感是显而易见的。这种不可知论一方面拒绝艺术屈从概念,另一方面也不完全视艺术为毫无蕴含的。与同样以康德美学为依托的阿多诺一样,伊瑟尔试图说明文学文本是在概念和非概念这两极之间运转:"这时便显示出虚构文本中的含义概念的特色,它(我们可以变通一下康德的说法)具有模棱两可的特性:含义有时是审美性质的,有时是话语内容性质的。"⑤ 在这个语境中,伊瑟尔的研究重点是文学的潜在含义与读者对含义的构造。他所关注的是内在于文本的条件,视之为读者构造含义结构并实现文本潜在含义的前提。据此,"作为审美效应的含义"⑥ 在他眼里便成了

---

① 伊瑟尔:《阅读行为——审美效应理论》,慕尼黑:Fink,1994年,第18页。(Wolfgang Iser, *Der Akt des Lesens: Theorie ästhetischer Wirkung*, München: Fink,〔1976〕1994.)
② 参见伊瑟尔:《阅读行为——审美效应理论》,第21页。
③ 伊瑟尔:《阅读行为——审美效应理论》,第29页。
④ 伊瑟尔:《阅读行为——审美效应理论》,第27页。
⑤ 伊瑟尔:《阅读行为——审美效应理论》,第43页。
⑥ 伊瑟尔:《阅读行为——审美效应理论》,第43页。

文学研究的真正对象，而不是正确的或完整的阐释。就文学虚构而言，重要的"不是它意味着什么，而是它产生什么效应"①。

在这一考察框架内，重表达、轻内容的倾向便在预料之中；或如伊瑟尔所做的那样，借助符号学来阐发那些源自胡塞尔和英伽登的现象学思想，以表明虚构的文学作品拒绝被概念收容："虚构文本的符号呈现出'能指'的组合，与其说它们标识'所指'，毋宁说其是建构'所指'的指令。"② 他借用了美国符号学理论的符号概念以及索绪尔符号学中的"能指"和"所指"概念，改写了含义和效应之间的虚构关系。当然，我们在这一上下文中最能见出伊瑟尔同穆卡洛夫斯基的亲缘关系，后者早就借用了索绪尔的概念。在穆卡洛夫斯基看来，一部艺术作品既是物质性存在，即外在的、不变的所指，也是审美客体，即它的非物质性的、在时间和空间中发生变化的能指，由源于作品的启发与集体和个体意识中的审美传统的碰撞而生发的能指。且不论异质术语所带来的生涩，尤其是诸多异质术语在《阅读行为》中引起的歧义和失当，重要的是伊瑟尔（如同穆卡洛夫斯基）的思考，即对黑格尔的逻各斯中心主义美学的批判，导致对文学表述而不是文学内容的重视。

英伽登关于"文学的艺术作品"概念给伊瑟尔提供了理论框架，但他明显地比前者更加与黑格尔美学保持距离。同英伽登一样，伊瑟尔也从"文本程式的实际情况"③ 出发，但是他强调了程式"取决于文本所采取的策略，其操控潜能预设了文本接受的路径"④，并刻意把随心所欲的接受排除在外。在现象学的研究框架中采用符号学的概念工具，这给伊瑟尔的符号学方向的考察增添了交往理论的成分，他认为这是英伽登的理论中看不到的。与英伽登不同，伊瑟尔关注的不是文学作品的本体论问题，而是文本与读者、"文本结构和行为结构"⑤ 之间的交流和互动。同时，伊瑟尔突出了读者的创造性作用，以及文本和阅读的互动效应。这里便能见出他的模式与英伽登模式之间的差

---

① 伊瑟尔：《阅读行为——审美效应理论》，第88页。
② 伊瑟尔：《阅读行为——审美效应理论》，第107页。
③ 伊瑟尔：《阅读行为——审美效应理论》，第229页。
④ 伊瑟尔：《阅读行为——审美效应理论》，第142页。
⑤ 伊瑟尔：《阅读行为——审美效应理论》，第63页。

异，英伽登的"具体化"概念不是对话式的，也不具有交往理论的因子："英伽登不描述文本和读者之间的互动，只状写文本中已有的观点在阅读过程的兑现；也就是说，他撇开了错综复杂的关系，只看到从文本到读者的直线的单向斜坡。"① 英伽登理论的创新之处和价值所在是毋庸置疑的，但它也留下了不少没有回答的问题，以及明显的不足之处。

（二）意义生成：存储、策略、实现

伊瑟尔和英伽登都看到了文本与文本具体化之间的根本区别，而他们的不同之处在于，伊瑟尔竭力把通过读者才得以实现的具体化看作真正的创造性过程，文本的意义在这个过程中才得以确立。"文本只有在被阅读时才会被唤醒生命"，通过填补空白使"读者在文本中得到证实"才有意义。② 意义的确立发生在三个层面上：存储（Repertoires）、策略（Strategien）、实现（Realisation）。三个层面都与《阅读行为》第四版"前言"论及的三个关键问题有关：

> 如果我们看到文学引起某种变化，那么研究兴趣就应指向三个基本问题：其一，文本是如何被接受的？其二，引导接受者对文本进行处理和消化的各种结构是怎样的？其三，文学文本在其特定语境中的作用是什么？③

第二个问题所说的结构，首先是指文学文本的组成部分，伊瑟尔称之为"存储"。存储的内容包括文学内和文学外的惯例、规范和价值，它们连接文学文本同文学之外的各种社会机制："文本存储说的是筛选过的材料，文本通过这些材料而同外部世界的各种机制发生关系。"④ 存储汲取社会准则、审美准则以及从前的文学经验，生发出

---

① 伊瑟尔：《阅读行为——审美效应理论》，第271页。
② 伊瑟尔：《文本的召唤结构：不定因素作为文学叙事作品的效应前提》，第6页；伊瑟尔：《阅读行为——审美效应理论》，第267页。
③ 伊瑟尔：《阅读行为——审美效应理论》，第IV页。
④ 伊瑟尔：《阅读行为——审美效应理论》，第143页。

"虚构文本的世界关联"①。显而易见,"储存"基本上是指传统文学理论中的"内容"。Repertoire 亦有"保留剧目"之义,也就是文学作品中常见的题材、主题和套路等,这是文本与读者见面和交流的地方。从这个意义上说,"储存"同姚斯接受美学中的"期待视野"最为接近。

如果把"存储"理解为文本内容层面的东西,建立在存储基础上的文本"策略"则属于组合和衔接的问题。"它们必须标明存储的元素之间的关系。[……]它们还必须引发由它们组合起来的存储关联与读者的关系,以使读者看到各种对应之处。因此,策略不仅关乎文本题材的衔接,也呈现各种交流条件。"② 被伊瑟尔称为"策略"的东西,在某种程度上与形式主义者的"手法"和"技巧"相似。伊瑟尔本人也常在策略和技巧之间画等号:"策略一般是通过文本中可见的技巧来实现的。"③ 比如叙事技巧和叙事角度,它们会拣选和强调特定事物及其关联,使其彰明较著,同时又忽略或遮掩其他一些事物。甄别和凸现,离不开叙事者的艺术手法。把伊瑟尔的"策略"同形式主义联系起来,当然有其直接依据,即俄国形式主义所张扬的创造"文学性"(literaturnost)的技巧;尤其是在雅格布森的文学阐释中,考察作品的"device"(策略、设计、手段)占据中心位置。不唯如此,按照雅格布森之见,既然文学研究的对象是文学性,即作品为何成其为艺术作品的原因,探讨 device 便是文学批评之理所当然的主要任务。

"保留剧目"不能让人习以为常,这是文本策略的关键。优秀作品应能冲击期待视野,否则会让人失望。作家以特定视野中的特定视角展开某些话题,让早已过去的事件和情景出现在一个新的语境之中。主题和视野之间的辩证关系会产生累积效应:"如果主题结构和视野结构可以通过预设的视角变化,赋予所有文本形态以变动的可视性,[……]那么,这一过程便会在不断变化中产生奇异的累积效果。"④ 在伊瑟尔看来,文本应当提供能使熟悉的经验世界陌生化的视角,读者可以对由此生发的不定因素进行各式各样的加工。在此,我

---

① 伊瑟尔:《阅读行为——审美效应理论》,第 153 页。
② 伊瑟尔:《阅读行为——审美效应理论》,第 143—144 页。
③ 伊瑟尔:《阅读行为——审美效应理论》,第 145 页。
④ 伊瑟尔:《阅读行为——审美效应理论》,第 168 页。

们马上就会想到伊瑟尔或姚斯极为推崇的什克洛夫斯基的 ostranenie（ostranenie）亦即"陌生化"，它与作品的"设计"密切相关，或曰艺术作品就是设计陌生化：鉴于接受者感受作品时的那种惯常的、"自动的"的感受，艺术的功能便应以新的角度和新颖的设计来表现寻常见惯的事物，使人产生惊讶之感。后来，布莱希特进一步发展了"陌生化"理论，旨在让人获得新的认识。在伊瑟尔看来，最有效的文学作品是迫使读者对自己习以为常的代码（code）和期待产生崭新批判意识的作品。①

当然，伊瑟尔更重视文本与读者的互动，因而不愿将策略仅仅理解为文本的结构特征。谁能看到作品的特色和不定因素并对之进行创造性加工，才能显现文学文本的真正品质。他所强调的是文本的内在结构所引起的读者理解活动。主题和视野的相互关系形成各种文本视角的协奏，并同文本策略以及存储一起，成为读者实现文本的基点。所谓"实现"，就是由读者来完成的文本意义的确立。读者需要挖掘隐含于文学文本的意义，但是如前所述，意义不是唯有阐释才能发觉的隐藏于作品的品质，而是文本与读者互动的产物，一切都发生在期待和提示的互动关系之中。在此，空白点理论其实承袭了诺瓦利斯的浪漫主义期待："真正的读者必须是延伸的作者。"② 在阅读过程中，他能够凭借自己的认识和想象能力，在作品给定的框架中"过另一种生活"。

在"实现"过程中，读者不断受到作者和叙事者的点拨，这会使他修正自己的各种期待，并在新的观照中观察人物、事件以及读者"自我"。伊瑟尔关于阅读产生效应的论述，或许是其"阅读现象学"中最富启发性的部分。在他看来，读者在阅读时，自己原有的经验变成一种背景，接近他者时疏远自己。然而，这时出现的疏离，不是发生在主体和客体之间，而是主体和自我之间。阅读的全部意义在于引发更深刻的自我意识，带着批判的目光审视自己的各种认识，读者其

---

① 参见伊格尔顿：《二十世纪西方文学理论》，第77页。
② 诺瓦利斯：《杂记125》，克卢克霍恩、萨穆埃编《诺瓦利斯文集》第2卷，斯图加特：Kohlhammer，1981年，第470页。（Novalis, *Vermischte Bemerkungen* 125, in: *Novalis Werke*, hrsg. von Paul Kluckhohn und Richard Samuel, Bd. II, Stuttgart: Kohlhammer, 1981.）

实一直在阅读自己和塑造自己。① 这时，我们便能理解"否定"为何是伊瑟尔文学理论中的一个重要范畴。"否定性"不仅体现于对"保留剧目"的处理（消除确定性）亦即推陈出新，读者也可用否定来摆脱自我，打破原有的期待视野，旨在扬弃和超越，这是伊瑟尔文学交流理论中最基本的组成部分。

（三）"隐在读者"与概念杂用的模糊性

在文本和阅读、期待和提示的互动过程中，"隐在读者"（impliziter Leser）是指"写入文本的读者角色"②，这种读者角色产生于文本的不同视角，在受文本引导的阅读活动中显现出来。不定因素则成为"总是把读者考虑在内的文本结构的基础"③，伊瑟尔称这种通过作品的不定因素而蕴含于文本的读者为"隐在读者"，将之界定为"预设在文本中的阅读特性"④。隐在读者是由文本的接受导向决定的。尽管实际读者对接受导向的反应程度不一，但是各种反应形式还是可以预料的。隐在读者的创造力，源于文本的不确定性以及具体化的可能性。换言之，"隐在读者"这一术语是指文本结构中的潜在意义与阅读过程对潜在意义的实现，它依然是在强调文本和阅读的关系。然而，这一概念时常遭到诟病，原因在于它的文本性，即隐在读者终究属于内在构成，从而会引起它同"召唤结构"的混淆。霍拉勃也认为"隐在读者"这一概念"可以说是严密不足，而不是精确过甚"⑤。

伊瑟尔所说的具体化的可能性，同在英伽登那里一样，不能与任意性相混淆。"更多的是文本策略预先设定的路线，它会操控想象活动，并催生接受意识中的审美对象。"⑥ 在这个上下文中，隐在读者也被定义为"写入文本的结构"⑦。其实，这种模式多少已经见之于艾柯

---

① 参见伊格尔顿：《二十世纪西方文学理论》，第 77 页；霍拉勃：《接受理论》，第 375—376 页。
② 伊瑟尔：《阅读行为——审美效应理论》，第 62 页。
③ 伊瑟尔：《文本的召唤结构：不定因素作为文学叙事作品的效应前提》，第 33 页。
④ 伊瑟尔：《隐在读者：从班扬到贝克特的小说交流形式》，慕尼黑：Fink，1972 年，第 9 页。（Wolfgang Iser, *Der implizite Leser. Kommunikationsformen des Romans von Bunyan bis Beckett*, München: Fink, 1972.）
⑤ 霍拉勃：《接受理论》，第 369 页。
⑥ 伊瑟尔：《阅读行为——审美效应理论》，第 154 页。
⑦ 伊瑟尔：《阅读行为——审美效应理论》，第 60 页。

关于"开放的作品"和"典型读者"的理论。与实际的或虚构的读者不同,隐在读者是一个理想建构,"他体现先行导向(Vororientierungen)的整体,这种先行导向是虚构文本给可能的读者提供的接受条件。因此,隐在读者不以经验中的读者为依托,他根植于文本结构。"① 隐在读者之所以是理想型的,是因为他在文本中呈现的是关乎作品整体之所有层面的东西,而不只是符合实际读者之特定的心理或社会先在条件的导向。

伊瑟尔的"隐在读者"明显受到美国文学批评家布斯《小说修辞学》(1961)中的"隐在作者"(implied author)概念的启发。作为隐在作者和叙述者的对应概念,"隐在读者"可以用来描写文本意义具体化过程中的相关因素及其运行特点,这一概念也使伊瑟尔理论超越了英伽登的"不定点"和"空白点"之说。《阅读行为》中的诸多个案分析,可以见出读者在伊瑟尔理论中的创造性意义,即读者介入意义的生产。萨克雷《名利场》所揭示的中上层社会争权夺位、争名求利的现象,会成为读者进行社会批判的因由,然而,批判的标准并不见之于描述本身,它是这一小说中最关键的空白点,但读者却不难发现这一"空白",并用自己的批判意识去填补空白,代之以确定的意义。② 就隐在读者的创见而言,乔伊斯的《尤利西斯》自然超过萨克雷的小说,叙述者没有指明许多现象的因果关系,这就需要读者自己来建构;各章之间的连接并不清晰,而这些不定点能够激发读者借助想象力去充实空白点。③ 而像卡夫卡的《审判》或穆齐尔的《没有个性的人》那样的未完成作品,填补空白不仅是可能的,而且是必要的。在伊瑟尔看来,空白点当然不是文本程式中的遗漏点,读者不假思索便可以机械地补缺;空白点是创造性活动的出发点,是作为审美对象的文学文本所提供的想象天地。

伊瑟尔的功绩在于,他把读者视为具有创见的、制造文本的因素,

---

① 伊瑟尔:《阅读行为——审美效应理论》,第60页。
② 参见伊瑟尔:《隐在读者:从班扬到贝克特的小说交流形式》,第101—120页。另参见伊瑟尔:《读者:现实主义小说的组成部分——萨克雷〈名利场〉的美学效果》,廖世奇译,载刘小枫编选《接受美学译文集》,北京:三联书店,1989年,第250—276页。
③ 参见伊瑟尔:《隐在读者:从班扬到贝克特的小说交流形式》,第179—233页。

并对此做了详尽的描写。他的另一个功绩是没有忽略空白点以及对之作出反应的读者的历史维度。在这一点上也能见出他同英伽登的区别,后者既没有系统考察文学中不断增长的不定因素,也没有顾及作家因此而对自己的读者观所做出的修正。伊瑟尔在其名文《文本的召唤结构》中,已经指出不定因素在现代小说中的增长:"我们必须努力阐释18世纪以来文学文本中显而易见的不定因素的增长","尤其是其在现代文学中的剧增"。①

如果说文学文本的功能在于"回答体制所产生的问题"②,那就不得不提出另一个问题,即乔伊斯、卡夫卡、贝克特那样的作家的作品,其极端的不确定性所作出的对体制的回应,究竟指向何处?伊瑟尔基本上没有刻意回答这个问题。他对贝克特作品之否定性的解释是,它们总是把我们以为确定无疑的事物表现为虚幻的东西,并以此表明人生的基本需求无法得到满足。③ 什么是我们在社会、心理和语言中的基本需求呢?贝克特小说之高度的不确定性,是指哪些当代意义系统中的缺失呢?总而言之,伊瑟尔没有在社会、语言和历史语境中阐释现代文学不断增长的不确定性。

如同在英伽登那里一样,伊瑟尔的文学分析在整体上缺乏社会科学的视野。假如他单从现象学的角度出发,竭力远离现实中的读者,本来是无可厚非的。可是他对与日俱增的不确定性的描写,确实展示出其对社会学和文化符号学理论的兴趣,却全然不顾社会学和社会符号学的语境,这就使他的论述给人单薄之感。他在有些地方也指出了文学及文学语言与社会语境和思想意识的关联,但是并未提供一个与社会学或文化符号学相关的可行阐释方案。其实,出现这种状况并不奇怪。以现象学为根基,伊瑟尔的理论自然会同"新批评"有着某种亲缘关系,甚至大同小异。在伊瑟尔那里,"不同的读者有自由以不同的方式'实现'作品,而且也没有能够穷尽文本的意义潜能的唯一正确解释。但是一道严格的命令却限制了这种慷慨:读者必须建构作品,使它具有内在的一致性"④。换言之,伊瑟尔的"空白点"概念强调叙

---

① 伊瑟尔:《文本的召唤结构:不定因素作为文学叙事作品的效应前提》,第8页。
② 伊瑟尔:《阅读行为——审美效应理论》,第133页。
③ 参见伊瑟尔:《隐在读者:从班扬到贝克特的小说交流形式》,第257—273页。
④ 伊格尔顿:《二十世纪西方文学理论》,第79页。

事的关联性。读者参与文本的表述,主要是在叙事方面,而不是描绘,主要是推演性的结论。尽管伊瑟尔的观察方法与英美新批评的"文本细读"(close reading)情形各别,他也使现象学挣脱了韦勒克文学理论的束缚,但是"文本—阅读"互动中的意义生成,终究还是以作品内在功能为依据。这就是当初英美学界不少人为何会把伊瑟尔理论融入"新批评"阐释体系的原因,视之为"复活新批评的基本假设"的人的同道。① 的确,就可行的分析范围而言,它基本上只在文本分析之内,效应成了一个很难切实把握的范围。

伊瑟尔是以其名文《文本的召唤结构:不定因素作为文学叙事作品的效应前提》起步的,他的基本思想基本上都已蕴含在该文之中。对其理论的最严厉的质疑,也是围绕文学文本的不定因素和确定因素而展开的,比如菲什—伊瑟尔之争。② 菲什认为,人们同世界的任何接触都无法摆脱感知常规,读者无法摆脱惯常的理解途径;因此,不管在"现实"还是在"文本"中,根本就不存在不定因素,而且不定点和确定性是两个毫不相干的范畴。③ 菲什强调的常规,大约就是伊格尔顿所说的"为了阅读,我们必须熟悉一部特定作品所运用的种种文学技巧和成规,我们必须对它的种种'代码'有所了解"④。菲什和伊瑟尔可以各持己见,我们也可以偏向一方。然而,对一个问题似乎能有明确的答案:伊瑟尔所说的空白点和填补空白,多半是在无关大局的地方,读者在那里能有充分的想象自由。一旦涉及文学叙事作品的关键意义和整体意义而不是鸡毛蒜皮、鸡零狗碎,读者往往不能无视作品的先在规定,即英伽登所说的"作品的意图"和"程式构造",或伊瑟尔自己所说的文本"指令"。否则,视之为文本误读是很自然的。⑤

另外需要指出的是,伊瑟尔的著述常给人艰涩之感。《阅读行为》中的不少表述,既不简洁也不明确。尽管大量概念旨在增强学术性,但是仔细分析却显示出概念杂用的模糊性。为了弄懂伊瑟尔的"存

---

① 参见霍拉勃:《接受理论》,第385页。
② 参见霍拉勃:《接受理论》,第386—392页。
③ 参见霍拉勃:《接受理论》,第388页。
④ 伊格尔顿:《二十世纪西方文学理论》,第76页。
⑤ 参见霍拉勃:《接受理论》,第391页。

储""隐在读者""空白点"等中心概念,读者时常不得不走上艰难的重构之路。另外,伊瑟尔喜于借助各种异质理论和思维模式来发展自己的思想,这也迫使读者不停地调换概念聚焦。例如,他借助言语行为理论来思考虚构文本的交流性质,借助卢曼的体系理论来阐释虚构文本的功能和现实关联,借助格式塔心理学和现象学来描述读者意识中的意义生成问题。他力图在《阅读行为》中用符号学术语来补充现象学概念系统,然而他能做到的只是到处迁就的折中主义,没能像在《隐在读者》中那样表现出理论和术语上的一致性。其实,不问胡塞尔现象学同特定符号学的总体关系,似乎不可能将现象学和符号学的考察方法连接在一起。伊瑟尔借用了不同符号学理论中的一些概念,可是它们并不总能相互协调,也不是随处可以同他采用的现象学概念相衔接的。总体而言,伊瑟尔的理论本身并不那么晦涩难懂,问题主要出自他的概念工具。不少批评者怀疑其理论跳跃的实际用处,指责他的思想杂糅和不协调的概念堆砌。

六 结语,兼论"读者反应批评"

德国的接受美学是作为对作品内涵分析和历史客观主义的反拨而发展起来的。与此相吻合的是,那个时代的人充满社会解放的诉求。话语权的争夺既体现于社会生活,亦见之于文学研究领域。另一个与此相关的诉求是,鉴于马克思主义、结构主义、形式主义或内部研究等文论的"衰竭",人们对旧方法的普遍不满,要求克服方法论危机,把差强人意的文学理论建立在一个更为坚实的、意识形态批判的基础上,并在方法学上思考读者在阅读和把握所有文学作品(不只是文学经典)时所扮演的角色。接受理论在很大程度上给那些所谓"不登大雅之堂"的作品提供了阐释基础,而且呈现出它们被经典阐释方法拒之门外的原因。

接受美学首先关注的是蕴藏于文本的读者模式(隐在读者)和实际读者。它试图解释读者的实际阅读,接受状况被看作社会文化条件以及特定的观念、期待和能力所决定的过程。文本只是文学作品的一端,另一端则是读者对文本意义的"具体化"。接受美学的一些理论建树是显而易见的,尤其是它所创建的概念架构功不可没,人们可以在此基础上继续探索，排除术语上的模糊性和不一致性，建立新的关联并摸索恰当的实际研究。接受美学极大地推动了阅读行为的学术研究，不管是历史学的、社会学的还是文学研究方向的阅读研究，从此获得了新的起点。

　　康士坦茨学派所发展的接受理论在世界范围内产生了广泛影响。不管是范式转换还是重点转移，接受理论对整个文学研究的巨大冲击是毋庸置疑的。然而，自 1960 年代末期起，也就是康士坦茨大学成为接受美学研究中心之后，接受研究的方向迅速分化。除了姚斯的解释学接受美学和伊瑟尔的效应美学之外，有关接受史和效应史的著述不断出现，一些相关文献后来成了重要文集中不可或缺的组成部分。此时，"经验主义文学研究"（Empirische Literaturwissenschaft）也应运而生，其德国主要代表是极端结构主义者施密特和"温和结构主义者"格勒本。施密特主要是经验主义文学研究的理论家，而格勒本则综合了经验主义研究的成果。经验主义的接受研究所采用的方法，首先依托于社会学研究和经验主义心理学所发展的方法。解释学派和经验主义学派之间的关系充满了傲慢和疑忌，极大地影响了两个阵营的对话。

　　在德国专业文学研究中，接受美学在 1970 年代末期以后就已退到台后。一个可能的原因是，接受美学的一些思考已经成为文学研究的基本资源之一，成了"家常便饭"，因而不再那么引人注目了。而涉及社会、传媒和性别等方面的阅读状况的深入探讨，开始吸引不少学者。另一个原因是，不少接受美学思想很难在实际操作中兑现。与不计其数的接受史研究相比，或统观不可胜数的文本分析，明确采用姚斯或伊瑟尔设想的实际研究少得可怜。姚斯从其《审美经验的简要辩白》（1972）起，尤其是在后来收入其专著《审美经验与文学解释学》的一些文章中，鲜明地展示出他的文学理论向"审美经验"的转向。1980 年代之后，伊瑟尔不再悉心发展其阅读行为模式，而是重新转向文本分析，比如钻研莎士比亚的历史剧和斯特恩的《项迪传》。这些研究虽然还是建立在他的文本理论基础上，但是几乎完全放弃了其中最著名的概念（"隐在读者"和"空白点"）。另一方面，他重又探讨自己在 1970 年的《文本的召唤结构》中就已勾勒过的思想，即虚构文本究竟能够具有什么样的人类学功能。

　　姚斯曾雄心勃勃地倡导文学史研究的"范式转换"亦即"范式革

命"。此时,"范式"概念被定义为具有体系性质的科学方法,且比其他理论出色。新的范式力图借助接受美学来揭示以读者为依托的文学的社会功能,从而重新赋予文学以意义和目的。然而,这一新方法对经验中的阅读过程兴趣甚微,它更多地关注阅读过程中的交流形式和情形,以及多义的文学文本中的先在条件。姚斯和伊瑟尔都没能在实践中推行他们的交往理论,原因在于他们没能调适他们自己也运用的文本分析之传统方法与他们的理论之间的关系。其实际操作与"内部研究"极为相近,因为他们几乎只考察文学文本(并不涉及接受状况的文献),没有分清可证实的具体化与料想的具体化之间的差别。

一种新范式总是对其他各种范式的挑战。在探讨一种新范式时,各种方法的捍卫者总会展开激烈的论争,且为一些"本质"问题纠缠不清。康士坦茨学派诞生之后,文学史和文学理论领域内的各路人马都响应了接受美学提出的挑战:艺术自律的倡导者和马克思主义者反对接受美学和效应美学理论家,后者中又分化出经验主义、结构主义和符号学方向的学者,另外还有社会学家和体系理论家,各有各的范式,谁都以为自己的方法无出其右,谁都把自己的方法标识为范式或新范式,且必须贬低他法。倘若强调接受的方法不把自己看作唯一的出路,不以取代其他方法的姿态出现,或许会更有意义,因为生产和接受本来就是一枚硬币的两面。文学研究不能忘却方法学反思与审美经验的辩证关系;只注重读者经验的方法,往往会过于简化审美客体。

最后,我们对探讨德国接受理论时经常旁及的英美"读者反应批评",尤其是菲什的文学批评思想和方法做一简要介绍①,通过比较来达到观点互释的目的。

从 1970 年代末期起,关于接受美学的讨论也在美国兴起,起初颇有点迟疑不决。伊瑟尔的理论在那里得到了广泛传播,并在很大程度上被融入"新批评"的阐释体系。其实,将读者反应纳入文本解读的做法,早已在美国得到深入探讨,并被概括为"读者反应批评"。其中,一部分研究侧重于行为分析,一部分研究擅长心理分析;就总体

---

① 菲什本人并不把自己关于读者反应批评的研究看作理论或方法,他认为当代诸多文学"理论",其实只是批评实践而已,是对学术研究中的某种实际问题作出的反应、评估或提出异议。参见王逢振:《文坛"怪杰"斯坦利·菲什》,载《外国文学》1988 年第 1 期,第 67 页。

而言，读者反应批评关注个人的、感受式的阅读反应。① 德语国家和英美的各种接受理论的区别，首先表现在两个方面：其一是德国方向将重点放在文本及其影响层面，例如伊瑟尔的效应美学（美国学者菲什重视读者接受的狭义接受美学也属于这个范畴）；其二，一些研究方案主要关注接受的历史轨迹亦即接受史，例如姚斯的解释学接受美学。

在英美学术界，与接受美学相似的研究方向被称作"读者反应批评"（reader-response criticism）、"接受理论"（reception theory）或"以读者为指向的批评"（readeroriented criticism）。菲什或许是英语国家接受美学最重要的代表。菲什的《读者中的文学：感受文体学》一文②，较为集中地反映出他的"读者反应批评"立场及操作方法，同时也回应了质疑者的诸多观点。几乎在康士坦茨学派发展其理论的同时，菲什于1970年在美国提出了"感受文体学"（affective stylistics）设想，主要"对读者在逐字逐句的阅读中不断作出的反应进行分析"③。"这句话是什么意思？"这一问题被"这句话做了什么？"所取代。"只需提出'它做什么'这个问题，其所做的事或者说其作用就会被发现。"④ 这样，文本就不再是独立存在的客体，文本只有"基于意义作为一种事件这种观念之上才有价值，这是指词与词之间以及读者的头脑中发生的事"⑤：意义即事件。意义并非存在于文本之中，而是见之于它对那些具有语言能力和语义能力⑥、置身于历史发展的读

---

① 这同当时美国其他学科的一些研究旨趣不无关联。尽管与文学理论探讨没有直接联系，认知心理学（cognitive psychology）以及与之相关的阅读心理研究盛极一时，它们主要关注感受式阅读。
② Stanley E. Fish, "Literature in the Reader. Affective Stylistics," in: *New Literary History* 2, No. 1 (Autumn 1970), 123-162.
③ 菲什：《读者中的文学：感受文体学》，《读者反应批评：理论与实践》，文楚安译，北京：中国社会科学出版社，1998年，第137页。
④ 菲什：《读者中的文学：感受文体学》，第135、142页。
⑤ 菲什：《读者中的文学：感受文体学》，第139页。（伽达默尔也早已提出了"理解必须被视为意义事件的一部分"的观点。参见伽达默尔：《诠释学Ⅰ：真理与方法》，第231页。）
⑥ 这是菲什借用语言学家沃德霍（Ronald Wardhaugh）的两个概念：语言能力（linguistic competence）表示人们能够根据共同语言的规则趋于一致的理解力，亦能理解以前从未遇到的句子。语义能力（semantic competence）则是"语言经验的储存库"，决定人们在实际运用中根据语法和语义知识来组织或调节词语的意义，亦即选择可能性。参见菲什：《读者反应批评：理论与实践》，第160—161页。

者的效应中,在于读者在文本中所看到的东西。换言之,含义同词义没有直接联系,一句话的意思并不完全等同于含义本身,含义在于读者对这句话的认识和评述。①

菲什的感受文体学与围绕文本的效应美学有着许多相通之处,伽达默尔的"理解即效应"可以拿来做注释。菲什用"这句话做了什么?"取代"这句话是什么意思?",与伊瑟尔的"文学文本的意义只在阅读过程中才会生成"所说的道理基本相同。菲什亦不认为语言或文本直接产生意义,而是强调生成意义的事件(event)和阅读经验。并且,菲什也同康士坦茨学派对"作品内涵研究"的理论和实践不满一样,极力反驳"内部研究"及其阐释实践。"新批评"将文学研究引向文本自身,视之为自足的审美客体,自以为新批评才是最客观的批评,文学仿佛是一成不变的客体。菲什则试图重新阐释何为文学或文学批评的客观性。他的出发点是,文学说到底是一种"活动艺术"(kinetic art),或曰不断变化的现象。读者阅读的并不是静止的文本,文字不断出现又不断消失,读者则不断要对接二连三的文字作出反应。读者的参与和阅读行为的流动过程才是文学的本质。菲什在提出感受文体学几年以后,又把重点转向以读者为中心的结构主义接受理论。"读者的反应并不指向意义",他对阅读功能的描述是,"反应就是意义"。② 文本不再是客观存在,其形式结构不再具有现实意义,因为现实意义无法独立于接受者而存在。阐释者赋予文本的一切,其实是阐释本身的结果。说到底,阅读文本是重写。

对那些担心这种接受理论可能由于读者的偏好而造成乱杂阐释的人,菲什试图用一个事实来安慰,或为了让所谓相对一致的读者反应更具说服力:阅读从来不是唯我论的,从来不是不受约束或者我行我素。每个读者置身于特定的"阐释团体"(interpretative communities),因此,阅读同团体有关。阐释团体以其已有的准则和惯习在很大程度上决定了读者的阅读方式:"这些规范习惯的存在,实际上先于我们的思维行为,只有置身在它们之中,我们才可觅到一条路径,以

---

① 参见菲什:《读者中的文学:感受文体学》,第144页。
② 菲什:《这门课里有没有文本? 阐释团体的权威》,马萨诸塞州剑桥:Harvard University Press,1980年,第3页。(Stanley E. Fish, *Is there a Text in this Class? The Authority of Interpretative Communities*, Cambridge Mass.: Harvard University Press, 1980.)

便获得由它们所确立起来的公众普遍认可而且符合习惯的意义。"① 在此,"阐释团体"被看作一种理解结构,同一团体的读者会调用相同或相似的理解范畴。于是,原来看似零散的个人阅读反应,便成为历史的、充满特定文化积淀的行为。

---

① 菲什:《读者反应批评:理论与实践》,第6页。

第七章 民主德国的"接受理论"：
"文学作为社会幻想的试验场"

如前文所述，"接受美学"首先是指 1967 年由姚斯创立、主要建立在伽达默尔阐释学基础上的文学文本阐释方法，其中心议题是"读者"及其对文学的"期待视野"。与姚斯的倡导密切相关的是伊瑟尔主要建立在英伽登文学现象学基础上的"效应美学"，他的《阅读行为——审美效应理论》使接受美学的学术影响达到顶点。其次，接受美学也指姚斯和伊瑟尔等人在 1970 年代创建的康士坦茨学派的文学接受理论。人们在谈论德国接受理论时，几乎只提康士坦茨学派。其实，德语国家的文学接受研究中还曾有过另外一个重要流派，或许缘于东西方冷战思维亦即不同的意识形态，它在世界上没有产生多大影响，几乎是一个被闲置的理论，不少人甚至对此一无所知。在一些接受理论的文集、导论或述评中，它至多只能占一个边角。这里说的是以民主德国（东德）科学院文学史研究所所长瑙曼为代表的、以马克思《〈1857—1858 年经济学手稿〉导言》中关于生产与消费的辩证关系为理论基础的文学"交往和功能理论"（kommunikativ-funktionale Literaturtheorie），亦可称为"交往美学"（Kommunikationsästhetik）。

"交往美学"的代表作是瑙曼领导的编写组撰写的专著《社会，文学，阅读——文学接受的理论考察》（1973）。作者对材料的精到把握以及论证逻辑，足以引发读者的理论思考并做出自己的判断。这部论著决不比伊瑟尔的《阅读行为》逊色，也不像神化读者的美国"读者反应批评"那么极端、绝对和片面。这一本该马上引起国际理论界广泛关注的文献，可惜没有得到足够重视。尽管也有学者在接受理论研究的框架内注意到了东德的发展，但是主要谈论的是"东西之争"①，对东德学派的认识极为单薄，且不乏误读。

西德的接受美学思想曾受到欧美文学理论界的普遍关注，并在西方所有语言文学学科中得到广泛而热烈的讨论；东德同行也对此表现出极大兴趣，而且提出了颇具特色的理论思考。然而，《社会，文学，阅读》的出版没有成为一次公开对话的契机和一次不带冷战思维的学术探讨。虽然姚斯很快就与瑙曼建立了书信来往关系，东西德学者也有过不少接触②，但是交流活动毕竟是在很小的学术圈内，不可能引起较大反响。嗣后，美国学者主要从事"读者反应批评"，汤姆金斯主编的、影响深远的《读者反应批评：从形式主义到后结构主义》(1980)③，可被看作对"新批评"的反拨，也为伊瑟尔读者反应理论的世界性传播起了很大作用。苏联学者与东德学者几乎在同一时期从事文学交往和功能理论研究，在苏东阵营产生了一定的影响。④ 德国学界在区别东西德两种接受研究时，通常称康士坦茨学派为"接受美学"，东德方向为"接受理论"⑤，尽管二者无疑都属于接受理论。

与"接受美学"（姚斯）或"效应美学"（伊瑟尔）以读者为中心的研究不同，"交往美学"主张同等看待接受美学和生产美学，而

---

① 参见霍拉勃：《接受理论》，第 407—423 页："马克思主义接受理论：东西之争"。

② 参见冯克：《接受理论——接受美学：对一次德德学术讨论的考察》，比勒费尔德：Aisthesis，2004 年。(Mandy Funke, *Rezeptionstheorie-Rezeptionsästhetik: Betrachtungen eines deutsch-deutschen Diskurses*, Bielefeld: Aisthesis, 2004.)

③ Jane P. Tompkins (ed.), *Reader-Response Criticism: From Formalism to Post-Structuralism*, John Hopkins University Press, 1980.

④ 在中国，冯汉津译梅雷加利著《论文学接收》（载《文艺理论研究》1983 年第 3 期，第 103—108 页）首次介绍康士坦茨学派的接受美学之后，张黎的《关于"接受美学"的笔记》（载《文学评论》1983 年第 6 期，第 106—117 页）和《接受美学——一种新兴的文学研究方法》（载《百科知识》1984 年 9 月号，第 13—16 页）除了系统介绍康士坦茨学派接受美学思想外，亦涉及瑙曼为代表的民主德国学者和梅拉赫等原苏联学者的接受理论；张黎的《文学的接受研究》（载《外国文学评论》1987 年第 2 期，第 38—43 页）着重论述了民主德国接受理论的发展特色和内外原因；另外，章国锋的《国外一种新兴的文学理论——接受美学》（载《文艺研究》1985 年第 4 期，第 71—79 页）也简要介绍了"民主德国瑙曼的理论"；范大灿的《接受主义文学理论概述》（载《文艺理论与批评》1992 年第 1 期，第 134—136 页）是其选编的译著《作品、文学史与读者》（北京：文化艺术出版社，1997 年）的"编者前言"，该译本收录了瑙曼等学者论述接受理论的重要文献。本章中的一些译文参考了范大灿选编译著中的译法。

⑤ 参见冯克：《接受理论——接受美学：对一次德德学术讨论的考察》。

且文学生产是文学活动中的决定性因素,没有作品便无接受可言。东德学派强调作者、作品和读者之间的整个交往过程,并视之为生产者和接受者共同参与的过程,因而提倡向审美交往研究和文学社会功能研究的转向。作为"期待视野"的对立概念,交往美学提出了"接受导向"概念,即作品本身的思想、结构和艺术品质向读者所发出的信息,影响甚至操控作品的接受及其接受方式。瑙曼论述问题的一个重要切入点是"收件人"范畴,也就是作者想象中的读者和接受者。他认为所有写作活动都是针对具体接收者的,这也同作者所要达到的作品效果密切相关。因此,作为设想的未来读者,收件人在某种程度上参与创作,是写作时的规定性因素之一。采用"收件人"之说,是为了将其与真正的读者区分开来。作品完成之后,收件人便同作者分离,只存在于作品的艺术世界。强调作者与读者之间的"收件人"及其选择和建构,显然与瑙曼注重的"接受导向"有着直接联系。

  文学作品的效果既取决于能否发挥作用的"接受导向",也必须要有实现作品潜在功能的读者,"接受导向"本身并不自然产生效果。瑙曼采纳了英伽登关于读者为文学作品之共同创造者的观点,或萨特关于没被阅读的作品还不是作品的说法,强调"行动读者"的主观能动性:"行动读者"的接受活动才使作品获得生命,成为现实的作品。作品在被接受之前只处于未完成状态,它需要读者、依赖读者。不仅如此,读者的作用在东德学派那里显然更为突出,甚至被看作某种程度上的"合作作者"。作为对话者的读者,也能通过其积极的接受活动及其产生的效果,反过来影响作者和他将来的写作。"交往美学"认为,不唯作者造就自己的读者,读者亦造就自己的作者。

  东德学派在发展自己的马克思主义接受理论时,一再表现出对西方接受理论的质疑。"交往美学"也正是在同康士坦茨学派接受美学的思想交锋中逐渐成熟的。"交往美学""接受导向"等对立概念的选择,很能见出两种截然相反的美学主张的"对话"成果。同康士坦茨学派一样,东德学派也借鉴了穆卡洛夫斯基、英伽登等人的相关思想,但是不言而喻,马克思主义依然是其最可靠的方法论依据。而他们最为推重的,是布莱希特的诗学理论和实践;尤其是布氏在 1930 年代就已提出消除文学生产与接受之间的矛盾,克服生产、表现、影响和接受互不相干的状况,成为"交往美学"最好的理论资源。

一 "交往美学"的缘起及中心思想

不少人认为,东德的接受理论是受到西德接受美学的影响而发展起来的,是某种意义上的回应模式;这种说法似乎只说对了一半。而所谓姚斯提出的接受美学"引起了民主德国的兴趣和恐慌",东德学派的理论只是"防御与反攻"①,实为不得要领之言。起初,这两种模式是完全独立地发展起来的。1960年代,两个德国的文学理论界对传统阐释方法和文学史编撰之停滞不前的状况感到不满,这也是当时欧美文学理论界的一般状况:人们开始批判英美"新批评"或西德的"作品内涵研究"只关注文学作品的"语言艺术",以及各种形式主义思潮。

在东德,越来越多的人开始认同布莱希特的现实主义观,即现实主义文学是能够发挥现实作用的文学,阅读和接受是一种创造性过程。这种强调读者反映的立场,自然同梅林和卢卡契漠视接受问题的做法相去甚远。1960年代中期,已经有人怀疑官方理论亦即日丹诺夫竭力宣扬、卢卡契进一步发展的反映论意义上的现实主义,且认为这种怀疑是正当的:指出"文学反映现实",只是回答了哲学的基本问题,而对文学研究并没有多少用处;"文学反映现实"之说既没有回答艺术对象的特殊性问题,也没有回答处理艺术对象的特殊方式以及艺术活动的特殊功能问题。② 因此,文学的交往和社会功能问题是当时东德的热门论题。《社会,文学,阅读》正是这场讨论的重要成果之一。另一方面,东德学者也不得不承认西德的理论探讨所带来的推动作用,英伽登和穆卡洛夫斯基的思想成果被接受美学吸收以后取得了成效,东德学者不可能视若无睹。事实证明,以马克思主义原理对这一理论进行探讨是值得的;岂止于此,东德学者甚至认为自己彻底颠覆了西

---

① 霍拉勃:《接受理论》,第409、418页。
② 参见瑙曼:《接受理论》(即《导论:关于理论和方法的几个主要问题》),载瑙曼等著《社会,文学,阅读——文学接受的理论考察》,柏林、魏玛:Aufbau,1975年,第40—41页。(Manfred Naumann, "Einführung in die theoretischen und methodischen Hauptprobleme", in: M. Naumann et al., *Gesellschaft, Literatur, Lesen: Literaturrezeption in theoretischer Sicht*, Berlin und Weimar: Aufbau, 1975.)

德接受美学的整个理论。①

直到进入20世纪,文学史和文学研究中的一个显著现象是,读者只是无关紧要的因素。多少代人(浪漫主义和19世纪)过度强调作家之后,人们转而强调文本,尤其是毫无历史意识的"新批评"大张旗鼓地宣扬文本的自主性,执着地把读者排除在理解过程之外。另一方面,最晚自克罗齐起,西方文学理论中的"作品"取向与"文学"取向时常显示出争衡之势。在绝大多数情况下,强调"作品"规定性的研究总是同阐释学、语言分析、审美价值判断等问题连在一起,而"文学"维度所关心的首要问题是历史性、社会性、表现性等。② 瑙曼在其《作品与文学史》一文中,反对人们一味强调作品之于文学的从属地位,从而使作品在整个文学史考察中退居次要地位。在他看来,文学史提供的"知识"不能替代阅读过程中的审美经验,二者的存在应是相对独立的。换言之,他也强调作品自身的独立品格,亦即"作品"与"文学"的同等价值。人们应当重视文学/知识与作品/经验之间的辩证关系。他在这个上下文中讨论了作品的"历史性"(Historizität)和"现时性"(Aktualität)问题,亦即审美历史性:

> 作品正是通过其现时性而获得新的历史性。[……]人们可称之为"审美"历史性。它生发于作品在被接受之时至关紧要、而文学史必然将其矮化的个性,即作品唯此非彼的存在,韦勒克所谓"价值整体"的作品,作为日常文学交往之阅读对象的独一无二的作品。③

朔贝尔所描述的世界范围内不能令人满意的接受研究,可被视为东德接受研究的出发点:

---

① 参见朔贝尔:《接受与评价》,《摹象,意象,评价》,柏林、魏玛:Aufbau,1988年,第253页。(Rita Schober, "Rezeption und Bewertung", in: R. Schober, *Abbild, Sinnbild, Wertung*, Berlin und Weimar: Aufbau, 1988.)

② 参见瑙曼:《作品与文学史》,《着眼点:读者——文学理论论集》,莱比锡:Reclam,1984年,第206页。(Manfred Naumann, "Werk und Literaturgeschichte", in: M. Naumann, *Blickpunkt Leser: Literaturtheoretische Aufsätze*, Leipzig: Reclam, 1984.)

③ 瑙曼:《作品与文学史》,《着眼点:读者——文学理论论集》,第211—212页。

迄今为止，接受问题总是从一个极端到另一个极端，那是两种极端的解决方案：不是作品凌驾于读者之上，让读者只能作为被动的消费者窥测作品一成不变的意思，就是作品屈从于读者专横的支配，他可以随心所欲地往作品里塞进任何意思。要么作品万能、读者无奈，要么读者万能、作品无奈。①

《社会，文学，阅读》的基本命题是克服那些考察"文学产品"时把生产者和消费者截然分开的做法，"它们总是孤立地考察那些实际上密切相关的环节。其必然后果是，过去和现在总是有人提出各种特殊的美学，注重一点，排除其他"②。这里所说的"特殊美学"，当然包括康士坦茨学派的"接受美学"或"效应美学"。出于特定的研究设想和学术旨趣，《社会，文学，阅读》的作者对"文学产品"这一概念的限定是比较自信的：它只能根据特定的研究视角在众多作品中选取考察对象才是有意义和有用的。因此，影视产品被排除在考察之外。他们注重的是"阅读"这一作品和读者互动渠道在思想上和感觉上的创造性，这个着眼点已经预示出他们的结论：《社会，文学，阅读》最后一节的标题是"文学作为社会幻想的试验场"。该著正是朝着这个方向展开讨论的，而把文学作品的历史发生研究与历史功能研究有机地结合起来，才是东德接受理论所追求的最终目标。

当初，"读者作为理论建设的着眼点所始终拥有的那种暗藏的势力已经变成一种公开势力"③，这是指康士坦茨学派的接受美学如日中天，不少人从中看到了文学研究中"范式转换"的曙光。瑙曼则不以为然：

在我看来，与其说是一种范式转换，不如说是钟摆在摆动。人们如今不再研究生成史，而是研究效应史或接受史，不再研究

---

① 朔贝尔：《文学的历史性是文学史的难题》，《摹象，意象，评价》，柏林、魏玛：Aufbau，1988年，第177—178页。（Rita Schober, "Die Geschichtlichkeit der Literatur als Problem der Literaturgeschichte", in: R. Schober, *Abbild, Sinnbild, Wertung*, Berlin und Weimar: Aufbau, 1988.）
② 瑙曼：《接受理论》，第17页。
③ 瑙曼：《"接受美学"的困境》，《着眼点：读者——文学理论论集》，莱比锡：Reclam，1984年，第174页。（Manfred Naumann, "Das Dilemma der 'Rezeptionsästhetik'", in: M. Naumann, *Blickpunkt Leser: Literaturtheoretische Aufsätze*, Leipzig: Reclam, 1984.）

作者，而是研究读者，不再分析作品而是分析读者，不再探讨表现美学而是探讨印象美学，不再探讨生产美学而是探讨接受美学。范式还是同一个，只是考察之维发生了逆转。人们已经可以预料，有朝一日许多人都会希望再一次从空忙中解脱出来。①

瑙曼怀疑甚至否定接受美学是一种范式转换，而只是钟摆摆到了另一头而已。换句话说，钟摆的摆动由创作美学摆到作品美学，再由作品美学摆到接受美学、效应美学、阅读理论等。然而，一旦文学的接受维度遭遇到当初生产维度曾经蒙受的绝对化之命运，这种摆动就会出问题。② 鉴于接受美学在当时的优势，瑙曼认为在考察作者和读者的关系时，作者的地位已经成了问题。他对康士坦茨学派的怀疑出于多种原因，而其中一种便是：在发现和重视读者方面发挥了重要作用的接受美学，没有明确阐释接受美学提出的论题与生产美学的关系。他认为，如果接受美学不想完全失去生产美学这个基础的话，那它必须根植于生产美学。虽然接受美学已经逐渐意识到自己的局限性，而且其他学者也已思考过这个问题，但它始终没被作为明确的理论问题详尽论述。③ 瑙曼强调的是"生产美学、表现美学、效应美学和接受美学问题的社会关联场"④。换言之：

我们的出发点基于这样一个认识：作者、作品和读者以及文学的写作、接受和交流过程相互关联，构成一个关系网络。⑤

与广为流传的想法相反，我们并不在乎创立一种接受美学，而是要探索生产、分配和接受之间的连带关系，当然也会探讨这一关系中的接受所引起的问题。当然，另写一本同类的书也是可以想象的，只

---

① 瑙曼：《"接受美学"的困境》，第175页。
② 参见瑙曼：《论文学理论中的"效应美学"》，《着眼点：读者——文学理论论集》，莱比锡：Reclam，1984年，第156页。（Manfred Naumann, "Zum Problem der 'Rezeptionsästhetik' in der Literaturtheorie", in: M. Naumann, *Blickpunkt Leser: Literaturtheoretische Aufsätze*, Leipzig: Reclam, 1984.）
③ 参见瑙曼：《"接受美学"的困境》，第175—176页。
④ 瑙曼：《"接受美学"的困境》，第178页。
⑤ 瑙曼：《接受理论》，第17页。

是必然要有区别,即这样一本书会由生产方面来决定考察这种关系中各种矛盾的视角。①

《社会,文学,阅读》亦即"交往美学"的出发点是,作品和读者之间的文学活动形式,只有结合作者和作品生产才能得到正确的把握;作品在被阅读时,其审美历史性才会实现。由作品构成的文学史,其实是文学交往史。因此,必须注重作者、作品和读者之间的整个交往过程。另外,文学的交往过程是社会交往的一种特殊形式,是整个社会关系和历史过程的一部分,而社会交往正是文学演进的关键所在:

> 产生于特定时期的作品乃至各类作品的不同特征,本身总是蕴含读者和各种接受群体的特征。要分析这一关联,就应当把作家和受众的对话关系理解为将某种社会关系写入文学内部结构的因素,而且是文学进化的推动力量。②

"接受美学"(西德)和"交往美学"(东德)的兴起,考察并重新界定读者的角色,把读者及其审美过程纳入文学研究。接受美学试图就文学史的对象和功能拿出一种新的编撰标准,也就是提倡从读者角度来撰写文学史的主张;交往美学则把作为审美对象的作品研究转向审美的交往研究和文学的社会功能研究。不管两个流派出于什么思想动机和理论追求,把读者的作用提高到共同创造文学历史的地位,从而与作者和作品相提并论,这在文学理论的历史中实属重大突破。新近的科学史研究尽管在许多问题上还存在分歧,但是人们在一个问题上所见略同,即接受研究的出现是东德马克思主义文学理论发展史中的一个转折点。"由此而提出的那些科学术语已经成为我们马克思主义文学研究的共同财富和研究工具。"③

下面,我们主要根据《社会,文学,阅读》这一纲领性文献中的

---

① 瑙曼:《"接受美学"的困境》,第 183 页。
② 瑙曼:《简论作为历史事件和社会事件的文学接受》,《着眼点:读者——文学理论论集》,莱比锡:Reclam,1984 年,第 198 页。(Manfred Naumann, "Bemerkungen zur Literaturrezeption als geschichtliches und gesellschaftliches Ereignis", in: M. Naumann, *Blickpunkt Leser: Literaturtheoretische Aufsätze*, Leipzig: Reclam, 1984.)
③ 朔贝尔:《文学的历史性是文学史的难题》,第 180 页。

纲领性篇章、瑙曼撰写的"导论：关于理论和方法的几个主要问题"（下文简称《接受理论》），并以康士坦茨学派的接受美学为参照来论述东德的接受理论。这里需要说明的是，东德学派对接受美学的批判矛头首先指向姚斯而非伊瑟尔，其主要原因是姚斯的挑战亦指向马克思主义文学理论，他的文学史论题也是马克思主义文论中的常见问题。一些东德学者甚至认为，有些问题他们早就研究过了。另一个原因是，姚斯接受美学和东德接受理论的发展在时间上相隔不远，而《社会，文学，阅读》发表之时，伊瑟尔的代表作《阅读行为》还未问世，尽管他的《文本的召唤结构》基本上已经见出其主要观点。

二 文学生产的首要性：没有生产便没有接受

生产及其产品是第一性的，这是辩证唯物主义文学理论的一个不可放弃的原则；文学的生产是文学过程中首要的、决定性的因素。尽管《社会，文学，阅读》中的这一论断本身是有问题的，因为事实已经证明，人们完全可以从阅读的首要性出发思考问题。但是，东德学派对这一论断的阐释路径却蕴涵着一个真实内核，即没有生产便没有接受，这也是马克思在《〈1857—1858年经济学手稿〉导言》中对生产与消费的区别及其内在统一性的辩证分析："生产中介着消费，它创造出消费的材料，没有生产，消费就没有对象。但是消费也中介着生产，因为正是消费替产品创造了主体，产品对这个主体才是产品。产品在消费中才得到最后完成。[……]没有生产，就没有消费；但是，没有消费，也就没有生产，因为如果没有消费，生产就没有目的。"①这一物质的生产与消费现象也完全适用于马克思所说的艺术生产这一生产的"特殊形式"与消费之间的相互关系：没有作家便没有作品，亦无接受对象可言。要提出一种接受理论，只能从被接受的对象出发。作为接受对象的文学作品不是简单的存在，而是被生产出来的，因而还必须从生产出发。②另外，艺术产品的价值同其他产品的价值一样，不是在流通、交换、消费中，而是在生产中产生的。文学作品有着与

---

① 马克思：《〈1857—1858年经济学手稿〉导言》，《马克思恩格斯全集》第30卷，北京：人民出版社，1995年，第32页。

② 参见瑙曼：《接受理论》，第37页。

其生产方式俱来的特定形式和内容。东德学派强调生产与消费关系中的生产主导地位、创作对于接受的主导作用，但这并不意味着不把文学接受视为重要的研究对象，因为作为产品的文学作品毕竟不能自己来实现其审美潜能和效应潜能。"消费在观念上提出生产的对象，把它作为内心的图象、作为需要，作为动力和目的提出来。消费创造出还是在主观形式上的生产对象。没有需要，就没有生产。而消费则把需要再生产出来。"①

瑙曼等人试图为马克思《政治经济学批判》中的那种机智嘲讽寻找答案。马克思严格区分了经济意义上的生产劳动与非生产劳动："例如西尼耳先生问道（至少是有类似的意思），钢琴制造者要算是生产劳动者，而钢琴演奏者倒不算，虽然没有钢琴演奏者，钢琴也就成了毫无意义的东西，这不是岂有此理吗？但事实的确如此。钢琴制造者再生产出资本；钢琴演奏者只是用自己的劳动同收入相交换。但钢琴演奏者生产音乐，满足我们的音乐感，不是也在某种意义上生产音乐感吗？事实上他是这么做了：他的劳动是生产了某种东西；但他的劳动并不因此就是经济意义上的生产劳动；就像生产幻觉的傻子的劳动不是生产劳动一样。"然而，钢琴演奏者在非物质生产的范围内生产特殊种类的产品亦即"艺术对象"，使人"更加精力充沛，更加生气勃勃"。② 但是艺术对象的生产性只有通过接受者才能实现。

东德学派认为，不了解一部作品是在怎样的语境中产生的，便很难深刻理解对这部作品的接受。以加缪的《局外人》（又译《异乡人》）为例，倘若不去探讨创作这部小说的语言和社会语境及其艺术构思和作品结构，那么几乎不可能理解苏联对这部小说的接受。假如人们看到《局外人》如何批判了两次世界大战之间那一时期充斥着摩尼教等神学教义的思想讨论，并在语义层面和描述层面上蔑视和贬斥所谓世界性的宗教，那么在马列主义意识形态的框架内反对这部小说是完全可以理解的。换言之，对文学作品产生的前因后果以及文本结构的认识，是理解接受的基本前提。从这个意义上说，瑙曼责难"文

---

① 马克思：《〈1857—1858年经济学手稿〉导言》，第33页。
② 马克思：《政治经济学批判（1857—1858年经济学手稿）》，《马克思恩格斯全集》第30卷，北京：人民出版社，1995年，第264页。

学生产与文学接受的背离"① 完全是有道理的。当姚斯的西方同事诟病其接受美学对文本结构的推崇、他的文本概念以及文学理解的历史经验都缺乏客观性之时,东德学派则竭力要求更加重视文学作品之生产维度的价值。《社会,文学,阅读》的基本意图是,通过阐释文学创作与阅读以及作家、作品与读者的相互关系和相互影响来总体把握文学过程。将作品和读者的关系放在生产和消费的规律上,视这种关系为作品和读者、生产者和接受者共同参与的双重过程。就作者而言,他在作品中已经写进了"潜在含义"(Sinnpotential)以及诉诸读者的"效应意图"(Wirkungsabsicht);对读者来说,与受社会制约的作品生产方式相对应的是读者受社会制约的读者期待和阅读方式。

接受美学兴起之后,生产美学这一美学史的组成部分时常遭到批判,因为它往往对艺术性或文学性做绝对化处理。克罗齐和科林伍德是生产美学中较有代表性的人物,他们把艺术创造看作纯粹的精神活动,发生于创造者的意识之中。② 东德学派也强调生产的首要性,但其出发点是完全不一样的,而且言之有理。即便一部作品的实际阅读和接受才使其获得意义,但这并不排除作品的先在性,它至少是一种审美设想和方案,并且,放在读者面前的常常是经受过检验的艺术表现形式。换一种说法:一部艺术作品不只是由经验造就的审美客体,而是存在于接受之前:必须有人先把它创造出来。艺术作品总有其具体形态,也有相应的蕴含,这两方面的先在事实是不能忽视的。

作者的"意图"不只局限于生产,它自然要延伸至产品。由此看来,情况并非伽达默尔所描述的那样,创作意图只同进行艺术生产和怎样生产的决定有关。伽达默尔所说的艺术作品同其创作者的分离,即作品一旦公诸于众,它同作者的艺术意图已经脱离关系,这种说法显然失之偏颇。艺术作品的存在是艺术追求的结果,创作的意图蕴含其中,创作目的本来就是为了作品的(用伽达默尔的话来说)"此在"

---

① 瑙曼:《"接受美学"的困境》,第172页。
② 参见克罗齐:《美学原理》,米兰、巴勒莫、那不勒斯:Sandron,1902年;(Benedetto Croce, *L'Estetica come scienza dell'espressione e linguistica generale*, Milan, Palermo, Naples: Sandron, 1902);科林伍德:《艺术原理》,牛津:Clarendon Press,1938年(Robin G. Collingwood, *The Principles of Art*, Oxford: Clarendon Press, 1938)。

(*Dasein*)。① 创作一部作品，不只是伽达默尔所说的那样，其意图乃这部作品之绝对不变的含义。意图不只在于作品的信息及其传达，它更多地见之于作品本身的诉求，即"被理解"的诉求。作品的物质性同其不同的阐释可能性永远纠结在一起，阐释离不开这一物质性，是它才使阐释成为可能。

文学作品的交往许诺，建立在产品事实的基础上，它的信息亦即它所描述的事物和情形呈现在所有接受者面前。审美体验不仅能够唤醒接受者自己的生活经验和认识，许多事物和情形确实具有这种功能；文学作品还能让接受者体验作者写入文本的经验和认识，从而或多或少地重塑自我经验。文学作品"许诺"接受者能够获知他人经验，这是文本不只局限于仅仅唤醒读者自我经验的基本因素。对作品之哲学层面的定位，即它处于生产者和接受者之间的位置，完全可以把艺术理解为生产者和接受者之间的审美交往。在这一思考框架中，对作品及其意义的认识，必然还有其他维度，而非单从接受美学的视角所能把握的。换言之，依托于艺术接受而获得的审美经验，显然不足以在哲学上把握艺术概念。

总的说来，接受视角的绝对化所导致的结论是，审美客体或审美状况只有通过接受者的体验或分析审美经验才被确立。然而，审美客体不仅与艺术作品有关，亦包含审美情景及其体验，并同个体经验以及主体间性的经验联系在一起。重要的是，"审美经验"本身就包含审美客体，而不只是对它的体验。生产者的经验当为审美经验中不可或缺的第二个维度：这里关乎艺术家在生产过程中所做的各种选择亦即融入作品的审美经验。对于艺术经验概念来说，至关紧要的是它能否构筑艺术和艺术之外的现实与实践的关系。另外，新近的研究表明，

---

① 伽达默尔说："一件艺术作品的意义更多地依托于它的此在（daβ es da ist）。为了避免错误的含义，我们应当用另外一个词亦即'构成物'（Gebilde）来替代'作品'（Werk）这个词。[……]'构成物'不会马上让人认为，它是某人有意为之（而'作品'概念总还是与'有意为之'联系在一起）。谁创造了一件艺术作品，谁确实便同任何他人一样面对一个构成物。[……] 眼下，它'在'了，并成为一个永久之'在'（da），对碰见它的人来说是可见的，它的'品质'是可认识的。"伽达默尔:《美的现实性——作为游戏、象征和节日的艺术》(1974)，《美学与诗学 I：艺术是陈说》(《伽达默尔选集》之八)，图宾根：Mohr Siebeck, 2001 年，第 104 页。（Hans-Georg Gadamer, "Die Aktualität des Schönen: Kunst als Spiel, Symbol und Fest", in: *Gesammelte Werke 8. Ästhetik und Poetik I. Kunst als Aussage*, Tübingen: Mohr Siebeck, 2001.）

审美经验概念已经超出其确认艺术作品的功能："审美经验［……］可有无数可能。它可被描述为一种同事物、情形和人物打交道的特定形式。经验概念的含义也因此而有所变化：审美经验是一种阅世的方式。"①

三 文学作品的"接受导向"

如前文所述，姚斯借用了曼海姆和伽达默尔阐释过的"期待视野"概念，并提出文学作品和阅读活动有着预设的、先在的期待视野。或许被设想为"期待视野"的对立概念，瑙曼等人引入了文学作品中预设的"接受导向"（Rezeptionsvorgabe）这一新的概念。② 他们认为生产过程中蕴含着针对读者的接受导向，也就是对作品接受的"先在定向"和引导作用。③ 瑙曼对这个概念的界定是："接受导向"是指作品所具有的引导接受的特性；这一范畴说的是一部作品因其本身的特色而能够具有什么样的潜在功能。④ "接受导向"能在作品接受过程中发挥"操控作用"。为了满足读者的接受需求，文学作品不仅为此提供了材料，也提供了接受作品的方式。每一部作品都有其内在逻辑、自身结构、个性特征和其他许多特点，这一切都预先规定了作品的接受方式、作品效果和评价的方向。⑤

在这个问题上，瑙曼等人明显借鉴了英伽登的观点，即读者在接受过程中固然有着一定的自由取向和兴趣爱好，但是他的任何阐释和

---

① 屈佩尔、门克编：《审美经验的各种维度》"导论"，法兰克福：Suhrkamp，2003年，第9页。（Joachim Küpper, Christoph Menke (Hrsg.), "Einleitung" zur *Dimensionen ästhetischer Erfahrungen*, Frankfurt: Suhrkamp, 2003.）

② 瑙曼引入的"Rezeptionsvorgabe"概念很难译成中文。章国锋译之为"接受前提"；张黎译之为"接受指标"；范大灿译之为"接受指令"（出处见本书第228页注④中的三篇文章）。"接受导向"之译主要根据瑙曼对这个概念的界定。"接受导向"指的是作品的内容、形式和倾向已经"给定的东西"（Vorgabe），能够为文学接受导向。

③ 姚斯在其《文学史对文学研究提出的挑战》（第175页）中也已论及文本发出的"特定指令"："接受文本时的心理活动［……］并不只是主观印象所任意带来的结果，而是特定指令在受操控的文本感受过程中的兑现。指令见之于文本的各种构成动机和启发信号，也可以从文本语言学的角度加以描述。"

④ 参见瑙曼：《接受理论》，第35页。

⑤ 参见瑙曼：《接受理论》，第38页。

艺术体验只能在作品允许的范围内。因此,作品所能达到的效果,只能首先来自作品本身的思想、结构和艺术品质,亦即它向读者发出的信息。"接受导向"这一范畴旨在表明文学作品从自身出发,调节同读者的交往关系和倾向,决定读者接受的方式和作品可能产生的影响。① 换言之,"接受导向"中已经写进了对读者的"提示"(英伽登:cue)或曰"召唤"(伊瑟尔:Appell),要求读者将他的所有理性和感性活动、他的意识和下意识乃至整个心理与作品联系起来:"读者不得不对这一召唤作出反应。"②

萨特在《什么是文学?》(1947)中也论及"召唤",然而不完全在"接受导向"的意义上,而是一种形式的"请求",请求读者把作品写完,以使作品成为客观存在:"既然创造只能在阅读中得到完成,既然艺术家必须委托另一个人来完成他开始做的事情,既然他只有通过读者的意识才能体会到他对于自己的作品而言是最主要的,因此任何文学作品都是一项召唤。写作,这是为了召唤读者以便读者把我借助语言着手进行的揭示转化为客观存在。"③ 即便普鲁斯特似乎不把文学活动看作一种交往过程,说自己写作时完全不想那些将要读他的作品的人,也就是说,交往的可能性被降低到最低限度,其"接受导向"还是非常明晰的:

> 在我看来,他们不会是我的读者,而是他们自己的读者,因为我的书只会是某种使我有可能让他们阅读自己内心世界的东西。④

或者,像瓦莱里那样完全承认读者的自由,一种由封闭性文本的多义性所给予的自由:"我的诗句的意思由别人给予。"瑙曼对此的评论是,语义不确定的"接受导向"反倒有其优点,它可以使读

---

① 参见瑙曼:《接受理论》,第83页。
② 瑙曼:《接受理论》,第88页。
③ 萨特:《什么是文学?》,《萨特文论选》,施康强译,北京:人民文学出版社,1991年,第121页。
④ 普鲁斯特:《追忆似水年华》,转引自瑙曼:《接受理论》,第65页。

者脱离自发的、惯常的感受，引起别样的审美效果。① 瑙曼把"接受导向"的类型分为"明显的和不明显的，语义固定的和语义灵活的"②。

比勒在《语言理论》(1934) 中提出的语言符号的标记功能和交往情形是"接受导向"的语言学依据之一。比勒认为，人的语言交往基于三个要素：发送者、发送物、接受者。发送者和接受者是以声音为交往媒介的，而声音现象会以各种方式变成符号，各种符号会同发送者、发送物、接受者建立不同的符号联系。符号依赖于发送者，因而是他内心世界的标记（Symptom）；符号与发送物有关，因而是指称的象征（Symbol）；符号是对接受者的召唤，因而是给听者的信号（Signal）。③ 每一部文学作品都包含表达和召唤，符号的表达价值和召唤价值具有内在含义，比如作品会呈现作者的审美立场和世界观倾向等。④ 若说语言使文学作品的"接受导向"具有以语言为条件的接受导向，那么文学种类和体裁所给定的结构和形式，则具有以种类和体裁为条件的"接受导向"以及不同的接受效应。⑤

"接受导向"本身取决于产生它的一切条件，即历史和社会的、语言和文学的、经历和个人的条件。文学作品要产生效果，需要满足两个条件：其一，必须具有能使功能得到发挥的"接受导向"；其二，必须遇到能够兑现作品潜在功能的读者。"作者—作品"关系与"作品—读者"关系处在一个关系网中，实现"接受导向"的方式并非只取决于接受导向的性质，它也同样取决于读者如何领悟接受导向。如果说生产条件决定了作者为读者提供的接受导向，那么接受条件则对读者如何实现接受导向起着决定性作用。

"读者"是一个极为复杂的概念，不同读者对文学和阅读有着不

---

① 参见瑙曼：《接受理论》，第 69 页。
② 瑙曼：《接受理论》，第 65 页。
③ 比勒：《语言理论》，见施伦斯泰特：《作为接受导向的作品以及对它的把握问题》，第 336 页。
④ 参见施伦斯泰特：《作为接受导向的作品以及对它的把握问题》，载瑙曼等《社会，文学，阅读——文学接受的理论考察》，柏林、魏玛：Aufbau，1975 年，第 327 页。(Dieter Schlenstedt, "Das Werk als Rezeptionsvorgabe und Probleme seiner Aneignung", in: M. Naumann et al., *Gesellschaft, Literatur, Lesen: Literaturrezeption in theoretischer Sicht*, Berlin und Weimar: Aufbau, 1975.)
⑤ 参见瑙曼：《接受理论》，第 46 页。

同的看法。从某种意义上说,每次阅读都是独一无二的;即便是同一个读者,他的每次阅读也是不一样的。一些文学社会学家认为,"文学读者"或许只能泛泛地分为两种,要么是指所有阅读文学作品的人,要么是指某一部作品亦即某一个作家的读者。① 读者这一概念是指具体的人,各种各样的人;他们的不同特征会以全然不同的方式对同一部作品的"接受导向"做出反应,一部小说的接受可以因为读者各方面的差异而大相径庭。阶级属性、教育程度、生活条件、审美需求乃至年龄和性别等个人因素,使读者在由社会和个人所决定的基础上形成其阅读动机、需求、期待和兴趣。这一切都会影响他对文学作品的选择和评价:

> 在这些由个人和社会所决定的多层次的基础上,读者形成了特定的阅读动机、阅读需求、文学兴趣,特定品质的"文学感",对文学的特定期待、要求和态度。这一切不仅对选择社会中介所供给的文学作品起着决定性作用,而且也决定着兑现接受导向之时和之后的效应和评价的复杂过程。这里还必须始终考虑到,读者的多少有些偶然的个人状况也会影响阅读的过程和结果。主观状况就像生活本身一样多种多样,这给接受过程添加了更多变数。读者在某种程度上将其不断变化的、受境况制约的全部经验带进他同作品的关系之中。②

若说"接受导向"更多地针对单个的读者或曰"个人接受"的话,"社会接受"则是接受过程中的一个必不可少的环节。一部作品在完成之后和到达读者手中之前,总要经过社会之手,或多或少地经历各种社会接受过程。在作品与读者之间有着许多中介机构和中间环节,它们同作品的"接受导向"一起指引接受的方向。社会之手的调节功能非常强大,它可以使"接受导向"得以兑现并达到预

---

① 参见瓦尔特:《阅读行为的社会决定因素》,载索默尔等编《阅读经验,生活经验:各种文学社会学探讨》,柏林、魏玛:Aufbau,1983 年,第 16 页。(Achim Walter, "Soziale Determinanten des Leseverhaltens", in: *Leseerfahrung, Lebenserfahrung: Literatursoziologische Untersuchungen*, hrsg. von Dietrich Sommer et al., Berlin und Weimar: Aufbau, 1983.)

② 瑙曼:《接受理论》,第 94 页。

期的效果，当然也可以使之完全失败。作品在成为个人接受的对象之前，已经经过社会中介机构的筛选，并多半带着特定的评价和倾向。社会中介主要是指出版社、书店、图书馆、文学评论和推荐、学校的文学课程，以及其他所有沟通作品与读者的物质媒介或思想媒介。这些社会之手根据思想、审美和经济上的价值判断来筛选、评价和宣传文学作品，为其开辟通往读者的道路，激发读者的阅读兴趣。社会接受会形成特定思维方式和评价标准，并体现于不同阶级、阶层、集团以及个人对文学问题的特定认识。尽管具有社会功能的社会接受对个人或集体的影响方式不一，而且接受者也不会完全依赖和严格遵守社会接受所带来的规范或规则，但是它们在文学作品被接受之前、之中和之后必定会对读者产生或多或少的导向和操控作用。① 瑙曼提出"接受导向"这个范畴的"目的显然在于，一方面注意到作品意义在接受过程中会因人、因时发生变化的性质；另一方面又避免那种把作品涵义只归结为读者的理解和解释，从而否认作品客观基础的倾向"②。

四 作者，收件人，读者

姚斯提出"期待视野"概念之后，一些文学社会学家试图通过文学的外部因素、借助"规范"、"价值"、"角色"等范畴来阐释群体的文学期待，并以此超出了纯粹的文学领域，也就是姚斯所说的"文学解释学"。一些社会学研究也从不同的视角考察了姚斯提出的模糊的受众概念。不少德国文学理论家在不同层面上对集体期待和期待视野的探讨和辨析，都与东德马克思主义文论家针对康士坦茨学派的接受美学提出的原则性责难有关：究竟是哪些具体受众对文学过程具有举足轻重的意义？姚斯的"文学解释学"对此并没有明确界定。在他那里，受众仅被泛泛地说成文学接受者。"对他来说，存在的只是受众，就其特性而被称做文学接受者的受众。纯粹文学而非社会决定的'期待视野'标识其特性；只是具有这一特性的受众才是建构文学历史性

---

① 参见瑙曼：《接受理论》，第90—93页。
② 张黎：《文学的接受研究》，载《外国文学评论》1987年第2期，第40页。

的中介环节。"① ——这是东德学派的指责之一。

瑙曼认为，人们首先需要十分精确地界定"读者"这一概念，它在实际运用中有着完全不同的含义："读者"可以表示真正的阅读作品的人；它也可以是作者在写作时所设想的未来读者；它还可以是作品中的虚构形象亦即结构要素。在第一种情况下，读者属于社会学范畴；第二种情况体现出作者的心理和意识；第三种"读者"是作为审美范畴使用的。瑙曼对三者的区分是：现实中进行阅读的人被他称为读者或接受者；收件人（Adressat）则指称作者想象中的读者和接受者；（第三种）加上引号的"读者"是文学作品中的虚构形象②（这种审美和艺术手法上的"读者"不是瑙曼的考察对象）。收件人在作者的意识或下意识中可以是各种各样的，他可以是很具体的人，比如诗歌中的情人，或是作者的文章针对某人，嬉戏或讽刺某人。收件人也可以是国家、民族、阶级、阶层、群体等。如果今天还有人读过去的作品，便立刻彰显出现实的读者与收件人之间的区别，他们之间的距离可以有几百年之久。收件人在作品完成之后便同作者分离，只存在于文学的语言和结构之中。作者无法直接决定谁来读他的作品，可是他在写作过程中所设想的收件人与读者却有着千丝万缕的联系。③

瑙曼的出发点是，所有写作活动中都存在收件人，文学生产必然涉及收件人，不管作者是否承认这一点。不少人以为，文学作品来自"创造者"的天才和灵感，只是其内心世界的表现。他们虽然也承认某些特定的文学类型有其特定收件人（比如儿童文学和青少年文学，或者通俗文学），然而，他们认为真正的纯文学创作与收件人毫不相干。瑙曼认为，克罗齐式的"纯文学"之尊严似乎无需在创作中考虑收件人，这其实只是故弄玄虚，把读者和收件人混为一谈。尽管作家

---

① 巴克：《对资产阶级文学观中接受问题的批判》，载瑙曼等《社会，文学，阅读——文学接受的理论考察》，柏林、魏玛：Aufbau，1975 年，第 136 页。（Karlheinz Barck, "Zur Kritik des Rezeptionsproblems in bürgerlichen Literaturauffassungen", in: M. Naumann et al., *Gesellschaft, Literatur, Lesen: Literaturrezeption in theoretischer Sicht*, Berlin und Weimar: Aufbau, 1975.）

② 比如陀思妥耶夫斯基在《地下室手记》《少年》等作品中所采用的对话式的独白，这里的"读者"是虚构形象，是作为叙述者的对立面出现的，有意安排的不同观点事先就遭到驳斥，旨在加强作品的说服力。

③ 参见瑙曼：《接受理论》，第 53 页。

在创作冲动时可能会忘记读者，这甚至是正常的，但这决不说明收件人已被排除在创作活动之外。写作的交往性质并不取决于作家的选择，文学生产具有建立交往关系的结构。瑙曼援引法国文学社会学家埃斯卡皮的说法，即创作活动本身就已包含它同收件人的关系。通过创作来满足自己的表达需求，其意义只有当它着眼于作品将被阅读时才是明确的。读者与写作行为的关系是天然的，即便作家在写作时没有想到这一点，他将书稿付梓就最能证明，竣稿的必要前提是写作与收件人的关联。当然，瑙曼并不否认例外，比如卡夫卡隐藏手稿不让他人知道，这说明他害怕把作品交给同时代的读者，可是他也不敢下决心销毁手稿，以至永远失去读者。司汤达恳求可能会发现其日记的人不要阅读它，可是他为何不把它毁掉？原因是他在写日记时已经把自己设想为未来的读者："我写日记的目的是，等到我 1820 年再读它时，它会有治疗我的可笑愚蠢的用处。"在这两个事例中，作者本人就是收件人。① 在世界文学中，有些日记、信札确实是有意为未来读者而写的。

在此，瑙曼还引用了布莱希特和布托尔的观点。布莱希特在谈论他的剧本《卡拉尔大娘的枪》时说："我只能写给我所感兴趣的人，就这点而言，文学作品同书信一样。"布托尔则说："写作的用意总是为了让人阅读。我写作时总是考虑到有人要读，即便这个人就是我自己。写作活动本身已经包含读者。"② 这些文字用在我们的上下文里，自然可以理解为某一特定时期的作品及其特征，本身就已包含读者亦即不同接受群体的特征，作者与读者的对话关系是把不同社会关系引入文学结构的因素。当然，这种对话关系并不总是和谐的。最晚从波德莱尔开始，人们已经意识到这一点，如同他抱怨当时的文学交往时所说的那样："说艺术家将趣味灌输给接受者，确实如此；说接受者要求艺术家满足他们的需求，同样也没错；其原因是，如果艺术家愚弄接受者，那么后者也会愚弄艺术家。这是两个相连的地盘，花相同的力气互相影响。"③ 因此，所有先锋派纲领中的一个既定目标，就是用

---

① 参见瑙曼：《接受理论》，第 52—57 页。
② 参见瑙曼：《接受理论》，第 58 页。
③ 波德莱尔：《1859 年沙龙》，转引自瑙曼：《简论作为历史事件和社会事件的文学接受》，《着眼：读者——文学理论论集》，第 198 页。

新的交往形式代替旧形式，法国现代文学中的 production des textes surcodés（生产过度符码化的文本）就是其中一种。

瑙曼援引布托尔之说（"即便读者就是他自己"），一方面为了说明书与读者的关系是自然而然、不言而喻的事情；另一方面，瑙曼显然是要描述或分析一个极为复杂的问题，或者为了解决一个问题。在他看来，像布托尔那样把自己看作收件人而退回自我，即作家态度的主观化，这是一种危机的征兆。这时总会出现一种倾向，即人们不再读"世界之书"，而是读普鲁斯特所说的"我内心中的书"。① 且不论瑙曼等人一再强调的具有认识功能的文学是否确实能够如此主观化，即与世界无关，而他们把"世界之书"和"内心之书"看作一对矛盾，这似乎有点说过头了。正是他们引用马拉美的那句令人难忘的话，也许能同普鲁斯特式的选择相谐调，即不强求读者洞彻作品，这样反而可能获得出乎意料的享受："直接指明一物，便损坏了对诗歌作品的四分之三的享受；这种享受原是需要一点一点去领会的，就是去领会暗示，这才是梦幻般的。"② 《社会，文学，阅读》的一个明确追求便是寻觅艺术作品的独特性，因此，马拉美所说的艺术家信条是不应放弃的。

其实，瑙曼等人对马拉美的批判也使其论述自相矛盾，他们分析托尔斯泰《战争与和平》的写作方法亦即各种草稿时得出的结论，正是赞赏托尔斯泰避免"直呼其名"。其写作特色是"从文本中去掉了所有会使读者产生如下印象的内容，即作者有意要说明主人公的性格和行为，作者想要操控读者的思想和感受"，或者是对他们直接"说教"。③ 另外，列宁评价费尔巴哈的一句话也是一个例子："［……］机智的写作手法还在于：预计到读者也有智慧，不把一切都说出来，让读者自己说出那些使一个命题有效而可信时所必须具备的关系、条件和界限。"④ 毫无疑问，这也属于艺术作品的"接受向导"，读者意识是自由与依赖的辩证关系。

---

① 普鲁斯特：《追忆似水年华》，转引自瑙曼：《接受理论》，第65页。
② 马拉美，转引自瑙曼：《接受理论》，第67页。
③ 参见瑙曼：《接受理论》，第77页。
④ 列宁：《哲学笔记》，《列宁全集》第55卷，北京：人民出版社，1990年，第58页。

无论如何，瑙曼坚信马克思主义文学理论家维尔讷·克劳斯1959年就已提出的一种说法，并认为它得到了接受美学的决定性的补充和完善。① 克劳斯说："如同一个词语、一句句子、一封信一样，语言艺术作品不是无的放矢，不是为了后世的荣誉，而是为具体的接收者而写的。文学作品的行动方向是让人知悉。"写作是"一种有所指的、有目标的、有接收地址的行为，是写给作者想把他们当作自己文学创作的参与者或同伴的特定接受者的"。② 文学研究中的"收件人"概念并非瑙曼所创，但是这一范畴显然是他论述问题的重要切入点和重心所在，并被用来明确区分于读者。瑙曼强调指出："选择什么样的收件人总是取决于具体的社会、个人和文学环境。"③ 不管作家如何设想自己的收件人，收件人总有其客观作用。瑙曼阐释了三种显而易见的收件人作用：

> 首先，作为作者设想的读者，收件人是作者对整个社会现实和各种社会力量中的一部分人的选择，决定哪些读者将能得到收件人的特权，以及选择所要达到的目的。这里包括作者对收件人的评价，也就是为何恰恰选择这一收件人的目的。选择这个而不是那个收件人总是同所要达到的作品效果连在一起的。

其次，收件人参与作品之艺术世界的建构，是写作时的规定性因素之一。收件人不仅参与素材、题材和主题的选择，而且也影响作品的结构、技巧、风格等艺术手段，并以此成为作品的构造因素亦即文学创作的内部因素。作为设想的未来读者，收件人还在某种程度上让未来的读者参与了创作。

再次，与收件人的第二个作用相关，如果他同未来读者基本吻合并起着影响创作的作用，那他必定会影响已经完成的作品与真正读者之间的关系，并影响作品接受的方向和方法。由此，收件人成了已完

---

① 参见瑙曼：《论文学理论中的"效应美学"》，第156页。
② 转引自瑙曼：《接受理论》，第58页。
③ 瑙曼：《作者——收件人——读者》，《着眼点：读者——文学理论论集》，莱比锡：Reclam，1984年，第143页。（Manfred Naumann, "Autor-Adressat-Leser", in: M. Naumann, *Blickpunkt Leser: Literaturtheoretische Aufsätze*, Leipzig: Reclam, 1984.）

成的作品与真正的读者之间的中介。这便涉及不少作品得到特定读者的青睐并经久不衰这一复杂问题。①

显而易见,瑙曼强调作者与读者之间的收件人及其选择、建构和媒介功能,都与他苦心孤诣的"接受导向"理论有着直接联系。他把具有上述三种功能的收件人称为"阅读媒介",为未来的读者指点方向;作家试图借助收件人来保证真正的读者能够按照他的愿望接受作品。不过瑙曼知道,收件人这一阅读媒介丝毫说明不了作品的实际接受,它只设计了通向特定文学交往的路径。② 所谓"文学交往",可以理解为生产和接受之间的相互作用。

> 布莱希特说,文学和书信有着类似之处,都是为作者感兴趣的人而写的。如果他的话确实有理,那么写作的目的便是由作者对特定类型的读者的兴趣决定的。这类读者起着收件人的作用,他们留下的踪迹可以追寻到文学创作的内部。③

五 "行动读者"的意义:读者也参与作品创作?

几百年来,文学作品的真正读者基本上不会在乎美学、诗学、语言学、心理学等理论中关于文学本质和功能的诸多命题和质疑,他们不会为文学定义或作家意图多费心思。阅读文学作品往往是在非常实际的具体关联中,且有着完全不同的目的:修身养性,娱乐散心,逃避现实,寻求慰藉等。也就是说,读者是根据现实生活和生存状况的需求而阅读的。这一非常实际而简单的文学交往方式,长期没有得到文学研究和文学史编撰的重视。

1960年代初,传统的法国文学史编写法成为以罗兰·巴特为代表的新批评派(nouvelle critique)猛烈抨击的对象,他们对学院派的主要指责是其缺乏历史性。在巴特看来,只有从社会学角度出发,将重点放在文学机制和文学活动上,并把单个作家及其作品排除在外,文

---

① 参见瑙曼:《作者——收件人——读者》,第144—145页。
② 参见瑙曼:《作者——收件人——读者》,第146页。
③ 瑙曼:《作者——收件人——读者》,第148页。

学史才能成为文学史。如本书第四章中所述,德国经验主义社会学的代表人物西尔伯曼,亦把艺术看作社会过程和社会活动,关注个人、群体和机构之间的相互作用以及文学生活和活动的整个过程。把文学视为一个过程,这也是接受研究的一个重要思想。这一过程包括两个方面:其一是创作过程(作家—作品),其二是接受过程(作品—读者)。作家在第一个过程中赋予作品的潜在功能,要通过读者的接受才能实现(第二个过程)。①

姚斯认为,只有把同文学交往的读者考虑在内,文学史才能成为真正的文学史,因为"没有接受者的积极参与,文学作品的历史生命是不可想象的"②。这也意味着把文学的接受者和文学效应放在研究的中心位置。接受美学就是由此而生发的。不少人以为,强调读者和接受是接受美学的创新之处。其实,开始提出接受问题的是俄国形式主义,然后是1930年代的英伽登和穆卡洛夫斯基,以及美国的罗森布拉特。雅格布森根据语言交往原理,把文学作品视为交往体系中的一个组成部分,这无疑是其建立在结构主义语言学基础上的诗学理论的一大成就。继承俄国形式主义传统的穆卡洛夫斯基,卓有成效地将符号学方法与作为"行动主体"的读者联系起来,用结构主义语言理论的成果来描述文学交往。英伽登提出读者是文学作品的共同创造者之后,罗森布拉特在《作为探索的文学》(1938)中探讨了读者与文学文本的关系,提出了"文学沟通"概念,即文学作品是通过作者与读者之间的沟通来实现的:没被阅读的作品还不是作品。读者对作品的理解是一种体验不同感觉和观念的过程,一种再创作的过程。因此,人们要避免关于读者反应的先入之见,不要就读者接受的正确途径妄下定论。③ 在20世纪50年代和60年代,读者问题又在不同国家被继续讨

---

① 接受美学中的"实现"(realisation)概念,一方面是指读者的阅读所产生的个人对文本的看法,一方面是指伊瑟尔在效应美学中对英伽登"具体化"(concretization)这一概念的改写。

② 姚斯:《文学史对文学研究提出的挑战》,载姚斯《作为挑战的文学史》,法兰克福:Suhrkamp,1970年,第169页。(Hans Robert Jauß, "Literaturgeschichte als Provokation der Literaturwissenschaft", in: H. R. Jauß, *Literaturgeschichte als Provokation*, Frankfurt: Suhrkamp, 1970.)

③ 参见罗森布拉特:《作为探索的文学》(Louise Rosenblatt, *Literature as Exploration*, New York: Appleton Century, 1938)。

论：在布拉格首先是穆卡洛夫斯基的学生们，在法国有结构主义和新批评，最后在德国的康士坦茨学派中，这个问题占据了中心位置。正是以姚斯的接受美学为开端，整个讨论才又重新开始。① 巴特曾要求把文学从文学史中排除出去，接受美学则试图探讨过去和现在的读者接受作品文本的历史，最终却把一般历史从文学史中排除出去，使之变成一种文学内部的对话。

在埃斯卡皮那里，读者（阅读）就已是一个中心问题，从而使文学社会学不再停留在让人期待的阶段而进入开花结果的时期。这个研究方向的第一部纲领性专著《文学社会学》（1958），便是"以让－保罗·萨特在《什么是文学？》一书中所表达的一个基本思想为基础的，这个思想就是：一本书只有在有人读时才存在，文学作品应当被当作一个交流过程来感知"②。这里关乎埃斯卡皮对文学的总体看法，即作品不啻文本而已，另有围绕文本所形成的各种瓜葛；书籍是交流工具，文学特性体现于作品的交流功用，体现于交流过程和形式，体现于作品"如何被阅读"。埃斯卡皮正是在"阅读"这一关键点上看到了文学作品的出现，法国《拉鲁斯大百科辞典》称埃斯卡皮的研究为"书籍社会学"。埃斯卡皮指出："文学作品的真正面目是由利用这些作品的读者所采取的各种方法来揭示、加工和改造的。要知道一本书是什么，首先就要知道人们是怎样阅读这本书的。"③ "文学在这里是被当作它实际上是怎么回事来看待的，而不是被当作它应该是怎么回事来看待的。"④ 在埃斯卡皮看来，文学依托于读者的阅读方式和阅读种类，以及作品的传播和接受。完成创作并不意味着一切，读者的认可才使作品获得生命，或曰它在阅读中再生。如此看来，埃斯卡皮认为读者一开始就反作用于作家和作品：

任何作家在动笔时，头脑中都有读者出现，哪怕这个读者只

---

① 参见朔贝尔：《接受与现实主义》，《摹象，意象，评价》，柏林、魏玛：Aufbau，1988 年，第 214 页。(Rita Schober, "Rezeption und Realismus", in: R. Schober, *Abbild, Sinnbild, Wertung*, Berlin und Weimar: Aufbau, 1988.)

② 埃斯卡皮：《文学社会学》，符锦勇译，上海：上海译文出版社，1988 年，第 11 页。

③ 埃斯卡皮：《文学社会学》，第 138 页。

④ 埃斯卡皮：《文学社会学》，第 155 页。

是他自己。一件事情只有在对某人讲时,才能说得完整[……]。换言之,作为对话者的读者的存在甚至是文学创作的源泉。①

此处大量引证埃斯卡皮的观点,不仅为了说明他的文学社会学思想已经涉及后来兴起的接受美学的一些核心问题,而且也在很大程度上涉及瑙曼对读者重要性的认识。有所不同的是,埃斯卡皮的《文学社会学》是明确作为马克思主义文学观的对立模式而推出的,而瑙曼等人的读者论则建立在马克思关于产品只有在消费过程中才得以变成产品的思想基础之上。不仅如此,马克思主义观点使得读者作用在东德学派那里更为突出。在这个理论框架中,文学作品不只是为读者的阅读而创作的,它需要读者、依赖读者,是读者才使它变成实实在在的作品。尽管这里似乎是在重复萨特关于"一本书只有在有人读时才存在"的观点,但是它更强调了"行动主体"(tätiges Subjekt)的主观能动性,强调了"行动读者"(tätiger Leser)通过兑现作品的潜在功能使之获得审美价值和生命力。瑙曼借鉴了英伽登的观点,即一部作品在被读者接受之前,它只处于一种未完成状态,只是一种可能的存在、一部潜在的作品。作品只有在成为读者这一"行动主体"的接受对象之后,才变成"现实的作品",才得以最终完成。当然也必须说,不是所有读者都是"行动读者",瑙曼援引了歌德关于三种读者的观点:一种是不判断只享受,一种是只判断不享受,还有一种是享受时判断和判断时享受。②"行动读者"显然更多地指第三种读者。

歌德说的正是这一点:只是由"字和字母"组成的作品,必须被召回到人的"精神和内心生活"之后才会产生效应。作品同创作它的"行动主体"分离以后,唯有在接受中再同"行动主体"联系在一起,才会变成现实的作品。③

---

① 埃斯卡皮:《文学社会学》,第119页。
② 参见瑙曼:《接受理论》,第89页。
③ 瑙曼:《接受理论》,第85页。

而现实的作品或许已经不是原来的模样:

> 文学文本[……]在其延续和被接受的过程中,可能生发出改变、拓展、超越作者本意的涵义;在接受过程中出现的各种变化,取决于接受者在各自特定的社会历史实践中所获得的全部经验,取决于他们改变了的审美感知方式,也取决于语言材料本身引起的历史变化。①

作品的"最终完成"只是相对的,终极判断是没有的。瑙曼并不排除一部作品在不同读者那里的不同解读和不同命运亦即不同的完成形态,这可以体现为不同时代对同一部作品的理解差异,同一个时代的不同读者也会对同一部作品的看法相去甚远,甚至同一个读者重读一部作品也会产生不同的体验和认识。即便不同读者对同一部作品的看法一致,他们对其价值的论证也会有所差异。这或许就是西方人所说的"有多少观众,便有多少哈姆雷特",或曰"有一千个读者就有一千个哈姆雷特"。接受活动及其效果总会因时、因人而发生变化。我们在此可以看到本雅明所说的"过去的作品并没有完结",它还包括"超越产生时期而得以流传的过程",包括不同时期的人对作品的接受。② 拉封丹的小说在他那个时代让人爱不释手,今天已经无人问津。1713年发表的法国作家查尔斯的长篇小说《有名望的法国女人》长期无人知晓,20世纪50年代以后却得到了读者的重视。瑙曼用几百年前的名作如何变成"废纸",几百年来如同废纸的作品可以获得"新生"的例子说明,作品的"接受导向"不是本身能够产生效果,而要依靠"行动主体"的接受活动。③《社会,文学,阅读》作者之一施伦斯泰特在论述"文学表述"亦即读者与文学文本中的"世界"的关系时指出:

> 接受者把文学"世界"看做现实生活中的东西。这种阅读行

---

① 朔贝尔:《接受与评价》,第260—261页。
② 参见本雅明:《爱德华·福克斯,收藏家和历史学家》(1937),《经验与贫乏》,王炳钧、杨劲译,天津:百花文艺出版社,2006年,第306页。
③ 参见瑙曼:《接受理论》,第86页。

第七章 民主德国的"接受理论":"文学作为社会幻想的试验场" 253

为是常见的,他们谈到文学形象就像谈论现实一样,他们评论人物和故事如同评说真正的人和命运。文学批评也常用这种判断方式。[……]读者的这种现实感是以间接的形式出现的,是其消化作品的结果,综合思想活动的结果。因此,这种现实感离不开读者的现实经验、想象力、需求和旨趣,他的主观意识也一同决定了人物及其命运都能"说出"些什么。这种状况几乎可以说,文学表述存在于作者和读者的头脑。①

读者意识是文学的常数,阅读动机是基本因素——这是《社会,文学,阅读》的主要论题之一。瑙曼认为,作家假如忽略这些辩证的创作因素,那他只能是一个随心所欲的人。从这个意义上说,萨特1947年在《什么是文学?》中为重建作家和读者之间已经解体的联盟而提出的解决方案已经过时,它只能表明作家在现实中丧失了支撑点,走上了放弃"引导"读者的道路。作家和读者之间仅存一纸"慷慨大方的协议",即相互承认对方的绝对自由②:

> 在战前法国小说的稳定世界中,作者位于代表绝对静止的伽玛点,他拥有规定他的人物的运动的固定标记。但是我们进入一个正在演变的体系之中,我们只能认识相对的运动;我们的前辈自以为置身历史之外,他们振翅一飞就上升到巅峰,居高临下地看透各项事件的真相,然而环境把我们再次淹没在我们的时代之中:既然我们位于时代内部,我们又怎么可能看到它的整体呢?既然我们在处境之中,我们惟一可能想到去写的小说是处境小说,既无内在叙述者,也无全知的见证人;简单说,如果我们想了解我们的时代,我们必须从牛顿力学转向广义相对论,让我们的书里充满半清醒、半蒙昧的意识[……]最后我们还必须到处留下怀疑、期待与未完成的段落,迫使读者自己去作各种假说,让他感到他对情节与人物的看法只能是许多看法中的一种,从不引导

---

① 施伦斯泰特:《作为接受导向的作品以及对它的把握问题》,第304页。
② 参见瑙曼:《接受理论》,第71—72页。

他,也不让他猜到我们的感情。①

东德接受理论不再理会被马克思诟病的那种"肤浅的"的生产与消费之间的关系,新的模式则是一种生产或消费亦即供求之间的辩证关系:不仅创作会影响接受,接受也会促进创作,读者在某种程度上变成了作者的"合作作者"(Mitautor)。把文学交往过程中的创作、作家和作品看作这个过程的起点,把读者和接受看作这个过程的终点固然没有问题,然而,文学接受也受到读者的制约,生产者也是某种意义上的"产品"。读者中有作为消费者的读者,作为批评家的读者,作为作家的读者,以此形成许多无常的、多变的"效应"之间的互动。

虽然显而易见,文学生产带来接受,作者为读者创造作品,作品对读者产生作用。可是,这一视角还无法显示出这样一些事实:文学生产不仅带来接受,同样也促进生产;读者不仅接受作品,而且还要求看到特定的作品;不仅作者造就自己的接受者,接受者也造就自己的作者;不仅作品影响读者,读者也影响作品。因此,接受不仅是一个终点,也是新的文学生产的起点。②

瑙曼认为,"接受"这个概念是对读者而言的,它指的是作品被读者占有;"效果"这个概念则是对作品而言的,作品在被接受的同时也占有了读者,并对其施加影响。接受活动必然包括这两个环节的相互渗透。在接受过程中,读者会用自己的想象力改造作品,通过释放作品的潜能使之为自己服务,他改造作品的同时也在改变自身。接受活动便是在这种对立统一中完成的。读者集接受和行动于一身,无法让人看到因果关系:看上去似乎作品是因,读者的反响是果;可是也能反过来说,作品效果是读者引发的。③ 东德学派强调阅读过程是一个再生产、再创造的过程。这种再生产涉及读者对文学生产的反作

---

① 萨特:《什么是文学?》,《萨特文论选》,施康强译,北京:人民文学出版社,1991年,第248页。
② 瑙曼:《接受理论》,第36—37页。
③ 参见瑙曼:《接受理论》,第87页。

用并影响文学的再生产。接受活动常常会改变作者对收件人的看法,并成为新的文学生产的内在推动力。换言之,如果读者的阅读结果以语言形式表达出来(比如对话、讨论、读者来信、述评和批评等形式)并反馈到作者那里,就能影响新的文学生产,对作者的创作起着正面或反面的作用、促进或阻碍的作用。

六 对康士坦茨学派的质疑:"不确定性"和"期待视野"

文学研究中重新发现读者的尝试,极少缘于文学研究内部;那些论说的理论基础是由语言学、社会学、符号学、心理学、信息和交往理论提供给文学研究的。如果我们看到马克思、萨特、英伽登和伽达默尔等哲学家各自对接受研究的两个德国流派的影响,哲学这一重要资源便凸显而出。就两个流派在方法论上的圭臬而言,双方都有自己的"靠山":一边是伽达默尔和英伽登作为姚斯和伊瑟尔之接受研究的庇护人;另一边是马克思对瑙曼领衔的纲领性著作《社会,文学,阅读》的深刻影响,这里当然还有卢卡契美学思想中的"整体性"概念在东德文学理论中投下的浓重影子。

其实从一开始,接受研究就是在同马克思主义的论争或者马克思主义同它的论争中发展变化的。论战早在20世纪20年代就始于苏联,梅德维杰夫在论争中起了决定性作用。当时的马克思主义与形式主义之争,已经涉及后来文学研究的一些根本问题。另外,布拉格语言学派的穆卡洛夫斯基通过与康拉德的深入讨论才认识到发展自己的理论的必要性。同样,姚斯所说的"文学史挑战",正是来自马克思主义者一再声称的"文学没有自己独立的历史"[①],而且他的不少论争矛头直接指向马克思主义。东德的马克思主义接受理论也是在同西方接受研究的交锋中逐渐成熟的。如同形式主义与马克思主义的争辩所带来的成果一样,东西德在接受理论中的两种较然不同的美学主张之间的"对话",赋予文学研究极为重要的启示。东德学派在不少方面的建设性意义是显而易见的。姚斯虽然不赞同东德学派的许多观点,比如批

---

① 参见朔贝尔:《文学的历史性是文学史的难题》,第167页。

评其忽视"行动读者"的语义创造能力，但他后来还是感谢马克思主义者对他的批评，并部分纠正了自己原先颠倒一般历史和局部历史的观点。①

就像西德的接受美学根植于1960年代中后期人文社会科学中的深刻变化一样，东德很快发现了新的研究方向的政治敏感性。尽管政治、社会和意识形态上的差异，学术研究的内在动力使得方法论上的认识显示出不少相近之处。当然，这里也能见出两个学术空间各自特有的讨论策略和论证思路；不同的出发点和针对性（比如针对体制内的矛盾，或是对外的自我保护）与不同的学术追求（比如对方法论之正当性的辩护，论证范围的扩展等），必然显示出两个派别的差别。两种根本不同的政治体制中的文学接受研究呈现出两种理论模式。

西德学者在评论《社会，文学，阅读》时，或在关于"接受导向"、"行动主体"等范畴的争论中，时常指责东德接受理论所呈现的黑格尔主义可能带来的危险：黑格尔认为可以在概念上把握文学艺术的观点，这可能为特定社会和语言环境中具有专制思维的文学理论家提供哲学和美学依据，人们也可以在这里看到文学与政治的胶着关系。东德学者则反唇相讥，指责西德接受美学所展示的是康德主义的不可知论，对方法论中的所谓"多样性"和"不确定性"的批驳便是一个典型例子：

> 《社会，文学，阅读》的作者无法接受姚斯和伊瑟尔所关注的文学研究方法的"多样性"和"不确定性"。在他们看来，康士坦茨学派的美学理论正是在虚无飘渺的"不确定性"中看到了其最终目的；那些人不遗余力地鼓吹多元方法，最终追求的恰恰是其反面，人们只能视之为"任意性"。其实，瑙曼等人在反对文学研究的多元方法之时，苏东社会主义阵营中已有不少文学理论家不再简单地否认和批判多元方法。至于"任意性"之说，多少存在理论上的误解；正是英伽登和伊瑟尔所代表的"效应美学"，绝无讨好"任意性"之嫌，而是尽量准确地描述作品之特

---

① 参见朔贝尔：《接受与现实主义》，第214页；朔贝尔：《文学的历史性是文学史的难题》，第174页。

定的潜在含义和含义兑现之间的转换关系。从某种程度上说，对"确定性"的重视，确实是披着马克思主义外衣的黑格尔主义：它从作品内容的首要性出发，强调文学文本在概念上的可界定性及明确性。

当然，东德学派批判的"不确定性"，也包括对伊瑟尔所说的文学文本之"不确定性"的怀疑，他在康士坦茨大学就职演说《文本的召唤结构》的说明性副标题便是"不确定性是文学叙事作品的效应条件"，将英伽登的"空白点"和"未定点"理论作为自己理论思考的支点：英伽登认为文学作品充满"空白点"和"不确定性"，需要读者来填补和具体化；另一方面，作品的意思不是固定不变的，读者不可能轻易地把握它。巴克指出：

> 伊瑟尔明确地将他的理论同资产阶级文学作品中不断增长的不确定性倾向联系在一起，他在乔伊斯和贝克特那里看到了这种现象的顶点。以他之见，作品的不确定性是存在于文本和读者之间的转换因素，得以让"读者在阅读过程中将文本中的陌生经验转化为自己的私人经验"。交往功能的私人化，这一思想正是其交往理论的核心所在。人们可以把它理解为对资产阶级之言论自由的接受美学诠释。这种诠释慷慨地给读者以建构文学文本之意义的权利，仿佛根本不存在统治阶级的意识形态，以及这种意识形态所决定的社会接受方法。①

瑙曼等人认为，对"不确定性"的吹捧无济于事，根本无法消除严峻的社会状况，而一个致力于社会进步的美学则注重"确定性"。《社会，文学，阅读》的作者在阐释"社会主义现实主义"时，系统论述了上述观点，并强调了艺术内涵在社会主义现实主义中的中心地位。也是在这些地方，我们不但能够看到社会主义文学理论家与西方资本主义社会的文学理论家之间的鸿沟，也最能看到东西方意识形态的对垒，尤其是双方对文学"操纵"的不同理解。

---

① 巴克：《对资产阶级文学观中接受问题的批判》，第127页。

一方面，东德学派指责西方社会中的作家与读者之间的不正常关系，文学市场的资本主义化分裂出为"内行"的文学和为"大众"的文学，以使文学达到操纵的目的，具有市场效应的消费文学的读者不再关注纯文学。① 另一方面，大众文学中的作品与认识功能的背离，导致灾难性的后果：它所宣扬的是"有意识的幻想"和"有目的的虚伪"，以满足读者对消遣和幻想的需求，并达到商业和操纵的目的。②

而西方社会对社会主义现实主义的谴责也毫不含糊：所谓"确定性"或曰反对多样性，无疑为了将受到官方意识形态约束的阅读方法强加于读者。换言之，"社会主义阅读方式"是作为规范来推行的，以使文学接受的确定性得到保证，使读者能够与统治者的意志保持一致。社会主义阅读方式要求读者"正确地"理解作品，其前提当然是不成熟的读者、不许批判的读者或口是心非的读者。这一切都背离了文学之解放思想的功能。此外，社会主义现实主义不但竭力制约文学接受，同样不遗余力地制约文学生产。这种控制文学生产和接受的极端形式便是审查制度，这是苏东集团的作家几十年都曾必须面对的问题。

接受理论还在"期待视野"问题上与姚斯的观点格格不入：东德马克思主义者批评姚斯主要在文学内部对"期待视野"所体现的读者功能的界说。姚斯所说的"期待视野"是读者的文学观、文学经验和语言意识组成的，是纯粹文学的、而不是"生活世界"的东西，即不是社会层面的"期待视野"。朔贝尔认为，首先在姚斯如何解释过去时代的作品重新时兴这一问题上可以看到，纯粹从文学本身出发来阐释接受过程所表现出的文学之历史关联，不得不使他陷入困境：按照姚斯的说法，一部旧作的复兴与生活环境无关，那是一种自然而然的现象，要么因为接受者审美观的变化，要么是文学演变使人们在过去的文学作品中看到了意想不到的东西。这一观点显然难以实现姚斯在其纲领性的文章中提出的要求，即以接受美学更新文学史的做法，"即使不能解构也要批判地修正传统的文学准则"，从而创立以历史为依据的新的准则。③ 当然，如同文学史局限于文学本身的历史一样，从纯

---

① 参见瑙曼：《接受理论》，第54页。
② 参见瑙曼：《接受理论》，第63页。
③ 参见朔贝尔：《文学的历史性是文学史的难题》，第171页。

接受美学的立场出发是很难阐明文学的历史性的。朔贝尔虽不否认接受美学应有的价值和地位以及它所引起的争论在学术上所起的促进作用，但是她对姚斯之"范式转换"的结论是刻薄的、尖锐的："［……］这一理论的提出有其先天缺陷，尤其是期待视野能否具体化，以及在此基础上编写的文学史有无实用性，这些都是成问题的。"人们所期待的"读者文学史至今也未问世"。①

七　用之不竭的布莱希特：
接受者对艺术生产的干预

在康士坦茨学派的接受美学与马克思主义接受理论之间的论争中凸现出来的对黑格尔美学思想的怀疑，不应遮蔽黑格尔主义本身所蕴涵的真理维度。比如，姚斯和伊瑟尔完全忽略了马克思主义"文学社会学"所取得的认识，即文学生产具有社会意义。他们片面地把文学史局限于接受研究，这必然会带来扭曲的阐释。毫不奇怪，东德学派最常批判的是康士坦茨学派缺乏社会学根基，指责姚斯等人对马克思主义认识不足，诚如巴克所说的那样："姚斯索性把马克思主义文学理论与庸俗社会学等同起来，这是他的出发点。因此，他认为马克思主义文学理论总是不断逼迫自己为文学现象寻找'社会对应物'。"②

然而，后来的发展让人看到，东德学派和康士坦茨学派都试图克服生产与接受之间的理论鸿沟。尤其在文学社会学的语境中，人们已经理所当然地把生产和接受视为一种交往关系；文学交往就是人与人之间的社会沟通，不但作家而且读者都积极参与这一沟通。东德的文学社会学立场把文学的生产和接受看作一个有机的整体，提倡同等看待接受美学和生产美学，反对单从读者出发建立学说。这些立场当然远离姚斯在《文学史对文学研究提出的挑战》中提出的片面观点。

在东德马克思主义美学中，《社会，文学，阅读》第一次明确地否定了一种老生常谈，即把艺术现象仅仅看作时代精神、经济和社会状况的表现形式，或者只把文学艺术同阶级意识相等同的观点。对瑙

---

① 朔贝尔：《文学的历史性是文学史的难题》，第173、174页。
② 巴克：《对资产阶级文学观中接受问题的批判》，第140页。

曼等人来说，这种被不厌其烦地宣扬的美学观点不仅否定了艺术的相对独立性，而且也使探讨反映论之外的其他文学功能的任何尝试成为幻想。这便无法回答马克思所提出的问题：那些古代的、本该是历史学家才会感兴趣的东西，为何还能给我们提供审美享受，比如希腊艺术和史诗"何以仍然能够给我们以艺术享受，而且就某方面说还是一种规范和高不可及的范本"①。这当然也是该书作者感兴趣的问题，尽管他们没有也无法彻底摆脱一些观点中的教条主义特色。

对于瑙曼主笔的《社会，文学，阅读》这部重要著作，东德理论界自然不会表现出其批判意识，只是把它看作文学理论的重大突破来欢呼。苏联及其东欧的同行也表现出了几乎相同的态度。尽管不同的人从不尽相同的美学思想出发，他们对姚斯和伊瑟尔的指责多少有些雷同，也就是瑙曼等人所指出的那个方向。此时，我们常能看到一种现象，即在否定西方观点的时候，不忘标举自己的理论资源，甚至是对某种观念的优先权。比如，针对伊瑟尔提出的文学作品中隐含着读者反应的理论，甚至针对他的整个"效应美学"，东德马克思主义者指出：根据艺术效应衡量艺术价值的做法，无异于"艺术创作的市场论"，最终只会导致创作中只图满足一时需求的机会主义，以满足市场的消费需求。用效应分析代替审美分析，只是为了颠倒那种把艺术创作看作艺术本质的观点；其结果是，那些神秘的、荒诞的，乃至庸俗的、下流的、淫秽的拙劣制品也可以得到肯定。另一方面，社会主义现实主义理论首先是围绕艺术的"倾向性""人民性""通俗性"等概念所包含的内容展开的，而这些内容中总是隐藏着效应美学问题。效应美学是社会主义现实主义之生产美学固有的、独特的组成部分。②

东德学派继承了不少卢卡契思想，但也对其做了重大修正。瑙曼指出，就接受理论和接受史而言，卢卡契的接受理论并没有得出多少值得推崇的结论。在卢卡契看来，接受者添加给作品的东西，并不是作品所需要的东西。作品的力量是其提示性，接受者对提示的态度对作品的本质不产生任何影响。在这一过程中，发生变化的永远是接受者而不是作品。换言之，一部"真正的"作品并不依靠接受者来实

---

① 马克思：《〈1857—1858 年经济学手稿〉导言》，第 53 页。
② 参见瑙曼：《论文学理论中的"效应美学"》，第 157—160 页。

现。① 瑙曼等人推崇的是布莱希特的美学理论,并认为布莱希特在20世纪30年代就已经拟定出一个消除生产与接受之间的矛盾的美学纲领。在当时的马克思主义艺术团体中,赞同布氏观点的还有艾斯勒、皮斯卡托、哈特菲尔德以及作为理论家的本雅明。他们的认识也来自特列季亚科夫、梅耶荷德、爱森斯坦、马雅科夫斯基。布莱希特等人的美学观点和意图是,

> 通过重新确定艺术的社会目的来促使艺术功能的转换。在他们看来,实现这一转换的先决条件是促成一种接受方式,不再把读者或观众放在一个只领取物品的消费者或任人处置的位置上,而应确确实实地使其成为生产性的接受者。也就是说,这种接受方式应使接受者走出自己的圈子去干预艺术生产。②

瑙曼认为,这种新的接受方法或曰布莱希特美学这一"新"传统便是为了克服文学生产、表述、影响和接受互不相干的状况,并把它们同与之相关的历史发展联系起来。布莱希特的作品概念只具有从属的含义,他那以发挥接受者的积极性为核心的艺术理论强调的是作品的使用价值。③ 瑙曼指出,很难说《社会,文学,阅读》编写组的成员在原则上究竟对卢卡契的学说还是布莱希特的学说更为偏爱,然而可以肯定的是,促使他们"着手研究接受问题的原动力,不是来自卢卡契美学,而是来自布莱希特的诗学理论和实践"④。的确,《社会,文学,阅读》中除了随处可见马克思语录之外,瑙曼等人在探讨"社会主义阅读方式"或者艺术趣味和享受时,最喜用布莱希特的观点。而布莱希特明确的写作目的和对作品使用价值的明确追求,显然是被瑙曼等人当作伊瑟尔关于文学文本之"不确定性"的对立模式提出来的。

瑙曼等人认为,对于革命作家来说,"写作"并不像罗兰·巴特所说的那样,只是一个不及物动词,而是及物动词。革命作家的现实

---

① 参见瑙曼:《"接受美学"的困境》,第181—182页。
② 瑙曼:《"接受美学"的困境》,第179页。
③ 参见瑙曼:《"接受美学"的困境》,第180、182—183页。
④ 瑙曼:《"接受美学"的困境》,第183页。

主义写作不只是写,而且通过写"某些东西"来揭示现实。① 不仅如此,对于现实主义作家、尤其是社会主义作家来说,"写作"这个动词不仅要求有一个宾语,而且还包括为谁而写,就像布莱希特所说的那样,写作不能只停留在描写真实状况上,还必须表明为谁而写这些真实状况,以使他开始行动。② 瑙曼等人认为,现代主义文学从对象关系的丧失中得出结论,以为生产无对象的文学才是符合"现代"的唯一形式。③ 现代主义的文学生产以不同的方式拒绝寻找意义,在这种非理性主义道路上,培养社会意识的文学是不可能出现的。东德学派的论述逻辑是:生产不仅为接受制造对象,而且也为接受者提供一种他所需要的作品和观点。出于文学之"政治干预"④ 的目的,《社会,文学,阅读》在布莱希特那里寻找答案:

> 用布莱希特的话来说:他不仅想"以'别样的方式'看问题,而是要以完全特定的方式看问题,这种别样的方式不仅不同于任何其他方式,而且还是正确的、亦即符合事物的方式。我们要驾驭政治事物和艺术事物,但是我们不仅只想到'驾驭'。"⑤
>
> [……] 布莱希特将这里提出的原则总结成一个命题:"我们的批评家必须研究斗争的条件,并由此发展他们的美学。否则,他们的美学对我们毫无用处,因为我们处在斗争之中。"⑥

---

① 参见瑙曼:《接受理论》,第73—74页。
② 参见瑙曼:《接受理论》,第76—77页。关于布莱希特将马克思之说植入自己的戏剧观,视戏剧为改造世界的工具,参见本书第九章的相关论述。
③ 参见瑙曼:《接受理论》,第66页。
④ 瑙曼:《接受理论》,第73页。
⑤ 瑙曼:《接受理论》,第74页。
⑥ 瑙曼:《接受理论》,第76页。

第三编 著名作家美学思想新探

第八章 "艺术是思想光照下的生活"
——论托马斯·曼的美学思想

托马斯·曼（1875—1955）常被看作是20世纪上半叶最重要的德语作家；精英意识极其浓厚的他，亦自视为歌德之后德国文学的当然代表。富裕的家庭出身一开始就让他的写作不用因为稿酬而仰人鼻息，或因利害关系而妥协。他揭露和批判市民社会的虚假，但是看不到理想的社会；他自以为与政治无关，却无法躲过政治。不少人认为托马斯·曼从一个不问政治者变成民主派并最终成为社会主义者。其实，唯美主义是他的兴趣所在和精神寄托，时局迫使他参与政治，那是一种义务感。他的一生都体现出唯美与政治的紧张关系。

叔本华、瓦格纳和尼采是托马斯·曼早期景仰的三颗星辰，是其思想和艺术的基石。瓦格纳作品的诗意和感染力所取得的效应，被曼氏看作现代艺术家的楷模，并从中得到颇多启发。这不仅涉及艺术手段，还有效应意识。比如，他认为《魔山》所取得的巨大成功在于最有利的出版时机。尼采曾贬斥瓦格纳艺术为哗众取宠的把戏，从而摧毁了瓦氏信誉。然而，托马斯·曼却把尼采的蔑视反转为肯定因素，机智地中和了做戏与真实、煽动与普及、媚俗与精湛等矛盾因素。换言之，瓦格纳为曼氏文学创作提供了艺术手段，尼采揭穿了瓦格纳艺术的效应底细，叔本华哲学则是托马斯·曼进行综合的基本依托。于是，他便可以很有特色地兼顾效应手段及其批判，达到为自己服务的目的。他用叔本华的"表象"和"意志"之说来冲淡尼采的犀利批判。

托马斯·曼坚守一生的基本艺术观，是具有道德蕴涵的艺术。他的批判现实主义便是人道主义，其人性观念在创作《魔山》之时尤为突出。在托马斯·曼看来，文学是所有艺术中最富智性的，言语是其表达工具,言语与人性之间有着密切关系。作家不是通过道德来说教,而是借助艺术创造,用词语、形象和思想来表现人类生活,赋予其意义和形式,以呈现歌德称之为"生活之生活"的现象:精神。然而,对于复杂的人和人性概念的探索,永远无法穷尽、无法抵达终点,曼氏称之为"人类奥秘"。

"反讽"无疑是托马斯·曼作品的重要特色。若说人道主义是一个无须多加解释的概念,曼氏"反讽"却极为复杂,原因是其在很大程度上偏离了文学反讽的经典定义。当然,作为西方哲学和艺术理论中最复杂的概念之一,"反讽"从来就有纷然杂陈的阐释。用通常的反讽定义是很难解读曼氏反讽概念的。反讽在曼氏那里是一个极为宽泛的概念,它常常不属于审美范畴或语言修辞,而是道德上的态度抉择。例如,他认为反讽可用来实现自我否定、自我超越:颓废者批判颓废。并且,客观性就是反讽,客观的批判性观察都具有反讽色彩。因此,曼氏反讽可被理解为一种反思和回应现代性的交往形式,以及新的社会状况下的写作立场。

歌德说他的《浮士德》是十分严肃的玩笑,托马斯·曼认为这就是一切艺术的定义,也就是用游戏形式演示艺术的高妙和精深之处。此乃艺术本质之神秘的辩证关系,用曼氏说法:"艺术如谜。"轻松地表现最严肃的东西,深刻的思想应当带着微笑。这就是艺术的奥秘。然而,进入20世纪之后,19世纪小说文学的老生常谈和陈旧的表达形式,似乎已经缺乏足够的表现力。托马斯·曼的早期作品,从题材到结构都带着19世纪欧洲小说艺术的余韵。而到了颇多思辨、已经不在讲故事的《魔山》,满眼都是"快乐的科学"(尼采):大段分析、评论、探讨和阐释,这就是作者所说的"理智小说"。同时代还有普鲁斯特的《追忆似水年华》、乔伊斯的《尤利西斯》、卡夫卡的《审判》和《城堡》那样的作品。

在世界文学史中,关注疾病和死亡是许多作家的重要特征。诺瓦利斯甚至把疾病与创造力画上等号。患病虽然痛苦,但要看谁患病。"感伤诗人"(席勒)深知疾病与智性的关系,患病能见出更多智性。当然,作家多半不是为疾病而描写疾病,而是喜于把疾病作为认识工具,通过疾病来描述一些超越疾病、超越现实的体验和认识。托马斯·曼认为疾病状态中能见出人性,也常能让人看清事物背后的真相。

对疾病和死亡的兴趣,说到底是对生命的兴趣的一种表现方式。死亡之念也是其作品中的常见主题。

一 托马斯·曼:"不问政治"却难逃政治的唯美主义者

1975 年,绝大部分德国作家认为,托马斯·曼几乎不会给当代文学带来任何灵感。与卡夫卡或布莱希特的广泛影响不同,托马斯·曼仿佛后继无人,其作品也给人绝后之感。不过从另一个角度说,他的真正效应并不在于是否被人传承,而见之于那些与之对立的创作模式。他迫使有些作家换一种写法。① 德国文学批评"教皇"赖希-拉尼茨基说:"不少作家曾说,他们对这位《魔山》的作者所采取的无所谓态度,甚于对待任何人。他们这么说的时候,话音是颤动的;信誓旦旦的表白,带着恼怒和忌妒。"②

1975 年是曼氏诞辰 100 周年。各种庆典活动所表现出的高涨热情,与德国作家对托马斯·曼"敬而远之"的态度完全不同,尽管天时并不有利。其时,张扬解放、民主和社会主义思想的 1968 年学生运动还余波未尽,曼氏那种冷嘲热讽的怀疑主义很难得到青睐。作为一个讽刺家,他似乎不具备时人看重的直率;作为一个唯美主义者,他的政治倾向不够明朗;作为一个自我中心主义者,他又是一个高视阔步、很不合群的人。若要对他做出评价,似乎只有两种可能:人们可以把他看作进步作家,亦可视其为进步事业的敌人。这并不奇怪,两种态

---

① 参见皮茨:《托马斯·曼对当代德国文学的影响》,载《托马斯·曼(1875—1975)在慕尼黑、苏黎世和吕贝克的讲演》,法兰克福: S. Fischer, 1977 年,第 453—465 页。(Peter Pütz, "Thomas Manns Wirkung auf die deutsche Literatur der Gegenwart", in: Beatrix Bludau/Eckhard Heftrich/Helmut Koopmann [Hrsg.], *Thomas Mann 1875-1975. Vorträge in München, Zürich, Lübeck*, Frankfurt: S. Fischer, 1977, S. 453-465.)

② 赖希-拉尼茨基:《检验——论文集:往昔德语作家》,斯图加特: Deutsche Verlags-Anstalt, 1980 年,第 110 页。(Marcel Reich-Ranicki, *Nachprüfungen. Aufsätze über deutsche Schriftsteller von gestern*, Stuttgart: Deutsche Verlags-Anstalt, 1980.)

度早已有案可稽。①

嗣后，过度政治化的评价逐渐削弱，风气也有所转变。随之而来的是对心理分析和写作技巧、对自我和艺术本身的兴趣与日俱增。当学生运动所期盼的社会主义革命和无产阶级文化成为泡影之后，许多人又被扔回资本主义社会的理想，市民社会的个人主义中萌生出自我批评和探索良知的文化。市民作风及对市民作风的批判，二者在托马斯·曼身上一目了然。他批判市民社会的虚假，却又不相信另外一种社会。晚近西方能在曼氏那里发现自己：颓废者批判颓废。1977年之后，曼氏日记先后发表，他又引起众人关注。出现在人们面前的，不再是一个言之凿凿的人道主义宣讲者，而是一个有问题的人：患有疑病，神经过敏，双性恋，孤独，自负，自恋，以及他很会扮演的公众人物的角色与他容易受伤的自我之间的紧张关系。对于他的日记，人们表现出了宽容，发出会心的微笑，并未嗤之以鼻，或被隐私所吸引。托马斯·曼用他生前隐瞒了一辈子的材料，为读者呈现出解读其作品的另一视阈。②

无论如何，欧洲五家著名报纸曾于1984年评选出欧洲最受欢迎的十大已故作家，其中属于20世纪的作家有卡夫卡、普鲁斯特、托马斯·曼和乔伊斯。若论德国文学在世界文学中的影响力，人们马上就会想到几乎独占一个世纪西方诗坛的歌德、席勒和海涅；莱辛、席勒、豪普特曼和布莱希特则对不同时代的戏剧产生了深远影响。在托马斯·曼之前，歌德、霍夫曼、冯塔纳、施托姆而外，德语小说基本上只在德语国家流传。从19世纪下半叶算起，托马斯·曼是以德国小说走向世界的第一人，也是德国很长时期最重要的作家，不少人视其为20世纪上半叶最重要的德语作家。③

这位德国文坛巨子和1929年的诺贝尔文学奖得主，从来就将歌德

---

① 参见库尔茨克：《托马斯·曼——时代，作品，影响》，慕尼黑：C. H. Beck，1991年，第13—14页。(Hermann Kurzke, *Thomas Mann: Epoche, Werk, Wirkung*, München: C. H. Beck, 1991.)

② 参见库尔茨克：《托马斯·曼——时代，作品，影响》，第14页。

③ 参见阿布施：《托马斯·曼与"自由德国"》，《论几位经典作家》，柏林、魏玛：Aufbau，1982年，第202页。(Alexander Abusch, "Thomas Mann und das 'Freie Deutschland'", in ders., *Ansichten über einige Klassiker*, Berlin und Weimar: Aufbau, 1982.)

视为自己的楷模。① 他是如何成为一个作家的呢？又是什么让他如此与自己出生的环境过不去的呢？他本来毫无疑问会成为一个商人，原先是被指定继承父业的。但是在他 16 岁那年，身为经营谷物的巨商、后来任德国北部吕贝克市税收事务参议的父亲去世。他不相信自己的妻子和孩子能够经营已经存在 101 年的著名商号，按照其遗嘱，商号被清理变卖。在德国那个大兴土木、公司涌现的时代，一个老字号商行关门了。出身于巴西、有着葡萄牙血统的母亲喜爱艺术，开朗而善于幻想，带着他和哥哥以及一个弟弟和两个妹妹移居慕尼黑，靠家产的利息就可过得很好，他和兄长每月能得 160 至 180 马克。这意味着他俩不用外出谋生，能够一心投入其喜爱的艺术。

从社会学角度来说，曼氏生平不具任何典型意义。商行早已变卖，职业问题不是由他自己决定的。公司解体后的无着落感，最终使他走上笔耕之路。他先后在一家火灾保险公司当见习生和一家讽刺杂志当编辑，然而没有多久，他就开始了自由作家的生涯。社会地位的独立性，无疑是他写作发展的重要前提，他不是以文谋生，因而不用见风使舵。果然，他见什么批什么，或曰没有稳定的批判对象，兴趣所致的反讽是其审美理念的一大特色。他的兄长海因里希·曼在 1890 年代已是一个有名作家②，可在各方面提携弟弟。谁知二者后来成了竞争对手，先是文学上的分歧，后来因为政治信仰而酿成 1914 年至 1922 年的唇枪舌战。

在慕尼黑的最初几年里，托马斯·曼很快展现出其写作天赋。19 岁时写成的中篇小说《堕落》，旋即引起同行的关注；21 岁时发表的中篇小说《矮个儿弗里德曼先生》，让他获得与 S. 菲舍尔出版社的终身合作协议，可谓大器早成。出版社约他创作一部长篇小说，他用两年时间就交出了《布登勃洛克一家》的手稿；该作于 1903 年出版第二版之后，年轻的作者已经遐迩闻名，且很富有。曼氏不用品尝一个作

---

① 参见维斯林：《托马斯·曼对歌德的继承》，《文集 1963—1995》，施普雷歇、贝尔尼尼编，法兰克福：Klostermann，1996 年，第 17—64 页。(Hans Wysling, "Thomas Manns Goethe-Nachfolge", in ders., *Ausgewählte Aufsätze 1963-1995*, hrsg. von Thomas Sprecher und Cornelia Bernini, Frankfurt: Klostermann, 1996.)

② 海因里希·曼的著名长篇小说有《帝国三部曲》(《臣仆》《穷人》《首脑》)、《小城》《垃圾教授》《亨利四世》等。

家早期常见的等待和失望,他很快就已功成名就,写作风格似乎也在起步时就已定型。一切都缘于其家庭环境和教养,他的创作追求也同家传作风有关:好胜加上成就欲,质量意识和形式感,还有分寸和慎重。正因如此,曼氏作品不是谁都能够品尝的,它离不开市民社会的接受视野,读者最好没有生计之忧,但是需要尽量多的养成。的确,修养是理解曼氏作品之不可或缺的前提。最理想的曼氏接受者是走在歧途上的不愁吃喝者,不再认同本阶级的利益,但也找不到其他归宿。①

原先注定其社会归属的家传商行之解体,使托马斯·曼成为一个批判者;他同一切事物保持距离,对生活中的所有现象投以尖锐而凶狠的目光。1905 年,他与有犹太血统的大学教授之女成婚,过着一种未必是资本主义意义上的新贵生活,相对超然于利害关系,所以无需妥协。而在性爱上的特殊取向,终究让他与传统的上流社会格格不入,他是一个命定的文学家。接着婚前的两部中篇小说《特里斯坦》《托尼奥·克勒格尔》和三幕剧本《菲奥伦查》,曼氏又创作了长篇小说《国王陛下》和长篇小说《大骗子菲利克斯·克鲁尔的自白》的部分章节,以及中篇小说《死于威尼斯》。他先被看作印象派作家,然后是新浪漫派,接着是新古典主义派。其实,他从不恪守哪一派的信条。同其兄长不同,托马斯·曼全身心地埋头创作,认为自己与政治无关。可是,政治没有放过他。第一次世界大战的爆发,不仅酿成世界之灾,也成为曼氏生活的转折点。

他即刻成为 1914 年德国市民阶层和文学家鼓吹战争狂热的代表人物之一,为德帝国主义参战辩护。他在书信中表达了自己对发霉的和平环境的厌恶,庆幸自己"能够经历这伟大事件""一场壮观的人民战争"。② 同他一样欢呼战争的还有豪普特曼、德默尔、霍夫曼斯塔尔、克尔、穆齐尔、拉特瑙等许多文坛名人。为何欢呼?曼氏在战争爆发不久后发表的《战争之思》一文中认为,战争意味着荡涤、解放和无尽的希望。解放什么?从颓废中解放出来!战争所要实现的,正

---

① 参见库尔茨克:《托马斯·曼——时代,作品,影响》,第 15 页。
② 参见《托马斯·曼书信集:1889—1936》,艾丽卡·曼编,法兰克福:S. Fischer, 1961 年,第 112—114 页。(*Thomas Mann, Briefe* 1889-1936, hrsg. von Erika Mann, Frankfurt: S. Fischer, 1961.)

是《死于威尼斯》中的失败者古斯塔夫·阿申巴赫所缺失的东西：决断、率直、诚实、立场，给令人窒息的世道指出新的方向。战争会孕育新的活力，会证明德意志民族的健全品格。

从来把政治倾向看作剥夺自由的唯美主义者托马斯·曼，终于做出了政治抉择。然而，他自己并不这么看问题。他认为自己的呼吁不是政治性的；他要捍卫的正是超越政治的自由。因此，他撰写于战争年代、长达611页的著名杂论，便冠名以《一个不问政治者的思考》（1915—1918）①，书名有意暗示尼采著作标题《不合时宜的思考》（*Unzeitgemäße Betrachtungen*）。曼氏著述的宗旨是拥戴精神和文化，即德国之"心灵"，反对政治、文明和民主，即法国的"社会"。无论如何，他不否认政治性和社会性是人类生存之不可或缺的组成部分。就私人方面而言，他的鞭笞直接指向其兄长、站在法国一边的和平主义"文明作家"海因里希·曼，其反战文章《论左拉》是托马斯·曼做出反击的直接导火索。他对已经动笔的《一个不问政治者的思考》做出部分调整，审视和辩解自己的世界观，阐释自己对于生活和文学创作的基本立场。②

德国战败和魏玛共和国的成立，对他来说是不小的震悚。让所有人感到惊讶的是，他在《论德意志共和国》（1922）的讲演中，坚定地宣扬进步、民主和共和，号召国人拥护新政。虽然，他的保守理念并未彻底改变。他拥护的是德国的内在精神文化，而不是法国式启蒙和民主或资本主义文明。他在这个时期最重要的作品是长篇小说《魔山》。该著从1913年动笔，后来因为战争而时断时续，1924年竣稿并

---

① 托马斯·曼：《一个不问政治者的思考》，柏林：S. Fischer，1918年。（Thomas Mann, *Betrachtungen eines Unpolitischen*, Berlin: S. Fischer, 1918.）——何为"不问政治"？曼氏有他自己的思考："一个有宗教信仰的天才，说到底是不问政治的。陀思妥耶夫斯基关心政治，并且写文章论述政治，这不是反驳的理由。他写那些文章是反对政治，他的政治著述是一个不问政治者的思考，我们也可以说是一个保守主义者的思考。所有保守主义都是反政治和不相信政治的，只有进步者会相信政治。"（同书，第511页）曼氏彼时所说的不问政治，旨在强调文化、心灵、自由和艺术，维持生活、历史和社会的自然生长条件，故曰保守主义。另外，他认为政治是唯美主义的对立面。

② 战后，曼氏多次发表疏远《一个不问政治者的思考》的言论。然而，这一备受争议的著述，必然引起两派之争：一派认为托马斯·曼再也没有权利代表德国的人道主义说话，或为纳粹时期的德国人民指出复兴之路；另一派则认为，他从未放弃人道主义立场，而且成为坚定的反法西斯主义者。

引起轰动。1929 年的诺奖,多少与此有关,但是更直接的授奖理由则是他 27 岁时发表的《布登勃洛克一家》(1901),如比克在"颁奖词"中所说的那样:"这是第一部也是迄今最卓越的一部德国现实主义小说,华丽宏大的风格使其在欧洲文坛上占有无可争议的地位,可与德国在欧洲乐坛上的地位相媲美。"① 也是在这一颁奖词中,具有世界声誉的《魔山》只被一句话带过,这与保守的瑞典学院诺奖委员会轻视魏玛共和国时期的一切作品有关。从战争鼓吹者到共和主义者,曼氏很早就认识到德国法西斯主义的危险倾向,1930 年发表反法西斯主义讲演《告德国人民书》和小说《马里奥和魔术师》。作为一个激进的人道主义者,他积极为社会民主党的竞选助阵,并最终成为纳粹的眼中钉。

他于 1933 年离开德国,在瑞士等国居留,1936 年被纳粹剥夺德国国籍。哈佛大学 1935 年授予其名誉博士学位,他不久便被聘为普林斯顿大学客座教授。他于 1938 年迁居美国,1944 年取得美国国籍。后来,麦卡锡主义日益猖獗②,他于 1952 年愤然离开美国,移居苏黎世,于 1955 年在那里与世长辞,享年八十。精英意识和傲慢,使他成为孤独的流亡者,与其他流亡者及各种流亡组织保持距离。"托马斯·曼在流亡期间备受争议。对于他和他的作品,崇拜和仇恨旗鼓相当。对某个人来说,他是被驱逐的、在国内被打入冷宫的德国精神之令人尊敬的代表人物;而在另一个人眼里,他是一个自负而投机的畅销书经营者。大相径庭的观点及其变化,甚至会导致如下情形:同一个托马斯·曼崇拜者,在 30 年代末把他看作楷模,40 年代中期却视之为堕落者。"③

一种流行的看法是,托马斯·曼从一个不问政治者变成民主派并

---

① 比克:诺奖《颁奖词》,载《托马斯·曼中短篇小说全编》"附录",吴裕康等译,桂林:漓江出版社,2002 年,第 678 页。
② 1949 年 5 月至 8 月初,托马斯·曼作了战后第二次欧洲之旅;为了参加纪念歌德诞辰 200 周年庆典,他流亡之后第一次重回故土,在法兰克福和魏玛发表纪念讲演。苏联占领区的魏玛之行,引起西部德国(美英法占领区)和美国报刊的粗暴批评,指责托马斯·曼有"亲共"甚至"共党"嫌疑。后来,麦卡锡主义进一步加剧了对他的攻击。
③ 坎托罗维奇:《流亡时期的政治和文学:反纳粹斗争中的德语作家》,慕尼黑:dtv,1983 年,第 103—104 页。(Alfred Kantorowicz, *Politik und Literatur im Exil. Deutschsprachige Schriftsteller im Kampf gegen den Nationalsozialismus*, München: dtv, 1983.)

最终成为社会主义者①，这一说法其实是站不住脚的。在正常情况下，他是一个唯美保守主义者；紧迫的时局则会让他参与政治，而这也会因时间和地点而变，且常常犹豫不定。曼氏流亡年代的政治思想，具有基督教社会主义特色。取材于圣经故事的洋洋百万言长篇巨著《约瑟和他的兄弟们》（四部曲）②，早在希特勒上台前7年就已动笔；断断续续的16年写作，让他不断涉猎许多宗教传统和思维方式。他因此认为，市民社会的自由与社会主义的平等，唯独在基督教中才能协调和融合，因为面向社会的基督教博爱必然以自由者的平等为指归。然而，战后的东西方冷战使他的希望幻灭，他的最后十年重又逃避政治并趑回唯美主义，似乎完成了一次轮回；可是最后的他，受着宗教思想的支配，是一个保守的怀疑主义者。③

如果我们从托马斯·曼喜用的智性（Geist）与生活（Leben）的关系这一范畴出发，便能见出他文学创作的三个阶段。第一阶段约至1905年，曼氏把智性与人的活力（尤其是艺术活力）看作不可调和的矛盾，这最为典型地体现于《布登勃洛克一家》中的汉诺以及《托尼奥·克勒格尔》的主人公身上。第二阶段约在之后的20年时间，曼氏试图克服智性与生活的矛盾，这个时期的代表作是《魔山》，其主人

---

① 晚期托马斯·曼被不少论者视为社会主义者，可能因为他早在一次大战后同情俄国十月革命。其实，他对共产主义的理解，完全是陀思妥耶夫斯基式的，也从后者那里接过了"保守革命"概念。而在二次大战后，《托马斯·曼论德国罪孽》（原为1945年5月8日的一次广播讲话）一文，认为所有德国人都难逃罪责，而不只是少数战犯。该文不但无法被德国人接受，而且引发了关于"内心流亡"（innere Emigration）的论争。1945年5月29日，他在华盛顿国会图书馆作的题为《德国和德国人》的讲演中指出，德意志民族精神和民族特性实为德国历史悲剧的根源，整个民族必须承担"集体罪责"，并受到应有的惩罚。他的《我为何不回德国》（1945年9月7日）一文，更是强调了德国的集体罪责。他指出："可以视之为一种迷信，但我还是认为，1933年至1945年居然还能在德国出版的那些图书，连毫无价值都谈不上。所有这些书是碰不得的，它们散发着鲜血和罪恶的气味，应当化浆才是。"因此，他不但遭到德国未流亡作家的拒绝和抨击，也受到布莱希特那样的马克思主义作家的批判；后者认为，不能把纳粹政权与德国人民混为一谈。托马斯·曼在战后德国的美英法占领区不受人欢迎，而在苏占区则至少被官方誉为反法西斯主义战士和与反共产主义者作斗争的作家。他于1946年发表著名文章《反对布尔什维克是我们时代的大蠢事》。嗣后，他尽管毫无迁居东德的意愿（不像其兄长那样），但对社会主义常有赞语。

② "约瑟四部曲"包括《雅格的故事》（1933）、《青年约瑟》（1934）、《约瑟在埃及》（1936）和《赡养者约瑟》（1943）。

③ 参见库尔茨克：《托马斯·曼——时代，作品，影响》，第34—35页。

公只是在梦中看到了和谐之人,但还没有实现。第三阶段从(《魔山》出版2年后)创作《约瑟和他的兄弟们》开始,作者所刻画的是真正克服了二者矛盾的人物,其典型形象是约瑟和长篇小说《绿蒂在魏玛》(1939)中的歌德。① 当然,托马斯·曼的审美观不是一定不易的。对于有些问题,他在根本上始终采取同样的态度;另有一些问题,则是很久以后才进入他的审美意识,并得到他的明确解答;还有的问题则在不同时期有着不同的答案。

二 "效应"与"清白",或托马斯·曼文学创作的审美和哲学基础

托马斯·曼没有写过美学专著,但有其美学思想。他的文章、讲演、谈话、日记、信札乃至小说作品,记载了大量关于文学艺术的思考,或涉及自己的创作,或谈论他对艺术的一般认识。

叔本华、瓦格纳和尼采是曼氏青年时代景仰的三颗星辰,后来他也一再颂扬三位大师,视其为自己"精神和艺术养成的基石"②。其实,他在1890年代发现自己的三座偶像及其艺术哲学,已经很不合时宜,至少叔本华和瓦格纳在统一后的德国市民眼中早已过时。不过,托马斯·曼的固执,很能见出其独到,对当下艺术思潮(如印象派、表现主义)漫不经心,寻找自己所要的东西,看中了才要,能够为我所用才是。

1911年,曼氏在一篇谈论瓦格纳艺术的短文中写道,他永远不能忘记自己在艺术上有所成就和领悟,有瓦格纳的一份功劳。虽然"德意志精神天空上的瓦格纳之星正在坠落",但是"世界上没有任何其他事物能像瓦格纳的作品那样,如此强烈地刺激过我年轻时的

---

① 参见艾希纳:《托马斯·曼著作导论》,伯尔尼、慕尼黑:Francke,1961年。(Hans Eichner, *Thomas Mann. Eine Einführung in sein Werk*, Bern/München: Francke, 1961)

② 托马斯·曼:《一个不问政治者的思考》,第37页。这三位大师在其生前有过交往:瓦格纳在1848年欧洲革命失败以后皈依叔本华的哲学思想,将其悲观主义植入他的四部曲《尼伯龙根的指环》和《特里斯坦和伊索尔德》。可是,叔本华本人则完全拒绝其崇拜者提出的"乐剧"(Musikdrama)或所谓"瓦格纳风格"。尼采曾经称叔本华为其导师,视自己为瓦格纳信徒,他同瓦氏的友谊长达十年之久,后来反对瓦格纳的歌剧改革和音乐风格。1875年之后,尼采告别两位"前辈",并开始口诛笔伐。

艺术创作"。并且,《布登勃洛克一家》中也飘溢着瓦氏《尼伯龙根的指环》的精神气息。① 尽管他曾在日记中称瓦格纳为"令人厌恶的小市民",甚至让人预感到法西斯主义,但他在1940年仍然把瓦格纳同歌德和尼采一起看作"我最心爱的"。② 托马斯·曼一生中写下了不少论述瓦格纳的文字,仅专论就有《关于里夏德·瓦格纳的艺术》(1911)、《里夏德·瓦格纳的痛苦和伟大》(1933)、《为瓦格纳而辩护》(1940)等。

在曼氏心目中,尼采"是一种集欧罗巴精神于一身、具备文化的丰富性和复杂性的非凡现象"。"要在全部世界文学和整个思想史中上下寻索一位比西尔斯马力亚的隐居者更具魅力的人物,只能是一无所得"。③ 因此,他在诸多论说文中,几乎言必提尼采,如安德施所说:或许托马斯·曼的整个作品,"乃至他的一生都在探讨尼采哲学,并使其一再绽放异彩"④。对托马斯·曼那一代的许多作家来说,尼采对市侩习气的睿智批判,对市民社会文化危机和颓废世道的分析,对强人个性的张扬,以及他那精湛的诙谐和反讽笔法,都是令人拜服的。尤其令唯美主义者托马斯·曼无法摆脱的是:"尼采是思想史上最不折不扣、最无可救药的唯美主义者。生活唯有作为审美现象才有存在的理由,[……]"⑤

---

① 参见托马斯·曼:《关于理夏德·瓦格纳的艺术》("Über die Kunst Richard Wagners",1911),《德语时刻》,韦邵辰、宁宵宵译,南京:江苏文艺出版社,2010年,第123—126页。

② 参见《托马斯·曼日记1935—1936》,门德尔松编,法兰克福:S. Fischer, 1978年,第35页(Thomas Mann. Tagebücher 1935-1936, hrsg. von Peter de Mendelssohn, Frankfurt: S. Fischer, 1978);《托马斯·曼日记1940—1943》,门德尔松编,法兰克福:S. Fischer, 1981年,第159页(Thomas Mann. Tagebücher 1940-1943, hrsg. von Peter de Mendelssohn, Frankfurt: S. Fischer, 1978)。

③ 托马斯·曼:《从我们的体验看尼采哲学》("Nietzsches Philosophie im Lichte unserer Erfahrung", 1947),魏育青译,载刘小枫选编《德语诗学文选》下卷,上海:华东师范大学出版社,2006年,第154页。——西尔斯马力亚是瑞士的一个疗养地,尼采于1881—1888年在此度过夏日。

④ 安德施:《作为政治家的托马斯·曼》,《艺术作品的盲目性》,法兰克福:Suhrkamp, 1965年,第48页。(Alfred Andersch, "Thomas Mann als Politiker", in ders., Die Blindheit des Kunstwerks, Frankfurt: Suhrkamp, 1965.)

⑤ 托马斯·曼:《从我们的体验看尼采哲学》,载刘小枫选编《德语诗学文选》下卷,第183页。

托马斯·曼在不少文章中论及瓦格纳对其文学创作的启发，以及尼采的思想和语言对他的影响，而对另一颗星辰叔本华在自己艺术生涯中的具体作用和意义没有细说。不过，将近八十高龄的托马斯·曼曾在给朋友的一封信（1952年3月13日）中说，"我几乎不用再回到叔本华那里，我可是从来没有离开和失去过他"①。他还在给路德维希·马尔库塞的信中（1954年4月17日）说："忘记叔本华？我可做不到！他可是一个了不起的作家，他的体系本身是一件令人钦佩的艺术品。"② 不仅如此，他对"极富美感的语言大师"③ 叔本华的哲学思想的接受，从来没有带着对待瓦格纳和尼采那样的批判目光。④

　　瓦格纳成为曼氏审美意识的源泉之一，或许会给人匪夷所思之感。其原因是，他同时接受了尼采对瓦格纳的批判！尽管尼采在其《悲剧的诞生》（1872）中还显耀地将瓦格纳排列于德国音乐"从巴赫到贝多芬、从贝多芬到瓦格纳的伟大光辉历程"之中，并强调瓦氏音乐创作使戏剧"达到了话剧所不能企及的最高壮观"⑤，但在《瓦格纳案》（1888）一文中，他却把这位德国歌剧大师批得体无完肤："瓦格纳是一个人吗？难道他不更是一种疾病？凡他接触之物，他都使之患病——他使音乐患病了——。"⑥ 在尼采眼里，"瓦格纳的艺术是病态的。他带到舞台上的问题（纯属歇斯底里患者的问题），他的痉挛的激情，他的过度亢奋的敏感，他那要求愈来愈刺激的佐料的趣味，被他美化为原则的反复无常，以及他的男女主人公的选择（他们被看作生理类型——一条病人肖像的画廊！）：这一切都描绘出一种病象，这是毫无疑问的。瓦格纳是一个神经官能症患者。"⑦ 或者，他是"现代

---

① 《托马斯·曼书信集：1948—1955，及补遗》，艾丽卡·曼编，法兰克福：S. Fischer，1965年，第248页。（Thomas Mann, *Briefe 1948-1955 und Nachlese*, hrsg. von Erika Mann, Frankfurt: S. Fischer, 1965.）
② 《托马斯·曼书信集：1948—1955，及补遗》，第335页。
③ 托马斯·曼：《一个不问政治者的思考》，第39页。
④ 参见维斯林：《叔本华读者托马斯·曼》（"Schopenhauer-Leser Thomas Mann"），《文集1963—1995》，第65—88页。
⑤ 尼采：《悲剧的诞生》，《悲剧的诞生——尼采美学文选》，周国平译，北京：三联书店，1996年，第85、94页。
⑥ 尼采：《瓦格纳事件》（"Der Fall Wagner"，1888，本稿译为《瓦格纳案》），《悲剧的诞生——尼采美学文选》，第291页。
⑦ 尼采：《瓦格纳事件》，《悲剧的诞生——尼采美学文选》，第292页。

的卡里奥斯特"①,即 18 世纪西西里的那个炼丹术士和骗子。尼采主要是在论说瓦格纳的艺术风格,否定了瓦格纳全部作品的有机整体性,其作品是雕虫小技的巧妙杂烩,其影响也是做作的伎俩使然:

> 各种文学颓废的标志是什么?就是生命不复处于整体之中。词语不可一世,脱离了句子,句子枝蔓而遮蔽了段落的意义,段落又以牺牲整体为代价而获得生命。于是,整体无从说起。然而,这可用来比喻所有颓废风格:永远是原子的混乱无序,意志的涣散,"个体自由"以道德话语而扩展为政治理论中的"人人平等"。生活、同样的活力以及生命的鲜活生气,都被压缩到最低限度,剩下的只是可怜的生活。比比皆是麻木、艰难、僵化或者敌对和混乱。组成形式越高,敌对和混乱就越发触目。整体根本不复存在,那是掺和起来的、盘算的、做作的人工制品。②

瓦格纳作品的有机整体性只是一种欺骗,是巧妙的艺术手段所引发的观众效应!如此揭露和批判之后,还能否以瓦格纳为榜样呢?其实,曼氏正是在尼采那里领悟到瓦格纳的创作方法,从批评声中获得一种配方。可不,他早就说过"人们无法通过瓦格纳的文章学到瓦格纳艺术的诸多真谛";而他所学到的,首先是瓦格纳作品的"诗意和感染力"。③ 不仅如此,他始终感到瓦格纳的叙事艺术与自己的文学创作之间有着某种亲缘关系,在瓦格纳那里领略主导动机(贯穿整部音乐作品的动机亦即旋律)、错综复杂的暗示、象征性联系,即学习"艺术技巧的家政"④,对他来说是很有启发意义的。若说尼采通过分析瓦格纳哗众取宠的手段而摧毁了瓦氏信誉,那么,曼氏则从中看到如何运用艺术手段的重要性,以达到某些特定效应。对颓废风格的批判,亦可用来指导颓废艺术的创作,这或许可被称为托马斯·曼的机敏,他确实也借助一些精心安排的细枝末节来追求艺术效果。艺术家

---

① 尼采:《瓦格纳事件》,《悲剧的诞生——尼采美学文选》,第 293 页。
② 尼采:《瓦格纳事件》,《悲剧的诞生——尼采美学文选》,第 293 页。笔者对译文做了较大改动。
③ 托马斯·曼:《关于理夏德·瓦格纳的艺术》,《德语时刻》,第 123、125 页。
④ 托马斯·曼:《一个不问政治者的思考》,第 47 页。

小说《死于威尼斯》在一定程度上反映了作者的人生观和艺术观,主人公古斯塔夫·阿申巴赫是一个被人颂扬和赞誉的著名作家,而他的作品并非其"充沛精力一气呵成的成果",而是"由无数具体的灵感通过每天的工作积累完成的伟大杰作","凭着执著的意志和巧妙的运作,至少在一段时期内获得了名人的效应"。① 无疑,"人工制品"这一责备也完全适用于曼氏创作。

从托马斯·曼对瓦格纳的评价来看,他对尼采的毁灭性评判是很了解的,知道"尼采多次把瓦格纳说成品质恶劣的古伊特鲁立亚演员和堕落的使人堕落者"②。并且,《快乐的科学》的作者早就把"活着的叔本华分子中最著名的人物瓦格纳"贬低为"史无前例的最狂热的戏子,当他作为音乐家时同样如此!"③ 在尼采眼里,艺术家全都是或必须是某种程度上的戏子,不演戏就难以长久维持下去;而演戏则是为了掩盖其"生命的贫乏",借助艺术来"自我解脱,或者迷醉,痉挛,麻痹,疯狂",这就是瓦格纳!④ 因此,曼氏对瓦格纳的渴慕和崇拜之心,带着良心谴责乃至负罪感。⑤"我关于瓦格纳的声明,其实并不代表我信奉瓦格纳。对我而言,他的思想和品格是有嫌疑的,但是作为艺术家的他却是不可抗拒的,尽管他造成的效应在高尚情操、洁身自好和身心健全方面都是极其成问题的。"⑥ 换言之,曼氏在了解了尼采观点之后,知道悲观主义和浪漫主义是令人生疑的,但他另一方面又视之为极富魅力。他所推崇和效仿的东西,正是被尼采看作演戏和欺骗性的东西。

尼采批评瓦格纳的作品缺乏"无辜"和"真实",而这却被曼氏赞叹为高超技艺所引发的效应。同尼采一样,他承认瓦格纳音乐的"机智、巧妙和狡猾"⑦ 乃至"做作"和"功利",《里夏德·瓦格纳

---

① 托马斯·曼:《死于威尼斯》,《托马斯·曼中短篇小说全编》,第 320、322 页。
② 托马斯·曼:《从我们的体验看尼采哲学》,载刘小枫选编《德语诗学文选》下卷,第 161 页。
③ 尼采:《快乐的科学》(节译),载《悲剧的诞生》,周国平译,北京:三联书店,1986 年,第 224、251 页。
④ 参见尼采:《快乐的科学》(节译),载《悲剧的诞生》,第 243、253 页。
⑤ 参见库尔茨克:《托马斯·曼——时代,作品,影响》,第 114 页。
⑥ 托马斯·曼:《关于理夏德·瓦格纳的艺术》,《德语时刻》,第 124 页。
⑦ 托马斯·曼:《关于理夏德·瓦格纳的艺术》,《德语时刻》,第 126 页。

的痛苦和伟大》一文也指出了这一点。然而,他不愿视之为欺骗大众,而是用唯美主义者的目光来看待手段及其效应,他景仰的是瓦格纳的艺术而不是道德。于是,他在《为瓦格纳而辩护》的时候,强调了这位聪慧而极富激情的神话导演,如何以其强烈的鼓动欲,将他那个世纪的各种情感聚合于他的效应场,其中既有革命民主主义情感,也有民族主义情感。用神话传说来鼓吹民族主义,这是不少人的专长;民众从来都是轻信和听人摆布的。这同样是瓦格纳效应的土壤。尼采说:"在德国,人们在瓦格纳问题上欺骗自己,我对此并不感到奇怪。若不如此,那倒会使我感到奇怪了。德国人替自己塑造了一个瓦格纳,以便对之顶礼膜拜。"但是,"瓦格纳的音乐从来不是真的"。"谁都明白:巨大的成就、群众的拥护不再属于真诚的人——为了获得他们,一个人必须是戏子。"① 托马斯·曼又在这一嘲讽中窥见一种提示。古斯塔夫·阿申巴赫已经熟谙此道,看穿了芸芸众生感兴趣的是生动活泼、通俗易懂的写法。② 对于《魔山》的成功,曼氏写道:"这本书在短短几年中就重印了一百次,引起了公众的兴趣。这表明我选择了最有利的时机推出这部构思宏伟的作品。"③ 至于长篇小说《国王陛下》(1909),作者自己也坦承其蛊惑人心的成分。他在致黑塞的信中写道:

> 我时常想,被您称做"煽动受众"的东西,是我常年对瓦格纳艺术的仰慕和评判所致,那是一种既精湛又蛊惑人心的艺术,它兴许始终影响了(我不用"贿赂"二字)我的理想和我的需求。尼采曾说过瓦格纳之"游移的视线":时而要照顾最粗俗的需求,时而要照顾最精雅的需求。这就是我所说的影响。我不知道自己是否会有永远摆脱它的毅力。我从来看不起那些只知同仁效应的艺术家,我不会满足于这种效应,我的需求也指向蠢货。但这只是事后的心理,我在写作的时候是清白的,

---

① 尼采:《瓦格纳事件》,《悲剧的诞生——尼采美学文选》,第291、300、306页。
② 参见托马斯·曼:《死于威尼斯》,《托马斯·曼中短篇小说全编》,第322页。
③ 托马斯·曼:《托马斯·曼传》,《托马斯·曼中短篇小说全编》"附录",第686页。

而且乐在其中。①

曼氏显然是采用实用主义做法。尼采原本所说的问题，是面向"大众"还是"精英"的问题："一个人要满足前者，这在今天就必须是个江湖骗子；要满足后者，如果他确实有此意愿的话，就得是个高手，岂有他哉！"而像瓦格纳那样的所谓大师，有的却是"游移的视线，时而要照顾最粗俗的需求，时而要照顾最精雅的需求"②。尼采对江湖骗术的蔑视和贬斥，被曼氏反转为肯定因素。技巧与无辜，做戏与真实，煽动与普及，媚俗与精湛，这些在尼采那里势不两立的东西，被曼氏机智地黏结在一起。他或许能把尼采所揭示的骗术视为客观描述，但绝对反对以此对艺术家进行道义上的谴责。③在他看来，艺术家也许会口出狂言或大言不惭，或像卢梭那样"恬不知耻地全盘托出"自己的私生活，但是人们当从审美角度评判其得失，不应诋毁"作为个人的艺术家之尊严"④。显然，作出如此区分的主要理据，来自叔本华的哲学思想，即世界之为"表象"和"意志"。

叔本华最重要的哲学著作《作为意志和表象的世界》（1819）开篇便说："世界是我的表象。"在他之前，英国哲学家贝克莱第一个阐明了"存在就是被感知"的命题，从而对哲学做出了不朽贡献。叔本华著作标题的原文为 Die Welt als Wille und Vorstellung，汉译标题中把"Vorstellung"译为"表象"或"观念"⑤，其实并未准确传达这个德语词的意义。这个词的字面意思，是说一个"摆在面前"或"置于前面"的东西，一个"显现"之物。叔本华接过了贝克莱的命题，认为表象世界或现象世界中的一切客体，都是相对于主体而存在的：没有主体，就没有客体。或者说：世界显现自身，也就是一个客体呈现于

---

① 托马斯·曼：《致黑塞》（1910年4月1日），载维斯林编《文学家作品自评》第14卷第1册：《托马斯·曼》，慕尼黑：FaM，1975年，第255—256页。（Thomas Mann, "Brief an Hermann Hesse", 1.4.1910, in: Hans Wysling (Hrsg.), *Dichter über ihre Dichtungen*, Band 14/1: *Thomas Mann*, München: FaM, 1975.）
② 尼采：《作为艺术的强力意志》，《悲剧的诞生——尼采美学文选》，第367—368页。译文略有改动。
③ 参见库尔茨克：《托马斯·曼——时代，作品，影响》，第115页。
④ 托马斯·曼：《一个不问政治者的思考》，第XVII页。
⑤ 贺麟译文为《意志与观念之世界》，见贺麟《现代西方哲学讲演集》，上海：上海人民出版社，1984年，第187页。

一个主体。另一方面,他强调"世界就是我的意志",一切被感知的事物都有其意志。人的行为通常被看作意志的产物,但在叔本华眼里,意志和行为不是两个不同的东西,而是同一个东西,行为是客观化了的意志。换言之:意志的行为是物自体的表现。

叔本华的上述观点对于曼氏来说至关紧要。也就是说,所谓煽动和追逐效应等行为,可归于某个艺术家的本性,缘于其意志,从而脱离了道德上的干系。一个艺术家在客观上可以是一个不道德的人,可是他的主观意识不用承担责任。于是,"欺骗"或"江湖骗子"也就无从说起了。这样,尼采所批判的"不清不白的"效应手段,被叔本华的理论化解了。托马斯·曼在《里夏德·瓦格纳的痛苦和伟大》中写道:

> 所有批评,包括尼采的批评,都喜欢把某种艺术的诸多效应追记于艺术家之有意的、盘算的意图,并暗示出投机之嫌。这真是错误之极,大谬不然。仿佛每个艺术家不正是从他是什么、他自己觉得好和美的东西出发来做事的;仿佛存在某种艺术家气质,会把各种效应视为对自己的嘲弄,而没有事先在自己身上领受到效应!但愿"清白"是可用于艺术的最后一个词语。——艺术家是清白的。①

或者,如曼氏在前面援引的那封致黑塞的信中所说,他在写作时是清白的、愉悦的。艺术家小说《死于威尼斯》中也有一段与此相关的文字:

> 作家的快乐就是让想法变成感觉,让感觉变成想法。当时,我们这位孤独的作家就处于这样一种生气勃勃的想法中,这样一种清晰的感觉中。也就是说,当精神崇拜美的时候,天性也会欣喜若狂。他突然希望写作。据说爱神喜欢闲散,就是为悠闲创造出来的。可是,在这个紧急的时刻,我们这位受困扰者的兴奋却集中在创作上了。动机几乎无关紧要。②

---

① 托马斯·曼:《里夏德·瓦格纳的痛苦和伟大》("Leiden und Größe Richard Wagners",1933),《托马斯·曼文集》第 10 卷,第 414—415 页。

② 托马斯·曼:《死于威尼斯》,《托马斯·曼中短篇小说全编》,第 349 页。

以上论述的基本路径是：曼氏艺术论将瓦格纳视为现代艺术家的楷模，尼采则犀利地批判了瓦格纳艺术，而叔本华的"表象"和"意志"冲淡了尼采的贬抑和否定。一方面，尼采把作品中的信仰、希望和爱，只看作审美技巧所生发的效应，此等效应意识是不道德的。另一方面，曼氏认为自己只能如此创作而不采用其他写法，他觉得自己是无辜的、清白的，这也是一个不可忽视的事实。于是，叔本华便成了他的道德担保人。托马斯·曼的识破、揭露以及破除幻想等艺术手法，与叔本华的"表象"和"意志"密切相关，即与他所感知的存在有关，与他要表达的意志有关。一切都是"意志的行动"（叔本华）。用托马斯·曼的话说："并非智力带来意志，相反，第一性的、起主宰作用的并非智力而是意志，意志和智力的关系纯属主仆关系——单凭这一叔本华式的结论，尼采就无愧于心理学家的称号。智力是为意志所用的工具，此乃所有心理活动之源，怀疑心理和揭露心理之源。"①表面上看，曼氏仿佛以此而趑回到尼采那里。可是，他要表达的是，似乎自律的效应只是表象而已，源于作为意志之世界的深层结构。

若对以上论述做一归纳，我们可以说：在曼氏那里，"效应"既清白又不清白。所谓不清白，是其"需求也指向蠢货"，游移的视线无法让凡夫俗子看清江湖骗术。而清白之说，则在于其坦承不清白。在托马斯·曼的效应意识中，二者兼而有之。尼采的瓦格纳批判，使曼氏看到作品有机整体性的重要意义，并在自己的创作实践中极力向这个方向努力。然而，他也接受了叔本华关于人生虽在总体上演着悲剧、但在细节上则为喜剧的观点②；在《布登勃洛克一家》及后来的

---

① 托马斯·曼：《从我们的体验看尼采哲学》，载刘小枫选编《德语诗学文选》下卷，第 168 页。译文最后一句略有改动。

② "任何个别人的生活，如果是整个的一般的去看，并且只注重一些最重要的轮廓，那当然总是一个悲剧；但是细察个别情况则又有喜剧的性质。这是因为一日之间的蝇营狗苟和辛苦劳顿，一刻之间不停的别扭淘气，一周之间的愿望和忧惧，每小时的岔子，借助于经常准备着戏弄人的偶然场合，就都是一些喜剧镜头。可是那些从未实现的愿望，虚掷了的挣扎，为命运毫不容情地践踏了的希望，整个一辈子那些倒楣的错误，加上愈益增高的痛苦和最后的死亡，就经常演出了悲剧。这样，命运就好像是在我们一生的痛苦之上还要加以嘲笑似的；我们的生命已必然含有悲剧的一切创痛，可是我们同时还不能以悲剧人物的尊严自许，而不得不在生活的广泛细节中不可避免地成为一些委琐的喜剧角色。"见叔本华：《作为意志和表象的世界》，石冲白译，杨一之校，北京：商务印书馆，1982 年，第 441—442 页。

一些小说作品中,他都极力将小事和日常琐事写得令人玩味。① 他很熟悉普鲁斯特的《追忆似水年华》,并赞誉说:"名称叫做马塞尔·普鲁斯特的叙事现象,实为了不起之作,由最细小、最精微的东西组成,让我啧啧称羡。"② 尽管普鲁斯特一生只写过"一部"长篇小说(当然是一部超过4200页的小说),托马斯·曼与他在注重精微这一点上颇为相似。另外,曼氏作品(如《魔山》)的蒙太奇特色也是显而易见的。③ 这些又都与所谓小说结构的有机整体性相去甚远。如前所述,瓦格纳为其提供了艺术手段,尼采揭穿了效应的底细,叔本华则是其基本依托。这样,他便可以兼顾手段及其批判,很有特色地用其艺术智力来为自己的意志服务。④ 或者说,是托马斯·曼得心应手的反讽,才使他有可能同时将否定生活的叔本华与无条件肯定生活的尼采奉为圭臬。但他的思考也在与时俱进,并逐渐发现新的精神同道,如歌德、伏尔泰、莱辛、贝多芬等大师。尽管如此,直至其生命的最后十年,曼氏的一些关键思考均与他心目中的"三个星座"有关。

三 文学、人性及人类奥秘

75岁的托马斯·曼在题为《我的时代》(1950)的讲演中说:"正是这个时代的反人道主义使我明白,我没有做过什么事情;或者,我曾力图有所作为,这就是保卫人性。我也不会去做其他什么事情。"⑤ 也就在这一自白中,我们可以看到曼氏文学创作在内容上的最高准则。

---

① 曼氏在《论小说艺术》("Die Kunst des Romans", 1939)中援引了叔本华的经典说法:"'[……]写小说的艺术在于:尽可能少地着墨于外在生活,而强有力地推动内在生活。因为内在生活才是我们兴趣的根本对象。——小说家的任务,不是叙述重大事件,而是把小小的事情变得兴趣盎然。'这是经典的至理名言,尤其是结尾处的箴言我时刻都喜爱,因为它讲到了变寻常为有趣的问题。叙述故事的秘密——可以说这是个秘密——就是,把原来肯定无聊的东西变得妙趣横生。"(托马斯·曼:《论小说艺术》,伯杰译,载刘小枫选编《德语诗学文选》下卷,第193页)

② 托马斯·曼:《您如何看法国?》("Que pensez-vous de la France?", 1934),《托马斯·曼文集》第11卷,第437页。

③ 参见维斯林:《蒙太奇技术:论托马斯·曼的〈被挑选者〉》("Die Technik der Montage. Zu Thomas Manns Erwähltem"),《文集1963—1995》,第313—366页。

④ 参见库尔茨克:《托马斯·曼——时代,作品,影响》,第116—117页。

⑤ 托马斯·曼:《我的时代》("Meine Zeit", 1950),《托马斯·曼文集》第12卷,第589页。

总的说来，人性论是他一生美学思考的基本底色①，他的批判现实主义是人道主义。不过，人性观念在其思想中的凸显，发生于创作《魔山》之时。他在 1922 年 9 月 4 日给奥地利作家施尼茨勒的信中写道："我近来发现自己对人性思想的青睐，或许同我已经写作了太长时间的一部长篇小说有关。这是一部教育小说，即[歌德]《威廉·迈斯特》那样的作品，说的是（战前）一个年轻人如何目睹疾病和死亡，从而生发出关于人和国家的思考。"②

曼氏曾说，他在阅读时习惯用铅笔在有些地方做批注。后来翻阅自己的藏书，发现做上记号的内容都与道德有关，而不是审美问题。"我所找的东西，与我有关的东西，我所强调的东西，是德行和道德。我景仰具有道德色彩的、与道德密切相关的艺术，我觉得这是我的领地，属于迎合我的、我最熟悉的东西。"③ 这一表白也体现出曼氏坚守一生的基本艺术观。尽管他是一个唯美主义者，但他不是为艺术而艺术。在他看来，形式美不排除伦理诉求，它应彰显人的存在和生命的价值。《托尼奥·克勒格尔》主人公的表白，也表明了曼氏自己的艺术观："如果说有什么能使一个文人成为作家的话，那就是我这种对人性、活力以及平凡的小市民之爱了。一切温馨、善良和幽默都出自于它，[……]"④ 也是在这个意义上，他在早期小说《上帝之剑》（1902）中让希洛尼穆斯大发感慨："艺术是神圣的火炬，仁慈地照亮了一切可怕的深渊，照亮了生存的一切可耻和可悲的深渊。艺术是神火，燃烧这个世界，让它连同所有的耻辱和痛苦在拯救的同情中焚烧和熔化吧！"⑤ 这一口号式的陈词，直接让人想起他在《一个不问政治者的思考》中对尼采所宣扬的那种道德模糊的唯美主义的抵触情绪。谁都知道他对尼采的崇拜；至少在其青年时代，他深受尼采主义者所

---

① 参见塞迈赖：《艺术与人性：论托马斯·曼的美学观点》，柏林：Akademie-Verlag、布达佩斯：Akadémiai Kiadó，1967 年，第 11 页。（Samuel Szemere, *Kunst und Humanität. Eine Studie über Thomas Manns ästhetische Ansichten*, 2. durchgesehene Auflage, Berlin: Akademie-Verlag, Bedapest: Akadémiai Kiadó, 1967.）
② 《托马斯·曼书信集：1889—1936》，第 199—200 页。
③ 托马斯·曼：《一个不问政治者的思考》，第 553 页。
④ 托马斯·曼：《托尼奥·克勒格尔》，《托马斯·曼中短篇小说全编》，第 234 页。
⑤ 托马斯·曼：《上帝之剑》，《托马斯·曼中短篇小说全编》，吴裕康等译，桂林：漓江出版社，2002 年，第 139 页。

推崇的文艺复兴唯美主义的影响。而他在所谓"不问政治"时却说:"现在是声明立场的时候了:这一无疑依托于尼采'生活'幻想的唯美主义,在我开始创作生涯之时甚为风行,但我同它从来没有半点瓜葛,20岁和40岁时都是如此。"①

托马斯·曼对于艺术本质的认识,涉及生活现实的描写和批判。此时,道德问题必然是其关注对象。同艺术与现实的关系相比,艺术在曼氏那里与道德的关系更为紧密。伦理与审美的密切联系,是他一生文学创作的指导原则之一。在《艺术家与社会》(1952)一文中,他探讨了艺术家、尤其是文学家几乎无法回避道德的问题。尽管他本来并非道德家,其基本欲望不是伦理而是艺术,但对社会的道德判断是肯定会有的。"在生活世界和人类社会,坏的、蠢的、错的东西也是恶的,也就是丧失人的尊严和堕落的东西。艺术的批判目光只要指向外部,那它就具有社会性,也会带上道德性,艺术家便会成为社会道德家。"② 值得注意的是,托马斯·曼一方面强调从事创作的艺术家的社会关联,但却同时否认其阶级属性。在他看来,艺术家是"无阶级的,从来就是脱离阶级的":若他出生于无产者家庭,智性会使他向有产者阶层的生活方式靠拢;若出生于有产者阶层,他同样会由于智性而疏离自己出生的阶级,并为无产者的利益代言。无阶级性不是幻想,它确实存在于不同时代,是一种"很自然的命运安排"。另一方面,曼氏从这种无阶级性中看到一种别样的属性,它使艺术家这一"局外人,无干系者,纯粹的过客"能在残酷的阶级斗争中成为"人性的秘密使者"。③

道德与审美的紧密关系,体现于作者对生活、现实和社会的判断,体现于肯定或否定、陈述或批判。因此,托马斯·曼还从伦理层面来评价作家及其艺术。在他看来,文学形式是修养的结果和表现,而对作品的评价,"不能仅仅取决于作品本身的艺术价值,因为还得有道德

---

① 托马斯·曼:《一个不问政治者的思考》,第555页。
② 托马斯·曼:《艺术家与社会》("Der Künstler und die Gesellschaft", 1952),《托马斯·曼文集》第11卷,第537页。
③ 参见托马斯·曼:《麦绥莱勒〈祈祷书〉序言》("Vorwort zu Masereels *Stundenbuch*", 1927),《托马斯·曼文集》第11卷,第603—604页。

上的估价"①。或者说:"艺术,作为上帝赐下的禀赋的实现,作为忠实完成的工作,它的意义不仅是精神上的,更是道德上的:正如艺术把现实上升为真理,它以既主观又人性的方式赋予生命、意义和理由;它同样也是人手所造的作品,是'在正确之中'的生活和接近正确的手段;它跻身在人类的生活中。"② 因此,"感激的外行和作品欣赏者在夸奖时,喜欢用'美'字;可是艺术家[……]压根不用'美'字,他说'善'。他喜用这个词语,为了更好地、更切实地说明创作上的可取之处和技巧特长。可是这还不够。其实,一切艺术之'善'有着双重含义,审美和道德在'善'中会聚并难分你我,其意义超越了纯粹审美因素并完全得到认可,走向尽善尽美的崇高思想"③。

我们当然要避免一种误会,以为托马斯·曼为了讨好艺术中的伦理主义而不认可艺术的本来规律,使其服从艺术之外的法则。"没有言语便不能维持人性,唯有言语才使生活获得人情,缄默无语没有人情、也不人道。"④ 语言艺术的威力在于,它能够展示人的心灵及其思想和行为的动因,揭示人类生活中的矛盾,描写善中之恶,呈现观念兑现后的蜕变。文学之所以是一切艺术中最富智性的,在于它比其他艺术更能及于深邃。⑤ 曼氏赞同一种观点,即"艺术家不是通过道德说教、而是完全以另一种方式'改造'世界,即把他的生活(即人类生活的折射)定型于词语、形象和思想,赋予其意义和形式,揭示歌德称之为'生活之生活'的现象:精神"⑥。尽管曼氏青睐"具有道德色彩的"的艺术,但是作为一个从事艺术创作的人,他从不因为伦理而放弃自律的艺术,有时甚至特别强调艺术的自主性和自律性,如他在《死于威尼斯》中对艺术形式的描述那样:形式岂不有两张面孔?岂不是既合乎道德又不合道德吗?作为培育的结果和表现,形式是合乎

---

① 托马斯·曼:《绿蒂在魏玛》,侯浚吉译,上海:上海译文出版社,2006年,第55页。

② 托马斯·曼:《向诗人致敬!——弗兰茨·卡夫卡和〈城堡〉》("Dem Dichter zu Ehren. Franz Kafka und *Das Schloß*", 1941),《德语时刻》,第251页。

③ 托马斯·曼:《在歌德年的讲演》("Ansprache im Goethejahr", 1949),《托马斯·曼文集》第11卷,第493—494页。

④ 托马斯·曼:《一个不问政治者的思考》,第12页。

⑤ 参见托马斯·曼:《在歌德年的讲演》,《托马斯·曼文集》第11卷,第498页。

⑥ 托马斯·曼:《艺术家与社会》,《托马斯·曼文集》第11卷,第530—531页。

道德的；而说其缺德甚至背德，在于其本质上对于道德的冷漠，竭力使道德屈从于自己傲慢的驾驭。①

如果我们从曼氏美学思想中举足轻重的对立概念"智性"与"生活"（或"智性"与"自然"）来考察，探讨"人性"与二者中的哪个概念关系更大，便可发现它更从属于智性范畴。② 当然，智性或精神本身是中性的，它可以宣扬善和人道，亦可不仁伐德。托马斯·曼认为，历史事实已经反驳了一个成见，即以为智性就其本质而言是"偏左"的，是与自由、进步、人性等思想息息相关的。他指出了另一种现象："人可用其超级天赋为非人道、刽子手、根除异己的刑场、严刑逼供大唱赞歌，即做进步和自由眼中的黑暗王国之帮凶。"③ 表现人性的智性，在曼氏那里意味着进步、文化、理性、德行和明晰的思想。从这个意义上说，人性既是他评价当代文化现象的尺度，也是人性遭到威胁或践踏之时的理想。

另一方面，"智性"与"自然"的融合也是曼氏时常论及的一个话题：对于这一融合的称谓，"我们不知道还有什么名字能比'人性'更为明确、更为美丽"④。他在论述自然与智性的关系时，亦涉及尼采的人性观念，其语境是对尼采很耀眼的生活概念的批驳。从根本上说，尼采的生活概念是对权利的意志，对本能的肯定，崇尚美丽、强大和活力。按照尼采的说法，生活是我行我素的，生活之上没有裁判生活的机制。托马斯·曼则认为，生活的不断发展，创造出智性或精神，生活本身也会产生智性，并成为生活的裁判机制："尼采说：'生活之外没有定点可让人从外部来反思生活，亦无审判机制可让生活蒙羞。'果真如此吗？人们能够感到，审判机制其实还是存在的，即便这审判机制不是道德，而干脆就是人的智性，人性本身就是批判、反讽和自由，带着宣判之辞。'生活没有审判自己的法官'吗？天性和生活在人身上总会越出自我，丧失其原初清白，智性得以生成——而智性便

---

① 参见托马斯·曼：《死于威尼斯》，《托马斯·曼中短篇小说全编》，第323页。
② 参见塞迈赖：《艺术与人性：论托马斯·曼的美学观点》，第101页。
③ 托马斯·曼：《艺术家与社会》，《托马斯·曼文集》第11卷，第539页；托马斯·曼：《一个不问政治者的思考》，第314页。
④ 托马斯·曼：《为里卡达·胡赫六十岁寿辰而作》（"Zum 60. Geburtstag Ricarda Huchs", 1924），《托马斯·曼文集》第11卷，第179页。

是生活的自我批判。"① 这个语境中的人性，不是指向未来，不是人们向往的生活理想，而是当下的实在经验。天性或生活超越自己，生发出新的东西，即智性。因此，人以其智性走出生活，反过来对生活进行评价和判决。

人性既涉及事实也包含理想，即关乎人之现状与人当如何。人性思想中蕴含人的尊严；言说人性，即尊重自我和他人的尊严。人之尊严与人性的关系尤为密切，它是人性观念中的最基本要素。曼氏也是在人性的意义上谈论尊严的。正是出于人之尊严的思想，他把叔本华的悲观主义人生哲学解释为人性的表现。这一观点乍看有悖常理，但他认为叔本华的厌世思想充满了对人的虔敬。在其意志哲学中，虽然人类理智与动物本能处于同一水平，一切都服从于意志，但是区别在于人的意志能够摆脱枷锁。由此而生发的"悲观的人道主义"，旨在克服本性的束缚，唤醒博爱精神。人和动物的区别，已经外在地体现于形体：所有动物的头部和躯干都或多或少的连为一体，而且面部朝着地面，朝着其意志对象所在。唯独人才直直地昂着头，头颅仿佛是放上躯体的。与此相应的是痛苦感：人的意识是最清醒的意识，也是最知道痛苦的，而天才又是感受最深、痛苦最甚之人。人忍受痛苦的能力，与他的高级程度相匹配。最后，人之尊严还在于他能回避意志，能够看透一切欲望而达到否定 Willen zum Leben（生存意志、生活意志、生命意志）的境界，如禁欲主义者所做的那样。"因此，人是世界和所有生灵的秘密希望所在。"② 悲观主义和人性互不排斥，这是曼氏在此给人传递的重要信息。他说："叔本华的悲观主义是他的人性。[……]正是其学说的悲观特色，导致他对世界的否定以及禁欲理想，还有这位伟大的、深知痛苦的作家［……］将人从其生物性和自然性中提炼出来，把人的感受和认识之心变成意志转向的展示场所，在人身上看到所有生灵之可能的救星：这里可以见出叔本华的人性及其智性。"③

---

① 托马斯·曼：《从我们的体验看尼采哲学》，载刘小枫选编《德语诗学文选》下卷，第172页。译文略有改动。
② 托马斯·曼：《叔本华》（"Schopenhauer", 1938），《托马斯·曼文集》第10卷，第336页。
③ 托马斯·曼：《叔本华》，《托马斯·曼文集》第10卷，第344页。

同样，尼采的文化哲学也被曼氏解读为一种人性。他在评判尼采这位人道主义者时，对其思想大厦的聚焦是有选择的。他没有细说尼采的超人观念，而是将有些形而上的东西运用于他的"人论"，比如他说："尼采宣告：'上帝死了！'——这一论断对他来说不啻最沉痛的牺牲。如果这不是在敬重和抬举人类，又是为了敬重和抬举谁呢？若说他是无神论者，若说他能担当无神论者，那是他有人类之爱，尽管这一措辞听上去有点传教士般的多愁善感。他必须容忍人们称他为人道主义者，正像他不得不接受人们将他的道德批判理解为一种启蒙主义的最终形式。以我之见，他倡言的超乎一切教派的宗教信仰，只能是同人之观念相联系的，只能是一种以宗教为基石、带着宗教色彩的人道主义，只能是一种饱经沧桑、阅尽世事、将一切关于低贱和鬼神的知识也纳入其崇敬人类奥秘的人道主义。"①

人类如何才能幸福？托马斯·曼没有提供答案。他的作品只是让人感到，幸福基本上是可实现的。"人类奥秘"是经常见之于曼氏著述的一种说法；他所强调的这一概念，可以让人窥见曼氏人论的基本特征。也就是说：不管我们对于人的研究多么深入、对于人性概念的分析多么细致，我们永远无法抵达终点，概念思维无法穷尽的一些剩余问题总会存在。人终究来自何处、走向何方的永久疑问，人从自然性到意识和良心的提升，人的取之不竭的智性及其无限的发展欲望，这一切都赋予人类奥秘以神秘色彩。托马斯·曼所得出的结论是："一切人性都建立在虔诚面对人类奥秘的基础上。"②

四 反讽：一种反思和回应现代性的交往形式

"反讽"常被视为曼氏作品的重要特色，反讽话语是其典型写法，他也时常谈论反讽。对曼氏创作的总体描述，似乎离不开对反讽的阐释。然而，托马斯·曼究竟如何理解反讽？人们应当怎样重构和描述他的反讽概念？这在托马斯·曼研究中一直是一个纷然杂陈的问题。

---

① 托马斯·曼：《从我们的体验看尼采哲学》，载刘小枫选编《德语诗学文选》下卷，第187页。译文略有改动。
② 托马斯·曼：《〈浮士德〉导论——普林斯顿大学讲义》，《托马斯·曼文集》第12卷，第446页。

如前文援引曼氏观点所言,他径直把艺术创作之人性看作批判、反讽和自由。在他看来,为人的尊严与思想的自由而斗争,总是意味着以批判的目光观察时代潮流以及对人的深入研究。而他给人性和反讽画上等号,乍一看委实让人吃惊。反讽不是多半表示瓦解、嘲弄、恶意和"别有用心"吗?人性何在?按照通常的理解,反讽是话语中的话语,带引号的信息,具有双关意义,其本质是"移位",即用或明或暗的嘲讽来批驳某一观点或现象。显然,仅用文学反讽的经典定义,即以讽刺来表示与话语相反的意思,是无法解读曼氏反讽概念的,人们不能像谈论狄更斯的"幽默"那样想当然地谈论托马斯·曼的"反讽"。换言之,曼氏反讽概念有其特殊含义,与通常对反讽的理解无关,不是嘲弄和讽刺。

将曼氏反讽放在他美学思想的一些常见观点中进行考察,或许能获得较为清晰的认识。若在现代性历史语境中探讨曼氏作品及其反讽观念的相应视角,人们能发现曼氏反讽可被理解为他对现代化发展进程的可能回应方式,而其源流可追溯至席勒,以及德国浪漫派的反讽阐发。他们都对自己生活的时代做出了明确诊断,把艺术反思看作艺术的社会功能,并试图通过艺术来克服现代性发展,这也是审美现代性的根本特征之一。席勒在《论素朴的诗与感伤的诗》中说:"诗人或者是自然,或者寻求自然。前者使他成为素朴的诗人,后者使他成为感伤的诗人。"① 这一划时代的理论是该文所探讨的中心问题。素朴诗人还能够真实而执着地描写自然和感官印象,而感伤诗人只能思考世界并做出适当反应,其艺术创作是对寻求自然的行为进行描写,表现理想并努力实现理想。席勒为现代社会的艺术正当性给出了第一个答案,人们从此便围绕不断变化的艺术概念争论不休,试图弄清分析思考与朴素艺术的关系。托马斯·曼竭力将现代艺术的"理性"和"分析"纳入其艺术思考,并为此而综合各种观点。他要解决的一个中心问题是,艺术家应当如何认识和反思现代性问题,而不至于陷入

---

① 席勒:《论素朴的诗与感伤的诗》(节译),曹葆华译,载刘小枫选编《德语诗学文选》上卷,第116页。

沉默。① 俄国文学家和思想家梅列日科夫斯基在比较普希金与果戈理的文学创作时，指出一种"从无意识创造到创造性意识的过渡"，亦即批评意识对于纯粹"诗"的疏离，创造性意识更为现代、更代表将来。曼氏认为，普希金的无意识创造与果戈理带着分析批评的创造性意识，正是席勒所说的"朴素"与"感伤"的差别，并且，席勒也把感伤的、具有批评意识的艺术创造看作更现代的发展阶段。②

反讽在托马斯·曼那里是一个极为宽泛的概念，是其世界观和文学表述的重要组成部分。他曾援引歌德之说："反讽是精细的盐粒，菜肴有它才有味道。"③ 他认为，在评判自我和生活时，超然于自我及生活中的悖论，这是反讽的智性所在。因此，反讽是"最高程度的唯理智论"④。这里，我们很能看到克尔凯郭尔所说的贯穿所有反讽的"消极自由"，即主体对于自身和现实存在的超越。反讽中"最突出的是主观的自由，［……］反讽者所渴求的就是这种享受。在这些时刻中，现实对他失去了其有效性，他自由地居于其上"⑤。曼氏反讽还蕴含某种制胜意识，如他在早年的一篇文章中所说："反讽几乎总是意味着走出困境而制胜。"⑥ 以曼氏本人为例：从根本上说，他喜爱资本主义社会和他的家庭出身，赏识浪漫派和颓废派的一些主导观念；然而，人道主义的责任感促使他克服内心不安和思想矛盾。他认为反讽可用来武装自己的艺术创作，实现自我超越。他在《一个不问政治者的思考》中详细说明了这一点："就我而言，为了生活而做出智性的自我否定，这个经历便是反讽这一道义之举。我完全不知道，反讽而外还

---

① 参见埃文：《叙述多元性：作为现代性语言的托马斯·曼反讽观》，载勒尔克、米勒编《托马斯·曼的同时代文化踪迹》，维尔茨堡：Königshausen & Neumann，2009 年，第 93—94 页。(Jens Ewen, "Pluralismus erzählen. Thomas Manns Ironie-Konzeption als Sprache der Moderne", in: *Thomas Manns kulturelle Zeitgenossenschaft*, hrsg. von Tim Lörke und Christian Müller, Würzburg: Königshausen & Neumann, 2009.)
② 参见托马斯·曼：《论小说艺术》，载刘小枫选编《德语诗学文选》下卷，第 196 页。
③ 参见托马斯·曼：《论小说艺术》，载刘小枫选编《德语诗学文选》下卷，第 189—190 页。
④ 托马斯·曼：《一个不问政治者的思考》，第 57 页。
⑤ 克尔凯郭尔：《论反讽概念》，汤晨溪译，北京：中国社会科学出版社，2005 年，第 215 页。
⑥ 托马斯·曼：《沙米索》("Chamisso", 1911)，《托马斯·曼文集》第 10 卷，第 45 页。

有其他什么说法能够描述和界定这种行为：为了生活而否定本人智性、做出自我背叛。"① 也就是说，曼氏反讽是指自我否定智性这一状况：智性不爱智性，而去爱生活。这一说法的引人注目之处是，反讽不是一个审美范畴，不是语言修辞，而是道德上的态度抉择，或曰一种生存伦理。在审美范畴之外探讨反讽概念，这是《一个不问政治者的思考》中的典型现象。其中的一个章节名为"反讽与极端主义"，把反讽看作极端主义的对立面。例如，曼氏怀疑和不相信资本主义社会的未来，但是鞭挞中也流露着同情。这种做法其实是在承袭尼采的观点：尼采视反讽为现代性的思维和言说方式，他强调人类认识的局限，怀疑人们能够超越纯粹的现象世界，认为教条的断言如同其对立观点一样无法得到证实。而在这种两可困境中，双关的反讽如鱼得水。②

在讨论"反讽与极端主义"时，作者首先是在智性与生活的紧张关系中探讨反讽的，也就是在现代艺术家生涯的问题域中进行考察。在他看来，反讽是智性与生活之间的介体，是一种中间物。"反讽始终是朝向两面的反讽，是某种中间物，属于既不是、也不是，或者既是、也是——如托尼奥·克勒格尔也感到自己是市民属性与艺术家属性之间的反讽中间物。"③ 托马斯·曼在此看到的是艺术之典型的、处于智性与生活之间的中间位置：艺术借助充满乐趣的模仿来肯定生活，同时又借助批判性智性来否定生活；艺术既是生活也是智性，又不只是生活也不只是智性，艺术在二者之间斡旋，这种中间性是托马斯·曼"反讽的根源"④。中篇小说《托尼奥·克勒格尔》的主人公曾谈起生活是智性的"永恒对立面"，他所理解的生活是"正常、规矩和可亲的东西"，"是诱人的平庸中的生活！"智性的艺术家却不懂得这些，说到底也不懂艺术，他"并不了解对善良、简朴和生气勃勃的事物的向往，对友谊、奉献、亲密与幸福的向往，那种悄悄的折磨人的向往，［……］对平凡幸福的向往！"因此，曼氏笔下的艺术家托尼奥·

---

① 托马斯·曼：《一个不问政治者的思考》，第 XXVII 页。
② 参见埃文：《叙述多元性：作为现代性语言的托马斯·曼反讽观》，载勒尔克、米勒编《托马斯·曼的同时代文化踪迹》，第 101 页。
③ 托马斯·曼：《一个不问政治者的思考》，第 56 页。
④ 托马斯·曼：《一个不问政治者的思考》，第 591 页。关于艺术的中间性，另参见托马斯·曼：《歌德与托尔斯泰》（"Goethe und Tolstoi", 1922），《托马斯·曼文集》第 10 卷，第 270—271 页。

克勒格尔埋怨自己"表现人性却又不能分享人性,我常常觉得腻烦死了"①。或如曼氏记述的福楼拜晚年的一桩给卡夫卡留下深刻印象的轶事:福楼拜曾同其侄女一起拜访一个其乐融融的朋友家庭,在回来的路上,他"总是不断重提生活中自然、体面、健康、开朗和诚实的那部分。'他们才是在真实之中!'他一再重复这句话。它从大师口中说出,充满了自我摒弃的意味,因为他为了创作而一直压抑地否定生活,并使这种否定成为艺术家的本分。这句话是弗兰茨·卡夫卡最喜爱的箴言之一"②。这种生活与智性的对立,在曼氏反讽概念中具有关键意义。③ 而他的"反讽的根源"正是一种追求,即追求创作与社会以及许多其他因素的结合,并以此为生活服务。或者,人们也可以把曼氏反讽意识看作现代性引起的、变化了的社会状况下的写作立场:托马斯·曼的"反讽可被理解为一种言说方式,即从审美的角度来把握社会和认识理论中的现代性假设,试图达到假设及其审美表现之间的对应"④。如前所述,在曼氏艺术观中,艺术由现实中的"既不是—也不是"或"既是—也是"组成,这就肯定了不同言说的正当性;而审美塑造中的调适,则可能使其获得可信性。曼氏称这种不同言说或对立观点的共时性为"艺术的悖论"。

托马斯·曼一再强调艺术与表现对象之间的距离,而反讽正是距离:它飘浮于事物之上,朝着下方微笑。因此,反讽精神是一种"阿波罗艺术":阿波罗距离一切事物如此遥远,却对万物了如指掌,真乃距离之神、客观性之神、反讽之神。曼氏号称:客观性就是反讽,叙事艺术精神就是反讽精神。⑤ 他曾用"反讽"来说明智性与生活的关系,为何又说"反讽"等于审美客观性?这一反讽概念与思想史中著名的浪漫派反讽概念的关系是什么呢?这第二个问题,也是曼氏在其

---

① 托马斯·曼:《托尼奥·克勒格尔》,《托马斯·曼中短篇小说全编》,第204、208页。
② 托马斯·曼:《向诗人致敬!——弗兰茨·卡夫卡和〈城堡〉》,《德语时刻》,第250页。
③ 参见塞迈赖:《艺术与人性:论托马斯·曼的美学观点》,第84页。
④ 埃文:《叙述多元性:作为现代性语言的托马斯·曼反讽观》,载勒尔克、米勒编《托马斯·曼的同时代文化踪迹》,第89页。
⑤ 参见托马斯·曼:《论小说艺术》,载刘小枫选编《德语诗学文选》下卷,第189—190页。

《论小说艺术》一文中提出的问题：

> 什么？客观性与反讽，它们有何相干？难道反讽不正与客观性相反吗？它不正是极为主观的吗？它不正是与所有古典的静穆和客观性为敌的浪漫派那自我放纵的配料吗？——完全正确，反讽可有此种意义。然而，我在这里所用的这个词，其含义比在浪漫派的主观性那里宽阔得多。这含义看似不动声色，却几乎其大无比：它就是艺术本身的含义，它肯定一切，因而也否定一切。它是一种明日般清晰而轻快地包罗一切的目光，此乃艺术之目光，简直是最自由、静穆和不为任何伦理所迷惑的客观目光。[……]我所说的叙事艺术的反讽客观性，指的就是这种反讽。您不应把它同冷酷、无情、嘲弄和讥笑联系起来；叙事反讽更是一种心灵反讽，一种可爱的反讽，一种对小事物怀有温情的大举动。①

这可视为曼氏对其反讽概念的总结性描述，具有世界观层面的内涵：反讽是艺术的灵魂。它肯定一切，从而在根本上将一切存在纳入审美范畴；它否定一切，从而带着批判的目光观察生活。同时，我们在上述引文中还能窥见反讽之源头的苏格拉底对话：反驳对方的言论，也在不断否认自己的答案。至于反讽与客观性的关系，曼氏还援恃他的美学导师叔本华的说法：叔本华也同样赞誉高妙的客观性，并视之为审美行为，即艺术家之纯粹的、不受意志摆布的观察。② 曼氏坚信，所有客观的批判性观察都具有反讽色彩。

反讽概念的含义在其历史发展过程中变化多端，阐释可谓五花八门；的确，反讽也是西方哲学和艺术理论中最复杂的概念之一。同样，托马斯·曼对自己所理解的反讽概念的论述，常给读者带来不少困难，一些说法并非不证自明。比如，《一个不问政治者的思考》中的"反讽与极端主义"一章，开头便是耸人听闻的界定："反讽是情欲""反讽者是保守的"，保守主义是"智性的反讽情欲"。③ 所谓"情欲"，

---

① 托马斯·曼：《论小说艺术》，载刘小枫选编《德语诗学文选》下卷，第190页。译文有所改动。
② 参见托马斯·曼：《叔本华》，《托马斯·曼文集》第10卷，第310—311页。
③ 托马斯·曼：《一个不问政治者的思考》，第587、588页。

第八章　"艺术是思想光照下的生活"　295

是指反讽的欲念指向感官生活,即前文所述智性不爱智性、爱生活;而生活也对智性充满欲望:"一种眷恋在智性与生活之间来回荡漾。[……]这是两个世界,其关系是色情的。这里不是在说两性问题,不是在说一方为男性、一方为女性,这是在说生活与智性之间的引力。"① 所谓反讽者是保守的,是说一种顺从意识,听命于事实和现实。这虽然不意味着肯定现状,甚至是一种批判,但却没有改变现状的意图。换言之,反讽者看穿了生活,不是志在改变生活,而是感伤地顺其自然。这也是黑格尔一再强调的反讽之消极面,即反讽者那种"不在乎""何必当真"的姿态。至于保守主义是"智性的反讽情欲"一说,曼氏的解释是:不代表生命发出的声音,只体现智性之声,而这智性却不要自己要生命,这时的保守主义才是反讽。② 智性如自虐一样恋爱生活,但那不是真正的生活,而是智性所理解的生活,这只能是一种反讽。

在新近的托马斯·曼研究中,反讽已经不是一个重要论题,却不乏批评之声,这不是完全没有道理的。应当说,反讽的主观性是显而易见的,而曼氏声称反讽的客观目光是歌德的目光,或莎士比亚的整个戏剧创作正是艺术对世界的反讽,③ 显然混淆了主观和客观视角。另外,反讽很适合于回避抉择,它在需要抉择的地方和时候是失宜的。反讽者喜于一种假设,即抉择本身不过尔尔,一切抉择只不过与相对真理有关,而生活终究会纠正人的意志。尽管如此,反讽的认识论价值还是毋庸置疑的,对于一些不一定必须呈现抉择、注重不同观点和立场的艺术作品来说尤其如此。反讽叙事能使各种观点进入人们的意识,对人和事物做出相对化处理,这对读者来说自然是有益的。④ 如前所述,曼氏反讽观是对现代性之理论假设的回应形式,他试图在各种问题中表明艺术家身份及艺术话语的正当性,阐释其在现代性交往条件下的位置。从这个意义上说,反讽是一种反思和回应现代性的交往形式,是对真理的多元化过程、观点相对化的经验以及不断拷问常

---

①　托马斯·曼:《一个不问政治者的思考》,第588页。
②　参见托马斯·曼:《一个不问政治者的思考》,第587页。
③　参见托马斯·曼:《论小说艺术》,载刘小枫选编《德语诗学文选》下卷,第190页。
④　参见库尔茨克:《托马斯·曼——时代、作品、影响》,第170页。

见思维模式之必要性的回应。①

五 "艺术如谜":严肃的游戏及"理智小说"

托马斯·曼《试论席勒》一文在论述著名剧作《威廉·退尔》时,提及席勒在谈论市民社会的诗歌时提出的艺术与通俗性的问题。席勒认为近代社会的知识阶层与黎民百姓之间存在着巨大鸿沟。大众诗人面对这一鸿沟有何选择呢?他只有两种选择可能性:要么不顾知识者的鉴赏而迎合民众的理解能力,要么通过艺术的通俗性来克服二者之间的鸿沟。通俗性并不意味着降低艺术水准,而是一种更完美的艺术所提出的更高的要求。席勒的看法是,精英们喜欢的东西固然很好,而不分雅俗、谁都喜欢的东西则更好。曼氏认为《威廉·退尔》便是这样的作品,给人展示出一种"经典通俗性",并成为他自己艺术创造的标杆。②

托马斯·曼说:"艺术家认为'高尚'的事物,即他在最严肃的游戏中、在戏谑的苦痛中追求的,其实是一个隐喻,而且是比真实和高尚的隐喻更大的隐喻,它可以替代人类对完美的一切追求。"③ 若说艺术属于人类文化中最严肃的事物之一,那它还有我们称之为"游戏"的性质。康德的门徒席勒是较早阐释艺术与游戏之亲缘关系的诗人哲学家,托马斯·曼完全赞同席勒的观点。在席勒看来,游戏是人的基本欲望亦即物质欲和形式欲的和谐体现,我们能在美的体验和审美享受中领略这种和谐(席勒《审美教育书简》第十五封信)。曼氏对游戏概念不做任何分析,而是全盘接受席勒之说。他认为,至关紧要的是彰显艺术本质中神秘的辩证关系。托尼奥·克勒格尔也说:"审美的产物就是要以轻松和从容的优势将素材拼合而成。如果你对要说的东西过于关心,你的心对此过于热情,那么,你肯定会彻底失败。

---

① 参见埃文:《叙述多元性:作为现代性语言的托马斯·曼反讽观》,载勒尔克、米勒编《托马斯·曼的同时代文化踪迹》,第 100 页。

② 参见托马斯·曼:《试论席勒》("Versuch über Schiller", 1955),《托马斯·曼文集》第 10 卷,柏林:Aufbau,1956 年,第 765—767 页。(Thomas Mann, *Gesammelte Werke in 12 Bänden*, Berlin: Aufbau, 1956.)

③ 托马斯·曼:《向诗人致敬!——弗兰茨·卡夫卡和〈城堡〉》,《德语时刻》,第 251—252 页。

你变得过于慷慨激昂,变得多愁善感,从你的手中就会产生出笨拙、刻板、冲动、无趣、乏味、无聊和平庸的东西,[……]"①

另一方面,托马斯·曼认为"艺术如谜":"它在游戏中是严肃的,而且极为严肃地玩着形式游戏,通过幻觉、出色的模仿和感人的花招,激起人们心中不可名状的抽泣和不可名状的欢笑!"② 曼氏显然把诗艺看作充满幻想、情调十足、愉悦怡人的东西。后来,他还多次论及艺术这一"严肃的游戏"。③ 歌德曾把他的《浮士德》称作"这些十分严肃的玩笑",托马斯·曼视此为一切艺术的定义。④ 在《绿蒂在魏玛》(1939)中,他把歌德塑造成艺术游戏性的代言人,用歌德之口来解释"艺术总是陪伴着深沉的思索,这是一种最最欢畅、最最柔情的感觉。破坏而心怀虔诚,离别而面带微笑……"⑤ 或者说:

> 要轻松,要轻松……艺术的最高和最后的作用是优美的感觉。[……]深刻的思想应该微笑……应该在不知不觉中流露出来,神色泰然地呈现在行家面前——这就是艺术的奥秘。对人民大众来说,它是些花花绿绿的图像,对内行人来说,他们要看的是那藏在图像背后的秘密。[……]他们露出谨慎的微笑,对那最高雅的东西表示理解。那会意的含讥带讽的微笑表明他们懂得艺术的讽刺性模仿带有滑稽可笑的特性,它用最庄严的形式表现最狂妄无耻的行径,用轻率的玩笑化解最严重的困难……⑥

---

① 托马斯·曼:《托尼奥·克勒格尔》,《托马斯·曼中短篇小说全编》,第203页。
② 托马斯·曼:《一个不问政治者的思考》,第590页。
③ 关于这个命题,伽达默尔也在论述"艺术作品的本体论及其诠释学的意义"时指出:"游戏者自己知道,游戏只是游戏,而且存在于某个由目的的严肃所规定的世界之中。但是在这种方式中他并不知道,他作为游戏者,同时还意味着这种与严肃本身的关联。只有当游戏者全神贯注于游戏时,游戏活动才会实现它所具有的目的。使得游戏完全成为游戏的,不是从游戏中生发出来的与严肃的关联,而只是在游戏时的严肃。谁不严肃地对待游戏,谁就是游戏的破坏者。"(伽达默尔:《诠释学Ⅰ:真理与方法》,洪汉鼎译,北京:商务印书馆,2007年,第144页。)
④ 参见托马斯·曼:《〈魔山〉导论——普林斯顿大学讲义》("Einführung in den Zauberberg. Für Studenten der Universität Princeton",1939),《托马斯·曼文集》第12卷,第437页。
⑤ 托马斯·曼:《绿蒂在魏玛》,第258页。
⑥ 托马斯·曼:《绿蒂在魏玛》,第220页。

托马斯·曼所要说的或所批评的,是那些"严肃得缺乏诗意"的作品。他还是借用歌德之口来谈论戏剧的美学价值:"虽然它是轻松的,做起来并不轻松。如果你严肃地对待轻松的东西,你也可能轻松地对待最严肃的东西。"①

与此相关,他认为艺术在本质上是智性的(geistig)。他突出艺术的智性,一方面在于反对把艺术看做自然、下意识和直觉的东西,他说:"在智性与自然的二分法中,[……]艺术无疑属于智性这一边。它是智性,因为艺术就其本质而言,实为意义、意识、整体、意图。"②他在谈论有些很无聊的历史琐事可能有着极大思想穿透力时说:"艺术是思想光照下的生活。"③另一方面,曼氏用艺术的智性来反对一种说法,即艺术的目的唯独或主要见之于它对感官的作用。也是在《绿蒂在魏玛》中,作者让歌德讲述艺术对理性亦即智性的作用,也就是艺术的"更深一层的含义:通过艺术,马上与尘世和天上发生联系,因为它的作用既是精神方面的,也是感官方面的,或者用柏拉图的话来说,它是神灵的,又是可见的,它通过感官作用于精神"④。照此说法,斥诸智性才是艺术的本来目的,而感官只是为之服务的媒介。

关于艺术与现实的关系,托马斯·曼认为:"艺术从来不是现实的仿制品,自然复制从不适用于艺术。艺术也从来不是纯粹的隐忍,被动的艺术是不可想象的,它始终是主动的。艺术是指向智性和美的意志,其本质永远是风格、形式以及选择、强化、提高和剔除素材之痕迹。"⑤印象主义和表现主义,不管其相互关系如何,是一切艺术必不可少的元素,它们相辅相成。这种现实主义观也符合曼氏对创造性想象的理解,即不是发明不现实的东西,而是用情感、意义和奇异来充实和装点现实的东西。不是谁能突发奇想就算富有想象力,而是懂得发挥现实。因此,文豪和名家不是以其发明而出类拔萃的,他们甚至

---

① 托马斯·曼:《绿蒂在魏玛》,第 256 页。
② 托马斯·曼:《为里卡达·胡赫六十岁寿辰而作》,《托马斯·曼文集》第 11 卷,第 176 页。
③ 托马斯·曼:《一个不问政治者的思考》,第 412 页。
④ 托马斯·曼:《绿蒂在魏玛》,第 306 页。
⑤ 托马斯·曼:《一个不问政治者的思考》,第 583—584 页。

视之为次要的东西；他们主要从历史事件、传说、旧时的小说创作或现实中获取灵感，比如席勒、瓦格纳，尤其是莎士比亚。① 同样，曼氏现实主义观中的主观和客观因素，亦界定了他的"风格"概念。在他眼里，风格意味着"艺术的核心并几乎是艺术本身"。何为风格？主观与客观的结合亦即"人与物的交融"。而瓦格纳的艺术被他看作这种交融的典范："瓦格纳在每部作品中都能完全显现自己，每个节拍非他莫属，呈现出他那无法混淆的形式和笔迹。可是每部作品又很特别，各自构成独立的风格世界，是其实际感受的结晶，他那任性的个性贯穿始终，凸显纯粹的造诣。"②

然而，早在《关于理夏德·瓦格纳的艺术》(1911) 一文中，曼氏用寥寥数笔刻画了新时代的艺术理念：

> 每当我想起二十世纪的伟大作品，脑海中就会浮现出它们和瓦格纳式的艺术在本质上的区别。我觉得，这个区别是有益的——那是某种外有逻辑、有形式感和清晰的东西，它既严格又明朗，在意志张力上不逊于瓦格纳，而且在教养上更冷静、更高尚、更有自己的主见；它不在于巴洛克式的夸张庞大之中追求它的伟大，也不在于醉境的狂喜之中寻觅它的美感——我想，一种新古典风格的时代即将来临。③

提起现代小说作家，人们首先会想到乔伊斯、穆齐尔和杜勃林，也会提及普鲁斯特，托马斯·曼肯定只能排在后面。他崇尚古典和传统，且比 20 世纪上半叶的许多作家传统得多。所谓"新古典风格"，我们或许能在他本人的前期小说作品中略见一斑，从长篇小说《布登勃洛克一家》《国王陛下》到中篇小说《死于威尼斯》等作品，其结构都是很讲究的，叙事也达到很高水平。然而，它们毕竟还是"传统的"，完全符合人们对文学类型的通常看法。例如，《布登勃洛克一家》

---

① 参见托马斯·曼：《比尔泽和我》（"Bilse und ich", 1906），《德语时刻》，第 264 页。

② 托马斯·曼：《里夏德·瓦格纳的痛苦和伟大》，《托马斯·曼文集》第 10 卷，第 368 页。

③ 托马斯·曼：《关于理夏德·瓦格纳的艺术》，《德语时刻》，第 125 页。

从龚古尔兄弟、托尔斯泰和冯塔纳那里得益匪浅,《托尼奥·克勒格尔》中能够见出施托姆《茵梦湖》的光影。这些作品中都有动人的故事和情节,从题材到结构都体现出 19 世纪欧洲小说艺术的余韵。《布登勃洛克一家》中讨论伤寒的"理论"章节,或《国王陛下》中的经济学观察,这在一次大战前的曼氏作品中只能算作例外。而到了《魔山》,理论和反思则成为该作的重要特色,比比皆是"哲学",或关于自然科学和人文科学、关于哲学、历史、医学和文化政策的随笔,故事情节被压缩到最低限度。的确,该作主要在分析、评论、探讨和阐释,已经不在讲故事,甚至不再是小说,至多只是他所说的"理智小说"。

在出版《魔山》的 1924 年,托马斯·曼发表了一篇名为《论施本格勒的学说》的文章。他将克罗齐所说的席卷德国的"历史悲观主义浪潮"同施本格勒名著《西方的没落》(1918/22)所产生的巨大影响联系在一起。产生于这一悲观情绪和危机意识的所谓"理智小说"(intellektualer Roman),与凯瑟林的《一个哲学家的旅行日记》(1918/19)①、贝尔特拉姆的《尼采——试论一个神话》(1918)②、贡多尔夫的《歌德》(1916)③ 有着内在联系。这些著作都不是严格意义上的小说,却采用不少虚构内容和文学手段来对名人生平和文化史论题进行审美化处理。托马斯·曼在评论《尼采》和《歌德》时,勾勒了这一文学类型从浪漫派经尼采到当代的历史轨迹:"我们的浪漫派作家已经开创出一种评论和诗化语境的融合。尼采的理性诗现象,更是起到了极大的促进作用。[……] 这一变化过程,模糊了科学与艺术的界限,让思想充满了故事性、人物浸透了思想性,这便出现了一类书籍;如果我没搞错的话,这类书在我们今天尤为强势,人们可称之为'理智小说'。"④ 无疑,曼氏颇多思辨、情节简单的《魔山》,亦属所谓"理智小说"。或者说,它在曼氏小说长廊中第一次洋洋洒洒地展示出

---

① Graf Hermann Keyserling, *Das Reisetagebuch eines Philosophen*, Darmstadt: Otto Reichl, 1918/19.
② Ernst Bertram, *Nietzsche. Versuch einer Mythologie*, Berlin: Bondi, 1918.
③ Friedrich Gundolf, *Goethe*, Berlin: Bondi, 1916.
④ 托马斯·曼:《论施本格勒的学说》("Über die Lehre Spenglers", 1924),《托马斯·曼文集》第 11 卷, 第 166—167 页。

"快乐的科学"（尼采）。①

的确，正是那个时期出现了不少同类作品，我们会想到普鲁斯特的《追忆似水年华》（1913/27）、乔伊斯的《尤利西斯》（1922）、伍尔夫的《戴洛维夫人》（1925）、卡夫卡的《审判》（1925）和《城堡》（1926）、雅恩的《佩鲁迪亚》（1929）、穆齐尔的《没有个性的人》第一部（1930）。这些作品体现出独到的尝试，旨在克服19世纪小说文学之日益贫瘠的老生常谈和陈旧的语言表达，通过艺术试验而获得新的表现力。这在总体上导致一种思辨诗艺，即喜于心理考察、大段评论或随笔形式，以及尽可能淡化故事情节，加上一些"非小说"元素——简言之，导致时人一再谈论的现代小说危机。《魔山》之后的曼氏创作，均当从这一视角来观察，他的晚期小说显然带着"危机"痕迹。② 不过，他以自己的高超技艺来探索问题小说的特殊形式，他强调自己的作品"借助塑造、揭露和批判而区别于市民社会常见的松散小说"③。而其创作素材，是他早在短篇小说《火车事故》（1907）中说过的"多年来我收集到、买到、听到、弄到和碰到的一大堆宝贵资料"④。

---

① 与这类现代小说密切相关的是曼氏在《论小说艺术》中援引的叔本华对"内向化原则"的赞誉："一部小说越是多描写内在的、越少描写外在的生活，就越高级和具有高级的性质；这种情况作为揭示特性的标志，将伴随着小说发展的各阶段，[……]《特利斯坦·项狄》几乎没有什么情节，但是《新爱洛绮丝》和《威廉·麦斯特》的情节又有多少！甚至《堂吉诃德》的情节在相形之下亦是寥寥无几，通篇充斥的主要是些无足轻重的、近乎笑话的情节，然而这四部小说却是小说体裁中的王冠。"同时，曼氏亦勾勒了现代小说家的重要特色："现代小说家对于社会的和心理上的事物好奇又敏感，在气质上是由感情和敏感组成的混合物，具有善于塑造和批判哲学的禀赋。尼采，这个艺术家与认识者的高度混合物，自己就是一种类型的'小说家'，空前地使艺术和科学二者更加靠拢，更加互相渗透，水乳交融。"（托马斯·曼：《论小说艺术》，载刘小枫选编《德语诗学文选》下卷，第193、195页。）

② 参见希尔舍尔：《托马斯·曼：生平与作品》，柏林：Volk und Wissen，1986年，第85—87页。（Eberhard Hilscher, *Thomas Mann. Leben und Werk*, Berlin: Volk und Wissen, 1986.）

③ 《托马斯·曼书信集：1948—1955，及补遗》，第153页。

④ 托马斯·曼：《火车事故》，《托马斯·曼中短篇小说全编》，第300—301页。

六 "走向真正的人":没有疾病和死亡,世上很难会有诗作

在人类社会中,疾病自然是不受欢迎的;然而,它又是人人都有的基本经验之一。患病经历或经由疾病而获得的经验,丰富了人类的生存知识。本来,痛苦的疾病经验以及疾病的破坏性,或者它给人带来的软弱、畏惧、厌恶、悲世等情绪,自然会生成一种生命贬值的观点。然而,与这种观点同时存在的是另一种看法,即认为疾病能够带来生命的升华。欧洲古代已把神经错乱视为上帝的启示。柏拉图曾谈论诗人之"迷狂",其实是指天才艺术家的先知,即把艺术创造看作可与迷狂或错乱相比的灵感作用。后来,歌德在谈论其《少年维特之烦恼》时曾说:健康的人是不会写这些东西的。因肺结核而早逝的浪漫派诗人诺瓦利斯,非常肯定地把疾病说成创造力。在他看来,患病虽然痛苦,但能获得精神升华,赋予生命浓缩状态。疾病可以是刺激生活的强有力的兴奋剂,刺激人们丰富多彩地生活。他的这一理论影响深远,尼采也持这种观点,甚至"大肆颂扬所患痼疾使人幸福"①。将疾病同创造力和天才联系起来,这在19世纪欧洲是很流行的。

托马斯·曼认为,艺术家的一个极为重要的特征,是其精神上对疾病的偏爱。疾病被视为一种升华生活、超越现实、提高个性品格和认识能力的状态,是走向更高级的精神健康的起始。这一特征当然不是普遍的,它只体现于某些风格取向,在某些文学取向中特别明显,尤其见之于那些富有创造精神的人。人们可以通过疾病来描述一些超越生病这一反面经验的体验和认识。曼氏在赞扬豪普特曼的自然主义创作时指出,它"在疾病状态中见出人性,不管是社会疾病、心理疾病还是肉体疾病"②。当然,作家多半不是为疾病而描写疾病,"病态

---

① 托马斯·曼:《从我们的体验看尼采哲学》,载刘小枫选编《德语诗学文选》下卷,第159页。
② 托马斯·曼:《欢迎格哈特·豪普特曼来慕尼黑》("Zur Begrüßung Gerhard Hauptmanns in München", 1929),《托马斯·曼文集》第11卷,第434页。

事物完全只是实现精神、诗意和象征意图进入文学境域的手段"①。在《弗洛伊德与未来》的讲演中，曼氏强调了疾病作为认识工具的意义，或者说，疾病常能让人看清事物背后的真相。他援引尼采的观点说："没有哪个深邃见识不缘于疾病经历，一切更高的健康状态都得走过疾病之路。"② 或者说，艺术家不仅能表现痛苦，而且还承受着痛苦。曼氏也是在这个意义上、或曰在"更深的心灵层面上"，阐释豪普特曼的那种"世间罕有的社会主义是对痛苦的热爱、对痛苦的肯定，它感受到的痛苦是美丽、神圣的；它偏爱痛苦甚于幸福，因为它了解，痛苦和上帝离得更近，所以它不倦地探索痛苦、赞美痛苦。任何一种与它有亲缘关系的感官，都会立即在它的画面前察觉和辨认出，这种直接服务于痛苦的基督信仰中，已经活跃着把世界改造得更好、更幸福、更美丽和更健康的精神及社会意愿"③。

托马斯·曼的美学思考，常同席勒提出的"素朴诗人—感伤诗人"（《论素朴的诗与感伤的诗》）命题相关，并努力充实和丰富席勒的观点。他在这方面的探索，尤其见之于《歌德与托尔斯泰》和《关于莱辛的讲演》两篇论文。他联系托尔斯泰对其童年时光的回忆来解读"素朴"概念。托尔斯泰曾说自己在五六岁时对自然一无所知，甚至未发现自然的存在。"人们或许必须同自然分离才能看到它，而我自己当时就是自然。"对于托尔斯泰的这一说法，曼氏解释说："这表明，仅观望自然、享受自然，就已是人类才有的行为，且为人类的感伤行为，可这也是一种病态，因为它意味着与自然的分离。"④ 曼氏不仅通过托尔斯泰的个人经历拓展了席勒的"素朴"概念，他还指出："自然之子追求精神，或精神之子追求自然，都具有'感伤'性质。"⑤ 歌德和托尔斯泰是典型的素朴诗人，而席勒和陀思妥耶夫斯基则是典型的感伤诗人。

---

① 托马斯·曼：《一本图集的序言》（"Vorwort zu einer Bildermappe"，1921），《德语时刻》，第279页。
② 托马斯·曼：《弗洛伊德与未来》（"Freud und die Zukunft"，1936），《托马斯·曼文集》第10卷，第503页。
③ 托马斯·曼：《致格哈特·豪普特曼》（1932），《德语时刻》，第236—237页。
④ 托马斯·曼：《歌德与托尔斯泰》，《托马斯·曼文集》第10卷，第181页。
⑤ 托马斯·曼：《歌德与托尔斯泰》，《托马斯·曼文集》第10卷，第224页。

席勒和陀思妥耶夫斯基没能像歌德和托尔斯泰那样长寿,他们较早过世,属于有病之人。正是疾病成为一种特殊境界的源泉。曼氏认为,疾病与智性之间有着一种密切关系。尽管疾病过度凸显身体的存在,或者因为精神和肉体的衰竭而使病人处在"与世隔绝"状态,甚至常会让人有失尊严,但它在天才那里会产生相反的作用,能够深化或强化人性意识,达到精神之高洁。他以尼采为例来说明这个问题:尼采曾把人称作"患病的动物",他自己就是一个抱病的天才,深知疾病与智性的关系。若说人的尊严寄身于智性,那么,疾病则能见出更多智性,比健康更能体现人性。① 另外,托马斯·曼还提醒人们说,歌德曾把席勒的素朴和感伤概念与"古典"和"浪漫"相对照,把"感伤"同"病患"相等同。由此看来,"素朴"意味着客观、健康、古典,"感伤"则是主观的、病态的、浪漫的。

从《歌德与托尔斯泰》到后来对陀思妥耶夫斯基和尼采的论述,把疾病与人性、智性以及人的尊严联系在一起,这是曼氏关注了几十年之久的一个命题。他把智性看作自然的对立面,而且是人类与其他生物的重要区别,因此而生发出一个问题:人是否"越是疏远自然,越体弱多病,便越成其为人"②。这种说法还涉及另一个问题:疾病之后果是生命的减损还是生命的提升?答案当然取决于对生命的不同理解。在托马斯·曼看来,纯粹的医学视角是狭隘和不可取的,生命的内涵不只局限于生物学和医学界定,它还有其精神和文化维度。尤其在文学中,心理与生理的天然关系以及文化、社会和个性的交叠,其视野远比临床医学宽阔得多。曼氏视自己为文明的批判者,把疗养院(《魔山》)选为小说故事的发生地,借助这世界一隅来揭示现实生活的"病原菌";于是,《布登勃洛克一家》中的衰败景象又在另一生活天地重演。他在评价这部作品时说:"通过疾病和死亡、对生理器官的痴迷探索以及医学体验,我让小说主人公在其狡黠的纯朴中预感到一种新的人性。"③ 也就是说,作者试图在这部小说中,借道疾病和死亡

---

① 参见托马斯·曼:《歌德与托尔斯泰》,《托马斯·曼文集》第 10 卷,第 179—180 页。
② 托马斯·曼:《歌德与托尔斯泰》,《托马斯·曼文集》第 10 卷,第 179 页。
③ 托马斯·曼:《论医学的精神》("Vom Geist der Medizin",1925),《托马斯·曼文集》第 11 卷,第 732 页。

描写，尤其是通过小说主人公体现其生活的智性化，给生命注入人性和精神。所谓新的人性，不再（如曼氏早期）把智性视为生活的对立面，相反，它能给人力量，能使人更坚强、更有意义地生活。同样，死亡在魔山中失却了宗教中的那种肃穆景象，被看作很平常的自然过程，或如过客的徜徉之路。

托马斯·曼认为："患病，关键要看谁患病，谁精神错乱，谁害癫痫病或者瘫痪：是个平常笨伯（即没有精神和文化可言的疾病），还是一位尼采？一位陀思妥耶夫斯基？在后二者那里，生病会有所收获；对于生活及其发展来说，它比任何一种通常的临床诊断更有意义和促进作用。［……］没有疾病、精神错乱和心智罪愆，心灵和认识的某些成就是不可能取得的。大病者乃钉在十字架上的受难者，是一种祭奠——为人类及其升华，为感受和知识的拓展，简言之：为一种更高级的健康。"① 要说托马斯·曼的同时代人，我们在此不但会想起身缠癫痫病、且十分逼真地将其形诸笔墨的陀思妥耶夫斯基（《白痴》），我们还会想起吸食鸦片的爱伦·坡，精神分裂症患者斯特林堡，长年患哮喘病的普鲁斯特，肺结核病患者卡夫卡等。疾病使他们创作出伟大的作品，或者过早丧失创造力。在此，曼氏看到了一种新的、深邃的人性，其生命概念和健康概念不是来自生物学，而是历经"痛苦和认识的层层炼狱"。② 因此，他在叙说"日益虚弱多病，日益渴望自由"的尼采时写道："是什么折磨尼采，挥舞皮鞭将尼采逼上了无路可走的峭壁，最后惨死在思想的十字架上？是他的命运——而他的命运则是他的天才。不过，他的天才还有另外一个名字。这名字是：病。""这是他的命运、他的毁灭的前奏，这是一个人的先知——此人不由自主地试图由认识来悟出超越人之承受程度的残酷，并将奉献给

---

① 托马斯·曼：《陀思妥耶夫斯基，应当适可而止——美国版陀思妥耶夫斯基短篇小说选集导言》（"Dostojewski – mit Maßen. Einleitung zu einem amerikanischen Auswahlbande Dostojewskischer Erzählungen"，1946），《托马斯·曼文集》第 10 卷，第 627—628 页。另参见托马斯·曼：《从我们的体验看尼采哲学》，载刘小枫选编《德语诗学文选》下卷，第 156 页。

② 参见托马斯·曼：《陀思妥耶夫斯基，应当适可而止——美国版陀思妥耶夫斯基短篇小说选集导言》，《托马斯·曼文集》第 10 卷，第 635 页。

世界一出震撼人心的悲剧：自我钉死在十字架上。"①

与疾病密切相关的话题是死亡。在托马斯·曼那里，从其第二篇小说《追求幸福的意志》(1896) 到最后一篇小说《受骗的女人》(1953)，死亡之念常是作品主题。尽管它不是出现于每部作品，但是到处能感觉到它的存在，并给一些似乎与死亡不相干的问题蒙上异样的色彩，比如导致死亡的自我意识之病态，或走向毁灭的人。② 他早期作品中的"死亡嗜好"是显而易见的，主要源于叔本华的悲观主义与浪漫派的"同情死亡"（Sympathie mit dem Tode）。一直延续至《魔山》(1924)，曼氏作品的一个重要主题便是"同情死亡"。这个套语是他从怀旧的浪漫主义作曲家普菲茨纳那里得来的，第一次出现在托马斯·曼 1913 年 11 月 8 日致其兄长的信中。③

托马斯·曼早年完全皈依于德国浪漫派传统，这在《一个不问政治者的思考》中一目了然。④ 然而，以歌德继承人自居的他，很了解歌德将古典视为健康、浪漫则为病态的观点，因此，他彼时竭力掩饰浪漫主义中的所谓病态和颓废。何为艺术家与死亡的关系？诺瓦利斯曾说："生是死的开端，生的目的是死亡。死既是终结又是开端，既是分离又是更紧密的自我结合，通过死亡，回归完成了。"⑤ 曼氏《在弗里德里希·胡赫葬礼上的讲话》中表达了与此相关的思想。他的基本观点是，死亡是生命的组成部分；文学家了解死亡，原因是他熟悉生命。这一简短的表述，当然还蕴含着其他一些思想：死亡是一切文化创造的条件之一，也是完成深邃的终极向往的条件。"一个哲学家说

---

① 托马斯·曼：《从我们的体验看尼采哲学》，载刘小枫选编《德语诗学文选》下卷，第156、158页。

② 参见卡斯多夫：《托马斯·曼作品中的死亡之念》，莱比锡：Eichblatt，1932年。（Hans Kasdorff, *Der Todesgedanke im Werke Thomas Manns*, Leipzig: Eichblatt, 1932.）

③ 《托马斯·曼书信集：1889—1936》，第127页："我时常很忧郁，忍受着内心痛苦。[……]同情死亡之情在不断增长，这天生的气质深入骨髓：我的全部兴趣总是指向衰败，[……]"

④ 曼氏很早就对浪漫派有了大概认识，但那主要是一个总体概念而不是文学概念，并深受尼采的影响，多半涉及瓦格纳的作品。在这个语境中，浪漫意味着病态、颓废、精巧、纵欲和色情。

⑤ 诺瓦利斯：《断片》，赵勇译，载刘小枫选编《德语诗学文选》上卷，上海：华东师范大学出版社，2006年，第289页。

过",曼氏借用叔本华的观点说,"世上没有死亡,很难会有哲学思考。没有死亡,世上也很难会有诗作。哪个诗人不是每天带着恐惧、带着渴望在想着死亡问题?诗人的心灵便是渴望,而最后的、最深沉的渴望,是对解脱的渴望。"① 这里的解脱概念,显然来自宗教语境,但肯定有着超越宗教的内涵。

若说曼氏此前对"同情死亡"持肯定态度,这一状况后来在逐渐改变,尤其发生在他这失望的不问政治者写作《魔山》之时。他说:"谁对人体器官和生命感兴趣,谁也自然会对死亡感兴趣。这或许可以成为一部教育小说的题材,用以展现死亡经历终究是生命经历,并走向真正的人。"② 说此话一年之后,教育小说《魔山》问世。该著讲述大学生汉斯·卡斯托普到瑞士达沃斯的高山疗养院去探望表兄,谁知这一去竟在那里滞留了整整七年。③ 作为病态社会的缩影,这里的病人沉醉于疾病,在疾病中享受,在等待中死亡。汉斯·卡斯托普这个涉世不深的生活学徒,无疑是这个住着欧洲和世界各地病人的疗养院中的一个亮点;疾病和死亡在他眼里已是平常之事,最后,他深谙诸多生死问题。《魔山》的主题是"同情死亡",或贯穿小说始终的颓

---

① 托马斯·曼:《在弗里德里希·胡赫葬礼上的讲话》("Bei Friedrich Huchs Bestattung", 1913),《托马斯·曼文集》第11卷,第343页。

② 托马斯·曼:《论德意志共和国》("Von deutscher Republik", 1923),《托马斯·曼文集》第12卷,第531页。

③ 托马斯·曼既称《魔山》为"时代小说",又视之为"教育小说",或"《威廉·迈斯特》那样的"教育小说。倘若我们将之与德国文学系谱中著名的"发展小说"或"教育小说"相比,便能发现曼氏作品的巨大变化:格里美豪森(Hans Jakob Christoffel von Grimmelshausen)的《痴儿历险记》,维兰德(Christoph Martin Wieland)的《阿迦通的故事》、莫里茨(Karl Philipp Moritz)的《安东·赖泽尔》、歌德的《威廉·迈斯特》、凯勒(Gottfried Keller)的《绿衣亨利》,所有小说主人公的心路历程和外部活动都是紧密相连的。他们在旅行以及时代和社会的绚烂激流中成长,在历险或艰难境遇中证明自己,通过积极探索而获得新的认识。即便在施蒂弗特(Adalbert Stifter)《晚来的夏日》中,躲避风雨的海因里希·德林多夫也把自然考察和不辍努力视为重要的教育和发展过程。而对汉斯·卡斯托普来说,旅行不过尔尔,目的地成了安稳场所,魔山是一个封闭的僻壤,其特征便是单调。这里哪能见到时代走向和变化?虽然,这里同样有着"历险",它从地理层面转移到了心灵世界,呈现出欧洲社会的各种病态和颓废现象。这也能催生新的认识,带来"净化"和生命的升华。

废、病态和垂死的氛围。① 然而，曼氏也是在《魔山》中告别了他以往一再探索的文学主题：同情死亡。汉斯·卡斯托普（也是托马斯·曼本人）认为生死属于一个整体："谁认识肉体，认识生命，他也就认识死。"或者反过来说："要知道，一切对疾病和死亡的兴趣，不过是对生命的兴趣的一种表现方式而已。"然而，通过对生与死、健康与疾病等问题的哲学思考，他的价值天平终究倾向于生命，其结论是对生命的强烈肯定：对死亡了如指掌固然不错，却不意味着让死亡之念统辖一切，比死亡更强大的是博爱。"只有爱，而非理性，能战胜死。还有形式，也只产生于爱与善。"因此，汉斯·卡斯托普接着说："我要在心中对死保持忠诚，然而又牢记不忘：对死和往昔的忠诚只会造成邪恶、淫欲和对人类的敌视，要是任凭它支配我们的思想和'执政'的话。为了善和爱的缘故，人不应让死主宰和支配自己的思想。"②

如曼氏作品中常见的一样，例如在《布登勃洛克一家》，尤其在《浮士德博士》中，音乐也在《魔山》中有着举足轻重的作用。音乐表明汉斯·卡斯托普克服了"同情死亡"。在"妙乐盈耳"一章中，作者深入探讨了五部音乐作品：威尔第的《阿依达》、德彪西的《牧神的午后前奏曲》、比才的《卡门》、古诺的《浮士德》、舒伯特的《菩提树》。尤其是《菩提树》，它是浪漫主义之死亡渴念的"化身"，亦即《魔山》克服"同情死亡"的中心议题："在这甜美的作品背后，还是藏着死亡。这首歌与死亡有着某些人们所爱的关系，但对这种爱的合法性却不会不有意无意地进行怀疑审视。就其本质而言，这首歌不是表现对死亡的同情，而是体现某种民众的、充满活力的情绪；[……]"③ 托马斯·曼成功地塑造了汉斯·卡斯托普这一现代性

---

① 《魔山》创作于 1913 至 1924 年间，其中很长时间被战争和其他论说文和随笔的写作中断。曼氏原来只打算写作一部中篇小说。《死于威尼斯》（1912）之后，他计划创作一部较为欢快的讽刺滑稽作品，描写"死亡之魅力"（Todesfaszination）。1918 年后，他将写作方案扩展为"死亡浪漫曲＋生活赞歌"（Todesromantik plus Lebensja）。"最终目的在于批判和克服被理解为死亡之魅力的浪漫主义，倡导生活理念和新的人性感。"（托马斯·曼：《致赫尔穆特·乌尔里奇》，1925 年 8 月 30 日）然而，这部小说的内容终究还是浪漫主义的死之沉沦，一种由诙谐和死亡恐惧所合成的基调贯穿始终。
② 托马斯·曼：《魔山》，杨武能译，成都：四川文艺出版社，2010 年，第 351、352 页。
③ 托马斯·曼：《魔山》，第 466 页。

形象，让他摆脱了对死亡的同情，并从同情死亡转向同情生活。也是在这个意义上，曼氏在其《五十岁寿辰庆典上的祝酒词》中说：

> 若说我对自己的作品在我身后的声誉有何愿望的话，希望人们会说，这些作品尽管了解死亡，但却充满人生乐趣。不错，它们同死亡密切相关，知道死亡，可是力图为生命做些善事。世上存在两种不同的人生乐趣：一种对死亡一无所知，非常天真和健壮。另一种则对死亡心中有数；我觉得这种才充满精神价值，这是艺术家、诗人和作家的人生乐趣。①

与诺瓦利斯把疾病看作刺激生活的兴奋剂相仿，托马斯·曼认为死亡固然可怕而令人绝望，但对死亡和绝望的敬畏，也能催生出生活的信心和乐趣。在《绿蒂在魏玛》中，他借歌德之口说：

> 一切严肃的事情来源于死亡，所以要敬畏死亡。不过，对死亡的恐惧是思想的绝望——因为生命枯竭了。我们全都会陷入绝望之中，所以也要敬畏绝望！这将是你最后的思想。是你永远的最后的思想吗？要知道，虔敬会带来信心，会让更高的生活的欢乐之光照射进悲观绝望的心灵。②

---

① 托马斯·曼：《五十岁寿辰庆典上的祝酒词》（"Tischrede bei der Feier des fünfzigsten Geburtstages", 1925），《托马斯·曼文集》第11卷，第364页。
② 托马斯·曼：《绿蒂在魏玛》，第221页。

第九章 "科学时代的戏剧"
——论布莱希特的美学思想

布莱希特（1898—1956）的"叙事剧"无疑是20世纪最富创意的戏剧理论和实践之一，"陌生化"这一术语也常被看作他的专利。不管时人或后代对布莱希特评价如何，他已经在西方舞台上与莎士比亚平分秋色，成为上演最多的剧作家之一，并被不少文学史家视为20世纪文学史上最有哲学头脑的人。"叙事剧"是一种开创现代戏剧的尝试，布氏称之为叙事的、反亚里士多德式的、反心理主义的戏剧叙事。他的戏剧观异乎寻常，但也存在不少矛盾。晚年布莱希特更喜用"辩证戏剧"的说法，戏剧理论和实践也不像早期那样不愿妥协。

他不断探索戏剧的创新形式，追求旨在哲学认识的审美方法，如叙事化、陌生化、历史化等，都源于他的审美原则和主要着眼点，即"旧"与"新"的区分。他是马克思主义的追随者，亦热衷于许多社会学命题。在他看来，传统戏剧已经不合时宜，无法把握新的社会状况。叙事剧创作的动机便是为现代"科学时代"提供一种戏剧。按照他的看法，要拯救艺术，就必须让它挣脱束缚，顺应新的时代。艺术被看作克服异化的工具，以实现人的自我解放。换言之，他把马克思的观点植入自己的戏剧观，即戏剧不仅要解释世界，还要改变世界。并且，他早就把戏剧创作与哲学思考联系在一起，提出未来的戏剧当为哲学戏剧。

叙事体戏剧的要点是"历史化"，即重视不同事件和个体行为的时代因素，将其提升到政治和社会的高度，把事情和人物表现为历史规定的。"历史化"方法促使布氏叙事剧尝试各种"陌生化"手段，将熟悉的事物变成不熟悉的，让人产生陌生感和惊讶感，从而获得新的认识。应该说，历史化与陌生化在实际运用中相得益彰。要理解布氏戏剧理论和实践，离不开"辩证法"和"异化"这两个概念。马克思的"异化"概念与俄国形式主义者的"陌生化"概念是布氏相关思想的重要来源，前者属于哲学和社会学之维，后者基本上涉及审美层面。布莱希特沟通两个范畴，将陌生化发展为进行哲学思考的审美方法，变成克服"异化"的艺术手段。

布莱希特所从事的"实验戏剧"不断尝试各种戏剧手法，旨在实现戏剧的功能转换，使"叙事剧"成为斯坦尼斯拉夫斯基表演体系的对立体系，极力反对体现于模仿论中的再现说和幻觉说，以及情感论中的体验说和共鸣说。从早期叙事剧设想开始，布氏的一切探索都在于激发观众的能动性。显然，叙事剧不仅关乎戏剧本身，它也要求新的观众行为；或者说，"观众"本来就是叙事剧尤为重视的环节。陌生化、距离化、叙事化、历史化等艺术手段的意图，无外乎让观众与剧情保持距离，有可能思考着观看，在剧情之外选择自己的立场。对布莱希特来说，关键不在于艺术家想说什么，而是观众最后如何看问题。

除了马克思主义的深刻影响之外，布莱希特的戏剧创新还从其他不少理论资源和表演艺术中汲取了丰富的养料，比如尼采和梅兰芳。尼采关于古希腊戏剧的思考（《悲剧的诞生》）与布氏叙事剧的关系，是一个常被研究者忽略的问题。其实，尼采的悲剧理论对布氏戏剧理论及创作具有重要意义。至少就理论思考而言，布氏对资产阶级艺术观以及传统剧院的批判，从尼采那里得到颇多启发。布莱希特盛赞梅兰芳的表演艺术，并在中国戏曲表演方法所体现的审美原则中看到自己所追求的艺术理想，这是许多人都知道的。

布洛赫早在评论布氏《三角钱歌剧》时，就发现了布氏剧作中的乌托邦因素。的确，在20世纪20年代末30年代初，布莱希特已经表现出其空想主义基本立场，即社会主义不久将在全世界实现。兹后，他发展其戏剧理论并将之付诸艺术实践时，几乎都着眼于即将到来的社会主义之胜利。布氏竭力主张"介入"亦即艺术与社会实践的结合，其全部根源正在于此。

一 布莱希特戏剧：不完善的新事物？

"当青年布莱希特开始对戏剧感兴趣时，当时的一个天经地义的信条是，为观众制造完美的幻觉是衡量杰出戏剧的标识。"① 布莱希特的早期作品，已经百无禁忌地与公共伦理和经典戏剧模式作对。起初，这个涉世不深的作家首先要表达的是他反对什么，而不是赞成什么。《巴尔》(1918)、《夜半鼓声》(1919) 和《城市丛林》(1921/1922) 这些剧作的思想倾向，已经表明作者对资本主义社会的不满，但他只能揭露一些社会弊端，不能揭示其根源。这些作品徜徉于无政府主义、虚无主义和表现主义之间，后来使布氏本人也感到很陌生。

接受了马克思主义思想之后，他创作了一系列教育剧，如《巴登教育剧》(1929)、《说是的人和说不的人》(1928/1929)、《措施》(1930) 等。自从有了布莱希特研究以来，他的教育剧（尤其是《措施》）总是人们激烈争论的焦点之一。争论的重点不是教育剧的定义问题，而是论者的世界观和戏剧观在某些特定问题上的对垒。尽管布莱希特认为自己的教育剧主要不是为演出而写的，而是让演员按照布氏戏剧设想学戏用的，但是人们对教育剧的批评似乎从未中断过。因此，布莱希特在其剧本创作的空隙时间，经常在理论上探讨这个戏剧门类及其特色。他把教育剧视为革命的社会实验，旨在加深对世界的理解，并将娱乐同教育合为一体。②

希特勒上台之后，布莱希特不得不走上流亡之路，不仅个人财产被没收，德国国籍也被吊销。流亡中的创作生活是极其困难的，他失去了与演员和观众对话的机会。就像传说中的荷马是盲人一样，缺乏对话和交流的布莱希特也感到自己如同盲人，中断了戏剧改革和发展革命戏剧的所有尝试。另一方面，他的几部重要叙事剧作品都是在流亡期间写成的，他放弃了早期思想中的极端主义，逐渐摆脱了教条的概念和枯燥的社会主义说教。他追求戏剧的科学性，而他对科学性的理解是，不断在排练场地以及社会现实中检视和修改竣稿的作品。在他看来，没有一

---

① 埃斯林：《布莱希特——一个政治作家的矛盾》，法兰克福、波恩：Athenäum，1962 年，第 180 页。(Martin Esslin, *Brecht. Das Paradox des politischen Dichters*, Frankfurt u. Bonn: Athenäum, 1962.)

② 费尔克尔指出，布莱希特的"全部教育剧是他学习阶段的产物。他对这些作品的不断修改表明了他研究马克思主义经典著作的方式方法。他的教育剧不适用于对外行推广共产主义理论，他的教育剧是努力学习马克思主义进行自我认识的产物，这些作品只有对那些研究和学习马克思主义的人是有用的"。（费尔克尔：《布莱希特传》，李健鸣译，北京：中国戏剧出版社，1986 年，第 200 页。）

部作品是一劳永逸的；他的作品定稿以后常被多次修改。

本雅明在其日记中引用了布莱希特的一句箴言："不抱住陈旧的好东西，宁可接受不完善的新事物。"① 这句话虽然有些偏激，但却体现出布氏的创新精神。当然，许多现代主义艺术家亦即诗人、画家、雕塑家和电影艺术家，都赞同庞德的一个信条：make it new，② 也就是让文学艺术"新"起来。这也是后来布莱希特那些过激的艺术立场的先声。他在不同的论文中阐释了其叙事剧设想，如《关于歌剧〈马哈哥尼城的兴衰〉的说明》（1930），《购买黄铜》（1937—1951），尤其是其中的《街头一幕》（1938）、《戏剧小工具篇》（1948）等。他确实提出了以前的戏剧家没有想到的戏剧"定义"，他是作为自己艺术实践的理论家在著书立说的。③ 追寻布莱希特美学思想的发展历程，也就是从他早期的理论思考直到《戏剧小工具篇》，我们可以发现，他从1924年起就经常在报刊和专业杂志上发表戏剧评论。在1924年11月4日的柏林《证券日报》（*Börsen-Courier*）上的一篇随笔中，他从自己的体验出发大胆预言："戏剧将从容地跨过语言文学研究者的尸首。"④ 他无疑想以此告诉公众，对文类和文体的所有划分都已过时，成了无用的东西。

布莱希特在其戏剧实践中一再指出，亚里士多德式的、戏剧性的戏剧与他所倡导的叙事剧并不是完全对立的，而只是重心的转移。他对自己的戏剧创作有过不同的描述和界说，除了"叙事剧"（Episches Theater，又译"史诗剧"）之外，还有"非亚里士多德戏剧"（nicht-aristotelische Dramatik）、"科学时代的戏剧"（Das Theater des wissenschaftlichen Zeitalters）和"辩证戏剧"（Dialektisches Theater）。《戏剧小工具篇》是布氏最重要的理论著作，他后来还写了一些"补遗"。

---

① 本雅明：《本雅明文集》第6卷，法兰克福：Suhrkamp，1985年，第539页。（Walter Benjamin, *Gesammelte Schriften*, Bd. VI, hrsg. von Rolf Tiedemann und Hermann Schweppenhäuser, Frankfurt: Suhrkamp, 1985.）

② 庞德的《要革新》（*Make It New*, 1934）是一部关于诗歌理论的著作。

③ 参见本雅明：《何为叙事剧?》，《布莱希特论稿》，法兰克福：Suhrkamp，1966年，第22页。（Walter Benjamin, "Was ist das epische Theater?", in: W. Benjamin, *Versuche über Brecht*, hrsg. von Rolf Tiedemann, Frankfurt: Suhrkamp, 1966.）

④ 转引自黑希特：《布莱希特走向叙事剧的道路：论叙事剧的发展，1918—1933》，柏林：Henschel，1962年，第35页。（Werner Hecht, *Brechts Weg zum epischen Theater: Beitrag zur Entwicklung des epischen Theaters: 1918 bis 1933*, Berlin: Henschel, 1962.）

"叙事剧"和"非亚里士多德戏剧"是中年布莱希特较为喜用的说法,而在晚年,因"叙事剧"和"陌生化效果"一再被人曲解,他又回到1931年就已提出的"辩证戏剧"。换言之,晚年布莱希特不再满足于"叙事剧"概念,更喜用"辩证戏剧"的说法。可是,他没有用专门文章对"辩证戏剧"做进一步理论阐释。他很明白,不管是"叙事剧"还是"辩证戏剧",改换任何名称都无济于事,至多只能让人更清楚地看到理论追求与戏剧实践之间的差距。的确,在布氏戏剧的诸多名称中,在教育剧和叙事剧的复杂关系中,或在政治与艺术追求的消长里,尤其在"陌生化"的意图与实际效果之间,人们可以看到布莱希特雄心勃勃的戏剧创新在理论上的内在矛盾。

布氏戏剧理论是随着时间的推移而成熟的,其晚期理论和实践在不少地方失去了早年的锐气和彻底性,而且不总是一概而论了。比如,他在1920年代把理性看作正宗和长久的东西,而感受和激情则是私人的、短命的。几年之后,他的看法平和多了,在戏剧与娱乐的关系问题上也是如此:他曾认为,戏剧演出不是为消遣服务的,戏剧的任务是把享受品变成教材;这一观点强调宣传和教育而牺牲戏剧审美功能的倾向是不言而喻的。1948年,他在这个问题上的立场发生了根本的变化,并在《戏剧小工具篇·前言》中写道:"甚为遗憾,我们不再试图逃离享乐王国,尤其遗憾的是,我们更要宣布置身于这个王国的意图。我们把剧院当成一种娱乐场所,这在美学里是理所当然的。"此时的布莱希特感兴趣的是,"什么样的娱乐才适宜于我们"。① "如果把剧院当成出售道德的市场,绝对不会提高戏剧的地位;戏剧如果不能把道德的东西变成娱乐,特别是把思维变成娱乐——道德的东西只能由此产生——就得格外当心,别恰好贬低了它所表演的事物。丝毫也不应该奢望它进行说教,除了充分的赏心悦目之外,不能奢望它带来更实用的东西。"② 显然,所谓返回娱乐王国,是承认并试图克服教育与娱乐的脱节,以达到寓教于乐的目的。

不少人在布莱希特的诸多设想和方案中看到了其内在矛盾,即他同时发展了两条新的戏剧路向:教育剧和叙事剧。自《屠宰场里的圣

---

① 布莱希特:《戏剧小工具篇》,张黎译,《布莱希特论戏剧》,北京:中国戏剧出版社,1990年,第5页。
② 布莱希特:《戏剧小工具篇》,张黎译,《布莱希特论戏剧》,第6页。

约翰娜》(1932)这一布氏成熟戏剧的雏形起,布莱希特似乎重又走上传统的市民艺术之路,其理论思考将他带回到启蒙运动时期狄德罗和莱辛的立场,甚至像席勒那样把戏剧视为"布道"的伦理场所。布莱希特借鉴16世纪和17世纪的教育剧以及启蒙运动时期的寓言,时常将"寓言"作为其剧作的辩证核心,比如《马哈哥尼城的兴衰》(1928)、《四川好人》(1939/1941)、《阿图罗·乌伊的可以阻挡的发迹》(1941)、《高加索灰阑记》(1944)等。① 布莱希特往往为了证明一个论点而创造"现实",也就是主题先行,这不仅见之于他的那些称为寓意剧的剧作,所有符合叙事剧理论的剧作都具有这种寓意特征。②

二 科学时代的戏剧与马克思主义

1924年,26岁的布莱希特应邀担任德意志剧院的导演,并从相对保守的慕尼黑移居柏林。他在柏林的重要思想变化是由大众体验而生发的。社会发展到那个时代,"民众""个体"等概念已经发生很大变化,"大众"现象开始让他着迷,并成为其美学思想的重要范畴之一。他在柏林真正感受到了大众的享乐欲望,而戏剧只是某些特定群体的事情。大众喜欢的是体育场、赛马场、舞场、电影院和拳击场。尤其在拳击场内,不但坐着邮差或汽车司机等平民百姓,还有柏林的整个上层社会,以及画家和雕塑家、银行家和演员,他们把拳击台上的场景视为真正的戏剧。布莱希特不得不思考的问题是,戏剧究竟错在哪里?什么已经不合时宜?

在接受马克思主义之前,布莱希特是《截面:艺术,文学,拳击》杂志的忠实读者。这一刊物不仅是他了解当代美国文化和生活方式的主要来源,也对他的美学思想产生了重要影响。"新现实派"是一次大战以后主要出现在德国的现代艺术、文学和建筑风格,反对表现主义,以及达达主义、超现实主义、未来主义等先锋派艺术思潮,

---

① 布氏戏剧与寓言的可比性约有四个特征:一、联系外部现实而使剧情不断越出审美范畴;二、传播知识的教育内涵;三、陌生化技术;四、叙事性的表述方法。

② 参见考夫曼:《寓意剧,喜剧,陌生化》,载《布莱希特研究》,北京:中国社会科学出版社,1984年,第170页。

注重物质世界亦即"看得见的"事实。《截面》便是"新现实派"的重要阵地。这本杂志中的一些文章可以让人看到，布莱希特究竟是从哪里汲取精神养料的，他是在同哪些人进行美学对话的。他的不少思想甚至在语句上都直接来自《截面》。比如，他接受了其中的一个观点，认为以往的艺术已经完成其使命，而在那个相对稳定的时期，受众追求的是更多的娱乐，而不是当代戏剧所提供的那些东西。这本杂志对文学史中的大作家毫无恭敬之意，魏玛共和国时期的文学名人几乎都被称作老掉牙的、不食人间烟火的资产阶级饶舌者。《截面》的立场和宣言，增强或启发了布莱希特的审美原则和主要着眼点，即"旧"与"新"的区分。他看到自己多年景仰的艺术不合时宜、气数已尽。当然，他也看到了"新现实派"的矛盾之处：它破坏的是传统价值观，唤起的是新的幻想。而布莱希特认为，要拯救艺术，就必须让它挣脱束缚，顺应受众的新气质。①

马克思主义对布氏创作和生活的影响，是无须多加论证的。不管怎么说，马克思主义的社会设想见之于布莱希特的生活、创作及其剧作的所有方面，以及他在政治上对无产者的同情。或许也是这个原因，布莱希特把自己看作毕希纳（1813—1837）的艺术同道。毕希纳的悲剧《沃伊采克》（1837）是德意志第一部无产者戏剧，他的《丹东之死》（1835）中已经可见现代叙事剧的一些元素。毕希纳这个革命者对布氏具有不小的吸引力，同时也在艺术技巧上给他颇多启发。② 布莱希特不但是马克思主义的追随者，他对社会学思想也具有浓厚的兴趣，热衷于变化着的客观现实这一社会学命题。对个体所依附的社会所进行的社会学观察使布莱希特认识到，叙事剧创作的根源在于旧的戏剧形式已经无法把握变化了的社会状况。③ 在他看来，新时代的戏

---

① 参见密腾茨威：《布莱希特的生平，或与世界之谜周旋》，柏林、魏玛：Aufbau，1986 年，第 215—217 页。（Werner Mittenzwei, *Das Leben des Bertolt Brecht, oder Der Umgang mit den Welträtseln*, Bd. 1, Berlin/Weimar: Aufbau, 1986.）

② 参见伊文：《贝托尔特·布莱希特：生平，著作，时代》德译本，汉堡、杜塞尔多夫：Claassen，1970 年，第 54—55 页。（Frederic Ewen, *Bertolt Brecht. Sein Leben, sein Werk, seine Zeit*, deutsch von Hans-Peter Baum und Klaus-Dietrich Petersen, Hamburg u. Düsseldorf: Claassen, 1970.）

③ 参见黑希特：《走向叙事剧之路》，载黑希特编《布莱希特的戏剧理论》，第 49、61 页。（Werner Hecht, *Der Weg zum epischen Theater*, in ders. (Hrsg.), *Brechts Theorie des Theaters*, Frankfurt: Suhrkamp, 1986.）

剧应当对社会学作出自己的贡献，其任务是深入描写社会现状，揭示隐藏的、最普遍的社会关系，并以此推动改变社会的思考。他直接把马克思的观点植入其戏剧观："戏剧成了哲学家的事情，当然是这样一些哲学家，他们不只是解释世界，而且还要改变世界。"① 布莱希特认为，文学艺术亦即戏剧可以改变时代的生活方式。并且，现代对于人的境况的哲学认识，已不再是古代关于主体与命运、中世纪关于主体与上帝的认识水平，而是主体与社会的关系。布莱希特曾说："我当然没发现，我在对马克思主义一窍不通的情况下写了一大堆马克思主义的剧本，但就是这个马克思是我所见到的我的作品的唯一读者，因为我的作品必然会使一个像他那样的人感兴趣，这绝不是因为我高明，而是因为他的高明。我的作品对他来说是形象的材料。"② 姚斯后来因此而认为，"不管是亚里士多德式的古典主义和人道主义戏剧，还是基督教戏剧，都不具有布莱希特那样大的野心"③。

布莱希特是作为一个好斗的剧作家和导演来到柏林的，他的一个攻击对象便是自然主义"忠于现实"的表现形式。他后来在《论实验戏剧》时说："自然主义曾以'艺术的科学化'为其赢得社会影响的做法，毫无意义地抹煞了艺术的根本力量，尤其是想象力、表演热情和艺术的诗意，都处在一种停滞状态中。教育因素明显地损害了艺术。"④ 而我们是"科学时代的孩子"，我们的整个生活已经完全不同，它"是由科学决定的"。⑤ 叙事剧则是"科学时代的戏剧"，它把马克思主义认识运用于戏剧创作；叙事剧是对世界的革命认识，并用艺术方法对世界进行革命性改造。布氏所提出的要求是，将"科学时代的戏剧赶入贫民窟，在那里它将公开地把自己委身给创造大量财富、然而却难以维持生活的广大群众，以便让他们在这种戏剧里借助自己的

---

① 布莱希特：《娱乐剧还是教育剧?》，载《我们时代的布莱希特读本》，柏林、魏玛：Aufbau, 1985 年，第 385 页。(Bertolt Brecht, "Vergnügungstheater oder Lehrtheater?", in: *Brecht. Ein Lesebuch für unsere Zeit*, Textauswahl von E. Hauptmann und B. Slupianek, Berlin/Weimar: Aufbau, 1985.）

② 转引自费尔克尔：《布莱希特传》，第 154 页。

③ 姚斯：《审美经验与文学解释学》，顾建光等译，上海：上海译文出版社，第 129 页。

④ 布莱希特：《论实验戏剧》，丁扬忠译，《布莱希特论戏剧》，第 54 页。

⑤ 布莱希特：《戏剧小工具篇》，张黎译，《布莱希特论戏剧》，第 10 页。

严重问题开展有益的娱乐"。"他们获得娱乐,是借助从解决问题的过程中得来的智慧,借助对被压迫者的同情转变而来的有益的愤怒,借助对于人性尊严的尊重,亦即博爱——一句话,借助一切足以使生产者感到开心的东西"。①

布莱希特提出的"辩证戏剧"和"科学时代的戏剧",时常遭到来自左派或右派的攻击,从而体现出不同论者对布氏戏剧的不同认识。右派一般认为,布氏见解并无新颖和独到之处,却装扮成摧枯拉朽的革命性理论;他只是借用了一些马克思主义行话,配制出言之凿凿的预言与伪科学合成的杂烩。②左派则认为,布莱希特没有从客观科学概念出发考察戏剧与科学之间的可能联系,而是基于新式戏剧与"科学时代"观众之间的关系的设想,建构起他的功利性科学。在没有充分认识阶级社会的阶级结构之前,他的"科学时代"观念已经定型,从而也是非马克思主义的。③

布莱希特坚信"科学时代的戏剧"与"科学戏剧"之间的差别,"实验的戏剧"(Theater des Experiments)与"实验戏剧"(Experimentiertheater, experimentelles Theater)之间的差别。在这两对概念中,二者的区别究竟在哪里呢?

所谓"科学戏剧",其"科学性"完全使"剧作"脱离艺术,而且有意放弃艺术表现手法。莫雷诺的"心理剧"④便属于这一类,它也采纳了布氏教育剧的一些特色,可是完全为了别样的目的,那是一种为实验而制作的戏剧("科学戏剧"等于实验的戏剧)。布莱希特所说的"科学时代",首先是指自然科学的发展所产生的社会后果,现代人不但无法驾驭环境,而且被贬低为环境的客体,被环境所异化。自然科学的发展已经深深地介入人的生活,而其活动规律是在马克思

---

① 布莱希特:《戏剧小工具篇》,张黎译,《布莱希特论戏剧》,第14、14—15页。
② 参见埃斯林:《布莱希特——一个政治作家的矛盾》,第164页。
③ 参见福格茨:《布莱希特的戏剧方案:1931年前的起源与发展》,慕尼黑:Fink,1977年,第92—93页。(Manfred Voigts, *Brechts Theaterkonzeptionen. Entstehung und Entfaltung bis* 1931, München: Fink, 1977.)
④ 心理剧(Psychodrama)是由奥地利精神科医生莫雷诺(1889—1974)在20世纪30年代创立的一种心理治疗形式。广义的心理剧包括个体心理剧、社会心理剧和针对文化差异的文化剧。狭义的心理剧由当事人(主角)将自己的心理问题通过现场演绎的形式展示出来,治疗师充当"导演",与一些"配角"一起帮助当事人从不同角度省视自我心理状态。

的社会理论出现之后才被科学地发现的。在没有接触马克思主义之前，激发布莱希特倡导科学时代戏剧的是自然科学的启示：既然人类已经实现了对自然的干预，那也能够在人的社会行为上进行实验。"像自然的改造一样，社会的改造同样是一种解放的壮举，科学时代的戏剧应该传达的，正是这种解放的欢乐。"① 了解了马克思主义理论之后的布莱希特认为，可以借助艺术语言进行实验，这是一种需要拓展的科学。一方面，马克思主义的社会学说、社会批判以及对社会变革的追求是布氏世界观的核心所在；另一方面，他把马克思主义看做改变世界的有效方法，并用艺术手段将之运用于戏剧。"科学时代的戏剧能够将辩证法变成一种乐事。"②

布莱希特在戏剧方面的第一个新的认识是，传统戏剧塑造的是市民阶级和资产阶级观众，这一带有宗教意味的文化祠堂是无用的。对传统戏剧进行猛烈批判，破除其遗留下来的膜拜功用，便成了实验戏剧的首要任务。布莱希特把集市、马戏团、运动场、拳击台看作赢得观众的切实可行的别样形式，它们都可用来冲击传统戏剧舞台，冲击衣冠楚楚的戏剧观众。实验戏剧的观众不一定已有改造世界的意识，但已经把戏剧视为特定行动的准备。

布莱希特对戏剧的总体设想，不能孤立地同其戏剧效果混为一谈，或者仅限于此。戏剧表演的所有因素，如表演艺术、服装、道具、音乐等，都服务于一项宏大规划，即探索戏剧的创新形式，而这与他非教条的马克思主义理念以及改变社会的理想有着很大联系。他的戏剧实验源于他对一个全新社会的想象，也同 19 世纪和 20 世纪的历史和文学发展密切相关。布氏叙事剧只有通过理解其理论、结构及特定结构才是可以把握的。叙事剧是一种开创现代戏剧的尝试，即为现代"科学时代"提供一种戏剧。他在一首诗中是这么说的：艺术和科学，二者都不应把任何思考浪费在不可改变的事物上，二者的任务都是想尽一切办法，用绳索把受难的人类从黑暗的深渊里拉上来。③ 文学亦即戏剧如何才能对改变了的世界作出相应反应并与之匹配？如何才能

---

① 布莱希特：《戏剧小工具篇》，张黎译，《布莱希特论戏剧》，第 29 页。
② 布莱希特：《戏剧小工具篇补遗》，丁扬忠译，《布莱希特论戏剧》，第 42 页。
③ 参见密腾茨威：《证据的诱惑——论自然科学思维对布莱希特创作思想的影响》，载《布莱希特研究》，第 341 页。

面对现代社会提出的问题并给出应有的回答?这在布莱希特看来是问题的关键。

三 旨在哲学认识的审美方法:叙事剧和陌生化

布莱希特对戏剧实验形式的设想还处在发展阶段时,其总体目标已经很明确:通过再现社会发展的过程来提供可行的模式,使人有可能参与现实变革。顾名思义,"实验戏剧"就是不断尝试各种戏剧手法。技术的进步也使戏剧领域出现了新的表演方法,这在当时的德国首先体现在皮斯卡托的剧作之中,他的戏剧实验引入了各种新的手段,如在舞台上运用电影、幻灯、宣传画、标语和解说牌等。布莱希特采纳了皮斯卡托的这些方法,并视之为"叙事剧"的组成部分。然而,布莱希特明确反对为戏剧而戏剧。虽然二者的戏剧创作不很一样,但从根本上说,皮斯卡托所进行的实验,正是布莱希特梦寐以求的:叙事体戏剧。为了开辟"政治剧"的新天地,皮斯卡托把轰轰烈烈的革命斗争搬上舞台。1927年,他的名声已经如日中天,并在柏林自建剧院,成立了一个"导演团队",聚集了不少进步作家,布莱希特也是其中之一。"布莱希特与皮斯卡托的合作是前者戏剧创作发展中最关键的因素之一。"① 尽管如此,布莱希特在此之前已经在其戏剧实践中做了不少理论思考。

1924年至1929年期间,布莱希特曾着手创作大型剧作《乔·弗莱施哈克》,故事地点是美国芝加哥,他试图通过城市人口的急速增长和芝加哥的扩张来呈现资本主义的上升过程。在写作时,他一再感到力不从心,无法按照自己的设想驾驭手头的大量素材。他的情人和助手伊丽莎白·豪普特曼在1926年7月26日的笔记中写道:"布莱希特知道,迄今的戏剧(宏大)形式不适合描述现代发展过程,比如世界范围的小麦分配,现代人的成长过程和所有行为及其后果。布莱希特说,'这些东西不具备我们所理解的戏剧性。如果我们改写这些素材,它们就不真实了,戏剧也完全不是那么回事了。如果我们看到,今天的世界已经不再适用于戏剧,那么,戏剧本身也就不再适合这个世

---

① 伊文:《贝托尔特·布莱希特:生平,著作,时代》,第131页。

界.'在研究这些素材的时候,布莱希特提出了他的'叙事体戏剧'理论."① 在一篇名为《论素材和形式》(1929)的文章中,布莱希特言简意赅地发问:"我们能用抑扬格诗行的形式来谈论金钱吗?"② 他在《三角钱歌剧》(1928)的解说中明确指出,在必须将人的本质理解为"一切社会关系的总和"的今天,叙事剧是唯一能够把握和表现广阔世界景象的形式.③

布莱希特在《论实验戏剧》中写道:"皮斯卡托进行了使戏剧具有教育性质的最激进的尝试。我参与了他的一切实验,他所做的每一件事情,其目的无一不是为了提高舞台的教育作用。[……]为着把重大题材搬上舞台,他几乎利用了一切新的技术成果。""皮斯卡托的实验几乎冲破一切成规。这些实验改变着剧作家的创作方式,演员的表演风格和舞台美术工作者的创造。它们的目的在于实现一种全新的戏剧社会功能。"④

关于"叙事剧",后来有过一场关于"专利"问题的争论:皮斯卡托认为"发明"叙事剧是他的功绩,而人们却总是把叙事剧同布莱希特的名字连在一起。⑤ 布莱希特的观点也很明确,他以后在回忆自己同皮斯卡托的合作时说: "皮斯卡托在我之前从事政治剧创作。[……]而真正发展了非亚里士多德戏剧理论[叙事剧理论]与陌生化效果的人是我,但是不少东西已经见之于皮斯卡托,而且完全是自成一体的,很有特色。将戏剧用于政治,首先是皮斯卡托的功劳。

---

① 豪普特曼:《没有罗密欧的朱丽叶——小说,剧本,论文,回忆》,柏林、魏玛:Aufbau,1977 年,第171 页。(Elisabeth Hauptmann, *Julia ohne Romeo. Geschichten, Stücke, Aufsätze, Erinnerungen*, Berlin/Weimar: Aufbau, 1977.)

② 布莱希特:《论素材和形式》,载黑希特编《布莱希特戏剧文集》,柏林:Henschel,1977 年,第107 页。(Bertolt Brecht, "Über Stoffe und Form", in: B. Brecht, *Schriften zum Theater*, hrsg. von Werner Hecht, Berlin: Henschel, 1977.)

③ 参见布莱希特:《关于〈三角钱歌剧〉的排练说明》,李健鸣译,《布莱希特论戏剧》,第338 页。

④ 布莱希特:《论实验戏剧》,丁扬忠译,《布莱希特论戏剧》,第52、54 页。

⑤ 皮斯卡托于1924 年在柏林人民剧院导演德国著名记者和作家帕凯(Alfons Paquet)的《旗帜》(*Fahnen*)时,首次提出"叙事剧"(Das epische Theater)这一术语。该剧在1923 年发表时的副标题是"一部戏剧性小说"(Ein dramatischer Roman);1924 年的演出说明书上写着"一部叙事剧"。嗣后,这一概念在布莱希特的倡导下得到广泛传播。

缺少这种政治剧,我的戏剧是不可想象的。"① 当然,布莱希特也借鉴了其他人的一些观点,比如,他尤为赞赏小说家杜勃林的见解:与戏剧不同,叙事作品可以用剪刀裁剪成小块,却仍然能够自成一体。② 的确,戏剧元素与叙事作品元素在叙事剧中的融合是显而易见的。另外,布莱希特极为欣赏的中国折子戏,便是"裁剪成小块,却仍然能够自成一体"的典型。

我们再回到皮斯卡托对布莱希特的影响问题。布莱希特还在他那里学到了一种实际驾驭剧情的方法,这种方法在二者的戏剧创作中均可被称作"历史化"。如何在戏剧中淡化个体,将群体变为政治因素和组织剧情的关键因素?皮斯卡托对此已有现存方法,他称之为"历史化"(Historisierung),即把不同事件和个体行为提升到政治、社会和经济行为的高度。他把电影和录音等现代技术用于舞台,以取得从个体性到历史性的升华,并用这种方法组合新的素材。对于这一点,布莱希特是颇为认同的。在他看来,新的素材在没被弄旧之前是不可能得到把握并呈现于作品之中的,新素材只有在戏剧层面先制成标本,然后才能派上艺术用场。剧作只有这样才能获得记事的、叙说的叙事性质(episch)。不仅如此,他比皮斯卡托更注重"历史化",并认为这是叙事体戏剧的关键因素。在舞台上塑造一个人物形象,一定要看到时代因素,假如把他放到另一个时代,他就是另外一个人了;他今天是这样,但他昨天也许是另一个样子;他身上包含许多东西,有些已经展现出来,有些还有待展现;他改变了自己,但还可以继续改变。③

"历史化"方法使布莱希特走向"陌生化"方法,历史化与陌生化甚至是两个相辅而行的艺术手段。皮斯卡托无疑是布氏戏剧的先导者,大大推动了布莱希特的艺术创新,但是他却很不理解布莱希特所发展的陌生化方法。他后来在筹备自传材料所写的笔记中写道:"我在这个问题上不敢苟同我的朋友布莱希特:陌生化对我来说太陌生了;它给了我太多的距离感。进入他人的内心世界,让事情真实可信,刨

---

① 布莱希特:《购买黄铜》,《戏剧文集》第 5 卷,柏林、魏玛:Aufbau,1964 年,第 149、150 页。(Bertolt Brecht, *Der Messingkauf*, in: *Schriften zum Theater*, Band 5, Berlin/Weimar: Aufbau, 1964.)

② 参见布莱希特:《娱乐剧还是教育剧?》,第 382—383 页。

③ 参见布莱希特:《形象创造》,丁扬忠译,《布莱希特论戏剧》,第 237 页。

根问底的必要性,甚至是科学意义上的追本穷源——这一切都必须进入所扮演的角色才行,而且不能半信半疑地进入角色。这是必要前提,然后才能在这个基础上审视一切。"①

什么是布莱希特的"陌生化"(Verfremdung)亦即"陌生化效果"(Verfremdungseffekt,又译"间离效果")呢?

在《购买黄铜》第二个夜晚的对话中,布莱希特探讨了陌生化效果,并用后来成为经典的"街头一幕"加以说明:一起车祸之后,目击者向围观的人讲述他的见闻,这便是最明了的叙事剧形式。讲述者(相当于舞台上的演员)的主要目的是让围观者(相当于剧院里的观众)了解车祸的过程(相当于舞台上的故事),以使围观者对车祸的因果做出自己的判断。讲述者不必模仿受害者如何倒地和惨叫,或者司机如何惊惶失措。他的职能是以旁观者的身份把事情说清楚,而不是以其逼真的模仿获得围观者的喝彩。他不是为了让围观者经历车祸,而是要让他们了解事情的经过,逼真的表演反而会让人注意模仿而失去判断。从叙事剧的角度来说,舞台上的场景与街上的场景没有两样。布莱希特在分析街头场景时说:"我们在此看到的是叙事剧的真正要素之一,即所谓陌生化效果。简而言之,这里涉及的是一种叙事技巧,使人物、事件引人注目并让人寻求解释,而不是给人留下理所当然的印象。这个效果的目的是,让观众有可能从社会立场出发提出富有建设性意义的批评。"这"街头一幕"便是叙事剧的一种基本模式,或曰"最自然的"叙事剧。②

关于陌生化技巧的实际运用,布莱希特还有一个经典定义:对一个事件或一个人物进行陌生化处理,首先是剥去事件或人物的那些不言自明、为人熟知或一目了然的东西,使人对之产生惊讶感和好奇心。陌生化就是历史化,即把事情和人物表现为历史的、受时代限定的。③这里便见出陌生化的两个基本要素。其一,布氏剧作所要达到的效果是,戏剧场景及其所呈现的各种矛盾引起的是意外、惊愕甚至震惊。

---

① 皮斯卡托,转引自密腾茨威:《布莱希特的生平,或与世界之谜周旋》,第303页。

② 参见布莱希特:《街头一幕——史诗剧一个场面的基本模特儿》,君余译,《布莱希特论戏剧》,第83—84页。

③ 参见布莱希特:《论实验戏剧》,丁扬忠译,《布莱希特论戏剧》,第62—63页。

观众见到的是一些奇特之事,是他们所不习惯的事,却又是他们熟悉的事。这就迫使他们进行思考。换言之,采用"陌生化"方法不是为了将所描述的事物保持在陌生的状态,而在于让人获得新的认识。其二,舞台上所展现的是历史的、"历史化"的事物,剧作家借助陌生化、夸张和"歪曲"等手法揭露矛盾及其历史的深层关联,观众则通过观察和思考做出自己的判断。

陌生化的前提亦即哲学基础是黑格尔所揭示的一种现象:"熟知的东西所以不是真正知道了的东西,正因为它是熟知的。"① 布莱希特的一切尝试,都在于制造"间离效果",亦即观察对象与观察者之间的间隔,但这只是第一步,其最终目的在于促使观察者走出第二步:消除陌生感和间隔状态。用黑格尔—马克思的"否定之否定"定式,这是一种更高水平上的"理解":理解—不理解—理解。的确,要理解布氏叙事剧,就必须联系"辩证法"和"异化"这两个概念。布莱希特的艺术创作与哲学的关联,并不仅仅表现在以新的视角描写新的历史发展,他的陌生化概念也同哲学有着千丝万缕的联系。② 一般而言,大多数"陌生化效果"研究主要关注的是作为剧作家的布莱希特,而常常忽略作为哲学家的布莱希特。可是,布莱希特本人基本上把戏剧创作视为哲学思考的分内之事,是一种新型哲学家的专门工作。他早在1929年就提出了"未来的戏剧是一种哲学戏剧"③。布氏当然不认为他的戏剧创作能够替代世界革命,但他认为其对世界革命的发展进程是有用的。

"陌生化"概念从何而来?从迄今的研究资料来看,它有双重来源。一是马克思的"异化"概念。很早就一头扎进《资本论》的布莱希特,把这一马克思社会学说中的重要概念变成自己戏剧理论中的关键概念,甚至将"异化"(名词:Entfremdung;动词:entfremden)与"陌生化"(名词:Verfremdung;动词:verfremden)这两个词形相近的词看作同义词。他在《娱乐剧还是教育剧》(1936)中说:"表演对

---

① 黑格尔:《精神现象学》上卷,贺麟、王玖兴译,北京:商务印书馆,1983年,第20页。

② 克诺普夫对布氏陌生化概念的哲学基础做过详尽的论述,而且还论述了布氏观点与自然科学思考(如培根的论述)的关系。参见克诺普夫:《陌生化》,载黑希特编《布莱希特的戏剧理论》,第93—102页。

③ 转引自费尔克尔:《布莱希特传》,第162页。

素材和事件做异化处理。为了使人们明白事理，异化是必要的。对所有'理所当然的东西'，人们自然不会去'理解'。"① 这里不仅直接运用了马克思的"异化"概念；这段话的出典，显然来自前文援引的黑格尔观点，即众所周知的东西不会被人们真正认识。马克思的"异化"概念是指特定的社会状况亦即生活在这一社会中的人的状况，布莱希特的"陌生化"概念则是克服"异化"的艺术手段。② 尽管布莱希特采用"异化"马上会使人想起马克思社会学说中的这个具有决定性意义的概念，而且它在哲学层面上确实对布氏产生过影响，但就艺术手段中的"异化"而言，它在很大程度上缘于两个概念在构词上的相通之处。

真正审美意义上的"陌生化"概念的来源，则要在俄国形式主义者那里才能找到。英国学者魏勒特在其研究中断定，布氏"陌生化"概念与俄国形式主义批评家的"прием остранения"概念极为相似，且与布莱希特1935年的莫斯科之行有关。此后，"陌生化"等时髦概念便出现在布氏戏剧理论之中。③ 格里姆甚至认为，俄国人的остранение（ostranenie）亦即"陌生化"概念与布氏"陌生化"概念完全吻合。④ 布莱希特或许是从苏联著名导演爱森斯坦或特列季亚科夫那里得知这一俄国概念的。⑤ 什克洛夫斯基早在1917年的名文《艺术作为艺术手段》中，已经把艺术手法界定为陌生化或异化方法，即把艺术的本质定义为"陌生化"⑥。他对诗人的定义，更能见出二者的一致性。什克洛夫斯基认为，诗人的使命不在于"把未被认识的东西告诉人们，而是从新的角度来表现习以为常的事物，从而使人们对它

---

① 布莱希特：《娱乐剧还是教育剧?》，第383—384页。
② 参见福拉德金：《贝托尔·布莱希特：道路与方法》，莱比锡：Reclam，1974年，第159页。（Ilja Fradkin, *Bertolt Brecht. Weg und Methode*, aus dem Russischen von Oskar Törne, Leipzig: Reclam, 1974.）
③ 参见魏勒特：《关于布莱希特史诗剧的理论问题》，载《布莱希特研究》，第35页。
④ 格里姆：《陌生化——关于一个概念的本质与起源的几点见解》，载《布莱希特研究》，第206页。
⑤ 参见詹姆逊：《布莱希特与方法》，陈永国译，北京：中国社会科学出版社，1998年，第45页。
⑥ Остранение（陌生化）概念的"创制"，缘于什克洛夫斯基的笔误。之后，这一意外成就的术语也就将错就错地传开了。

产生异化之感。"① 把这段话视为布氏语录也是毫无问题的。另外，格里姆还指出，诺瓦利斯、雪莱、埃尔里希等人都提出过审美意义上的"陌生化"手法，将熟悉的事物变成不熟悉的②，这与"陌生化"新近的变体有着内在联系。

然而，不同的"陌生化"之间却有着明显的差异，以致詹姆逊不无道理地指出，陌生化"这个概念还具有我们迄今仍未触及到的一种很难分辨的含混。陌生化既可应用于感知过程本身，也可应用于表现这种感知的艺术方式。即使假定艺术的本质就是陌生化，什克洛夫斯基在其著述中也从未清楚地说明被陌生化的究竟是内容还是形式。换言之，一切艺术似乎都含有某种感知的更新，但并非一切艺术形式都以其独特的技巧引人注目，或有意识地'暴露'或展现其本身的'手法'"③。总的说来，詹姆逊将俄国形式主义的"陌生化"视为"纯形式概念"④。可是，俄国形式主义者关于"陌生化"的诸多论述让人看到，"陌生化"定然不是一般的艺术概念，它已超出艺术"手法"或"形式"所能涵盖的"内容"。同样，布莱希特把"陌生化"看作克服"异化"的艺术手段，也超出了形式范畴。如此看来，"陌生化"概念不只局限于文学艺术领域，它有着深层的哲学意味。而作为一个在20世纪文学艺术领域产生巨大影响的思想潮流，陌生化理论探索文学艺术的"内部规律"亦即艺术之所以为艺术等问题（文学性、艺术性），从而具有艺术本体论建构的重大意义。⑤

马克思的"异化"与俄国形式主义者的"陌生化"无疑都对布氏思想有过影响，前者涉及的是哲学和社会学层面的东西，后者则基本

---

① 转引自格里姆：《陌生化——关于一个概念的本质与起源的几点见解》，载《布莱希特研究》，第206页。
② 例如诺瓦利斯在其《片段》中指出："以一种舒适的方法令人感到意外，使一个事物陌生化，同时又为人们所熟悉和具有吸引力，这样的艺术就是浪漫主义的诗学。"雪莱则在《文学与哲学批评》中说："诗剥去笼罩在世界隐蔽的面容上的面纱，使熟悉的事物变成似乎是不熟悉的。"（转引自格里姆：《陌生化——关于一个概念的本质与起源的几点见解》，第207页。）
③ 詹姆逊：《语言的牢笼——结构主义及俄国形式主义述评》，钱佼汝译，南昌：百花洲文艺出版社，1995年，第63页。
④ 詹姆逊：《语言的牢笼——结构主义及俄国形式主义述评》，第42页。
⑤ 参见邹元江：《中西戏剧美学陌生化思维研究》，北京：人民出版社，2009年，第22、26—27、34、38页。

上是审美层面的东西,而布莱希特则将两个范畴融为一体,把陌生化变成进行哲学认识的审美方法。① 这或许就是他有时把自己的戏剧称为具有实用性和哲理性的哲理剧的原因。

不过,福格茨认为叙事剧亦即"陌生化"所追求的目的,与真正的"效果"之间还存在很大差距,他说:"叙事剧的意图与实现意图之间的矛盾,必须在陌生化效果固有的双重性中寻找缘由,双重性让人可以这样、也可以那样理解陌生化效果。"一方面,对训练有素的马克思主义观众来说,叙事剧具有实验和动员的功用;另一方面,对不谙此道的观众来说,布莱希特竭力追求的舞台和观众、现实和观众之间的审美现实,实在无从说起。② 布莱希特也时常对自己的戏剧实践感到困惑,舒马赫记录了他同布莱希特的一次谈话,表明布氏很了解人们对他的戏剧理论的化约或误解:

很多人在谈论陌生化效果的时候,看到的仅仅是效果,而把效果与目的剥离开来。[……]您当然知道,人的本性同其他生物的本性一样,都很懂得顺应。人们甚至能够把核战争看作正常现象,他们为何不能打发陌生化效果这一微不足道的东西呢?这样,他们就不用睁眼看世界了。完全可以想象,假如陌生化效果有朝一日被禁用的话,他们甚至会重新起用那些陈旧的享乐形式。③

四 叙事剧的演员和观众,或戏剧的功能转换

布莱希特的叙事剧理论在 20 世纪 20 年代后期开始形成,《三角钱歌剧》和几个教育剧是叙事剧理论的初期实践。就布氏本人的戏剧发展而言,《三角钱歌剧》对叙事体戏剧的一些表现形式进行了摸索,他本人以为《三角钱歌剧》是叙事剧在 1920 年代最成功的彰显。其实,他在此前的一些戏剧试验已经走得更远,更能体现他对叙事剧的

---

① 参见格里姆:《陌生化——关于一个概念的本质与起源的几点见解》,第 207 页。
② 福格茨:《布莱希特的戏剧方案:1931 年前的起源与发展》,第 15—16 页。
③ 舒马赫:《贝托尔特·布莱希特》,载凯泽尔编《社会主义人道主义作家》,第 49 页。(Ernst Schumacher, "Bertolt Brecht", in: Helmut Kaiser (Hrsg.), *Die Dichter des sozialistischen Humanismus*, München: Dobbeck, 1960.)

设想，只是那些剧作不够有名而已。之后，他在1930年的《现代戏剧是叙事剧——关于歌剧〈马哈哥尼城的兴衰〉的说明》一文中，初步提出了叙事体戏剧理论及其基本原则，并列表在结构和形式、艺术规律和效果的层面上对叙事体戏剧与戏剧性戏剧做过一番对比。下面是布氏1938年修订的《关于歌剧〈马哈哥尼城的兴衰〉的说明》中阐释两种戏剧的对照表①：

亚里士多德戏剧形式	叙事体戏剧形式
情节性的	叙述性的
将观众卷入舞台事件	使观众成为观察者
消耗观众的能动性	激发观众的能动性
触发观众的情感	迫使观众作出判断
讲述各种经历	呈现世界图像
使观众置身于剧情	让观众面对剧情
采用诱导方法	采用说理方法
使观众牢记感受	使感受变成认识
观众深陷于情节	观众在情节之外
感同身受	探讨问题
人是已知对象	人是研究对象
不变的人	可变的人，而且还在变
急切关注戏的结局	专心观察戏的进行
一个场景为另一场景存在	每个场景可单独存在
循序渐进	蒙太奇
事件发展过程是直线的	事件发展过程是曲线的
情节朝着必然的方向发展	情节具有跳跃性
人被定格	人是过程
思想决定存在	社会存在决定思想
情感	理性
理性主义	唯物主义

---

① 布莱希特：《关于歌剧〈马哈哥尼城的兴衰〉的说明》，《布莱希特著作》柏林、法兰克福注释本，第24卷，柏林、法兰克福：Aufbau, Suhrkamp, 2003年，第78—79页。(Bertolt Brecht, "Anmerkungen zur Oper *Aufstieg und Fall der Stadt Mahagonny*", in: *Bertolt Brecht Werke. Große kommentierte Berliner und Frankfurter Ausgabe*, Bd. 24: Schriften 4. Berlin/Frankfurt: Aufbau/Suhrkamp, 2003.)

这一对照表呈现出布氏叙事剧理论开始阶段的思想脉络。但是他提醒读者，不要把两种戏剧的对比当作绝对标识去理解，而应把它们看作两种戏剧各自不同的侧重点，要在戏剧表演艺术的层面上认识问题。尽管如此，这一无疑给人绝对之感的"戏剧性形式"与"叙事体形式"的对立排列，确实是后来不少人对叙事剧提出质疑的肇端。布氏叙事剧在最初实验阶段还缺少系统的理论和足够的实践经验。他当时刚接受马克思主义，在思想和艺术上都还处在半青半黄阶段，因而对问题的阐述还缺乏成熟的辩证观点。然而，其理论创新是显而易见的。成熟的布氏理论和创作，基本上是按照其早期叙事剧方案进行探索的。

布莱希特所追求的戏剧"叙事"，主要是指"非亚里士多德式的"表演方法，强调他的戏剧理论与古希腊悲剧理论的重要区别，并以此区别两种戏剧实践。亚里士多德戏剧，即体现于模仿论中的再现说和幻觉说以及情感论中的体验说和共鸣说，追求尽量完美的模仿，借助暗示的转化力量让观众置身于悲剧人物的经历之中并产生共鸣，同情剧中人物的遭遇，从而引起恐惧与怜悯，达到净化（"卡塔西斯"）的目的。而这正是布莱希特诟病古典戏剧的地方。在他看来，古典戏剧是为体验服务的，实在没有什么用处。古典戏剧展现的不是世界，而是自己；人物只为舞台而在，戏剧语言只是装饰。① 在布莱希特眼里，一个演员在古典戏剧中"'不是在演李尔王，他本身就是李尔王'——这对于他是一种毁灭性的评语"②。布莱希特竭力反对斯坦尼斯拉夫斯基的"体验说"，从而使"叙事剧"成为斯坦尼斯拉夫斯基表演体系的对立体系。③ 他从改造社会的使命出发，提出新时代戏剧应该用"陌生化效果"演剧方法代替引起"共鸣"的表演方法。"共鸣"表演艺术对表现胸前挂着命运星宿的人来说是合适的，但它不能揭示人物命运的社会根源。

---

① 参见布莱希特：《论经典》，《戏剧文集一：1918—1933》，法兰克福：Suhrkamp, 1963年，第153页。(Bertolt Brecht, "Gespräch über Klassiker", in: *Schriften zum Theater* 1. 1918—1933, Frankfurt: Suhrkamp, 1963.)
② 布莱希特：《戏剧小工具篇》，张黎译，《布莱希特论戏剧》，第24页。
③ 参见苏丽娜：《斯坦尼斯拉夫斯基与布莱希特》，中平译，北京：北京大学出版社，1986年。

布莱希特称之为叙事的、反亚里士多德式的、反心理主义的戏剧叙事,很快就被本雅明视为布氏剧作的本质特征,但是本雅明最初的评论文字对此还不很有把握。在写于1930年、当时没有发表的文章《何为叙事剧?》中,本雅明强调了布氏戏剧的肢体语言、情节的中断、插曲和戏中戏等特色。这篇论文1939年的修改稿,更明确地阐释了布氏剧作:

> 布莱希特戏剧废除了亚里士多德式的卡塔西斯,即通过对主人翁扣人心弦的命运的共鸣来宣泄感受。叙事剧的演出要让观众以松弛的心情看戏,它的特性正在于,不去激发观众那种感同身受的能力。叙事剧艺术更多地在于唤起惊诧以代替同感。规范一点说:观众不是在表示与主人翁的同感,而更多的是学会对他们所处的社会关系产生惊愕之感。①

欧洲中世纪戏剧脱胎于宗教礼仪,从传统的"舞台—观众"关系来看,表演和观看不仅是一种膜拜礼仪,而且存在一种等级关系。如同基督教过渡到西方国教时的圣餐仪式,信徒的庆典变成一种精心安排的戏剧,舞台具有权威性:舞台灯光统治着一切,尤其是一些诱发术,竭力让人身临其境。至少从意图上看,观众被逼着认同剧中人物,与之同悲、同哀、同哭。而青年布莱希特刚被聘为德意志剧院的导演,就试图在那里进行戏剧实验,把自己的新思考带入剧院,并用最极端的形式向传统戏剧进行挑战。在他眼里,德意志剧院这一让人陶醉和接受点拨的顶级剧院已经退化,一切都太精致了。沿袭的戏剧审美不能满足观众的口味,只能迎合他们的旧习。因此,他认为有必要在观众席上点上一支烟来破坏预设的戏剧效果。他产生了"吸烟剧院"的念头,仅仅允许观众抽烟这一点,就可以让观众采取冷静的态度,与剧情保持距离,处于警觉的状态,可以让他带着思考细细地品味。布氏在其《母亲》一剧的"说明"中指出:"这种戏剧既不将其主人公交给这个世界,让他听天由命地受摆布,也不梦想着把观众交给一种能够给人以灵感的戏剧经验。由于急于教会观众一种非常明确的实践

---

① 本雅明:《何为叙事剧?》,第25—26页。

方法，即改变世界的方法，必须一开始就使他在剧场里采用一种完全不同于自己平时习惯了的方法。"①

叙事剧不但对戏剧提出了新的要求，也对观众提出了新的要求。"在新的戏剧中，当观众不再陷入梦呓般的、消极听从命运安排的立场时，他应当采取什么立场呢？他不应再被人从他生存的世界引诱到艺术世界中去受骗上当；相反，他应当带着清醒的意识被引进他生活的现实世界里来。"② 布莱希特认为，陌生化、距离化、叙事化、历史化等可以在理论上得到把握和描述的技术，旨在让观众有可能进行参与性、思考性的观看。的确，"观众"是叙事剧特别重视的一个环节，是整体中的一个部分。用本雅明的话说，叙事剧在任何情况下既是为表演者、又是为观众考虑的。其特点是观众的共鸣力几乎没有被唤起，它要使观众像内行一样对戏剧感兴趣。观众不应与剧中人物发生共鸣，而要与之保持距离，要带着批判的目光审视故事情节的发展。而演员的任务是让观众保持清醒的头脑，并向观众表明这是在演戏，共鸣是不合适的。借助"演戏"这一概念，人们最能理解叙事剧。③ 在下面的对照表中，人们可以见到布莱希特所希望的叙事剧观众行为：④

戏剧性戏剧的观众说：	叙事体戏剧的观众说：
对，我也有过这种感受。	这是我不会想到的。
我正是这样的。	人们不能这么做。
这太自然了。	这太异常了，几乎难以置信。
永远都会是这样。	这决不能延续下去。
这个人的苦难让我震悚，他走投无路。	这个人的苦难让我震悚，他可是有出路的。
这是了不起的艺术：一切都自然而然。	这是了不起的艺术：没有一点自然而然。
我与哭者同哭，与笑者同笑。	我笑哭者，我哭笑者。

陌生化的意图就是让观众在剧情之外选择自己的立场。布莱希特认为，演员的表演应该尽量让观众看到抉择的可能性，他所表演的只

---

① 转引自魏勒特：《关于布莱希特史诗剧的理论问题》，载《布莱希特研究》，第31页。
② 布莱希特：《论实验戏剧》，丁扬忠译，《布莱希特论戏剧》，第62页。
③ 参见本雅明：《何为叙事剧？》，第29—30页。
④ 布莱希特：《娱乐剧还是教育剧？》，第385页。

是一种可能的情形，却能让人推测其他可能性。① 要真正理解布氏叙事剧概念，就应看到这个概念总是蕴含着报道或叙说。从小处看，一出戏中不断出现叙说成分（字幕、解说牌、电影、投影等）；就总体而言，每场演出都是报道或者授课，舞台就是讲台，而不是制造幻觉的场所。这样，观众就会知道，"他们不是在观看一个此时此刻正在发生的事件，而是坐在剧院里听一场报告"②。

新的设想所关涉的问题是，如何建立艺术生产与艺术消费之间的新型关系，如何使二者越来越接近。为此，布莱希特做过许多思考和各种尝试，其目的无外乎激发观众、读者和观察者的能动性。当艺术家和作家强调新的社会功能并努力将之付诸艺术实践时，他们彰显新的艺术志趣，是与资产阶级艺术观的决裂。于是，"功能转换"成了为社会服务的、社会主义倾向的艺术思想和创作的要素。布莱希特于1931年写道："追求的不仅是戏剧的功能转换，同样还有社会机构的变化。"③ 然而，这种观念还不足以描述布莱希特的特色和方向，因为当时具有社会主义倾向的艺术家或多或少都把功能转换视为艺术创作不可或缺的前提。布莱希特的突出之处是，他尤为关注艺术观赏者的态度，且想尽办法激发他们的积极性。他视被动的、烹调式的艺术享受既是对艺术的贬低，也有损人的尊严。他所渴望的观众态度是："观众不再是单独的个人，只在'看'演员演戏，注视台上的表演，享受戏剧创作；他不再是单纯的消费者，他必须参与生产。演出缺少观众的参与，只能是半拉子（如果硬要说是完整的演出，不如说演出现在还不完整）。"④ 克服被动的接受方法是与追求激发效果的艺术形式结合在一起的。

---

① 参见布莱希特：《简述产生陌生化效果的表演艺术新技巧》，张黎译，《布莱希特论戏剧》，第 210 页。
② 埃斯林：《布莱希特——一个政治作家的矛盾》，第 184 页。
③ 布莱希特：《辩证戏剧》，《戏剧文集》第 1 卷，柏林、魏玛：Aufbau，1964 年，第 274 页。(Bertolt Brecht, *Die dialektische Dramatik*, in: *Schriften zum Theater*, Band 1, Berlin/Weimar: Aufbau, 1964.)
④ 布莱希特：《辩证戏剧》，《戏剧文集》，第 277 页。

五 尼采和梅兰芳的启迪

前文已经论述布莱希特与皮斯卡托的合作对发展叙事剧和陌生化效果的重要影响。从某种意义上说，或者就理论思考而言，一个常被忽略的第三者，却可能是叙事剧真正的"助产士"，此人即尼采。学生时期的布莱希特就对尼采产生浓厚兴趣，尤其在1920年悉心钻研了尼采著作。① 尽管尼采的悲剧理论正是布莱希特后来创建的非亚里士多德戏剧理论的反面，但是尼采所假设的悲剧的诞生有其合理之处，他关于古希腊戏剧的思考应对布氏戏剧理论起过不小的作用。格里姆第一个关注尼采的悲剧理论与布莱希特叙事剧的关系，他在《狄奥尼苏斯与苏格拉底》一文中指出，布莱希特的"叙事剧"概念无异于尼采的"戏剧史诗"（dramatisches Epos）概念；《戏剧小工具篇》等理论文章中的思考，如"演员不是借助陌生化技巧体验角色，而是展示角色"，其实已经见之于尼采撰述②：

> 戏剧化史诗的诗人恰如史诗吟诵者一样，很少同他的形象完全融合：他始终不动声色，冷眼静观面前的形象。这种戏剧化史诗中的演员归根到底仍是吟诵者。③

走出角色，以第三者的立场进行"叙述"，这正是布莱希特要求演员所做的最重要的功课之一。同尼采一样，布莱希特完全知道叙事元素在古典悲剧中起着很大作用，并产生一系列陌生化效果。然而，这里所说的并不只是布莱希特简单的拿来主义，情况要复杂得多。布莱希特与传统的关系，类似于欧里庇得斯对待传统的态度，即改变前人遗产的功能或曰赋予其新的功能。同埃斯库罗斯和索福克勒斯一样，

---

① 参见密腾茨威：《布莱希特的生平，或与世界之谜周旋》，第238—239页。
② 参见格里姆：《狄奥尼苏斯与苏格拉底》，《布莱希特与尼采，或一个诗人的表白》，法兰克福：Suhrkamp，1979年，第236页。（Reinhold Grimm, "Dionysos und Sokrates", in: R. Grimm, *Brecht und Nietzsche, oder Geständnisse eines Dichters*, Frankfurt: Suhrkamp, 1979.）
③ 尼采：《悲剧的诞生》，周国平译，北京：三联书店，1986年，第51页。另参见格里姆《狄奥尼苏斯与苏格拉底》，第160页。

欧里庇得斯创作了《奥瑞斯忒斯》，但却摆脱了前人作品的束缚。① 尼采对欧里庇得斯及其创作实践的描述，完全可以用来形容布氏创作实践：

> 欧里庇得斯觉得自己作为诗人比群众高明得多，可是不如他的两个观众高明。[……] 这两个观众之一是欧里庇得斯自己，作为思想家而不是作为诗人的欧里庇得斯。关于他可以说，他的批评才能异常丰富，就好象在莱辛身上一样，如果说不是产生出了一种附带的生产性的艺术冲动，那么也是使这种冲动不断受了胎。带着这种才能，带着他的批评思想的全部光辉和敏捷，欧里庇得斯坐在剧场里，努力重新认识他的伟大先辈的杰作，逐行逐句推敲，如同重新认识退色的名画一样。②

尼采以他独特的论述方法，久久不肯说出第二个观众的名字，此人就是苏格拉底。当然，尼采对欧里庇得斯以及美学苏格拉底主义是持否定态度的："欧里庇得斯在某种意义上也是面具，借他之口说话的神祇不是酒神，也不是日神，而是一个崭新的灵物，名叫苏格拉底。这是新的对立，酒神精神与苏格拉底精神的对立，而希腊悲剧的艺术作品就毁灭于苏格拉底精神。"③ 以"布莱希特和马克思"对应"欧里庇得斯和苏格拉底"，这两种关系的对比虽然不是直线的，却是不难想象的。从1926年起，布莱希特悉心学习马克思主义，专研《资本论》。他认为马克思主义是一种科学方法，他可以借助这一方法来分析剧作家感兴趣的事物。也是从这个时候起，他的艺术创作中的另一个向度越来越明显，并在以后几年和几十年的时间里越来越重要，这便是哲学向度。他喜欢把自己的思路抬到哲学高度，并因此而常常被人误解；然而我们必须看到，他的哲学思考总是与具体创作实践结合在一起。马克思这个看不见的观众之一，一直在促进他的戏剧革新。

美学苏格拉底主义的最高原则，大致可以表述为"易懂才是美"，

---

① 参见迈尔：《布莱希特》，法兰克福：Suhrkamp，1996年，第163—164页。（Hans Mayer, *Brecht*, Frankfurt: Suhrkamp, 1996.）
② 尼采：《悲剧的诞生》，第47—48页。
③ 尼采：《悲剧的诞生》，第50页。

恰好对应他的"知识即美德"之说。① 比较欧里庇得斯和布莱希特的艺术追求，它们之间的相通之处是显而易见的。并且，欧里庇得斯剧作中的"开场白"同样适用于布氏戏剧实践：

> 在同索福克勒斯的悲剧作比较时，欧里庇得斯身上通常被我们看作诗的缺陷和退步的东西，多半是那种深入的批判过程和大胆理解的产物。我们可以举出欧里庇得斯的开场白，当作这种理性主义方法的后果的显例。再也没有比欧里庇得斯的戏剧开场白更违背我们的舞台技巧的东西了。在一出戏的开头，总有一个人物登场自报家门，说明剧情的来龙去脉，迄今发生过什么，甚至随着剧情发展会发生什么。在一个现代剧作家看来，这是对悬念效果的冒失的放弃，全然不可原谅。既然已经知道即将发生的一切事情，谁还肯耐心等待它们真的发生呢？②

欧里庇得斯和布莱希特都追求革新，但是他们革新的目的却截然相反。欧里庇得斯竭力追求的正是那种让观众身临其境、感同身受的戏剧，即后来所说的亚里士多德式的戏剧："一切均为激情，而不是为情节而设，凡不是为激情而设的，即应遭到否弃。"否则，观众"就不可能全神贯注于主角的苦难和行为，不可能屏声息气与之同苦共忧"。③

布氏戏剧理论与尼采早期著作的关系，是否是布莱希特（至少在某一发展阶段）将他的剧作称为非亚里士多德戏剧的根源所在或直接原因？至少他对传统剧院的批判，同尼采的观点如出一辙。尼采曾对一个瓦格纳信徒说："请你对自己稍微诚实些，我们并非在剧场里！在剧场里，人们仅仅作为群众是诚实的，作为个人却自欺欺人。当人们走进剧场时，便把他们的自我留在家里，放弃发言权和选择权，放弃自己的趣味，甚至放弃当他们在自己的四壁之内面对上帝和他人时所具有并运用的那种勇敢。没有人把他对艺术的最纯净的官能带进剧场，

---

① 参见尼采：《悲剧的诞生》，第52页。
② 尼采：《悲剧的诞生》，第52页。
③ 尼采：《悲剧的诞生》，第52—53页。

连为剧场工作的艺术家也不这样做。"①

人们时常指责布莱希特对亚里士多德戏剧的批判不得要领,完全漠视亚里士多德理论的历史关联;他所说的亚里士多德式的戏剧,其实涉及从古典主义戏剧到自然主义戏剧中的常见现象,即让观众沉迷于剧情。应该说,布莱希特把自己看作亚里士多德的对立面,更多地是在戏剧的哲学层面上。他视自己为培根、哥白尼、布鲁诺、伽利略这些反亚里士多德的现代自然科学缔造者的传人。他在《亚里士多德〈诗学〉批判》(1935)一文中强调指出,他要探讨的问题不是著名的"三一律","诚如新近的研究所揭示的那样,三一律根本不是亚里士多德提出的"。他所关注的是亚里士多德赋予悲剧的目的亦即社会意义,也就是"卡塔西斯:悲剧能激发观众的悲悯和恐惧,从而使他们的情感得到净化和陶冶。这种净化建立在一种特殊心理活动的基础上,即让观众感受剧中人物的情感"②。这是他竭力反对的。

如果说尼采对古希腊戏剧的思考对布氏叙事剧产生过重要影响,俄国戏剧和亚洲戏剧(尤其是中国戏曲)的表演艺术也给了布莱希特不少启示。他于1935年在莫斯科观看了京剧表演艺术大师梅兰芳的访问演出。虽然只是短短一个晚上,但是毫无疑问,这在布莱希特创立叙事剧的整个尝试中起了重大作用。中国戏曲独特的表演方法使他叹为观止。翌年,他写成《中国戏曲艺术中的陌生化效果》一文,论述中国戏曲艺术的伟大成就,指出戏曲表演方法是表演角色,而不是生活在角色之中,非常辩证地解决了演员、角色、观众三者之间的关系。他对用形体动作真实而生动表演各种画面的中国戏曲表演方法十分欣赏。戏曲演员能够随时进入角色进行表演,不像西方演员需要长时间酝酿表演情绪才能进入角色;戏曲演员十分恰当地运用自己的情感,西方演员则放纵情感;戏曲演员优美的动作给观众以艺术享受,西方演员则习惯用情感去迷惑观众。戏曲演员利用一套表演程序和优美的动作,准确细腻地表演剧中人物,观众保留着观察欣赏的立场,并通过舞台思考生活。中国戏曲表演艺术所体现的审美原则,正是布莱希特在表演艺术中追求的理想目标。

---

① 尼采:《快乐的科学》(节译),载《悲剧的诞生》,第251页。
② 布莱希特:《亚里士多德〈诗学〉批判》,《布莱希特全集》第22卷第1分卷,第171页。(Brecht, *Kritik der Poetik des Aristoteles*, GA 22.1.)

梅兰芳穿着黑色礼服在示范表演着妇女的动作。这使我们清楚地看出两个形象，一个在表演着，另一个在被表演着。[……]他表演的重点不是去表演一位妇女怎样走路和哭泣，而是表演出一位特定的妇女怎样走路和哭泣。他对"事物本质"的见解主要是对妇女的批判性的和哲理性的认识。假如人们看见的是在现实中的一个相同的事件，遇见的是一位真实的妇女，这也就谈不上任何艺术和艺术效果了。①

又如布氏所发现的中国戏曲演员的表演，至少能够同时让人看到三个人物，即"一个表演者和两个被表演者"：

譬如表演一个年轻姑娘在备茶待客。演员首先表演备茶，然后，他表演怎样用程式化的方式备茶。这是一些特定的、一再重复的完整的动作。然后他表演正是这位少女备茶，她有点儿激动，或者是耐心地，或者是在热恋中。与此同时，他就表演出演员怎样表现激动，或者耐心，或者热恋，用的是一些重复的动作。②

六 "空想"与"介入"

从某种意义上说，文学可以是一种空想，给人讲述希望，展示其他生活可能性，即以另一种方式来安排生活。现代西方乌托邦思潮试图通过对现实之外的乌有之乡的想象来医治人的失范和异化，其理想是工作与生活、个体与集体、艺术与政治、经济与伦理的和谐统一。20世纪20年代和30年代，德语小说家杜勃林和布罗赫在他们的作品中，已经运用娴熟的技巧展示神秘题材和当代题材的融合，以及地点的不确定性和没有时间概念的寓意空间。在布莱希特研究中，已经有人探讨了他的"空想主义时期"，并发现了20年代末30年代初"布莱希特的空想主义基本立场"。布氏那个时期的创作完全受到一种思想的

---

① 布莱希特：《论中国人的传统戏剧》，丁扬忠译，《布莱希特论戏剧》，第205—206页。

② 布莱希特：《论中国人的传统戏剧》，丁扬忠译，《布莱希特论戏剧》，第206页。

驾驭,即社会主义不久就会在世界范围内实现,眼下正是为一个新的社会而发展一种全新艺术的时候。① 他最后三十年的全部戏剧理论和实践,几乎都为了促进社会主义的胜利,尽管社会主义题材在他的剧作中少得不能再少。布洛赫第一个指出了布氏剧作中的乌托邦因素。② 本雅明也在布氏《三角钱小说》(1934)中的士兵菲康白形象中破译了空想主义色彩。③ 因此,考察布氏乌托邦主义,一方面有助于更好地理解他那执着的想象,即翻天覆地的"根本改变",另一方面也可以呈现想象的缺陷和时代局限。④

第一眼看去,布莱希特在时空概念上颇为随意,作品时而展现神秘的芝加哥,时而是高加索或者中国;在《屠宰场里的圣约翰娜》(1932)、《大胆妈妈和她的孩子们》(1939)以及其他许多改编作品中,他把具有现代特征的现象移植到过去甚至遥远的年代里。尽管如此,他还是坚持分辨时代和地点,以充分认识不同社会的结构性关系和不同历史特点。"陌生化"和"旁观"是布氏最重要的艺术手段,以使观察能够历史化,并呈现历史有别于现今,而正因为历史已经改变,现今也是可以改变的。这一世界观无疑源于布莱希特对生存斗争的深刻认识,第三帝国时期的流亡生活更使他感受到生存的严酷。这一世界观也激发了他的艺术创造力,促使他不断探索新的创作方法。

现代人对工业化和现代化的反应,使"人的异化"成为空想主义

---

① 参见福格茨:《布莱希特的戏剧方案:1931年前的起源与发展》,第115—117页。

② 参见布洛赫:《〈三角钱歌剧〉中的海盗詹妮歌》,《显露之美学》,法兰克福:Suhrkamp,1974年。(Ernst Bloch, "Lied der Seeräuberjenny in der Dreigroschenoper" (1929), in: *Ästhetik des Vorscheins*, hrsg. von Gert Ueding, Frankfurt: Suhrkamp, 1974.)

③ 参见本雅明:《布莱希特的〈三角钱小说〉》,《布莱希特论稿》,法兰克福:Suhrkamp,1966年,第87—88页。(Walter Benjamin, "Brechts Dreigroschenroman", in: W. Benjamin, *Versuche über Brecht*, hrsg. von Rolf Tiedemann, Frankfurt: Suhrkamp, 1966, S. 84-94.)

④ 关于布氏乌托邦主义,参见迪克曼:《布莱希特的乌托邦——兼论远古之地》,载迪克曼编《抵御时代衰老的良方》,莱比锡、魏玛:Gustav Kiepenheuer,1990年,第135—177页。(Friedrich Dieckmann, "Brechts Utopia. Exkurs über das Saturnische", in: ders. *Hilfsmittel wider die alternde Zeit*, Leipzig/Weimar: Gustav Kiepenheuer, 1990); 布尔《将来之景:梦与计划——布莱希特作品中的乌托邦》,比勒费尔德:Aisthesis,1988年。(Barbara Buhl, *Bilder der Zukunft: Traum und Plan. Utopie im Werk Bertolt Brechts*, Bielefeld: Aisthesis, 1988.)

思维中的一个常数。现实状况使人失望甚至绝望，这赋予文学艺术以极大的乌托邦能量，并以此描绘其理想图景。现代主义文学艺术具有明显的否定特色，其最基本的姿态是，试图展现无法展现的事物（乌有之乡），这也是其最困难和最成问题的地方。为了达到无法达到的目标，现代主义文学艺术的审美策略和特色，常常采用"震惊""革命"和"新人"等意象和表现手法。现代主义的乌托邦艺术受到一种想象的驱使，即克服艺术和生活之间的不谐调，至少是将二者联系起来。在这一理念中，艺术被看作克服异化的工具，以实现人的自我解放。带着浓重的政治先锋派色彩，布莱希特追求的则是另一种乌托邦，即企望艺术与社会实践的有机结合。当然，这一憧憬缘于社会历史情状，并随着时间的推移而有所变化。

作为德国旧制度（第二帝国）在20世纪20年代分崩离析的目击者，青年布莱希特完全被一种观念所吸引，即通过否定自我、玩世不恭来得到解脱。其早期作品中的那些极度孤独、脱离社会的反英雄（《巴尔》的主人公、《城市丛林》中的加尔加、《夜半鼓声》中的克拉格勒、《法策》的主人公），都批判了资本主义社会中的个人主义者，可是并不采用现代主义所宣扬的解脱方式，而是通过极端个人主义来躲避大众。在20年代末，尤其是30年代初的教育剧尝试中，布莱希特则展示了不同于个人主义行为方式的可能性，从个人意识导引出集体意识，个体行为借助群众斗争而在阶级意识中得到改变。或者，个人被视为群体的一员，甚至直接当作群众来处理。人们看到的不再是社会的动乱所引起的个体的幻灭感和漂浮感，而是个体皈依集体；新的个体不再是群体的对立面，而是通过群体塑造自己。

布氏剧作（尤其是他的晚期寓言剧）所设计的场景常常处于新与旧的过渡期，强调人的陈旧行为方式与新时期的矛盾。正是乌托邦思想将"新"与"旧"联系起来，其目的不是改良，而是推翻旧制度，并让人们为了改变当代而理解当代。他对还没有实现，但似乎不可避免的东西的想象，表现出他对资产阶级艺术形式及其效果的否定和批判，以及他的空想主义。——这里便能见出布氏辩证思想：

《赞美辩证法》（1934）
"不公"正在步履稳健地走来。

压迫者要想统治万年。

"暴力"确保：什么都一成不变。

除了统治者的声音，无人发言。

"剥削"正在市场上大声叫喊：我才开盘。

许多被压迫者如今却说：

我们所要的，总是无法实现。

活着的人不要说"总是不变"！

稳固的不稳固。

不变的也要变。

统治者们说过话，

被统治者将发言。

谁敢说"总是不变"？

如果永远有压迫，责任在谁？在我们。

推翻压迫，取决于谁？依然是我们。

被压倒的，站起来！

走投无路的，斗争！

了解处境的人，怎能拦得住？

今天的失败者是明天的胜利者，

永远不变的，今天开始变！①

在这首以启蒙为目的的教育诗与赞美诗相结合的诗作中，辩证法得到了辩证的阐释。② 布莱希特显然不是一个盲目的空想主义者，而是通过对生活中得与失的体验以及对政治风云和历史裂变的认识来发展其批判能力的。他憧憬一个平等公道的社会，并试图在创作中建构

---

① 布莱希特：《赞美辩证法》，载《我们时代的布莱希特读本》，柏林、魏玛：Aufbau，1985年，第34页。(Bertolt Brecht, "Lob der Dialektik", in: *Brecht. Ein Lesebuch für unsere Zeit*, Textauswahl von E. Hauptmann und B. Slupianek, Berlin/Weimar: Aufbau, 1985.)

② 恩格斯在《自然辩证法》中指出："辩证的思维方法同样不知道什么严格的界限，不知道什么普遍绝对有效的'非此即彼！'，它使固定的形而上学的差异互相转移，除了'非此即彼！'，又在恰当的地方承认'亦此亦彼！'，并使对立通过中介相联系；这样的辩证思维方法是唯一在最高程度上适合于自然观的这一发展阶段的思维方法。"(《马克思恩格斯全集》第20卷，中共中央马恩列斯著作编译局译，北京：人民出版社，1971年，第554—555页。)

这样一个社会。他认为自己的作品所提出的只是建议，旨在让人在一个无法维系并亟需改变的历史状况中发现真问题。尽管他相信理性会让人认识并解决问题，但是他既不是一个狭隘的理性主义者，也不天真地相信社会进步和人的解放是必然的。布莱希特的"介入思维"让人看到，他的理性信念是功利的，以使人们看到利害关系并采取相应的行动，这种由理性主导的行动原则并不把情感和激情排除在外。早在1933年，他就写下一首小诗，建议人们在他身后应如何看待他，他是在为许多人着想，为将来着想：

> 我不需要墓碑，但是
> 假如你们有为我立碑的需求
> 我愿那上面写着：
> 他提过各种建议，我们
> 采纳了。
> 这样的碑文
> 会让我们大家得到敬重。①

每逢布莱希特纪念日，这首诗就会被人提起。的确，人们可以在他的艺术实践和作品中看到不少建议。

---

① 布莱希特：《我不需要墓碑》，《布莱希特诗集》，法兰克福：Suhrkamp，1981年，第1029页。（Bertolt Brecht, *Gedichte*, Frankfurt: Suhrkamp, 1981.）

第十章　不愿捉迷藏的人
——论伯尔的美学思想

伯尔（1917—1985）是战后德国不多的几个具有世界影响的作家之一。作为一个"小人物作家"，他的文学创作比其他任何德国作家的作品更贴近西德的"真实故事"，追求百无禁忌的"真"。并且，他声明自己对文学理论家和批评家不感兴趣，他是为普通读者而写作的。与战后德国状况密切相关，他的现实主义作品主要涉及无家可归者和人道主义。所谓"无家可归"，不只指向流离失所的个人，而是整个社会和时代。他的作品充满激情、幽默和讽刺，以及深沉的痛苦。

第三帝国灭亡之后，德国不少"年轻一代"作家期望在战争废墟上建立一个以基督教精神和社会主义思想为基础的人道主义社会，伯尔也对此抱有幻想和希望。他们要与过去决裂，并从时人所说的"零点时刻"出发，创造一种新文学。这正是伯尔开始其创作生涯之时，当为从事启蒙创作的难得机遇。然而，西德的战后重建主要是复辟资本主义制度，整个发展使他忿忿不平，这就促成了他的永久主题：彰显小人物、弱者的人性和善良，以原始基督精神与权贵势力和教权主义抗争。不过，他所认同的"废墟文学"及其创作的大环境并不有利，"四七社"所倡导的新现实主义与许多青年作家所追求的介入文学，终究敌不过彼时"为艺术而艺术"的时尚。

伯尔关心弱者的生活和命运，或鞭笞把纳粹罪行置之度外的社会现象，这常被嘲讽为对重建家园之虔诚愿望的不敬。的确，他反对作家对社会漠不关心、无视阴暗面、同现实玩捉迷藏游戏。他怀着人性希望，相信文学的人道力量，笃信"人道美学"。此时，他赞赏狄更斯那双洞察问题的人道主义眼睛，视之为必要的认识工具。他强调人性与诗性的结合，文学作品应当彰显人性。他用自己特有的幽默和讽刺，叙说和批判德国现状，叩问德国人的良心。伯尔认为"介入"是文学本来就有的功能，作家一旦拿起笔就在介入。他所理解的"介入文学"，既为了捍卫艺术的自律，也在于抵抗欺压。因此，他的美学也是一种"抵抗美学"。

重建人性和拯救被纳粹毒化的德语，被1945年之后"年轻一代"作家视为战后德国文学的重要任务，他们追求的是一种贴近现实的新语言，忠实地表现人的生存状况。伯尔后来也把这一清算纳粹语言时的重要思考纳入自己的理论，使之成为其语言批评的基础。他的"语言道德"之说，强调政治、伦理与语言表达之间的密切相关，作品和语言分析能够揭示说话者的道德性，以及不同社会的人性状况。因此，他提出的一个重要范畴便是作为社会批评的语言批评。他把语言视为人的栖身之地，一生追求符合人性的语言。在他看来，语言运用应当服从道德规范，作家最重要的义务是要听从自己的良知，在道义上负责地运用语言，使作品成为自由的最后堡垒。

伯尔之强烈的政治责任感和道德观念，很容易让人视其为忽略审美形式的倾向文学作家，其实不然。他不躲避社会现状，喜于时事批判，但同样强调艺术形式的重要性，注重形式与内容的协调。他认为形式有其内在真实性，甚至超过内容的真实性；内容几乎总是虚构的，只有形式才能把它虚构出来。在他眼里，"事实"永远只是"真实"的一部分，文学现实是"被创造的现实"，即作家借助想象创造出来的"自己的现实"。因此他才会说："我需要的现实不多。"但是现实是通向真实的钥匙，作家应当借助语言和想象来洞察经验现实背后的真实。现实主义作家伯尔把自己归入"想象型作家"。

一 一个好人及其充满激情的美学

伯尔发表的第一部小说是《列车正点》（1949），在此后将近40年时间里，他是后战争时代德国文学的标志性人物。在他最后一部小说《河流风光前的女人们》（1985）出版之前，朋友们说他心神不定，这不是因为这部长篇小说讲述了波恩的政治家及其夫人们的丑恶故事，并非害怕政治上的敌对情绪给他带来非议，对他的政治立场的非议已经太多了。67岁的伯尔这时已是知名作家，诺贝尔文学奖获得者，其作品已被译成 45 种语言。他担心的是文学和审美上的批评。① 不过，他也说过不止一次，他的作品主要是为读者创作的，而不是为文学理论家和批评家而写的，他的旨趣指向一般读者而不是职业读者。

伯尔的小说创作再现了同时代人的生活经验。早在战后的回乡文学、废墟文学中，他就倾注于人性亦即人的尊严问题，并在创作中找到了一种简练、直接、形象、幽默的语言。就像萨特将"介入"当作一切文学价值的基础一样，伯尔视自己为"介入型知识者"，他的名声在当时的西德同"经济奇迹"和阿登纳的名字一样响亮。伯尔的文章、演说和采访录，陪伴和介入了西德的政治和社会发展（1950 年代德国人摆脱历史包袱的艰难，1960 年代的学生运动，1970 年代的恐怖主义及其镇压），并呈现出德国历史发展中的一个重要时期。从早期短篇小说到《女士及众生相》（1971），从《丧失了名誉的卡塔玲娜·勃罗姆》（1975）到涉及反恐的长篇小说《保护网下》（1979），伯尔的文学创作都试图贴近当代"真实故事"。

"如同千百万人一样，我从战场上归来，除了插在口袋中的双手以外没有多少其他东西，区别于其他人的只是有一股渴望写作的激情。"② 伯尔的早期作品深受陀思妥耶夫斯基的影响，人们可以看到《罪与罚》中的拉斯柯尔尼科夫的影子，还有其他许多穷困潦倒的人，这些都是他在生活中耳闻目睹的。战争小说集《亚当，你到过哪里？》（1951）受到战后德国最大的文学社团"四七社"的赏识，他应邀在那里朗读自己的作品，并以幽默小说《黑羊》得到一千马克"四七社"头等奖。长篇小说《一声不吭》（1953）使他声名鹊起，被《法兰克福汇报》（1953 年 4 月 4 日）的书评许为佳作："这部小说的发表可被看作一个事件，该书一点也不教条，与各种文学尝试和方向保持距离。[……]它不想自作聪明，只想真，只是真，肆无忌惮的真。"《泰晤士报文学增刊》（1976 年 1 月 30 日）在其头版评论伯尔的《丧失了名誉的卡塔玲娜·勃罗姆》时也强调了这一点，书评提出了"伯

---

① 参见《明镜周刊》（1985 年 7 月 22 日）：《海因里希·伯尔有多好？——从还乡者到联邦德国的批评者和代表人物》（"Wie gut ist Heinrich Böll? Vom Heimkehrer zum Repräsentanten und Kritiker der Bundesrepublik", in: DER SPIEGEL 30/1985, 22.07.1985）。

② 伯尔：诺贝尔文学奖《受奖演说》，载伯尔著、高年生译《女士及众生相》附录《伯尔谈写作》，桂林：漓江出版社，1991 年，第 499 页。

尔有多好?"的问题,其结论是:伯尔没有格拉斯出色;书评的标题是《一个值得尊敬的人》。

一个值得尊敬的人,一个好人,国家的良心。伯尔本人并不喜欢这些称号,他认为把作家抬高为国家的良心或人民教育家,委实要求太高。1953年,出于第三帝国灭亡不久的考虑,托马斯·曼没能当选为国际笔会主席。当时谈到德国人,免不了政治化。而到1960年代初,斯德哥尔摩的诺贝尔奖委员会就多次建议德国推选伯尔为候选人。① 时隔10年,伯尔于1971年作为第一个德国人被选为国际笔会主席,他甚至赢得了东德和其他东方集团国家的选票。而当瑞典学院于1972年把诺贝尔文学奖授予伯尔这位"当代西德文学最重要的代表"之后,对整个世界、对东方和西方来说,他确实成了具有象征意义的"好德国人",或曰另一种德国人。伯尔是二战之后获得诺贝尔文学奖的第一个德国人,在这之前,德语作家黑塞(1946)和萨克斯(1966)都曾获此殊荣。第三帝国时期,诺奖获得者托马斯·曼(1929)被驱逐并开除国籍;黑塞得奖时已经离开德国,成为瑞士人了;而萨克斯这位犹太裔女作家是在最后关头被驱逐出德国的,得奖时是瑞典人。吉罗在诺贝尔文学奖授奖词中说:

> 谁若想为海因里希·伯尔的丰富多样的作品找出一个共同的公式,结果就会得出一个抽象的概念。他从二十三年前即已开始文学的事业,在去年出版的长篇小说《女士及众生相》中达到了迄今为止的顶峰。他的作品包含了一个不断重现的双重主题,可以说明这样一个综合的概念,即:无家可归者和人道美学。但伯尔的无家可归者并非悲惨的个人命运,并非游离于社会的安全避风港之外的个人破船。他讲述的是一个无家可归的社会,一个脱出常轨、误入歧途的时代,它在所有街角上都伸出手来乞求布施,乞求那种意味着休戚相关和人类群聚的布施。这种情况就是伯尔的"人道美学"的基础。[……]这是一种充满激情的美学,充满了讽刺、尽情的滑稽模仿乃至深沉的痛苦,这也就是他的文学

---

① 参见《明镜周刊》(1961年12月6日):《作家伯尔:面包和土地》("Schriftsteller Böll: Brot und Boden", in: DER SPIEGEL 50/1961, 06.12.1961)。

纲领。谁想描绘生活的疾苦，就得留在人世间。①

二 伯尔美学思想的时代背景

伯尔的美学思想主要散见于其 1950 年代的重要文章以及后来的《法兰克福讲演集》（1966）、《论艺术对象》（1968）等专论，并可归纳为四个中心观点：首先，语言批评是社会批评的工具；其次，文学的义务是转达人性价值并为建设更人道的社会服务；第三是文学的现实主义理念；最后一点是与之相关的认识论前提，即想象能够理解和把握经验现实。② 这些涉及美学基本问题亦即诗学定位和小说美学的思考，不仅见之于伯尔的相关文章、随笔和访谈录等，亦充分反映在他的创作实践之中。

德国的主流文学批评并不看重伯尔的理论文章。的确，伯尔不是纯理论家，而是一个辛勤笔耕的作家。在他获得诺贝尔文学奖之前，他的作品读的人多，评的人少，甚至很少。因此，考察他的美学思想，离不开他的创作实践及其创作论，尤其离不开其创作和理论思考的环境。他从来认为自己是"受约束的人。受时代和同时代人的约束，受一代人所经历、遭遇和耳闻目睹的东西的约束，[……]"③。然而，他虽受约束，却不屈服。伯尔早期美学思考的直接背景是第二次世界大战以后西德政治、经济、社会和文化的"复辟"。

第三帝国灭亡之后，也就是在 1945 年战争结束到 1955 年西德加入北约的十年时间里，德国的青年人多少抱着幻想和希望，即在政治上彻底改变德国，从根本上建立一个新的社会。"年轻一代"（Junge Generation）作家在《呐喊》（*Der Ruf*）、《法兰克福杂志》（*Die Frankfurter Hefte*）等新文化期刊上发表他们的诉求。伯尔曾经希望："这场

---

① 吉罗：诺贝尔文学奖《授奖词》，载伯尔著、高年生译《女士及众生相》附录：《伯尔谈写作》，第 495 页。
② 参见费恩雷：《论诗学的理性：海因里希·伯尔的美学思想》，阿姆斯特丹、亚特兰大：Rodopi，1996 年，第 30 页。（Frank Finlay, *On the Rationality of Poetry: Heinrich Böll's Aesthetic Thinking*, Amsterdam/Atlanta: Rodopi, 1996.）
③ 伯尔：《法兰克福讲演集》（1966），载伯尔著、高年生译《女士及众生相》附录：《伯尔谈写作》，第 464 页。

战争以后，[……]人们本该有所作为，做一些或许可以称为社会主义的事情，将基督教精神与社会理念或社会主义理念结合在一起。"① 然而，西德的战后重建亦即经济政策主要是在一个新的联邦国家复辟资本主义制度；换言之，重建与复辟在齐头并进。② 这是伯尔在战后、尤其是货币改革（1948）之后的第一个政治惊悚，让他震惊的还有1952年的重建军队。在他看来，德国错过了唯一的一次机会，即错过了战败和贫困送上门来的革命。伯尔对这一发展大失所望。1950年代的西德进入"经济奇迹"时期之后，一个神话开始在民众中流传："我们所有人都是从40马克起家的。"③ 或者："我们又回来了。"在欢欣鼓舞之中，战争已成往事；当时的德国青少年很少能在学校或家里听到第三帝国的罪行，不少政治家竭力淡化记忆。"最具讽刺意味的现象是：仿佛希特勒而外，谁都没做过纳粹分子。"④ 不仅如此，许多老纳粹重又占据新的民主国家的重要岗位，法西斯主义还活在人们心中，清算历史变成了冷漠的忘却。"在这个国度里，有太多的杀人犯逍遥法外，恬不知耻地跑来跑去，有许多人，你永远也无法证明他们杀过人。罪责、悔恨、赎罪、明智没有成为社会范畴，更没有成为政治范畴。"⑤ 在伯尔看来，"清理纳粹是欧洲历史中最成功的谎言之一"⑥。

　　战后德国历史中有着一个所谓的"零点时刻"（Stunde Null）；这一在解构和性质上很难把握的历史时间，延续约四年之久。这个隐喻成了当时的惯用语，既体现出人们在全盘崩溃之后的一无所有、惊慌失措之感，又能在废墟中见出一种希望和期待，表示一个新的开端，

---

① 《伯尔著作·采访录》第1卷，巴尔策编，科隆：Kiepenheuer & Witsch，1978年，第394页。（Heinrich Böll, *Werke. Interviews I*, hrsg. von Bernd Balzer, Köln: Kiepenheuer & Witsch, 1978.）

② 参见布拉赫编：《25年之后的德国：一个总结》，慕尼黑：Kindler，1970年，第5页。（*Nach 25 Jahren. Eine Deutschland Bilanz*, hrsg. von Karl Dietrich Bracher, München: Kindler, 1970.）

③ 1948年6月20日货币改革时，急剧通货膨胀后的帝国马克失效，每个成年人可以用60帝国马克换取40德国马克，之后再补偿20德国马克。

④ 克洛科夫：《德国人的一个世纪：1890—1990》，汉堡：Rowohlt，1990年，第269页。（Christian Graf von Krockow, *Die Deutschen in ihrem Jahrhundert* 1890—1990, Hamburg: Rowohlt, 1990.）

⑤ 伯尔：《法兰克福讲演集》，第464页。

⑥ 《伯尔著作·采访录》第1卷，第637页。

一切从头开始。在文学艺术中,对社会政治的改革愿望意味着与过去决裂,此乃德国文学史中的所谓"零点时刻"①。鉴于纳粹对德语的滥用和破坏,有人提出"砍光伐尽"(Kahlschlag)的口号,要在时代的文学丛林中开辟一块新的土地来建设未来。当然,文学中其实没有真正的"零点时刻"或"砍光伐尽"可言,完全摆脱传统是不可能的。② 尽管谁都知道"零点时刻"从未有过,但是人们当时却在谈着"零点时刻";或者说,这些口号对迫使人们进行反省,摧毁纳粹建起的那块林地,建设新文学是有积极意义的,而口号本身是不确切的。当今,"没有零点时刻"(keine Stunde Null)已经成为德国文学史研究的共识。③

当时的青年作家纷纷在外国作家中寻找榜样,比如美国作家海明威、斯坦贝克、福克纳、托马斯·沃尔夫,或法国作家萨特、加缪等。对伯尔那样刚开始写作的青年作家而言,这确实是其从事启蒙创作的大好时机。对新文学之性质的早期讨论有着一个共识,即倡导现实主义文学,就像人们所崇敬的巴尔扎克的名字所显示的那样。在长篇小说《一声不吭》、《无主之家》(1954)以及其他一些短篇小说中,伯尔展示出他的创作主题和永久话题:时人对纳粹罪行闭目塞听,没有能力悲伤;小人物、受害者和弱者的人性和善良,及其对冷酷势利者和富有者的反抗;原始基督精神对狭隘的天主教小市民意识和复活的教权主义的抗争。

第三帝国期间和战后德国还存在另外一种文学:极端的形式主义或隐逸派文学,它们体现了文学上的"内心流亡"(innere Emigration)。就像意大利"隐逸派"运动是对1930年代和1940年代意大利政治形势的反应亦即反法西斯主义一样,德国的"内心流亡"也是时

---

① Stunde Null 是战后德国的一种说法:二战结束之时,德国陷入历史的"零点时刻",一切似乎都已终结,一切都将从头开始:整个精神和物质世界都必须从零开始。

② 伯尔在为"废墟文学"辩护的时候,也用了德国文学史中擅长的"推本溯源"的方法:"荷马是欧洲叙事诗之父,但是荷马讲述特洛伊战争,讲述特洛伊城的破坏,讲述奥德赛还乡——这是战争文学、废墟文学和还乡文学。我们没有理由因为给我们加上这些名称而感到羞愧。"(伯尔:《关于废墟文学的自白》,第9页。)

③ 参见舍费尔:《当代艺术的现实失落和表达贫困》,载阿诺德编《当代艺术状况》,慕尼黑:TEXT + KRITIK,1988年,第27页。(Peter Schäfer, "Wirklichkeitsverlust und Ausdrucksverarmung der Gegenwartskunst", in: *Bestandsaufnahme Gegenwartsliteratur*, hrsg. von Heinz Ludwig Arnold, München: TEXT + KRITIK〔Sonderband〕, 1988.)

代的产物，是语言和文化的自我防卫。诗人贝恩于 1951 年获得第一届德国最重要的毕希纳文学奖，他的《静态的诗》（1948）以及后来的多部作品在很大程度上引领了那些年的德国文学时尚。早在 1930 年代，贝恩就崇尚游离于社会之外的艺术自律，否认文学对社会的任何影响，否认文学的任何社会功能。在关于《诗的问题》（1951）的讲演中，他宣扬一种绝对的诗，"诗没有信仰，诗没有希望，诗不针对任何人，词语组成诗，词语令人沉醉地组装诗"①。他的唯我论美学宣称，艺术只有独白的功能。而在伯尔看来，正是贝恩那样的"为艺术而艺术"的立场，在魏玛共和国时期导致灾难性的后果。伯尔的人生经历使他赞同货币改革之前的典型文学思想，他的美学思考也反映出彼时文学发展的新趋势，比如"四七社"所宣扬的新现实主义文学。然而，贝恩的复兴和走红极其明确地显示出，现实主义创作方法已经伤痕累累。与贝恩之傲慢的形式主义相比，年轻一代作家所努力追求的介入文学显得天真而不合时宜。"医治战争创伤并尽量不失时机而直接地清理战争留下的废墟，这在 1950 年已经不再是压倒一切的话题了。"②

　　伯尔最早的、有文字记载的文学观与上述政治、社会和文学的发展状况有关，并刊载在《文学评论》（*Die Literarische Revue*）1949 年第 4 期上。在他看来，艺术创作的任务和意义，在于用合乎常理的象征形式来表现现实；他自己的文学创作便追求透视现实的一切现象，以使善的东西显露出来。因此，有人认为伯尔继承了 19 世纪末 20 世纪初的象征主义传统。③ 当然，人们也可以视之为具有表现主义气质的象征性。另外，人们完全可以把伯尔的早期美学思想与当时的另一种文学倾向联系起来，这一新的倾向就是"四七社"创办人里希特和安德施及其同路人经常讨论的魔幻现实主义，它试图通过表现非理性的、混乱的、魔幻的人生维度来揭示现实之更深入的根本问题。里希特在

---

① 贝恩：《文章，言论，讲演》（《贝恩选集》第 1 卷），威斯巴登：Limes, 1959 年，第 524 页。(Gottfried Benn, *Essays*, *Reden*, *Vorträge* (Gesammelte Werke in 4 Bänden), hrsg. von Dieter Wellershof, Wiesbaden: Limes, 1959.)

② 阿诺尔德编：《四七社：概要和评论》，慕尼黑：TEXT + KRITIK, 1980 年，第 68 页。(Heinz Ludwig Arnold [Hrsg.], *Die Gruppe 47. Ein kritischer Grundriß*, München: TEXT + KRITIK [Sonderband], 1980.)

③ 参见费恩雷：《论诗学的理性：海因里希·伯尔的美学思想》，第 50—51 页。

《蝎子》(Skorpion) 杂志中对魔幻现实主义做了如下定义：

> 在魔幻现实主义中，真实是透明的，不真实是现实的。生活的两个方面，即可见的和不可见的、物质的和超验的、真实的和不真实的方面，都在魔幻现实主义中融为一体。[……] 一种更深刻的现实主义，一种不只是满足于塑造表层的现实主义，它不是临摹或照相，而是把我们时代不易看透的东西显露出来，让人意识到没有意识到的东西；对它来说，各种非理性的、不可见的事物和情形及其不可见的作用都是真实的。①

这样的魔幻现实主义，似乎在寻求文学真理性与其社会功能的结合。然而，文学和审美方向的变化，尤其是贝恩的"卷土重来"，使这种魔幻现实主义很快在"真实主义"的大退却中失去其原有的现实主义追求，留下的只是魔幻。②

三　狄更斯的眼睛，或"人道美学"

伯尔首次对文学进行实质性的理论思考是在1952年，也就是他对"废墟文学"的认同。他在1952年5月15日发表于"四七社"机关刊物《文学》(Die Literatur) 的《关于废墟文学的自白》一文中，论述了"年轻一代"作家的经历、感受和诉求，记载了文学创作方向上的显著变化，摆脱了战争刚结束时所宣扬的各种现实主义旨趣。就伯尔的美学思想而言，这篇主张社会批判和介入文学的文章具有非同小可的意义。虽然伯尔呈现的只是其美学思想的雏形，但是他在这篇最早论述文学功能的文章中所提炼和发展的审美意识，已经包含其美学纲领的一些关键成分，并见于他后来的整个理论思考。③

当时的读者不喜欢废墟和饥饿，要的是光明和安慰，描写战争和废墟的文字只能是捣乱因素；"废墟文学"销售极差，且成为嘲讽用语。尽管如此，伯尔在《关于废墟文学的自白》中强调，1945年之后

---

① 转引自阿诺尔德编：《四七社：概要和评论》，第84页。
② 参见费恩雷：《论诗学的理性：海因里希·伯尔的美学思想》，第51—52页。
③ 参见费恩雷：《论诗学的理性：海因里希·伯尔的美学思想》，第52页。

的"年轻一代"作家描写战争以及战后饥馑岁月是正当的,其根源在于共同的战争经历、创伤及其后遗症,从而产生了一种认同感:

> 的确,我们描绘的那些人,都生活在废墟中。他们经历了战争,男人、女人和小孩子都经历过同样深重的创伤。他们都拥有敏锐的眼睛,他们在观察着。他们并不是生活在一个完全和平的环境里。他们的周围,他们的感触,围绕着他们的,不是什么牧歌和田园式的诗意。我们作为作家所感觉到的,和他感觉到的,是那么地接近,我们和他们有着一样的认同。①

主动认同于受难的人而不只是表现出同情心,这是伯尔所理解的人道主义文学的必要前提,这也贯穿其一生。他在去世前一年的一次采访中称此为"关心受苦人的生活和命运的文学,不是同情,而是关心。我在这种文学中看到了人性的希望"②。伯尔关注的是文学的人道力量,并称之为"人道美学"(Ästhetik des Humanen)。

当初,伯尔在德国重建时期为文学的社会义务和伦理义务而呐喊,主要出于两个原因:第一,战后重建的快速和贪婪,很快带来一个危险,即隐藏和淡化战争造成的苦难程度。社会上对身居要津的老纳粹普遍有着一种矜持,尤其是在新的精英阶层中,人们已经把纳粹的罪恶置之度外。伯尔坚信,战争伤痛不可能在德国热火朝天的城市重建中治愈,他因此要求人们关注还在延续的人道灾难,这便是文学的义务。他一再提醒人们:人的存在不只是为了被人管着。世界遭受的破坏不只是外在形态,不是在短短数年中就可以治愈的。③ 因此,他盛赞安德施的自传小说《自由的樱桃》(1952)对战争的诅咒和对纳粹意识形态的揭露,"对每个1933年之后还没有忘记思考的人来说,这

---

① 伯尔:《关于废墟文学的自白》,载《伯尔文论》,袁志英、李毅、黄凤祝等译,北京:三联书店,1996年,第4页。
② 黄文华、伯尔:《现代文学的一个重要标志是陌生感》,载宋兆霖选编《诺贝尔文学奖获奖作家访谈录》,杭州:浙江文艺出版社,2005年,第135页。
③ 参见伯尔:《关于废墟文学的自白》,第9页。

部作品是一种施舍。它像号角一样打破沉闷的寂静，逼乌云为雷雨"①。伯尔本人的作品常有一个明确的主题：市民社会的没落以及旧制度的复辟企图。作为这种复辟旧社会的对立模式，伯尔的设想同原始基督教和无政府主义思想息息相关，他甚至依恋德国战后的一片废墟：废墟里人人自由，不受他人控制和干涉，亦无阶级可言。伯尔的思考并没有追求一种理论模式，而是融合于其小说人物的"典型"性格。因此，他所憧憬的社会图景，曾被看作对重建家园之虔诚愿望的嘲讽和攻击。

伯尔强调社会批判之介入文学的第二个原因是：他坚信任何无视社会阴暗面、对社会漠不关心的文学创作，都是在同现实玩捉迷藏游戏。他用"捉迷藏的作家"（Blindekuh-Schriftsteller）这一形象来表明自己对有些写作形式的毫无保留的拒绝态度，尤其是贝恩那种向内的唯我论立场。"捉迷藏的作家看到的是他自己的内心的形象，他们及时地为自己建立了一个世界。"② 所谓"捉迷藏的作家"，源自一个特定的历史语境，即法国大革命前的社会和政治现实：大多数法国贵族在牧歌式的遁世生活中度过了几乎整整一个世纪，对将要爆发的革命毫无预感；女子扮成牧羊女，男士扮成牧人，在人为的田园美景中悠哉游哉。"当初这种时髦，这种甜蜜的腐化，今天却是令人作呕的时尚，是由某一种文学作风所招致并获得生命力的，这种文学就是牧人小说，牧人戏剧。对这种风气负有罪责的作家们曾经勇敢地玩着捉迷藏的游戏。"③ 伯尔让人重温法国人民如何用革命回敬了那种牧歌式的嬉戏，使我们至今还能感受到它的影响，享受着它所争得的自由。在他眼里，人们在1950年代初期的德国文学界所能见到的，正是一种捉迷藏的情形。"现在，人们似乎在要求现代作家，不把捉迷藏作为一种游戏，而把它看成一种状况。"④ 对此，他颇为辛辣地提出了如下问题，他的立场是鲜明的：

---

① 《伯尔著作・文章和言论》第1卷，巴尔策编，科隆：Kiepenheuer & Witsch, 1978年，第67页。(Heinrich Böll, *Werke. Essayistische Schriften und Reden*, 3 Bde., hrsg. von Bernd Balzer, Köln: Kiepenheuer & Witsch, 1978.)
② 伯尔：《关于废墟文学的自白》，第7页。
③ 伯尔：《关于废墟文学的自白》，第5页。
④ 伯尔：《关于废墟文学的自白》，第6页。

我们认为，将我们同代的人诱骗到田园式的和谐宁静与安逸的景色中，未免太过于残忍。当人们从梦幻中苏醒过来以后，会是多么可怕呀！难道我们非要在一起玩那捉迷藏的游戏吗？①

"捉迷藏"并非伯尔描写当时文学状况的唯一意象，在他看来，作家还可以各取所需地戴上玫瑰色眼镜、蓝色眼镜或黑色眼镜，给现实抹上人们爱看的色彩：邀宠的可能性是很多的。尽管玫瑰色往往讨人喜欢，黑色在当时也有一定的市场（比如虚无主义），但是伯尔还是选择了自己喜欢的色调，那就是狄更斯作品的典型色调。他赞赏狄更斯的那双眼睛（还有巴尔扎克那样的眼睛），并视之为作家必备的认识工具：那双善于观察的眼睛观察得如此深刻，能够看到维多利亚时代不曾见过的事物，看到肉眼的光学范围内尚未出现的事物，也就是看到人所未见之处。并且，狄更斯的作品能够直接对公众舆论和社会产生影响：

人们翻阅他的书，许许多多的人阅读了他的书。于是，这个年轻人成功了。他获得的是一个作家极少能达到的境界：监狱制度得到了改革，贫民窟和学校得到了彻底的关注，它们都发生了变化。②

伯尔审美意识的一个重要组成部分，是他把典型的狄更斯的眼睛视为人道主义眼睛。他认为艺术视角应当呈现人性："我们要看到的，是它原本的样子。用人的眼睛来看，这眼睛平时既不太干，也不太湿，而是有点潮润——在这我要提醒你们一下，'潮润'这个词用拉丁文写出为：Humor——也不要忘记，我们的眼睛也会变干，或者变湿。"③

如果说伯尔早期作品主要是想借助基督信仰来医治战争体验和当代痛苦并实现其社会批判的话，那他首先看到的是原始基督教所呈现的温情。伯尔这个需要一间安静的房间、许多香烟、两小时一壶咖啡才能写作的"小人物作家"的主要理论假设是：一个社会的人性，体

---

① 伯尔：《关于废墟文学的自白》，第5页。
② 伯尔：《关于废墟文学的自白》，第6页。
③ 伯尔：《关于废墟文学的自白》，第8页。

现于日常生活，比如居住、饮食、衣着、邻里、爱情、婚姻、家庭、友谊、工作、时间、宗教等。① 这是他在"法兰克福讲演"一开场就提到的问题，而且也是他对自己的小说中所呈现的"人道美学"的唯一较为详细的论述。几乎同样的句子也见之于他为影集《废墟时期》（1965）所写的简短导言《是故乡，又不是故乡》的开头，讲述西德人流离失所的奇特感受。伯尔始终坚持的是人性和诗性的结合，也就是在文学中寻找人的那种无政府主义的、孩儿般的基本渴望。他的作品所塑造的许多形象，都在反抗社会强加于人的束缚和窘迫，争取最基本的需求和最基本的生存。尽管社会拒绝了他们并使之成为失败者，但是他们都抗争过，而且总是以其固执而多少获得了胜利，还有一线希望的微光和一丝安慰的气息。文学的理性是狡黠的理性，伯尔在他的作品中呈现了真正的人道主义和理性的天地。②

伯尔是很懂得幽默的。在他那里，幽默是一种隐蔽的抵抗。"伯尔的幽默当然不是那种引人发笑的幽默，而是字里行间的无声之笑，是他的小丑一再陷入悲伤，是积攒沉默的人所表现出的那种滑稽的绝望。"③ 另一方面，伯尔当然知道，对"一些事物是没有幽默可言的"④。也就在这时，在看到忍无可忍的社会状况时，伯尔不再有任何幽默，他在许多作品中转向讽刺。"幽默几乎无法把偌大社会描写成卑鄙的；把这个仍在自诩为基督教世界的社会与它所提出的要求相对照，那就只能采用讽刺。"⑤ 伯尔在此看到的，当然不只是后战争时代德国政党和教会滥用"基督教"之名，他也看到假仁假义的教会与政府走

---

① 参见《伯尔著作·文章和言论》第 2 卷，巴尔策编，科隆：Kiepenheuer & Witsch，1978 年，第 34 页。(Heinrich Böll, *Werke. Essayistische Schriften und Reden*, 3 Bde., hrsg. von Bernd Balzer, Köln: Kiepenheuer & Witsch, 1978.)

② 参见阿诺德：《诗的无政府主义理性：论海因里希·伯尔》，《宏愿未成——文学肖像》，格廷根：Wallstein，2005 年，第 135 页。(Heinz Ludwig Arnold, "Die anarchische Vernunft der Poesie: Über Heinrich Böll", in: H. L. Arnold, *Von Unvollendeten: Literarische Porträts*, Göttingen: Wallstein, 2005.)

③ 格拉斯：《诺贝尔奖获奖演说：未完待续……》，(Günter Grass, "Nobelvorlesung: Fortsetzung folgt ...", http://nobelprize.org/nobel_prizes/literature/laureates/1999/lecture-g.html，下载日期：2010 年 10 月 12 日) 文中的"小丑"二字，缘于伯尔的著名长篇小说《小丑之见》(*Ansichten eines Clowns*, 1963)。

④ 伯尔：《关于废墟文学的自白》，第 8 页。

⑤ 《伯尔著作·文章和言论》第 2 卷，第 90 页。

得太近，以及复辟思潮和天主教教会在政治和经济生活中不断强大的势力。他在《致一个青年天主教徒的信》（1957）中直截了当地指出，教会同第一大党德国基督教民主联盟几乎完全一致。他告诫这个青年天主教徒不要听他人胡说，以为伦理危害只是来自妓女；伦理危险来自他处，来自其他形式。伯尔是德国1950年代初期不多的几个使讽刺艺术时兴一时的作家之一。很能说明问题的是，伯尔第一次进入公众视线，是他1951年以讽刺作品《黑羊》在"四七社"获奖。

介入型作家知道揭露就是改变。毫无疑问，伯尔希望自己的作品能够产生社会影响，推崇狄更斯便是一个明证。他的中晚期作品更是直接取材于现实政治和社会生活，超出了单纯的隐喻，通过作品对社会和政治事件表态（《丧失了名誉的卡塔玲娜·勃罗姆》《保护网下》等），履行作家的责任。人们并没有把他看作道德使徒，而是德国状况的忠实批评者，用他的笔叩问德国人的良心。

四 语言与道德：作为社会批评的语言批评

1945年之后"年轻一代"作家的一个急切追求是让语言贴近现实，寻求一种远离纳粹意识形态的、准确的新语言，提倡赤裸裸的语言，以恰切表现人的生存状况。在纳粹意识形态胡言乱语之后，德语是否还能准确地表达思想？伯尔本人一再对此表示怀疑。"纳粹瘟疫的可怕之处在于，它不应被看作一段插曲，不是可以轻易打发掉的。它污染了思想，还有我们呼吸的空气；我们说的话和写的文字已经深度毒化，不是送上法庭就能清洗的。"① 纳粹官方语言已经深入到日常生活的每个角落，以致人们写半页像样的德语都会感到困难。② 1945年至1955年，伯尔及其同路人都感到更新被纳粹强奸的德语的必要性，并在这个基础上进行文学创作。"年轻一代"在这十年中的努力，确实带来了新的气象，文学语言尤其带着浓重的试验色彩。在1971年的一次访谈中，伯尔总结了第三帝国时期被毒化的语言状况及其后果。他长期求索富有人性的国家和符合人性的语言，把语言看作人的栖身之地：

---

① 《伯尔著作·文章和言论》第1卷，第453页。
② 参见《伯尔著作·文章和言论》第2卷，第57页。

我把1933年至1945年的政治发展看作一个不停顿地将人驱逐出语言和国家的时期；这里指的不只是官方语言所说的赶出家园的驱逐。我相信，1945年的所有德国人都是无家可归者，这个国家多少已经无法居住，德语也已无法让人栖息。说到这句句子，我便想到联邦德国整个战后文学的努力，即人们在经历了被驱逐和邻里被毁之后，努力创造一种能够居住的语言和能够居住的国家。我是既在地理层面上，也是在语言层面上理解这种驱逐的，同时也视之为邻里被毁和信任被毁，而这句句子正是我对德国战后文学所有努力的阐释。①

伯尔写过一篇名为《语言早于所有国家》（1976）的文章，他在许多理论文章中谈到自己如何钟情于"我们优美的母语"②，并在不少访谈中讲了他同语言之间的那种近乎色情的关系。③ 他认为这是自己同时也从事翻译工作的原因，并认为翻译同小说创作一样具有创造性。他认为语言是人类最重要的"自然"财产，视德语为自己最好的、最可靠的故乡，其民族认同也首先来自德语。他不可能找到比语言更好的工具去动员人民。早在《关于废墟文学的自白》一文中，伯尔就彰显出他的两个重要美学主张，而这两点越来越明显地体现在他后来的理论思考之中：幽默同人性视角密切相关；语言是冲破现实表象的工具。④ 人们可以用语言来透视事物，洞察事物的本质。⑤——这当然也是伯尔本人一生的追求。

语言具有反映思想的功能，语言分析可被用来解读和揭示说话者的道德性。这一假设是当时"打扫"德语时的重要思考，当然也体现于文学创作。伯尔后来把这一思想纳入自己的理论，使之成为其语言

---

① 伯尔，见鲁道夫：《海因里希·伯尔》，载鲁道夫编《人物记录：作家论自己及其作品》，慕尼黑：Paul List，1971年，第33页。(Ekkehart Rudolph, "Heinrich Böll", in: *Protokoll zur Person. Autoren über sich und ihr Werk*, hrsg. von E. Rudolph, München: Paul List, 1971, S. 27-43.)
② 伯尔：《关于废墟文学的自白》，第8页。
③ 参见《伯尔著作·文章和言论》第1卷，第306页；《伯尔著作·采访录》第1卷，第505页。
④ 参见费恩雷：《论诗学的理性：海因里希·伯尔的美学思想》，第60页。
⑤ 参见伯尔：《关于废墟文学的自白》，第8页。

批评的基础。伯尔讨论"人道美学"时,常将一些战后德语作家的作品与以前的作家作品相比较,其中有施蒂弗特、让·保尔、托马斯·曼、布莱希特、巴赫曼、艾希、阿德勒等人的作品。这种方法完全符合他的"语言道德"(Moral der Sprache)之说,也就是道德与审美的对应关系。伯尔分析"人道美学"亦即文学所表现的人性,同时也在分析不同作品所展示的不同社会的人性状况,并通过考察特定时代的语词来展现社会矛盾。他的着眼点是作品的社会内容及其文学表现之间的关系,这是他研究文学的主要追求。因此,对当代文学的批评便获得了批评当代社会的功能。当然,一切还取决于材料本身:"不管是当代文学的政治批评还是社会批评,都要看材料里是否有这些内容。"①

伯尔深信道德和审美之间存在着紧密关系,也就是政治、伦理与语言表达密切相关。他用"语言道德"这一表述来描写语言所折射的意识形态。从这一现象出发,他提出了在其1950年代理论探讨中居于重要地位的第二个范畴:作为社会批评的语言批评。这一思想出现在他的许多理论文章中,亦见之于他的充满政论色彩的文学作品,直到最后一部小说《河流风光前的女人们》。

伯尔强调语言批评是社会批评的工具,对语言的批评分析也是对社会现实的考察,滥用语言则是对现实的歪曲。如前所述,伯尔把重建人性和拯救被毒化的德语视为战后德国文学的重要任务。纳粹对德语的强暴,尤其是纳粹意识形态对语言的扭曲已经使其变态,这一痛苦经验让伯尔清醒地看到,语言很容易由于政治目的而遭受蹂躏和滥用。这种语言蹂躏以及伯尔从中得出的结论,极为精辟地体现在他的一次讲演中,而且他用了一个纲领性的标题:《语言是自由的堡垒》(1959)。

伯尔在这个讲演中阐释了语言的两面性:"一些人为之欣慰的,可以使另一些人受到致命的伤害。"② 别有用心的人用语言来肆无忌惮地进行操纵并歪曲事实。他坚信语言是政治家之意识形态弹药库中的有力武器,他们正是依靠语言来搞政治的,是语言把人变成政治的对象。

---

① 参见《伯尔著作·文章和言论》第2卷,第54页。
② 伯尔:《语言作为自由的庇护所》(即《语言是自由的堡垒》),载《伯尔文论》,袁志英、李毅、黄凤祝等译,北京:三联书店,1996年,第46页。

伯尔在第三帝国的经历告诉他，造声势和蛊惑人心都离不开语言。因此，他把语言与政治和社会结构联系在一起。

> 语言一旦被丧尽良心的煽动者、权术十足的人和机会主义者所利用，便可能置千百万人于死地。舆论机器可以像机枪喷射子弹一样喷射出语言，每分钟高达四百、六百、八百之数。任何一类公民都可能因为语言而遭毁灭。我只需要提一个词：犹太人。①

在一个集权国家，词语可被操纵为杀人工具，而且确实可以杀人。当然，纳粹语言把灭绝犹太人说成"最终解决"，把杀戮说成"疏散""特殊处理""转移住地"等。仅仅一个词就可以引发一连串联想，语言形式可以具有很大的爆破力，导致一些人或一个群体的灾难。"到明天，也可能是另外一个词：无神论者、基督徒或共产党人、顺民或者持不同政见者。"② 滥用语言之所以是可能的，是因为语言具有建构意识的功能。

另一方面，语言也可以用来抵抗操纵，抵抗妖言惑众的宣传，可以成为反对集权和专政的工具。因此，他在乌珀塔尔剧院落成典礼上的讲演《艺术的自由》（1966）中说，"诗是这个世界所有秩序的炸药"③。或者说——

> 凡是视思想为危害的地方，首当其冲的便是禁书，并对报刊杂志和广播报道实行严格的新闻检查，这一点已非偶然。在两行文字之间，也就是印刷机留下的那一行狭窄的空白里，人们所能聚集的火药，足以炸毁好几个世界。凡是恐怖笼罩的国家，对语言的惧怕更甚于武装反抗，而后者又往往是前者的结果。④

在这种情况下，如果一个作家只听从他的良知，语言便可成为自由的堡垒，作品就能成为自由的最后堡垒。艺术的自由是天然的、固

---

① 伯尔：《语言作为自由的庇护所》，第47页。
② 伯尔：《语言作为自由的庇护所》，第47页。
③ 伯尔：《艺术的自由》，载《伯尔文论》，第115页。
④ 伯尔：《语言作为自由的庇护所》，第46页。

有的，不是恩赐的自由，而是可能被剥夺的自由。因为艺术"只有自由，只是自由，只带来自由，只呈现自由"①，所以艺术自律本身就是应当捍卫的。伯尔要求作家捍卫个人的权利，捍卫作家的自由，并以此为一个更人道的社会服务。显而易见，坚守艺术的独立性与文学的社会介入，这在伯尔那里并不矛盾。就像萨特在其《什么是文学?》(1947) 中所说的那样，"介入"首先是同语言相伴相生的，语言伴随着行动。作家一旦拿起笔进行写作，他就介入了。换言之，"介入"在萨特那里既是文学的本质，又是文学的功能。艺术在表现自身的同时就在"介入"。伯尔也说："话一出口或刚刚落笔，便会摇身一变，给说出或者写下它的人带来常常难以担当其全部重负的责任。说出或写下'面包'这个词的人，往往不知道自己做了什么。为了这个词，曾经发生过战争，也出现过谋杀。它负载着沉重的历史遗产，以及它能发生何种变化。"②

在伯尔那里，介入文学具有双重维度：捍卫艺术的自律和抵抗欺压的堡垒。③ 他反对那种关于 littérature pure (纯文学) 和 littérature engagée (介入文学) 的争论④，"没有哪个作家能够接受强加和硬塞给他的那种对文学的割裂和评判。我觉得，如果我们一再去讨论干预文学和另外一种文学的划分，那简直是在自杀。这不仅仅在于，正因为当你自以为身居其一的时候，也必须极力为其二而竭尽全力。"⑤ 从这个意义上说，伯尔的美学也是一种"抵抗美学"。"属于这种抵抗的是诗、表现、感觉、想象力和美。"⑥ 他要抵抗的主要是国家机器和教会淫威，因为在他看来，"在国家也许存在或者应该存在的地方，我看到的只是权力的一些腐朽残余"⑦。"宗教口口声声谦卑，实际上要的是屈辱他人。"⑧ 换言之："国家和教会所能容忍的仅是两种情况：婚

---

① 伯尔：《艺术的自由》，第 112 页。
② 伯尔：《语言作为自由的庇护所》，第 46 页。
③ 参见费恩雷：《论诗学的理性：海因里希·伯尔的美学思想》，第 60 页。
④ 参见伯尔：《试论诗的理性——诺贝尔奖讲演会上的讲演》，载《伯尔文论》，第 136 页。
⑤ 伯尔：《试论诗的理性——诺贝尔奖讲演会上的讲演》，第 144 页。
⑥ 伯尔：《试论诗的理性——诺贝尔奖讲演会上的讲演》，第 144 页。
⑦ 伯尔：《艺术的自由》，第 112 页。
⑧ 伯尔：《试论诗的理性——诺贝尔奖讲演会上的讲演》，第 145—146 页。

姻或者卖淫。在大多数情况下，超出这两种范围的爱对它们来说都是可疑的。"① 伯尔的这类观点常使他成为执政的基督教民主联盟和基督教社会联盟以及天主教会的攻击对象。他自己也看到了这一点：那些针对他的批判，虽然不是激战，但也不能说没有语言暴力。

语言的双重性也是其困惑所在，这就逼迫人们在语言道德上进行抉择。语言的运用具有道德规范。伯尔毫不含糊地指出，一切都要"诉诸良心"："这里所指的，并不是每一个艺术家每天在斗室之中推敲自己是否因为那一发之差而偏离艺术的那种艺术良心，而是作为社会成员的人的良心。"② 伯尔坚信，作家最重要的义务是，努力在道义上负责地运用语言，并遏制其"杀人潜能"。因此，他认为没有什么能比下面的情况更为恶劣，即说出或写出的一句话无法面对一个自由作家的良心。③ 没有什么能比无良作家更为恶劣：

  当一个作家屈从于权势，甚至主动逢迎权势时，他犯下的，将是可怕的罪行。这种罪行更甚于盗窃，更甚于谋杀。对盗窃和谋杀，有明确的法律条文可以量刑。判了刑的罪犯，有法律为他们提供与社会和解的机会：犯罪者会有所偿还，尽管这种偿还不像做一道数学题那样便当。然而一个作家，如果他背叛了语言，那么他背叛的是所有说同一种语言的人，而且无法对他绳之以法，因为他所服从的是没有条文的法律。这不成文的法律，针对的是他的艺术和他的良心。他只有一个选择，要么倾其此时此刻所有，要么一言不发。他可以有错，但是在他发言的那一时刻，他必须相信自己所说纯属真实，尽管此后可能证明是错误的。他不能始终以难免有错来作为替自己开脱的借口。否则，他就是极端的不诚实，就如一个人在造孽之前就准备好事后如何忏悔那样。④

伯尔认为艺术家的义务是拷问现实，批判性地描写现实；为了一个更为人道的社会，这么做是必需的。这是伯尔美学思想中的根本原

---

① 伯尔：《艺术的自由》，第115页。
② 伯尔：《语言作为自由的庇护所》，第47页。
③ 参见伯尔：《语言作为自由的庇护所》，第49页。
④ 伯尔：《语言作为自由的庇护所》，第49页。

则,并明显地体现于他1956年的一篇题为《写作的风险》的文章。在他看来,对从事艺术和接受艺术的人来说,艺术是少数具有生命且能延续生命的活动之一。他深知写作的风险,但是他"别无选择"。一旦投入艺术,便是全身心的事情,就像一个女人不可能只有一点儿怀孕一样。"艺术家不会因为出了拙作而丧失自己的身份,而却在开始害怕承担一切风险的那一刻起,就不再拥有做艺术家的资格。"①

五 形式与内容:形式有其内在真实性

好德国人、小人物的律师、国家的良心、人道主义者、社会批判作家——伯尔的这些称号常常盖过他的文学作品。1970年代西德的各种调查显示,伯尔的名字远比他的作品有名。② 同样,人们总是更多地看到伯尔对文学功能(文学的批判和改造社会的作用)的强调,或者他的政治责任感和道德观念。这样的解读自然会带来一个危险,即只把伯尔归入倾向文学的作家,注重内容的教育意义而忽略审美形式,而这样的标签在传统美学中是与高水平的艺术不相干的。伯尔去世七年后,他的早期长篇小说《天使沉默》(作于1949/1950年)首次发表,此后"倾向文学"和"艺术品质"争论中的伯尔形象也因此有所改变。"伯尔不再是倾向美学的主要证人",这是《时代周报》发出的声音。突然间,一个简单的事实出现在人们眼前:"他是一个文学家,他的长篇小说和短篇小说不是人们当初只看到的那一点,即在政治和道德上挖空心思。"③

其实,伯尔1950年代的一些重要理论文章,涉及的正是审美形式问题。伯尔对形式问题的探讨,非常明显地体现于他在这个时期的一些书评中。比如,他盛赞格林的《爱情的尽头》在形式上的成就,认

---

① 伯尔:《写作的风险》(1956),载《伯尔文论》,第44页。
② 参见巴尔纳等人的调查报告《伯尔在罗伊特林根:一个成功作家传播程度的民意测验考察报告》,载格里姆编《文学与读者》,斯图加特:Metzler,第240—271页。("Böll in Reutlingen. Eine demoskopische Untersuchung zur Verbreitung eines erfolgreichen Autors", vorbereitet und ausgewertet von W. Barner, E. Binnig, R. Boesler und R. Kellner, in: Gunter Grimm [Hg.], *Literatur und Leser*, Stuttgart: Metzler, 1975, 240-271.)
③ 格莱讷:《没有调和》,载《时代周报》(1992年8月28日)。(Ulrich Greiner, "Nicht versöhnt", in: DIE ZEIT 36/1992, 28. 08. 1992.)

为这部小说以几乎无懈可击的笔触把握了极为复杂的内容。① 他在评论盖菲雷克的小说时指出,风格才是作家的安身立命之处②;这也是他评价德·昆西《一个英国鸦片食者的忏悔》的出发点③。伯尔尤为强调形式的表现力,注重形式与内容的关系,这充分体现在他为博尔歇特的作品集所写的跋文之中。

在这篇题为《博尔歇特的声音》的文章中,伯尔重新回到《关于废墟文学的自白》中的一个命题,即一个面包师或一个平常少女无法进入历史记载,但是作家也要描写这两个人的生活和命运,他们都属于我们这个时代,其命运与时代息息相关。④ 为了阐释这个问题,伯尔做了如下说明:历史学家可以回顾一次战役,甲方的一场胜仗,对乙方来说就是一场败仗。作家却必须展现这些历史事件对平常百姓所产生的后果。作品所呈现的真实是,胜仗和败仗都是大屠杀。对死者来说,鲜花不再开放,再也没有为他们而烤的面包,风也不再为他们而吹;他们的孩子成了孤儿,女人成了寡妇,父母在悼念儿子。⑤ 作家应当懂得个体与历史之间的关系;仅仅知道记载事实而不顾形式,是不可能创造出艺术作品的。艺术创作的关键,见之于震悚的事件与冷静的描写之间,这里才能见出素材和形式之间的巨大张力。因此,伯尔把博尔歇特的短篇小说《面包》视为杰作,抵得上许多篇有关战后饥馑生活的评论和报道。作品成功地驾驭了材料与形式的问题,既是历史文献,也是艺术佳品。⑥ 伯尔强调的是形式与内容的协调,强调经验现实与艺术现实之间的关系。这种思考在他的《当代人与真实》(1953)一文中得到了充分的体现。

伯尔的那些常被看作时事批判的作品都来自他的良心,似乎带着深层的"宗教性"。1962 年,一个记者采访伯尔这个"公众人物",问

---

① 参见《伯尔著作·文章和言论》第 1 卷,第 39 页。
② 参见《伯尔著作·文章和言论》第 1 卷,第 41 页。
③ 参见《伯尔著作·文章和言论》第 1 卷,第 125 页。
④ 参见伯尔:《关于废墟文学的自白》,第 7 页。
⑤ 参见伯尔:《博尔歇特的声音》,载《伯尔文论》,第 23 页。在战后德国,战争寡妇与失去父亲或双亲的孤儿,其人数达 250 万。参见贝克尔、施塔门、瓦尔特曼编:《联邦德国的前史:从投降到基本法生效》,慕尼黑:Fink,1987 年,第 202 页。(*Vorgeschichte der Bundesrepublik Deutschland: Zwischen Kapitulation und Grundgesetz*, hrsg. von Josef Becker, Theo Stammen und Peter Waldmann, München: Fink, 1987.)
⑥ 参见伯尔:《博尔歇特的声音》,第 25 页。

他如何把作家所追求的真实性同他作为时事批判作家的公共角色相协调；伯尔的近乎论战的、失去耐性的言辞可以让人看到，他不回避时事批判，可是更强调形式的重要性：

> 所有这些问题都是良心问题：公众没有权利听一个作家本人说自己的良心。我们不是生活在权力场，自我批评和公开悔过是那里的家常便饭。作家发表的东西，反正都放在众人面前，但愿他们能找到评判作家的途径。所有其他手段，对我来说都近似窥探。弄清社会名流和妓女之间的细微差别，这可不是我的事情。我们的父亲和祖父已经知道何为公众人物。一个作家发表作品，但他不是公众人物。另外，您说的内在真实性，这不仅对一个时事批判作家是重要的；它对一个不把"时事批判"用在自己身上的人来说，也同样是重要的。倒是形式有其内在真实性，它比内容的内在真实性重要得多。况且，内容总是赐予的。因为内容几乎总是虚构的事实和情况，并只有同形式、节奏及其固有规律结合起来才能被虚构出来，所以很难把它说明白。①

较为详细地说明白他的创作背景以及相关问题，是在一年以后。伯尔在法兰克福大学1963—1964年冬季学期作了四场诗学讲演，讲述他的美学思想。他对文学提出的要求，绝非只是时事批判："道德和美学是完全一致的，也是不可分割的，不管作者是多么倔强或冷静，多么温和或愤怒，不管他以何种风格、何种视角去描写或单纯叙述人道的东西，[……]"② 1973年，他在诺贝尔奖讲演会上也强调指出，艺术和文学不断变换花样，不断尝试和发现新的形式，这些都不是在玩弄游戏，也不是为了耸人听闻。③

六　现实与想象："我需要的现实不多"

《当代人与真实》是伯尔不多的几篇论述现实主义文学的文章之

---

① 转引自阿诺德：《诗的无政府主义理性：论海因里希·伯尔》，第127—128页。
② 伯尔：《法兰克福讲演集》，第465页。
③ 参见伯尔：《试论诗的理性——诺贝尔奖讲演会上的讲演》，第145页。

一，作者虽然关注文学的社会意义和介入功能，但是更重视文学的真实性。文中的一个中心理念是，对事实的观察必然带着伦理准则。伯尔认为其同时代人之所以缺乏认可这一道德前提的意愿，是因为他们只看到现实的表象，仅满足于实际经验的现实性，从而看不到深层的现实。换言之，他们因为日常生活中的忧愁和困苦而不愿寻找真相，他们对待真相的态度就像对待一封估计会令人不快的信一样，将它放在一边不愿打开。但是这种怕见真相的行为如同逃学，可惜谁也不可能永远逃学；或者如同尽可能推迟去看牙医的日期。伯尔在这里区分了"现实的"（aktuell）东西和"真实的"（wirklich）东西，并强调作家要挖掘隐藏在日常生活背后的真实，描写那些不被人关注或被遮蔽的社会现象。这是文学的责任亦即道德性所在。因此，他强调培养艺术观察的重要性。事实永远只是真实的一部分。在解密真实之前，人们必须运用想象力来建构现实图景。"从现实的东西中认出真实的东西，这就需要我们开动自己的想象力，这是一种使我们能制造形象的力量。现实是通向真实的钥匙。"①

伯尔认为，那些没有能力区分"现实"和"真实"的人，往往也与现实呈现在他眼前的东西离得很远。一个远离现实的人，一个近视和心不在焉的人，就像漫画中的教授那样，他可能比紧追现实并把它当作真实的人离真实更近。"那些把现实当作真实的人，常常很难认出真实。"② 他在论博尔歇特的文章中也区分了现实和真实，并通过报告文学和创造性写作的对比来说明这个问题：报告文学的起因总是现实的，饥荒、水灾、罢工——就像 X 线检查总是现实的一样：腿骨折了，肩膀脱臼了。可是，X 线照片不仅显示出骨折或脱臼的部位，它总是同时显露出整体性的透明的骷髅，显露被拍者的骨骼，非常了不起，看上去很吓人。一个作家的 X 线之眼在透视现实时，看到的也是人的全部，非常了不起，也非常吓人。③ 伯尔在这里所说的作家的 X 线之眼，也就是他在《关于废墟文学的自白》一文中所说的狄更斯那样的慧眼。

---

① 伯尔：《当代人与真实》（1953），载伯尔著、高年生译《女士及众生相》附录：《伯尔谈写作》，第 457—458 页。
② 伯尔：《当代人与真实》，第 458 页。
③ 参见伯尔：《博尔歇特的声音》，第 25 页。

与现实不同,真实总是处在运动之中,需要预见能力去判断其行进方向。"真实的东西总是比现实的东西远一些:你要射中一只鸟,就得向它的前方射击。"① 伯尔的认识论前提是,作家能够把握经验现实背后的整体世界,也就是运用语言和想象来揭示隐藏在现实背后的真实。用想象或幻想来透视,这似乎有其矛盾之处。但在伯尔看来,"我们的幻想也是真实的。这是一种实际才能,我们具备这种才能,就能从现实中辨别出真实来"②。为了说明幻想根植于现实世界,他举了一个形象的例子:

> 当代人好比一名旅客,他从家乡的车站登上一列火车,在茫茫黑夜中驶向目的地,不知道距离多远。这位旅客在黑暗中常常从半睡半醒状态中惊醒,从一个陌生车站的扩音器中听到播音员的声音告诉他现在到了什么地方,他听到的名字是他所不熟悉的,他觉得是不真实的,这些名字来自一个仿佛并不存在的陌生世界。这是一个幻想的过程,但绝对真实。真实是幻想的,但是人们必须知道,我们人类的幻想总是在真实之中运动的。③

"幻想并非胡思乱想,[……]幻想,这就是我们的想象力。"④ 换言之,幻想是人们构思形象和画面的能力。伯尔把"幻想"(Phantasie)、"想象力"(Vorstellungskraft)和"转换可能性"(Versetzungsmöglichkeit)视为同义词,它们不属于经验范畴,而是智力或感受层面的东西。他强调"语言的感性及其表现的想象力(因为语言和想象力是一体的)"⑤。想象或幻想所产生的景象,同个体在实际社会语境中的经验有关,同时也是思考现实社会的另一种途径。在表达伯尔人性价值的作品或批判非人道社会的讽刺作品中,这种想象或幻想是显而易见的。他也是在这个意义上指出,一些具体经验在他的创作中所起的作用不大。他用下面的例子来说明这个问题:科隆大学的一个退休教授告诉

---

① 伯尔:《当代人与真实》,第457页。
② 伯尔:《当代人与真实》,第457页。
③ 伯尔:《当代人与真实》,第458页。
④ 伯尔:《当代人与真实》,第457页。
⑤ 伯尔:《试论诗的理性——诺贝尔奖讲演会上的讲演》,第142页。

他说，不知为了什么，他的同事在希特勒1933年上台之后突然都不跟他说话了。伯尔认为，仅仅这一件事情的背后就隐藏着无数问题、矛盾和事实，只要了解整个历史背景，便完全可以虚构出一部小说："从这一细节出发，你可以展开整个时代画卷——用你的幻想和想象力。冲突会自然出现。[……] 从这个意义上说，我确实不需要更多细节。会发生什么，情节如何发展，这都由我自己来决定。"①

> 素材并不十分重要，对我来说不十分重要。我不是指内容，而是指我所需的这点材料；这有可能是很少一点点，一部长篇小说所需的材料有时少于一篇短篇小说；因为这种材料要通过塑造才显露出来，而塑造至少同素材一样使我感兴趣。②

这段出自琳德1975年采访伯尔、标题为《三月里的三天》之长篇访谈的文字，以及伯尔的其他不少论述，都涉及他所理解的"现实"概念。他所理解的文学现实是"转化的现实"、"被创造的现实"、作家"自己的现实"。伯尔也是这个意义上的现实主义者。在这个语境里，伯尔表现出那种对"素材"和"材料"不屑一顾的态度。他的理念是：

> 作者不是接受现实，他面对现实，创造现实。即使是一部相对现实主义的小说，其复杂的魔力也在于，不管小说中有什么真实的东西，不管有什么真实的东西被加工、合成、变化，这都毫不重要。重要的是，呈现的现实在小说中是什么样的，是什么在起作用。[……] 我相信"被创造的现实"。别人也许觉得是现实的东西，我认为是"被创造的现实"，它当然由我遇到的现实的各种成分组成。③

伯尔用一种简单的模式来表明自己的观点或写作特色，也就是许

---

① 《伯尔著作·文章和言论》第1卷，第165—166页。
② 伯尔：《三月里的三天》，载伯尔著、高年生译《女士及众生相》附录《伯尔谈写作》，第466页。
③ 伯尔：《法兰克福讲演集》，第99—100页。

多写作方法中的两种类型，或曰两种作家，一类是"绝对现实主义的作家"（der absolut realistische Autor），如契诃夫和福楼拜；另一类是"想象型作家"（Vorstellungsautor），伯尔把自己归入这一类。在"想象型作家"的作品中，历史显而易见，"然而不是严谨的学术知识，而只是元素。［……］并不像有时给人的印象那样，我其实并不贪求实际细节"①。可是，作家可以根据一个重要细节来创作一部小说。伯尔无疑也需要"现实"，但是作为一个现实生活的叙述者，他的目光投向具体的人，专注于现实的截面，却赋予其典型意义。《一声不吭》讲述一个男人和一家之主如何异化，与妻子和孩子形同路人，而这婚姻危机的原因很简单：他们只有一个一居室的简陋小屋。《无主之家》讲述两家被战争夺去父亲和丈夫的孤儿寡妇的艰难岁月。这些就是战后德国的"真实"故事。吉罗在诺奖授奖词中说：

> "我需要的现实不多。"别人都把他看成现实主义作家，他自己或许也这么认为，有谁想到这句值得重视的话竟出自他的笔下？其实，他所需不多的现实是19世纪经典小说的现实，是那种按照过分精细的细节描摹、忠实反映的现实。伯尔运用这一方法极为熟练，但他每次使用时却跟讽刺有关。多余的细节是数不胜数的，诙谐会成为一种比耐性的较量，有时对那些不怎么有耐性的读者来说也是如此。正是这种认真负责的记录技巧所表现的诙谐说明，伯尔需要这样的现实确实很少。他的能力，用寥寥几笔、有时只是大致的轮廓就能生动地勾勒出他的环境及其形象的能力，正是他的匠心独具之处。②

---

① 《伯尔著作·文章和言论》第1卷，第174页。
② 吉罗：诺贝尔文学奖《授奖词》，第496页。

第十一章　奥斯威辛后的写作
——论格拉斯的美学思想

格拉斯（1927—　）32岁时就以其长篇小说《铁皮鼓》名满天下，使战后德国也从文学废墟中走了出来，让人再次感到德国人重又在文学艺术上攀登上了世界文化顶峰。他不但是德国的招牌作家，也是后战争时代德国文学中唯一的世界明星。他似乎从来不把当代"寄生的"艺术评论放在眼里，给人留下我行我素的印象，因此而成为一个备受争议的公众人物。格拉斯的作品充满荒诞、幽默和讽刺，庞杂艰深、变幻莫测。因为他是格拉斯，所以不管他愿意不愿意，他必须进行"政治写作"。这是他文学创作的最引人注目的特点，而其创作灵感和素材主要源于自己的生活和德国历史。

他把"介入"和"批判"视为自己的社会使命。在他身上最能见出"作家的政治化"现象，连他的写作语言也在很大程度上患了政治病。按照他的观点，在一个被政治左右的世界里，写作也必然逃不脱政治，甚至与政治保持距离也是一种政治态度。因此，他也不得不以审美手段做出政治反应。加缪视"反抗"为现代社会的一种最基本的生存态度，他的"反抗说"对格拉斯产生了深远的影响；并且，加缪似乎也是唯一影响格拉斯思想和创作长达几十年之久的思想家。阿多诺的"奥斯威辛之后，写诗是野蛮的"的说法或曰"禁令"，曾使战后的年轻一代德国作家困惑不已，因为奥斯威辛确实是人类文明史上无法治愈的创伤。格拉斯也只能遵照阿多诺的告诫，这就规定了其作品的灰暗色调。

格拉斯强调自己既是"作家"也是"公民"。作为一个"同时代人"，作家必须要有担当意识，抵抗主流时代精神。他的政治激情和文学创作，都根植于对社会负责的"公民""同时代人"和"反抗"的理念，来自他对荒诞现实的认识。因此，他坚决反对无目的、无功利的审美观，甚至认为他的写作题材也是社会给定的，而不是他能自由选择的。作为一个积极介入的作家，格拉斯绝不只把目光聚焦于当前；他的艺术创作试图让读者在往事中见出现在，在现实中不忘往事，把未来融入现在。他坚信过去、现在、未来具有"同时性"，因此提出"过现未"这个戛戛独造的"第四时间"概念：追忆过去，反映现实，预示未来。这不仅是一个复杂的时间结构，更是他对审美现象和历史理论的反思结果。

其实，格拉斯在审美意识上很有天赋，远远超过他所热衷的政治问题。他不断努力拓宽的现实主义概念，常把下意识、想象、梦幻、虚构这些常被看作空幻的东西引入认识视野和现实叙述。他惯以动物隐喻人类，童话以及神话、传说和寓言在格拉斯创作美学具有重要意义。他继承了德国浪漫派关于童话能够拓展"真实"的艺术观，认为神话和童话具有认识功能，有着某种领悟真实的创造性维度，在一定程度上或直白或暗示地呈现真理，甚至直接逼近现实，在"真实"之碎片中重建过去、现在和未来之间的关联。与童话和神话思维相通连，格拉斯的"真实"概念与"想象"密切相关。想象能够创造出生存的更宽广的真实。格拉斯的创作便是"想象"和"具象"的游戏。

如前所述，格拉斯把公民的责任心与作家的参与行为视为自己的社会使命。也就是说，他在这个世界的荒诞生存中选择了加缪所说的"屈从"和"反抗"这两条路中的后者。荒诞主义不否认意义的存在，只是不相信能够看到意义，并把人的精神分裂状态当作一种常态来接受。尽管如此，格拉斯还是不愿放弃希望和行动，即做一个明知绝望而不绝望的人：屈从无异于自杀，反抗才是选择。格拉斯在根本上从未放弃对加缪哲学的信念，而西西弗斯原则正是他所需要的人生态度。这个古代神话中的欢快推石人，一个屡败屡战的英雄，成为格拉斯文学创作和政治介入时的楷模。

一 一个备受争议的德国招牌作家

1999年，德国作家格拉斯从电话里获悉自己获得诺贝尔文学奖时，正准备开车去看牙医，而且也没有改变主意："日子还得照样过。"

他在最初的获奖反应中一再提起,1972 年获得该奖的伯尔是他最重要的灵感来源;而伯尔获奖时的最初反应是:"为什么是我?为什么不是格拉斯?"当时有这种想法的人还很多:格拉斯比伯尔年轻,总会轮到他的。

格拉斯是谁呢?一个留着髭须、喜欢闹事的知识者,社会民主党的竞选干将和勃兰特的朋友,喜好烹调、采集蘑菇和叼着烟斗的人,舞步疯狂的雕塑家和版画家。但是他主要从事文学创作,知道自己是一个非我莫数的德国招牌作家。1959 年的《铁皮鼓》确立了他在 20 世纪大作家行列中的稳固地位,并成为 20 世纪的经典之作。因此,他获诺奖并不出人意料;作为诺奖的长期候选人,他已经等待了 27 年之久。诺奖再一次证实了恩岑斯贝尔格在 1968 年所勾勒的当代德国文学追求,即至少在审美水平上达到时代的高度,以及德国人攀登世界文化顶峰的愿望。① 还在诺贝尔奖庆典的舞池里,他就嘲笑德国媒体为何不为他的诺贝尔奖而兴奋,骂德国文学批评"教皇"赖希-拉尼茨基为笨蛋。格拉斯瞧不起当代文学批评,这不是什么秘密;他在不少随笔和讲演中强调艺术本身的重要性,轻视寄生的艺术评论。

格拉斯获奖有两大原因:瑞典学院在授奖理由中强调,《铁皮鼓》是纳粹德国数十年的语言和道义毁损之后的新开端,此其一。其次是他在德国艺术界无出其右的地位。格拉斯在开始其艺术创作时承受着很大的压力,纳粹统治之后突然又能看到的世界艺术给他带来无奈之感:"什么都做过了,一切都已被占据。[……]尽管如此,我觉得必须说些什么,讲述些什么,描写些什么。"他当时的一个信条是:"我要成为艺术家。"② 这不仅是其早期创作的全部动力,做"大艺术家"的雄心见之于他的第一部诗集《风信鸡的优点》(1956)到中篇小说《蟹行》(2002)的全部作品。然而,只有取得成就才能成为艺术家,

---

① 参见恩岑斯贝尔格:《关于最新文学的杂记》,载恩岑斯贝尔格编《航向杂志》第 15 期(1968 年),法兰克福:Suhrkamp,1968 年,第 187—197 页。(Hans Magnus Enzensberger, "Gemeinplätze, die neueste Literatur betreffend", in: *Kursbuch* 15, [November 1968], hrsg. von H. M. Enzensberger, Frankfurt: Suhrkamp, 1968.)

② 格拉斯、齐默尔曼:《被拒绝的经典——论审美与汲取现实》,《启蒙的冒险——工作室对话》,哥廷根:Steidl,2000 年,第 36 页。(Günter Grass/Harro Zimmermann, "Verweigerte Klassik", in: G. Grass/H. Zimmermann, *Vom Abenteuer der Aufklärung. Werkstattgespräche*, Göttingen: Steidl, 2000.)

才能在他人眼里看到自己。终于，32岁的格拉斯通过《铁皮鼓》中的侏儒奥斯卡·马策拉特仰视纳粹上台后的小市民社会，以及战后阿登纳复辟时期联邦德国的故事而成为真正的艺术家。这部后战争时代德国最重要的长篇小说，描写了20世纪上半叶的德国生活，在审美、道德和主题上刮起一阵飓风，使作者赢得了世界声誉，并被视为后战争时代德国文学中唯一的世界明星。"如果德国还有批评者发难，"恩岑斯贝尔格于1959年就已在其书评中预见道，"《铁皮鼓》便会敲击出喜悦和愤怒的叫喊。"①

从某种意义上说，《铁皮鼓》面世的1959年，可被看作新时期亦即当代德国的开端，此前的战后重建基本结束。托马斯·曼于1955年去世，布莱希特一年后离开人间。此后的《铁皮鼓》追述了旧德国的沉沦，它所呈现的德国社会也已走过战后重建时期。这使该作具有不同平常的意义。并且，《铁皮鼓》不仅从德国废墟、也从文学废墟中走了出来，给世人展示出第一流的作品。

格拉斯1927年出生于但泽（今波兰格但斯克）。战后从美军战俘营出来之后，他先是钾矿工人，然后在杜塞尔多夫和柏林学习艺术，1956年至1959年先后生活在巴黎和柏林，主要以石雕、版画和写作为生。1955年，格拉斯第一次受邀参加社会批判作家团体"四七社"的活动。1956年至1957年，他作为诗人和剧作家出现在文学舞台上；但在《铁皮鼓》之前，他的石雕、版画、剧作和诗歌无人赏识。《铁皮鼓》之后，他又发表中篇小说《猫与鼠》（1961）和长篇小说《狗年月》（1963）。英国的日耳曼文学史家雷狄克第一个称这三部作品为"但泽三部曲"②，后来人们便沿用此说，而作者本人并没有按照三部曲的方案进行写作。从某种意义上说，格拉斯的所有作品都是对早先

---

① 恩岑斯贝尔格：《〈铁皮鼓〉上的威廉·麦斯特》，南德广播电台（1959年11月18日），载格茨编《〈铁皮鼓〉——既诱人又恼人：德国文学批评的一个篇章》，达姆施塔特、新维德：Luchterhand，1984年，第62页。（Hans Magnus Enzensberger, "Wilhelm Meister auf der Blechtrommel", Süddeutscher Rundfunk, Stuttgart〔18. 11. 1959〕, in: *Die Blechtrommel*. *Attraktion und Ärgernis. Ein Kapitel deutscher Literaturkritik*, hrsg. von Franz Josef Görtz, Darmstadt/Neuwied: Luchterhand, 1984.）

② 参见雷狄克：《激情的叙事三部曲？〈铁皮鼓〉〈猫与鼠〉〈狗年月〉》，载阿诺尔德编《君特·格拉斯》，慕尼黑：TEXT + KRITIK，1971，第60—73页。（John Reddick, *Eine epische Trilogie des Leidens? Blechtrommel, Katz und Maus, Hundejahre*, in: *Günter Grass*, hrsg. von Heinz Ludwig Arnold, München: TEXT + KRITIK, Heft 1/1a, 1971, S. 60-73.）

的故事和人物的续写。或者说，他的大部分作品都试图用文字来珍藏失去的故乡；除了"但泽三部曲"之外，故土题材还见之于从《局部麻醉》(1967)到《比目鱼》(1977)和《蟹行》等长篇小说的一些篇章。自己的生活和德国的历史几乎是格拉斯所有作品的两个主要源泉，他对时光的追忆，完全承袭了欧洲大作家的传统：普鲁斯特、乔伊斯、托马斯·曼。

从文学史的角度来说，格拉斯写完"但泽三部曲"之后无须发表任何作品，他在世界文学经典中的地位已经不可动摇。他自己或许也想到了这一点。进入1960年代之后，他逐渐成为一个好斗的社会批评家。格拉斯是一个备受争议的人物，他受人崇拜，也屡遭诟病。《铁皮鼓》曾因"亵渎神明"和"色情描写"而遭到攻击，他也因为有人骂他是最糟糕的色情读物和侮辱天主教会的作家而走上法庭。2007年，在这位人称"色情伯爵"和德国"家丑宣扬者"80岁生日之际，有人把讽刺和谩骂他的文字编辑成书。① 这位德语国家的第11个诺贝尔文学奖得主已经成为由成见和漫画组成的奇异圣像，这常常让他的作品也相形失色。

长篇小说《局部麻醉》涉及德国社会之艰难的自我认识，从而不得不让人感到1950年代德国在自我历史的"局部麻醉"逐渐失效后的疼痛。在学生运动勃兴和越南战争升级的背景下，《局部麻醉》在大西洋彼岸、同样处于"局部麻醉"状态的美国社会引起强烈反响，《时代周刊》推选格拉斯为这一年的年度作家。如此推崇使得格拉斯在西方世界被放在伯尔之前，被视为后战争时代德国文学代表人物，当代英美趋时逐潮的阅读习惯更加深了这一印象。与伯尔的传统小说相反，格拉斯的作品在弥漫着"后现代"气息的英美经久不衰，其叙事形式总被看作新颖的，尽管他本人并"不遵从后现代的高谈阔论"②。在东欧国家，伯尔的作品较受欢迎，格拉斯则遭遇怀疑的目

---

① 参见比特曼编：《作为折磨的文学：论文化业阴谋家格拉斯》，柏林：Edition Tiamat, 2007年。(*Literatur als Qual und Gequalle. Über den Kulturbetriebsintriganten Günter Grass*, hrsg. von Klaus Bittermann, Berlin: Edition Tiamat, 2007.)

② 格拉斯、齐默尔曼：《文明性之躯——探索现代性的本质意义》，《启蒙的冒险——工作室对话》，哥廷根：Steidl, 2000年，第149页。(Günter Grass/Harro Zimmermann, "Vom Leib der Zivilität - Eine Märchenreise ins Sinnenwesen der Moderne", in: G. Grass/ H. Zimmermann, *Vom Abenteuer der Aufklärung. Werkstattgespräche*, Göttingen: Steidl, 2000.)

光。《铁皮鼓》面世之后 25 年，东德才于 1984 年第一次允许出版格拉斯的《猫与鼠》和《相聚在特尔格特》。

借古喻今的中篇小说《相聚在特尔格特》（1979）从语言到形式都是格拉斯的上乘之作。这部为纪念"四七社"创办人里希特七十寿辰而作的作品记述了 1647 年的一次作家聚会，就像里希特、安德施、延斯等作家在战争浩劫之后于 1947 年聚首一样，巴洛克时代的诗人在德意志土地上最长的 30 年战争之后相聚在一起，为了在野蛮的摧毁之后保证自己的生存，继续写作并展示文学的生存。这部让过去和当代作家聚集在一起的作品，就像《铁皮鼓》和《狗年月》一样精准地呈现出战后德国状况。作者的艺术才能在这部作品中表现得淋漓尽致，并向读者宣告："我又回来了。"

然而，构思奇诡、故事怪诞的长篇小说《母鼠》（1986）发表之后，有人认为格拉斯可以告别文坛了。尽管他认为这部将现实、幻想、童话、传说融于一体的小说是自己最重要的作品，但是评论界却说他仿佛要终结自己的作家声誉。赖希－拉尼茨基称之为灾难性的作品，他的书评决定了这部小说的厄运。突发的东德革命以及德国的快速统一，加上《法兰克福汇报》上的一篇文章①，共同引发了一场关于两个德国战后文学中"信念美学"（Gesinnungsästhetik）的论战。告别"信念美学"的观点，不但唤起了格拉斯早在 1960 年代就有的那种政治斗志，也给他的文学创作提供了新的题材。格拉斯对德国统一持坚决的否定态度，讽喻德国统一的长篇小说《铃蟾的叫声》（1992）讲述东西方合流的艰难，书名采用德语中的常见比喻，把政治家们的各种统一讲演看作灾难预言。长篇小说《辽阔的原野》（1995）中的复杂故事及其政治意涵，近似于《局部麻醉》的立意；作者藏身于《铃蟾的叫声》所描述的墓地社会，或在《母鼠》所呈现的原子大屠杀后的鼠洞里避难。批评界对《辽阔的原野》众说纷纭，原因来自不同的政治立场。争论的激烈程度体现于《明镜周刊》的一篇封面文章，封面上的剪辑图片是赖希－拉尼茨基把该书撕成两半，痛斥一个大作家

---

① 席尔马赫：《告别联邦德国文学》，载《法兰克福汇报》1990 年 10 月 2 日。（Frank Schirrmacher, "Abschied von der Literatur der Bundesrepublik", *FAZ*, 02.10.90.）

的败笔。①《明镜周刊》大楼的大门因此被抗议者堵得水泄不通。就文学层面而言，争论的焦点是审美与政治的关系，人们在这方面对格拉斯寄予厚望，而他却很难完全满足读者期待。在世纪之交的1999年，格拉斯准时拿出了编年性质的《我的世纪》。这是一部以随笔形式写成的"故事集"，从不同的角度讲述了20世纪每一年中的某个故事，勾画出一个不乏辉煌和灾难的世纪。

二 文学，政治，反抗："妥协则毁坏文学"

"拙劣的诗/改变不了暴君。/可惜，好诗同样如此。"波兰诗人克里尼基的这三行诗句，并没有阻碍他继续以其诗句来介入社会和政治。问题本身却依然存在：诗是否具有影响力？同这一问题相关的是，在追求"介入文学"（littérature engagée）的人看来，那些来自象牙塔的、宣称不直接对政治表态的封闭的诗，是否就是所谓非政治的诗。萨特至少认为，马拉美的诗要比所有那些气势不凡的政治小册子更具爆破力。这里涉及介入文学所固有的审美多义性与政治介入的明确性之间的张力。

"颠覆性的叙事如何才能证明其具有爆破力的文学品质呢？"这是格拉斯经常思考的问题。他坚信"文学具有爆破力，尽管不会马上爆炸，也就是说，它只有在时间的放大镜中才能成为事件并改变世界：对于人类来说，文学是一种善事，也会引发痛苦的叫喊"②。在写作《铁皮鼓》的那个时期，格拉斯还不是公认的作家，他的创作还受到素材的左右并为素材服务；《铁皮鼓》之后，情况完全相反了。作为一个公众人物以及充当这一角色的困难，都支配着他对素材的选择。他自己对作家提出的政治要求起着越来越大的作用。在许多情况下，批评界以及一般读者似乎并不热衷于一部作品的审美追求。人们读小

---

① 参见赖希-拉尼茨基：《不得不说——赖希-拉尼茨基致格拉斯的公开信：论〈辽阔的原野〉》，载《明镜周刊》1995年8月21日。（Marcel Reich-Ranicki, "…und es muß gesagt werden: Ein Brief von Marcel Reich-Ranicki an Günter Grass zu dessen Roman *Ein weites Feld*", in: DER SPIEGEL 34/1995, 21.08.1995.）

② 格拉斯：《诺贝尔奖获奖演说：未完待续……》，（Günter Grass, "Nobelvorlesung: Fortsetzung folgt … "）, http://nobelprize.org/nobel_prizes/literature/laureates/1999/lecture-g.html, 下载日期：2010年10月12日。

说，主要是想看懂故事。《铁皮鼓》委实给人震撼之感，32岁的格拉斯享受着他的荣誉，一时忘了自己的本来追求，并利用一切机会扮演公众人物的角色。从1961年起，也就是格拉斯开始帮助勃兰特撰写讲演稿之后，他越来越多地介入社会政治生活，最后成了一个不折不扣的 homo politicus（政治动物）。

"没有什么例子能比格拉斯更适合于从作家这一人物视角来考察如今常见的文学和政治的关系"①，或曰"作家的政治化"。他认为自己的一生都带着政治色彩，尽管他的主要兴趣是在审美方面，但他在这个世界从事艺术创作（无论是绘画还是写作），就必然是在一个充满政治色彩、被政治左右的世界里创作。他要塑造艺术形象，就必然同充满政治的世界打交道，并以审美手段做出政治反应。② 他甚至认为政治答案应当来自文学而不是议会："政治的现实概念过于狭隘，它的实用主义扼杀了幻想。［……］人们特别期待从文学中得到新的视野，即使拯救不了生命，至少可以借此了解自身的焦虑。人们甚至不向议会，而向文学索取政治答案。"③ 作为一个公民，他竭力在其讲演、论文和辩论中作出政治反应。"我认为这些活动是理所当然的事，或者说应该成为理所当然的事。"④ 换言之：作家依法缴纳税额，他有孩子在上学，他就必然生活在特定的政治环境里。他能够甚至更能够公开谈论日常政治事件。⑤

格拉斯的政治激情不仅来自日常生活，也源于他对历史的认识，他在"诺贝尔文学奖得主四人谈"（2001）时指出，常有人认为政治

---

① 策普-考幅曼：《格拉斯——从文学和政治的视角分析他的全部作品》，克隆贝尔格：Scriptor, 1975年，第8页。（Gertrude Cepl-Kaufmann, *Günter Grass. Eine Analyse des Gesamtwerks unter dem Aspekt von Literatur und Politik*, Kronberg/Ts.：Scriptor, 1975.）
② 参见格拉斯、齐默尔曼：《理性的扭曲——纳粹独裁与新市侩的关系》，《启蒙的冒险——工作室对话》，哥廷根：Steidl, 2000年，第70—71页。（Günter Grass/Harro Zimmermann, "Deformation der Vernunft-Zwischen Nazidiktatur und neuem Biedermeier", in: G. Grass/H. Zimmermann, *Vom Abenteuer der Aufklärung. Werkstattgespräche*, Göttingen：Steidl, 2000.）
③ 格拉斯：《德国的文学——访问东南亚旅途中的报告》，《与乌托邦赛跑》，林笳、陈巍等译，上海译文出版社，2008年，第227—228页。
④ 格拉斯、齐默尔曼：《理性的扭曲——纳粹独裁与新市侩的关系》，第71页。
⑤ 参见格拉斯、鲁道夫：《表现真理的两重性——1979年9月文学评论家埃克哈特·鲁道夫与作家君特·格拉斯的谈话》，韩瑞祥译，载《外国文学》2000年第1期，第22页。

与文学应当分开,可它们却往往扭在一起:

> 如果我们觉得,谈论政治就得小心翼翼,那么,政治就会一口把我们吞噬了。政治家是饥饿的——这是我在战后的体验,作为"燃烧的一代"中的一员体验过的残酷的现实。我从来没有忘记这一点,也没有忘记魏玛共和国发生的事件。当时有些作家说,人们应当处身于政治和社会之外。但后来怎样呢?他们被迫移民,一部分人被杀害了。这是我年轻时得到的教训,我懂得这是为什么。①

格拉斯把一个有责任心的公民和批判型艺术家的参与行为视为自己的社会使命,并在这两方面积极活动。当然,他完全理解德国年轻一代作家对政治不感兴趣,也不去写反映政治主题的作品。就像他本人在没有成名时所做的那样,青年作家开始文学创作时,先是从审美角度进行各种尝试。但是格拉斯认为,政治是无法回避的:

> 年轻的作家有一天会发现,他愿意写的爱情故事或者感情纠葛,是发生在特定的社会里的,而这个社会又要受到某些政治的约束。不管他愿意不愿意,政治总要表现在他的感情纠葛里,在他叙述故事的同时反映出来。因此,在很短的时间后,在现实中,政治便会占据主导的地位,这一点是不容忽视的。[……]我反对诸如"政治文学"的说法。即使有些作家完全远离政治,从某种意义上来讲,与政治保持距离的态度,其实也是一种政治态度。我绝对不会期望所有的作家都要具有政治责任感;我也不会认同作家应该退回到象牙塔里去的观点,这也是荒谬的。②

他在关于《文学与政治》(1970)的讲演中说:我在家时,通常

---

① 戈迪默、希尼、格拉斯、奈保尔:《诺贝尔文学奖得主四人谈》,傅正明译,载《天涯》2002年第3期,第6页。
② 格拉斯:《格拉斯谈〈蟹行〉》,《蟹行》,蔡鸿君译,上海:上海译文出版社,2008年,第12—13页。

都在从事文学创作；一旦出了门，我便涉及政治。坐着写作，站着讲演。① 他坚信文学和政治从来就不是对立体；因此，他的写作语言也患了政治病。

> 自从十八世纪以来，欧洲文学就有益地参与了政治的启蒙和启蒙的政治，这个传统从狄德罗和莱辛流传至今，我也受这个传统的制约。［……］
> 一旦理性发挥启蒙作用，文学与政治就会相遇；当然，政治也想发挥启蒙作用，它努力使人相信，而文学则通过怀疑来启蒙。——政治产生于妥协，我们由于政治妥协而生存；妥协则毁坏文学。［……］
> 我认为，按照政治上的左右派模式来划分作家是荒唐的；无论是过去的托马斯·曼，还是现在的索尔·贝娄，两位作家都善于交替使用不同的目光，有时持保守派的怀疑，从他们丰满的面颊上看出对进步的笃信，有时用启蒙的锐利，戳穿非理性主义制造的神话。②

他在这个讲演的最后说："我的孩子们想知道，我当作家已可以挣足够的钱，为什么还要花那么多时间去关注政治。我的回答带有公民的自私自利：这样我才可能被允许继续写我不得不写的东西。"③ 这一公民的回答，暗合于加缪的《反抗者》模仿笛卡尔名言所提出的核心观点：我反抗故我在。而"我们总是错过反抗，德国的历史是一部错过反抗的历史"④。

格拉斯的"反抗"概念，首次出现在他1958年的文章《作为反抗的内容》中，他强烈要求摆脱无目的、无功利的审美观。他用这个概念来说明自己的许多颇具挑战性的命题（作品内容）的时代性。他

---

① 参见格拉斯：《文学与政治》，《与乌托邦赛跑》，林笳、陈巍等译，上海：上海译文出版社，2008年，第70页。
② 格拉斯：《文学与政治》，《与乌托邦赛跑》，第69、71页。
③ 格拉斯：《文学与政治》，《与乌托邦赛跑》，第72页。
④ 格拉斯：《学习反抗，进行反抗，敦促反抗——在海尔布隆作家聚会上的讲演》，《与乌托邦赛跑》，第299页。

的反抗，完全是加缪意义上的反抗："何谓反抗者？一个说'不'的人。然而，它虽然拒绝，却并不放弃：他也是从一开始行动就说'是'的人。"① 用格拉斯的话说："现在需要的不是笼统地拒绝一切，而是目标明确的反抗。"② 需要"精神上的、启蒙式的、为阻止灾难发生所进行的抵抗"③。正是加缪把反抗视为一种最基本的生存态度，他对政治和文学关系的理解及其"反抗说"，对格拉斯产生了深远的影响。

文学若是自由的话，必须拥有抵抗的权力，失去抵抗便失去了作家的自由，也就失去了人的尊严。格拉斯知道自己的文学创作是一种冒险；他也知道，"就职业性质而言，作家要让往事不得休眠，揭开过快结痂的伤口，挖出封闭地窖里的尸首，闯进严禁入内的屋子。[……]所有这些都使他成为不名誉的人，该受惩罚的人。作家最严重的过失是，他们在书里不与历史进程中的得胜者为伍，而更多地喜于描写站在历史边缘的人，即那些本该有话可说、却没有发言权的人。为他们代言，也就是对得胜者提出质疑。谁同倒霉蛋打交道，只能是一路货"。因此，"但泽三部曲"引起不少德国人的反感；作为一个还较年轻的作家，格拉斯就亲身体会到，"书籍会令人反感，引起愤怒和仇恨。对自己国家的爱，被解读为往祖国脸上抹黑的劣迹。此后我便成了一位有争议的作家"④。

格拉斯在法兰克福诗学讲演《奥斯威辛后的写作》（1990）中重提阿多诺"奥斯威辛之后，写诗是野蛮的"之说，因为奥斯威辛被看作人类文明史上的转折点和无法治愈的创伤。如果还有可能或一定要写的话，也只能按照阿多诺的那个告诫，即只能以写来反驳。阿多诺的"禁令"曾使伯尔那一代人以及格拉斯那样的较为年轻的作家一度陷入困境。然而，格拉斯没有停止写作，他所依托的是一种担当意识。在他看来，那些抒情诗天才的造诣和技艺是游戏式的、舞文弄墨的、

---

① 加缪：《反抗者》，吕永真译，《加缪全集》第3卷，石家庄：河北教育出版社，2002年，第157页。

② 格拉斯：《学习反抗，进行反抗，敦促反抗——在海尔布隆作家聚会上的讲演》，第300页。

③ 格拉斯：《抵抗的权利——在希特勒夺权50周年社民党集会上的讲演》，《与乌托邦赛跑》，第276页。

④ 格拉斯：《诺贝尔奖获奖演说：未完待续……》。

矫揉造作的，缺少阿多诺的告诫那样的分量。格拉斯的写作准则便来自阿多诺的告诫，而且规定了他的作品色调为不同深浅的灰色。① 人们决不能把阿多诺的告诫误解为禁令，而应理解为尺度，即接受奥斯威辛这一尺度，这一关乎时代、道德和人性的尺度。否则，阿多诺的信条本身只能被视为野蛮的戒规，因为它是违反自然的，如同禁止鸟叫一样。只要人类不抛弃自己，奥斯威辛之后的写作就不会终止。② 在格拉斯看来，"政治家们眼前有一个要迅速达到的目标，他们喜欢肤浅地谈论'克服历史'；作家们则更多地去揭开伤口，不让任何东西过快治愈，使人们记住德国历史的罪过。一切都不应随着时间而消逝"③。奥斯威辛之后的写作是为了纪念，为了把揭开的伤口始终展示在那里，为了防止历史的重演，为了书写反抗和反法西斯主义。并且，作家在材料的选择上是没有自由的，太多死去的人在看着他写作。④

三 "公民""同时代人"和叙事结构中的"第四时间"

格拉斯的政治激情和文学创作，都根植于"同时代人"和"反抗"的理念，亦即公民和作家的身份。他认为，作为同时代人的作家，应当总是同占主导地位的"时代精神"相抵触的。⑤ 格拉斯不怕摩擦和表态，他说："我的作品、我的语言、我所展现的形象都是在同德国现实的摩擦中形成的。"⑥ 他在不同场合一再强调的作家的"公民"身

---

① 参见格拉斯：《奥斯威辛后的写作——法兰克福诗学讲演》，《与乌托邦赛跑》，第341—342页。
② 参见格拉斯：《奥斯威辛后的写作——法兰克福诗学讲演》，第339、358页。
③ 格拉斯：《德国的文学——访问东南亚旅途中的报告》，第232页。
④ 参见格拉斯：《论异教徒的生存能力——在哥本哈根索宁奖授奖仪式上的讲话》，《与乌托邦赛跑》，第374页。
⑤ 参见格拉斯：《作家总是同时代人》，《文章和言论》第3卷，哥廷根：Steidl，1997年，第181页。(Günter Grass, "Als Schriftsteller auch immer Zeitgenosse", in: G. Grass, *Essays und Reden III*, Göttingen: Steidl, 1997.)
⑥ 格拉斯、齐默尔曼：《罪与赎罪——对德国生存圈子的臆断》，《启蒙的冒险——工作室对话》，哥廷根：Steidl，2000年，第98页。(Günter Grass/Harro Zimmermann, "Schuld und Sühne-Mutmaßungen über die deutsche Seins-Provinz", in: G. Grass/H. Zimmermann, *Vom Abenteuer der Aufklärung. Werkstattgespräche*, Göttingen: Steidl, 2000.)

份,来自欧洲启蒙运动传统中的"公民"概念,即对社会负责的Citoyen(法:公民)。他的座右铭是:"我既是作家也是公民。"① 他在一次讲演中说:"只有当作家把自己看作公民的时候,公民们才开始把他看作作家。我盛情地邀请你们,做一个'令人厌烦'的公民。"② 他是作为"一个公民,而不是作为国家的良心,或者从诗人讲坛上往下俯视公民概念的"③。

格拉斯尤其效仿杜勃林,称其为自己的老师。④ 杜勃林也是以作家和公民的双重身份积极介入政治活动的。格拉斯不仅佩服他的作品,亦赞赏其如何扮演作家的角色,并在他那里看到自己也体会到的一种不可能的状况:既要以公民的姿态表明自己的立场,又想躲进写作而遁世离俗。加缪谈过当代作家的一种艰辛之路:今天的艺术家如果还是躲在象牙塔中,就会显得很不现实;或者,他只在政治竞技场的外围策马奔驰,那他也发挥不了作用。然而在这两者之间,却有着那条探索真正艺术的险峻之路。⑤ 格拉斯所仰慕的不只是作为哲学家和作家的加缪,同时也是作为负责任的公民的加缪。不管是杜勃林还是加缪,他们都反对文学脱离政治现实、逃避社会问题。

格拉斯对"政治"和"审美"这对似乎对立的概念的看法一直是很稳定的,而将二者联系在一起的,则是"同时代人":

> 各个时期当代文学反映时代历史的前提是,作家们视自己为同时代人;就连那些最俗不可耐的政治事态,在他们眼里也不是审美之外的干扰因素;他们更多的是进行现实的反抗,不愿写下一句毫无时代感的话而被人收买,或以叙述上的妙思来平衡他们

---

① 格拉斯:《我们社会艺术家的言论自由——在欧洲委员会举行的佛罗伦萨学术交流会上的讲话》,《与乌托邦赛跑》,第120页。
② 格拉斯:《身为公民的作家:七年总结——应奥地利社会主义党的邀请在维也纳演说》,《与乌托邦赛跑》,第118页。
③ 罗舍尔:《别再寄托于空泛的希望》,载《德国新文学》第40期(1992年),第19页。(Achim Roscher, "Aufhören, auf leere Hoffnung zu setzen", in: neue deutsche literatur, 40 [1992].)
④ 杜勃林(1878—1957),著名德国小说家。他的代表作《柏林亚历山大广场》(1929)是德国文学史中第一部最重要的大都市长篇小说,是现代小说史中的一个里程碑。
⑤ 参见加缪:《创作谈》,载王国荣编《诺贝尔文学奖获奖作品精华集成》增订本(下),上海:文汇出版社,1997年,第101页。

与时事的距离。身为有意识地反对被学院派清洗消毒过的文学艺术的人，只要文学还存在一天，他们自然就会受到起诉，诉状来自国家或者那些至今带有批评教皇光晕的异端裁判所审讯官的大牌批评。尽管如此，我不想迷失在先入为主的概念中：那里是象牙塔，这里是介入文学。我更多地是想讲我自己从未离开时代的历史重负和政治干预的写作经验和阅读经验。甚至在我推脱和躲避时都可以看到，作为作家的我，从来就是同时代人。诚然，不只是德语作家才会有这种瓜葛。①

这是格拉斯于 1986 年 6 月在汉堡国际笔会上讲演的开场白。他在法兰克福诗学讲演《奥斯威辛后的写作》中又诠释了作为"同时代人"的作家：

"作家是那种针对流逝的时间而写作的人。"这种被认可的写作态度的前提是，作者不是将自己看作是高高在上的，或者处于永恒之中，而是看作同时代人。不仅如此，他要将自己置于流逝时间的风云变幻中，干预这些事件，表明自己的态度。②

最后，他在诺贝尔文学奖获奖演说中指出：

每一个作家都降生于他那个时代，再怎么埋怨自己来早了或来晚了都无济于事。不是他自己能够自由选择写作题材的，题材更应说是给定的。至少我没能自由选择。若是完全由我的游戏欲决定的话，我也许会尝试各种纯审美的规律，并轻松愉快地在怪异中扮演自己的角色。③

格拉斯的"公民"和"同时代人"观念是反意识形态、反乌托邦

---

① 格拉斯：《作家总是同时代人》，第 117 页。引文中的"带有批评教皇光晕的异端裁判所审讯官的大牌批评"，明显指向德国文学批评"教皇"赖希－拉尼茨基（Marcel Reich-Ranicki），他同格拉斯常有舌战。
② 格拉斯：《奥斯威辛后的写作——法兰克福诗学讲演》，第 354 页。
③ 格拉斯：《诺贝尔奖获奖演说：未完待续……》。

的,反对无视现世的不幸、只是许诺终极目标的理论。"就我本人、我的政治和社会行为而言,它们都是拒绝来世生活的。这就是说,必须在此时此地着手解决我们面对的问题。是我们自己碰了这些问题,这就无法逃脱了。只要宗教和信仰意味着转移目光、逃避现世,那我就对它们持反对态度。"① 当然,作为同时代人的作家的艺术创作,绝不只局限于当前。格拉斯试图"呈现存在于现在的过去,并把将来融合进现在"②,让人在往事中看到现在,在现实中不忘往事。从《蜗牛日记》(1972)开始,到《比目鱼》(1977)再到《辽阔的原野》(1995)等作品,格拉斯创造了一种新的叙事形式:一会儿是现在,一会儿是过去,一会儿是未来。评论界一再指责他杂乱无章地在任意一个历史时期跳来跳去,比如《比目鱼》跨越千年,使得作品结构支离破碎。也有人指责他的写作是反历史的,把一切都拿来做比较。格拉斯则认为过去、现在、未来具有"同时性",因此,他在小说中尽量避免直线时间顺序。为了描述事实的复杂时间结构,他发展了"第四时间"(die vierte Zeit)概念。他在1975年的一次访谈中说:

> 我们习惯于不厌其烦地只说真实。我却遇到过许多真实:相互抵牾的真实,隐藏的真实,也就是被真实遮蔽的真实。艺术作品[……]有可能清晰地呈现多种多样的真实。事件的同时性;过去的事情延伸到现在;未来的东西已在眼前;尽管只有一个人或两个人在场,人们却可以听到杂七杂八的声音;不会说话的物体也会插话——所有这些都需要得到描述。这当然要求作家拿出不只局限于直线叙述的各种表达形式,因为现实让我们看到的时间顺序,不过是假象而已。③

---

① 格拉斯、齐默尔曼:《驳斥左倾唯美主义——伤感启蒙赞》,《启蒙的冒险——工作室对话》,哥廷根:Steidl,2000年,第136页。(Günter Grass/Harro Zimmermann, "Wider den linken Ästhetizismus-Lob der melancholischen Aufklärung", in: G. Grass/H. Zimmermann, *Vom Abenteuer der Aufklärung. Werkstattgespräche*, Göttingen: Steidl, 2000.)

② 格拉斯、齐默尔曼:《被拒绝的经典——论审美与汲取现实》,第38页。

③ 施塔鲍姆编:《君特·格拉斯访谈录》,达姆施塔特、新维德:Luchterhand,1987年,第185页。(*Gespräche mit Günter Grass*, hrsg. von Klaus Stallbaum, Darmstadt/Neuwied: Luchterhand, 1987.)

格拉斯称这种"拓宽了的真实"的时间结构为"过现未"（Vergegenkunft）：

> 过去之后是现在，接着是未来——这是我们在学校里学的。可是，我却常用第四时间，即"过现未"。这样，我也不再遵守纯粹的形式。在我的稿纸上，可能性就会更多。只是混沌在这里孕育秩序。这里的缺口甚至也有内容。①

"过现未"把三种时态连在一起，是一种强调同时性的时间概念，即三个时间维度相交的整体。它呈现出立体的时态，不是直线的，因而也是不可切断的。因此，叙述中的现在是过去和未来的组成部分：历史结构不是直线的，当代结构不只是一个点。"过去把它的影子投到现在和将来的地域。"② 格拉斯就是在这种"过现未"的特殊时态中反复跳越：追忆过去，反映现实，预示未来。他在谈论人类在文明进程中"自我毁灭"或"人类的毁灭已经开始"这类话题时，最能见出"过现未"这一时间结构的特色："时代的划分似乎被取消了：过去的野蛮反方向迎面而来，我们认为是朝后看，而回忆起的却是已知的未来。进步仿佛已经抛弃在我们的后面。"③

"过现未"中的叙事者处在不断变化之中，不同的角色在频繁地相互交替，历史人物死而复活。格拉斯认为，这类"捉迷藏的游戏"或"逗乐的游戏"带来了新的叙述可能性。当然，别出心裁的"过现未"时间结构不只关乎作品的叙事原则和结构，它更是格拉斯对审美现象和历史理论的反思结果：首先，过去、现在和未来的时间概念就像紧身衣一样束缚着人们，而被束缚的时间顺序却与实际情况相抵牾，我们的思想、梦和回忆是没有时间顺序的。其次，一些似乎早已过去的情形不断出现在当前，而且更为清晰、更为明确，这是出现在当前的过去。再次，社会和历史的发展使一些不该发生的事情提前发生了，

---

① 格拉斯：《蜗牛日记》，哥廷根：Steidl，1997，第127页。（Günter Grass, *Aus dem Tagebuch einer Schnecke*, Göttingen: Steidl, 1997.）
② 格拉斯：《奥斯威辛后的写作——法兰克福诗学讲演》，第352页。
③ 格拉斯：《根据粗略估计——在新德里文化关系协会的演说》，《与乌托邦赛跑》，第163页。

本应属于未来的东西以可怕的方式出现在眼前。①"过现未"时间概念的一个重要来源是格拉斯对德国历史和现状的思考，他看到了历史是如何蔓延开来，如何渗透进当代，被遗忘的东西如何被从坟墓里挖出来。格拉斯不只是回顾过去，同时也注视着现在和未来。那些"总把现在置之度外的'历史'遭到了我的叙事作品的抵抗"②。他认为回忆是文学的本质，而未来只有通过回忆才能更为清晰。因此，他一再强调自己是针对逝去的时间而写作的，必须让历史参与到现实中来。

四 "真实"概念的拓展与童话

格拉斯认为，没有哪个国家的人像德国人那样醉心于研究形式和内容的关系，并总是在愚蠢的争论中不能自拔，这使他感到厌烦。③在他看来，内容和形式的对立是不存在的，二者互为因果，每一种形式自然而然地会生成其内容，反之亦然。在绝大多数情况下，人们很难确定形式和内容的先后。④从一些非常久远的文学思考到社会主义现实主义，如果形式和内容在哪个国家一直被区分得清清楚楚，那么，那里是不会出现任何新东西的。⑤格拉斯的思考近似普鲁斯特的朋友、艺术史家马勒的观点，后者在论述13世纪法国教堂艺术时指出："在中世纪，只要不是纯装饰性的作品，每种形式都是思想的表达。思想几乎直接产生于艺术素材的内核，并被赋予形式。思想造就形式、激活形式；形式和思想是不可分的。"⑥

格拉斯深知自己的审美意识来自何方："尤其是在现代主义发展过程中，经由乔伊斯、普鲁斯特、多斯·帕索斯、杜勃林等许多作家，我们的现实概念已经得到很大拓展，已经深入到内心独白，深入到梦

---

① 参见格拉斯、齐默尔曼：《文明性之躯——探索现代性的本质意义》，第165—169页。
② 格拉斯、齐默尔曼：《文明性之躯——探索现代性的本质意义》，第170页。
③ 参见格拉斯：《文学与神话》，《与乌托邦赛跑》，第254页。
④ 参见格拉斯、鲁道夫：《表现真理的两重性——1979年9月文学评论家埃克哈特·鲁道夫与作家君特·格拉斯的谈话》，第20页。
⑤ 参见格拉斯：《瓦格纳的秉性》，《与乌托邦赛跑》，第40页。
⑥ 马勒：《哥特式风格：13世纪法国教堂艺术》，斯图加特、苏黎世：Belser，1986年，第12页。(émile Male, *Die Gotik. Kirchliche Kunst des 13. Jahrhunderts in Frankreich*, deutsch von Gerd Betz, Stuttgart/Zürich: Belser, 1986.)

中现实这一现实生活的一部分。"① 对真实概念的拓展贯穿于格拉斯的整个文学创作，他要拓宽的其实是现实主义概念，把下意识、想象、梦幻、虚构这些常被看作空幻的东西引入认识视野。一种现实总是同另一种对立的现实共存的，这是格拉斯的社会观和文学观。

格拉斯感兴趣的首先是素材，是素材给他创作灵感，对素材的接近和审视已经包含审美过程："我怎样才能使所有东西发出声音？怎样让它们说话？怎样给它们赋形？"② 以充满嘲讽的成长小说《铁皮鼓》为例，它的不同凡响之处在于，纳粹不是作为一些人鼓吹、其他人接受的意识形态出现在该书中的，没有用反法西斯主义的妖魔化手法来追述历史，而是不紧不慢地把法西斯主义呈现为日常生活，即那些感到窘迫和委屈的人之麻木的日常生活。为了写作这部作品，格拉斯"隐居"到一个潮湿的巴黎地下室里，躲在奥斯卡·马策拉特这个三岁就不再成长的人物背后看世界。他说："我采用了别样的见解与别样的感受现实的方法，有意放弃了某些传统的东西。"③

1950 年代初期，年轻的战后德国文学与被纳粹统治腐蚀的德国一样，曾经走过一段艰难时期。当时，格拉斯同许多青年作家都认为，必须摆脱被强暴和损坏的德语，直面德语贫困的原因。"这一美好的语言曾被许多人滥用和扭曲过，我们不能因此而把它软禁起来，宣判它是有罪的。我认为重要的是竭力挖掘这一语言所拥有的一切可能性。"④ "谁都不愿也不可能沉默。关键是要打乱德语平淡无味的步伐，把它从田园情怀和淡蓝的内心世界中拽出来。"⑤ 于是，格拉斯不但创作了《铁皮鼓》那样的名著，也一再展现出他那惊人的语言才能，就连一再指摘他的赖希－拉尼茨基到 1992 年还不得不承认，"格拉斯的德语始终那么有滋有味，我举目四顾，找不到一个能够赶上文体艺术家格拉斯的人"⑥。

---

① 罗舍尔：《别再寄托于空泛的希望》，第 16 页。
② 格拉斯、齐默尔曼：《被拒绝的经典——论审美与汲取现实》，第 33 页。
③ 格拉斯、齐默尔曼：《罪与赎罪——对德国生存圈子的臆断》，第 84 页。
④ 格拉斯、齐默尔曼：《理性的扭曲——纳粹独裁与新市侩的关系》，第 50 页。
⑤ 格拉斯：《诺贝尔奖获奖演说：未完待续……》。
⑥ 赖希－拉尼茨基：《怎会发生这种事情？论君特·格拉斯新作〈铃蟾的叫声〉》，载《明镜周刊》1992 年 5 月 4 日。（Marcel Reich-Ranicki, "Wie konnte das passieren? Über das neue Buch von Günter Grass: *Unkenrufe*", in: DER SPIEGEL 19/1992, 04.05.1992.）

人们在考察格拉斯如何整合素材、如何给素材塑形时可以发现，他确实在审美意识上更有天赋，而不是他所热衷的政治问题。在谈论格拉斯叙事模式中的那种"拓宽了的真实"时，人们也许会想到令人目眩的"过现未"时间结构亦即叙述方法。然而，人们更会看到，不管是兔子还是耗子，狗还是铃蟾，比目鱼还是猫和鼠，格拉斯惯以动物隐喻人类的特点。这便涉及童话（以及神话、传说和寓言）在格拉斯创作美学中的重要意义。格拉斯认为自己同拉美作家颇有共同之处，也就是将整个幻想、童话乃至神话纳入现实的叙述之中。① 童话和神话所具备的认识功能是工具理性无法得到的。因此，格拉斯一再通过童话和神话来摆脱理性的束缚，因为它们是符合理性的超验形式。

在格拉斯看来，人们无需了解童话那样的形式简单的文学的创作意图，可是童话在审美意义上是美的，它部分直白、部分暗示地表述真理。他认为，人都怀有某种探求起源和体验的需求，也就是对童话、神话和传说的爱好；不仅如此，他把童话看作现实的组成部分，"童话与我们同在，是真实的另一种表现。在我看来，童话完全是现实的"②。换句话说："童话是如此可怕地直接逼近现实。"③ 格拉斯认为自己的文学创作若是没有童话那样的塑造力量是无法想象的。童话风格能让人看到生存的另一种更宽广的真实。④ 的确，童话、神话、传说中的古老文学资源，渗透于格拉斯的许多作品。他早就发现并有意识地挖掘童话形式的作用，并在早期创作中就已采用"从前"（如《铁皮鼓》）这一童话叙事方式，并视之为德语文学的基本特征之一，以实现其用想象召唤历史真实的艺术理念，展示真实的多面性。他在《狗年月》《母鼠》《比目鱼》等作品中都绝妙地开发了童话和神话的叙述世界。

格拉斯试图借助童话或神话，在碎片中亦即被打碎的真实中重建过去、现在和未来之间的关联。童话并不是叙述的最终目的，而是启蒙的手段。"我试着把神话、寓言和童话世界纳入我们的现实概念，我是在启蒙的意义上这么做的，或者为了克服对启蒙的误解，误以为启

---

① 参见格拉斯、齐默尔曼：《被拒绝的经典——论审美与汲取现实》，第9—10页。
② 格拉斯、齐默尔曼：《驳斥左倾唯美主义——伤感启蒙赞》，第133页。
③ 格拉斯、齐默尔曼：《文明性之躯——探索现代性的本质意义》，第170页。
④ 参见格拉斯：《文学与神话》，第254页。

蒙便是客观地、理性地消除神话、寓言和童话。"① "如果文学只追求启蒙，那它会是很无聊的，这种例子很多。"② "启蒙不是浅薄的说教。我不会赤裸裸地挥舞着食指招摇过市，而是试图以拓宽的现实，以一种旨在潜移默化的启蒙，完全借助艺术手段拓宽视野，展现事实，打破神秘。"③

叙述过程本身也是对童话的探讨，借助童话形式来解释和发现童话。格拉斯要"通过讲述新的童话来消除神秘化"④，"去神秘化"既是叙述的内容又是叙述的形式，"每次叙述都是不同的，我变换和更新童话的形式［……］"⑤。也就是说，童话是可以根据人的需求而不断被更新、一再被激活的。这种做法"一方面符合童话的传统，另一方面也符合作家的创作童话"⑥。按照格拉斯的理解，孩子们是很自然地把我们熟悉的童话当作现实来接受的，他们的想象和愿望都能认同童话中的人物和故事，而这种认同对于成年人来说是比较困难的。因此，成年人应当回到儿童世界中去，从童话中获取现实的内容。⑦ 童话中美妙的观察和体验，多半是小人物在生存斗争中积累下来的经验。⑧ 童话具有认识功能：

> 童话不能脱离世界，只是单纯的书本内容，它要回到在什么地方、在怎样的条件下得以形成的问题上来。人们为何必须穿过小米山才能到达天国？是小米山，而不是土豆粥，这就清晰地展示出了饮食史。通过这个途径，许多被埋没的历史会重见天日，

---

① 格拉斯、齐默尔曼：《幼稚与世界末日——叙述是探索世界的话语》，《启蒙的冒险——工作室对话》，哥廷根：Steidl，2000 年，第 201 页。（Günter Grass/Harro Zimmermann, "Unmündigkeit und Apokalypse-Erzählen als Welterprobungsdiskurs", in: G. Grass/H. Zimmermann, *Vom Abenteuer der Aufklärung. Werkstattgespräche*, Göttingen: Steidl, 2000.）

② 格拉斯、齐默尔曼：《驳斥左倾唯美主义——伤感启蒙赞》，第 132 页。

③ 格拉斯、鲁道夫：《表现真理的两重性——1979 年 9 月文学评论家埃克哈特·鲁道夫与作家君特·格拉斯的谈话》，第 19 页。

④ 格拉斯、齐默尔曼：《文明性之躯——探索现代性的本质意义》，第 161 页。

⑤ 格拉斯、齐默尔曼：《文明性之躯——探索现代性的本质意义》，第 175 页。

⑥ 格拉斯、齐默尔曼：《幼稚与世界末日——叙述是探索世界的话语》，第 217 页。

⑦ 参见格拉斯、齐默尔曼：《文明性之躯——探索现代性的本质意义》，第 169—170 页。

⑧ 参见格拉斯、齐默尔曼：《文明性之躯——探索现代性的本质意义》，第 177 页。

重被激活。①

就像赫尔德曾经说过的那样,童话和神话是各民族的"基本汤料"。格拉斯正是在这个意义上说:"假如我们把世界精神看作马的话,那我宁愿骑上赫尔德之马,而不是黑格尔的马。"② 他承袭了弗里德里希·封·施莱格尔和诺瓦利斯等德国浪漫派作家关于童话能够拓展"真实"的艺术观,认为神话和童话具有某种领悟真实的创造性维度。在他看来,也许正是简单而完整的童话和神话,正是古代的朴素一再看上我们,将分崩离析为无数碎片的我们拾掇到一起。我们在童话中重新认出了自我。③

与童话和神话思维密切相关的是,格拉斯的"真实"概念离不开"想象"。在他看来,文学能够描绘出现今和过去的更为准确的画面,想象能够创造"另一种真实",或曰更为真实的真实。并且,他坚信自己有能力创造出比流传的"真实故事"更为准确的真实。格拉斯艺术创作的座右铭正是追求"更为准确的真实"。他在宏观层面上借助想象或虚构(尤其是充分利用童话的奇妙功能)来求真;而在微观层面上,他则力避空洞的观念,偏爱感官的东西,追求叙事的具体化,强调感性的叙事形式。他的"想象"永远离不开"具象",想象和具象在其艺术理念中是互为表里的。④

格拉斯的文学创作的内在逻辑见之于其文学模式的发展:从雕塑和美术出发,从绘画到诗歌再到小说,也就是从能够触摸的、一目了然的、直接的感受出发,再用叙事文学的手段来捕捉真实性。⑤ 换言之,格拉斯是以一个雕塑家的眼睛从事写作的,关注那些看得见摸得着的东西,相信具体的、直观的、可感的、不为观念左右的东西,也就是加缪所说的可以用手触摸到的真理。这也是格拉斯1958年在其《关于写诗》的短文中所说的一个创作宗旨:

---

① 格拉斯、齐默尔曼:《文明性之躯——探索现代性的本质意义》,第171页。
② 格拉斯、齐默尔曼:《驳斥左倾唯美主义——伤感启蒙赞》,第133页。
③ 参见格拉斯:《文学与神话》,第253—254页。
④ 参见冯亚琳:《想象与具象——论君特·格拉斯的真实观与叙事原则》,载《国外文学》2005年第3期,第71—78页。
⑤ 参见格拉斯、齐默尔曼:《被拒绝的经典——论审美与汲取现实》,第34—35页。

在我的诗中，我试图借助极其敏感的现实主义，使可把握的对象从一切意识形态中分离出来，将它们折开，再组合起来，放到某种情境里。这时，遮掩面孔是很困难的；碰到欢快的事情就必须笑。原因是，那些抬尸体的人往往做出过分严肃的表情，以至人们无法相信他们实际上是无动于衷的。①

尽管文学肩负重担，但它必须步履轻松地前进。格拉斯所欣赏并付诸实践的是那种"孩子般的视角"：

当孩子们开始说话时，总能让我吃惊的是，他们如何发现和称呼周围的世界，如何找合适的词去称呼它，如何建立各种奇特的关联，如何去看那些我不再能够看到的东西，不经意地让那些东西引起我的注意。和孙儿们在一起时，我又成了一个发现者，这能丰富我的视野。一个艺术家——我指的不只是作家——的特点在于，当春天来临时，他会走出厨房去观察树枝，去看树枝怎样发芽，一根树枝上如何抽出另一根树枝并继续生长。在迟疑不决的时候，大自然远比我们更懂得形式，更能让人惊奇。尤其对具有独特想象力的人来说，让想象在千姿百态的大自然中驰骋是饶有趣味的。孩子般的视角和对事物产生惊讶的能力，我都一直保留着，尽管这种能力或许在下降。②

五 西西弗斯情结，或明知绝望而不绝望的人

在《西西弗斯神话：论荒诞》（1943）中，加缪从现代社会的人和环境的分离亦即人和世界的对立出发，发展了他的"荒诞"概念。觉悟的人看到的是比他长寿的世界、比他顽强的自然以及缺乏人性的同类，这使他产生了过客感和孤独感，促成他的荒诞感。"一旦世界失去幻想与光明，人就会觉得自己是陌路人。他就成为无所依托的流放

---

① 格拉斯：《关于写诗》，《与乌托邦赛跑》，第1页。译文略有改动。
② 格拉斯、齐默尔曼：《被拒绝的经典——论审美与汲取现实》，第34页。

者，因为他被剥夺了对失去的家乡的记忆，而且丧失了对未来世界的希望。这种人与他的生活之间的分离，就像演员与舞台之间的分离，真正构成荒谬感。"① 世界是陌生的，且无法看透；混乱、迷宫和矛盾不是事物的特性，而是认识的落空。所有认识和阐释都是徒劳的：我能触摸世界并感到它的存在，仅此而已。这种几乎彻底放弃世界认识和历史理论的现象是战后西方思想中的一种极端形态，也是当时怀疑各种意识形态、怀疑历史的典型现象。显然，对历史采取无所谓的态度，也就意味着放弃理解、希望和行动。由此，加缪指出了"屈从"和"反抗"两条路：屈从无异于自杀，反抗才是选择。尽管反抗本身也是无望的、矛盾的，但它至少认清了无法回避的命运劫难，不忘失败时的尊严。加缪也是在此基础上新解了西西弗斯神话亦即这个矛盾的英雄人物的反抗。

在生存的不可抗拒之处进行反抗，即在必死无疑中生活，在走投无路中希望，这一悖论是由克尔凯郭尔输入存在主义的基督教思维形态。只是在信念中，也只有依托于信念，罪恶生存中没有任何出路的人才是可以解释的。加缪的思维模式拒绝把世界看作具有历史意义或可以赋予其历史意义的一切想象，这是对启蒙运动思维方式的拒绝或扬弃，即否认世界的可知性、理性的权威性、进步和人文教育的可能性。荒诞概念不是要诠解世界和历史，而是表明其不确定性；倘若说出荒诞是什么，它也就不荒诞了。

人们常把二战结束不久一段时期的德国作家分为两代人，这一区分主要缘于他们不同的经历和立场。"老"一代作家喜于从人道主义和启蒙运动的历史观来评判眼前的状况和刚过去的历史，他们认为"古典"传统没有完全中断，并构成文学再生的基础。对"新"一代作家来说，第三帝国和战争经历才是主要的，他们更多地从这些经历出发来审视传统。格拉斯和他的同龄人当然属于新的一代。加缪还是启蒙？这是1945年之后欧洲历史思维中的一大命题，同时体现出新老两代作家各自不同的立场。新的一代由于近在眼前的历史，几乎只能

---

① 加缪：《西西弗的神话》，杜小真译，北京：三联书店，1987年，第6页。

选择加缪模式。① 只把希望寄托于怀疑，怀疑使一切甚至连彩虹也变成灰色的。② 荒诞主义并不是说不存在意义，而是说不可能看到意义；它不是本体论问题，而是认识论问题。

格拉斯说："怀疑和猜忌在我们身上起作用，并赠给我们许多灰色。"③ 正是出于对荒诞生存的基本认识，格拉斯竭力寻找实在的东西，这是其小说的明显特色。加缪的荒诞哲学是格拉斯1980年的长篇小说《头产儿或德国人死绝了》的认识基础，西西弗斯神话则是该书的主导意象。并且，格拉斯在这部作品中首次表明，加缪的哲学思想早在1950年代就已引起他的极大兴趣："50年代初，我读了《西西弗斯神话》。此前，我对所谓'荒诞'一无所知，20岁的我被战争解雇以后很是愚钝；然后是满脑子的存在问题和存在主义。"④ 1981年，他在题为《文学与神话》的讲演中则明确谈论了自己对加缪思想的早期接受；当时他对加缪思想的把握，显然还不得要领："第二次世界大战结束后，我还是一个无知的年轻人，充满着好奇，正如我这一代的许多人那样，更多地出于反叛而不是出于了解而投奔存在主义及其流行款式，我第一次阅读了加缪的《西西弗斯神话》，当时并没有正确理解令我着迷的东西。"⑤ 的确，格拉斯早期戏剧和诗歌的荒诞特征主要师承尤内斯库和卡夫卡。

格拉斯在频繁介入社会政治生活之前，多少有些相信历史的进步。而在1970年代，当对人类进步的疑虑不断增长、有关社会和政治参与的问题重又复苏时，现实需求使他想起早年阅读加缪的经历，他的目光才明显转向加缪的西西弗斯神话。然而，在他后期的文学创作和政治参与中至关重要的西西弗斯形象还久久没有出现。首先是加缪的怀

---

① 参见亨辛：《君特·格拉斯与历史：加缪、西西弗斯和启蒙》，载拉布罗斯、凡·施特克伦堡编《君特·格拉斯，一个欧洲作家？》，阿姆斯特丹·亚特兰大：Rodopi，1992年，第94页。（Dieter Hensing, "Günter Grass und die Geschichte-Camus, Sisyphos und die Aufklärung", in: *Günter Grass, ein europäischer Autor?*, hrsg. von Gerd Labroisse und Dick van Stekelenburg, Amsterdam/Atlanta: Rodopi, 1992.）

② 参见格拉斯：《奥斯威辛后的写作——法兰克福诗学讲演》，第342页。

③ 格拉斯：《诺贝尔奖获奖演说：未完待续……》。

④ 格拉斯：《头产儿或德国人死绝了》，哥廷根：Steidl，1997年，第100页。（Günter Grass, *Kopfgeburten oder Die Deutschen sterben aus*, Göttingen: Steidl, 1997.）

⑤ 格拉斯：《文学与神话》，第253页。

疑目光符合格拉斯的世界观，而加缪式的荒诞、悲观、绝望的话语，主要出现在格拉斯进入1980年代以后的小说、随笔和讲演之中。"我不把历史进程视为黑格尔精神世界的发展过程，即不断进步的过程，而把它看作荒诞的、嘲讽理性的过程。它一再显示出，我们多么需要从历史中吸取教训，却又没有能力做到这一点。"① "18世纪的人还认为，技术进步能够限制、减少和克服不成熟。今天我们看到，源于启蒙的这个过程所带来的结果，把我们带入新的不成熟。"② 在格拉斯眼里，"荒诞"绝不是一种新的审美视角，它本来就是现实生活的一部分，内在于表现对象。人类历史充满了扭曲和荒诞，毫无理性可言，文学也不可能借助理性来描述它、诠释它："那些专注于细腻心理分析的雕虫小技，或者把逼真误解为现实主义的胡扯，它们是不能驾驭多得可怕的素材的。不管人们如何受到启蒙运动之理性传统的制约，历史的荒诞进程嘲笑着所有只依托于理性的阐释。"③

鉴于西西弗斯神话并未出现在格拉斯的早期作品中，他也没有提及加缪的解读，这就必然让人提出一个问题：格拉斯在1956年后在巴黎生活了几年，他可以在这个荒诞思维和著述的堡垒中深入了解荒诞观，加缪对格拉斯的早期创作是否具有特殊意义？加缪的反理想主义和反弥赛亚主义，已经见之于《铁皮鼓》，而在《狗年月》中尤为突出。④ 可是，与荒诞共处的人究竟有多少活动空间，这个涉及历史观的问题似乎并未引起早期格拉斯的特别兴趣。换句话说，格拉斯早期作品中的一些超现实主义、荒诞主义或存在主义特色，符合战后的整个时代语境，且出现在不少青年作家的作品中，并非就是加缪式的。

在2000年的一次访谈中，格拉斯再次强调了加缪的反理想主义和反意识形态立场，赞同加缪对西西弗斯的新的诠释：这是一个欢快的

---

① 格拉斯、齐默尔曼：《理性的扭曲——纳粹独裁与新市侩的关系》，第52页。
② 格拉斯、齐默尔曼：《罪与赎罪——对德国生存圈子的臆断》，第97—98页。
③ 格拉斯：《诺贝尔奖获奖演说：未完待续……》。
④ 参见格拉斯、齐默尔曼：《理性的扭曲——纳粹独裁与新市侩的关系》，第66页。

推石人，使一种不需要布洛赫式的"希望原理"① 的不懈努力成为可能：

> 就像举行仪式一样，总有人会问我：希望存在吗？您还抱有希望吗？我只能一再指出，不少职业群体的人以制造希望为生，却一般都是虚假的希望。我无法播种希望，只能借助西西弗斯来说话：他不辞劳瘁，石头被推了上去，但是刚一喘息，石头重又滑落下来。成功永远只是相对的。在我看来，不停顿地往上推石头是人类生存的一部分。[……]
>
> 我很早就选择了加缪，选择了与意识形态为敌的、拒绝意识形态的立场，选择了永远的反叛，选择了西西弗斯原则，当然是带有加缪特色的西西弗斯原则，他的思考结语是：我们必须把西西弗斯想象为一个幸福的人。我至今也持这一观点。②

加缪不仅丰富了格拉斯的思想，似乎也是唯一影响格拉斯思想和行为长达几十年之久的哲学家；格拉斯对加缪哲学的信念，或许有过短时间的动摇，但在根本上从未放弃，而西西弗斯原则正是他所需要的一种态度。③ 尽管反抗非理性的历史发展是徒劳的，要达到终极目标也是不可能的，就像巨石不会停留在山顶一样，但是不间断的努力是人类生存的一部分，因此要容忍荒诞。同加缪一样，格拉斯反对矫正本性，就像康德所说的"弯曲的木头"（krummes Holz），若要把它扳直，那它就会被折断。我们只能把自己置身其中的精神分裂状态当

---

① 布洛赫的名著《希望原理》（*Das Prinzip Hoffnung*，3 卷本，1954—1959）所要回答的问题是：我们是谁？我们来自何处、走向何方？我们期待什么？什么在等待我们？以他之见，哲学思维的根本问题是希望，而希望处在不停的运动之中。它是一种"尚未存在的存在"：主观上"尚未被意识到的东西"与客观上"尚未形成的东西"，体现于"希望原理"之中。《希望原理》旨在阐释人类活动和文明进程中的各种行为源于各种希望，人类精神的核心在于预设一种更美好的生活。只要人在，希望就在；只要希望在，自由王国就在："自由王国"是人类永恒的希望所在。

② 格拉斯、齐默尔曼：《理性的扭曲——纳粹独裁与新市侩的关系》，第 63—64、66 页。

③ 参见余杨：《"西西弗斯乃我所需的一种态度"——试析君特·格拉斯对加缪哲学的接受》，载《国外文学》2009 年第 2 期，第 53—59 页。

作一种常态来接受。① 西西弗斯说，必须继续推动石头，它是我的，它应该是这样的运动状态。所谓幸福的西西弗斯，就是明知绝望而不绝望的人。从这个意义上说，格拉斯认为自己也是一个幸福之人。②

在格拉斯看来，理性是启蒙运动的根本，但是早在法国大革命前就被神化了；同样，欧洲的进步理念也被打扮成神话：理性遮盖了感官直觉。因此，他崇尚童话、神话和传说。它们并非产生于现实之外，而是现实的一部分，并且仍然具有足够的能量，能够比理性更加清晰地表现我们自己。③ 西西弗斯这一古代神话中的一个屡败屡战、矢志不渝的形象，成为格拉斯写作活动和政治参与的一个或明或暗的中心人物。在一系列文明批判活动和讲演中，他所采取的正是西西弗斯的态度，没有半点气馁和沮丧，不断同非理性的现实抗争：

> 今天，我们面对着终极灭亡的真实可能性，如果还想抱住"希望原则"不放，即便那是一种基督教希望，那我们是在坠入空无。[……] 加缪所描绘的人的荒诞处境，只能让我们继续行动，哪怕没有任何希望。④

> 我们正处于一个自我消灭的境况之中，威胁来自许多方面，而且持久不断。这不是上帝安排的世界末日，而是人类自己准备的终结。不过，我会一直写下去，这也符合我的西西弗斯情结，石头不会停留在山上，我将继续写作。⑤

在诺贝尔文学奖授奖仪式的演讲辞中，他"跪在西西弗斯前祈祷"：

---

① 参见格拉斯、齐默尔曼：《幼稚与世界末日——叙述是探索世界的话语》，第202页。
② 参见格拉斯、齐默尔曼：《文明性之躯——探索现代性的本质意义》，第190页。
③ 参见格拉斯：《文学与神话》，第251、253页。
④ 内格特等：《西西弗斯和成功梦》，载施塔姆鲍编《君特·格拉斯访谈录》，达姆施塔特、新维德：Luchterhand, 1987年，第328页。(Oskar Negt et al., "Sisyphos und der Traum vom Gelingen", in: *Gespräche mit Günter Grass*, hrsg. von Klaus Stallbaum, Darmstadt/Neuwied: Luchterhand, 1987.)
⑤ 格拉斯：《格拉斯谈〈蟹行〉》，第10页。

我这个无神论者也不得不跪在那个圣人面前，那个总能助人、撼动沉重巨石的圣人。我祈祷：圣人，加缪赐予我们的崇高的西西弗斯，请不要让那巨石留在山顶，这样我们就能继续推它，同你一样为我们的石头而感到幸福，而叙说过的人类生存的艰辛故事不会终了。①

六 《剥洋葱》与文学自述的困境

格拉斯是后战争时代德国文学中最有影响的人物，在过去50年里无处不在。德国和前西德文学史中的许多私人材料逐渐公诸于众：回忆录、通信集、日记等，这些材料都在证明格拉斯在德国文化生活中的巨大影响。他颇具感染力，不管是褒是贬，对他的看法已经进入同行的梦。同样，他的政治激情也不减当年。在2009年的德国国会大选中，81岁的格拉斯依然在敲着他的"铁皮鼓"。他在社会民主党的勃兰特中心的展览会"公民选勃兰特，政治选格拉斯"的开幕式上发表热情洋溢的讲演：把门撞开，让现实撞破你们的膝盖和额头！

要理解格拉斯，需要点辩证法，否则无法解读他。在获得20世纪最后一个诺奖之时，格拉斯似乎并没有激动不已，按照他的说法："日子还得照样过。"然而，他于2006年发表了没有标明文学类型的作品《剥洋葱》，立刻引起轩然大波。2006年秋天的故事，典型地反映出格拉斯同公共社会的关系：他常常指责公众对他的反响，而那些反响却是他自己挑起的。还在《剥洋葱》出版之前，他就接受了《法兰克福汇报》的采访：

谁都知道，我们的回忆和自画像可以具有欺骗性，事实也常常确实如此。我们进行粉饰和戏剧化处理，把各种经历写成趣闻轶事。我想在形式上就让人看到和感觉到所有文学回忆所呈现的一切，包括那些成问题的东西。因此才有"洋葱"之说。在剥洋葱时，也就是在写作时，一层又一层的皮、一句又一句句子使有

---

① 格拉斯：《诺贝尔奖获奖演说：未完待续……》。

些东西逐渐清晰可见，一些失踪的东西又呈现出来。①

《剥洋葱》这一颇似自传的作品记述了作者1939年至1959年的经历，除了诸多有名的和不太有名的格拉斯生平外，作者第一次披露自己在1944年以后自愿为纳粹党卫队效力的历史，承认自己曾坚信纳粹，坚信纳粹能够取得最后胜利。"我对这些年的事保持沉默，这让我感到很压抑，这是我写作此书的原因之一。我得开口，终于说出来了，[……]"② 这是格拉斯对自己公开忏悔的解释。正是这一点成为后来许多争论的焦点之一。柏林《每日镜报》的一篇题为《局部麻醉》的评论文章，颇具代表性地显示出各大报刊杂志的议题：问题不是格拉斯作为党卫队成员是否直接犯下了什么罪行，从这本书的回忆中看不出这一点。而他本来是必须在公开指责纳粹罪行的时候说出自己的党卫队历史的，但他隐瞒了这一点。③ 使整个德国和世界感到震惊的是，这件事发生在被视为德国之良心的格拉斯身上。"为什么这么晚才公开历史？这是否是一场人生骗局？" 7 年前，瑞典学院的常务秘书恩达尔在诺贝尔奖授奖词中，正是强调了格拉斯以其文学创作"冲破了笼罩在德国历史上的恶魔"。"剥洋葱"之后，公众人物格拉斯的道德典范、政治介入以及他的所有那些抗议都被斥责为伪善和欺骗，人们把他以前的所有讲演和表态视为荒唐。

1959 年的《铁皮鼓》立刻使格拉斯成为回忆德国罪恶的首席代表；假如在1959年之前的话，谁都不会对他的忏悔感兴趣。然而时过境迁，而且这个故事也典型地反映出公共社会同格拉斯的关系：人们指责他没有做应该做的事。不少人认为格拉斯以其沉默骗得了诺贝尔文学奖，应当把诺奖还回去才是。他在得奖后不久曾说："我完全无法写自传性的东西，因为我很快就会陷入文学的谎言之中。"④ 这次他没

---

① 格拉斯采访录：《我为何在60年后打破沉默》，载《法兰克福汇报》2006年8月12日。(Günter Grass im Interview: "Warum ich nach sechzig Jahren mein Schweigen breche", in: F. A. Z., 12.08.2006.)

② 格拉斯采访录：《我为何在60年后打破沉默》，载《法兰克福汇报》2006年8月12日。

③ 参见多曹尔：《局部麻醉》，载《每日镜报》(2006年8月12日)。(Gregor Dotzauer, "Örtlich betäubt", in: DER TAGESSPIEGEL, 12.08.2006.)

④ 格拉斯、齐默尔曼：《被拒绝的经典——论审美与汲取现实》，第38页。

有说谎，因此一下子"从神圣的高空掉落下来，又成为我们中间的一员，他不是不可缺的了，却又是个纠缠不清的人"①。

有人认为，谈论格拉斯，如同在雾中行走。无论如何，此后谈论格拉斯，再也不可能绕过他的这一履历。瑞士文学史家封·马特在盛赞《铁皮鼓》这部"给德国文学带来新鲜空气的（放肆的，诗意的，感人的，享受的，狂野的，人道的）"小说之后补充说："可是，人们将不得不重新阅读格拉斯的早期作品。比如《猫与鼠》，今天读来是多么地不一样啊！那里面已经应有尽有，只是读者当时没有看到而已：心灵创伤，受伤印记，自我谴责，自我惩罚……就连纳粹黑衫也出现在这本书里。一切都是加密的，被移入一个梦中，一应俱全。"②

揭开加密人格及其往事的层层遮盖，让密码找到自己，这就是《剥洋葱》的目的，同时也显示出理想的文学自述的困境，或曰文本与各个事件之间所留下的许多空白点之间的矛盾，就像剥洋葱一样："剥去一层，露出的还是饱满而透亮的洋葱，洋葱自己对此一无所知。只是残缺不全的文本之间的空白点，除非我来点明那些看不透的地方，并把它们有机地组合起来。"③"空白点"是伊瑟尔"效应美学"的中心概念，指的是文学作品之原则上的"不确定性"。即便格拉斯不可能完全重构经历，但他认为文学创作是其生活的真正意义："这样，我一页一页地继续活着，从一本书到另一本书。"④

《剥洋葱》引发了一场伦理讨论，也就是后现代向另一种文学的转折，即决定一部文学作品之地位的不只是审美价值，还有伦理价值。狂风暴雨式的批判不只是刺痛了格拉斯本人，剥洋葱的效应也使不少人流泪。在激烈的争论中，有人主张对格拉斯多一点理解，人们不能忘记格拉斯全部作品的文学意义和审美品质。从总体上说，当时基本上没人有时间把《剥洋葱》看作文学作品来分析。就素材和表现手法

---

① 库尔比尤魏特等：《可有可无，纠缠不清》，载《明镜周刊》2006 年 8 月 21 日。(Dirk Kurbjuweit et al., "Fehlbar und verstrickt", in: DER SPIEGEL 34/2006, 21.08.2006.)

② 许特：《伟大艺术出自狂野——彼得·封·马特访谈》，载《世界周刊》2006 年 8 月 15 日。(Julian Schütt, "Große Kunst kommt aus der Wildnis - Ein Interview mit Peter von Matt", in: DIE WELTWOCHE 33/2006, 15.08.2006.)

③ 格拉斯：《剥洋葱》，哥廷根：Steidl, 2006 年，第 293 页。(Günter Grass, *Beim Häuten der Zwiebel*. Göttingen: Steidl, 2006.)

④ 格拉斯：《剥洋葱》，第 478 页。

而言，它其实是作为"但泽三部曲"的补编来设计的。作品的不少地方写得很动人，比如三重饥饿：战后（战俘时期）真实的饥饿；青年时代（战后废墟时期）的性饥饿，即他如何在所到之地寻花问柳；最后是在柏林、杜塞尔多夫和巴黎所表现出的艺术饥饿感，他一定要成为艺术家。

赖希-拉尼茨基在1992年抨击格拉斯的新作《铃蟾的叫声》时所作的断语似乎还未过时："他的王位令人担忧地动摇了，但并未受到真正的威胁。似乎没人要与君特·格拉斯争夺他在我们文学舞台上的地位。这也许与看不到后继者有关。在伯尔、魏斯、弗里施、迪伦马特、巴赫曼、扬森、伯恩哈特去世之后，这一舞台就像地球荒古时那样：荒凉，空荡。考虑到活着的人，姑且就说几乎荒凉、空荡吧。无论如何，君特·格拉斯的声誉并未下降多少，他依然是德国作家的首席代表。"① 2009年，他与前东德女作家克里斯塔·沃尔夫一起被选为德国笔会名誉主席。

---

① 赖希-拉尼茨基：《怎会发生这种事情？论君特·格拉斯新作〈铃蟾的叫声〉》，载《明镜周刊》1992年5月4日。

人名索引

A

阿德勒，汉斯·君特（Hans Günther Adler） 357

阿登纳，康拉德（Konrad Adenauer） 344，371

阿多诺，特奥多尔·路德维格·维森格伦特（Theodor Ludwig Wiesengrund Adorno） 34，38，54，59，62，64，66，79，81，82，85，86，88-108，111，120-125，134，135，141，145，150，154，155，179，192，193，212，368，378，379

阿拉贡，路易（Louis Aragon） 139

阿伦特，汉娜（Hannah Arendt） 117，121，125，127

埃尔里希，维克托（Victor Erlich） 326

埃克哈特（Meister Eckhart，原名：埃克哈特，约翰尼斯 Johannes Eckhart） 143

埃斯卡皮，罗伯特（Robert Escarpit） 12，83，88，108-110，112，116，250，251

埃斯库罗斯（Aeschylus） 333

艾柯，翁贝托（Umberto Eco） 164，200，217

艾略特，托马斯·斯泰恩斯（Thomas Stearns Eliot） 146

艾斯勒，汉斯（Hanns Eisler） 130，261

艾希，君特（Günter Eich） 357

爱森斯坦，谢尔盖·米哈伊洛维奇（Sergei Mikhailovich Eisenstein） 261，325

安德森，佩里（Perry Anderson） 123

安德施，阿尔弗雷德（Alfred Andersch） 275，349，351，373

B

巴尔扎克，奥诺雷·德（Honoré de Balzac） 47，49，51-53，56，78，85，348，353

巴赫，约翰·塞巴斯蒂安（Johann Sebastian Bach） 276

巴赫金，米哈伊尔·米哈伊洛维奇（Mikhail Mikhailovich Bakhtin） 102，193
巴赫曼，英格博格（Ingeborg Bachmann） 357，398
巴金（Ba Jin） 114
巴克，卡尔海因茨（Karlheinz Barck） 257，259
巴特，罗兰（Roland Barthes） 194，199，248，250，261
柏拉图（Plato） 36，184，298，302
保尔，让（Jean Paul） 357
贝多芬，路德维希·范（Ludwig van Beethoven） 276，283
贝恩，戈特弗里德（Gottfried Benn） 349，350，352
贝尔特拉姆，恩斯特（Ernst Bertram） 300
贝克莱，乔治（George Berkeley） 280
贝克特，塞缪尔（Samuel Beckett） 98，105，219，257
贝娄，索尔（Saul Bellow） 377
本雅明，瓦尔特（Walter Benjamin） 38，54，85，97，102，105，107，119-155，188，193，252，261，313，330，331，338
比才，乔治（Georges Bizet） 308
比格尔，彼得（Peter Bürger） 79
比克，弗雷德里克（Fredrik Böök） 272
比勒，卡尔（Karl Bühler） 241
毕加索，巴勃罗·鲁伊斯（Pablo Ruiz Picasso） 104，152
毕希纳，格奥尔格（Georg Büchner） 316
波丹诺夫，亚历山大（Alexander Bogdanov） 131
波德莱尔，夏尔·皮埃尔（Charles Pierre Baudelaire） 78，85，121，123，133，141，145，147，148，150，151，187，194，196-200
波普尔，卡尔·赖蒙德（Karl Raimund Popper） 92，181，183，184
伯恩哈特，托马斯（Thomas Bernhard） 398
伯尔，海因里希（Heinrich Böll） 342-367，370，372，378，398
伯克，埃德蒙（Edmund Burke） 4
勃兰特，维利（Willy Brandt） 370，375，395
博尔歇特，沃尔夫冈（Wolfgang Bochert） 362，364
布迪厄，皮埃尔（Pierre Bourdieu） 13
布莱希特，贝托尔特（Bertolt Brecht） 38，97，101，120，122，124，125，129-135，137，141，150，151，216，229，230，245，248，259，261，262，267，268，272，310-341，357，371
布鲁诺，乔尔丹诺（Giordano Bruno） 336

布罗赫,赫尔曼(Hermann Broch) 337
布洛赫,恩斯特(Ernst Bloch) 32,38,54,78,311,338,392
布斯,韦恩·克雷森(Wayne Clayson Booth) 218
布托尔,米歇尔(Michel Butor) 245,246

C

曹禺(Cao Yu) 114
查尔斯,罗伯特(Robert Chasles) 252

D

丹东,乔治·雅克(Georges Jacques Danton) 316
丹纳,依波利特·阿道尔夫(Hippolyte Adolphe Taine) 6,16,42,68
德彪西,阿希尔·克劳德(Achille-Claude Debussy) 308
德里达,雅克(Jacques Derrida) 181
德默尔,里夏德(Richard Dehmel) 270
狄奥尼苏斯(Dionysus) 333
狄德罗,德尼(Denis Diderot) 315,377
狄尔泰,威廉(Wilhelm Dilthey) 23,24,32,67,173,174
狄更斯,查尔斯·约翰·赫芬姆(Charles John Huffam Dickens) 56,78,290,342,350,353,355,364
迪尔凯姆,埃米尔(émile Durkheim) 92
迪伦马特,弗里德里希(Friedrich Dürrenmatt) 398
迪尼亚诺夫,尤里(Jurij Tynjanov) 200,202
笛卡尔,勒内(René Descartes) 377
丁玲(Ding Ling) 114
杜勃林,阿尔弗雷德(Alfred Döblin) 299,322,337,380,384

E

恩岑斯贝尔格,汉斯·马格努斯(Hans Magnus Enzensberger) 370,371
恩达尔,霍拉斯(Horace Engdahl) 396
恩格斯,弗里德里希·封(Friedrich von Engels) 45,47-51,55,128

F

凡勃伦,托尔斯坦(Thorstein Veblen) 13
菲根,汉斯·诺贝特(Hans Norbert Fügen) 12,83,89,92,112,116

菲什，斯坦利·尤金（Stanley Eugene Fish） 220，223-225
菲托，卡尔（Karl Viëtor） 14，20-23
费尔巴哈，路德维希·安德烈亚斯（Ludwig Andreas Feuerbach） 246
冯塔纳，特奥多尔（Theodor Fontane） 86，268，300
弗里施，马克斯（Max Frisch） 398
弗洛伊德，西格蒙德（Sigmund Freud） 61，303
伏迪卡，弗利克斯（Felix Vodička） 171，205
伏尔泰（Voltaire） 283
福尔曼，曼弗雷德（Manfred Fuhrmann） 162
福格茨，曼弗雷德（Manfred Voigts） 327
福柯，米歇尔（Michel Foucault） 105
福克纳，威廉·卡斯伯特（William Cuthbert Faulkner） 348
福楼拜，古斯塔夫（Gustave Flaubert） 22，51，52，62，77，78，293，367

G

伽利略，伽利莱（Galileo Galilei） 336
盖菲雷克，亨利（Henri Queffélec） 362
高乃依，皮埃尔（Pierre Corneille） 28
戈德曼，吕西安（Lucien Goldmann） 54，75，85，87，88，110，166，167，169，193，195，198，201
哥白尼，尼古拉（Mikolaj Kopernik） 336
歌德，约翰·沃尔夫冈·封（Johann Wolfgang von Goethe） 22，44，48，49，56，99，186，194，195，197，199，206，251，265，266，268，274，275，283，284，286，291，295，297，298，300，302-304，306，307
格奥尔格，斯蒂芬（Stefan George） 32
格拉斯，君特（Günter Grass） 345，368-398
格拉西安，巴尔塔萨（Baltasar Gracián） 4
格勒本，诺贝特（Norbert Groeben） 222
格里姆，莱因霍尔德（Reinhold Grimm） 325-327，333
格林，格雷厄姆（Graham Greene） 361
葛兰西，安东尼奥（Antonio Gramsci） 123
龚古尔，埃德蒙·德（Edmond de Goncourt） 51，300
龚古尔，茹尔·德（Jules de Goncourt） 51，300
贡布里希，恩斯特·汉斯·约瑟夫（Ernst Hans Josef Gombrich） 63，64
贡多尔夫，弗里德里希（Friedrich Gundolf） 300

古诺,夏尔-弗朗索瓦(Charles-François Gounod) 308
果戈理,尼古拉·瓦西里耶维奇(Nikolai Vasilievich Gogol) 56,291

H

哈贝马斯,尤尔根(Jürgen Habermas) 106,124,127,179
哈奇生,弗兰西斯(Francis Hutcheson) 4
哈特菲尔德,约翰(John Heartfield) 261
海德格尔,马丁(Martin Heidegger) 54,169,173,180
海明威,欧内斯特·米勒(Ernest Miller Hemingway) 348
海涅,海因里希(Heinrich Heine) 268
豪普特曼,格哈特(Gerhart Hauptmann) 268,270,302,303,320
豪普特曼,伊丽莎白(Elisabeth Hauptmann) 268,270,302,303,320
豪泽尔,阿诺德(Arnold Hauser) 12,14,58-80,110
荷马(Homer) 44,47,312
赫尔巴特,约翰·弗里德里希(Johann Friedrich Herbart) 201
赫尔德,约翰·哥特弗里德·封(Johann Gottfried von Herder) 388
赫施,埃里克·唐纳德(Eric Donald Hirsch) 174,175
黑格尔,格奥尔格·威廉·弗里德里希(Georg Wilhelm Friedrich Hegel) 34,
  36,39,43-46,54,56,77,78,129,147,150,160,161,163,164,
  166,169,170,174,177,188,195,197,198,201,202,208,212,
  213,256,257,259,295,324,325,388,392
黑塞,赫尔曼(Hermann Hesse) 279,281,345
胡赫,弗里德里希(Friedrich Huch) 306
胡塞尔,埃德蒙德·古斯塔夫·阿尔布雷希特(Edmund Gustav Albrecht Husserl) 176,201,205,213,221
霍夫曼,恩斯特·特奥多尔·阿玛多伊斯(Ernst Theodor Amadeus Hoffmann)
  51,268
霍夫曼斯塔尔,胡戈·封(Hugo von Hofmannsthal) 270
霍克海默,马克斯(Max Horkheimer) 96,97,102-104,121,154,155
霍拉勃,罗伯特·C(Robert C.. Holub) 183

J

吉罗,卡尔·拉格纳(Karl Ragnar Gierow) 345,367
纪德,安德烈(André Gide) 3,32,79,143
伽达默尔,汉斯-格奥尔格(Hans-Georg Gadamer) 160,164-181,185-189,

195，198，225，227，237-239，255
加洛蒂，罗杰（Roger Garaudy） 198
加缪，阿尔贝（Albert Camus） 79，203，236，348，368，369，377，378，380，388-395
居约，让－玛丽（Jean-Marie Guyau） 21，42

K

卡夫卡，弗兰茨（Franz Kafka） 98，125，131，142，150，218，219，245，266-268，293，301，305，391
卡里奥斯特（Cagliostro） 276
凯塞尔，沃尔夫冈（Wolfgang Kayser） 115，161-163
凯瑟林，赫尔曼（Hermann Keyserling） 300
凯斯特纳，埃利希（Erich Kästner） 130
康德，伊曼努尔（Immanuel Kant） 4，35，36，56，77，160，161，164，166，169-171，174，188，195，197，198，202，205，208，212，256，296，393
康拉德，库特（Kurt Konrad） 255
科恩－布拉姆施泰特，恩斯特（Ernest Kohn-Bramstedt） 14，17-20，27
科尔施，卡尔（Karl Korsch） 124
科林伍德，罗宾·乔治（Robin George Collingwood） 172，237
科塞雷克，赖因哈特（Reinhart Koselleck） 186
科西克，卡雷尔（Karel Košík） 198
克恩，亚历山大·C（Alexander C. Kern） 117
克尔，阿尔弗雷德（Alfred Kerr） 270
克尔凯郭尔，索伦·奥贝（Søren Aabye Kierkegaard） 291，390
克拉格斯，路德维格（Ludwig Klages） 144
克拉考尔，齐格弗里德（Siegfried Kracauer） 189
克赖因贝格，阿尔弗雷德（Alfred Kleinberg） 3
克劳斯，卡尔（Karl Kraus） 131
克劳斯，维尔讷（Werner Krauss） 198
克里尼基，瑞沙德（Ryszard Krynicki） 374
克利，保尔（Paul Klee） 126
克鲁斯，圣胡安·德·拉（San Juan de la Cruz） 143
克罗齐，贝纳戴托（Benedetto Croce） 4，6，54，231，237，244，300
库恩，托马斯·塞缪尔（Thomas Samuel Kuhn） 178
昆西，托马斯·德（Thomas de Quincey） 362

L

拉封丹, 让·德 (Jean de la Fontaine) 252

拉特瑙, 瓦尔特 (Walter Rathenau) 270

拉西斯, 阿西嘉 (Asja Lacis) 124

拉辛, 让 (Jean Racine) 186

莱辛, 戈特霍尔德·埃夫莱姆 (Gotthold Ephraim Lessing) 56, 268, 283, 303, 315, 334, 377

赖希-拉尼茨基, 马塞尔 (Marcel Reich-Ranicki) 267, 370, 373, 385, 398

兰波, 让·尼古拉·阿蒂尔 (Jean Nicolas Arthur Rimbaud) 133

朗松, 古斯塔夫 (Gustave Lanson) 6

雷狄克, 约翰 (John Reddick) 371

里夫希茨, 米哈伊尔 (Michail Lifschitz) 48

里希特, 汉斯·维尔讷 (Hans Werner Richter) 349, 373

列宁, 弗拉基米尔·伊里奇 (Vladimir Ilich Lenin) 32, 246

列维-施特劳斯, 克劳德 (Claude Lévi-Strauss) 200

琳德, 克里斯蒂安 (Christian Linder) 366

卢卡契, 格奥尔格 (Georg Lukács) 3, 14, 32-60, 62, 63, 66, 75, 77-79, 85, 87-89, 98, 110, 111, 116, 124, 129, 131, 147, 193, 198, 201, 230, 255, 260, 261

卢曼, 尼古拉斯 (Niklas Luhmann) 221

卢那察尔斯基, 阿纳托利·瓦西里耶维奇 (Anatoli Vasilyevich Lunacharsky) 131

卢梭, 让-雅克 (Jean-Jacques Rousseau) 280

路茨, 彼得 (Peter Ludz) 32, 50, 53, 54

罗森布拉特, 路易丝·M. (Louise M. Rosenblatt) 249

罗特哈克尔, 埃里希 (Erich Rothacker) 14, 23-27

洛特曼, 尤里·米哈伊洛维奇 (Yuri Mikhailovich Lotman) 199

洛文塔尔, 莱奥 (Leo Löwenthal) 3, 14, 27-31, 87

鲁迅 (Lu Xun) 113, 114

M

马尔库塞, 赫伯特 (Herbert Marcuse) 100, 102, 124, 126, 127, 132, 133, 154, 155, 196, 276

马尔库塞, 路德维希 (Ludwig Marcuse) 276

马克思, 卡尔·海因里希 (Karl Heinrich Marx) 3, 6, 14, 16, 24-26, 31-34,

37，39-43，45-51，53-61，63-65，67，70，76，77，79，85，88，94，99，102-106，110-112，116，119-121，123-126，128-130，133-135，137，140，153，155，159，161-163，166，175，177，187，193，196，198，221，223，227，229，230，234-236，243，247，251，254-262，310-312，315-319，324-327，329，334

马拉美，斯特凡（Stéphane Mallarmé） 105，246，374

马勒，埃米尔（émile Male） 384

马特，彼得·封（Peter von Matt） 397

马雅科夫斯基，弗拉基米尔（Vladimir Mayakovsky） 261

迈耶尔，康拉德·费迪南德（Conrad Ferdinand Meyer） 30

麦卡锡，约瑟夫·雷芒德（Joseph Raymond McCarthy） 272

曼，海因里希（Heinrich Mann） 269，271

曼，托马斯（Thomas Mann） 54，56，265-309，345，357，371，372，377

曼海姆，卡尔（Karl Mannheim） 3，12，14，17，18，20，24-26，58，60-62，66，68，70，71，74，116，117，181-183，187，191，195，197，239

梅德维杰夫，帕维尔·P（Pavel P. Medvedev） 255

梅兰芳（Mei Lanfang） 311，333，336，337

梅列日科夫斯基，季米特里（Dmitri Merezhkovsky） 291

梅林，弗朗茨（Franz Mehring） 5，20，27，38，130，230

梅耶荷德，弗谢沃洛德·埃米列维奇（Vsevolod Emilevich Meyerhold） 261

莫泊桑，居伊·德（Guy de Maupassant） 51

莫拉维亚，阿尔贝托（Alberto Moravia） 203

莫雷诺，雅各布·列维（Jacob Levy Moreno） 318

默克尔，保罗（Paul Merker） 3，15-17

穆卡洛夫斯基，延（Jan Mukařovsky） 160，163，164，171，197，200-205，208，213，229，230，249，250，255

穆齐尔，罗伯特（Robert Musil） 79，218，270，299，301

N

纳博科夫，弗拉基米尔·弗拉基米洛维奇（Vladimir Vladimirovich Nabokov） 208

瑙曼，曼弗雷德（Manfred Naumann） 227-236，239-248，251-262

尼采，弗里德里希·威廉（Friedrich Wilhelm Nietzsche） 42，122，141，176，265，266，271，274-285，287，289，292，300，302-306，311，332-336

牛顿，艾萨克（Isaac Newton） 253

诺贝尔,阿尔弗雷德·伯恩哈德(Alfred Bernhard Nobel) 268,343-346,351,
    354,359,363,365,367,369,370,372,374-376,378,380,381,
    385,391,392,394-396
诺瓦利斯(Novalis,原名:哈登伯格,弗里德里希·封 Friedrich von Harden-
    berg) 111,147,216,266,302,306,309,326,388

O

欧里庇得斯(Euripides) 333-335

P

帕索斯,约翰·多斯(John Dos Passos) 56,384
庞德,埃兹拉(Ezra Pound) 313
培根,弗兰西斯(Francis Bacon) 336
佩斯,圣-琼(Saint-John Perse) 121
皮斯卡托,厄文(Erwin Piscator) 261,320-323,333
坡,埃德加·爱伦(Edgar Allan Poe) 133,305
普菲茨纳,汉斯·埃里希(Hans Erich Pfitzner) 306
普莱森丹茨,沃尔夫冈(Wolfgang Preisendanz) 162
普利托,路易斯·佐治(Louis Jorge Prieto) 200
普列汉诺夫,格奥尔(Georgi Plekhanov) 4
普鲁斯特,马塞尔(Marcel Proust) 79,104,107,117,121,125,131,
    133,148,240,246,266,268,283,299,301,305,372,384
普希金,亚历山大·谢尔盖耶维奇(Aleksandr Sergeyevich Pushkin) 291

Q

齐美尔,格奥尔格(Georg Simmel) 3,13,32,33,68
契诃夫,安东(Anton Chekhov) 367
乔伊斯,詹姆斯(James Joyce) 56,79,98,104,218,219,257,266,268,
    299,301,372,384

R

日丹诺夫,安德烈·亚历山德罗维奇(Andrei Alexandrovich Zhdanov) 230

S

萨克雷,威廉·梅克匹斯(William Makepeace Thackeray) 218

萨克斯，内莉（Nelly Sachs） 345
萨特，让－保罗（Jean-Paul Sartre） 38, 79, 101, 203, 229, 240, 250, 251, 253, 255, 344, 348, 359, 374
塞尚，保罗（Paul Cézanne） 211
桑克蒂斯，弗朗切斯科·德（Francesco de Sanctis） 6
沙尔夫施韦特，于尔根（Jürgen Scharfschwerdt） 96, 111
沙夫兹博里，安东尼·阿什利·库珀（Antony Ashley Cooper Shaftesbury） 4
莎士比亚，威廉（William Shakespeare） 5, 49, 222, 295, 299, 310
舍勒，马科斯（Max Scheler） 14, 26, 196
舍雷尔，威廉（Wilhelm Scherer） 6
施本格勒，奥斯瓦德（Oswald Spengler） 300
施蒂尔勒，卡尔海因茨（Karlheinz Stierle） 163
施蒂弗特，阿达尔贝特（Adalbert Stifter） 357
施莱尔马赫，弗里德里希·丹尼尔·恩斯特（Friedrich Daniel Ernst Schleiermacher） 24, 177, 180
施莱格尔，弗里德里希·封（Friedrich von Schlegel） 388
施伦斯泰特，迪特（Dieter Schlenstedt） 252
施密特，齐格弗里德·J（Siegfried J. Schmidt） 164, 222
施尼茨勒，阿图尔（Arthur Schnitzler） 284
施泰格，埃米尔（Emil Staiger） 161
施特劳斯，列奥（Leo Strauss） 174, 175
施特利德，尤里（Jurij Striedter） 162
施托姆，特奥多尔（Theodor Storm） 268, 300
什克洛夫斯基，维克托（Viktor Šklovskij） 193, 201, 204, 216, 325, 326
叔本华，阿图尔（Arthur Schopenhauer） 265, 274, 276, 278, 280-283, 288, 294, 307
舒伯特，弗朗兹（Franz Schubert） 308
舒马赫，恩斯特（Ernst Schumacher） 327
朔贝尔，里塔（Rita Schober） 230-232, 234, 258, 259
朔勒姆，哥舒姆（Gershom Scholem） 121
司汤达（Stendhal，原名：Marie-Henri Beyle） 56, 77, 78, 245
斯大林，约瑟夫（Joesph Stalin） 56, 124, 131
斯坦贝克，约翰·恩斯特（John Ernst Steinbeck） 348
斯坦尼斯拉夫斯基，康斯坦丁·S（Konstantin S. Stanislavski） 311, 329
斯特恩，劳伦斯（Laurence Sterne） 222

斯特林堡，奥古斯特（August Strindberg） 305

苏菲（Sufi） 143

苏格拉底（Socrates） 36，294，333，334

索福克勒斯（Sophocles） 333，335

索绪尔，弗迪南·德（Ferdinand de Saussure） 200，201，213

T

汤姆金斯，简·P（Jane P. Tompkins） 228

特列季亚科夫；谢尔盖·米哈伊洛维奇（Sergei Mikhailovich Tretyakov） 132，139，261，325

廷帕纳罗，塞巴斯蒂亚诺（Sebastiano Timpanaro） 123

图霍尔斯基，库尔特（Kurt Tucholsky） 130

托尔斯泰，列夫·尼古拉耶维奇（Lev Nikolayevich Tolstoy） 47，49，51，56，78，246，292，300，303，304

陀思妥耶夫斯基，费奥多尔·米哈伊洛维奇（Fyodor Mikhaylovich Dostoyevsky） 30，141，142，303-305，344

W

瓦格纳，里夏德（Richard Wagner） 265，274-283，299，306，335，384

瓦莱里，保尔（Paul Valéry） 133，195，199，240

瓦宁，莱纳（Rainer Warning） 163

威尔第，朱塞佩（Giuseppe Verdi） 308

韦伯，阿尔弗雷德（Alfred Weber） 71

韦伯，马克斯（Max Weber） 3，14，17，33，50，71，114，136

韦勒克，勒内（René Wellek） 113，115，205，220，231

魏勒特，约翰（John Willett） 325

魏斯，彼得（Peter Weiss） 398

魏因里希，哈拉尔德（Harald Weinrich） 162

温克尔曼，约翰·约阿希姆（Johann Joachim Winckelmann） 44

沃尔夫，克丽丝塔（Christa Wolf） 398

沃尔夫，托马斯（Thomas Wolfe） 348

沃尔夫斯凯尔，卡尔（Karl Wolfskehl） 143

沃伦，奥斯汀（Austin Warren） 7，113，115

伍尔夫，弗吉尼亚（Virginia Woolf） 301

X

西尔伯曼，阿尔方斯（Alphons Silbermann） 64-66, 81-96, 103, 107-111, 116, 249

希尔施，阿诺德（Arnold Hirsch） 3

希勒，库尔特（Kurt Hiller） 131, 132

希特勒，阿道夫（Adolf Hitler） 126, 273, 312, 347, 366

席勒，约翰·克里斯托夫·弗里德里希·封（Johann Christoph Friedrich von Schiller） 36, 44, 48, 49, 266, 268, 290, 291, 296, 299, 303, 304, 315

夏衍（Xia Yan） 114

谢林，弗里德里希·威廉·约瑟夫·封（Friedrich Wilhelm Joseph von Schelling） 197

休谟，大卫（David Hume） 4

许京，莱温·路德维希（Levin Ludwig Schücking） 3-17, 19, 23, 24, 26, 59, 72, 87

雪莱，珀西·比希（Percy Bysshe Shelley） 8, 326

勋伯格，阿诺德（Arnold Schönberg） 150

Y

雅恩，汉斯·亨尼（Hans Henny Jahnn） 301

雅格布森，罗曼（Roman Jakobson） 164, 200, 201, 215, 249

亚里士多德（Aristotle） 166, 197, 310, 313, 314, 317, 321, 328-330, 333, 335, 336

延斯，瓦尔特（Walter Jens） 373

扬森，乌韦（Uwe Johnson） 398

姚斯，汉斯·罗伯特（Hans Robert Jauß） 159-168, 177-181, 183-200, 205, 210, 211, 215, 216, 222-224, 227, 228, 230, 235, 237, 239, 243, 249, 250, 255, 256, 258-260, 317

伊格尔顿，特里（Terry Eagleton） 41, 98, 106, 120, 123, 146, 165, 220

伊瑟尔，沃尔夫冈（Wolfgang Iser） 159, 160, 162-164, 200, 209-225, 227, 228, 235, 240, 255-257, 259-261, 397

易卜生，亨利克·约翰（Henrik Johan Ibsen） 28, 30

英伽登，罗曼（Roman Ingarden） 160, 164, 200, 204-210, 213, 214, 217-220, 227, 229, 230, 239, 240, 251, 255-257

尤内斯库，欧仁（Eugène Ionesco） 391

雨果，维克多（Victor Hugo） 196，197
约翰逊，布莱恩·斯坦利（Bryan Stanley Johnson） 106

Z

詹姆斯，亨利（Henry James） 212
詹姆逊，弗雷德里克（Fredric Jameson） 120，124，326
卓别林，查尔斯·斯宾塞（Charles Spencer Chaplin） 152
左拉，埃米尔（Émile Zola） 6，49，50，52，271